DE INFILTRANT

Dennis Lehane

DE INFILTRANT

the house of books

Oorspronkelijke titel
The Given Day
Uitgave
William Morrow, an Imprint of *HarperCollins*Publishers, New York
Copyright © 2008 by Dennis Lehane
Copyright voor het Nederlandse taalgebied © 2008 by The House of Books,
Vianen/Antwerpen

Vertaling
Paul Heijman
Omslagontwerp
Studio Jan de Boer BNO, Amsterdam
Omslagfoto's
© Corbis en © Getty Images/Walter Sanders
Foto auteur
Terri Unger
Opmaak binnenwerk
ZetSpiegel, Best

ISBN 978 90 443 2224 8
D/2008/8899/156
NUR 332

Voor Angie,
mijn thuishaven

When Jesus comes a calling, she said,
He's coming 'round the mountain on a train.

– Josh Ritter, 'Wings'

Lijst van personages

Luther Laurence – huisknecht, sportman
Lila Waters Laurence – Luthers vrouw

Aiden 'Danny' Coughlin – politieagent in Boston
Hoofdinspecteur Thomas Coughlin – Danny's vader
Connor Coughlin – Danny's broer, hulpofficier van justitie in
  Suffolk County
Joe Coughlin – Danny's jongste broer
Ellen Coughlin – Danny's moeder
Inspecteur Eddie McKenna – Danny's peetvader
Nora O'Shea – hulp in de huishouding bij de Coughlins
Avery Wallace – hulp in de huishouding bij de Coughlins

Babe Ruth – honkballer bij de Boston Red Sox
Stuffy McInnis – Ruths teamgenoot
Johnny Igoe – Ruths agent
Harry Frazee – eigenaar van de Boston Red Sox

Steve Doyle – Danny Coughlins surveillancepartner
Claude Mesplede – wethouder in het Zesde District
Patrick Donnegan – districtshoofd van het Zesde District

Isahia en Yvette Giddreaux – leiding van de afdeling Boston van de
  NAACP (National Association for the Advancement of Colored
  People)
'Old' Byron Jackson – leider vakbond van piccolo's, Hotel Tulsa
'Diaken' Skinner Broscious – gangster, Tulsa

Dandy & Smoke – gorilla's van Diaken Broscious
Clarence Jessup 'Jessie' Tell – rondbrenger loterijbriefjes, Luthers vriend, Tulsa
Clayton Tomes – huisknecht, vriend van Luther, Boston

Mrs DiMassi – Danny Coughlins hospita
Tessa Abruzze – Danny's buurvrouw
Federico Abruzze - Tessa's vader

Louis Frania – leider Lettish Workingman's Association
Mark Denton – politieagent BPD, oprichter vakbond
Rayme Finch – agent, Bureau of Investigation
John Hoover – advocaat, ministerie van Justitie
Samuel Gompers – voorzitter van de American Federation of Labor
Andrew J. Peters – burgemeester van Boston
Calvin Coolidge – gouverneur van Massachusetts
Stephen O'Meara – hoofdcommissaris van politie te Boston tot december 1918
Edwin Upton Curtis – O'Meara's opvolger
Mitchell Palmer – minister van Justitie van de Verenigde Staten
James Jackson Storrow – invloedrijke zakenman in Boston, voormalig directeur van General Motors

BABE RUTH IN OHIO

Proloog

Omdat het ministerie van Defensie tijdens de Eerste Wereldoorlog aan het Major League Baseball een reisbeperking had opgelegd, werden de World Series, zoals het landskampioenschap honkbal in de Verenigde Staten heet, in 1918 in september gespeeld en verdeeld over twee speelsteden. De Chicago Cubs boden onderdak aan de eerste drie wedstrijden en de laatste vier zouden worden gespeeld in Boston. Nadat de Cubs de derde wedstrijd hadden verloren, stapten de twee ploegen op 7 september in de Michigan Central voor een treinrit van tweeënzeventig uur, werd Babe Ruth dronken en begon hij hoeden te pikken.

Het begon er al mee dat ze hem als een zoutzak aan boord moesten hijsen. Na de wedstrijd was hij naar een tent een paar straten oostelijk van Wabash gegaan, waar je kaarttafels had, je glas gevuld bleef en je een paar dames kon krijgen. Als Stuffy McInnis niet had geweten waar ze hem konden vinden, zou Babe de terugreis gemist hebben.

Uiteindelijk stond hij op het balkon van de laatste wagon te kotsen toen de trein even na achten het Illinois Central Station uit pufte en zich een weg zocht langs de stallen van de veemarkt. De lucht was wollig van de rook en de stank van geslacht vee, en Ruth mocht doodvallen als hij aan de zwarte hemel één ster kon vinden. Hij nam een slok uit zijn heupfles, gorgelde, spoelde gorgelend met de whiskey het braaksel uit zijn mond en spuwde het over de metalen reling. Hij keek hoe de stralende skyline van Chicago voor hem oprees terwijl hij er vandaan gleed. Zoals zo vaak wanneer hij een stad achter zich liet terwijl hij vol drank zat, voelde hij zich dik en verweesd.

Hij nam nog wat whiskey. Op zijn drieëntwintigste begon hij eindelijk een van de meest gevreesde slaglieden van de league te worden. In dat jaar waren er in de American League bij elkaar 98 homeruns gemaakt, waarvan Ruth er elf op zijn naam had staan. Goddomme, bijna twaalf procent. Ook als je de drie weken in juni meetelde toen hij niet in vorm was, begonnen de werpers hem nu toch met respect te behandelen. Net als de slaglieden van de tegenstander, want Ruth had de Sox dat seizoen naar dertien overwinningen gepitched. Hij had verder bij 59 wedstrijden op links gestaan en bij dertien op het eerste honk.

Maar hij had moeite met ballen van linkshandige werpers. Dat was zijn makke. Zelfs nu alle teams op minimale sterkte waren doordat er zoveel spelers onder dienst waren geroepen, zagen managers van de tegenstanders kans Ruths zwakke plek uit te buiten.

Laat ze doodvallen.

Hij zei het tegen de wind en nam nog een slok uit zijn heupfles, een cadeautje van Harry Frazee, de eigenaar van de Sox. Ruth was in juli bij het team weggegaan om te gaan spelen bij de Chester Shipyards in Pennsylvania. De reden was dat coach Barrow veel meer zag in Ruths werparm dan in zijn knuppel en Ruth genoeg had van het werpen. Wanneer je iemand uitwierp, kreeg je een applausje. Maar wanneer je een homerun sloeg, gingen ze uit hun dak. Het probleem was dat de Chester Shipyards hem ook liever zagen werpen. Toen Frazee met een rechtszaak dreigde, stuurde de Shipyards Ruth terug.

Frazee had bij de trein gestaan en was met Ruth naar de achterbank van zijn Rauch & Lang Electric Opera Coupé gelopen. De wagen was kastanjebruin met zwarte biezen en het verbaasde Ruth altijd weer dat je jezelf in de lak kon zien, wat voor weer of tijd van de dag het ook was. Hij vroeg Frazee wat zo'n auto nou kostte, en die had wat over de grijze bekleding zitten wrijven terwijl zijn chauffeur Atlantic Avenue opdraaide. 'Meer dan jij, Mr Ruth,' had hij gezegd, waarna hij Ruth de heupfles had gegeven.

In het tin stond gegraveerd:

RUTH, G.H.
CHESTER, PA
1/7/18 - 7/7/18

Hij ging er met een vinger overheen en nam nog een slok. De vettige lucht van koeienbloed vermengde zich nu met de metalige reuk van de fabriekssteden en warme spoorstaven. *Ik ben Babe Ruth*, wilde hij vanaf de trein schreeuwen. En wanneer ik niet dronken en alleen ach-

14

ter op een treinwagon sta, ben ik iemand om rekening mee te houden. Een radertje in het grote geheel, ja, dat weet ik ook wel, maar een met diamanten bezet radertje. Het radertje der raderen. Er komt een dag...

Ruth hief zijn heupfles en proostte met een lange reeks obsceniteiten en een brede grijns op Harry Frazee en alle Harry Frazees van deze wereld. Hij nam nog een slok en die ging naar zijn oogleden en trok ze omlaag.

'Ik ga slapen, ouwe,' fluisterde Ruth tegen de nacht, tegen de skyline, tegen de lucht van geslacht vee. Tegen de donkere velden van het Middenwesten die voor hen lagen. Tegen elk asgrauw fabrieksstadje tussen hier en Governor's Square. Tegen de rokerige sterrenloze hemel.

Hij stommelde de slaapcoupé in die hij deelde met Jones, Scott en McInnis, en toen hij 's morgens om zes uur wakker werd, nog helemaal in de kleren, was hij in Ohio. Hij ontbeet in de restauratiewagen, dronk twee potten koffie en keek naar de rook die opsteeg uit de schoorstenen van de ijzergieterijen en staalfabrieken die weggedoken lagen in de heuvels. Hij had hoofdpijn en hij goot een paar druppels uit zijn heupfles in zijn koffie en toen deed zijn hoofd geen pijn meer. Hij speelde een tijdje canasta met Everett Scott, en toen bleef de trein een hele tijd staan in Summerford, weer zo'n fabrieksstadje, en toen ze hun benen strekten op een veldje net achter het station hoorde hij voor het eerst van een staking.

Het waren Harry Hooper, aanvoerder van de Sox en rechtsvelder, en tweede-honkman Dave Shean, die stonden te praten met linksvelder Leslie Mann en achtervanger Bill Killefer van de Cubs. McInnis zei dat dat viertal de hele reis al aan het smiespelen was geweest.

'Waarover?' zei Ruth, zonder echt zeker te weten dat het hem iets kon schelen.

'Geen idee,' zei Stuffy. 'Tegen betaling missen van vangballen misschien? Het spel weggeven?'

Hooper kwam over het veldje naar hen toe. 'We gaan staken, jongens.'

Stuffy McInnis zei: 'Je bent dronken.'

Hooper schudde zijn hoofd. 'Ze naaien ons, jongens.'

'Wie?'

'De Commissie. Wie anders? Heydler, Hermann, Johnson. Zij.'

Stuffy McInnis strooide tabak in een vloeitje en gaf het papier een delicaat likje en draaide de uiteinden dicht. 'Hoezo?'

Stuffy stak zijn sjekkie aan en Ruth nam een slok uit zijn fles en keek over het veld naar een rijtje bomen onder de blauwe hemel.

'Ze hebben de verdeling van de entreekosten veranderd, het percentage van wat er binnenkomt. Dat hebben ze van de winter al gedaan, maar nu pas komen ze er mee.'

'Ho even,' zei McInnis. 'We krijgen zestig procent van de eerste vier wedstrijden.'

Harry Hooper schudde zijn hoofd en Ruth voelde zijn aandacht verslappen. Zijn blik viel op telegraafdraden die langs het veld liepen en hij vroeg zich af of je ze kon horen zoemen als je dichtbij kwam. Entree-inkomsten, verdeling. Ruth wilde een ander onderwerp, steviger kost.

Harry zei: 'We krégen zestig procent, nu nog maar vijfenvijftig. Bezoekersaantallen dalen. De oorlog, snap je? En het is onze plicht als goede vaderlanders om vijf procent minder te vangen.'

McInnis haalde zijn schouders op. 'Nou, dan is het onze – '

'En daarvan gaat veertig procent naar Cleveland, Washington en Chicago.'

'Waar is dat goed voor?' zei Stuffy. 'Omdat we ze naar de tweede, derde en vierde plaats hebben geslagen?'

'En verder gaat er nog eens tien procent naar oorlogsliefdadigheid. Voel je 'm?'

Stuffy trok een lelijk gezicht. Hij leek bereid iemand een schop te geven, een kleiner iemand naar wie hij lekker kon uithalen.

Babe gooide zijn pet in de lucht en ving hem achter zijn rug op. Hij pakte een steen en gooide hem hoog de lucht in. Daarna gooide hij zijn pet weer in de lucht.

'Het komt best goed,' zei hij.

Hooper keek hem aan. 'Wat?'

'Waar je het net over had,' zei Babe. 'We krijgen het wel terug.'

Stuffy zei: 'Hoe dan, Gidge? Kun je me dat vertellen? Hoe dan?'

'Op een of andere manier.' Babe voelde de hoofdpijn weer terugkomen. Van praten over geld kreeg hij hoofdpijn. Hij kreeg hoofdpijn van de wereld: bolsjewieken die de tsaar van zijn troon stootten, de Kaiser die met zijn zware laarzen Europa onder de voet liep, anarchisten die in zijn eigen land op straat met bommen smeten en parades en brievenbussen opbliezen. De mensen waren boos, de mensen schreeuwden, er stierven mensen in de loopgraven en anderen demonstreerden bij fabrieken. En het had allemaal met geld te maken. Dat had de Babe in ieder geval wel door. Maar erover denken vond hij afschuwelijk. Hij vond geld best fijn, heel fijn zelfs, en hij wist dat hij veel verdiende en nog veel meer ging verdienen. Hij had een leuke nieuwe motorfiets, en hij kocht graag goede sigaren en logeerde graag in luxe hotelkamers met zware gordijnen en vond het leuk rondjes te geven in de bar. Maar hij had een hekel aan denken of praten over geld. Hij wilde gewoon naar Boston. Hij wilde een balletje slaan, de bloemetjes buiten zetten. Op Governor's Square barstte het van de bordelen en goede kroegen. De winter was in aantocht en hij wilde genieten zolang het kon, voor de sneeuw ging vallen, voor de kou kwam. Voor hij vastzat in Sudbury bij Helen en de paardenlucht.

Hij gaf Harry een mep op zijn schouder en herhaalde zijn inschatting: 'Het komt best in orde. Dat zul je zien.'

Harry Hooper keek naar zijn schouder, keek weg over het veldje en keek Ruth aan. Die lachte.

'Wees jij nou maar een brave Babe,' zei Harry Hooper, 'en laat de gesprekken over aan de mannen.'

Harry Hooper keerde hem zijn rug toe. Hij droeg een platte strohoed, die hij een beetje achterover had gezet. Ruth had de pest aan strohoeden, zijn gezicht was er te rond, te gevuld voor. Met een strohoed op was hij net een kind dat in de verkleedkist is gedoken. Hij zag al voor zich hoe hij Harry's strohoed pakte en op het dak van de trein gooide.

Harry liep met zijn kin omlaag weg, het veldje op, en nam Stuffy McInnis aan de elleboog mee.

Babe pakte een steen en hield zijn blik gericht op Harry's seersuckerjasje, stelde zich daar de handschoen van de achtervanger voor, stelde zich het geluid ervan voor, een scherpe steen tegen een scherpe ruggengraat. Maar hij hoorde een ander scherp geluid dat in zijn hoofd verdringen, een knal veraf die erg veel leek op de knal van een stammetje in de open haard. Hij keek in oostelijke richting waar het veldje eindigde bij een stel bomen. Hij hoorde het zachte sissen van de trein achter zich en de verwaaide stemmen van de spelers en het ruisen van het gras. Er liepen twee machinisten achter hem langs die het hadden over een gescheurde flens, dat het ze twee, misschien wel drie uur zou kosten om hem te maken, en Ruth dacht: *Twee uur in dit rotgat?* En toen hoorde hij het weer: een droge tik een stuk verderop, en hij wist dat er achter die bomen iemand aan het honkballen was.

Hij stak het veldje over, alleen en zonder dat iemand het zag, en hoorde de geluiden van de honkbalwedstrijd dichterbij komen – de zangerige kreten, het woeste gedoe van voeten die in het gras achter een bal aan zitten, de natte klets waarmee een bal in de handschoen van de verrevelder zijn dood tegemoet ging. Hij liep tussen de bomen door en deed ondertussen vanwege de warmte zijn jas uit. Toen hij tussen de bomen vandaan kwam, werd er net gewisseld en draafden mannen naar een strook grond langs de lijn naar het eerste honk, terwijl een andere groep van een strook bij het derde honk het veld op kwam.

Zwarte mannen.

Hij bleef staan waar hij stond en knikte naar de middenvelder die kwam aangedraafd om zijn plaats, een paar meter bij hem vandaan, in te nemen. De middenvelder knikte kort terug en daarna was het of hij de bomen afspeurde om te zien of er vandaag nog meer blanke mannen zouden opdoemen. Daarna keerde hij Babe de rug toe, boog zich voorover en zette zijn hand en de handschoen op zijn knieën. Het was een forse kerel, even breed in de schouders als Babe maar niet zo zwaar rond zijn middel en (moest Babe toegeven) bij zijn achterwerk.

De werper verspilde geen tijd. Hij deed nauwelijks aan voorwerk maar had verdomd lange armen en zwaaide met zijn rechterarm alsof hij een steen over een oceaan heen wilde katapulteren, en zelfs vanaf zijn plek kon hij zien dat de bal als een gloeiende kogel over de plaat vloog. De slagman haalde strak uit maar zat er nog anderhalve decimeter naast.

Maar bij de volgende worp was het raak, en goed raak, met een knal die alleen afkomstig kon zijn van een knuppel met een barst, en de bal kwam recht op hem af en vloog toen traag de lucht in, als een eend die besluit de rugslag te gaan doen, en de middenvelder deed één stap, opende zijn handschoen en de bal viel, als tot zijn opluchting, precies in het midden van het leder.

Ruths ogen waren nooit getest. Dat wilde hij niet hebben. Maar hij wist wel dat hij veel beter zag dan de meeste mensen. Al vanaf zijn jonge jaren kon hij straatnaamborden, zelfs als ze op straathoeken geschilderd waren, van veel verder af lezen dan andere mensen. Hij kon de textuur van de veren van een roofvogel honderd meter boven zijn hoofd zien, op jacht, zich als een kogel op zijn prooi stortend. In zijn ogen waren ballen dik en langzaam. Wanneer hij op de werpheuvel stond, leek de handschoen van de achtervanger een kussen van een hotelbed.

Dus kon hij van deze afstand zien dat het gezicht van de volgende slagman een ravage was. Het was een klein kereltje, broodmager, maar beslist met iets vreemds aan zijn gezicht, rode striemen, of litteken-weefsel op een toffeekleurige huid. Hij stond in het slagperk te stuiteren van energie, hij hupte en ging door de knieën, een windhond in zijn starthok die zijn best doet om niet te exploderen. En toen hij na twee misslagen de bal raakte, wist Ruth dat dit zwartje ging vliegen, maar zelfs hij had er niet op gerekend dat de man zo snel zou zijn.

De bal was nog niet klaar met zijn boogvlucht naar de voeten van de rechtsvelder (Ruth wist al voor het zover was dat hij hem ging missen) toen de windhond het eerste honk al rondde. Toen de bal het gras raakte, pakte de rechtsvelder hem met zijn blote hand, deed een halve stap en liet hem in één beweging los, en de bal vertrok van zijn hand alsof hij in bed bij zijn dochter was ontdekt, en nog voor hij met zijn ogen kon knipperen lag de bal in de handschoen van de tweede-honkman. Maar de windhond stond al op het tweede. Rechtop. Gleed niet, dook niet. Zwierde er binnen alsof hij de ochtendkrant kwam halen, keek achterom naar het middenveld tot Ruth besefte dat hij naar hem keek. Dus tikte Ruth aan zijn pet, waarop de jongen onaangenaam en brutaal naar hem lachte.

Ruth besloot de knaap in het oog te houden omdat hij wist dat, wat hij ook ging doen, het iets bijzonders zou zijn.

De man op het tweede honk had gespeeld voor de Wrightville Mudhawks. Hij heette Luther Laurence en was in juni uit het team gegooid nadat hij ruzie had gekregen met Jefferson Reese, de teammanager en eerste-honkman, een Oom Tom met grote tanden en een brede grijns die zich bij blanken gedroeg als een geparfumeerde poedel en zijn eigen mensen in zijn werkhuis net buiten Columbus kleineerde. Luther hoorde de details op een avond van een meisje met wie hij wat had, een prachtige jongedame Lila geheten, die net als Reese in dat huis werkte. Lila vertelde hoe Reese op een avond in de eetkamer soep opdiende uit de terrine terwijl de blanken maar dooremmerden over onbeschaamde negers in Chicago, over de brutale manier waarmee ze over straat liepen en zelfs hun ogen niet neersloegen wanneer er een blanke vrouw voorbijkwam. Die lul van Reese slijmde mee met: 'Heerejee, het is een schande. Yes, suh, die zwartjes in Chicago zijn niks as chimpansees tussen de lianen. Geen tijd voor kerkgang, wil niks als zich lam drinken op vrijdag, zich arm pokeren op zaterdag en de hele zondag met de vrouw van een ander in bed liggen.'

'Zei hij dat?' vroeg Luther aan Lila in de badkuip van het Dixon Hotel, Alleen voor Zwarten. Hij maakte schuim en veegde de klodders over Lila's kleine, stevige borsten en genoot van het beeld van de bellen op haar vel, vel met de kleur van ongepolijst goud.

'En nog veel ergere dingen,' vertelde Lila. 'Maar spreek hem er niet op aan, schat. Het is een smeerlap.'

Toen Luther hem er toch op aansprak in de dug-out op het Inkwell Field, was Reeses glimlach meteen weg en kwam er zo'n blik in zijn ogen – een harde, oeroude blik van niet genoeg afstand hebben genomen van de kwellende zon op de katoenvelden – die Luther aan het denken zette – oh-ooh – maar toen zat Reese al boven op hem en kwamen zijn vuisten als de achterkant van een knuppel op Luthers gezicht neer. Luther vocht als een leeuw, maar Reese was meer dan twee maal zo oud en had tien jaar gediend als huisneger en zo veel woede diep in zich opgekropt dat toen die er eindelijk uitkwam, dat des te woester en feller gebeurde omdat hij zo lang in de diepe duisternis opgesloten was geweest. Hij sloeg Luther de grond in, met snelle, gemene vuistslagen, hij sloeg hem tot het bloed, vermengd met de aarde en de kalk en het stof van het veld, in strepen van hem af liep.

Aeneus James, zijn vriend, zei op de armenafdeling van St. John's: 'Shit, man. Je bent toch zo snel? Waarom ben je hem niet gepeerd toen je de blik in die ouwe zijn ogen zag?'

Luther had een lange zomer de tijd gehad om over die vraag na te denken, en nog altijd wist hij het antwoord niet. Hij was dan wel snel, en hij kende niemand die sneller was dan hij, hij vroeg zich ook af of hij misschien genoeg had van rennen.

Maar nu hij naar die dikke man keek die op Babe Ruth leek en die vanaf de bomen naar hem stond te kijken, merkte Luther dat hij dacht: jij denkt dat je wel iemand hebt zien hardlopen, blanke meneer? Niks ervan. Nu krijg je pas echt iets te zien. Kun je je kleinkinderen vertellen.

En hij sprintte weg op het moment dat Sticky Joe uit die octopusachtige werpbeweging van hem kwam, had een minifractie van een seconde de tijd om de ogen van de blanke net zo ver als zijn buik te zien uitpuilen. Luthers voeten bewogen zo snel dat de grond eerder onder hem doordraaide dan dat hij erover liep. Hij voelde de grond echt bewegen, als een rivier in het vroege voorjaar, en hij zag voor zich hoe Tyrell Hawke bij het derde stond, beverig omdat hij de hele nacht drinkend had doorgehaald, en daar rekende Luther op omdat hij vandaag niet tevreden zou zijn met alleen maar het derde honk, no sir, dat mocht je best denken, maar je kon beter denken dat honkbal een spel van snelheid is en ik ben de snelste hufter die je ooit te zien krijgt, en toen hij opkeek, was het eerste wat hij zag Tyrells handschoen naast zijn oor. Het volgende wat hij zag, links van hem, was de bal, een vallende ster die was afgebogen en een rookspoor had. Luther riep 'Boeh!' en het kwam er hoog en scherp uit en ja hoor, Tyrells handschoen schoot een stuk omhoog. Luther dook en de bal siste onder Tyrells handschoen door, kuste de haartjes in Luthers nek, net zo heet als het scheermes bij Moby's Barbershop op Meridian Avenue, en Luther tikte het derde honk met de tenen van zijn rechtervoet aan waarna hij langs de lijn kwam aangestormd. De grond schoot zo snel onder hem door dat hij het gevoel had dat er niet genoeg zou zijn, dat hij over de rand van een klif zou gaan, misschien wel hup van de wereld af. Hij hoorde de achtervanger, Ransom Boynton, om de bal schreeuwen: 'Hierheen! Hierheen!' Hij keek op, zag Ransom een paar meter voor zich, zag aan zijn ogen, aan het spannen van zijn knieschijven dat de bal er aankwam en nam een hap adem ter grootte van een blok ijs, veranderde zijn kuiten in springveren en zijn voeten in pistoolhanen. Hij raakte Ransom zo hard dat hij het nauwelijks voelde, vloog gewoon over hem heen en zag de bal in het houten schot achter de thuisplaat slaan op exact hetzelfde moment waarop zijn voet de thuisplaat raakte. De twee geluiden – het ene hard en helder, het andere schuifelig en stoffig – omarmden elkaar. En hij dacht: sneller dan een van jullie in zijn dromen ooit zal zijn.

Hij kwam tot stilstand tegen de borst van zijn ploeggenoten. Tijdens hun schouderklopjes en juichkreten draaide hij zich om want hij wilde het gezicht van die dikke blanke man zien, maar die stond niet meer bij de bomenrij. Nee, hij was al bijna bij het tweede honk, kwam over het veld naar Luther gedraafd, met die kleine babyface een en al geschud en lach, en met ogen die in de kassen ronddraaiden alsof hij net vijf was geworden en iemand hem had verteld dat hij een paard kreeg en hij zijn lijf niet meer onder controle had en wel moest schudden en springen en rennen omdat hij zo blij was.

En Luther kreeg het gezicht nu echt te zien en dacht: nee.

Maar toen kwam Ransom naast hem staan en zei het hardop: 'Jullie zullen het niet geloven, maar dat daar is Babe Ruth die daar goddomme als een dikke goederentrein op ons af komt gedenderd.'

'Mag ik meedoen?'
Ze geloofden hun oren niet. Dat was nadat hij naar Luther toe was gerend en hem had opgetild, boven zijn gezicht had gehouden en had gezegd: 'Allemachtig, ik heb heel wat mensen zien hardlopen, maar ik heb nog nooit – en dan bedoel ik ook nooit – iemand zo hard

zien lopen als jij.' En hij had zijn armen om hem heen geslagen en hem op zijn rug geklopt terwijl hij zei: 'Hemeltjelief, wat een schitterend gezicht.'

En dat was nadat ze hadden vastgesteld dat hij echt Babe Ruth was. Het verbaasde hem dat zo veel mensen van hem hadden gehoord. Maar Sticky Joe had hem een keer in Chicago gezien, en Ransom had hem tweemaal getroffen in Cincinnati, waar hij hem had zien werpen en links had zien staan. De rest kende hem van de sportpagina's in de kranten en *Baseball Magazine*, en daar gingen Ruths wenkbrauwen bij omhoog alsof hij niet kon geloven dat er op deze wereld bruintjes waren die konden lezen.

Ruth zei: 'Jullie willen zeker wel een paar handtekeningen.'

Daar leek niemand erg in geïnteresseerd en Ruth trok een lang gezicht toen iedereen een reden had om naar zijn schoenen of de lucht te kijken.

Luther dacht erover Ruth te vertellen dat er een stel verdraaid goede spelers voor hem stond, een paar ongelogen legendarische figuren. Die man met de octopusarm? Die scoorde vorig jaar 32-2 voor de Millersport King Horns in de Ohio Mill Workers League. 32-2 met een ERA van 1,78. Doe hem dat maar eens na. En Andy Hughes, die deze keer korte stop is voor onze tegenstander, want dit is een pretwedstrijd, heeft .390 geslagen voor de Downtown Sugar Shacks van Grandview Heights. Bovendien hadden alleen blanken iets met handtekeningen. Wat stelde een handtekening nou helemaal voor: een krabbel op een stukje papier.

Luther opende zijn mond om het uit te leggen, maar één scherpe blik op Ruths gezicht en hij zag dat het niets uitmaakte: de man was een kind. Een giechelend nijlpaard van een kind met dijen zo dik dat je zijtakken verwachtte, maar wel een kind. Hij had de grootste ogen die Luther ooit had gezien. Dat zou Luther zich nog jaren herinneren als hij foto's in de kranten zag, toen hij die ogen steeds kleiner en donkerder zag worden. Maar op dat moment, op dat veld in Ohio, had Ruth de ogen van een dik jongetje op het schoolplein, vol hoop en vrees en vertwijfeling.

'Mag ik meespelen?' Hij stak zijn sint-bernardshondenpoten uit. 'Met jullie?'

Ze hadden het bijna niet meer, lagen krom van het lachen, maar Luther hield zijn gezicht in de plooi. 'Tja...' Hij keek om zich heen naar de anderen, en terug naar Ruth, nam er de tijd voor. 'Ligt eraan,' zei hij. 'Weet u iets van honkbal, *suh*?'

Reggie Polk viel op de grond van het lachen, andere spelers gierden het uit, stompten elkaar op de arm. Maar Ruth wist Luther te verbazen. Die grote ogen werden klein en zo helder als de blauwe lucht, en Luther begreep het meteen: met een knuppel in de hand was hij net zo oud als zij.

Ruth stak een onaangestoken sigaar in zijn mond en maakte zijn stropdas los. 'Ik heb er onderweg het een en ander over opgestoken, Mister...?

'Laurence, suh. Luther Laurence.' Luther keek hem nog steeds met zijn pokergezicht aan.

Ruth sloeg een arm om hem heen. Een arm zo groot als Luthers bed. 'Wat is je plek in het veld, Luther?'

'Middenveld, suh.'

'Nou, jongen, dan hoef je je nergens zorgen over te maken en alleen je hoofd schuin te houden.'

'Mijn hoofd schuin houden, suh?'

'En kijken hoe mijn bal er precies overheen vliegt.'

Luther kon er niks aan doen, er vloog een grijns over zijn gezicht.

'En noem me alsjeblieft geen "suh" meer, Luther. Honkballers onder elkaar, hoor.'

O, wat schitterend zoals Sticky Joe hem de eerste keer de baas was! Drie slag, allemaal recht toe recht aan naar de plaat, zoals een draad de naald volgt, en de dikke die het leer niet één keer wist te raken.

Na de laatste moest hij lachen, wees hij met zijn knuppel naar Sticky Joe en boog zijn hoofd diep voor hem. 'Maar ik krijg je door, jongen. Ik begin het te leren, alsof ik vooraan in de klas zit.'

Niemand wilde hem laten werpen, dus nam hij bij elke inning de plaats van een andere veldspeler in. Geen van hen vond het vervelend een inning op de bank te moeten doorbrengen. Babe Ruth – lieve hemel. Zo'n suf handtekeningetje hoefde niet, maar de verhalen zouden nog lang voor gratis drankjes in de kroeg zorgen.

Bij een van de innings stond Ruth op links en Luther op het middenveld, en Reggie Polk stond op de werpheuvel en nam er tussen de worpen zoals altijd alle tijd voor, en Ruth zei: 'Zeg, Luther, wat doe je als je niet honkbalt?'

Luther vertelde hem het een en ander over zijn werk in de munitiefabriek buiten Columbus, dat oorlog verschrikkelijk was maar dat je er goed aan kon verdienen, en Ruth zei: 'Dat is waar.' Maar het klonk Luther in de oren alsof hij het alleen maar zei om iets te zeggen, niet omdat hij het principe echt begreep, en hij vroeg Luther wat er met zijn gezicht was gebeurd.

'Cactus, Mr Ruth.'

Ze hoorden de harde tik van de knuppel en Ruth joeg achter een hoge bal aan, bewoog zich als een ballerina op zijn stompe teentjes, en wierp de bal naar het tweede honk.

'Veel cactussen in Ohio? Nieuw voor me.'

Luther grinnikte. 'Ja, we hebben in deze staat hele velden met die dingen. Wagonladingen vol.'

'En je wilt zeggen dat je in zo'n veld terecht bent gekomen?'

'Yes, suh. Met een rotsmak.'

'Zo te zien helemaal uit een vliegtuig.'

Luther schudde zijn hoofd, heel langzaam. 'Zeppelin, Mr Ruth.'

Daar moesten ze allebei lang en zacht om lachen, en al lachend stak Luther zijn handschoen op en plukte Rube Grays slag regelrecht uit de lucht.

Tijdens de volgende inning kwamen er her en der nog meer blanken uit de bomen tevoorschijn en enkelen van hen herkenden ze meteen: Stuffy McInnis, ongelogen. Everett Scott, mijn god. En nog een stel Cubs, lieve hemel: Flack, Mann, een derde die ze niet herkenden, die kon bij beide ploegen horen. Ze kwamen langs de rechterkant dichterbij en even later stonden ze achter de wrakke oude bank bij de lijn naar het eerste, in die hitte met hun pakken en stropdassen en hoeden, ze rookten hun sigaren en riepen af en toe dingen naar iemand die 'Gidge' heette, zodat Luther er geen bal meer van snapte tot hij zich realiseerde dat ze Ruth zo noemden. Toen Luther weer keek, zag hij dat er nog drie man bij waren gekomen: Whiteman van de Sox, Hollocher, de korte stop van de Cubs, en een magere knaap met een rood gezicht en een kin die uitstak als een extra huidflap en die niemand herkende. Luther was niet gelukkig met hun aantal: acht man plus Ruth, dat was een complete ploeg.

Ongeveer een inning lang was er niets aan de hand en bemoeiden de blanke mannen zich vooral met elkaar. Er waren er een paar die aapachtige geluiden maakten, en anderen riepen dingen als 'Mis die bal niet, moortje. Het is een kogel.' Of: 'Je had er meer onder moeten kruipen, zwartje.' Maar jezus, Luther hoorde wel ergere dingen. Hij vond het niks dat het achttal telkens als hij keek weer een stukje richting eerste honk was opgeschoven, en het duurde niet lang of het was lastig daar heen te rennen, een aanworp te ontwijken nu die blanken zo dichtbij stonden dat je hun reukwater kon ruiken.

En tussen twee innings zei een van hen: 'Waarom laten jullie het een van ons niet proberen?'

Het viel Luther op dat Ruth eruitzag of hij een gat zocht om in te verdwijnen.

'Wat denk jij, Gidge? Zouden je nieuwe vrienden het erg vinden als een van ons een tijdje meedeed? We horen de hele tijd verhalen dat nikkers zo snel zijn. Lopen harder dan boter op de veranda tijdens hoogzomer, zeggen ze.'

De man stak een hand uit richting Babe. Het was een van de weinigen die niemand herkende, dus was het vast een bankzitter. Grote handen, een platgeslagen neus en schouders als bijlkoppen, een man met allemaal harde, hoekige kanten. Ogen zoals Luther ze eerder bij arme blanken had gezien: had zijn hele leven woede in plaats van voedsel gegeten. Had de smaak ervan te pakken gekregen en wilde er geen afstand van doen, wat hij de rest van zijn leven ook te eten kreeg.

Hij grijnsde naar Luther alsof hij wist wat die dacht. 'Wat zeg jij, jongen? Misschien een paar van ons en een paar innings?'

Rube Gray bood aan een tijdje op de bank te zitten en de blanken kozen Stuffy McInnis als hun jongste transfer naar de 'Southern Ohio Nigger League', zo hah-hah-den ze met het donkere ezelgebalk dat bij de blanken voor lachen doorging. Maar Luther moest toegeven dat hij het best vond: Stuffy McInnis wist wat honkballen was, man. Luther had alles over hem gelezen sinds de man in 1909 bij Philadelphia was doorgebroken.

Maar toen Luther na de laatste uitbal van die inning van het middenveld kwam aangehold, trof hij bij de thuisplaat de andere blanken op een rijtje en de aanvoerder, Flack uit Chicago, met een knuppel op zijn schouder.

Babe deed zijn best, eventjes tenminste, dat moest Luther hem nageven. Hij zei: 'Hé, jongens, wíj waren met een wedstrijdje bezig.'

Flack reageerde met een brede, stralende lach: 'Wij maken er een betere wedstrijd van, Ruth. Eens kijken wat deze jongens ervan terecht brengen tegen de beste spelers uit de Amerikaanse competitie.'

'O, u bedoelt de blanke competitie,' zei Sticky Joe Beam. 'Hebben jullie het daarover?'

'Zei je iets, jongen?'

Sticky Joe was tweeënveertig en leek op een plak verbrande bacon.

Hij kneep zijn lippen op elkaar, keek omlaag naar de grond en daarna op naar de rij blanken, op zo'n manier dat Luther verwachtte dat het knokken zou worden.

'Ik zei "We zien wel wat jullie in huis hebben".' Hij keek hen strak aan. 'Eh, suhs.'

Luther keek naar Ruth, hun blikken troffen elkaar en de grote jongen met de dikke babyface lachte aarzelend. Luther moest denken aan een zin uit de Bijbel waar zijn grootmoeder in zijn jeugd vaak mee kwam, over hoe de geest gewillig was maar het vlees zwak.

Ben jij echt zo, Babe, wilde hij vragen. Ben jij zo?

Babe begon te drinken zodra de zwarte knapen hun negental hadden gekozen. Hij wist niet wat er mis was – het was maar een spelletje, gewoon blanke kerels tegen zwarte, zoals shirts tegen shirtloos – maar hij voelde zich toch rot en vervuld van schaamte. Het klopte niet. Het was maar een spelletje. Een zomerpretje om te wachten tot de trein gemaakt was. Meer niet. Maar toch wilden de terneergeslagenheid en de schaamte niet verdwijnen, dus draaide hij de heupfles open en nam een stevige slok.

Hij vroeg dringend of hij niet hoefde te werpen, zei dat zijn elleboog nog pijn deed van Game One. Hij zei dat hij om een World Series-record moest denken, het record 'scoreloos pitchen', en dat hij dat niet op het spel wilde zetten voor een wedstrijd in de knollenlandcompetitie ergens achteraf.

Dus wierp Ebby Wilson. Ebby was een gemene knaap uit de Ozarks met een kin met een extra stuk die sinds juli voor Boston speelde. Hij glimlachte toen ze de bal in zijn handen legden. 'Goed zo, jongens. Voor je het weet hebben we deze negers ingemaakt. En ook voor zij het weten.' En hij lachte, ook al lachte er niemand mee.

Ebby ging meteen van start met gloeiende kogels en schakelde in een mum van tijd hun eerste slaglieden uit. Toen kwam Sticky Joe naar de werpheuvel en die zwarte kende maar één aanpak en dat was fullswing, en toen hij die soepele tentakelzwaai op hen losliet, wist je bij god niet wat er op je af kwam. Hij wierp snelle ballen die je niet zag, zeilers met ogen: zodra ze een knuppel zagen, doken ze met een knipoog weg; boogballen die om een autoband heen konden cirkelen; ontketende ballen die tien centimeter voor de plaat explodeerden. Joe maakte korte metten met Mann. Hij maakte korte metten met Scott. En hij wierp McInnis uit zodat de inning verrassend eindigde.

De eerste paar innings was het een duel tussen de werpers, er kwam maar weinig voorbij de werpheuvel, en Ruth begon op links te gapen en steeds grotere slokken uit zijn fles te nemen. Maar de zwarte knapen scoorden een run in de tweede en nog een in de derde inning, waarbij Luther Laurence een run van het eerste naar het tweede veranderde in een run van het eerste naar de thuisplaat. Hij scheurde zo snel over het veld dat Hollecher erdoor verrast werd en de doorspeelbal vanuit het midden miste, en tegen de tijd dat hij met de bal was uitgeklungeld, kwam Luther Laurence over de thuisplaat.

Wat begon als een wedstrijdje voor de lol, veranderde van verrast respect ('Nog nooit iemand gezien die zoveel mosterd op een bal deed als dat ouwe zwartje. Zelfs jij niet, Gidge. Jezus, zelfs Walter Johnson niet. Die vent is een wonder.') via nerveuze grappen ('Denk je dat we voor we verdergaan met die stomme World Series nog een punt scoren?') ten slotte in kwaadheid ('Die nikkers kennen dit veld. Ik zou ze wel eens op Wrigley willen zien spelen. Of op Fenway. Shit.)

Die zwarten wisten hoe ze een stootslag moesten geven, godallemachtig wat konden ze dat goed. De bal kwam op vijftien centimeter van de plaat terecht en bleef daar liggen alsof hij was doodgeschoten. En ze waren snel. Ze stalen honken alsof het een kwestie was van bedenken dat je liever op het tweede dan het eerste stond. En ze konden éénhonkslagen maken. Aan het eind van de vijfde inning leek het wel of ze de hele dag éénhonkslagen konden leveren, ze stapten naar de plaat en joegen er weer een het binnenveld op. Maar toen liep Whiteman van het eerste naar de werpheuvel en babbelde even met Ebby Wilson, en vanaf dat moment probeerde Ebby niet langer mooi of slim te spelen, maar joeg hij de gloeiende kogels naar de thuisplaat alsof het hem niks uitmaakte of hij de hele winter met zijn arm in een mitella moest lopen.

Aan het begin van de zesde inning, toen de zwarten met 6-3 voor stonden, sloeg Stuffy McInnis de eerste bal van Sticky Joe Beam – een snelle bal – zo ver over de bomen heen dat Luther Laurence niet eens de moeite nam te gaan zoeken. Ze pakten een andere bal uit de canvaszak naast de bank, en Whiteman sloeg hem ver en haalde het tweede honk zonder glijden, en daarna incasseerde Flack twee slag, werkte er zes als foutslagen weg en tikte een éénhonkslag naar links en toen was het 6-4 met het eerste en derde bezet en niemand uit.

Babe voelde het toen hij de knuppel met een lap schoonveegde. Hij voelde al het bloed stromen toen hij naar de plaat stapte en als een paard over de grond schraapte. Dit moment, deze zon, deze lucht, dit hout en leer en ledematen en vingers en deze foltering van wachten om te zien wat er ging gebéúren was prachtig. Prachtiger dan vrouwen of woorden of zelfs lachen.

Sticky Joe veegde hem naar achteren met een boogbal die te hoog en te veel naar binnen aankwam en Babe's tanden heel Zuid-Ohio zou hebben laten zien als hij zijn hoofd niet uit de baan had gehaald. Hij richtte de knuppel op Sticky Joe, keek erlangs alsof het een geweer was. Hij zag de pret in de donkere ogen van de oude man, en hij lachte en de oude man lachte terug, en allebei knikten ze en Ruth zou het knobbelige voorhoofd van de oude man wel willen zoenen.

'Iedereen het over eens dat het wijd was?' riep Babe en hij kon zelfs Luther zien lachen, ver weg op het middenveld.

God, wat voelde dat goed. Maar, o, wacht even, daar komt-ie, een kanonskogel van een prachtbal en Ruth kreeg de naad in het oog, zag de rode lijn als een gestreepte zeebaars duiken en begon laag te slaan, veel lager dan waar de bal was, maar wetend waar hij heen zou gaan, en verdomd als het niet waar was, hij maakte contact, plukte die smerige bal uit de ruimte, uit de tijd, zag hem de lucht in klimmen alsof hij handen en knieën had. Ruth begon langs de lijn te draven en zag Flack vanaf het eerste honk vertrekken en op dat moment wist hij dat hij er niet alles uit had gehaald. Het was geen zuivere slag. Hij schreeuwde: 'Blijf staan!' maar Flack was al op snelheid. Whiteman was een paar stappen van het derde vandaan maar bleef waar hij was, met zijn armen in beide richtingen gestrekt, terwijl Luther achteruitliep in de richting van de bomen, en Ruth zag de bal uit dezelfde lucht opduiken als waar hij in verdwenen was en keurig langs de bomen in Luthers handschoen vallen.

Flack was van het tweede weg en hij was snel. Op het moment dat Luther de bal naar het eerste wierp, vertrok Whiteman van het derde. En Flack, ja, Flack was heel erg snel, maar Luther had een soort kanon in dat magere lijf van hem en de bal gierde over het groene veld en Flack hobbelde over de grond als een postkoets en ging de lucht in op het moment dat de bal in de handschoen van Aeneus James klapte, en Aeneus, de grote kerel op het middenveld die Ruth als eerste had gezien toen hij tussen de bomen vandaan kwam, die zwaaide zijn lange arm omlaag terwijl Flack op zijn buik naar het eerste schoof en tikte hem hoog op de schouder aan en toen raakte Flacks hand het honk.

Aeneus stak Flack zijn vrije hand toe maar Flack negeerde hem en stond op.

Aeneus gooide de bal terug naar Sticky Joe.

Flack klopte het stof van zijn broek en ging op het eerste honk staan. Hij zette zijn handen op zijn knieën en plantte zijn rechtervoet richting tweede.

Sticky Joe keek hem vanaf de werpheuvel aan.

Aeneus James zei: 'Wat doet u nou, suh?'

Flack zei: 'Zei je iets?', met een iets te opgewekte stem.

Aeneus James: 'Ik vraag me alleen af waarom u hier nog staat, suh.'

Flack zei: 'Dit is waar je staat als je op het eerste staat, knul.'

Aeneus zag er opeens doodmoe uit, alsof hij thuiskwam van een werkdag van veertien uur en ontdekte dat iemand zijn sofa had gestolen.

Ruth dacht: o jezus, nee.

'U was uit, suh.'

'Wat klets je, knul. Ik was in.'

'De man was in, nikker.' Dat kwam van Ebby Wilson die plotseling naast Ruth opdook. 'Dat was op kilometers afstand te zien.'

Nu kwamen er wat zwarten bij om te vragen waarom ze niet doorgingen.

Aeneus zei: 'Hij zegt dat hij in was.'

'Wat?!' Cameron Morgan kwam aangekuierd van het tweede. 'Grapje zeker?'

'Let op je woorden, knul.'

'Dat bepaal ik zelf wel.'

'O ja?'

'Ik dacht het wel.'

'Hij was in. Ruimschoots.'

'Hij was uit,' zei Sticky Joe zachtjes. 'Niet om onbeleefd te zijn, Mr Flack, maar u was uit.'

Flack legde zijn handen op zijn rug en kwam op Sticky Joe af. Hij boog zich over naar de kleinere man. Hij snoof om een of andere reden.

'Denk je dat ik op het eerste sta omdat ik niet goed snik ben? Nou?'

'No, sir, dat denk ik niet.'

'Wat denk je dan wel, boy?'

'Dat u uit was, sir.'

Iedereen stond nu bij het eerste honk, de negen man van elk team en de negen zwarten die op de bank waren gaan zitten nadat de nieuwe wedstrijd geregeld was.

Ruth hoorde 'uit'. Hij hoorde 'in'. Telkens weer. Hij hoorde 'boy' en 'nikker,' en 'zwartje' en 'boertje'. En toen hoorde hij iemand zijn naam roepen.

Hij keek en zag dat Stuffy McInnis naar hem keek en naar het honk wees. 'Gidge, jij was er het dichtst bij. Flack zegt dat hij in was. Ebby kon het goed zien en hij zegt ook dat Flack in was. Jij mag het zeggen, Babe. In of uit?'

Babe had nog nooit zoveel kwaaie zwarte gezichten van dichtbij gezien. Achttien stuks. Grote platte neuzen, staalkabels als spieren in hun armen en benen, zweettranen in hun dichte haar. Wat hij in deze lui had gezien, was hem bevallen, maar hij vond het niet fijn als ze naar je keken alsof ze iets van je wisten maar niet wilden vertellen wat dan wel. Zoals die ogen je snel helemaal opnamen en dan heel mismoedig en wazig werden.

Zes jaar geleden had het Major League Baseball zijn eerste staking gehad. De Detroit Tigers hadden geweigerd te spelen tot Ban Johnson de schorsing van Ty Cobb wegens het slaan van een supporter op de tribune ongedaan had gemaakt. De supporter was een invalide, iemand met stompjes in plaats van armen en zonder handen om zich mee te verdedigen, maar Cobb was blijven slaan lang nadat de man op de grond was gevallen en had hem met zijn noppenschoenen in zijn gezicht en ribbenkast getrapt. Toch hadden zijn ploeggenoten zijn kant gekozen en waren ze in staking gegaan om een vent te steunen die ze geen van allen mochten. Jezus, iedereen had gruwelijk de pest aan Cobb, maar daar ging het niet om. Het ging erom dat de supporter Cobb een 'halve neger' had genoemd, en niets was zo erg als een blanke 'nikkervriend' of gewoon 'nikker' noemen.

Toen Ruth ervan had gehoord, zat hij nog op tuchtschool, maar hij had begrip gehad voor het standpunt van de andere Tigers, zeker weten. Je kon met een zwarte kletsen, met een enkeling zelfs lachen en grappen maken, je kon degenen met wie je het meest had gelachen voor Kerstmis misschien iets extra's geven. Maar dit was nog altijd een blanke samenleving, een plek gebaseerd op ideeën over het gezin en eerlijk werk (en wat deden deze zwarten midden op de dag op een veld? Een wedstrijd spelen terwijl hun gezin waarschijnlijk thuis honger leed.). Goed beschouwd kon je je altijd maar het beste bij je eigen soort houden, de mensen met wie je voor de rest van je leven samen leefde, at en werkte.

Ruth hield zijn ogen op het honk gericht. Hij wilde niet weten waar

Luther was, het risico lopen dat hij naar die verzameling zwarte gezichten keek en toevallig zijn blik zou kruisen.

'Hij was in,' zei Babe.

De zwarten gingen door het lint. Ze riepen en wezen naar het honk en schreeuwden 'Bullshit!' en dat ging een tijdje zo door, en toen, alsof ze allemaal een hondenfluitje hadden gehoord dat geen van de blanke mannen kon horen, stopten ze ermee. Hun lichamen verloren hun spanning, hun schouders zakten, ze keken dwars door Ruth heen alsof ze uit zijn achterhoofd konden kijken en Sticky Joe Beam zei: 'Nou, goed dan. Als we het zo spelen, spelen we het zo.'

'Zo spelen we het,' zei McInnis.

'Yes, suh,' zei Sticky Joe. 'Dat is wel duidelijk.'

En ze liepen allemaal terug en namen hun posities in.

Babe ging op de bank zitten en dronk en voelde zich bezoedeld en merkte dat hij Ebby Wilsons kop van zijn romp wilde draaien en het op een stapel gooien met die van Flack ernaast. Het sloeg nergens op – hij had voor zijn ploeg gedaan wat hij moest doen – maar toch voelde hij het zo.

Hoe meer hij dronk, hoe ellendiger hij zich voelde, en bij de achtste inning overwoog hij wat er zou gebeuren wanneer hij zijn volgende slagbeurt gebruikte om punten weg te geven. Hij had van plaats gewisseld met Whiteman die eerst zou slaan. Luther Laurence stond klaar terwijl Tyrell Hawke op de slagplaats stond, en Luther bekeek hem van een afstand alsof hij nu gewoon een willekeurige blanke was, bekeek hem met die niets-ogen die je zag bij slaapwagonbedienden en schoenpoetsers en piccolo's; Babe voelde vanbinnen iets verschrompelen.

Zelfs met nog twee betwiste in-/uitkwesties (en een kind kon raden wie de strijd won) en een lange foutslag die volgens de Major Leaguers een homerun was, stonden de blanken aan het eind van de negende inning nog met 9-6 achter, en toen begon de trots van de National en American Leagues te spelen als de trots van de National en American Leagues.

Hollecher joeg er een langs de eerste honklijn. Daarna mepte Scott er een over het hoofd van de derde-honkman. Flack ging maaiend ten onder. Maar McInnis sloeg er een laag rechts en toen waren de honken bezet, met één uit. George Whiteman kwam naar het slagperk en Ruth wachtte op zijn beurt. De binnenvelder speelde de bal steeds rond en Sticky Joe Beam wierp niets waar George een verre slag op kon maken. Babe Ruth merkte dat hij bad om iets waar hij zijn hele leven nog niet om had gebeden: dat er twee uit werden getikt zodat hij niet hoefde te slaan.

Whiteman werd getrakteerd op een drop-curve-bal die te lang bleef hangen en de bal snorde de lucht in en maakte toen net voorbij het binnenveld een bocht naar rechts, een snelle, scherpe bocht en uit. Duidelijk een foutslag. Toen wierp Sticky Joe Beam hem uit met twee van de gemeenste kogels die Ruth ooit had gezien.

Babe liep naar het slagperk. Hij telde hoeveel van hun zes punten afkomstig waren van echt honkbal en kwam uit op drie. Drie. Deze zwarten die geen mens kende, ergens op een afgetrapt veld in Stronteradeel, Ohio, hadden een stel van de beste honkballers ter wereld op drie punten gehouden. Jezus, Ruth sloeg er een op de drie. En hij had echt zijn best gedaan. En het lag niet alleen aan Beams werpen. Nee. Ze hadden een gezegde: sla toe waar ze niet zijn. Maar deze zwarten waren overal. Je dacht dat er een gat was, weg gat. Je sloeg een bal waar geen sterveling bij kon, en een van deze knapen had hem in zijn handschoen en was niet eens buiten adem.

Wanneer ze niet vals hadden gespeeld, zou dit een van de meest grandioze momenten in Ruths leven zijn geweest: een face-off tegen een paar van de beste spelers die hij ooit was tegengekomen aan het eind van de negende met twee uit, drie op de honken, terwijl hij de uitslag in handen had. Eén zwaai en hij kon het allemaal binnenhalen.

En hij kón het allemaal binnenhalen. Hij had Sticky Joe nu een tijdje bestudeerd, en de man was vermoeid, en Ruth had al zijn worpen nu gezien. Als ze niet vals hadden gespeeld, zou de lucht die Ruth nu in zijn neus kreeg pure cocaïne zijn geweest.

Sticky Joe's eerste bal kwam te flodderig en te vet binnen en Ruth moest zijn slag heel secuur timen om hem te missen. Hij miste grandioos, probeerde te overtuigen, en zelfs Sticky Joe keek verbaasd. De volgende was strakker, er zat iets van een kurkentrekker in en het werd een foutslag. De worp erna viel voor de plaat op de grond, en die daarna was zo hoog als zijn kin.

Sticky Joe kreeg de bal terug en stapte even van de werpheuvel af en Ruth voelde aller ogen op zich gericht. Hij zag de bomen achter Luther Laurence en hij zag Hollecher en Scott en McInnis op hun honk en hij bedacht hoe fijn het zou zijn geweest als het eerlijk was geweest, wanneer de volgende worp er een kon zijn die hij met een zuiver geweten richting God in de hemel kon sturen. En misschien...

Hij stak zijn hand op en stapte bij de plaat vandaan.

Het was toch maar een spel, niet? Dat had hij zichzelf voorgehouden toen hij besloot punten weg te geven. Het was maar een spel. Wie kon het wat schelen of hij één maffe wedstrijd verloor?

Maar het omgekeerde was ook waar. Wie kon het iets schelen of hij won? Zou het morgen iets uitmaken? Het zou geen enkele invloed op iemands leven hebben. Nu, op dit moment, was het een kwestie van twee uit en drie op de honken, eind van de negende.

Als hij me een sappige bal serveert, besloot Ruth terwijl hij weer naar het slagperk terugliep, dan hap ik toe. Hoe kan ik weerstand bieden? Met die mannen op hun honken, deze knuppel in mijn hand, de geur van stof en gras en zon.

Het is een bal. Het is een knuppel. Het is negen mannen. Het is een moment. Niet voor altijd. Alleen maar een moment.

En daar was die bal, langzamer dan had gemoeten, en Ruth zag het in het gezicht van de oude neger. Hij wist het op het moment dat de bal diens hand verliet: het was een vette.

Babe dacht erover de slag te missen, eroverheen te maaien, te doen wat juist was.

Op dat moment klonk de stoomfluit van de trein, hard en schel en hoog door de lucht, en Ruth dacht, dat is een teken, en hij plantte zijn voeten stevig neer, zwaaide met de knuppel en hoorde de catcher 'Shit!' zeggen en toen... dat geluid, het magnifieke geluid van hout tegen koeienhuid en de bal verdween in de lucht.

Ruth draafde een paar meter langs de lijn en bleef staan omdat hij wist dat hij onder de bal was gekomen.

Hij keek om zich heen en zag Luther Laurence naar hem kijken, een fractie van een seconde maar, en hij voelde wat Luther wist: dat hij had geprobeerd een homerun te slaan, een grand slam. Dat hij had geprobeerd deze wedstrijd, die oneerlijk was gelopen, af te pakken van degenen die hem eerlijk hadden gespeeld.

Luthers ogen lieten die van Ruth los, gleden op zo'n manier van hem af dat Ruth wist dat hij ze nooit meer zou voelen. En Luther keek omhoog terwijl hij wegdook om onder de bal in positie te komen. Hij hield zijn handdoek boven zijn hoofd. En dat was dat, dat was de wedstrijd, omdat Luther er recht onder stond.

Maar Luther liep weg.

Luther liet zijn handschoen zakken en begon naar het binnenveld te lopen en hetzelfde deed de rechtsvelder en hetzelfde deed de linksvelder en die bal plofte achter hen allen neer in het gras en ze keken er niet eens naar om, en Hollecher kwam binnen, maar er stond geen cat-cher te wachten. De catcher was op weg naar de bank bij de achterlijn en daar liep ook de derde-honkman heen.

Scott bereikte de thuisplaat, maar McInnis liep niet verder dan het derde, bleef daar alleen maar staan en keek naar de zwarten die op hun gemak naar hun bank slenterden alsof het het einde van de derde in-ning was in plaats van de negende. Ze kwamen er bij elkaar en stop-ten hun knuppels en handschoenen in twee aparte canvas tassen, deden alsof de blanken er helemaal niet waren. Ruth wilde het veld overste-ken om iets te zeggen, maar Luther keek niet één keer achterom. Daar-na liepen ze met z'n allen naar de landweg achter het veld en raakte hij Luther in de zee van zwarten kwijt, kon hij niet zeggen of het de vent vooraan was of die links en Luther keek niet één keer achterom.

De fluit klonk nogmaals en geen van de blanken had een vin ver-roerd, en ook al was het of de zwarten langzaam liepen, ze waren bijna allemaal van het veld af.

Op Sticky Joe Beam na. Hij kwam naar Babe toe en raapte de knup-pel op die hij had gebruikt. Hij legde hem op zijn schouder en keek Babe recht aan.

Babe stak zijn hand uit. 'Prachtige wedstrijd, Mr Beam.'

Sticky Joe Beam liet niet merken of hij Babe's hand zag.

Hij zei: 'Ik geloof dat dat uw trein is, suh,' en liep het veld af.

Babe ging naar de trein terug. Hij dronk wat aan de bar.

De trein liet Ohio achter zich en jakkerde Pennsylvania door. Ruth zat in zijn eentje en keek naar Pennsylvania en zijn bijeengeschraapte heuvels en grond. Hij dacht aan zijn vader die twee weken geleden in Bal-timore was overleden bij een gevecht met de broer van zijn tweede vrouw, Benjie Sipes. Babe's vader wist twee klappen te plaatsen en Sipes maar één, maar die ene telde omdat zijn vader met zijn hoofd op de stoeprand viel en een paar uur later in het academisch ziekenhuis overleed.

De kranten stonden er een paar dagen vol mee. Ze vroegen wat hij ervan vond, wat hij voelde. Babe zei dat hij het erg vond dat de man dood was. Een treurige zaak.

Zijn vader had hem naar de tuchtschool gestuurd toen hij acht was. Had gezegd dat hij manieren moest leren. Dat hij het zat was hem te leren zijn moeder en hem te gehoorzamen. Dat een tijdje op Saint Ma-ry's hem goed zou doen. Dat hij zijn handen vol had aan zijn kroeg. Hij zou hem weer ophalen als hij had geleerd te gehoorzamen.

Zijn moeder was gestorven toen hij op de tuchtschool zat.

Het was een treurige zaak, had hij tegen de kranten gezegd. Een treurige zaak.

Hij bleef maar wachten op het moment dat hij iets zou voelen. Hij had twee weken gewacht.

Normaliter was het enige moment waarop hij iets voelde, behalve het zelfmedelijden dat hij voelde als hij heel erg dronken was, wanneer hij een bal raakte. Niet wanneer hij hem wierp. Niet wanneer hij er een ving. Alleen wanneer hij hem raakte. Wanneer het hout contact had met het koeienleer en hij met zijn heupen draaide en zijn schouders liet zwenken, als de spieren in zijn dijen en in zijn kuiten zich spanden en hij de stuwing van zijn lichaam voelde wanneer het de zwaai van die zwarte knuppel afrondde en de witte bal sneller en hoger vloog dan wat ook ter aarde. Om die reden was hij van gedachten veranderd en had hij 's middags die slag geslagen, omdat hij wel moest. De bal was te vet, te puur zoals hij daar hing. Daarom had hij het gedaan. Dat was het hele verhaal. Dat was alles.

Hij pokerde met McInnis en Jones en Mann en Hollecher, maar iedereen had het steeds maar over de staking en de oorlog (niemand had het over de wedstrijd; het was of ze het er allemaal over eens waren dat die niet had plaatsgehad), dus knapte hij een heel lang uiltje en toen hij opstond, waren ze Connecticut al bijna door en nam hij een paar borrels om de dufheid in zijn hoofd te verdrijven. Hij pakte Harry Hoopers hoed van zijn hoofd toen die lag te slapen en iemand begon te lachen en een ander zei: 'Gidge, heb je dan nergens meer respect voor?' Dus pakte hij nog een hoed, deze keer van Stu Springer, de baas van de verkoopafdeling van de Cubs, en prikte er een gat in en even later smeet de halve wagon hoeden naar hem toe en hitste hem op. En hij klom op de stoelen en kroop van de ene stoel naar de andere terwijl hij *hoe hoe hoe*-apengeluiden maakte en een plotselinge, onverklaarbare trots in zijn armen en benen voelde opkomen als korenaren die als een gek gingen groeien, en hij schreeuwde: 'Ik ben de aapmens! Ik ben Babe Ruth, godverdomme! Ik vreet jullie op!'

Sommigen probeerden hem omlaag te trekken, anderen probeerden hem te kalmeren, maar hij sprong van de rugleuning en deed een dansje in het gangpad en greep nog wat hoeden die hij wegsmeet of waar hij gaten in prikte en de mensen klapten en joelden en floten. Hij klapte in zijn handen als een draaiorgelaapje en krabde aan zijn gat en riep 'Hoe hoe hoe' en ze vonden het prachtig, prachtig.

Toen waren de hoeden op. Hij keek achterom door het gangpad. De grond lag bezaaid met hoeden. Ze hingen aan de bagagerekken, aan een paar ramen plakten stukjes stro. Ruth voelde het strooisel op zijn ruggengraat, vlak onder plek waar zijn hersens begonnen. Hij was in de war en uitgelaten en klaar om de stropdassen aan te pakken. De kleren. De bagage.

Ebby Wilson legde een hand op zijn borst. Ruth kon niet goed zeggen waar hij vandaan kwam. Hij zag Stuffy van zijn stoel opstaan, een glas met iets naar hem heffen en iets roepen en lachen, en Ruth zwaaide naar hem.

Ebby Wilson zei: 'Maak een nieuwe voor me.'

Ruth keek op hem neer. 'Wat?'

Ebby spreidde zijn handen, een en al redelijkheid: 'Je moet een nieuwe hoed voor me maken. Je hebt hem stukgemaakt, dus moet je een nieuwe voor me maken.'

Iemand floot.

Ruth streek de schouders van Wilsons jasje glad. 'Je krijgt een borrel van me.'

'Ik wil geen borrel. Ik wil mijn hoed.'

Ruth wilde zeggen 'Val dood met je hoed' toen Ebby Wilson hem een zet gaf. Geen erg harde zet, maar op hetzelfde moment maakte de trein een bocht en Ruth voelde hem onder zich wiebelen, lachte naar Wilson en besloot toen hem een klap te geven in plaats van hem af te bekken. Hij haalde uit, zag de klap in Ebby Wilsons ogen komen, Wilson, die niet langer zo zelfvoldaan was, niet meer zo bezorgd om zijn hoed, maar de trein wiebelde opnieuw, de trein schudde en Ruth voelde de klap ernaast gaan, voelde zijn hele lichaam naar rechts zeilen, voelde een stem in zijn hart zeggen: Zo ben jij niet, Gidge. Zo ben jij niet.

Zijn vuist knalde tegen het raam. Hij voelde het in zijn elleboog, voelde het in zijn schouder en de zijkant van zijn nek en het holletje net onder zijn oor. Hij ervoer het schudden van zijn buik als een openbaar spektakel en voelde zich weer dik en verweesd. Hij liet zich op de lege stoel vallen, zoog lucht tussen zijn tanden en vertroetelde zijn hand.

Luther Laurence en Sticky Joe en Aeneus James zaten nu waarschijnlijk ergens op een veranda, in de warmte van de avond, lieten een kruik rondgaan. Misschien hadden ze het over hem, over het gezicht dat hij trok toen hij Luther zag weglopen van de bal die uit de lucht omlaag viel. Misschien zaten ze te lachen, speelden ze een slag, een worp, een run na.

En hij was hier, in het volle leven.

Ik heb door New York heen geslapen, dacht Babe toen ze een emmer ijs brachten en zijn hand erin legden. En toen herinnerde hij zich dat de trein helemaal niet door Manhattan kwam, alleen door Albany, maar toch voelde het of hij iets gemist had. Hij had het al honderden keren gezien, maar hij vond het heerlijk om ernaar te kijken, naar de lichtjes, naar de donkere rivieren die er als een tapijt omheen lagen en de kalkstenen torenspitsen tegen de nachthemel.

Hij haalde zijn hand uit het ijs en bekeek hem. Zijn werphand. Hij was rood en dik en hij kon geen vuist maken.

'Gidge,' riep iemand van achter uit de wagon, 'wat heb je toch tegen hoeden?'

Babe gaf geen antwoord. Hij keek naar buiten, naar het vlakke met struiken begroeide gebied rond Springfield, Massachusetts. Hij legde zijn voorhoofd tegen het raam om het af te koelen en zag zijn spiegelbeeld en het spiegelbeeld van het land, in elkaar verstrengeld.

Hij tilde zijn gezwollen hand op naar het raam en het land schoof ook daar doorheen, en hij verbeeldde zich dat het zijn pijnlijke knokkels genas en hij hoopte dat hij niets gebroken had. Om zoiets stoms als een paar hoeden.

Hij stelde zich voor dat hij Luther tegenkwam in een stoffige straat in een stoffig stadje en dat hij hem op een borrel trakteerde en dat Luther zou zeggen: 'Maakt u zich maar geen zorgen, Mr Ruth, suh', en met nog een verhaal zou komen over cactussen in Ohio.

Maar toen zag Ruth die ogen van Luther voor zich, die niets verrieden behalve het gevoel dat hij je doorzag en niet goedkeurde wat hij in je aantrof. En Ruth dacht: je kunt me wat, boy, jij met je goedkeuring. Ik kan heel goed zonder. Hoor je me?

Ik kan heel goed zonder.

Hij begon net op dreef te komen. Hij stond op het punt open te barsten. Dat voelde hij. Iets groots. Er waren grootse dingen in aantocht. Van hem. Van overal vandaan. Dat gevoel had hij de laatste tijd, alsof de hele wereld in een stal was opgesloten, hij erbij. Maar binnenkort, heel binnenkort zou het overal losbarsten.

Hij legde zijn hoofd tegen het raam en sloot zijn ogen. Hij voelde het landschap nog door zijn gezicht schuiven toen hij begon te snurken.

ROUTINEWERK

1

Op een regenachtige zomeravond vocht Danny Coughlin, een politieman in Boston, in Mechanics Hall net buiten Copley Square, een gevecht over vier ronden tegen een andere diender, Johnny Green. Coughlin-Green was het laatste van vijftien gevechten in een programma met alleen politiemensen in de gewichtsklassen vlieggewicht, weltergewicht, halfzwaargewicht en zwaargewicht. Danny Coughlin was met 1,88 m en 100 kilo een zwaargewicht. Een dubieuze linkse hoek en een voetenwerk dat net niet helemaal je dát was, verhinderden een profcarrière, maar zijn messcherpe linkse directe in combinatie met de je-kaak-gaat-per-luchtpost-naar-Georgia-explosie van zijn rechtse minimaliseerde de mogelijkheden van bijna alle andere semiprofs van de Oostkust.

Het een dag durende bokstoernooi heette Boxing & Badges: Hoeken voor Hoop. De recette werd gelijkelijk verdeeld tussen het St. Thomas-tehuis voor invalide wezen en de eigen politieorganisatie, de Boston Social Club, die de donaties gebruikte ter aanvulling van een ziekenfonds voor gewonde dienders en de bekostiging van uniformen en uitrusting, kosten die de dienst weigerde te betalen. Aankondigingen van het evenement waren op palen geplakt en opgehangen bij winkels in gegoede buurten waar ze zodoende giften lospeuterden van mensen die beslist niet van plan waren het evenement te bezoeken, maar de flyers waren ook overdadig aanwezig in de ergste achterbuurten van Boston, waar men de grootste kans had de harde kern van het criminele deel van de stad aan te treffen: de gangsters, de zware jongens, de vechtersbazen en natuurlijk de Gusty's, de machtigste en meest redeloze straatbende van de stad, met hun hoofdkwartier in South Boston maar tentakels in de hele stad.

De logica was simpel: het enige wat criminelen bijna even graag deden als dienders in elkaar slaan, was kijken hoe de ene diender de andere verrot sloeg.

Dienders sloegen elkaar verrot in Mechanics Hall tijdens Boxing & Badges: Hoeken voor Hoop.

Ergo: criminelen verzamelden zich in Mechanics Hall om dat te zien.

Danny Coughlins peetvader, inspecteur Eddie McKenna, had besloten deze theorie tot het uiterste uit te buiten ten voordele van de plaatselijke politie in het algemeen en de Speciale Eenheid, waar hij de baas over speelde, in het bijzonder. De mannen van McKenna's ploeg begaven zich de hele dag tussen de mensen en het ene na het andere uitstaande arrestatiebevel werd met verbazingwekkende efficiency en zonder bloedvergieten ten uitvoer gebracht. Ze wachtten tot een doelwit de grote hal verliet, meestal om te gaan plassen, voor ze hem met hun knuppeltje een mep op zijn kop gaven en hem naar een van de boevenwagens sleurden die in de steeg stonden te wachten. Tegen de tijd dat Danny de ring in stapte, waren de meeste boeven tegen wie een arrestatiebevel uitstond, opgepakt of via de achterdeur weggeglipt, maar enkelen – hopeloos en dom tot het uiterste – sjouwden nog rond in de van rook vergeven hal met een vloer die plakte van het gemorste bier.

Danny's verzorger was Steve Coyle. Steve was ook zijn partner tijdens de surveillances vanuit de Nul-Een-politiepost in North End. Hun wijk bestreek Hanover Street van begin tot eind, van Constitution Wharf tot het Crawford House Hotel, en zolang ze dat deden, had Danny al gebokst en was Steve zijn verzorger geweest.

Danny had in 1916 de bom in het bureau Salutation Street overleefd en stond vanaf zijn eerste jaar bij de politie hoog aangeschreven. Hij was breedgeschouderd, had donker haar en blauwe ogen; meer dan eens had men gezien dat vrouwen hem openlijk bekeken, en niet alleen immigrantenvrouwen of vrouwen die in het openbaar rookten. Steve daarentegen was gedrongen en robuust als een kerkklok, met een groot, peervormig gezicht en een merkwaardig loopje. Eerder dat jaar was hij bij een close-harmonykwartet gaan zingen teneinde bij het zwakke geslacht in de smaak te vallen, een besluit dat het afgelopen voorjaar iets had opgeleverd hoewel de vooruitzichten bij het naderen van het najaar minder gunstig leken te worden.

Men zei van Steve dat hij zoveel praatte dat een aspirientje er hoofdpijn van kreeg. Hij had al jong zijn ouders verloren en was zonder connecties of invloed bij de politie gaan werken. Na negen jaar zat hij nog steeds bij de straatdienst. Danny daarentegen behoorde tot de Boston

Police Department (BPD)-adel als zoon van hoofdinspecteur Thomas Coughlin van het Twaalfde District in South Boston, en petekind van inspecteur Eddie McKenna van de Speciale Eenheid. Danny zat nog geen vijf jaar bij de politie maar elke diender in de stad wist dat hij niet lang meer in uniform zou lopen.

'Waar blijft die gast, verdomme?' Steve liet zijn blik door de hal gaan; hij was moeilijk over het hoofd te zien in zijn uitmonstering. Hij beweerde ergens te hebben gelezen dat Schotten van alle verzorgers in deze lieflijke sport het meest gevreesd waren. En dus verscheen Steve bij bokswedstrijden in kilt. Een echte kilt, met een rode tartan, met roodzwart geruite wollen kousen, een antracietkleurig jasje en een bijpassend vest met vijf knopen, een zilverkleurige trouwdas, echte Ghillie-brogues aan zijn voeten en een grote Schotse baret op zijn hoofd. Het allervreemdste was niet dat hij zich er zo in thuis voelde, als wel dat hij helemaal geen Schot was.

Het publiek, rood aangelopen en dronken, was het afgelopen uur of zo steeds opgewondener geworden, dus braken er tussen de officiële wedstrijden door steeds meer knokpartijen uit. Danny leunde tegen de touwen en gaapte. Mechanics Hall stonk naar zweet en drank. Dikke, kleffe rook kronkelde om zijn armen. Eigenlijk had hij nu in zijn kleedkamer moeten zijn, maar hij had niet echt een kleedkamer, alleen een bank in de gang van de onderhoudsdienst, waar ze Woods van de Nul-Negen vijf minuten geleden naartoe hadden gestuurd om hem te vertellen dat het tijd was om naar de ring te gaan.

Dus stond hij hier in een lege ring te wachten op Johnny Green, terwijl het geroezemoes luider werd, rumoeriger. Acht rijen naar achteren sloeg een man met een klapstoel op een ander in. De man die sloeg was zo dronken dat hij boven op zijn slachtoffer viel. Een diender baande zich er een weg naartoe met behulp van zijn helm in de ene en zijn knuppel in de andere hand.

'Waarom ga je niet kijken waar Green blijft?' vroeg Danny aan Steve.

'Waarom kruip je niet onder mijn kilt en maak je je daar heel klein?' Steve wees met zijn kin naar het publiek. 'Stelletje stomme druktemakers. Als ze mijn kilt maar niet scheuren of een veeg op mijn schoenen maken.'

'O hemeltje,' zei Danny, 'en je hebt geen schoenpoets bij je.' Hij liet zich ruggelings een paar maal tegen de touwen veren. Hij strekte zijn nek, liet zijn handen om de polsen draaien. 'Daar komt het fruit.'

Steve zei: 'Wat?' en deed een stap achteruit toen een bruine slastronk over de touwen vloog en midden in de ring uiteenspatte.

'Sorry,' zei Danny. 'Groente.'

'Maakt niet uit.' Steve wees. 'Daar is de uitdager. Net op tijd.'

Danny keek het hoofdgangpad af en zag Johnny Green in de schuine witte omlijsting van een deur. De menigte voelde zijn aanwezigheid en keek om. Green kwam door het gangpad aangelopen met zijn trainer, in wie Danny een bureaubrigadier van de Nul-Vijf herkende maar wiens naam hem even niet te binnen schoot. Ongeveer vijftien rijen naar achteren trok een van Eddie McKenna's Speciale Eenheidsmannen, een beul die Hamilton heette, een vent bij zijn neusgaten overeind en sleepte hem het gangpad door. De cowboys van de Speciale Eenheid dachten blijkbaar dat ze de schijn niet meer hoefden op te houden nu het laatste gevecht ging beginnen.

Carl Mills, de woordvoerder van de BPD, riep iets naar Steve vanaf de andere kant van de touwen. Steve liet zich op een knie zakken om met hem te praten. Danny zag Johnny Green aankomen en was niet blij met iets wat hij in diens ogen zag zweven, iets wezenloos. Johnny Green zag de mensen, hij zag de ring, hij zag Danny, maar niet echt. Nee, hij keek naar alles en keek tegelijkertijd langs alles heen. Het was een kijken dat Danny al eerder had gezien, meestal op de gezichten van dronkelappen die ver heen waren, of bij verkrachtingsslachtoffers.

Steve dook achter hem op en legde een hand op zijn elleboog. 'Mills vertelt me net dat dit zijn derde gevecht in vierentwintig uur tijd is.'

'Wat? Van wie?'

'Van wie? Van Green, verdomme. Gisteravond heeft hij er een gehad in de Crown in Somerville, vanochtend heeft hij er een gehad op het spoorwegemplacement in Brighton en nu is hij hier.'

'Hoeveel ronden?'

'Mills heeft gehoord dat hij er gisteravond zeker dertien heeft gehad. En heeft verloren met K.O.'

'Wat moet hij dan hier?'

'De huur,' zei Steve. 'Twee koters en de derde op komst.'

'De húúr?'

Het publiek was gaan staan: de muren trilden, de balken zwiepten. Als het dak opeens recht de lucht in was gegaan, zou het Danny waarschijnlijk niet hebben verbaasd. Johnny Green kwam de ring in zonder mantel. Hij ging in zijn hoek staan en sloeg zijn handschoenen tegen elkaar; zijn ogen staarden omhoog naar iets in zijn schedel.

'Hij weet niet eens waar hij is,' zei Danny.

'Dat weet hij wel,' zei Steve, 'en hij komt naar het midden.'

'Steve, in godsnaam.'

'Hou op met je in godsnaam. Hup, erheen.'

In het midden van de ring legde de scheidsrechter, rechercheur Bilky Neal, een ex-bokser, een hand op beider schouder. 'Ik wil een net gevecht. Afgezien daarvan wil ik dat het er netjes uitziet. Nog vragen?'

Danny zei: 'Deze vent ziet niets.'

Greens ogen waren op zijn schoenen gericht. 'Ik zie genoeg om je kop eraf te slaan.'

'Kun je zien hoeveel vingers ik opsteek als ik mijn handschoen uittrek?'

Green hief zijn hoofd op en spuwde op Danny's borst.

Danny deed een stap achteruit. 'Wel, godver.' Hij veegde het speeksel met zijn handschoen weg en veegde zijn handschoen af aan zijn broek.

Kreten vanuit het publiek. Bierflessen vlogen kapot tegen de onderrand van de ring.

Greens blik kruiste de zijne. Die van Green zwalkte als iets op een schip. 'Als je wilt kappen, kap dan. Maar doe het hier, zodat iedereen het ziet, dan krijg ik de poen. Pak die megafoon en zeg dat je ermee kapt.'

'Ik kap niet.'

'Vecht dan.'

Bilky Neals lachje naar hen was nerveus en woedend tegelijk. 'Het publiek wordt onrustig, heren.'

Danny wees met zijn handschoen. 'Moet je hem nou zien, Neal. Kijk dan.'

'Ik vind dat hij er prima uitziet.'

'Gelul. Ik – '

Greens directe kwam op Danny's kin terecht. Bilky Neal maakte zich als een haas uit de voeten en zwaaide met zijn arm. De bel ging. Het publiek brulde. Green plaatste een tweede rechtse, nu op Danny's keel.

Het publiek werd gek.

Danny stapte in de volgende klap en sloeg zijn armen om Green. Terwijl Johnny vijf, zes snelle tikken in Danny's nek gaf, zei Danny: 'Geef op. Oké?'

'Krijg de kolere. Ik heb geld... ik...'

Danny voelde iets warms over zijn rug lopen. Hij verbrak de clinch.

Johnny's hoofd knakte scheef; er liep roze schuim over zijn onderlip en langs zijn kin. Hij bleef vijf tellen zo staan, een eeuwigheid in de ring, met zijn armen langs zijn lijf. Het viel Danny op hoe kinderlijk zijn gelaatsuitdrukking was geworden, alsof hij net kwam kijken.

Toen vernauwden zijn ogen zich. Zijn schouders verkrampten, zijn handen kwamen omhoog. De dokter zou later zeggen (toen Danny zo dom was ernaar te vragen) dat een lichaam onder extreme stress soms reflexmatig reageert. Als Danny dat toen had geweten, zou het misschien enig verschil hebben gemaakt, hoewel hij bij god niet wist hoe. Een hand die in de boksring wordt geheven, betekent zelden iets anders dan wat je zou verwachten. Greens linkervuist kwam omhoog in de ruimte tussen hun lichamen, Danny's schouder draaide in en zijn rechtse kwam omhoog naar de zijkant van Johnny Greens hoofd.

Instinct. Zuiver instinct.

Er viel bij Johnny niet veel meer uit te tellen. Hij lag op het canvas, schokte met zijn benen, spuugde wit schuim en daarna gutsen er roze golven. Zijn hoofd sloeg van links naar rechts, links naar rechts. Zijn mond zoende de lucht zoals vissen de lucht zoenen.

Drie gevechten op één dag, dacht Danny. Dat meen je toch niet?

Johnny leefde nog. Het ging goed met Johnny. Niet dat hij ooit nog kon vechten, natuurlijk, maar na een maand kon hij weer verstaanbaar praten. Na twee maanden liep hij niet meer mank en was de linkerkant van zijn mond ontdooid uit zijn verstijving.

Bij Danny lag het iets anders. Niet dat hij zich verantwoordelijk voelde – ja, soms wel, maar meestal besefte hij dat de hersenbloeding Johnny al had getroffen voor hij zijn verdedigingsstoot had geplaatst. Nee, het punt was er een van evenwicht: Danny had in krap twee jaar eerst de bom in Salutation Street meegemaakt en daarna de enige vrouw verloren van wie hij ooit had gehouden, Nora O'Shea, een Ierse vrouw die als dienstmeid voor zijn ouders werkte. Hun liefdesrelatie was voor zijn gevoel van het begin af aan gedoemd geweest en het was Danny geweest die er een eind aan had gemaakt, maar vanaf het moment dat ze uit zijn leven was verdwenen, kon hij geen goede reden meer bedenken door te gaan met leven. En nu had hij bijna Johnny Green gedood in de ring in Mechanics Hall. En dat allemaal in eenentwintig maanden tijd. Eenentwintig maanden die iedereen ertoe zou hebben gebracht zich af te vragen of God iets tegen hem had.

'Zijn vrouw is bij hem weg,' vertelde Steve twee maanden later. Het was bijna september en Danny en Steve deden de ronde in Bostons North End. North End was overwegend Italiaans en arm, een omgeving met ratten zo groot als slagersarmen, waar kinderen vaak stierven voor ze hun eerste stapjes konden zetten. Er werd amper Engels gesproken; auto's zag je er nauwelijks. Maar Danny en Steve waren zo gek op die buurt dat ze er middenin woonden, op verschillende verdiepingen van een pension in Salem Street, een paar straten van het bureau in Hanover Street.

'Wiens vrouw?'

'Geef jezelf niet de schuld,' zei Steve. 'Die van Johnny Green.'

'Waarom is ze bij hem weg?'

'Het wordt herfst. Ze zijn uit huis gezet.'

'Maar hij werkt toch weer,' zei Danny. 'Een bureaubaan, dat wel, maar hij is terug.'

Steve knikte. 'Maar daarmee is het gat van twee maanden niet-werken niet gedicht.'

Danny bleef staan, keek zijn partner aan. 'Hebben ze hem niet betááld? Hij bokste toch op een politiebijeenkomst?'

'Wil je echt weten hoe het zit?'

'Ja.'

'Vanwege de laatste twee maanden? Als iemand in jouw buurt de naam Johnny Green laat vallen, snoer je hem bijna voor eeuwig de mond.'

'Ik wil het weten,' zei Danny.

Steve haalde zijn schouders op. 'Het was een bijeenkomst van de Boston Social Club, dus technisch gezien raakte hij buiten diensttijd gewond. En dus...' Hij haalde opnieuw zijn schouders op. 'Geen ziekengeld.'

Danny zei niets. Hij probeerde troost te vinden in zijn omgeving. North End was tot zijn zevende jaar zijn thuis geweest, voordat de Ieren, die de straten hadden aangelegd, en de Joden, die na hen waren gekomen, waren verdrongen door Italianen, die het zo dicht bevolkten dat wanneer er een foto zou zijn gemaakt van *Napoli* en eentje van Hanover Street het de grootste moeite zou kosten om aan te geven welke van de twee in de Verenigde Staten was genomen.

Danny was er op zijn twintigste teruggekeerd.

Danny en Steve liepen er hun ronde in de pregnante lucht van schoorsteenrook en uitgebakken reuzel. Oude vrouwen schommelden over straat. Karren en paarden zochten hun weg over de kasseien. Hoestbuien rochelden uit open ramen. Baby's krijsten zo hard dat Danny zich kon voorstellen hoe rood hun koppies waren. In de meeste huurkazernes scharrelden kippen door de gangen, kakten geiten in trappenhuizen en nestelden zeugen zich in gescheurde kranten en er was een eentonig en nijdig gezoem van vliegen hoorbaar. Voeg daarbij een diepgeworteld wantrouwen tegenover alles wat niet-Italiaans was, inclusief de Engelse taal, en je had een samenleving die geen enkele *Americano* ooit zou begrijpen.

Dus was het niet zo verbazingwekkend dat North End het voornaamste rekruteringsgebied was van elke belangrijke anarchist, bolsjewiek, radicaal en subversief aan de Oostkust. Vandaar dat Danny er om een of andere kromme reden des te meer van hield. Je kon van de mensen hier zeggen wat je wou – en dat deden de meeste mensen, luid en platvloers – maar aan hun temperament viel niet te twijfelen. Volgens de Spionagewet van 1917 konden de meesten worden gearresteerd en gedeporteerd wegens opruiende taal tegen de regering. In veel steden zou dat ook gebeurd zijn, maar in North End iemand arresteren wegens omverwerping van de Verenigde Staten was hetzelfde als mensen arresteren wegens het op straat laten schijten van hun paard: ze waren niet moeilijk te vinden, maar je kon maar beter met een enorme boevenwagen komen.

Danny en Steve gingen een koffiehuis in Richmond Street binnen. De muren waren bedekt met zwarte, wollen kruisen, zeker wel een stuk of veertig, en de meeste zo groot als een mannenhoofd. Die was de vrouw van de eigenaar gaan breien toen Amerika ging meedoen aan de oorlog. Danny en Steve bestelden een espresso. De eigenaar zette hun kopjes en een schaaltje bruine suikerklonten op de glazen toonbank en liet hen alleen. Zijn vrouw kwam uit de achterkamer met schalen broodjes en legde die op de planken onder de toonbank tot het glas onder hun ellebogen helemaal beslagen was.

De vrouw zei tegen Danny: 'Oorlog gauw over, hè?'

'Daar lijkt het wel op.'

'Is goed. Ik naai nog één kruis. Misschien helpt.' Ze glimlachte onzeker naar hem, boog en ging terug naar achteren.

Ze dronken hun espresso op en toen ze het koffiehuis weer uitliepen, was de zon stralender en scheen hij Danny recht in het gezicht. Roet uit de fabrieksschoorstenen langs de kade rees en daalde door de lucht en bedekte de kasseien. Het was stil in de buurt, afgezien van een rolluik dat her en der voor een winkel werd opgetrokken en het klepperen en knarsen van een paard-en-wagen die hout kwam afleveren. Danny wou dat het zo bleef, maar het zou niet lang duren of de straten zouden zich vullen met kooplui en levende have en spijbelende kinderen en zeepkistbolsjewieken en zeepkistanarchisten. Een stuk of wat kerels zou naar de saloon gaan voor een laat ontbijt en enkele muzikanten zouden de straathoeken opzoeken waar nog geen zeepkisten waren en iemand zou zijn vrouw of haar echtgenoot of een bolsjewiek slaan.

Wanneer er was afgerekend met de meppers van vrouwen, mannen en bolsjewieken, kwamen er zakkenrollers, kleine afperserijtjes, dobbelpartijen op een deken, kaartspelen in de achterkamertjes van koffiehuizen of kapperszaken, en leden van de Zwarte Hand die verzekeringen verkochten tegen alles, van brand tot de pest maar vooral tegen de Zwarte Hand.

'Weer vergadering vanavond,' zei Steve. 'Belangrijke onderwerpen.'

'Vergadering van de Boston Social Club?' Danny schudde zijn hoofd. 'Belangrijke onderwerpen. Meen je dat nou?'

Steve liet zijn knuppel zwaaien aan de leren lus. 'Heb je er wel eens aan gedacht dat jij, als je op vakbondsvergaderingen zou komen, nu misschien was gepromoveerd tot rechercheur, dat we allemaal loonsverhoging hadden gekregen en Johnny Green zijn vrouw en kinderen nog had gehad?'

Danny tuurde omhoog naar de schelle hemel zonder zichtbare zon. 'Het is een gezelligheidsvereniging.'

'Het is een vakbond,' zei Steve.

'Waarom heet hij dan Boston Social Club?' Danny geeuwde naar de witleren hemel.

'Een heikel punt. In feite de kern van de zaak. We doen ons best om dat te veranderen.'

'Je kunt veranderen wat je wilt, maar het wordt nooit een echte vakbond. We zijn agenten, Steve, we hebben geen rechten. De BSC? Niks dan een jongensclub, een boomhut.'

'We zijn bezig een vergadering te beleggen met Gompers, Dan. De American Federation of Labor.'

Danny bleef staan. Als hij dit aan zijn vader of Eddie McKenna vertelde, kreeg hij een gouden penning en was hij overmorgen uit de straatdienst weggepromoveerd.

'De AFL is een landelijke vakbond. Zijn jullie gek geworden? Ze laten de politie nooit toetreden.'

'Wie niet? De burgemeester? Gouverneur Coolidge? O'Meara?'

'O'Meara,' zei Danny. 'Hij is de enige die telt.'

Hoofdcommissaris van politie Stephen O'Meara geloofde heilig dat de functie van politieman de hoogste van alle gemeentelijke functies was en hij eiste daarom zowel binnen de dienst als daarbuiten dat men de eer hooghield.

Toen hij de BPD had overgenomen, was elk bureau een koninkrijkje geweest, het particuliere jachtterrein van elk districtshoofd of gemeenteraadslid die zijn snuit net iets eerder en dieper in de trog had weten te steken dan zijn mededingers. Het was een zooitje zoals de dienders erbij liepen, eruitzagen en hun taak opvatten.

O'Meara had een hoop ervan opgeruimd. Niet alles, dat wist de lieve God, maar hij had wat dor hout weggesnoeid en zijn best gedaan om de allerergste districtshoofden en raadsleden aan te klagen. Hij had het verrotte systeem weer op zijn poten gezet en daarna de hoop de kop ingedrukt dat het zou instorten. Dat gebeurde ook niet, maar zo nu en dan wankelde het. Het functioneerde goed genoeg om een fors aantal agenten weer terug te sturen naar hun wijken om de mensen die ze dienden te leren kennen. En dat deed je dan ook in O'Meara's BPD wanneer je een verstandige politieman (met een beperkt aantal contacten) was: je diende de mensen. Niet het districtshoofd of de minitsaren met hun gouden strepen. Je zag eruit als een diender en je gedroeg je als een diender en je ging voor niemand opzij en je morrelde nooit aan het uitgangspunt: jij was de wet.

Maar blijkbaar had zelfs O'Meara het stadhuis niet naar zijn hand kunnen zetten bij het laatste gevecht om loonsverhoging. De laatste was van zes jaar geleden, en die loonsverhoging, door O'Meara zelf doorgedrukt, was er gekomen na een impasse van acht jaar. Dus kregen Danny en alle andere agenten het loon dat in 1905 redelijk was. En tijdens de laatste vergadering met de BSC had de burgemeester gezegd dat ze voorlopig niet op meer hoefden te rekenen.

Negenentwintig cent per uur voor een drieënzeventigurige werkweek. Geen overwerk. En dat was voor agenten in dagdienst, zoals Danny en Steve, de beste dienst. De arme sloebers van de nachtdienst kregen vijfentwintig cent per uur en werkten drieëntachtig uur per week. Danny zou het schandalig hebben gevonden als hij niet volkomen overtuigd was van een waarheid die hij al had aanvaard toen hij zijn eerste stapjes zette: de werkende mens werd door het systeem verneukt. Je kon maar één realistisch besluit nemen: of je dwarsboomde het systeem en dan leed je honger, of je speelde het spel mee met zoveel lef dat geen van de onrechtvaardigheden op jou van toepassing was.

'O'Meara,' zei Steve, 'inderdaad. Ik ben dol op die ouwe, echt. Fantastische kerel, Dan. Maar hij komt zijn belofte aan ons niet na.'

Danny zei: 'Misschien hebben ze het geld echt niet.'

'Dat is wat ze vorig jaar zeiden. Ze zeiden: "Wacht tot de oorlog is afgelopen. Dan zullen we jullie loyaliteit belonen."' Steve stak zijn handen op. 'Ik kijk, maar ik zie geen beloning.'

'De oorlog is nog niet afgelopen.'

Steve Coyle trok een gezicht. 'In feite wel.'

'Nou, mooi, heropen de onderhandelingen dan.'

'Hebben we gedaan. Ze hebben ons vorige week weer afgewezen. En de kosten van levensonderhoud zijn sinds juni fors gestegen. We lijden godverdomme honger, man. Dat zou je beseffen als je kinderen had.'

'Jij hebt ook geen kinderen.'

'De weduwe van mijn broer, God hebbe zijn ziel, heeft er twee. Ik had net zo goed getrouwd kunnen zijn. Die meid denkt dat ik een warenhuis ben waar je op afbetaling kan kopen.'

Danny wist dat Steve sinds een maand of twee nadat zijn broer begraven was de weduwe Coyle geregeld iets toestak. Rory Coyles dijbeenslagader was doorboord door een koeienscheerdersschaar in de veehallen van Brighton en hij was daar op de grond doodgebloed te midden van een paar verbijsterde collega's en ongeïnteresseerde koeien. Toen het bedrijf weigerde zelfs maar een minimaal gebaar jegens de familie te maken, hadden de arbeiders Rory Coyles dood gebruikt voor een oproep zich te verenigen in een vakbond, maar hun staking was al na drie dagen door de politie van Brighton, de Pinkertons en wat knuppelzwaaiers van buiten de stad de kop ingedrukt zodat Rory Joseph Coyle heel snel was veranderd in Rory Verdomd-hoe-heet-ie-ook-alweer?

Aan de overkant van de straat zette een man met de voor anarchisten verplichte wollen muts en krulsnor zijn kratje onder een paal neer en raadpleegde het notitieboekje onder zijn arm. Hij klom op het kratje. Eventjes voelde Danny een merkwaardige sympathie voor de man. Hij vroeg zich af of hij vrouw en kinderen had.

'De AFL is landelijk,' zei hij opnieuw. 'De dienst zal nooit, maar dan ook nooit, toestemming geven.'

Steve legde een hand op zijn arm en zijn ogen verloren hun normale montere twinkeling. 'Kom eens naar een vergadering, Dan. Fay Hall, dinsdag- en donderdagavond.'

'Wat heeft het voor zin?' zei Danny en de man aan de overkant van de straat begon in het Italiaans te schreeuwen.

'Kom nou maar,' zei Steve.

Na hun dienst at Danny in zijn eentje waarna hij er een paar te veel dronk bij Costello, een havenkroeg die favoriet was bij de politie. Met elk drankje werd Johnny Green kleiner, Johnny Green en zijn drie bokswedstrijden op één dag met schuim op de lippen, met zijn bureaubaan en huisuitzetting. Toen Danny er wegging, nam hij zijn heupfles mee en liep North End door. Morgen had hij zijn eerste vrije dag in drie weken, en zoals meestal zorgde zijn vermoeidheid er om een of andere vreemde reden voor dat hij klaarwakker en ongedurig was. Het was weer stil op straat, rondom hem verdiepte de nacht zich. Op de hoek van Hanover en Salutation leunde hij tegen een lantaarnpaal en keek naar de geblindeerde politiepost. De onderste ramen, die tot de stoep liepen, vertoonden schroeiplekken, maar verder kostte het de grootste moeite te vermoeden dat er zich binnen iets gewelddadigs had afgespeeld.

De havenpolitie had besloten te verhuizen naar een gebouw een paar straten verderop bij Atlantic. Ze hadden tegen de pers gezegd dat die verhuizing al een jaar in de pen zat, maar geen mens die dat geloofde. In Salutation Street had niemand zich meer veilig gevoeld. En de illusie dat je in een politiebureau veilig was, was het minste dat een bevolking verwachtte.

1916, een week voor Kerstmis. Steve was geveld door streptokokken. Danny, die in zijn eentje werkte, had een dief gearresteerd die van een schip kwam dat te midden van brokken ijs en een grauwe golfslag lag afgemeerd aan Battery Wharf. Daardoor was het een zaak voor de havenpolitie en mocht die het papierwerk doen. Danny hoefde de man alleen maar af te leveren.

Het was een gemakkelijke vangst geweest. Toen de dief de loopplank af kwam, had hij een jutezak over zijn schouder en die zak rammelde. Het viel Danny, die geeuwend het eind van zijn dienst uitliep, op dat de man de handen, noch de schoenen noch de loop van een stuwadoor of een voerman had. Hij had hem gezegd te blijven staan. De dief had zijn schouders opgehaald en de zak op de grond gezet. Het schip dat hij had beroofd, stond op het punt af te varen met voedsel en medische artikelen voor hongerige kinderen in België. Toen een paar voorbijgangers de blikken eten over de kade zagen rollen, bazuinden ze dat rond en net toen Danny de man in de boeien sloeg, begon zich aan het einde van de kade een meute te verzamelen. Belgische kinderen die van honger omkwamen, waren die maand voortdurend in het nieuws, door kranten die vol stonden met verslagen van meedogenloze Duitse wreedheden jegens de onschuldige, godvrezende Belgen. Danny moest zijn knuppel trekken en in de aanslag houden om de dief door de menigte heen te kunnen voeren en via Hanover Street naar het bureau op Salutation Street te brengen.

De zondagse straten achter de havens waren koud en rustig, bedekt met een laagje sneeuw die de hele morgen al was gevallen, vlokjes zo klein en droog als as. De dief stond naast Danny bij de inschrijfbalie in Salutation Street en liet hem zijn handen vol kloven zien en zei dat een paar nachtjes in de bak misschien net genoeg waren om in deze kou zijn bloedsomloop weer op gang te krijgen, toen er in de kelder zeventien staven dynamiet tot ontploffing kwamen.

De details van de explosie waren nog weken daarna bij de mensen uit de buurt onderwerp van discussie. Of de klap was voorafgegaan door twee of drie doffe dreunen. Of het gebouw stond te schudden vóór de deuren uit hun hengsels vlogen of erna. Aan de overkant van de straat waren alle ruiten aan diggelen gegaan, van de begane grond tot de vierde verdieping, over de hele lengte van het blok, en dat had zelf ook weer voor een hoop kabaal gezorgd dat moeilijk te onderscheiden viel van de oorspronkelijke explosie. Maar in de oren van de mensen in het politiebureau maakten de zeventien staven dynamiet een zeer eigen geluid, heel anders dan alle andere geluiden die zouden volgen toen de vloeren instortten en de muren scheurden.

Danny had een donderslag gehoord. Niet per se de hardste donderslag die hij ooit had gehoord, maar wel de donkerste. Als een grote zwarte geeuw van een grote, brede god. Hij zou nooit aan de donder hebben getwijfeld als hij niet meteen had beseft dat het geluid van onderen kwam. Het geluid maakte een diep gejank los dat de muren in beweging bracht en de vloeren heen en weer deed zwiepen. Alles binnen een tel. Genoeg tijd voor de dief om naar Danny te kijken, en voor Danny naar de brigadier van dienst, en voor de brigadier van dienst naar de twee uniformagenten die in een hoek stonden te ruziën over de oorlog in België. Toen werden het gerommel en het schudden van het gebouw erger. Van de muur achter de brigadier van dienst regende het kalk. Het zag eruit als poedermelk of wasmiddel. Danny wilde wijzen zodat de brigadier het kon zien, maar de brigadier verdween, viel achter de balie weg als een ter dood veroordeelde door het schavot. De ramen vlogen eruit. Danny keek naar buiten en zag een grauwe strook lucht. Toen stortte de vloer onder hem in.

Van donder tot instorting duurde misschien tien seconden. Een mi-

nuut of twee later opende Danny zijn ogen bij het gegalm van brandalarmen. Zijn linkeroor tuitte van nog een ander geluid, een beetje
hoog maar niet zo hard. Het constante sissen van een stoomketel. De
brigadier van dienst lag tegenover hem, op zijn rug met een stuk van
de balie over zijn knieën, de ogen gesloten, zijn neus gebroken, en ook
een paar tanden. Bij Danny prikte er iets scherps in zijn rug. Zijn
armen en handen zaten onder de schrammen. Uit een gat in zijn hals
stroomde bloed en hij groef zijn zakdoek op uit zijn broekzak en legde
die op de wond. Zijn overjas en uniform waren op sommige plaatsen
gescheurd. Zijn helm was weg. Tussen het puin lagen mannen in hun
ondergoed, mannen die tussen hun diensten op britsen hadden liggen
slapen. Een van hen had zijn ogen open en keek naar Danny alsof die
hem kon uitleggen waarom hij op zo'n manier was gewekt.

Buiten sirenes. Het zware kletsende geluid van de banden van brand-
weerauto's. Fluitjes.

De man in zijn ondergoed had bloed op zijn gezicht. Hij tilde een
kalkige hand op en veegde het bloed weg.

'Verdomde anarchisten,' zei hij.

Dat was ook het eerste wat Danny dacht. President Wilson was juist
herkozen met de belofte dat hij de Verenigde Staten buiten alle Belgische, alle Franse en Duitse kwesties zou houden. Maar ergens in de
wandelgangen was men op andere gedachten gekomen. Plotseling vond
men het nodig dat de V.S. aan de oorlog gingen meedoen. Dat zei Rockefeller. Dat zei J.P. Morgan. De laatste tijd zei de pers het ook. Belgische kinderen werden slecht behandeld. Gingen dood van de honger.
Altijd de kinderen, was Danny opgevallen. Een groot deel van het land
rook lont, maar het waren de radicalen die bonje maakten. Twee
weken geleden was er een paar straten verderop een demonstratie geweest, anarchisten en socialisten en de International Workers of the
World. De politie – de gemeentepolitie en de havenpolitie – had er een
eind aan gemaakt, wat arrestaties verricht en wat koppen ingeslagen. De
anarchisten stuurden dreigementen naar de kranten, beloofden wraak-
acties.

'Verdomde anarchisten,' herhaalde de diender in ondergoed. 'Verdomde terroristische Italianen.'

Danny beproefde zijn linkerbeen, daarna zijn rechter. Toen hij zeker
wist dat ze hem zouden houden, ging hij staan. Hij keek omhoog naar
de gaten in het plafond. Gaten ter grootte van biervaten. Van hier af,
helemaal vanuit de kelder, kon hij de lucht zien.

Links van hem kreunde iemand, en hij zag het rode haar van de dief onder mortel en hout en een stuk deur van een van de cellen in de hal vandaan komen. Hij trok een zwartgeblakerde plank van de rug van de man, verwijderde een baksteen van zijn nek. Hij knielde naast de dief neer, die hem met een benauwd lachje bedankte.

'Hoe heet je?' vroeg Danny, omdat dat opeens heel belangrijk leek. Maar het leven gleed uit de pupillen van de dief weg alsof het van een richel viel. Danny had verwacht dat het zou opstijgen, zou opvlieden. Integendeel, het zonk in zichzelf terug, een dier dat zich terugtrok in zijn hol tot er niets van te zien was. Alleen een niet-helemaal-man waar een man had gelegen, een afstandelijk, kouder wordend ding. Hij drukte de zakdoek steviger tegen zijn hals, sloot met een duim de ogen van de dief en voelde zich onverklaarbaar verontrust over het feit dat hij de naam van de man niet wist.

In Mass General haalde de dokter met een pincet metaalsplintertjes uit Danny's hals. Het metaal was afkomstig van het stuk beddenspiraal dat Danny had geraakt voor het zich in een muur boorde. De dokter zei tegen Danny dat één stuk metaal zo dicht bij zijn halsslagader zat dat het die in feite had moeten raken. Hij bestudeerde het spoor nog een tijdje en zei tegen Danny dat het metaal de slagader met ongeveer een duizendste van een millimeter had gemist. Hij deelde Danny mee dat dit een statistische afwijking was die gelijkstond met het op je hoofd krijgen van een vliegende koe. Daarna waarschuwde hij hem in het vervolg geen tijd door te brengen in het soort gebouwen dat anarchisten bij voorkeur de lucht in lieten vliegen.

Een paar maanden na zijn ontslag uit het ziekenhuis begon Danny de gewaagde liefdesrelatie met Nora O'Shea. Tijdens hun geheime verkeringstijd kuste ze een keer het litteken in zijn hals en zei dat hij gezegend was.

'Als ik gezegend ben,' zei hij tegen haar, 'wat was de dief dan?'

'Niet jij.'

Dat was in een kamer in het Tidewater Hotel met uitzicht op de wandelpier van Nantucket Beach in Hull. Ze hadden de stoomboot uit de stad genomen en de dag doorgebracht in Paragon Park en een ritje gemaakt in de draaimolen en in de theekopjes. Ze hadden zoutwatertoffees gegeten en gebakken schelpdieren die zo heet waren dat ze ze eerst in de zeewind moesten houden voor ze ze konden eten.

Nora overtrof hem bij de schiettent. Puur geluk weliswaar, maar midden in de roos, dus was Danny degene geweest die van de grijnzende baas van de tent de speelgoedbeer had gekregen. Het was een rafelig ding en uit de gescheurde naden kwamen toen al bruine vulling en zaagsel. Later, op hun kamer, gebruikte ze hem om zich in een kussengevecht mee te verdedigen, en dat was het einde van de beer. Ze hadden het zaagsel en de vulling met hun handen opgeveegd. Danny, die op zijn knieën lag, had onder het koperen bed een van de knopogen van wijlen de beer gevonden en in zijn zak gestopt. Hij was niet van plan geweest het te bewaren, maar nu, ruim een jaar later, ging hij zelden de deur uit zonder dat oog.

Danny en Nora's relatie was begonnen in april 1917, de maand dat de Verenigde Staten in de oorlog tegen Duitsland stapten. Het was een uitzonderlijk warme maand. Bloemen bloeiden eerder dan voorspeld; tegen het eind van de maand bereikte hun geur de ramen hoog boven de straat. Terwijl ze bij elkaar in de bloemengeur lagen en het voortdurend dreigde te gaan regenen zonder dat het gebeurde, terwijl de schepen naar Europa vertrokken, terwijl de patriotten zich op straat verzamelden, terwijl er onder hen een nieuwe wereld leek te ontspruiten met een snelheid welke die van de bloemen overtrof, wist Danny dat de relatie gedoemd was te mislukken. Dat was nog voor hij haar minder leuke geheimen had leren kennen, een tijd geleden, toen hun relatie in haar roze begintijd verkeerde. Hij ervoer een hulpeloosheid die weigerde hem te verlaten sinds hij op de keldervloer in Salutation Street bij kennis was gekomen. Het ging niet alleen om Salutation Street (hoewel die gebeurtenis de rest van zijn leven een belangrijke rol zou blijven spelen), het ging om het leven. De manier waarop het met de dag sneller werd. De manier waarop het, hoe sneller het ging, steeds minder sturing leek te hebben of door enig sterrenbeeld te worden geleid. De manier waarop het doorvoer, zonder rekening met hem te houden.

Danny liet de dichtgespijkerde ruïne op Salutation Street achter zich en stak de stad door met zijn heupfles. Kort voor zonsopgang liep hij de Dover Street Bridge op waar hij naar de skyline ging staan kijken, naar de stad onder slierten laaghangende wolken gevangen tussen ochtendgloren en de dag. Ze bestond uit kalkzandsteen en baksteen en glas, verduisterd vanwege de oorlog, een verzameling banken en kroegen, restaurants en boekwinkels, juweliers en warenhuizen en pensions, maar hij voelde dat ze zich kleinmaakte in de kloof tussen gisteravond en morgenochtend, alsof het haar niet was gelukt een van beide te verleiden. Bij zonsopgang had een stad geen opschik, geen make-up of parfum. Het was zaagsel op de vloer, het omgevallen glas, de eenzame schoen met het gebroken bandje.

'Ik ben dronken,' zei hij tegen het water, en zijn benevelde gezicht keek terug vanuit een kopje licht in het grauwe water, de weerspiegeling van de enige lamp die onder de brug brandde. 'Ontzettend dronken.' Hij spuugde naar zijn spiegelbeeld, maar miste.

Van rechts kwamen stemmen en toen hij zich omdraaide zag hij hen: het eerste snaterende gezelschap van de ochtendverhuizing die vanuit South Boston de brug op kwam: vrouwen en kinderen die naar de stad gingen om te werken.

Hij liep de brug af en vond een portiek in het gebouw van een failliete fruitgroothandel. Hij zag ze komen, eerst in groepjes, later in stromen. Altijd de vrouwen en kinderen eerst omdat hun werk twee uur eerder begon dan dat van de mannen, zodat de vrouwen op tijd thuis waren om het eten te koken. Sommigen kletsten lawaaiig en vrolijk, anderen waren stil of nog suf van de slaap. De oudere vrouwen liepen met hun handen plat in hun rug of op hun heupen of andere pijnlijke plaatsen. Velen liepen in de grove kleren van fabrieksarbeiders, anderen droegen de zwaar gesteven, zwart-witte uniformen van huis- en hotelpersoneel.

In de donkere portiek nam hij een slok uit de fles in de hoop dat ze erbij zou zijn en in de hoop dat het niet het geval zou zijn.

Een stel kinderen werd de brug op gedreven door twee oudere vrouwen die tegen hen tekeergingen omdat ze huilden, of liepen te sloffen, of de andere mensen ophielden, en Danny vroeg zich af of dit de oudste kinderen van een aantal gezinnen waren die er zo jong mogelijk op uit werden gestuurd om de familietraditie voort te zetten, of dat ze de jongsten waren en het schoolgeld al was uitgegeven aan de oudere kinderen.

Toen zag hij Nora. Haar haar zat weggestopt onder een zakdoek die van achteren was dichtgebonden, maar hij wist dat het krulde en ontembaar was en dat ze het daarom kort hield. Hij zag aan de dikte van haar onderste oogleden dat ze niet goed had geslapen. Hij wist dat ze een vlek op haar onderrug had en dat die vlek vuurrood was tegen haar bleke huid en dat hij de vorm van een tafelbel had. Hij wist dat ze zich bewust was van haar zware Donegal-accent en had geprobeerd ervan af te komen sinds zijn vader haar vijf jaar geleden op de avond voor Kerstmis mee naar huis had genomen toen hij haar halfdood van de honger en de kou had aangetroffen bij de haven bij Northern Avenue.

Nora en een ander meisje stapten van de stoep om de langzamere kinderen te kunnen passeren en Danny grinnikte toen het andere meisje Nora schielijk een sigaret toestak en zij die in haar holle hand verborg en snel een trek nam.

Hij dacht erover uit de portiek te stappen en haar te roepen. Hij stelde zich voor hoe hij zich in haar ogen weerspiegeld zou zien, met zijn ogen die zwommen van de drank en de onzekerheid. Waar anderen dapperheid zagen, zou zij lafheid zien.

En ze zou gelijk hebben.

Waar anderen een lange, sterke man zagen, zou zij een bangig kind zien.

En ze zou gelijk hebben.

Dus bleef hij in de portiek staan. Hij bleef daar en speelde met het berenoog in zijn broekzak tot ze allang in de mensenmassa in Dover Street was opgegaan. En hij haatte zichzelf en hij haatte ook haar om de manier waarop ze elkaar in het verderf hadden gestort.

2

Luther raakte in september zijn baan in de munitiefabriek kwijt. Hij kwam naar zijn werk en vond een geel strookje papier op zijn werkbank geplakt. Het was woensdag en zoals altijd door de week had hij zijn gereedschapstas de avond ervoor onder de werkbank neergezet met alle stukken gereedschap stevig in wasdoek verpakt en naast elkaar gelegd. Het was zijn eigen gereedschap, niet van het bedrijf, en hij had het gekregen van zijn oom Cornelius, de oude man die op jonge leeftijd blind was geworden. Toen Luther nog jong was, had Cornelius de gewoonte op de veranda te gaan zitten en een flesje olie uit zijn overall te halen die hij altijd droeg, of het veertig graden in de schaduw was of als de houtstapel berijpt was. Dan veegde hij zijn gereedschapsset af waarvan hij elk stuk op de tast herkende en legde hij Luther uit dat dit geen bahco was maar een steeksleutel, en dat iemand die het verschil niet kon voelen, niet meer dan een alles verwoestende waterpomptang verdiende. Hij begon Luther de gereedschappen op zíjn manier te leren. Hij blinddoekte Luther, die giechelend op de warme veranda zat, gaf hem een boutje en liet hem dat op de goede plaats in een stopcontact zetten, en dat liet hij net zo lang doen tot de blinddoek geen grap meer was maar Luther in de ogen prikte met zijn eigen zweet. Toch begonnen Luthers handen na een tijdje dingen te zien en te ruiken en proeven, tot hij het punt bereikte waarop hij soms het idee had dat zijn vingers eerder dan zijn ogen kleuren zagen.

En op zijn werk verwondde hij zich nooit. Hij plette nooit een duim in de pers, haalde zich nooit open aan een schroefblad door het bij het tillen aan de verkeerde kant beet te pakken. En al die tijd waren zijn ogen ergens anders op gericht, op de metalen wanden, rook hij de wereld aan de andere kant, wist hij dat hij op een dag buiten in de wereld zou zijn, ver weg in de wereld, en dat ze groot zou zijn.

Op het gele strookje stond 'Ga langs bij Bill', meer niet, maar Luther voelde iets in die woorden dat maakte dat hij onder de werkbank reikte en de versleten leren gereedschapstas pakte en meenam toen hij over de werkvloer naar het kantoortje van de ploegbaas liep. Hij had hem in de hand toen hij voor Bill Hackmans bureau ging staan en Bill, met zijn treurige blik en eeuwige gezucht, en voor een blanke helemaal niet zo'n rotzak, zei: 'Luther, we moeten je laten gaan.'

Luther voelde zich verdwijnen, vanbinnen zo verdomd klein worden dat hij zich voelde als de punt van een naald zonder de rest van de naald erachter, een stip van bijna-lucht die heel ver achter in zijn schedel hing, en hij keek hoe zijn lichaam voor Bills bureau stond en wachtte tot de punt van de naald hem opdroeg weer te bewegen.

Dat was wat je moest doen wanneer blanke mensen rechtstreeks het woord tot je richtten en je recht aankeken. Omdat ze dat alleen deden wanneer ze deden alsof ze je iets vroegen terwijl ze van plan waren dat hoe dan ook te pakken of, zoals nu, wanneer ze slecht nieuws voor je hadden.

'Goed,' zei Luther.

'Was niet mijn beslissing,' verklaarde Bill. 'Binnenkort komen al die jongens weer terug uit de oorlog, en die moeten een baan hebben.'

'Het is nog steeds oorlog,' zei Luther.

Bill liet een treurig lachje horen, het lachje voor een hond waar je dol op bent maar die maar niet wil leren mooi te zitten of dood te liggen. 'De oorlog is zo goed als voorbij. Neem dat maar van mij aan. Wij kunnen het weten.'

Met 'wij' bedoelde hij het bedrijf, wist Luther, en hij vermoedde dat het bedrijf het beter dan wie ook wist, want dat had Luther een vast loon betaald omdat hij al sinds 1915 hielp met het maken van wapens, lang voor Amerika geacht werd iets met deze oorlog te maken te hebben.

'Goed,' zei Luther.

'En ja, je hebt prima werk geleverd, en we hebben echt geprobeerd een plek voor je te vinden, een manier om je hier te houden, maar de jongens komen met wagonladingen terug, en ze hebben daar hard gevochten en Uncle Sam wil ze daarvoor bedanken.'

'Goed.'

'Luister eens,' zei Bill, op licht gefrustreerde toon, alsof Luther ruzie zocht, 'dat snap je toch wel? Je wilt toch niet dat we die jongens, die goede vaderlanders, op straat laten staan? Ik bedoel, wat voor indruk zou dat maken? Dat zou geen goede indruk maken, dat kan ik je zo wel vertellen. Je zou toch zelf niet met opgeheven hoofd over straat kunnen gaan en zien hoe zo'n jongen werk loopt te zoeken terwijl jij een mooi loon in je zak hebt?'

Luther zei niets. Merkte niet op dat een hoop van die vaderlandslievende jongens die hun leven hadden gewaagd voor hun land zwart waren maar dat hij er alles onder wilde verwedden dat zij niet degenen waren die die banen kregen. Verdomme, hij durfde te wedden dat, als hij over een jaar door de fabriek zou lopen, de enige zwarte gezichten die van de schoonmaakploeg zouden zijn, de mannen die op kantoor de prullenmanden leegden en de metaalkrullen van de werkvloer veegden. En hij vroeg zich ook niet hardop af hoeveel van die blanke jongens die de plaats van al die zwarte jongens hier kwamen innemen werkelijk aan het front hadden gevochten of hun onderscheiding hadden gekregen als typist op een kazerne ergens in Georgia of Kansas.

Luther deed zijn mond niet open, hield hem net zo dichtgeklapt als hij zelf was, tot Bill er genoeg van kreeg met zichzelf te ruziën en Luther vertelde waar hij zijn geld kon gaan halen.

Dus legde Luther overal zijn oor te luisteren. Hij hoorde dat er misschien, heel misschien wat werk was in Youngstown, en een ander had gehoord dat er mensen werden aangenomen in een mijn bij Ravenswood, net aan de overkant van de rivier in West Virginia. Maar de economie kromp weer, zei iedereen. Blanke krimp.

En toen begon Lila over een tante van haar in Greenwood.

Luther zei: 'Nooit van die stad gehoord.'

'Is niet hier in Ohio, jochie. En ook niet in West Virginia of Kentucky.'

'Waar dan wel?'

'Tulsa.'

'Oklahoma?'

'Mm-mm,' zei ze, met een zachte stem alsof ze het plan al een tijdje had en hem op subtiele wijze wilde laten geloven dat hij de beslissing zelf nam.

'Jezus, mens.' Luther wreef haar armen. 'Ik ga niet naar Oklahoma.'

'Waar ga je dan heen? Naar de buren?'

'Wat is er bij de buren?' Hij keek erheen.

'Geen werk. Dat weet ik wel.'

Luther dacht er een tijdje over na, had het gevoel dat ze om hem heen cirkelde, alsof ze hem een aantal stappen voor was.

'Schat,' zei ze, 'Ohio heeft ons alleen maar arm gehouden.'

'Niet arm gemaakt.'

'Maar het zal ons niet rijk maken.'

Ze zaten op de schommelbank die hij had gebouwd op wat er restte van de veranda waar Cornelius hem had geleerd wat uiteindelijk zijn vak zou worden. Twee derde van de veranda was weggespoeld bij de overstroming van '16 en Luther was steeds van plan geweest hem te herbouwen, maar hij had de afgelopen jaren zoveel honkbal en werk gehad, dat hij er geen tijd voor had gehad. En, bedacht hij, hij zat goed bij kas. De Lieve-Heer wist dat het niet eeuwig zou duren, maar voor het eerst van zijn leven had hij wat geld opzij kunnen leggen. In ieder geval genoeg om een stap te zetten.

God, wat mocht hij Lila graag. Nog niet zo graag dat hij in het hu-welijksbootje wilde stappen en zijn hele jeugd in de uitverkoop te doen; jezus, hij was pas drieëntwintig. Maar hij rook haar verdomd graag en hij vond het verdomd fijn zoals ze in zijn omarming paste, zo opgekruld naast hem op de schommelbank.

'Wat is er nog meer in dat Greenwood behalve je tante?'

'Werk. Ze hebben er banen bij de vleet. Het is een grote, levendige stad met alleen maar zwarte mensen, en het gaat ze allemaal goed. Ze hebben dokters en advocaten en de zwarte mannen hebben allemaal een mooie auto en op zondag kleden de vrouwen zich prachtig en ie-dereen heeft er een eigen huis.'

Hij kuste haar boven op haar hoofd omdat hij haar niet geloofde maar het heerlijk vond dat ze zo graag wilde dat iets zo móést zijn dat ze zich er de helft van de tijd van overtuigde dat het zo kón zijn.

'Ja, hè?' Hij grinnikte. 'En ze hebben zeker een stel blanken voor ze op het land werken?'

Ze deed een arm naar achteren, sloeg hem op zijn voorhoofd en beet daarna in zijn pols.

'Verdomme, mens, dat is mijn werphand. Kijk een beetje uit.'

Ze tilde zijn pols op en kuste hem en legde hem daarna tussen haar borsten en zei: 'Voel mijn buik eens, schat.'

'Ik kan er niet bij.'

Ze schoof wat verder omhoog en toen lag zijn hand op haar maag en hij probeerde lager te komen, maar zij greep zijn pols.

'Voel dan.'

'Ik voel het.'

'Dat is een andere reden om naar Greenwood te gaan.'

'Je maag?'

Ze gaf hem een kus op zijn kin.

'Nee, gekkie. Je kind.'

Op 1 oktober vertrokken ze met de trein uit Columbus, door-kruisten twaalfhonderd kilometer land waar de zomerse velden hun goud hadden verruild voor voren met rijp die 's morgens smolt en als glazuur op een taart over de grond droop. De hemel was blauw als van metaal dat net uit de pers rolt. Strobalen lagen op donkere grijs-bruine velden, en in Missouri zag Luther een kudde paarden die twee kilometer met hen mee renden, met lijven net zo grijs als hun adem. En de trein stroomde overal doorheen, liet de grond schudden en gilde in de lucht, en Luther ademde tegen de ruit en maakte tekeningetjes, te-kende honkballen, tekende knuppels, tekende een kind met een hoofd dat te groot was voor zijn lichaam.

Lila keek er naar en lachte. 'Gaat jouw zoon er zo uitzien? Met de grote, ouwelijke kop van zijn vader? En zo'n lang, mager lijf?'

'Nee,' zei Luther, 'hij gaat op jou lijken.'

En hij gaf het kind borsten zo groot als ballonnen en Lila mepte naar zijn hand en veegde het kind van de ruit.

De reis duurde twee dagen en de eerste avond verloor Luther wat geld tijdens een potje kaarten met een paar kruiers, en Lila bleef ont-zettend kwaad tot halverwege de volgende morgen, maar verder kon Luther zich niet herinneren het ooit zo naar zijn zin te hebben gehad. Hij had goede herinneringen aan een paar honkbalwedstrijden, en op zijn zeventiende was hij een keer met zijn neef Sweet George naar Memphis geweest waar ze in Beale Street een onvergetelijke tijd had-den gehad, maar deze treinreis met Lila, en de wetenschap dat zijn kind in haar lichaam leefde – haar lichaam niet langer één enkel leven maar meer anderhalf leven – en het feit dat ze in de wereld verkeerden, zoals hij zo vaak had gedroomd, en in een roes door de snelheid van hun treinreis, maakten dat het angstige bonzen in zijn borst afnam, een bonzen dat daar al vanaf zijn jeugd leefde. Hij had nooit geweten waar dat bonzen vandaan kwam, alleen dat het er altijd was geweest, en hij had zijn hele leven geprobeerd het weg te werken en weg te spelen en weg te drinken en weg te neuken en weg te slapen. Maar nu hij hier zat op een bank met zijn voeten op een vloer die aan een chassis zat dat verbonden was met wielen die aansloten op rails en door tijd en afstand joegen alsof tijd en afstand niets betekenden, hield hij van zijn leven en hield hij van Lila en hield hij van zijn kind en wist hij, zoals hij altijd had geweten, dat hij van snelheid hield omdat dingen die snelheid hadden niet konden worden vastgelegd en om die reden niet konden worden verkocht.

Ze kwamen om negen uur 's morgens aan op het Santa Fe-station in Tulsa, waar ze werden opgewacht door Lila's tante Marta en haar man James. James was zo groot als Marta klein was, beiden waren zo donker als je maar kon bedenken en hun huid zat zo strak over hun botten dat Luther zich afvroeg hoe ze konden ademhalen. James mocht dan groot zijn, en hij was zo groot als sommige mensen alleen bereikten als ze te paard zaten, Marta was duidelijk de baas van de twee.

Vier, misschien vijf tellen na het voorstellen zei Marta: 'James, liefje, neem jij de koffers? Wou je die arme meid daar laten staan? Ze bezwijkt onder het gewicht.'

Lila zei: 'Hoeft niet, tante. Ik – '

'James?' Tante Marta knipte met haar vingers bij James' heup en de man sprong naar voren. Daarna zei ze, een en al glimlach en schattig en klein: 'Meisje, je bent nog net zo mooi als altijd, prijs de Heer.'

Lila gaf haar koffers over aan oom James en zei: 'Tante, dit is Luther Laurence, de jongeman over wie ik heb geschreven.'

Hoewel hij dat eigenlijk had moeten bedenken, verbaasde het Luther dat zijn naam op papier was gezet, over vier staatsgrenzen was gestuurd om in tante Marta's handen te belanden en dat de letters, hoe toevallig ook, door haar kleine duim waren beroerd.

Tante Marta zond hem een lachje toe dat aanzienlijk minder warm was dan dat voor haar nichtje. Ze nam zijn handen in de hare. Ze keek omhoog in zijn ogen.

'Aangenaam, Luther Laurence. Wij hier in Greenwood zijn kerkgangers. Ben jij een kerkganger?'

'Yes, ma'am. Zeker.'

'Nou,' zei ze en gaf zijn hand een klam kneepje terwijl ze hem langzaam schudde, 'dan zullen we het goed met elkaar kunnen vinden.'

'Yes, ma'am.'

Luther had zich voorbereid op een lange wandeling van het station door de stad naar het huis van Marta en James, maar James ging hen voor naar een Olds Reo zo groen en glimmend als een Granny Smith die net uit een emmer water is gehaald. Hij had houten spaakwielen en een zwarte kap die James terugrolde en achterop vastbond. Ze stapelden de koffers op de achterbank bij Marta en Lila die al vijf kwartier in een uur kletsten, en Luther klom naast James voorin en toen ze de parkeerplaats afreden, bedacht Luther dat wanneer in Columbus een zwarte man in zo'n auto reed, hij wegens diefstal zou worden neergeschoten. Maar bij het station in Tulsa keek niemand ervan op, zelfs de blanken niet.

James legde uit dat de Olds een V8-motor had met zestig pk, en hij schakelde door naar de derde versnelling en lachte er breed bij.

'Wat doe je voor werk?' vroeg Luther.

'Ik heb twee garages,' zei James. 'Ik heb vier man werken. Ik zou je daar ook best aan het werk willen zetten, maar ik heb alle hulp die ik aankan. Maar maak je geen zorgen: Tulsa heeft heel veel werk, aan allebei de kanten van het spoor. Het barst hier van de olie, jong. Deze hele stad is in een mum van tijd uit de grond gestampt vanwege de zwarte aardolie. Jemig, vijfentwintig jaar geleden was dit er allemaal nog niet. Toen was het alleen maar een handelspost. Kun je je dat voorstellen?'

Luther keek door het raampje naar de stad, zag er gebouwen hoger dan hij in Memphis had gezien, net zo groot als die op foto's van Chicago of New York, en de straten waren vol auto's, en mensen, en hij dacht dat je zou verwachten dat het een eeuw kost om zo'n stad te bouwen. Maar dit land had gewoon geen tijd om nog te wachten, geen interesse in geduld oefenen en had er ook geen reden voor.

Hij keek vooruit toen ze Greenwood inreden, en James zwaaide naar een paar mannen die een huis aan het bouwen waren en ze zwaaiden terug en hij toeterde en Marta legde uit dat ze nu in het stuk van Greenwood Avenue kwamen dat bekendstond als Black Wall Street, kijk maar...

En Luther zag een zwarte bank en een ijssalon vol zwarte teenagers en een kapperszaak en een biljartzaal en een grote oude kruidenierszaak en een groter warenhuis en een advocatenkantoor en een dokterspraktijk en een krant, en alles was in handen van zwarte mensen. En ze reden langs de bioscoop met grote witte gloeilampen langs een enorme witte luifel, en Luther keek boven de luifel om te zien hoe de bioscoop heette – The Dreamland – en hij dacht: daar zijn we nu aangekomen. Omdat dit alles inderdaad wel een droomland moest zijn.

Tegen de tijd dat ze Detroit Avenue opdraaiden, waar James en Marta Holloway hun eigen huis hadden, kwam Luthers maag in opstand. De huizen aan Detroit Avenue waren van rode baksteen of romige chocoladekleurige natuursteen, en ze waren net zo groot als de huizen van blanke mensen. En niet van blanken die het allemaal net konden doen, nee, van blanken die het ervan namen. De gazons waren gladgeschoren, lichtgroene sprietjes, en verscheidene huizen hadden een veranda om het hele huis en fleurige markiezen.

Ze reden de oprit op van een donkerbruin huis in tudorstijl en James bracht de auto tot stilstand, wat goed was omdat Luther zo duizelig was dat hij bang was dat hij moest overgeven.

Lila zei: 'O, Luther, dit is toch om dood te gaan?'

Ja, dacht Luther, dat is een van de mogelijkheden.

De volgende morgen nog voor het ontbijt ontdekte Luther dat hij bezig was te trouwen. Wanneer iemand in later jaren vroeg hoe het kwam dat hij een getrouwd man was, gaf Luther altijd als antwoord: 'Verdomd als ik het weet.'

Hij werd de volgende ochtend wakker in de kelder. Marta had de avond ervoor overduidelijk gemaakt dat een man en een vrouw die geen man en vrouw waren, in haar huis niet op dezelfde verdieping sliepen, laat staan in dezelfde kamer. Dus had Lila een heerlijk en mooi bed in een heerlijke, mooie kamer op de eerste verdieping gekregen en hadden ze voor Luther in de kelder een laken over een kapotte bank gegooid. De bank stonk naar hond (ze hadden er een hond gehad die nu allang dood was) en sigaren. Van dat laatste was oom James de schuld. Hij rookte elke avond na het eten een slanke sigaar in de kelder omdat tante Marta het niet in haar huis wilde hebben.

Er waren veel dingen die tante Marta niet in haar huis wilde hebben – krachttermen, drank, het ijdel gebruik van Gods naam, kaarten, mensen met een minderwaardig karakter – en Luther had het gevoel dat hij alleen nog maar een fractie van de lijst had gehoord.

Dus was hij in de kelder in slaap gevallen en wakker geworden met krampscheuten in zijn nek en de stank van een reeds lang dode hond en te recente sigaren in zijn neus. Meteen hoorde hij één verdieping hoger luide stemmen. Vrouwenstemmen. Luther was opgegroeid bij zijn moeder en zijn oudere zuster, die beiden in '14 aan de koorts waren overleden, en wanneer hij zichzelf toestond aan hen te denken, deed het zo'n pijn dat hij niet meer kon ademhalen, omdat het trotse, sterke vrouwen waren geweest met een luide lach die met hart en ziel van hem hadden gehouden.

Maar ruziemaken hadden die twee vrouwen ook met hart en ziel gedaan. Niets ter wereld was het volgens Luthers inschatting waard een kamer binnen te gaan waar twee vrouwen het met elkaar aan de stok hadden.

Toch sloop hij de trap op zodat hij de woorden beter kon horen, en om wat hij hoorde, wou hij dat hij kon ruilen met de hond van de Holloways.

'Ik voel me gewoon niet helemaal lekker, tante.'

'Lieg niet tegen me, meisje. Lieg niet! Ik weet heel goed wanneer het zwangerschapsmisselijkheid is. Hoe lang al?'

'Ik ben niet zwanger.'

'Lila, je bent de dochter van mijn jongste zusje, ja. Mijn petekind, ook. Maar, meisje, ik ransel het zwart er bij je van af, van boven tot onder, als je nog eens tegen me liegt. Is dat duidelijk?'

Luther hoorde Lila in een nieuwe huilbui uitbarsten en hij schaamde zich bij de gedachte aan dat beeld.

Marta gilde: 'James!' en Luther hoorde de voetstappen van de grote man naar de keuken komen, en hij vroeg zich af of de man voor de gelegenheid zijn geweer had meegenomen.

'Haal die jongen naar boven.'

Luther opende de deur vóór James het kon doen en Marta's ogen schoten van top tot teen over hem heen nog voordat hij over de drempel was.

'Moet je dat zien, de grote man. Ik heb je toch verteld dat we kerkgangers zijn, of niet, Mr Big Man?'

Het leek Luther het best geen woord te zeggen.

'Wij zijn christenen. En we dulden geen zondig gedrag onder ons dak. Waar of niet, James?'

'Amen,' zei James, en Luther zag de bijbel in zijn hand en dat joeg hem veel meer angst aan dan het geweer dat hij voor ogen had gehad.

'Je hebt dit arme, onschuldige meisje bezwangerd en wat dacht je daaraan te doen? Ik heb het tegen jou, jongen. Nou, wat?'

Luther wierp voorzichtig een schuin oog omlaag naar het vrouwtje en zag een woede alsof ze haar tanden in hem wilde zetten.

'Nou, we hadden niet echt – '

'"We hadden niet echt?" Mijn zolen!' En Marta stampte op de keukenvloer. 'Had je nou werkelijk één seconde gedacht dat er ook maar één fatsoenlijk mens in Greenwood jullie een huis had verhuurd? Dan heb je het goed mis. En je kunt geen seconde langer onder mijn dak verblijven. No, sir. Dacht je dat je het enige nichtje in mijn familie in deze toestand kon brengen en er dan weer vrolijk op los kon leven? Ik kan je vertellen dat dat hier vandaag niet zal gebeuren.'

Zijn oog viel op Lila, die hem door haar stromende tranen aankeek.

Ze zei: 'Wat moeten we nou, Luther?'

En James, die, naar nu bleek, naast zakenman en monteur ook officieel predikant en vrederechter was, hield de bijbel op en zei: 'Ik geloof dat we een oplossing voor jullie dilemma hebben.'

3

De dag dat de Red Sox hun eerste wedstrijd in de World Series speelden, tegen de Cubs, riep de brigadier van dienst van het Eerste District, George Strivakis, Danny en Steve bij zich op kantoor en vroeg of ze zeebenen hadden.

'Pardon?'

'Zeebenen. Kunnen jullie samen met een paar man van de havenpolitie voor ons naar een schip?'

Danny en Steve keken elkaar aan.

'Ik zal eerlijk zijn,' zei Strivakis. 'Het gaat om een paar zieke militairen. Hoofdinspecteur Meadows staat onder bevel van de adjuncthoofdcommissaris, die zelf onder bevel van O'Meara staat, en hij heeft opdracht gekregen het probleem zo geruisloos mogelijk af te handelen.'

'Hoe ziek?' vroeg Steve.

Strivakis haalde zijn schouders op.

Steve snoof. 'Hóé ziek, brigges?'

Nog een schouderophalen, een schouderophalen waarvan Danny meer dan wat ook de zenuwen kreeg omdat die ouwe rot van een Strivakis zich niet vooraf wilde vastleggen op zelfs maar een flintertje bewijs van voorkennis.

Danny vroeg: 'Waarom wij?'

'Omdat tien man al hebben geweigerd. Jullie zijn de nummers elf en twaalf.'

'O,' zei Steve.

Strivakis leunde over zijn bureau. 'Wat wij zouden willen is dat twee slimme agenten de trotse vertegenwoordigers van de politie van de prachtige stad Boston willen zijn. Jullie moeten naar dat schip, de toestand inschatten en ter plekke besluiten nemen die in het belang van jullie medemens zijn. Ingeval jullie je missie met succes afronden, worden jullie beloond met een halve vrije dag en de eeuwige dank van jullie geliefde dienst.'

'We zouden graag iets meer willen,' zei Danny. Hij keek over het bureau zijn brigadier van dienst aan. 'Met alle respect voor onze geliefde dienst natuurlijk.'

Uiteindelijk kwamen ze tot overeenstemming: betaalde ziektedagen als ze de ziekte kregen die de soldaten hadden, de twee volgende zaterdagen vrijaf, en de dienst moest de drie volgende reinigingskosten voor hun uniform betalen.

Strivakis zei: 'Stelletje huurlingen.' En daarna schudde hij hun de hand om de overeenkomst te bekrachtigen.

Het USS *McKinley* was net terug uit Frankrijk. Ze bracht soldaten terug die hadden gevochten bij stadjes die St. Miheil en Pont-à-Mousson en Verdun heetten. Ergens tussen Marseille en Boston waren verscheidene soldaten ziek geworden. Men oordeelde dat de conditie van drie van hen zo kritiek was, dat de scheepsartsen contact hadden opgenomen met Camp Devens en de kolonel hadden gemeld dat deze drie voor zonsondergang zouden overlijden als ze niet naar een militair hospitaal werden overgebracht. En zo kwam het dat Danny en Steve zich op een fraaie middag in september, toen ze een makkie hadden kunnen hebben aan een detachering bij de World Series, zich op Commercial Wharf, waar de meeuwen de mist naar zee joegen en de donkere bakstenen kademuur dampte, vervoegden bij twee agenten van de havenpolitie.

Een van de havendieners, een Engelsman die Ethan Gray heette, gaf Danny en Steve hun mondkapjes en witte katoenen handschoenen.

'Ze zeggen dat het helpt.' Hij lachte tegen het scherpe zonlicht.

'Wie zijn "ze"?' Danny trok het kapje over zijn hoofd en omlaag over zijn gezicht tot het om zijn nek hing.

Ethan Gray haalde zijn schouders op. 'De "alles ziende" ze.'

'O, die,' zei Steve. 'Nare lieden.'

Danny stopte de handschoenen in zijn achterzak en zag dat Steve hetzelfde deed.

De andere havendiender had sinds hun ontmoeting op de kade nog geen woord gezegd. Hij was klein, mager en bleek, en zijn klamme pony viel over een puisterig voorhoofd. Uit zijn mouwen kropen littekens van brandwonden. Toen Danny wat beter keek, zag hij dat de man de onderste helft van zijn linkeroor miste.

Juist ja, Salutation Street.

Een overlevende van de witte flits en de gele vlam, de instortende vloeren en pleisterregen. Danny kon zich niet herinneren hem tijdens de explosie te hebben gezien, maar anderzijds herinnerde hij zich niet veel van na de explosie.

De man zat tegen een zwarte stalen paal met zijn lange benen recht voor zich uit en vermeed zorgvuldig elk oogcontact met Danny. Dat was een van de eigenaardigheden die de overlevenden van Salutation Street deelden: gêne verhinderde hen elkaar een teken van herkenning te geven.

De barkas naderde de kade. Ethan Gray bood Danny een sigaret aan. Hij nam hem met een bedankknikje aan. Gray wees met het pakje in de richting van Steve, maar die schudde zijn hoofd.

'En welke instructies heeft jullie brigadier van dienst jullie gegeven, heren?'

'Heel eenvoudige.' Danny boog zich naar voren toen Gray hem vuur gaf. 'Ervoor zorgen dat de soldaten aan boord blijven tot wij anders beslissen.'

Gray knikte en blies een rookpluim uit. 'Gelijkluidend aan onze orders.'

'We kregen ook opdracht om, als ze proberen ons met een federale-regering-in-tijden-van-oorlogsoort van lulkoek buiten spel te zetten, dat we ze dan duidelijk moeten maken dat het dan wel hun land mag zijn, maar dat het jullie haven en onze stad is.'

Gray tipte een stukje tabak van zijn tong en gaf het aan de zeebries. 'Jij bent de zoon van hoofdinspecteur Tommy Coughlin, hè?'

Danny knikte. 'Wat heeft het verraden?'

'Eh, in de eerste plaats heb ik nog maar zelden een uniformagent van jouw leeftijd met zoveel zelfvertrouwen gezien.' Gray wees op Danny's borst. 'En het naamplaatje helpt ook.'

Danny tikte de as van zijn sigaret. De barkas zette zijn motor uit en draaide om zijn as tot de achtersteven op de plaats van de voorsteven lag en hij met stuurboord tegen de kademuur bonkte. Er verscheen een korporaal in het gangboord die een lijn naar Grays partner wierp. Die legde het schip vast terwijl Danny en Gray hun sigaret uitmaakten en naar de korporaal liepen.

'Je moet je kapje opzetten,' zei Steve.

71

De korporaal knikte en haalde een mondkapje uit zijn achterzak. Ook salueerde hij tweemaal. Ethan Gray, Steve Coyle en Danny beantwoordden het eerste.

'Hoeveel man aan boord?' vroeg Gray.

De korporaal salueerde half en liet toen zijn hand zakken. 'Alleen een dokter, de loods en ik.'

Danny trok het kapje weg van zijn keel en over zijn mond. Hij wou dat hij niet net had gerookt. De lucht van de sigaret kwam terug van de binnenkant van het kapje en vulde zijn neus, doortrok zijn lippen en zijn kin.

Terwijl de boot zich losmaakte van de kade, maakten ze in de dekhut kennis met de dokter. Het was een oude man, kaal tot halverwege zijn schedel en met een dikke witte kuif die als een heg overeind stond. Hij had geen kapje voor en maakte een wuivend gebaar naar die van hen.

'Doe die maar af. Geen van ons heeft het.'

'Hoe weet u dat?' vroeg Danny.

De oude man haalde zijn schouders op. 'Kwestie van geloven?'

Het was een beetje dwaas daar te staan in uniform en met een mondkapje voor terwijl ze zeebenen probeerden te krijgen op de boot die danste op de korte golfslag. Belachelijk eigenlijk. Danny en Steve deden hun kapje af. Gray volgde hun voorbeeld. Maar Grays partner hield het op en keek naar de andere drie dienders met een blik alsof ze gek waren.

'Peter,' zei Gray, 'kom op, zeg.'

Peter schudde zijn hoofd tegen de vloer en hield het kapje op.

Danny, Steve en Gray gingen tegenover de dokter aan een eettafeltje zitten.

'Wat is jullie opgedragen?' vroeg de dokter.

Danny vertelde het hem.

De dokter kneep in zijn neus op de plaats waar de moeten van zijn bril zaten. 'Dat vermoedde ik al. Zouden jullie superieuren er bezwaar tegen hebben als we de zieken met militair wegtransport zouden vervoeren?'

'Waarheen?' vroeg Danny.

'Camp Devens.'

Danny keek Gray aan. Die glimlachte. 'Op het moment dat ze het havengebied verlaten, vallen ze niet meer onder mijn bepalingen.'

Steve Coyle zei tegen de dokter: 'Onze superieuren zouden graag willen weten waarmee we te maken hebben.'

'Dat weten we niet met zekerheid. Het zou een mutatie van de influenzastam kunnen zijn die we in Europa hebben gezien. Het zou ook iets anders kunnen zijn.'

'Als het de griep is,' zei Danny, 'hoe erg heerste die in Europa?'

'Erg,' zei de dokter rustig en zijn oogopslag was helder. 'We denken dat die stam verwant zou kunnen zijn aan de stam die ongeveer acht maanden geleden voor het eerst opdook in Fort Riley, Kansas.'

'En als ik mag vragen, dokter,' zei Gray, 'hoe ernstig was die stam?'

'Binnen twee weken doodde hij tachtig procent van de soldaten die besmet waren geraakt.'

Steve floot. 'Behoorlijk ernstig dus.'

'En daarna?' vroeg Danny.

'Ik geloof niet dat ik uw vraag begrijp.'

'Het doodde de soldaten en wat deed hij daarna?'

Met een wrang lachje en een vingerknip zei de dokter: 'Hij verdween.'

'Maar kwam terug,' zei Steve.

'Zou kunnen,' zei de dokter. Hij kneep opnieuw in zijn neus. 'Op dat schip worden soldaten ziek. En omdat ze zo op elkaar gepakt zitten, is het de slechtst denkbare omgeving om een besmetting te voorkomen. Vanavond zullen er vijf sterven, tenzij we ze mogen vervoeren.'

'Vijf?' zei Ethan Gray. 'Tegen ons zeiden ze drie.'

De dokter schudde zijn hoofd en stak vijf vingers op.

Op de *McKinley* troffen ze een groep artsen en majoors op het achterdek. Het was bewolkt geraakt. De leisteenkleurige wolken zagen er gespierd uit, als sculpturen van ledematen, en schoven langzaam over het water naar de stad met zijn rode baksteen en glas.

Een zekere majoor Gideon zei: 'Waarom hebben ze politieagenten gestuurd?' Hij wees naar Danny en Steve. 'U hebt niet de bevoegdheid om beslissingen aangaande de volksgezondheid te nemen.'

Danny en Steve zwegen.

Gideon herhaalde zichzelf. 'Waarom hebben ze politieagenten gestuurd?'

'Omdat zich geen hoofdinspecteurs voor de klus hebben aangeboden,' zei Danny.

'Vindt u het grappig?' zei Gideon. 'Mijn mannen zijn ziek. Ze hebben in een oorlog gevochten die u koud liet en nu zijn ze stervende.'

'Ik maakte geen grapje.' Danny wees op Steve Coyle, Ethan Gray en de gelittekende Peter. 'Dit was een vrijwillige missie, majoor. Behalve wij wilde hier níémand naartoe. En los daarvan hebben wij de bevoegdheid. We hebben duidelijke orders gekregen over wat er in deze situatie wel en niet acceptabel is.'

'En wat is er dan acceptabel?'

'Voor wat de haven betreft,' zei Ethan Gray, 'hebt u toestemming om uw mannen per boot en alleen per boot naar de Commonwealth Pier te vervoeren. Daarna valt u onder de jurisdictie van de BPD.'

Ze keken naar Danny en Steve.

Danny zei: 'Het is in het belang van de gouverneur, de burgemeester en de politie in de hele staat dat er geen algehele paniek uitbreekt. Dus moet u ervoor zorgen dat er onder dekking van de nacht militaire vrachtwagens op u wachten op de Commonwealth Pier. U kunt de zieken daar afzetten en rechtstreeks naar Devens brengen. Tijdens de rit mag er niet worden gestopt. Een politieauto zonder sirene zal u begeleiden.' Danny's blik kruiste de woedende blik van Gideon. 'Redelijk?'

Uiteindelijk knikte Gideon.

'De State Guard is op de hoogte,' zei Steve Coyle. 'Die richt een dependance in bij Camp Devens en werkt samen met uw Militaire Politie om iedereen in de basis te houden tot dit onder controle is. Dat is op bevel van de gouverneur.'

Ethan Gray richtte een vraag rechtstreeks tot de artsen. 'Hoe lang gaat het duren om dit onder controle te krijgen?'

Een van hen, een lange man met vlaskleurig haar, zei: 'We hebben geen idee. De ziekte doodt wie hij doodt en dooft dan vanzelf uit. Het kan in een week voorbij zijn, het kan ook negen maanden duren.'

Danny zei: 'Zolang wordt voorkomen dat de burgerbevolking besmet raakt, kunnen onze bazen met deze regeling leven.'

De man met het vaskleurige haar grinnikte. 'De oorlog loopt ten einde. De manschappen hebben de laatste weken in groten getale gerouleerd. Dit is een besmettelijke ziekte, heren, en een taaie. Hebt u er rekening mee gehouden dat een drager ervan uw stad misschien al heeft bereikt?' Hij keek hen strak aan. 'Dat het te laat is, heren? Veel te laat?'

Danny zag de machtige wolken naar het binnenland trekken. Verder was de hemel weer leeg. De zon was terug, hoog en fel. Een prachtige dag, het soort dag waar je tijdens de lange winter van droomde.

De vijf doodzieke soldaten kwamen met hen op de boot terug naar het vasteland, hoewel het nog lang niet schemerde. Danny, Steve en Ethan Gray, Peter en twee artsen bleven in de dekhut terwijl de zieke soldaten aan bakboord op dek lagen, waar twee artsen voor hen zorgden.

Danny had gezien hoe de mannen bij hen aan boord werden getakeld. Met hun verschrompelde koppen en ingevallen wangen, hun bezwete haar en lippen met braakselkorsten, leken ze al dood. Bij drie van de vijf had het lichaam een blauwe tint, was de mond sterk ingevallen en waren de ogen groot en starend. Hun adem kwam met horten en stoten.

De vier politieagenten bleven in de hut. Hun baan had hun geleerd dat veel gevaren konden worden weggeredeneerd: als je niet wilt worden doodgeschoten of neergestoken moet je niet bevriend raken met mensen die met schietwapens en messen spelen; als je niet wilt worden beroofd, moet je niet stomdronken uit de kroeg naar huis gaan; als je niet wilt verliezen, moet je niet gaan gokken.

Maar dit was iets heel anders. Dit kon iedereen overkomen. Dit kon hun allemaal overkomen.

Terug op het bureau brachten Danny en Steve rapport uit bij brigadier Strivakis en gingen daarna elk hun eigen weg. Steve ging op zoek naar de weduwe van zijn broer en Danny ging op zoek naar een borrel. Een jaar later zou Steve nog steeds zijn weg naar weduwe Coyle kunnen vinden, maar Danny zou veel meer moeite hebben met het vinden van een borrel. Terwijl de Oostkust en de Westkust zich druk hadden gemaakt over een recessie en een oorlog, telefoons en honkbal, anarchisten en hun bommen, waren uit het Zuiden en Middenwesten de Progressieven en hun diepgelovige bondgenoten komen opzetten. Danny kende niemand die de droogleggingswetten serieus had genomen, zelfs niet toen ze in het Huis van Afgevaardigden aan de orde waren gekomen. Het leek niet mogelijk, met alle andere veranderingen die er in de structuur van het land plaatsvonden, dat deze preutse, intolerante 'gij zult nieten' een kans hadden. Maar op een ochtend was het hele land wakker geschrokken bij het besef dat die idioten niet alleen een kans hadden, maar dat ze vaste voet aan de grond hadden gekregen. Dat hadden ze bereikt toen de rest belangstelling had gehad voor dingen die belangrijker leken. Nu hing het recht van elke volwassene om alcohol tot zich te nemen af van één staat: Nebraska. De keuze die deze staat over twee maanden inzake het Volstead Referendum maakte, zou beslissen of dit drankminnende land geheelonthouder werd.

Nebraska. Wanneer Danny de naam hoorde, was zo ongeveer het enige wat hem voor de geest kwam maïs en silo's, schemerblauwe luchten. Ook tarwe, met aren. Dronken ze daar? Hadden ze kroegen? Of alleen maar silo's?

Ze hadden kerken, daar was hij heel zeker van. Predikers die de lucht geselden met hun vuisten en fulmineerden tegen het goddeloze Noordoosten, overspoeld als het was door wit bier, bruine immigranten en heidense ontucht.

Nebraska. O, boy.

Danny bestelde twee glazen whiskey en een kroes koud bier. Hij trok het overhemd uit dat hij, opengeknoopt, over zijn witte onderhemd droeg. Hij leunde tegen de bar toen de barman de drank bracht. Hij heette Alfonse en het gerucht ging dat hij optrok met criminelen en zware jongens in het oosten van de stad, hoewel Danny nog geen enkele diender had gesproken die hem ergens op had kunnen betrappen. Maar waarom zou je daar je best voor doen wanneer de verdachte in kwestie bekendstond om zijn gulle hand van schenken?

'Is het waar dat je bent gestopt met boksen?'

'Weet ik nog niet,' zei Danny.

'Op je laatste gevecht heb ik geld verloren. Jullie hadden het allebei drie ronden moeten volhouden.'

Danny hief verontschuldigend zijn handen op. 'Die vent kreeg verdomme een attaque.'

'Jouw schuld? Ik zag hem ook zijn arm optillen.'

'O ja?' Danny goot een van de whiskeys naar binnen. 'Dan is er niks aan de hand.'

'Mis je het?'

'Nog niet.'

'Slecht teken.' Alfonse zwiepte Danny's lege glas van de bar. 'Een man mist niet waar hij niet meer van houdt.'

'Tjee,' zei Danny, 'wat reken je voor zo'n wijsheid?'

Alfonse spuwde in een longdrinkglas en liep ermee terug achter de bar. Toch had dat theorietje wel wat. Op dit moment hield Danny er niet van tegen dingen te slaan. Hij hield van de rust en de geur van de haven. Hij hield van drank. Geef hem er nog een paar en hij zou van andere dingen houden: werkende vrouwen en de varkenspootjes die Alfonse aan het andere eind van de bar had staan. De wind tegen het eind van de zomer natuurlijk, en de droevige muziek die de Italianen elke avond in de stegen maakten, een reis van straat naar straat waar de fluit plaatsmaakte voor de viool en die weer voor de klarinet of de mandoline. Wanneer Danny ooit dronken genoeg zou zijn, zou hij van alles, de hele wereld, houden.

Een vlezige hand mepte hem op de rug. Hij keek achterom en zag Steve op hem neerkijken, met een opgetrokken wenkbrauw.

'Nog steeds in voor gezelschap, hoop ik.'

'Nog steeds.'

'Geef je nog steeds het eerste rondje weg?'

'Het eerste.' Danny ving een blik uit Alfonses donkere ogen op en wees op de bar voor zich. 'Waar is de weduwe Coyle?'

Steve schudde zijn jas uit en ging zitten. 'Aan het bidden en kaarsen aansteken.'

'Waarom?'

'Zomaar. Of misschien de liefde?'

'Je hebt het haar verteld,' zei Danny.

'Ik heb het haar verteld.'

Alfonse bracht Steve een glas whiskey en een pul bier. Toen Alfonse weer weg was, vroeg Danny: 'Wat heb je precies verteld? Over de griep op de boot?'

'Een klein beetje.'

'Een klein beetje.' Danny gooide zijn tweede whiskey naar binnen. 'Maar ze greep de kinderen en rende linea recta naar de kerk. De enige aan wie ze íéts vertelt, is Christus zelf.'

'En de pastoor. En de twee priesters. En een paar nonnen. En haar kinderen.'

Steve zei: 'Het kan toch niet lang verborgen blijven.'

Danny hief zijn kroes. 'Ach, je deed toch al niet je best om bij de recherche te komen.'

'Proost.' Steve klonk met zijn pul tegen Danny's kroes en ze dronken allebei en Alfonse kwam, schonk hun whiskey bij en liet hen weer met rust.

Danny keek naar zijn handen. De dokter op de boot had gezegd dat je daar soms verschijnselen van de Spaanse griep aan kon zien, ook als er in je keel of je hoofd niets te zien was. Door de Spaanse griep werd het vel rond je knokkels geel, had de dokter hun verteld, werden je vingertoppen dik en deden de gewrichten pijn.

Steve vroeg: 'Hoe is het met je keel?'

Danny haalde zijn handen van de bar. 'Prima. En met de jouwe?'

'Tiptop. Hoe lang wilde je hier nog mee doorgaan?'

'Waarmee?' vroeg Danny. 'Drinken?'

'Onze levens in de waagschaal stellen voor minder geld dan een trambestuurder verdient.'

'Trambestuurders zijn belangrijk.' Danny hief een glas. 'Van levensbelang voor de gemeente.'

'En dokwerkers?'

'Die ook.'

'Coughlin,' zei Steve. Hij zei het vriendelijk, maar Danny wist dat Steve hem alleen bij zijn achternaam aansprak als hij kwaad was. 'Coughlin, we hebben je nodig. Jouw stem. Jezus, je glamour.'

'Mijn glamour?'

'Lazer op, man. Je weet best wat ik bedoel. Met valse bescheidenheid zijn we niet geholpen, echt niet.'

'Wie geholpen?'

Steve zuchtte. 'Het is wij tegen hen. Ze vermoorden ons als ze de kans krijgen.'

'Hou maar op met dat zingen.' Danny rolde met zijn ogen. 'Je moet bij het amateurtoneel gaan.'

'Ze hebben ons zonder iets naar dat schip gestuurd, Dan.'

Danny trok een lelijk gezicht. 'We krijgen twee vrije zaterdagen. We krijgen – '

'Je gaat er dood aan. En waarom zijn wij erheen gegaan?'

'Plicht?'

'Plicht.' Steve wendde zijn hoofd af.

Danny grinnikte. Alles om de stemming, die zo snel zo nuchter was geworden, op te vrolijken. 'Wie zou onze levens in gevaar brengen, Steve? Wie? Bij de Moeder Gods. Wie? Jij met al je arrestaties? Ik met mijn vader? Met mijn oom? Wie zou onze levens wagen?'

'Zij.'

'Waarom?'

'Omdat het niet in ze opkomt dat ze het niet zouden kunnen.'

Danny liet opnieuw een droog gegrinnik horen, hoewel hij zich plotseling verloren voelde, een man die probeert muntjes op te scheppen uit een snelstromende rivier.

Steve zei: 'Is het je wel eens opgevallen dat het, wanneer ze ons nodig hebben, altijd over plicht gaat, maar dat het wanneer wij hén nodig hebben het altijd over geld gaat?' Hij tikte zachtjes tegen Danny's glas. 'Als we doodgaan door wat we vandaag hebben gedaan, Dan, dan krijgen de mensen die we achterlaten geen rooie cent.'

Danny liet een vermoeid lachje los op de lege bar. 'Wat zouden we daar aan moeten doen?'

'Vechten,' zei Steve.

Danny schudde zijn hoofd. 'De hele wereld is al in gevecht. Frankrijk, dat stomme België. Hoeveel doden zijn er al niet? Niemand die het echt weet. Zie jij dat als vooruitgang?'

Steve schudde zijn hoofd.

'Dus?' Danny had zin om iets kapot te maken. Iets groots, iets dat in stukken zou vallen. 'Zo gaat het nu eenmaal, Steve. Zo zit de wereld in elkaar, godverdomme.'

Steve Coyle schudde zijn hoofd. 'Zo zit hún wereld in elkaar.'

'Klotezooi.' Danny probeerde het gevoel van zich af te schudden dat hij de laatste tijd had, het gevoel dat hij deel was van een groter schilderstuk, een grotere misdaad. 'Ik geef nog een rondje.'

'Hun wereld,' zei Steve.

4

Op een zondagmiddag ging Danny naar het huis van zijn vader in South Boston voor een gesprek met de Old Men. Het zondagse diner bij de Coughlins was een politieke aangelegenheid en het feit dat de Old Men hem uitnodigden voor het uur na de maaltijd betekende een soort zalving. Danny hoopte dat een rechercheurspenning – waarop zowel zijn vader als oom Eddie de laatste paar maanden had gezinspeeld – deel van het sacrament zou zijn. Als zevenentwintigjarige zou hij de jongste rechercheur in de geschiedenis van de BPD zijn.

Zijn vader had hem de avond ervoor gebeld. 'Zo te horen heeft die ouwe George Strivakis ze niet meer op een rijtje.'

'Dat was me nog niet opgevallen,' zei Danny.

'Hij heeft je op een missie gestuurd,' zei zijn vader. 'Of niet soms?'

'Hij heeft me die missie aangeboden en ik heb die geaccepteerd.'

'Naar een boot vol militaire pestlijders.'

'Ik zou het niet de pest noemen.'

'Wat zou je het dan noemen?'

'Misschien een ernstig geval van longontsteking. "Pestlijders" klinkt meteen zo dramatisch, sir.'

Zijn vader zuchtte. 'Ik weet niet waar je je hersens hebt, jongen.'

'Had Steve het dan alleen moeten doen?'

'Desnoods.'

'Zijn leven is dus minder waard dan het mijne.'

'Hij is een Coyle, geen Coughlin. Ik hoef me niet te verontschuldigen voor het beschermen van mijn gezin.'

'Iemand moest het doen, pa.'

'Geen Coughlin,' zei zijn vader. 'Jij niet. Je bent niet grootgebracht om je op te geven voor zelfmoordmissies.'

'Om te beschermen en te dienen.'

Een zachte, nauwelijks hoorbare zucht. 'Diner morgen. Klokslag vier uur. Red je dat of is dat te gezond voor je?'

Danny grinnikte. 'Dat red ik wel,' zei hij, maar zijn vader had al opgehangen.

Vandaar dat hij de volgende middag door K Street liep, waar het zonlicht al zachter op de bruine en rode baksteen scheen en de open ramen de lucht van gekookte kool, gekookte aardappels en gekookte beenham loslieten. Zijn broer Joe, die met een paar andere jongens op straat speelde, zag hem aankomen en zijn gezicht lichtte op en hij rende over de stoep naar hem toe.

Joe had zijn zondagse kleren aan: een chocoladebruin knickerbockerpak met knopen aan de pijpen zodat ze onder de knieën aansloten, een wit overhemd met een blauwe das en een bij het pak passende pet schuin op zijn hoofd. Danny was erbij geweest toen zijn moeder het pak had gekocht, en Joe had de hele tijd staan draaien en frunniken en zijn moeder en Nora hadden hem gezegd dat zo'n pak hem zo mannelijk maakte, en zo knap, zo'n kostuum van echte Oregon-kasjmier, hoe zijn vader toen hij zo oud was als hij alleen maar van zo'n pak had kunnen dromen, en al die tijd had Joe naar Danny gekeken alsof die hem had kunnen helpen ontsnappen.

Danny ving Joe op toen die in zijn armen sprong en zijn armen om hem heen sloeg, zijn zachte wang tegen die van Danny drukte en zijn nek bijna kraakte, en het verbaasde Danny dat hij vaak vergat hoe dol zijn kleine broertje op hem was.

Joe was elf en klein voor zijn leeftijd, maar Danny wist dat hij een van de taaiste kinderen in een buurt vol kleine kinderen was. Joe sloeg zijn benen om Danny's heupen en zei: 'Je stopt met boksen, hè.'

'Dat zeggen ze.'

Joe stak een hand uit en aaide de kraag van Danny's uniform. 'Waarom is dat?'

'Ik wou jou gaan trainen,' zei Danny. 'Het eerste wat je moet leren is dansen.'

'Dansen doet toch niemand.'

'Nou en of. Alle grote boksers hebben dansles gehad.'

Danny liep een stukje met zijn broertje en draaide toen een paar keer om zijn as. Joe sloeg hem op zijn schouders en zei: 'Hou op. Niet doen.'

Danny maakte nog een draai. 'Zet ik je voor gek?'

'Ophouden.' Joe lachte en sloeg hem weer op zijn schouders.

'Voor al je vriendjes?'

Joe pakte zijn oren beet en trok eraan. 'Hou nou op.'

De kinderen op straat keken naar Danny alsof ze nog niet goed wisten of ze bang voor hem moesten zijn, en Danny zei: 'Nog meer klanten?'

Hij tilde Joe van zich af en kietelde hem tot helemaal bij huis. Op dat moment opende Nora de deur boven aan de trap en had hij op de vlucht willen slaan.

'Joey,' zei ze, 'je moeder wil dat je binnenkomt. Ze zegt dat je je moet wassen.'

'Ik ben schoon.'

Nora trok een wenkbrauw op. 'Het was geen verzoek, kind.'

Een zwaar beproefde Joe zwaaide naar zijn vriendjes en sjokte de trap op. Nora maakte zijn haar in de war toen hij langs haar liep en hij sloeg naar haar handen en liep verder. Nora leunde tegen de deurpost en liet haar blik op Danny rusten. Zij en Avery Wallace, een oude zwarte man, waren het huishoudelijk personeel van de Coughlins, hoewel Nora's positie in feite heel wat onduidelijker was dan die van Avery. Ze was vijf jaar daarvoor bij toeval of voorzienigheid op kerstavond bij hen terechtgekomen, een klappertandende, bibberende grauwe meid die de noordkust van Ierland ontvlucht was. Waar ze aan was ontsnapt was iets waar men naar moest blijven raden, maar vanaf het moment waarop Danny's vader haar in zijn overjas, half bevroren en onder het vuil, naar binnen had gedragen, was ze een essentieel deel van het Coughlin-huishouden geworden. Geen familie, dat zeker niet, tenminste niet voor Danny, maar niettemin geworteld en geliefd.

'Wat brengt jou hier?' vroeg ze.

'De Old Men,' zei hij.

'Zijn zeker weer allerlei plannetjes aan het smeden, hè, Aiden? En zeg eens, waar pas jij in het grote plan?'

Hij boog zich ietsje naar haar toe. 'Alleen mijn moeder noemt me nog "Aiden".'

Zij boog zich naar achteren. 'Dus nu noem je me je moeder?'

'Helemaal niet. Hoewel je een heel goede zou zijn.'

'Wat ben je weer rap van tong.'

'Daar weet jij alles van.'

Het deed haar ogen trillen, even maar. Bleke ogen met de kleur van basilicum. 'Voor zo'n opmerking zul je te biecht moeten.'

'Ik hoef aan niemand iets op te biechten. Doe jij dat maar.'

'Waarom zou ik?'

Hij haalde zijn schouders op.

Ze boog zich verder in de deuropening, snoof de namiddaglucht op met ogen die even gepijnigd en ondoorgrondelijk waren als altijd. Hij wilde haar tegen zich aandrukken tot zijn handen eraf vielen.

'Wat heb je tegen Joe gezegd?'

Ze maakte zich los van de deur, sloeg haar armen over elkaar. 'Waarover?'

'Over mijn boksen.'

Met een droevig lachje zei ze: 'Ik heb gezegd dat je nooit meer zult boksen. Zo simpel is het.'

'Simpel?'

'Ik zie het aan je gezicht, Danny. Je liefde ervoor is weg.'

Hij weerhield zich ervan te knikken omdat ze gelijk had en hij het niet kon uitstaan dat ze hem zo gemakkelijk doorzag. Dat had ze altijd gedaan. En zou ze blijven doen, dat wist hij zeker. En hoe verschrikkelijk dat was. Hij keek soms naar de stukken van hemzelf die hij in de loop van zijn leven her en der achter zich had gelaten, de andere Danny's: het kind Danny en de Danny die er ooit over had gedacht president te worden en de Danny die had willen gaan studeren en de Danny die veel te laat tot de ontdekking was gekomen dat hij verliefd was op Nora. Cruciale stukken van hemzelf, overal uitgestrooid, maar zij had het kerngedeelte in handen en hield het afwezig vast, alsof het onder in haar tasje lag tussen de vlekjes talkpoeder en wat kleingeld.

'Dus je komt binnen?'

'Ja.'

Ze deed een stap bij de deur vandaan. 'Dan zou ik maar eens aanstalten maken.'

De Old Men kwamen de studeerkamer uit voor het diner: blozende kerels met een vlotte knipoog, mannen die zijn moeder en Nora met de wellevendheid van de Oude Wereld behandelden en waar Danny af en toe de zenuwen van kreeg.

Degenen die als eersten plaatsnamen, waren Claude Mesplede en Patrick Donnegan, respectievelijk wethouder en hoofd van de Zesde Wijk, een hecht koppel en even gesloten als een oud echtpaar dat bridget.

Tegenover hen zaten Silas Prendergast, officier van justitie van Suffolk County en de baas van Danny's broer Connor. Silas had er een talent voor de indruk te wekken dat hij respectabel en in moreel opzicht rechtlijnig was, maar in feite was hij zijn leven lang al een hielenlikker van de wijkraden die zijn rechtenstudie hadden betaald en hem sindsdien onder de duim en elke dag lichtelijk dronken hielden.

Aan het eind van de tafel bij zijn vader zat Bill Madigan, adjuncthoofdcommissaris en volgens sommigen de man naast hoofdcommissaris O'Meara.

Naast Madigan zat een man die Danny nooit eerder had gezien, Charles Steedman, lang en zwijgzaam en de enige man met een driedollarkapsel in een kamer vol vijftig centers. Steedman droeg een wit pak met een witte das en tweekleurige slobkousen. Op de vraag van Danny's moeder vertelde hij dat hij ondermeer vicevoorzitter van de Vereniging van Hotels en Restaurants in New England was, alsmede voorzitter van het Verbond voor Fiduciaire Zekerheid in Suffolk County.

Danny zag aan de grote ogen en de onzekere glimlach van zijn moeder dat ze geen idee had waar Steedman het in godsnaam over had, maar toch knikte ze.

'Is dat een vakbond als de IWW?' vroeg Danny.

'De IWW zijn criminelen,' zei zijn vader. 'Subversieve elementen.'

Charles Steedman stak een hand op en keek Danny glimlachend en met ogen zo helder als glas aan. 'Een klein verschil met de IWW, Danny. Ik ben bankier.'

'O, bankier!' zei Danny's moeder. 'Wat fantastisch.'

De laatste die aan tafel plaatsnam en de plaats tussen Danny's broers Connor en Joe bezette, was oom Eddie McKenna, geen echte bloedverwant maar toch lid van de familie, en zijn vaders beste vriend sinds ze beiden als tieners de straten van hun nieuwe vaderland onveilig hadden gemaakt. Hij en zijn vader vormden binnen de BPD een ijzersterke combinatie. Thomas Coughlin was het toonbeeld van keurig – verzorgd kapsel, verzorgd figuur, verzorgd taalgebruik – en Eddie McKenna was iemand met een grote eetlust en een groot lichaam en een voorkeur voor sterke verhalen. Hij hield toezicht op de Speciale Eenheid, een eenheid die alle parades en bezoeken van hoogwaardigheidsbekleders regelde, en stakingen, relletjes en onrust onder de bevolking onderdrukte. Onder Eddies rentmeesterschap was de eenheid zowel schimmiger als machtiger geworden, een schaduwdienst binnen de dienst die de misdaad onder de duim hield door, zo werd gezegd, 'naar de bron te gaan voor de bron op de loop kon gaan'. Eddies continu roulerende cowboy-

dienders – het soort dienders dat hoofdcommissaris O'Meara had gezworen te zullen uitroeien – arresteerden bendeleden als ze *onderweg*
waren naar een roofoverval, pakten ex-misdadigers op als ze vijf stappen buiten de gevangenis in Charleston hadden gezet, en hadden een
netwerk van verklikkers, zwendelaars en spionnen dat zo groot was dat
het voor elke diender in de stad een zegen zou zijn geweest als McKenna niet alle namen en alle interacties met voornoemde namen alleen
maar in zijn hoofd had opgeslagen.

Hij keek over tafel heen naar Danny en wees met zijn vork naar
diens borst. 'Heb je gehoord wat er gisteren is gebeurd terwijl jij in de
haven bezig was met het werk van de Heer?'

Danny schudde zijn hoofd. Hij had de morgen besteed aan het weg-
slapen van het drinkgelag dat hij de avond ervoor elleboog-aan-elle-
boog met Steve had gehouden. Nora bracht de laatste schaal binnen,
dampende sperziebonen met knoflook, en zette hem op tafel.

'Ze hebben gestaakt,' zei Eddie McKenna.

Danny snapte er niets van. 'Wie?'

'De Sox en de Cubs,' zei Connor. 'We waren erbij, Joe en ik.'

'Laat ze allemaal tegen de Kaiser gaan vechten, zou ik zeggen,' zei
Eddie McKenna. 'Stelletje lapzwansen en bolsjewieken.'

Connor grinnikte. 'Niet te geloven toch, Danny? Het publiek werd
gek.'

Danny moest lachen, probeerde zich het voor te stellen. 'Je neemt me
toch niet de maling, hè?'

'Nee, het is echt gebeurd,' zei Joe, helemaal opgewonden. 'Ze waren
kwaad op de bazen en weigerden het veld op te komen en de mensen
begonnen met dingen te gooien en te schreeuwen.'

En Connor zei: 'En dus moesten ze Honey Fitz het veld opsturen om
de mensen tot bedaren te brengen. En nu is de burgemeester erbij. En de
gouverneur ook.'

'Calvin Coolidge.' Zijn vader schudde het hoofd, zoals altijd wanneer de naam van de gouverneur viel. 'Een Republikein uit Vermont die
de Democratische Commonwealth van Massachusetts leidt.' Hij zuchtte. 'De hemel beware ons.'

'Zo, dus die zijn in het stadion,' zei Connor, 'maar Peters mag dan
de burgemeester zijn, er is geen hond die op hem let. Ze hebben Curley op de tribune en Honey Fitz, twee ex-burgemeesters die veel populairder zijn, dus sturen ze Honey met een megafoon het veld op en hij
maakt een eind aan de relletjes voor ze echt uit de hand lopen. Maar

de mensen bleven wel met dingen gooien en de banken mollen, dat soort dingen. Toen kwamen de spelers het veld op om te spelen, maar ze werden niet toegejuicht, o nee.'

Eddie McKenna klopte op zijn dikke buik en snoof. 'Nou, ik hoop dat ze die bolsjewieken hun Series-medailles afnemen. Alleen al het feit dat ze "medailles" krijgen om te spelen! Daar keert je maag zich toch bij om? En ik zeg: Prima. Honkbal is toch al dood. Stelletje labbekakken die niet het lef hebben voor hun land te vechten. En Ruth is het ergst. Heb je gehoord dat hij nu wil slaan, Dan? Stond vanochtend in de krant. Meneer wil niet meer werpen, zegt dat hij blijft zitten wanneer ze hem niet meer betalen én hem niet meer op de werpheuvel neerzetten. Kun je je dat voorstellen?'

'Ach, wat een wereld,' zei zijn vader en nam een slokje bordeaux.

'En,' zei Danny terwijl hij de tafel rondkeek, 'waar klaagden ze over?'

'Hè?'

'Hun klacht. Ze staakten niet zomaar.'

Joe zei: 'Ze zeiden dat de bazen de overeenkomst hadden veranderd.' Danny zag hem zijn ogen helemaal naar boven draaien toen hij probeerde zich de bijzonderheden te herinneren. Joe was een fanatieke liefhebber van die sport en de betrouwbaarste informatiebron betreffende alles wat met honkbal te maken had. 'En ze houden geld achter dat ze hun hadden beloofd en dat alle andere ploegen in andere Series wel hadden gehad. Dus zijn ze gaan staken.'

Hij haalde zijn schouders op alsof het in zijn ogen volstrekt logisch was en zette het mes in zijn kalkoen.

'Ik ben het met Eddie eens,' zei zijn vader. 'Honkbal is dood en komt nooit meer terug.'

'Ja hoor,' zei Joe. 'Ja hoor, het komt best terug.'

'Wat een land,' zei zijn vader met een van zijn vele lachjes uit zijn verzameling, deze keer het wrange. 'Iedereen vindt het prima om een baan aan te nemen, maar als het werk zwaar blijkt te zijn, gaan ze erbij zitten.'

Connor en hij dronken hun koffie en rookten hun sigaret op de veranda achter en Joe kwam achter hen aan. Hij klom in de boom in de achtertuin omdat hij wist dat hij dat niet mocht en wist dat zijn broers hem daar niet aan zouden helpen herinneren.

Connor en Danny leken zo weinig op elkaar dat de mensen dachten dat ze een grapje maakten wanneer ze zeiden dat ze broers waren. Terwijl Danny lang, donker en breedgeschouderd was, was Connor blond en slank en compact van bouw, net als hun vader. Maar Danny had diens blauwe ogen en plagerige gevoel voor humor, terwijl Connors bruine ogen en aard – een beminnelijkheid die een koppig hart verborg – geheel afkomstig waren van zijn moeder.

'Pa zei dat je gisteren naar een oorlogsschip bent gevaren.'

Danny knikte. 'Klopt.'

'Zieke soldaten, naar ik heb gehoord.'

Danny zuchtte. 'Dit huis lekt als een band van een Hudson.'

'Ach, ik werk bij het OM.'

Danny grinnikte. 'Dat steekt overal zijn neus in, hè, Con?'

Connor fronste. 'Hoe slecht waren ze eraantoe? De soldaten?'

Danny bekeek zijn sigaret en rolde hem heen en weer tussen duim en wijsvinger. 'Heel slecht.'

'Wat hebben ze?'

'Eerlijk gezegd weet ik dat niet. Kan Spaanse griep zijn, of longontsteking of iets waar niemand van heeft gehoord.' Danny haalde zijn schouders op. 'Hopelijk beperkt het zich tot de soldaten.'

Connor leunde tegen de balustrade. 'Ze zeggen dat hij snel voorbij is.'

'De oorlog?' Danny knikte. 'Ja.'

Connor trok even een ongelukkig gezicht. Hij was een rijzende ster bij het OM en had ook luid en duidelijk gepleit voor Amerika's deelname aan de oorlog. Maar op een of andere manier had de dienstplicht hem overgeslagen, en beide broers wisten wie er meestal verantwoordelijk was voor 'op een of andere manier' in de familie.

Joe zei: 'Hé, kijk eens.' Ze keken omhoog en zagen dat hij op de op een na hoogste tak zat.

'Je valt je hoofd te barsten,' zei Connor. 'Mama schiet je eruit.'

'Ik val mijn hoofd niet te barsten,' zei Joe. 'En mama heeft geen wapen.'

'Dan pakt ze papa's pistool.'

Joe bleef waar hij was, alsof hij erover moest nadenken.

'Hoe is het met Nora?' vroeg Danny en probeerde het nonchalant te laten klinken.

Connor zwaaide met zijn sigaret naar de avond. 'Vraag haar dat zelf maar. Het is een vreemde meid. Met pa en ma in de buurt gedraagt ze zich keurig. Maar heeft ze zich tegenover jou wel eens bolsjewistisch geuit?'

'Bolsjewistisch?' Danny moest lachen. 'Nou, nee.'

'Je zou haar moeten horen, Danny, als ze het heeft over de rechten

van arbeiders en het kiesrecht voor vrouwen en over de kinderen van
arme immigranten in de fabrieken, blablabla. Onze ouwe heer zou om-
vallen als hij haar af en toe zou kunnen horen. Maar ik zeg je dat dat
gaat veranderen.'

'O ja?' Danny gniffelde bij het idee dat Nora zou veranderen, Nora,
die zo koppig was dat ze, als je haar opdracht gaf te drinken, nog liever doodging van de dorst. 'Hoe gaat dat dan in zijn werk?'

Connor draaide zich naar hem toe, een lach in zijn ogen. 'Heb je het
niet gehoord?'

'Ik werk tachtig uur per week. Blijkbaar heb ik wat roddel gemist.'

'Nora en ik gaan trouwen.'

Danny kreeg een droge mond. Hij schraapte zijn keel. 'Heb je haar
gevraagd?'

'Nog niet. Maar ik heb het er met papa over gehad.'

'Je hebt met pa gepraat maar niet met haar?'

Connor haalde zijn schouders op en er verscheen een brede grijns op
zijn gezicht. 'Wat is er zo schokkend, broeder? Ze is mooi, we gaan
samen naar shows en films, en van ma heeft ze koken geleerd. We hebben het fijn samen. Ze zal het heel goed doen als mijn vrouw.'

'Con,' begon Danny, maar zijn jongere broer stak een hand op.

'Dan, Dan, ik weet dat er... iets tussen jullie is geweest. Ik ben niet
blind. De hele familie weet het.'

Dat was nieuw voor Danny. Boven zijn hoofd kroop Joe als een eekhoorn rond in de boom. Het was koeler geworden, en de avondschemering legde zich zacht over de rijtjeshuizen naast dat van hen.

'Hé, Dan? Daarom vertel ik het je. Ik wil weten of je er vrede mee
kunt hebben.'

Danny leunde tegen de balustrade. 'Wat is er volgens jou tussen mij
en Nora geweest?'

'Tja, dat weet ik niet.'

Danny knikte en dacht: ze trouwt nooit met hem.

'En stel dat ze nee zegt?'

'Waarom zou ze nee zeggen?' Connor hief zijn handen op bij die absurde gedachte.

'Je weet maar nooit met die bolsjewieken.'

Connor lachte. 'Zoals ik al zei, dat zal snel veranderen. Waarom zou
ze geen ja zeggen? We brengen al onze vrije tijd samen door. We – '

'Gaan naar de film, zei je. Iemand om mee naar het theater te gaan.
Dat is niet hetzelfde.'

'Hetzelfde als wat?'

'Liefde.'

Connors ogen werden spleetjes. 'Dat ís liefde.' Hoofdschuddend zei hij tegen Danny: 'Waarom moet jij alles altijd zo ingewikkeld maken, Dan? Een man leert een vrouw kennen, ze hebben dezelfde opvattingen, een gemeenschappelijke achtergrond. Ze trouwen, stichten een gezin, brengen hun kinderen dezelfde opvattingen bij. Dat is beschaving. Dat is liefde.'

Danny haalde zijn schouders op. Connors woede nam toe naarmate hij onzekerder werd, altijd een gevaarlijke combinatie, vooral wanneer Connor in een bar was. Danny mocht de boksende zoon zijn, Connor was de echte vechtjas van de familie.

Connor was tien maanden jonger dan Danny. Daardoor waren ze een 'Ierse tweeling', maar afgezien van de bloedlijn hadden ze niet veel gemeen. Ze hadden op dezelfde dag hun middelbareschooldiploma ge- haald, Danny op het nippertje, Connor een jaar te vroeg en met lof. Danny was meteen bij de politie gegaan, en Connor had een volledige beurs geaccepteerd voor het Boston Catholic College in het South End. Nadat hij vier jaar studie in twee jaar had geperst, studeerde hij summa cum laude af en ging hij rechten studeren. Het stond van meet af aan vast waar hij na die studie zou gaan werken. Hij had als jongen van achttien, negentien bij het OM als loopjongen gewerkt, en vanaf die tijd werd er een plek voor hem vrijgehouden. Nu, na vier jaar daar te hebben gewerkt, kreeg hij grotere zaken te behandelen.

'Hoe is het op je werk?' vroeg Danny.

Connor stak een nieuwe sigaret op. 'Er lopen heel wat heel slechte mensen rond.'

'Vertel mij wat.'

'Ik heb het niet over Gusties en kleine boefjes, broer. Ik heb het over radicalen, bommenleggers.'

Danny hield zijn hoofd schuin en wees naar het granaatscherflitteken in zijn hals.

Connor grinnikte. 'Goed, goed. Daar hoef ik jou niets over te ver- tellen. Ik heb alleen nooit geweten hoe... hoe... verdomd slecht die mensen zijn. We hebben nu een kerel vast die wordt gedeporteerd als we winnen. Die dreigde echt dat hij de Senaat ging opblazen.'

'Bleef het bij woorden?" vroeg Danny.

Connor reageerde met een geïrriteerd hoofdschudden. 'Helemaal niet. Ik ben een week geleden naar een ophanging geweest.'

'Danny zei: 'Je bent naar een – ?'

Connor knikte. 'Dat hoort soms bij het werk. Silas wil dat de mensen van de Commonwealth weten dat we hen tot het einde toe vertegenwoordigen.'

'Dat lijkt niet samen te gaan met je fraaie kostuum. Wat is dat voor kleur? Geel?'

Connor haalde quasi uit naar zijn hoofd. 'Dat heet crèmekleurig.'

'O, crème.'

'Het was niet leuk, eigenlijk.' Connor liet zijn blik op de tuin rusten. 'De ophanging.' En met een schuchter lachje: 'Maar op kantoor zeggen ze dat je er aan went.'

Een tijdje zeiden ze niets. Danny voelde de grauwsluier van de wereld, met zijn ophangingen en ziekten, zijn bommen en zijn armoede, over hun wereldje hier neerdalen.

'Dus jij trouwt met Nora,' zei hij uiteindelijk.

'Dat is de bedoeling.' Connor trok zijn wenkbrauwen op en liet ze zakken.

Danny legde een hand op zijn schouder. 'Veel geluk dan maar, Con.'

'Dank je.' Connor lachte. 'Ik hoorde dat je bent verhuisd.'

'Niet echt,' zei Danny. 'Alleen naar een andere verdieping. Beter uitzicht.'

'Kortgeleden?'

'Ongeveer een maand geleden,' zei Danny. 'Sommig nieuws gaat blijkbaar langzaam.'

'Wel als je je moeder niet opzoekt.'

Danny legde een hand op zijn hart en zei met een zwaar accent: 'Het is een gruwelijk afschuwelijke zoon die zijn lieve oude moedertje niet elke dag opzoekt.'

Connor grinnikte. 'Maar je blijft dus in North End?'

'Daar voel ik me thuis.'

'Het is een krottenbuurt.'

'Jullie zijn er opgegroeid,' zei Joe die opeens aan de onderste tak bungelde.

'Dat is zo,' zei Connor. 'En pa heeft ons daar zo snel hij kon weggehaald.'

'De ene achterbuurt geruild voor de andere.'

'Maar wel een Ierse achterbuurt,' zei Connor. 'Die heb ik honderd keer liever dan een spaghettivreterachterbuurt.'

Joe liet zich op de grond vallen. 'Dit is geen achterbuurt.'

Danny zei: 'Nee, hier in K Street niet.'

'En verder ook niet.' Joe kwam de veranda op. 'Ik weet wat achterbuurten zijn,' zei hij met grote zelfverzekerdheid, opende de deur en ging naar binnen.

In zijn vaders werkkamer staken ze sigaren op en vroegen ze of Danny er ook een wilde. Hij bedankte, draaide een sigaret en ging bij het bureau naast adjunct-hoofdcommissaris Madigan zitten. Mesplede en Donnegan stonden bij de karaffen en schonken zich ferme porties uit zijn vaders drankvoorraad in. Charles Steedman stond bij het hoge raam achter zijn vaders bureau en stak een sigaar op. Zijn vader en Eddie McKenna stonden in de hoek bij de deuren te praten met Silas Prendergast. De officier van justitie knikte veel en zei heel weinig terwijl commissaris Thomas Coughlin en inspecteur Eddie McKenna tegen hem praatten, elk met een hand aan de kin en de hoofden diep gebogen. Silas Prendergast gaf een laatste knik, pakte zijn hoed van de kapstok en zei iedereen gedag.

'Een fijne kerel,' zei zijn vader en liep om het bureau heen. 'Hij heeft begrip voor het algehele welzijn.' Zijn vader pakte een sigaar uit de humidor, knipte het eind eraf en lachte met opgetrokken wenkbrauwen naar de overige aanwezigen. Ze lachten allemaal terug, want de humor van zijn vader werkte aanstekelijk, ook al begreep je de achtergrond ervan niet.

'Thomas,' zei de adjunct-hoofdcommissaris; hij sprak vol eerbied tegen een man die enkele rangen lager stond dan hij. 'Ik neem aan dat je hem de hiërarchische structuur hebt uitgelegd?'

Danny's vader stak zijn sigaar aan en klemde hem tussen zijn kiezen toen hij goed brandde. 'Ik heb hem gezegd dat degene die achter in de wagen zit, nooit het paardenhoofd hoeft te zien. Ik neem aan dat hij de boodschap heeft begrepen.'

Claude Mesplede liep achter Danny's stoel langs en klopte hem op de schouder. 'Hij weet het altijd zo mooi te zeggen, die vader van je.'

De ogen van zijn vader schoten naar Claude terwijl Charles Steedman in de vensterbank achter ging zitten en Eddie McKenna links van Danny kwam zitten. Twee politici, een bankier en drie dienders. Interessant.

Zijn vader zei: 'Weten jullie waarom ze in Chicago zoveel problemen krijgen? Waarom de misdaadcijfers pijlsnel zullen stijgen als het drankverbod van kracht wordt?'

De mannen wachtten terwijl zijn vader aan zijn sigaar trok en zijn blik op het brandyglas naast zijn elleboog op het bureau liet rusten maar het niet oppakte.

'Omdat Chicago een nieuwe stad is, heren. De brand heeft de stad haar geschiedenis ontrukt, haar waarden. En New York is te dichtbevolkt, te uitgestrekt, te vol met vreemdelingen. Ze kunnen geen orde bewaren, niet met wat er in aantocht is. Maar Boston...' en hier hief hij zijn brandy en nipte aan het glas waarin het licht speelde, '... Boston is klein en niet besmet met die nieuwigheden. Boston begrijpt het algemeen welzijn, hoe de dingen gaan.' Hij hief zijn glas. 'Op onze schone stad, heren. Ach, het is zo'n stuk.'

Ze toostten en Danny merkte dat zijn vader naar hem lachte, een lach in de ogen, maar niet rond de mond. Thomas Coughlin had vele manieren van doen die allemaal kwamen en gingen met de snelheid van een op hol geslagen paard, zodat je gemakkelijk vergat dat het allemaal aspecten waren van een man die er zeker van was dat hij het goede deed. Thomas Coughlin was dienaar van het goede, de verkoper ervan, de paradeleider ervan, vanger van de honden die ernaar hapten, baardrager van de gevallen vrienden ervan, opjutter van wankelmoedige bondgenoten ervan.

Danny vroeg zich af, zoals hij al zijn hele leven deed, wat het goede was. Het had iets te maken met loyaliteit en iets met de eer van een man, een eer die boven alles ging. Het hield verband met plicht en het ging uit van een stilzwijgend begrip van alles wat erbij hoorde maar nooit hardop hoefde te worden uitgesproken. Het was, uit pure noodzaak, naar buiten toe verzoeningsgezind ten opzichte van de oude elite maar bleef vanbinnen overtuigd antiprotestants. Het was antizwart, want men beschouwde het als een vaststaand gegeven dat de Ieren, met al hun voorbije en komende worstelingen, Noord-Europeanen en onmiskenbaar blank waren, zo blank als de maan van gisteravond, en het was nooit het plan geweest om elk ras een plaats aan tafel te geven, maar wel om ervoor te zorgen dat, voor de deur van de kamer op slot ging, de laatste stoel werd vrijgehouden voor een Ier. Het plan was bovenal, voor zover Danny begreep, opgehangen aan het idee dat degenen die publiekelijk voorbeelden van het goede waren, bepaalde vrijstellingen kregen voor hun gedrag in de privésfeer.

Zijn vader zei: 'Wel eens gehoord van de Lettish Workingman's Association van Roxbury?'

'De Letten?' Danny was zich er plotseling van bewust dat Charles

Steedman hem vanaf de vensterbank zat te bekijken. 'Een socialistische groep voornamelijk bestaand uit Russische en Letse emigranten.'

'En de Peoples Workers Party?' vroeg Eddie McKenna.

Danny knikte. 'Die zitten in Mattapan. Communisten.'

'Union of Social Justice?'

Danny zei: 'Is dit een proef?'

Geen van de aanwezigen antwoordde; ze staarden hem alleen maar aan, ernstig en gespannen.

Hij zuchtte. 'De Union of Social Justice bestaat, meen ik, vooral uit Oost-Europese café-intellectuelen. Zeer anti-oorlog.'

'Anti-alles,' zei Eddie McKenna. 'Vooral anti-Amerikaans. Het zijn allemaal bolsjewistische dekmantels, allemaal, en ze worden door Lenin zelf gefinancierd om in onze stad onrust te stoken.'

'Wij houden niet van onrust,' zei Danny's vader.

'En van de Galleanisten?' vroeg adjunct-hoofdcommissaris Madigan. 'Ooit van gehoord?'

Opnieuw voelde Danny aller ogen op zich gericht.

'Galleanisten,' zei hij, en probeerde zijn irritatie niet te laten doorklinken, 'zijn volgelingen van Luigi Galleani. Het zijn anarchisten die zich wijden aan het afbreken van alles wat overheid is, van alle eigendom en alle soorten bezit.'

'Hoe sta je tegenover hen?' vroeg Claude Mesplede.

'Actieve Galleanisten? Bommengooiers?' zei Danny. 'Dat zijn terroristen.'

'Niet alleen de Galleanisten,' zei Eddie McKenna. 'Alle radicalen.'

Danny haalde zijn schouders op. 'Ik maak me niet zoveel zorgen om de rooien. Ze lijken me tamelijk onschuldig. Ze drukken hun propagandistische vodjes en 's avonds drinken ze te veel waarna ze hun buren uit de slaap houden door veel te hard over Moedertje Rusland en Trotski te zingen.'

'Dat zou de laatste tijd wel eens anders kunnen zijn,' zei Eddie. 'Er gaan geruchten.'

'Wat voor?'

'Een grootschalig en gewelddadig oproer.'

'Wanneer? En wat voor soort oproer?'

Zijn vader schudde zijn hoofd. 'Die informatie draagt het predikaat "noodzakelijk-om-te-weten" en het is nog niet nodig dat jij het weet.'

'Te zijner tijd, Dan.' Eddie McKenna lachte hem uiterst vriendelijk toe. 'Te zijner tijd.'

'"Het doel van terrorisme,"' zei zijn vader, '"is angst aanjagen". Weet je wie dat heeft gezegd?'

Danny knikte. 'Lenin.'

'Hij leest de krant,' zei zijn vader met een knipoogje.

McKenna boog zich naar Danny over. 'We zijn bezig met plannen om de plannen van de radicalen te verhinderen, Dan. En we moeten weten waar precies jouw sympathieën liggen.'

'Eh ehhh...' zei Danny, die het spel nog niet helemaal doorhad.

Thomas Coughlin leunde achterover, uit het licht. De sigaar tussen zijn vingers was uitgegaan. 'Je moet ons vertellen wat er gaande is in de Social Club.'

'Welke Social Club?'

Thomas Coughlin fronste de wenkbrauwen.

'De Boston Social Club?' Danny keek Eddie McKenna aan. '*Onze* vakbond?'

'Het is geen vakbond,' zei Eddie McKenna. 'Dat willen ze worden.'

'En dat kunnen we niet hebben,' zei zijn vader. 'Wij zijn politiemensen, Aiden, geen gewone arbeiders. We hebben een principe hoog te houden.'

'Welk principe?' vroeg Danny. 'Verneuk de arbeiders?' Danny liet zijn blik door de kamer gaan, naar de mannen die daar op een onschuldige zondagmiddag bij elkaar waren. Zijn blik viel op Steedman. 'Wat is uw belang hierbij?'

Steedman glimlachte goedmoedig. 'Belang?'

Danny knikte. 'Ik probeer erachter te komen wat u hier komt doen.'

Steedman kreeg een kleur en keek naar zijn sigaar; een strak bewegen van zijn kaak.

Coughlin zei: 'Aiden, zo'n toon sla je niet aan tegen een ouder iemand. Je moet – '

'Ik ben hier,' zei Steedman en keek op van zijn sigaar, 'omdat arbeiders in dit land zijn vergeten wat hun plaats is. Ze zijn vergeten, Mr Coughlin junior, dat ze in dienst zijn van degenen die hun loon betalen en hun gezinnen voeden. Weet u wat een staking van tien dagen voor gevolgen kan hebben? Tien dagen slechts?'

Danny haalde zijn schouders op.

'Het kan betekenen dat een middelgroot bedrijf zijn leningen niet kan aflossen. Wanneer leningen niet worden afgelost, kelderen de aandelen. Investeerders verliezen geld, veel geld. En die moeten op hun beurt inkrimpen. Dan moet de bank bijspringen. Soms is beslaglegging de enige oplossing. De bank verliest geld, de investeerders verliezen geld, *hun* bedrijven verliezen geld, het oorspronkelijke bedrijf gaat failliet en de arbeiders zijn sowieso hun baan kwijt. Hoewel de ideeën van de vakbonden op het eerste gezicht hartverwarmend zijn, zijn ze voor redelijke mensen te schandalig om in beschaafd gezelschap te bespreken.' Hij nipte aan zijn brandy. 'Beantwoordt dat je vraag, jongeman?'

'Het is me niet helemaal duidelijk hoe uw redenering van toepassing kan zijn op de publieke sector.'

'Drievoudig,' zei Steedman.

Danny reageerde met een zuinig lachje en wendde zich tot McKenna. 'Opent de Speciale Eenheid de jacht op de bonden, Eddie?'

'We openen de jacht op de subversieve elementen, lui die een bedreiging voor dit land zijn.' Hij liet zijn machtige schouders rollen. 'Ik wil dat jij je vaardigheden aanscherpt, en dat kun je net zo goed in deze stad doen.'

'In ónze vakbond.'

'Zo noem jij het.'

'Wat kan die nou te maken hebben met een "gewelddadig oproer"?'

'Het is een routineklus,' zei McKenna. 'Als je ons helpt erachter te komen wie er echt de leiding heeft, wie er in de vertrouwensraad zitten en zo, krijgen wij genoeg vertrouwen in je om je achter grotere vissen aan te sturen.'

Danny knikte. 'En wat levert het mij op?'

Zijn vader liet daarop zijn hoofd scheef zakken en kneep zijn ogen tot spleetjes.

Adjunct-hoofdcommissaris Madigan zei: 'Tja, ik weet niet of het zo – '

'Voor jou?' zei zijn vader. 'Als je slaagt bij de BSC en daarna bij de bolsjewieken?'

'Ja.'

'Een gouden penning.' Zijn vader glimlachte. 'Dat wou je toch horen? Daar rekende je toch op?'

Danny had sterk de neiging te gaan tandenknarsen. 'Het is aan de orde of niet.'

'*Als* je ons vertelt wat we willen weten over de infrastructuur van die zogenaamde politievakbond en *als* je daarna weet te infiltreren in een door ons aan te wijzen groep radicalen en terugkomt met de informatie die we nodig hebben om een georkestreerde gewelddadige actie in de kiem te smoren?' Thomas Coughlin keek Madigan aan en daarna opnieuw Danny. 'Dan ben je het eerst aan de beurt.'

'Ik wil niet als eerste aan de beurt zijn. Ik wil de rechercheurspen-ning. Die hou je me nou lang genoeg voor de neus.'

De mannen wisselden blikken alsof ze geen moment rekening had-den gehouden met een dergelijke reactie.

Na een tijd zei zijn vader: 'Tja, die jongen weet wat hij wil, hè?'

'Inderdaad,' zei Claude Mesplede.

'Dat is zo helder als glas,' zei Patrick Donnegan.

Danny hoorde zijn moeders stem in de keuken, onverstaanbaar voor hem, maar wat ze zei maakte Nora aan het lachen en door het geluid zag hij Nora's keel voor zich, de huid over haar luchtpijp.

Zijn vader stak een sigaar op. 'Een gouden penning voor de man die de radicalen ten val brengt en ons daarbij ook nog laat weten wat het gedachtegoed van de Boston Social Club is.'

Danny bleef zijn vader strak aankijken. Hij haalde een sigaret uit zijn pakje Murads en klopte hem tegen de rand van zijn schoen voor hij hem aanstak. 'Zwart op wit.'

McKenna grinnikte. Mesplede, Donnegan en adjunct-hoofdcommis-saris Madigan keken naar hun schoenen, het vloerkleed. Charles Steed-man geeuwde.

Danny's vader trok een wenkbrauw op. Het was een langzaam ge-baar, bedoeld om te suggereren dat hij bewondering voor Danny had. Maar Danny wist dat Coughlin een duizelingwekkende verza-meling karaktereigenschappen had, maar dat bewondering daar niet bij hoorde.

'Is dit de proef aan de hand waarvan je je leven zou willen bepalen?' Zijn vader boog zich ten slotte naar voren en zijn gezicht lichtte op bij wat velen voor plezier hadden kunnen houden. 'Of geef je er de voor-keur aan dat te bewaren voor een andere gelegenheid?'

Danny zei niets.

Zijn vader keek opnieuw de kamer rond. Uiteindelijk haalde hij zijn schouders op en zocht de ogen van zijn zoon.

'Afgesproken.'

Toen Danny de werkkamer verliet, waren zijn moeder en Joe al naar bed en was het donker in huis. Hij liep naar buiten de voor-veranda op, omdat hij voelde dat het huis diep in zijn schouders druk-te en aan zijn hoofd krabde; hij ging zitten en probeerde te besluiten wat hij nu ging doen. Overal in K Street waren de ramen donker en de buurt was zo stil dat hij het klotsen van het water in de baai een paar straten verderop kon horen.

'En wat voor smerig werkje hebben ze nu weer van je gevraagd?' Nora stond met haar rug tegen de deur geleund.

Hij draaide zich om en keek haar aan. Het deed pijn, maar hij bleef kijken. 'Niet al te smerig.'

'Ja, maar ook niet al te schoon.'

'Wat bedoel je?'

'Wat ik bedoel?' zuchtte ze. 'Je ziet er al eeuwenlang niet gelukkig uit.'

'Wat is gelukkig?' vroeg hij.

Ze sloeg haar armen om zich heen tegen de nachtelijke kou. 'Het tegendeel van jou.'

Het was ruim vijf jaar geleden sinds de kerstavond waarop Danny's vader Nora Shea als een bos brandhout in zijn armen door de voordeur het huis in had gedragen. Hij had een rooie kop van de kou, maar haar huid was grauw en haar tanden zaten los vanwege ondervoeding. Thomas Coughlin vertelde de rest van de familie dat hij haar had gevonden in de haven bij Northern Avenue, belaagd door tuig waar hij en oom Eddie zich met hun knuppels een weg doorheen hadden gebaand alsof ze nog steeds beginnende straatagenten waren. Kijk nou toch, moet je dat arme, verhongerde mens met amper een grammetje vlees op de botten zien! En toen oom Eddie hem eraan had herinnerd dat het kerstavond was en het arme kind een zwak 'Dank u, sir, dank u' had kunnen uitbrengen met een hese stem die sprekend op die van zijn eigen geliefde en gestorven moeder, God hebbe haar ziel, leek, nou, was dat geen teken van Christus zelf aan de vooravond van zijn eigen verjaardag?

Zelfs Joe, toen pas zes en volledig in de ban van zijn vaders breedsprakige charme, had het verhaal niet geloofd, maar het had het gezin in een uitzonderlijk christelijke stemming gebracht, zodat Connor het bad had laten vollopen terwijl Danny's moeder het grauwe meisje met de grote, diep weggezonken ogen een kop thee gaf. Ze had de Coughlins, terwijl haar blote, vuile schouders als vochtige stenen onder de overjas uitpiepten, vanachter haar kop thee zitten bekijken.

Toen vonden haar ogen die van Danny en voor ze zijn gezicht verlieten, verscheen er een lichtje in dat hem onaangenaam bekend voorkwam. Op dat moment, een moment dat hij de jaren erna tientallen malen in zijn hoofd van alle kanten zou bekijken, was hij er zeker van dat hij zijn eigen benarde hart in de ogen van het uitgehongerde meisje had teruggezien.

Kletskoek, hield hij zichzelf voor. Kletskoek.

Hij zou heel snel ontdekken hoe snel die ogen konden veranderen, hoe dat licht dat een spiegel van zijn eigen gedachten had geleken, in een tel dof en vreemd kon worden, of gemaakt vrolijk. Maar toch, omdat hij wist dat het licht er was en wachtte op het moment dat het weer zou verschijnen, raakte hij verslaafd aan de onwaarschijnlijke mogelijkheid het naar believen te kunnen ontsluiten.

Nu keek ze hem op de veranda behoedzaam aan en zei niets.

'Waar is Connor?' vroeg hij.

'Naar het café,' zei ze. 'Hij zei dat hij bij Henry's was als je hem mocht zoeken.'

Haar haar had de kleur van zand en hing in krullen die dicht tegen haar schedel lagen en net onder haar oren ophielden. Ze was niet groot, ze was niet klein, en het was of er onder haar vel voortdurend iets bewoog, alsof ze een laag miste en je, als je goed genoeg keek, haar bloed kon zien stromen.

'Ik hoor dat jullie plannen hebben.'

'Hou op.'

'Dat heb ik gehoord.'

'Connor is een jochie.'

'Hij is zesentwintig. Ouder dan jij.'

Ze haalde haar schouders op. 'Nog altijd een jochie.'

'Maar hebben jullie plannen?' Danny schoot zijn sigaret de straat op en keek haar aan.

'Ik weet niet waar we mee bezig zijn, Danny.' Ze klonk vermoeid. Niet zozeer van die dag als wel van hem. Het gaf hem het gevoel een kind te zijn, prikkelbaar en snel gekwetst. 'Wil je soms dat ik zeg dat ik dit gezin geen enkele trouw verplicht ben, dat ik geen last voel drukken in verband met wat ik je vader nooit kan vergoeden? Dat ik zeker weet dat ik niet met je broer zal trouwen?'

'Ja,' zei Danny, 'dat is wat ik wil horen.'

'Nou, dat kan ik niet zeggen.'

'Zou je uit dankbaarheid trouwen?'

Ze zuchtte en sloot haar ogen. 'Ik weet niet wat ik zou doen.'

Danny's keel werd toegeknepen, alsof hij op instorten stond. 'En wanneer Connor ontdekt dat je een man hebt achtergelaten in – '

'Die is dood,' siste ze.

'Voor jou. Niet hetzelfde als dood, nietwaar?'

Haar ogen spogen nu vlammen. 'Wat bedoel je, jochie?'

'Hoe denk je dat hij dat nieuws zal opvatten?'

'Ik kan alleen maar hopen,' zei ze met opnieuw die vermoeidheid in haar stem, 'dat hij het stukken beter opvat dan jij hebt gedaan.'

Danny zweeg een tijd en beiden keken over de kleine afstand tussen hen elkaar strak aan, zijn ogen, hoopte hij, even genadeloos als de hare.

'Dat doet hij niet,' zei hij en ging de trap af, de stilte en het donker in.

5

Een week nadat Luther echtgenoot was geworden, vonden Lila en hij een huis vlak bij Archer Street, op Elwood, een kleine twee-kamerwoning met echt sanitair, en Luther sprak met een paar knapen in biljartzaal Gold Goose op Greenwood Avenue die hem vertelden dat hij voor een baan bij Hotel Tulsa moest zijn, aan de andere kant van het Santa Fe-spoor in blank Tulsa. Geld voor het oprapen daar, boertje. Voorlopig vond Luther het niet erg dat ze hem boertje noemden, zolang ze er maar niet aan gewend raakten, en hij ging naar het hotel waar hij praatte met de man die hij volgens hen moest hebben, een knakker die Old Byron Jackson heette. Old Byron (iedereen noemde hem zo, zelfs de mensen die ouder waren dan hij) stond aan het hoofd van de bond van piccolo's. Hij zei dat hij Luther zou laten beginnen als liftbediende en zou zien hoe dat beviel.

Dus begon Luther in de liften en zelfs dat was een goudmijn omdat de mensen hem bijna elke keer dat hij de hendel bediende of de deur opende twee kwartjes gaven. Jeetje, Tulsa zwom in het oliegeld! De mensen reden in de grootste auto's en hadden de grootste hoeden en mooiste kleren en de mannen rookten sigaren zo dik als biljartkeus en de vrouwen roken naar parfum en poeder. In Tulsa liepen de mensen snel. Ze aten snel van grote borden en dronken snel uit grote glazen. De mannen sloegen elkaar vaak op de rug en bogen zich naar elkaar toe en fluisterden elkaar iets in het oor en dan bulderden ze van het lachen.

Na het werk staken de piccolo's en de liftbedienden en de portiers allemaal over naar Greenwood terwijl de adrenaline hun nog door de aderen gierde en dan gingen ze naar de poolzalen en de kroegen bij First en Admiral en dan werd er wat gedronken en wat gedanst en wat gevochten. Sommigen werden dronken van Choctaw-bier en whiskey, anderen werden higher dan een vlieger op opium of wat de laatste tijd steeds meer gebruikt werd: heroïne.

Luther trok nog maar een week of twee met hen op of iemand vroeg hem al of hij, omdat hij zo snel was, iets wilde bijverdienen. En de vraag was nog niet gesteld of hij rende heen en weer met loterijbriefjes voor Diaken Skinner Broscious, iemand die zo werd genoemd omdat hij als een herder voor zijn kudde zorgde en de wraak van de Almachtige aanriep wanneer een van hen afdwaalde. Diaken Broscious was vroeger in Louisiana beroepsgokker geweest, zo ging het verhaal. Hij had dezelfde avond waarop hij iemand had vermoord, een grote pot gewonnen – twee gebeurtenissen die niet noodzakelijkerwijs los van elkaar stonden – en hij was naar Greenwood getrokken met een tiet met geld en een stel meiden die hij meteen te huur had gezet. Toen de oorspronkelijke meiden vonden dat ze wel partners konden worden, gaf hij ieder van hen een deel van de winst en stuurde hen weg, waarna hij een hele partij jongere, versere meiden zonder ideeën over partnerschap ronselde; daarna ging Diaken Broscious ook in de kroegenbusiness en de loterijbusiness en deed hij in Choctaw en heroïne en opium, en elke kerel die in Greenwood neukte, spoot, zoop of gokte, raakte goed bekend met de Diaken of iemand die voor hem werkte.

Diaken Broscious woog rond de tweehonderd kilo. Heel vaak schepte hij 's nachts een luchtje in de buurt van Admiral en First en dat deed hij in een grote oude houten schommelstoel waar iemand wielen onder had gefabriekt. De Diaken had twee man voor zich werken, knokige, broodmagere hufters met hoge jukbeenderen en geel van huid die Dandy en Smoke heetten, die hem alle uren van de nacht in die stoel rondduwden, en heel vaak begon hij te zingen. Hij had een prachtige stem, hoog en lieflijk en vol, en dan zong hij spirituals en *chain gang*-songs en hij zong zelfs een versie van 'I'm a Twelve O'Clock Fella in a Nine O'Clock Town' die stukken beter was dan de blanke versie die Byron Harlan op de plaat had gezet. En daar reed hij dan First Street op en neer en zong met een stem zo mooi dat er mensen waren die zeiden dat God die stem niet aan zijn favoriete engelen had willen geven om in hun scharen geen begeerte op te wekken. En Diaken Broscious klapte erbij in zijn handen en op zijn gezicht parelde zweet en zijn grijns werd zo groot en glanzend als een forel en de mensen vergaten even wie hij was, tot een van hen het zich herinnerde omdat hij de Diaken nog geld schuldig was en hij iemand was die achter het zweet en de grijns en het zingen had gekeken en bij wie hetgeen hij had gezien een indruk had achtergelaten die ging doorwerken op de kinderen die hij nog niet eens had verwekt.

Jessie Tell vertelde Luther dat de laatste keer dat iemand Diaken Broscious serieus had bedonderd – 'En dan bedoel ik bedonderen met een volkomen gebrek aan respect,' zei Jessie – de Diaken op de klootzak was gaan zitten. Had gewriggeld tot hij geen kreten meer hoorde, omlaag had gekeken en had gezien dat die stomme nikker de geest had gegeven en daar gewoon maar in het stof lag en nergens naar keek, met open mond en één arm gestrekt naar iets reikend.

'Dat had je me beter kunnen vertellen voor ik een baantje van die man aannam,' zei Luther.

'Je brengt loterijbriefjes rond, boertje. Dacht je dat je dat soort dingen voor een áárdige man deed?'

Luther zei: 'Noem me geen "boertje", zei ik.'

Ze zaten in de Gold Goose, ontspanden zich na een dag lang aan de andere kant van het spoor glimlachen tegen blanken, en Luther voelde de alcohol in zijn bloed een niveau bereiken waarop alles heerlijk langzaam werd en hij de dingen beter zag, en voelde dat niets onmogelijk was.

Luther zou al snel ruim voldoende tijd hebben om te bedenken hoe hij verzeild was geraakt in het rondbrengen van loterijbriefjes voor de Diaken, en het zou hem enige tijd kosten voor hij besefte dat het niets met geld te maken had: man, met de fooien in Hotel Tulsa verdiende hij bijna tweemaal zoveel als in de munitiefabriek. En het was ook niet zo dat hij hoopte op een toekomst in de misdaad. Hij had in Columbus genoeg mensen gezien die dachten dat ze die ladder konden beklimmen; als ze ervan af vielen, was het meestal schreeuwend. Waarom dan? Het kwam door dat huis in Elwood, dacht hij, door de manier waarop het hem op zijn nek zat, zodat hij de dakranden in zijn schouders voelde duwen. En het was Lila, ook al hield hij nog zoveel van haar – en het verbaasde hem te beseffen hoeveel hij van haar hield, hoezeer het beeld als ze knipperend tegen het licht met één kant van haar gezicht in het kussen gedrukt wakker werd, een steek door zijn hart kon jagen. Maar voor hij enigszins aan die liefde had kunnen wennen, er misschien van had kunnen genieten, was ze al zwanger, pas twintig en Luther zelf net drieëntwintig. Een kind. Een verantwoordelijkheid voor de rest van je leven. Een ding dat opgroeide terwijl jij ouder werd. Kon het niks schelen of je moe was, kon het niks schelen of je je op iets anders probeerde te concentreren, kon het niks schelen of je wilde vrijen. Een kind wás alleen maar, midden in je leven geduwd en luid krijsend. En Luther, die zijn vader amper had gekend, was er verdomd zeker van dat hij de verantwoordelijkheid aankon, leuk of niet, maar voor het zover was wilde hij volop van het leven genieten, met een beetje gevaar erbij om het een beetje smaak te geven, iets om aan terug te denken als hij in zijn schommelstoel zat en met zijn klein-kinderen speelde. Die zouden dan naar een oude man staan kijken die als een idioot zat te grijnzen, terwijl hij terugdacht aan de jonge kerel die met Jessie door donker Tulsa rende en net genoeg over de grenzen van de wet danste om te kunnen zeggen dat hij er niet de slaaf van was.

Jessie was de eerste en beste vriend die Luther in Greenwood had ge-maakt, en dat zou al snel een probleem worden. Jessies echte naam was Clarence, maar zijn tweede voornaam was Jessup en dus noemde ieder-een hem Jessie wanneer ze hem niet Jessie Tell noemden. Hij had een ma-nier van doen die mannen zowel als vrouwen aantrok. Hij was piccolo en reserve-liftbediende in Hotel Tulsa, bezat de gave iedereen net zo op-gewekt te maken als hijzelf was, zodat de dag omvloog. Het feit dat men Jessie een aantal bijnamen had gegeven, was alleszins redelijk omdat hij hetzelfde deed met iedereen die hij leerde kennen (Jessie was degene die Luther, in de Gold Goose, voor het eerst 'boertje' had genoemd) en die bijnamen kwamen er bij hem met zo'n snelheid en gedecideerdheid uit dat je de door Jessie gegeven bijnaam meestal hield, het maakte niet uit hoe lang je op deze aarde anders had geheten. Jessie liep dan door de lobby van Hotel Tulsa achter een geelkoperen karretje of zeulend met een stel koffers en hij riep 'Hoe gaat het, Slim?' en 'Het is de waarheid, dat weet je, Typhoon', wat hij liet volgen door een zacht 'ha ha, mooi' en voor de dag om was werd Bobbie door iedereen 'Slim' en Gerald 'Typhoon' genoemd en de meeste mensen waren blij met de ruil.

Luther en Jessie Tell hielden soms liftraces wanneer er niets te doen was, en op de dagen dat ze als piccolo werkten, hielden ze wedden-schappen over het aantal koffers, en ze werkten zich uit de naad voor de blanken die hen allebei 'George' noemden ook al stond hun naam zo leesbaar als wat op een koperen naamplaatje op hun borst, en nadat ze het spoor naar Frisco waren overgestoken en zich in Greenwood hadden teruggetrokken in de kroegen en tenten rond Admiral, ratelden ze maar door, want ze waren allebei rap van tong en rap van benen en Luther had het gevoel dat tussen hen beiden de verwantschap bestond die hij had gemist, de verwantschap die hij in Columbus had achterge-laten bij Sticky Joe Beam en Aeneus James en nog een paar kerels met wie hij had gehonkbald en gedronken en in het pre-Lilatijdperk achter de vrouwen aan had gezeten. Het leven – léven – werd hier geleefd, in het Greenwood dat 's avonds ontwaakte met zijn tikken van poolballen en zijn driesnarige gitaren en saxofoons en drank en kerels die ontspanden na urenlang te zijn uitgemaakt voor George, of vent, of knul of hoe de blanken hen ook maar wensten aan te spreken. En het werd je niet alleen vergeven, men verwachtte van je dat je je ontspande na een dag zoals zij die achter de rug hadden met hun 'yes, suhs' en hun 'howdies' en hun 'tuurlijks'.

Niet alleen was Jessie Tell snel – en hij en Luther bedienden hetzelfde loterijdistrict en dat deden ze samen en snel – hij was ook fors. Bij lange niet zo zwaar als Diaken Broscious, maar toch wel een man met een omvangrijk middel, en hij was dol op zijn heroïne. Hij was dol op zijn kip en zijn whiskey en zijn vrouwen met dikke konten en zijn gebabbel en zijn Choctaw en zijn gezang, maar man, zijn heroïne ging hem echt boven alles.

'Shit,' zei hij, 'een nikker als ik moet iets hebben om hem af te remmen, anders zou witmans hem doodschieten voor hij de wereld kon overnemen. Heb ik gelijk of niet, boertje? Zeg dan. Want zo is het, dat weet jij ook wel.'

Het probleem was dat een verslaving als die van Jessie – en zijn verslaving was, net als hij zelf, groot – een dure grap was, ook al ving hij meer fooien dan wie ook in Hotel Tulsa, maar dat zei niks, want de fooien gingen in een pot en werden aan het eind van de dag gelijkelijk onder hen allen verdeeld. En ook al bracht hij briefjes rond voor de Diaken, wat zeker weten een goedbetaalde baan was, want de koeriers kregen twee cent van elke dollar die de klanten verloren en de klanten in Greenwood verloren ongeveer evenveel als ze inzetten en ze zetten gruwelijk veel in, toch redde Jessie het niet met eerlijk spel.

Dus roomde hij af.

De manier waarop de loterij in Diaken Broscious' stad werkte, was doodeenvoudig: zoiets als krediet bestond er niet. Als je een duppie op een getal wilde zetten, betaalde je de koerier elf cent voor hij je huis verliet, de extra cent voor de organisatie. Speelde je voor twee kwartjes, dan betaalde je vijfenvijftig cent. Enzovoort.

Diaken Broscious zag niets in het achter de broek zitten van slome nikkers nadat ze hadden verloren, zag er gewoon de zin niet van in. Voor echte schulden had hij echte collectanten, voor een paar stomme centen kon je geen nikkerledematen gaan verkloten. Maar als je die stomme centen optelde, kon je er best een paar postzakken mee vullen, wat zeg ik, je kon er een schuur mee vullen op van die bijzondere dagen als de mensen dachten dat er voor iedereen een mazzeltje in de lucht hing.

Omdat de koeriers met dat geld rondliepen, was het niet meer dan logisch dat de Diaken knapen koos die hij vertrouwde, maar de Diaken was niet de Diaken geworden door iedereen te vertrouwen, dus ging Luther er altijd van uit dat hij in de gaten werd gehouden. Niet bij elke ronde, hoor, elke derde of zo. Niet dat hij ooit echt had gezien dat iemand hem in de gaten hield, maar het kon beslist geen kwaad om van die veronderstelling uit te gaan.

Jessie zei: 'Je schat de Diaken te hoog in, jochie. Die man kan niet overal zijn mensen hebben. Trouwens, als hij die wel had, dan nog zijn ook die ogen menselijk. Die kunnen niet vertellen of je bij mensen naar binnen bent gegaan en alleen papa heeft ingezet of dat mama en opa en oom Jim ook allemaal hebben ingezet. En je steekt natuurlijk niet alle vier die dollars in je eigen zak. Maar eentje? Wie merkt daar iets van? God? Misschien als Hij kijkt. Maar de Diaken is God niet.'

Dat was hij zeker niet. Hij was iets anders.

Jessie legde aan op bal zes en miste hem volkomen. Hij haalde langzaam zijn schouders op. Zijn zwemogen maakten Luther duidelijk dat hij weer had gescoord, vermoedelijk een tijdje geleden in het steegje toen Luther even was gaan plassen.

Luther potte bal twaalf.

Jessie greep zich vast aan zijn keu om overeind te blijven en tastte achter zich naar zijn stoel. Toen hij zeker wist dat hij hem had en onder zijn kont had geschoven, liet hij zich zakken terwijl hij probeerde wat vocht op die grote tong van hem te krijgen.

Luther kon er niets aan doen: 'Die troep wordt nog eens je dood, jongen.'

Jessie grijnsde en zwaaide een vinger voor Luther heen en weer. 'Doet niks met me, geeft me alleen een lekker gevoel. Dus houd je mond en stoot je bal.'

Dat was het probleem met Jessie: die knakker lulde jou plat, maar bij hem kreeg je niets naar binnen. Er was iets in hem – de kern, waarschijnlijk – die gloeiend de pest aan redelijkheid had. Gezond verstand was een belediging voor Jessie.

'Omdat mensen iets doen,' had hij een keer tegen Luther gezegd, 'hoeft het op zichzelf genomen nog geen goed idee te zijn, toch?'

'Ook niet slecht.'

Jessie lachte die lach waar hij bijna altijd vrouwen en vrij drinken mee kreeg. 'Zekers wel, boertje. Zekers wel.'

O, de vrouwen waren dol op hem. Honden gingen op hun rug liggen als ze hem zagen en piesten hun buik vol, en kinderen liepen hem achterna als hij over Greenwood Avenue liep alsof er gouden trekpoppen uit de omslagen van zijn broek zouden kunnen springen.

Want er was iets ongebrokens in die man. En de mensen liepen misschien wel achter hem aan om het te zien breken.

Luther potte de zes en toen de vijf, en toen hij weer opkeek, zat Jessie te knikkebollen met een straaltje kwijl uit zijn mondhoek en met zijn armen en benen om de keu geslagen alsof hij had besloten dat hij er een verdraaid goed wijf aan zou kunnen hebben.

Ze zouden hier wel voor hem zorgen. Misschien zetten ze hem in de achterkamer als het druk werd. En anders lieten ze hem zitten waar hij zat. Dus zette Luther zijn keu terug in het rek, pakte zijn hoed van de kapstok en liep de avondschemer van Greenwood in. Hij dacht erover ergens een potje te gaan kaarten, een paar rondjes maar. Er werd nu gespeeld in de achterkamer boven Po's benzinestation, en nu hij het voor zich zag, jeukte het al in zijn kop. Maar hij had gedurende de korte tijd dat hij in Greenwood woonde al een paar potjes te veel gespeeld en alleen dankzij de fooien voor zijn harde werken in het hotel en zijn koerierswerk voor de Diaken kon hij voorkomen dat Lila vermoedde hoeveel hij had verloren.

Lila. Hij had haar beloofd deze avond voor zonsondergang thuis te zijn en dat was allang voorbij, de hemel was diep donkerblauw en de rivier de Arkansas was zilver en zwart geworden, en hoewel het het laatste was wat hij wilde nu overal om hem heen de nacht zich vulde met muziek en luide, vrolijke kreten en zo, haalde Luther diep adem en zette hij koers naar huis om echtgenoot te zijn.

Lila had niet veel op met Jessie, niet zo verrassend, en ze had niet veel op met Luthers vrienden of zijn avonden-uit of zijn bijverdienen voor Diaken Broscious, dus het huisje op Elwood Avenue werd met de dag kleiner.

Een week geleden had Luther gezegd: 'Waar moet het geld dan vandaan komen?', waarop Lila had gezegd dat ze ook werk ging zoeken. Luther had gelachen omdat hij wist dat er niet één blanke was die wilde dat een zwangere negerin haar pannen zou schuren en haar vloeren zou dweilen, omdat geen enkele blanke vrouw wilde dat haar man op de gedachte werd gebracht hoe dat kind daar was gekomen, en een blanke man er ook niet graag aan dacht. Dan zou je de kinderen misschien moeten uitleggen hoe het kwam dat ze nog nooit een zwarte ooievaar hadden gezien.

Deze avond zei ze na het eten: 'Je bent nu een man. Luther. Een echtgenoot. Met verantwoordelijkheden.'

'En die kom ik toch na? Of niet soms?' zei Luther. 'Niet dan?'

'Jawel, dat moet ik je nageven.'

'Nou dan.'

'Maar daarom kun je nog wel 's een avondje thuis zijn. Dan kun je die dingen doen die je had beloofd.'

'Wat voor dingen?'

Ze ruimde de tafel af en Luther stond op, ging naar zijn jas die hij op de kapstok had gehangen toen hij binnenkwam, en viste er zijn sigaretten uit op.

'Allerlei dingen,' zei Lila. 'Je zei dat je een bedje voor de kleine zou maken en die kapotte traptree zou repareren en – '

'En, en, en,' zei Luther. 'Jezus, mens, ik werk me de hele dag al kapot.'

'Weet ik.'

'O ja?' Het kwam er stukken harder uit dan hij bedoelde.

Lila zei: 'Waarom de hele tijd zo boos?'

Luther haatte deze gesprekken. Het was of ze alleen nog op deze manier met elkaar omgingen. Hij stak een sigaret op. 'Ik ben niet boos,' zei hij, hoewel hij het wel was.

'Je bent de hele tijd boos.' Ze wreef over haar buik waar al iets te zien was.

'Waarom niet, verdomme?' zei Luther. Hij had niet willen vloeken maar voelde de drank in zijn lijf, drank die hij nauwelijks had gemerkt met Jessie erbij omdat Jessie en zijn heroïne maakten dat een beetje whiskey zo ongevaarlijk leek als limonade. 'Twee maanden geleden was ik nog geen aanstaande vader.'

'En?'

'En wat?'

'En wat wil je daarmee zeggen?' Lila zette de borden in de gootsteen en kwam terug naar de kleine woonkamer.

'Jezus, wat ik wil zeggen...' zei Luther. 'Een maand geleden – '

'Wat?' Ze keek hem strak aan, wachtte.

'Een maand geleden zat ik niet in Tulsa en was ik niet gedwongen getrouwd en woonde ik niet in een klein rothuisje in een rotstraatje in een rotstadje, *Lila*. Of wel soms?'

'Dit is geen rotstadje.' Lila's stem ging tegelijk met haar rug omhoog. 'En je bent niet gedwongen getrouwd.'

'Maakt niks uit.'

Ze kwam op hem af, keek hem aan met gloeiende koologen en gebalde vuisten. 'Wil je me niet? Wil je je kind niet?'

'Ik had graag willen kiezen,' zei Luther.

'Je kunt kiezen en jij kiest elke avond voor de straat. Je komt nooit naar huis, zoals het hoort. En als je wel thuiskomt, ben je dronken of high of allebei.'

'Ik moet wel,' zei Luther.

Haar lippen trilden toen ze zei: 'Waarom?'

'Het is de enige manier om niet gek te worden van – ' Hij hield zich in, maar het was te laat.'

'Waarvan, Luther? Van mij?'

'Ik ga de stad in.'

Ze greep zijn arm. 'Van mij, Luther? Is dat het?'

'Ga maar fijn naar je tante,' zei Luther. 'Kunnen jullie 't erover hebben dat ik zo'n onchristelijke man ben en bedenken hoe jullie me tot God kunnen bekeren.'

'Van mij?' vroeg ze voor de derde keer en ze klonk klein en diep ellendig.

Luther ging de deur uit voor hij iets kapot zou maken.

De zondagen brachten ze door bij tante Marta en oom James in hun schitterende huis op Detroit Avenue in wat Luther was gaan beschouwen als het Tweede Greenwood.

Niemand anders wilde er zo over denken, maar Luther wist dat er twee Greenwoods waren, net als er twee Tulsa's waren; in welke van de twee je was, hing af van de vraag of je ten noorden of ten zuiden van het Friscostation was. Hij wist zeker dat blank Tulsa uit verschillende Tulsa's bestond als je onder de oppervlakte keek, maar hij wist het niet echt omdat hij, als hij ermee te maken had, nooit verder kwam dan: 'Welke verdieping, ma'am?'

Maar in Greenwood was de deling een stuk duidelijker geworden. Je had 'slecht' Greenwood, te weten de steegjes achter Greenwood Avenue, een stuk ten noorden van het kruispunt met Archer Street, en er was een stel straten rondom First en Admiral waar vrijdagsavonds geschoten werd en voorbijgangers op zondagmorgen op straat nog een vleugje opiumrook konden opvangen.

Maar 'goed' Greenwood besloeg de resterende negenennegentig procent van het gebied, zo geloofde men maar al te graag. Dan ging het om Standpipe Hill en Detroit Avenue en het zakencentrum van Greenwood Avenue. Daar vond je de First Baptist Church en het Bell & Little Restaurant en het Dreamland Theatre waar voor vijftien cent *Little Tramp* of *America's Sweetheart* over het scherm kuierde. Daar werd de *Tulsa Star* uitgegeven en liep een zwarte hulpsheriff met een blinkend gepoetste penning rond. Daar had je dokter Lewis T. Weldon en Lionel A. Garrity, vrederechter, en John en Louala Williams, eigenaars van banketbakkerij Williams en de William's One-Stop Garage en van Dreamland zelf. O.W. Gurley bezat er de kruidenierszaak, het warenhuis en ook nog het Gurley Hotel. In dat Greenwood ging men op zondagmorgen naar de kerk en had men op zondagmiddag een diner met dun porselein en het allerwitste tafellinnen en een klassiek getingel uit de Victrola, als de geluiden van een verleden waar geen van allen naar kon verwijzen.

Daarmee wist het andere Greenwood Luther het meest te ergeren: met de muziek. Je hoefde maar een paar maten te horen om te weten dat het blanke muziek was. Chopin, Beethoven, Brahms. Luther zag het helemaal voor zich hoe ze achter hun piano zaten, voor zich heen hamerend in een grote kamer met een geboende vloer en hoge ramen terwijl hun bedienden buiten op hun tenen rondslopen. Dit was muziek door en voor mannen die hun staljongens afranselden en hun dienstmeisjes naaiden en in het weekend gingen jagen op kleine dieren die ze nooit opaten. Mannen die genoten van het geluid van jankende, opjagende honden en plotseling opvliegen. Ze kwamen thuis, moe van het niks doen, en componeerden of luisterden naar dit soort muziek, staarden naar schilderijen van voorouders die even hopeloos en onbetekenend waren als zijzelf, en staken preken over goed en kwaad af tegen hun kinderen.

Oom Cornelius had tot hij blind werd altijd voor zulke mensen gewerkt, en Luther had er tijdens zijn leven ook heel wat leren kennen, en was gaarne bereid hen uit de weg te gaan en zich niet met hen te bemoeien. Maar hij kon niet tegen de gedachte dat hier, in de eetkamer van James en Marta Holloway op Detroit Avenue, de zwarte gezichten die hier bijeen waren vastbesloten leken zich door eten en drinken en geld blank te maken.

Hij was nu veel liever bij First en Admiral met de liftbedienden en de staljongens en de mannen met de schoenpoetskistjes en de gereedschaps-tassen. Mannen die met dezelfde inzet werkten en speelden. Mannen die, zo was het gezegde, wat willen drinken, gokken en neuken om het leven op te leuken.

Niet dat ze hier op Detroit Avenue zo'n gezegde kenden. Jezus nee. Hun gezegdes lagen meer in de lijn van 'De Heere houdt niet van...' en 'De Heere doet zoiets niet...' en 'De Heere wil niet...' en 'De Heere duldt geen...' Daardoor leek het of God een prikkelbare slavenmeester was die snel met de zweep klaarstond.

Lila en hij zaten aan de grote tafel en Luther luisterde hoe ze over de blanke spraken alsof hij en de zijnen binnenkort op zondag hier bij hen aan tafel zouden zitten.

'Mr Paul Stewart,' zei James, 'komt laatst in eigen persoon met zijn Daimler naar mijn garage en zegt: "James, sir, ik vertrouw u deze auto hier toe en dat doe ik geen van die lui aan de andere kant van het spoor".'

Lionel Garrity, vrederechter, kwam even later met: 'Het is gewoon een kwestie van tijd voor de mensen beseffen wat onze jongens in de oorlog hebben gedaan en zeggen: "Het is tijd. Tijd om al dit dwaze ge-doe achter ons te laten. We zijn allemaal mensen. We bloeden hetzelfde en we denken hetzelfde."'

En Luther zag Lila glimlachen en knikken en hij had zin om de plaat van de Victrola te rukken en op zijn knie in tweeën te breken.

Want waar Luther de grootste hekel aan had, was hetgeen achter dit alles lag, achter al die opschik, al die nieuwverworven adeldom, al die vadermoordenaars en gepreek en mooie meubels en gladgeschoren ga-zons en chique auto's: daarachter lag angst. Doodsangst.

Als ik kan meedoen, vroegen ze, mag dat dan?

Luther dacht aan Babe Ruth en die knapen uit Boston en Chicago van afgelopen zomer en hij wilde zeggen: 'Nee. Dat vinden ze niet goed.' Op het moment dat ze iets willen, pakken ze waar ze zin in heb-ben, gewoon om jullie een lesje te leren.

En hij stelde zich voor hoe Marta en James en dokter Weldon en Lio-nel A. Garrity, vrederechter, hem aankeken, met open mond en smekend uitgestoken handen: 'Welk lesje?'

'Wat je plaats is.'

6

Danny ontmoette Tessa Abruzze in de week dat de mensen ziek begonnen te worden. Eerst zeiden de kranten dat het zich beperkte tot soldaten in Camp Devens, maar toen vielen op één dag twee burgers dood neer in de straten van Quincy en begonnen de mensen overal in de stad binnen te blijven.

Danny kwam op zijn etage met een arm vol pakjes die hij in het krappe trappenhuis naar boven had gebracht. Er zaten zijn kleren in, net gewassen en verpakt in bruin papier, en met een lint eromheen. Dat was het werk van een wasvrouw in Prince Street, een weduwe die per dag tien wassen deed in de tobbe die midden in de keuken stond. Hij probeerde met de pakjes nog in zijn armen de sleutel in het slot van zijn deur te steken, maar na een paar vergeefse pogingen deed hij een stap achteruit en legde ze op de grond, en op dat moment kwam er een jonge vrouw haar kamer aan het andere eind van de gang uit en slaakte een hoge kreet.

Ze zei '*Signore, signore*', en het kwam er aarzelend uit, alsof ze niet zeker wist of ze wel de moeite waard was. Ze steunde met één hand tegen de muur en roze water liep langs haar benen en droop van haar enkels.

Danny vroeg zich af waarom hij haar nooit eerder had gezien. Daarna vroeg hij zich af of ze de Spaanse griep had. Daarna merkte hij dat ze zwanger was. Zijn deur ging open en hij schopte de pakjes naar binnen omdat ze op een gang in North End niet lang zouden blijven liggen. Hij sloot de deur, liep de gang door naar de vrouw en zag dat het onderste deel van haar rok doorweekt was.

Ze hield haar hand tegen de muur en liet haar hoofd zakken zodat haar zwarte haar over haar mond viel; ze klemde haar kaken op elkaar met een grimas die verkrampter was dan Danny bij sommige doden had gezien. Ze zei: '*Dio aiutami, Dio aiutami.*'

Danny vroeg: 'Waar is uw man? Waar is de vroedvrouw?'

Hij pakte haar vrije hand en ze kneep zo hard dat er een pijnscheut naar zijn elleboog schoot. Haar ogen draaiden omhoog in zijn richting en ze mompelde iets in het Italiaans, zo snel dat hij er niets van verstond en hij besefte dat ze geen woord Engels sprak.

'Mrs DiMassi.' Danny's schreeuw weergalmde in het trappenhuis. 'Mrs DiMassi!'

De vrouw kneep nu nog harder in zijn hand en jammerde met haar tanden op elkaar.

'*Dove è il vostro marito?*' vroeg Danny. De vrouw schudde verscheidene keren haar hoofd, maar Danny wist niet of het betekende dat ze geen man had of dat hij er gewoon niet was.

'De... *la...*' Danny zocht naar het woord voor 'vroedvrouw'. Hij streelde de rug van haar hand en zei: 'Sssh. Stil maar.' Hij keek in haar wijdopen, verwilderde ogen. 'Eh... eh... u... de *la ostetrica!*' Danny was zo opgewonden dat hij het woord eindelijk had gevonden dat hij meteen overschakelde op Engels. 'Ja? Waar is... *Dove è? Dove è la ostetrica?*'

De vrouw bonkte met haar vuist op de muur. Ze begroef haar vingers in Danny's handpalm en gaf zo'n luide schreeuw dat hij 'Mrs Di*Massi!*' riep en het soort paniek voelde die hij niet meer had gehad sinds zijn eerste dag als politieagent, toen het tot hem was doorgedrongen dat hij het enige antwoord op andermans problemen was dat de wereld geschikt achtte.

De vrouw bracht haar gezicht vlak voor het zijne en zei: '*Faccia qualcosa, uomo insensato! Miaiuti!*' en Danny begreep het niet helemaal, maar hij pikte 'domme man' eruit en 'help', dus trok hij haar richting trap.

Haar hand bleef in de zijne, haar arm lag om zijn buik en voor de rest klemde ze zich vast aan zijn rug terwijl ze de trap af gingen naar de straat. Mass General was veel te ver weg om lopend te doen en hij zag nergens in de hele straat een taxi en zelfs geen vrachtwagen, het was er alleen maar vol met mensen want het was marktdag. Danny dacht dat er, juist als er markt was, verdomme toch wel een paar vrachtwagens zouden zijn, ja toch, maar nee, alleen een stroom mensen en fruit en groenten en rusteloze varkens die op de kasseien in hun stro liepen te wroeten.

'Hulppost Haymarket,' zei hij. 'Dat is het dichtstbij. Begrijp je dat?'

Ze knikte even en hij wist dat het de toon was waarop ze reageerde en ze baanden zich een weg door de mensenmassa en de mensen maakten ruim baan. Danny probeerde het een paar keer, riep: '*Cerco un' ostetrica! Un' ostetrica! Cè qualcuno che conosce un' ostetrica?*', maar de enige reactie was een meelevend hoofdschudden.

Toen ze aan de andere kant van het gewoel de ruimte kregen, kromde de vrouw haar rug en kermde kort en heftig en Danny dacht dat ze het kind op straat zou laten vallen, twee straten verwijderd van Hulppost Haymarket, maar ze liet zich weer tegen hem aan vallen en begon te lopen en te wankelen, te lopen en te wankelen. Ze was niet erg zwaar, maar ze kronkelde en klauwde naar de lucht en sloeg hem op zijn borst.

Zo liepen ze een paar straten door, tijd genoeg voor Danny om haar mooi te vinden in haar ondraaglijke pijn. Ondanks of dankzij, daar was hij niet zeker van, maar hoe dan ook mooi. In de laatste straat sloeg ze haar armen om zijn nek, drukten haar polsen op de spieren daar, en fluisterde telkens '*Dio, aiutami. Dio, aiutami*' in zijn oor.

Bij de hulppost duwde Danny hen de eerste de beste deur door, zodat hij terechtkwam in een bruine gang met donkere eikenhouten vloeren en zwakke gele lampen en één enkele bank. Op de bank zat een dokter met de benen over elkaar een sigaret te roken. Hij keek hen aan toen ze de gang door kwamen. 'Wat doet u hier?'

Danny, nog steeds met de vrouw in zijn armen, zei: 'Dat meent u niet.'

'U bent door de verkeerde deur gekomen.' De dokter drukte zijn sigaret uit in de asbak en stond op. Hij wierp een lange blik op de vrouw. 'Hoe lang is ze al in barensnood?'

'De vliezen zijn een minuut of tien geleden gebroken. Meer weet ik ook niet.'

De dokter legde een hand onder de buik van de vrouw en de andere tegen haar hoofd. Hij keek Danny aan, kalm en onbereikbaar: 'Deze vrouw gaat baren.'

'Weet ik.'

'In uw armen,' zei de dokter en Danny liet haar bijna vallen.

'Wacht hier,' zei de dokter en ging een dubbele deur halverwege de gang door. Erachter klonk gebonk en even later kwam de dokter terug door deuren met een ijzeren brancard, eentje op roestige, piepende wielen.

Danny legde de vrouw op de brancard. Ze had haar ogen nu gesloten, haar adem pufte nog steeds met korte stoten tussen haar lippen door, en Danny keek omlaag naar de nattigheid die hij op zijn armen en zijn middel had gevoeld, nattigheid waarvan hij had gedacht dat het voornamelijk water was, maar waarvan hij nu zag dat het bloed was, en hij liet de dokter zijn armen zien.

De dokter knikte en vroeg: 'Hoe heet ze?'

Danny zei: 'Dat weet ik niet.'

De dokter fronste, duwde de brancard daarna langs Danny heen terug door de dubbele deuren en Danny hoorde hem om een zuster roepen.

Aan het eind van de gang vond Danny een toilet. Hij waste zijn handen en armen met loogzeep en zag het bloed roze wegkolken in de wastafel. Het gezicht van de vrouw bleef in zijn gedachten hangen. Haar neus was lichtelijk gebogen met een knobbel halverwege de neusrug, haar bovenlip was dikker dan haar onderlip, en ze had een klein moedervlekje onder aan haar kaak, bijna onzichtbaar omdat haar huid zo donker was, bijna zo donker als haar haar. Hij hoorde haar stem nog in zijn borst, voelde haar dijen en onderrug in zijn handen, zag de kromming van haar hals toen ze haar achterhoofd in de matras van de brancard boorde.

Aan het andere einde van de gang vond hij de wachtruimte. Hij kwam er binnen vanachter de inschrijfbalie, liep eromheen en ging tussen verbonden en sniffende mensen zitten. Een man zette zijn zwarte bolhoed af en braakte erin. Hij veegde zijn mond af met een zakdoek. Hij tuurde in de hoed en keek toen naar de andere mensen in de wachtkamer; hij leek zich te generen. Voorzichtig legde hij de hoed onder de houten bank, veegde zijn mond opnieuw af met de zakdoek, leunde achterover en sloot de ogen. Enkele mensen hadden een mondkapje voor en wanneer ze hoestten, kwam er vocht mee. De baliezuster had ook een mondkapje voor. Geen mens sprak Engels, op een voerman na wiens voet was overreden door een paard en wagen. Hij zei tegen Danny dat het ongeluk pal voor de deur had plaatsgehad en dat hij anders wel naar een echt ziekenhuis was gelopen, het soort ziekenhuis dat geschikt was voor Amerikanen. Hij keek een aantal malen naar het opgedroogde bloed op Danny's riem en kruis, maar hij vroeg niet hoe het daar gekomen was.

Er kwam een vrouw binnen met haar dochter van een jaar of zestien. De vrouw was dik en donker, maar haar dochter was mager en bijna geel en ze hoestte onafgebroken, het geluid van raderen die onder water langs elkaar knarsten. De voerman was de eerste van de aanwezigen die de verpleegster om een mondkapje vroeg, maar tegen de tijd dat Mrs DiMassi Danny in de wachtkamer had gevonden, had hij er ook een voor. Hij voelde zich dom en schaamde zich, maar hoorde het meisje nog hoesten, in een andere gang en achter nog een dubbele deur, die knarsende wielen.

'Waarom hebt u dat ding voor, agent Danny?' Mrs DiMassi kwam naast hem zitten.

Danny deed het af. 'Er was hier een heel erg zieke vrouw.'

'Veel zieke mensen nu,' zei ze. 'Ik zeg frisse lucht. Ik zeg ga het dak op. Iedereen zegt ik ben gek. Ze blijven binnen.'

'Hebt u het gehoord van...'

'Tessa? Ja.'

'Tessa?'

Mrs DiMassi knikte. 'Tessa Abruzze. U draagt haar hierheen?'

Danny knikte.

Mrs DiMassi giechelde. 'Hele buurt praat erover. Zeggen u niet zo sterk als lijkt.'

Danny lachte. 'O ja?'

Ze zei: 'Ja. Ze zeggen uw knieën knikten en Tessa niet zware vrouw.'

'Hebt u haar man gewaarschuwd?'

'Bah.' Mrs DiMassi sloeg in de lucht. 'Ze heeft geen man. Alleen vader. Vader een goede man. Dochter?' Ze sloeg opnieuw in de lucht.

'Dus u hebt geen hoge pet van haar op,' zei Danny.

'Ik zou spugen,' zei ze, 'maar dit is schone vloer.'

'Waarom bent u dan hierheen gekomen?'

'Zij mijn huurder,' zei ze alleen maar.

Danny legde een hand op de rug van het oude vrouwtje en ze wiegde van voor naar achter en haar beentjes schommelden boven de grond.

Toen de dokter de wachtkamer binnenkwam, had Danny zijn kapje weer voor en droeg Mrs DiMassi er ook een. Deze keer was het een man geweest, halverwege de twintig, een rangeerder aan zijn kleren te zien. Hij was op een knie voor de inschrijfbalie neergevallen. Hij had een hand opgestoken alsof hij wilde zeggen dat het prima met hem ging, echt prima. Hij hoestte niet, maar zijn lippen en zijn kaken waren paars. Hij bleef in die houding zitten, met een reutelende adem, tot de zuster om de balie heen kwam. Ze hielp hem overeind. In haar greep stond hij op zijn benen te tollen. Zijn ogen waren rood en traanden en hij zag niets van wat er voor hem was.

Dus zette Danny het kapje weer op en haalde hij vanachter de balie een kapje voor Mrs DiMassi en nog wat mensen in de wachtkamer. Hij deelde ze uit en ging weer zitten, voelde elke keer bij het uitademen de lucht terugkomen tegen zijn lippen en zijn neus.

Mrs DiMassi zei: 'Krant zegt alleen soldaten krijgen het.'

Danny zei: 'Soldaten ademen dezelfde lucht in en uit.'

'En u?'

Danny klopte op haar hand. 'Tot nu toe niet.'

Hij begon zijn hand terug te trekken maar zij legde de hare erbovenop. 'Niets overkomt u, ik denk.'

'Mooi.'

'Dus ik blijf dichtbij,' zei Mrs DiMassi en schoof op tot hun benen elkaar raakten.

De dokter kwam de wachtkamer in en hoewel hij er zelf een op had, leek hij verbaasd door alle mondkapjes.

'Het is een jongen,' zei hij en liet zich voor hen op zijn hurken zakken. 'Gezond.'

'Hoe is Tessa?' vroeg Mrs DiMassi.

'Heet ze zo?'

Mrs DiMassi knikte.

'Er trad een complicatie op,' zei de dokter. 'Ze bloedt nogal en daar maak ik me zorgen over. Bent u haar moeder?'

Mrs DiMassi schudde haar hoofd.

'Hospita,' zei Danny.

'Aha,' zei de dokter. 'Heeft ze familie?'

'Een vader,' zei Danny. 'Men is nog naar hem op zoek.'

'Ik kan alleen naaste familie toelaten. Ik hoop dat u daar begrip voor hebt.'

Danny hield zijn stem licht. 'Is het ernstig, dokter?'

De ogen van de dokter bleven vermoeid. 'We doen ons best, agent.'

Danny knikte.

'Maar als u haar hier niet naartoe had gedragen,' zei de dokter, 'zou de wereld ongetwijfeld vijftig kilo lichter zijn geweest. Probeer het eens zo te zien.'

'Zal ik doen.'

De dokter gaf Mrs DiMassi een beleefd knikje en kwam overeind.

'Dokter...' zei Danny.

'Rosen,' zei de dokter.

'Dokter Rosen,' zei Danny, 'hoe lang moeten we volgens u kapjes dragen?'

Dokter Rosen liet zijn blik een hele tijd door de wachtkamer gaan. 'Tot het ophoudt.'

'Houdt het nog niet op?'

'Het is amper begonnen,' zei de dokter en liet hen daar achter.

Tessa's vader, Federico Abruzze, zocht Danny die avond op het dak van het pension op. Na het ziekenhuis had Mrs DiMassi al haar huurders net zo lang berispend toegesproken tot ze hun matrassen niet lang na zonsondergang naar het dak hadden gesleept. En zo verzamelden ze zich vier verdiepingen boven North End onder de sterren en de dichte rook van de Portland Meat Factory en de plakkerige damp van de USIA-melassetank.

Mrs DiMassi had haar beste vriendin, Denise Ruddy-Cugini uit Prince Street, meegebracht. En ook haar nichtje Arabelle en Arabelles man, Adam, een metselaar die onlangs zonder paspoort uit Palermo was aangekomen. Ze kregen gezelschap van Claudio en Sophia Mosca en hun drie kinderen, van wie de oudste pas vijf was, terwijl het vierde kind duidelijk onderweg was. Kort na hun komst sleepten Lou en Patricia Imbriano hun matrassen over de brandtrap naar boven, gevolgd door het pasgetrouwde stel Joseph en Concetta Limone, en als laatste, Steve Coyle.

Danny, Claudio, Adam en Steve gingen op het zwarte teer zitten dobbelen met hun rug tegen de borstwering, en bij elke worp ging Claudio's zelfgemaakte wijn er beter in. Danny hoorde hoesten en koortskreten uit de huizen en de straten, maar hij hoorde ook moeders die hun kinderen naar huis riepen en het piepen van wasgoed dat van de lijnen tussen de huurkazernes werd binnengehaald, en de snijdende, plotselinge lach van een man en een orgelman in een van de steegjes, het orgel door de warme avondlucht enigszins ontstemd.

Van de mensen op het dak was nog niemand ziek. Geen van hen hoestte of voelde zich koortsig of misselijk. Geen van hen had wat volgens de geruchten de eerste signalen van een infectie waren – hoofdpijn of pijn in de benen – ook al waren de meesten van hen bekaf van een twaalfurige werkdag en wisten ze niet zeker of hun lijf het verschil zou voelen. Joe Limone, een bakkersknecht, werkte vijftien uur per dag en dreef de spot met die luie twaalfuurkerels, en Concetta, die blijkbaar niet bij haar man wilde achterblijven, klokte om vijf uur 's morgens in bij Patriot Wool en uit om half zeven 's avonds. Hun eerste avond op het dak was als de avonden tijdens Allerheiligen, toen Hanover Street getooid was met lichtjes en bloemen en de priesters processies leidden en de lucht was vervuld van wierook en tomatensaus. Claudio had voor zijn zoontje Bernardo Thomas een vlieger gemaakt, en het jongetje stond met de andere kinderen midden op het dak en de gele vlieger stak als een vin af tegen de donkerblauwe hemel.

Danny herkende Federico Abruzze meteen toen hij het dak op stapte. Hij was hem een keer tegengekomen op de trap met allemaal dozen in zijn armen: een hoffelijke man in een lichtbruin linnen pak. Zijn haar en dunne snor waren wit en heel kort geknipt en hij droeg een wandelstok zoals de landadel deed, niet om op te steunen maar als een statussymbool. Hij zette zijn hoed af toen hij Mrs DiMassi aansprak en keek vervolgens naar Danny, die bij de andere mannen tegen de borstwering zat. Toen Federico Abruzze naar hem toe kwam, stond Danny op.

'Mr Coughlin?' zei Abruzze met een kleine buiging en in perfect Engels.

'Mr Abruzze,' zei Danny en stak zijn hand uit. 'Hoe is het met uw dochter?'

Federico schudde zijn hand met beide handen en gaf Danny een knikje. 'Ze maakt het goed. Dank u zeer voor uw belangstelling.'

'En uw kleinzoon?'

'Die is sterk,' zei Federico. 'Kan ik u spreken?'

Danny stapte over de dobbelstenen en het losse geld heen waarna hij met Federico naar de oostelijke rand van het dak liep. Federico haalde een witte zakdoek uit zijn zak, legde die op de borstwering en zei: 'Neemt u plaats, alstublieft.'

Danny ging op de zakdoek zitten; hij voelde het havengebied in zijn rug en de wijn in zijn bloed.

'Een mooie avond,' zei Federico. 'Zelfs met zoveel gehoest.'

'Ja.'

'En zoveel sterren.'

Danny keek omhoog naar het stralende uitspansel. Hij keek weer naar Federico Abruzze en zag een zweem van een stamleider in de man. Burgemeester van een stadje of zo, die op zomeravonden, op het stadhuisplein, wijsheden ten beste gaf.

Federico zei: 'U staat hier in de buurt goed bekend.'

Danny zei: 'O ja?'

Hij knikte. 'Men zegt dat u een Ierse politieagent bent die geen vooroordelen jegens de Italianen heeft. Men zegt dat u hier bent opgegroeid en zelfs nadat er in uw politiebureau een bom is ontploft, zelfs nadat u in deze buurt hebt gewerkt en het slechtste in mensen hebt gezien, iedereen als een broer behandelt. En nu hebt u mijn dochter het leven gered en dat van mijn kleinzoon. Ik dank u, sir.'

Danny zei: 'Geen dank.'

Federico stak een sigaret tussen zijn lippen en streek een lucifer over zijn duimnagel om hem aan te steken, waarbij hij Danny door het vlammetje heen aankeek. In het oplichtende vlammetje leek hij plotseling jonger, zijn gezicht rimpelloos, en Danny schatte dat hij achterin de vijftig was, tien jaar jonger dan hij er op een afstand had uitgezien.

Federico wuifde met zijn sigaret naar de avondhemel. 'Ik laat nooit schulden onbetaald.'

'U bent mij niets verschuldigd,' zei Danny.

'Zeker wel, sir,' zei hij. 'Zeker wel.' Zijn stem had iets muzikaals. 'Maar door de kosten van onze immigratie naar dit land zijn mijn middelen inmiddels zeer bescheiden. Zou u dan tenminste willen toestaan dat mijn dochter en ik een keer voor u koken?' Hij legde een hand op Danny's schouder. 'Wanneer ze weer beter is, natuurlijk.'

Danny keek naar Federico's glimlach en vroeg zich af hoe het zat met Tessa's ontbrekende echtgenoot. Was hij dood? Had ze er wel een gehad? Uit hetgeen Danny van de Italiaanse zeden en gewoonten wist, kon hij zich niet voorstellen dat een man van Federico's statuur en achtergrond nog contact met een ongetrouwde, zwangere dochter wilde hebben, laat staan dat hij haar in huis wilde hebben. En nu leek het erop dat hij probeerde een engagement tussen Danny en Tessa te regelen.

Merkwaardig.

'Ik zou me vereerd voelen, sir.'

'Dat is dan afgesproken.' Federico leunde naar achteren. 'En de eer is geheel aan mij. Ik laat u weten wanneer Tessa hersteld is.'

'Ik verheug me erop.'

Federico en Danny liepen over het dak terug naar de brandtrap.

'Deze ziekte...' Federico's arm omvatte de daken rondom hen, 'zal die overgaan?'

'Dat hoop ik wel.'

'Ik ook. Zoveel hoop in dit land, zoveel mogelijkheden. Het zou tragisch zijn als we moeten leren lijden zoals Europa doet.' Bij de brandtrap gekomen, draaide hij zich om en nam Danny's schouders in zijn handen. 'Nogmaals dank, sir. Goedenavond.'

'Goedenavond,' zei Danny.

Federico daalde door het zwarte staal af, de wandelstok onder een arm, met soepele en zelfverzekerde bewegingen, alsof hij was opgegroeid in een bergachtige omgeving waar hij had leren rotsige paden te beklimmen. Toen hij weg was, merkte Danny dat hij nog steeds naar beneden stond te kijken en probeerde het vreemde gevoel te benoemen dat er zich iets bijzonders tussen hen had afgespeeld, iets dat verloren was gegaan in de wijn in zijn bloed. Misschien was het de manier waarop hij 'schuld' of 'lijden' had gezegd, alsof de woorden in het Italiaans een andere betekenis hadden. Danny probeerde er een vinger achter te krijgen, maar de wijn was te sterk; de gedachte glipte weg in het briesje en hij gaf zijn pogingen hem te vangen op en keerde terug naar het dobbelspel.

Een tijdje later die avond lieten ze op aandringen van Bernardo Thomas de vlieger weer op, maar het touw ontglipte de jongen. Voor hij in huilen kon uitbarsten, slaakte Claudio een triomfkreet alsof het de bedoeling van een vlieger was uiteindelijk die de vrijheid te geven. Bernardo was niet meteen overtuigd en keek hem met een trillend kinnetje na, dus de andere volwassenen kwamen erbij staan aan de rand van het dak. Ze hieven een vuist en slaakten kreten. Bernardo begon te lachen en te klappen, en de andere kinderen volgden zijn voorbeeld, en algauw deden ze allemaal mee aan het feest en riepen ze de vlieger toe verder de diepe, donkere hemel in te trekken.

A an het eind van de week hadden begrafenisondernemers mannen in dienst genomen om de doodskisten te bewaken. De mannen verschilden van uiterlijk: sommigen waren afkomstig van particuliere bewakingsdiensten en wisten hoe je je moest wassen en scheren, anderen zagen eruit als aan lager wal geraakte voetballers of boksers, en in North End waren er ook nog een paar onbelangrijke leden van de Zwarte Hand; maar allemaal hadden ze een geweer. Onder de zieken bevonden zich ook timmerlieden, en ook als ze gezond waren gebleven, was het onduidelijk of ze de vraag hadden kunnen bijhouden. In Camp Devens doodde de Spaanse griep in één dag drieënzestig soldaten. Zijn wortels zochten zich een weg naar de huurkazernes in North End en South Boston en de pensions op Scollay Square en trokken een spoor door de scheepswerven van Quincy en Weymouth. Daarna verspreidde de griep zich door de staat en begonnen de kranten melding te maken van uitbraken in Hartford en New York City.

In het weekend bereikte de Spaanse griep Philadelphia, waar het prachtig weer was. Men ging er in groten getale de straat op voor parades ter ondersteuning van de troepen en het kopen van Liberty Bonds, de *Waking Up of America*, het net opgerichte American Legion, en de versterking van de morele zuiverheid en kracht waarvan de padvinders het beste voorbeeld waren. De week erop reden er wagens rond om de lijken op te halen die de avond ervoor op veranda's waren gelegd, en overal in het oosten van Pennsylvania en het westen van New Jersey verrezen tenten die als lijkenhuis dienstdeden. In Chicago kreeg hij eerst de zuidkant in zijn greep, vervolgens het oosten, en de rails brachten hem de stad uit de vlakten over.

Er gingen geruchten over een geheimzinnige stof. Van een Duitse onderzeeboot die in augustus drie mijl voor Boston Harbor was gesignaleerd; er waren mensen die beweerden dat ze hem boven hadden zien komen en een oranje rookpluim hadden zien uitstoten die naar de kust was gedreven. Predikers haalden passages uit Openbaring en Ezechiël aan waarin werd voorspeld dat gif door de lucht zou komen als straf voor de promiscuïteit van de nieuwe eeuw en de gewoonten van de immigranten. Ze zeiden dat het einde der tijden was aangebroken.

Aan de onderkant van de samenleving werd verteld dat knoflook de enige medicijn was. Of terpentine op een suikerklontje. Of petroleum op een suikerklontje als er geen terpentine was. Dus stonk het in de huurkazernes. Ze roken naar zweet en ontlasting en doden en stervenden, maar de knoflook en de petroleum waren erger. Danny kreeg er een dikke keel van en het brandde in zijn neus, en er waren dagen dat hij, dizzy van de petroleumdampen en met een verstopte neus van de knoflook en amandelen die rauw geschraapt waren, dacht dat hij de Spaanse griep uiteindelijk ook had gekregen. Maar dat was niet zo. Hij had gezien hoe de griep dokters en zusters en lijkschouwers en ambulancepersoneel en twee dienders van het Eerste District en nog zes van andere districten had geveld. En ook toen het gaten sloeg in de buurt waarvan hij was gaan houden met een hartstocht die hij niet kon verklaren, wist hij dat hij hem niet zou krijgen.

De dood had hem gemist in Salutation Street, en nu draaide hij om hem heen en knipoogde naar hem, maar nam vervolgens genoegen met iemand anders. Dus ging hij huurkazernes in die verscheidene andere agenten hadden geweigerd te betreden, en hij ging kosthuizen en pensions binnen en gaf hij zoveel vertroosting aan de mensen die geel en grauw waren geworden als hij kon, de mensen wier zweet de matrassen donker maakte.

Vrije dagen gingen op aan de wijk. Longen ratelden als vogelkooitjes in een harde wind, braaksel was donkergroen en in North End begonnen ze X'en op de deuren van de besmetten te schilderen en sliepen steeds meer mensen op de daken. Er waren ochtenden dat Danny en de andere dienders van de Nul-Een de lichamen op de stoepen opstapelden als buizen op een scheepswerf en in de namiddagzon wachtten tot de vleeswagens kwamen. Hij bleef een mondkapje dragen maar alleen omdat het verboden was zonder te lopen. Mondkapjes sloegen nergens op. Talloze mensen die ze nooit afdeden, kregen toch de griep en stierven met een hoofd dat in brand stond.

Steve Coyle en Danny en nog een stuk of vijf, zes man reageerden op een vermoedelijke moordmelding achter Portland Street. Terwijl Steve aanklopte, zag Danny de adrenaline opvlammen in de ogen van de andere mannen op de gang. De kerel die ten slotte opendeed, droeg een mondkapje, maar zijn ogen waren rood van de ziekte en hij ademde vocht uit. Steve en Danny keken naar het heft van een mes dat uit zijn borst stak, en het duurde twintig seconden voor ze zich realiseerden wat ze zagen.

De vent zei: 'Godver, wat komen jullie aan m'n kop zeuren?'

Steve had zijn hand op zijn revolver maar die bleef in de holster zitten. Hij stak een hand uit om te zorgen dat de man een stap achteruit deed. 'Wie heeft u gestoken, sir?'

De andere dienders kwamen daarop in beweging en waaierden uit achter Danny en Steve.

'Ik,' zei de man.

'Hebt u uzelf gestoken?'

De man knikte en Danny zag achter de man een vrouw op een bank zitten. Ook zij had een mondkapje voor en haar huid had de blauwe kleur van de besmetten en haar keel was doorgesneden.

De man leunde tegen de deur en die beweging maakte zijn overhemd nog donkerder.

'Laat me uw handen zien,' zei Steve.

De man stak zijn handen op en zijn longen ratelden van de inspanning. 'Kan een van jullie dit ding uit mijn borst halen?'

Steve zei: 'Sir, kunt u bij de deur weggaan?'

Hij ging uit de weg en viel op zijn kont en ging naar zijn dijen zitten staren. Ze gingen de kamer binnen. Niemand wilde de man aanraken, dus hield Steve zijn revolver op hem gericht.

De vent legde beide handen om het heft en trok, maar er zat geen beweging in, en Steve zei: 'Doe uw handen naar beneden, sir.'

De man reageerde met een flauw lachje.

Danny keek naar de dode vrouw: 'Hebt u uw vrouw gedood?'

Een zwak hoofdschudden. 'Heb haar genezen. Het enige wat ik kon doen, jongens. Dit hier?'

Leo West riep vanuit de achterkamer: 'Er zijn hier kinderen.'

'Levend?' riep Steve.

De vent op de vloer schudde zijn hoofd. 'Zijn ook genezen.'

'Drie kinderen,' riep Leo West. 'Jezus.' Hij kwam terug naar de kamer. Hij was bleek en deed de knoop van zijn kraag los. 'Jezus,' herhaalde hij. 'Shit.'

Danny zei: 'We moeten een ambulance laten komen.'

Rusty Aborn liet een bitter lachje horen. 'Hou op, Dan. Hoe lang doet die er tegenwoordig over? Vijf uur? Zes uur?'

Steve schraapte zijn keel. 'Deze kerel heeft geen ambulance meer nodig.' Hij zette een voet op de schouder van de man en duwde het lichaam zachtjes om.

Twee dagen later droeg Danny Tessa's baby in een handdoek haar huis uit. Federico was nergens te vinden en Mrs DiMassi zat naast het bed van Tessa die met een natte handdoek op haar voorhoofd naar het plafond lag te staren. Haar huid was geel geworden, maar ze was bij kennis. Danny hield de baby op en zij keek eerst naar hem en toen naar het bundeltje in zijn armen met het kindje dat de kleur en textuur van natuursteen had, en daarna draaide ze haar ogen weer naar het plafond. Danny droeg de baby de trap af en naar buiten, zoals Steve en hij de dag ervoor Claudio's lichaam naar buiten hadden gedragen.

Danny zorgde ervoor elke avond naar zijn ouders te bellen en het lukte hem tijdens de pandemie één keer de tocht naar huis te maken. Hij zat in K Street met de familie en Nora in de salon en ze dronken thee, lieten de kopjes onder de mondkapjes glijden; Ellen Coughlin eiste dat de gezinsleden ze overal met uitzondering van hun eigen slaapkamer droegen. Nora schonk de thee in. Normaal gesproken was dat de taak van Avery Wallace, maar Avery was al drie dagen niet meer op zijn werk verschenen. Hij was er slecht aan toe, had hij Danny's vader over de telefoon gezegd, het zat heel diep. Danny kende Avery al sinds Connor en hij klein waren, en pas nu bedacht hij dat hij hem nooit thuis had opgezocht of kennis had gemaakt met zijn vrouw. Omdat hij zwart was?

Daar had je het.

Omdat hij zwart was.

Hij keek op van zijn theekopje naar de rest van het gezin en de aanblik van allemaal, ongewoon stil en stijf in hun gebaren bij het oplichten van de kapjes om een slok thee te nemen, trof Connor en hem op hetzelfde moment als absurd. Het was of ze nog misdienaar waren tijdens een mis in De Hemelpoort en één blik van de ene broer de andere op het minst gepaste moment aan het lachen kon maken. Het maakte niet uit hoeveel pakken voor hun broek ze van hun vader kregen, ze konden er niets aan doen. Het werd zo erg dat werd besloten hen uit elkaar te halen, en na de zesde klas hadden ze nooit meer samen de mis gediend.

Hetzelfde gevoel maakte zich nu van hen meester en de lach proestte eerst over Danny's lippen en die van Connor een fractie later. Daarna was er geen houden meer aan, zetten ze hun kopje op de grond en gaven zich eraan over.

'Wat nou?' zei hun vader. 'Wat is er zo leuk?'

'Niets,' wist Connor uit te brengen en door het kapje kwam het er gesmoord uit en daardoor moest Danny nog harder lachen.

Hun moeder zei boos en onzeker: 'Wat? Wat?'

'Goh, Dan,' zei Connor, 'moet je meneer zien.'

Danny wist dat hij het over Joe had. Hij probeerde niet te kijken, deed het niet, maar keek toen toch en zag het jochie in een stoel zitten die zo groot was dat zijn schoenen net tot aan de rand van de zitting kwamen. Joe zat daar met zijn grote ogen en het belachelijke mondkapje en het theekopje dat op zijn Schots geruite knickerbockerschoot stond en hij keek zijn broers aan alsof zij hem een antwoord konden geven. Maar er was helemaal geen antwoord. Het was allemaal dom en belachelijk en Danny's blik viel op Joe's geruite kousen en de tranen rolden over zijn wangen en hij schaterde nog harder.

Joe besloot mee te doen en Nora bleef niet achter, beiden eerst nog onzeker maar steeds luider omdat Danny's lach altijd zo aanstekelijk was en ze zich geen van beiden konden herinneren wanneer Connor voor het laatst zo ongeremd of onbeheerst had gelachen, en toen moest Connor niezen en hield iedereen op met lachen.

Een fijne wolk rode stippen bespikkelde de binnenkant van zijn mondkapje en trok door naar de buitenkant.

Hun moeder zei: 'Heilige Maria Moeder van God', en sloeg een kruis.

'Wat is er?' vroeg Connor. 'Ik niesde alleen maar.'

'Connor,' zei Nora. 'O god, lieve Connor.'

'Wat?'

'Con,' zei Danny en stond op, 'doe je kapje af.'

Connor zette het af en toen hij het goed had bekeken, knikte hij even en haalde diep adem.

Danny zei: 'Wij gaan samen even naar de badkamer om het nader te bekijken.'

In eerste instantie bleef de rest zitten en Danny nam Connor mee naar de badkamer. Hij deed de deur achter hen op slot toen ze de rest van de familie hoorden opstaan om zich vervolgens in de hal te verzamelen.

'Hoofd achterover,' zei Danny.

Connor hield zijn hoofd achterover. 'Dan.'

'Mond dicht. Laat me kijken.'

Iemand probeerde van buiten de deurknop om te draaien en zijn vader zei: 'Doe open.'

'Mogen we even?'

'Dan,' zei Connor, en in zijn stem trilde nog de lach door.

'Hou je hoofd nou even achterover. Er valt niks te lachen.'

'Je kijkt in mijn neus.'

'Dat weet ik. Hou je kop.'

'Zie je snotjes?'

'Een paar.' Danny voelde een lach pogingen doen door zijn gelaatsspieren heen te breken. Laat dat maar aan Connor over: in het dagelijks leven zo serieus als het graf en nu hij misschien tegenover dat graf stond, kon hij niet serieus zijn.

Iemand rammelde opnieuw aan de deur en klopte.

'Ik heb gepeuterd,' zei Connor.

'Wat?'

'Kort voor mama met de thee kwam. Ik heb het hier gedaan. Ik zat er zowat tot mijn elleboog in. Er zat daar zo'n keiharde. Je kent dat wel.'

Danny stopte met in de neus van zijn broer te kijken. 'Wat zeg je?'

'Ik heb staan peuteren,' zei Connor. 'Ik denk dat ik mijn nagels moet knippen.'

Danny staarde hem aan en Connor schoot in de lach. Danny gaf hem een tik tegen zijn wang en Connor gaf hem een nekslag. Toen ze ten slotte de deur openden voor de rest van de familie die bleek en kwaad in de gang stond, lachten ze weer als stoute misdienaartjes.

'Niks aan de hand.'

'Ik heb niks. Gewoon een bloedneus. Kijk, mama, het is gestopt.'

'Ga naar de keuken en pak een schoon kapje,' zei hun vader en liep met een gebaar van afkeer terug naar de salon.

Danny's blik viel op Joe die hen aankeek met iets dat grensde aan ontzag.

'Een bloedneus,' zei hij tegen Joe en rekte het woord.

'Daar is niets leuks aan,' zei hun moeder en haar stem was onvast.

'Ik weet het, ma,' zei Connor. 'Ik weet het.'

'Ik weet het ook,' zei Danny en de blik die hij van Nora opving, paste heel goed bij die van hun moeder, en toen herinnerde hij zich dat ze zijn broer 'lieve Connor' had genoemd.

Wanneer was dat begonnen?

'Nee, dat weet je niet,' zei hun moeder. 'Dat weet je helemaal niet. Jullie twee hebben het nooit geweten.' En ze ging haar slaapkamer in en deed de deur achter zich dicht.

Toen Danny het te horen kreeg, was Steve al vijf uur ziek. Hij was die ochtend wakker geworden met dijen van gips, gezwollen enkels, kramp in zijn kuiten en een bonkend hoofd. Hij verdeed geen tijd met doen of het iets anders was. Hij glipte de slaapkamer uit die hij die nacht met weduwe Coyle had gedeeld, greep zijn kleren en ging de deur uit. Nam nergens rust, zelfs niet met de staat waarin zijn benen waren: ze sleepten zich onder de rest van hem voort alsof ze ieder moment konden besluiten te blijven staan waar ze stonden terwijl zijn bovenlichaam gewoon verderging. Na een paar straten, zei hij tegen Danny, gingen die verdomde benen zo tekeer dat het was of ze van iemand anders waren. Ze jammerden bij elke stap, verdomme. Hij probeerde naar de tramhalte te lopen, maar besefte dat hij de hele tram kon aansteken. Toen besefte hij dat er helemaal geen trams meer reden. Lopen dus. Elf zijstraten vanaf de flat met koud stromend water op Mission Hill tot helemaal naar beneden naar het Peter Bent Hospital. Barstensvol tegen de tijd dat hij daar was, dubbelgebogen als een gebroken lucifer, en met krampen die via zijn maag, borst en zijn keel omhoogjoegen, godallemachtig. En zijn hoofd, jezus. Toen hij bij de inschrijfbalie kwam, was het of er iemand pijpen door zijn ogen hamerde.

Dit alles vertelde hij Danny vanachter een paar dunne katoenen gordijnen die tussen hem en Steve hingen op de zaal voor infectieziekten van de intensivecareafdeling van het Peter Bent Hospital. De middag dat Danny bij hem op bezoek ging, was er verder niemand op die zaal, alleen de armzalige vorm van een lichaam onder een laken aan de andere kant van het gangpad. De andere bedden waren leeg, de gordijnen opzijgeschoven. Eigenlijk was dat nog erger.

Ze hadden Danny een kapje en handschoenen gegeven; de handschoenen zaten in zijn jaszak, het kapje hing onder zijn kin. Maar toch hield hij de gordijnen tussen hem en Steve dicht. Hij was niet bang dat hij het zou krijgen. De afgelopen weken? Als je geen vrede met je schepper had gesloten, geloofde je niet dat je geschapen was. Maar zien hoe Steve erdoor werd leeggezogen tot er alleen nog gemalen poeder over was, dat was iets heel anders. Een beker die Danny graag aan zich voorbij zag gaan als Steve het toestond. Niet het sterven, maar er getuige van zijn.

Als Steve iets zei, was het of hij tegelijkertijd probeerde te gorgelen. De woorden drukten zich omhoog door het slijm en het slot van een zin verdronk vaak. 'Geen weduwe. Niet te geloven, hè?'

Danny zei niets. Hij had de weduwe Coyle maar één keer ontmoet en de enige indruk die hij van haar had gekregen was er een van pietluttigheid en benepen egoïsme.

'Kan je niet zien.' Steve schraapte zijn keel.

Danny zei: 'Maar ik zie jou wel, makker.'

'Wil je het opendoen?'

Danny kwam niet meteen in beweging.

'Bang? Kan ik me voorstellen. Laat maar.'

Danny boog zich een paar maal naar voren. Hij trok zijn broek bij de knieën op, leunde opnieuw naar voren en trok het gordijn open.

Zijn vriend zat rechtop, het kussen donker van zijn hoofd. Zijn gezicht was opgezet en tegelijk skeletachtig, zoals bij de tientallen zieken, levenden en doden, die hij en Danny deze maand hadden gezien. Zijn ogen puilden uit hun kassen alsof ze probeerden te ontsnappen en traanden met een melkachtige laag die in de hoeken bleef staan. Maar hij was niet paars. Of zwart. Hij hoestte niet de longen uit zijn lijf en bevuilde zich ook niet. Dus al met al was hij niet zo ziek als je zou vrezen. Nog niet in ieder geval.

Hij keek Danny aan met een opgetrokken wenkbrauw en een doodvermoeide grijns.

'Weet je nog die meisjes met wie ik van de zomer uitging?'

Danny knikte.

'Met een paar ben ik niet alleen uitgegaan.' Hij hoestte. Een kort hoestje, in zijn vuist. 'Ik heb een liedje gecomponeerd. In mijn hoofd. "Summer Girls".'

Opeens voelde Danny de hitte van hem afslaan. Wanneer hij dicht bij hem kwam, vonden de hittegolven zijn gezicht.

'"Summer Girls", hè?'

'"Summer Girls".' Steve sloot zijn ogen. 'Ik zal het een keer voor je zingen.'

Danny vond een emmer water op het nachtkastje. Hij stak er een hand in en haalde er een lap uit. Hij kneep hem uit en legde hem op Steves voorhoofd. Steves ogen schoten open met een wilde, dankbare blik. Danny ging met de lap over zijn voorhoofd en veegde zijn wangen af. Hij liet de hete lap in het water vallen en kneep hem opnieuw uit. Hij veegde de oren van zijn partner af, de zijkanten van zijn hals, zijn keel en zijn kin.

'Dan.'

'Ja?'

Steves gezicht vertrok. 'Alsof er een paard op mijn borst zit.'

Danny's ogen bleven helder. Hij wendde ze niet af van Steves gezicht toen hij de lap in de emmer liet vallen. 'Steekt het?'

'Ja, het steekt.'

'Kun je ademhalen?'

'Niet al te best.'

'Misschien moet ik er dan een dokter bijhalen.'

Steve knipperde even met zijn ogen bij dat voorstel.

Danny gaf een klopje op zijn hand en riep om een dokter.

'Niet weggaan,' zei Steve. Zijn lippen waren wit.

Danny lachte naar hem en knikte. Hij draaide rond op het krukje dat ze naar het bed hadden gereden toen hij binnenkwam. Hij riep opnieuw om een dokter.

Avery Wallace, zeventien jaar lang de huisbediende van de familie Coughlin, bezweek aan de Spaanse griep en werd begraven op de Copp's Hill-begraafplaats op een perceel dat Thomas Coughlin tien jaar geleden voor hem had gekocht. Alleen Thomas, Danny en Nora waren bij de begrafenis aanwezig. Verder niemand.

Thomas zei: 'Zijn vrouw is twintig jaar geleden overleden. De kinderen zijn uitgevlogen, de meeste naar Chicago en een naar Canada. Ze schreven nooit. Hij had geen contact meer met ze. Hij was een goed mens. Moeilijk te doorgronden, maar desondanks een goed mens.'

Het verbaasde Danny in zijn vaders stem een zacht, onderdrukt verdriet te horen.

Toen de kist van Avery Wallace in de kuil zakte, nam zijn vader een handvol aarde en wierp die op het hout. 'Moge de Heer uw ziel genadig zijn.'

Nora stond er met gebogen hoofd bij, de tranen drupten van haar kin. Danny was verbijsterd. Hoe kon het dat hij deze man het grootste deel van zijn leven had gekend maar hem op een of andere manier nooit echt had gezien?

Hij wierp zijn eigen handje aarde op de kist.

Omdat hij zwart was. Daarom.

Tien dagen nadat hij het Peter Bent Hospital was binnengelopen, liep Steve er weer uit. Zoals duizenden anderen in de stad had hij de griep overleefd, terwijl die gestaag verder het land doortrok en overstak naar Californië en New Mexico, in hetzelfde weekend dat Steve met Danny naar een taxi liep.

Hij liep met een stok. Dat zou zo blijven, zeiden de dokters. De griep had zijn hart aangetast, zijn hersens beschadigd. De hoofdpijn zou hem nooit met rust laten. Eenvoudige gesprekken zouden af en toe moeilijk zijn, inspanningen van welke aard dan ook zouden waarschijnlijk zijn dood worden. Een week geleden had hij er grapjes over gemaakt, maar vandaag hield hij zijn mond.

Het was een klein stukje lopen naar de taxi maar het kostte veel tijd.

'Zelfs geen bureaubaan,' zei hij toen ze bij de voorste taxi van de rij kwamen.

'Ik weet het,' zei Danny. 'Rot voor je.'

'"Te inspannend", zeiden ze.'

Steve stapte moeizaam de taxi in en Danny gaf hem zijn stok. Hij liep naar de andere kant en stapte in.

'Waarheen?' vroeg de taxichauffeur.

Steve keek Danny aan. Danny keek terug, wachtte.

'Zijn jullie doof? Waarheen?'

'Maak je niet dik.' Steve gaf hem het adres van het pension in Salem Street. Toen de chauffeur gas gaf, keek Steve Danny aan. 'Help je me met inpakken?'

'Je hoeft toch niet weg?'

'Ik kan het niet betalen. Geen werk.'

'En de weduwe Coyle?'

Steve haalde zijn schouders op. 'Niet meer gezien nadat ik het kreeg.'

'Waar ga je dan heen?'

Nog een schouderophalen. 'Moet iemand zijn die van plan is een invalide met een hartkwaal in dienst te nemen.'

Een minuut lang zei Danny niets. Ze bonkten over Huntington Avenue.

'Er moet toch een manier te vinden zijn om – '

Steve legde een hand op zijn arm. 'Coughlin, je bent een beste vent, maar er is niet altijd "een manier om". Voor de meeste mensen die vallen is er geen vangnet. Niks. We stappen gewoon uit.'

'Waar?'

Steve zweeg een tijdje. Hij keek naar buiten, tuitte zijn lippen. 'Waar de meeste mensen zonder vangnet eindigen. Daar.'

7

Luther was in de Gold Goose in zijn eentje aan het poolbiljarten toen Jessie langskwam om hem te vertellen dat de Diaken hen wilde spreken. Het was leeg in de Goose omdat het overal in Greenwood, overal in Tulsa leeg was, omdat de Spaanse griep als een stofstorm was komen binnenrazen tot in elk gezin minstens één lid besmet was geraakt en de helft van hen gestorven was. Het was nu gewoon bij wet verboden om zonder mondkapje naar buiten te gaan, en de meeste zaken in het zondige deel van Greenwood hadden de deuren gesloten, hoewel de oude Calvin, de baas van de Goose, zei dat hij openbleef, wat er ook gebeurde, en zei dat als de Heer zijn afgeleefde ouwe lijf wou hebben, Hij het maar moest komen halen, ook al had Hij er niet veel aan. Dus kwam Luther er zijn pooltechniek oefenen en genieten van het droge tikken van de ballen in die enorme stilte.

Hotel Tulsa was dicht tot de mensen ophielden met blauw worden, en niemand speelde in de loterij, dus viel er momenteel geen geld te verdienen. Luther verbood Lila naar buiten te gaan, zei dat ze het niet konden riskeren in verband met haar en de baby, maar dat betekende dat er van hem werd verwacht dat hij ook thuis bleef. Dat had hij gedaan en het had over het algemeen beter uitgepakt dan hij had verwacht. Ze hadden het huis een beetje opgeknapt, en elke kamer geverfd en de gordijnen opgehangen die tante Marta hun als huwelijkscadeau had gegeven. Ze vonden bijna elke middag de tijd om te vrijen, langzamer dan ooit, liever, met lachjes en gegiechel in plaats van het hongerige grommen en kreunen van 's zomers. Tijdens die weken herinnerde hij zich weer hoe hij met hart en ziel van deze vrouw hield en dat zijn liefde voor haar en haar liefde voor hem hem tot een volwaardig mens maakten. Ze bouwden dromen over hun toekomst en die van de baby, en

131

voor het eerst kon Luther zich een bestaan in Greenwood voorstellen, had hij een niet al te vast omlijnd tienjarenplan opgesteld waarin hij werkte zo hard hij kon en geld opzij bleef leggen tot hij zijn eigen zaak kon beginnen, misschien als timmerman, of als eigenaar/bedrijfsleider van een zaak voor het repareren van alle verschillende apparaten die bijna elke dag uit het hart van deze natie leken voort te komen. Luther wist dat als je iets mechanisch maakte, het vroeg of laat kapotging, en als dat gebeurde wisten de meeste mensen niet hoe je het moest maken, maar iemand met Luthers gave kon ervoor zorgen dat het 's avonds weer hersteld en als nieuw bij je thuis stond.

Ja, een paar weken lang zág hij het echt voor zich, maar toen begon het huis weer op hem te drukken en werden die dromen donker als hij voor zich zag hoe hij in een huis op Detroit Avenue oud werd, omringd door mensen als tante Marta en haar gelijken, ter kerke ging en de drank en biljarten en alle pret afzwoer tot hij op een dag wakker zou worden en zijn haar doorschoten zou zijn met wit en hij zijn snelheid kwijt zou zijn en hij nooit iets anders met zijn leven zou hebben gedaan dan andermans versie ervan najagen.

Dus ging hij naar de Goose om te voorkomen dat de jeuk in zijn kop er door zijn ogen uit zou komen, en toen Jessie binnenkwam, breidde die jeuk in zijn hoofd zich uit tot een brede glimlach, want, allemachtig, wat had hij hun tijd samen gemist – nog maar twee weken geleden, maar het leken wel jaren – toen ze met hun allen vanuit Witstad over het spoor hierheen waren gekomen en zich hadden vermaakt, een goede tijd hadden gehad.

'Ik ben bij je thuis langs geweest,' zei Jessie en zette zijn mondkapje af.

'Jezus, man, waarom zet je dat af?' zei Luther.

Jessie keek Luther en Calvin aan. 'Jullie hebben een kapje voor, dus hoef ik niet bang te zijn.'

Luther kon hem alleen maar aanstaren, want deze ene keer zei Jessie iets verstandigs en het zat hem dwars dat hij er niet als eerste aan had gedacht.

Jessie zei: 'Lila zei dat je hier misschien was. Volgens mij mag je vrouw me niet, boertje.'

'Had je je kapje op?'

'Wat?'

'Bij mijn vrouw? Heb je je kapje opgehouden toen je met haar sprak?'

'Jezus, ja, man. Natuurlijk.'

'Is goed.'

Jessie nam een slok uit zijn heupfles. 'De Diaken moet ons spreken.'
'Ons?'
Jessie knikte.
'Waarover?'
Jessie haalde zijn schouders op.
'Wanneer?'
'Zo'n halfuurtje geleden.'
'Shit,' zei Luther. 'Waarom kom je nu pas?'
'Ik ben eerst bij jou thuis geweest.'
Luther zette zijn keu in het rek. 'Moeilijkheden?'
'Nee, joh. Niks van dat. Hij wil ons gewoon spreken.'
'Waarover?'
'Zeg ik toch,' zei Jessie. 'Ik weet het niet.'
'Hoe weet je dan dat het geen foute boel is?' zei Luther terwijl ze naar buiten liepen.
Jessie keek terug en knoopte ondertussen zijn mondkapje weer voor. 'Maak je niet dik, man. Toon wat lef.'
'Ik schop jou wat lef in je donder.'
'Praatjes vullen geen gaatjes, Negro,' zei Jessie en schudde met die dikke kont van hem terwijl ze door de lege straten renden.

'Jullie komen hier bij mij zitten,' zei Diaken Broscious toen ze Club Almighty binnenkwamen. 'Hierheen maar, jongens. Hup hup.'
Hij vertoonde een brede grijns en droeg een wit pak op een wit overhemd, met een stropdas in hetzelfde rood als zijn fluwelen hoed. Hij zat aan een rond tafeltje achter in de club, bij het toneel, en gebaarde in het zwakke licht dat ze naar hem toe moesten komen terwijl Smoke de deur achter hen op slot klikte. Luther voelde die klik doortrillen in zijn adamsappel. Hij was nog nooit buiten openingstijden in de club geweest, en de beige leren boxen en de rode muren en kersenhouten muurbanken zagen er midden op de dag minder zondig uit, maar wel bedreigender.
De Diaken bleef met zijn arm zwaaien tot Luther de stoel links en Jessie die rechts van hem had genomen, en schonk hun beiden een groot glas vol met in entrepot opgeslagen vooroorlogse Canadese whiskey, schoof de glazen over tafel en zei: 'Mijn jongens, inderdaad. Hoe is het ermee?'
Jessie zei: 'Prima, sir.'
Luther wist uit te brengen: 'Zeer goed, sir, dank u voor uw belangstelling.'

De Diaken had geen kapje voor, maar Smoke en Dandy wel, en zijn glimlach was breed en wit. 'Ha, dat klinkt als muziek in mijn oren, zo waar als ik hier zit.' Hij boog zich over tafel en slaagde erin beiden een klap op de schouder te geven. 'Jullie verdienen geld, hè? Hi hi hi. Ja, fijn voor jullie, hè? Halen dollars binnen?'

Jessie zei: 'Dat proberen we, sir.'

'Proberen? Jezus! Dóén zul je bedoelen. Jullie zijn de beste koeriers die ik heb.'

'Dank u, sir. Alleen de laatste tijd wat magertjes door die griep. Zoveel mensen ziek, sir, dat ze geen zin in de loterij hebben.'

De Diaken wuifde het weg. 'Mensen worden ziek. Wat doe je ertegen? Niets toch? Zijzelf ziek en hun beminden sterven? Sta ons bij, Hemelse Vader, het verscheurt mijn hart, zoveel lijden. Iedereen loopt op straat met kapjes en de begrafenisondernemers hebben geen kisten meer. Lieve hemel, in zulke tijden laat je de business de business. Je zet de zaken aan de kant en je bidt dat de ellende stopt. En als het stopt? Als het stopt, dan is het meteen weer business. Zeker weten. Maar niet' – 'hij priemde met een vinger naar hen – 'eerder dan dat. Kan ik daar "amen" op horen, broeders?'

'Amen,' zei Jessie, tilde zijn kapje op, dook in zijn glas en sloeg zijn whiskey achterover.

'Amen,' zei Luther en nam een klein slokje van zijn whiskey.

'Jezus, kind,' zei de Diaken. 'Je moet het drinken, niet opvrijen.'

Jessie lachte, sloeg zijn benen over elkaar en voelde zich lekker.

Luther zei: 'Yes, sir' en dronk zijn glas leeg. De Diaken vulde hun glazen opnieuw en Luther besefte dat Dandy en Smoke nu vlak achter hen stonden, op niet meer dan een pas afstand, hoewel hij niet zou hebben kunnen zeggen wanneer ze daar waren komen staan.

De Diaken nam een lange, langzame slok uit zijn glas en zei: 'Aahhh' en likte zijn lippen af. Hij vouwde zijn handen en leunde over tafel. 'Jessie.'

'Yes, sir?'

'Clarence *Yessup* Tell,' zei Diaken Broscious en veranderde de woorden in een liedje.

'In hoogsteigen persoon, sir.'

De glimlach van de Diaken keerde terug, stralender dan ooit. 'Jessie, ik wil je wat vragen. Wat is het gedenkwaardigste moment van je leven?'

'Pardon.'

De Diaken trok zijn wenkbrauwen op. 'Heb je dat niet?'

'Ik begrijp het niet helemaal.'

'Het meest gedenkwaardige moment van je leven,' herhaalde de Diaken.

Luther voelde zijn dijen baden in het zweet.

'Iedereen heeft zo'n moment,' zei de Diaken. 'Kan een fijne ervaring zijn, of een treurige. Kan een nacht met een meisje zijn. Heb ik gelijk of niet?' Hij lachte en zijn gezicht vouwde zich van de inspanning helemaal over zijn neus. 'Kan een nacht met een jongen zijn. Val je op jongens, Jessie? In mijn beroep spreken we geen kwaad over wat ik een specifieke smaak zou willen noemen.'

'No, sir.'

'No sir wát?'

'No, sir, ik val niet op jongens,' zei Jessie. 'No, sir.'

De Diaken liet verontschuldigend zijn handpalmen zien. 'Een meisje dan? Maar wel jong, zeker. Je vergeet ze nooit als je jong bent en zij ook. Lekker stuk chocola met een kutje dat je de hele nacht kon neuken zonder dat het uit vorm raakte?'

'No, sir.'

'No sir, je houdt niet van een lekker jong stuk?'

'No, sir, dat is niet mijn meest gedenkwaardige moment.' Jessie hoestte en nam nog een slok whiskey.

'Wat dan wel, jongen? Shit.'

Jessie keek weg van de tafel en Luther voelde dat hij rustig probeerde te blijven. 'Mijn meest gedenkwaardige moment, sir?'

De Diaken sloeg op tafel. 'Het méést gedenkwaardige,' bulderde hij en knipoogde vervolgens naar Luther, alsof die, wat voor opzetje dit ook was, op een of andere manier meedeed.

Jessie tilde zijn mondkapje op en nam een slok. 'De avond dat mijn pa stierf.'

Het gezicht van de Diaken bezweek zowat onder het gewicht van het medeleven. Hij bette zijn gezicht met een servet, zoog de lucht naar binnen door een tuitmondje en hij zette grote ogen op. 'Wat afschuwelijk, Jessie. Hoe is de goede man gestorven?'

Jessie liet zijn blik op de tafel rusten en daarna op het gezicht van de Diaken. 'Een paar blanke jongens in Missouri, sir, waar ik ben opgegroeid.'

'Ja, zoon.'

'Ze komen en zeggen dat hij stiekem op hun boerderij is gekomen en hun muilezel heeft gedood. Hij wou hem in stukken snijden om te eten, zeiden ze. Maar ze betrappen hem en jagen hem weg. Maar die jongens, ze staan de volgende dag op de stoep en sleuren mijn vader uit huis en slaan hem helemaal verrot, voor de neus van mijn mama en mij en mijn twee zusters.' Jessie dronk zijn glas leeg en ademde een grote vochtige hap lucht in. 'O, shit.'

'Ze lynchen je pa?'

'No, sir. Ze laten hem liggen en twee dagen later is hij thuis gestorven. In elkaar geslagen schedel. Ik was toen tien.'

Jessie liet zijn hoofd zakken.

Diaken Broscious boog zich over tafel en klopte op zijn hand. 'Ach, jezus,' fluisterde de Diaken. 'Ach lieve, lieve, lieve jezus.' Hij pakte de fles, vulde Jessies glas nog eens bij en keek Luther met een treurig lachje aan.

'Mijn ervaring is,' zei Diaken Broscious, 'dat het gedenkwaardigste moment in een mensenleven zelden plezierig is. Plezier leert ons alleen maar dat plezier plezierig is. En wat hebben we daar nou aan, als les? Dat weet een aap die aan zijn pik zit te trekken ook. Nah, nah,' zei hij. 'Het wezen van leren, broeders? Dat is pijn. Denk daar maar 's over na. Als kinderen beseffen we bijvoorbeeld nooit hoe gelukkig we zijn, tot ze ons onze jeugd afnemen. Echte liefde herkennen we meestal pas als het ons links heeft laten liggen. En dan zeggen we "Jeetje, dat was het dus. Dat was waar het om ging, mensen." Maar op het moment zelf?' Hij haalde zijn enorme schouders op en bette zijn voorhoofd met zijn zakdoek. 'Wat ons vormt,' zei hij, 'is wat ons verminkt. Een hoge prijs, ik geef het toe. Maar' – hij spreidde zijn armen en trakteerde hun op zijn stralendste glimlach – 'wat we ervan léren is onbetaalbaar.'

Luther zag Dandy en Smoke niet bewegen, maar toen hij zich op het horen van Jessies gegrom omdraaide, drukten ze zijn polsen al op de tafel en hield Smoke Jessies hoofd in een bankschroef.

Luther zei: 'Hé, wacht 's – '

De hand van de Diaken kwam op Luthers jukbeen terecht en de klap dreunde door zijn tanden en zijn neus en zijn ogen. En de hand van de Diaken ging niet weg ook. Hij hield Luthers haar in zijn vuist en hield zijn hoofd vast terwijl Dandy een mes tevoorschijn haalde en er Jessies kaak mee openhaalde, van zijn kin tot zijn oor.

Nadat het mes zijn vel had verlaten, schreeuwde Jessie het uit. Het bloed klom uit de wond alsof het er zijn hele leven op had gewacht dat te doen, en Jessie jammerde onder zijn mondkapje en Dandy en Smoke hielden zijn hoofd vast terwijl het bloed op de tafel viel. Diaken Broscious gaf een ruk aan Luthers haar en zei: 'Als je je ogen dichtdoet, boertje, neem ik ze mee naar huis.'

Luther knipperde met zijn ogen door het zweet, maar hij sloot ze niet en zag het bloed over de rand van de wond stromen en van Jessies hoofd over de tafel lopen. Een vluchtige blik op Jessies ogen vertelde hem dat zijn vriend het stadium waarin hij zich zorgen maakte om de kaakwond achter zich had gelaten en zich realiseerde dat dit de eerste momenten zouden kunnen zijn van een lange laatste dag op aarde.

'Geef dat mietje een handdoek,' zei de Diaken en gaf Luthers hoofd een zet.

Dandy liet een handdoek voor Jessie op tafel vallen en daarna deden Smoke en hij een stap achteruit. Jessie greep de handdoek, drukte hem tegen zijn kin, zoog de adem door zijn tanden naar binnen, jammerde zachtjes en schommelde vooruit en achteruit op zijn stoel. Zijn mondkapje kleurde aan de linkerkant helemaal rood, en dat ging nog een tijdje door. Niemand zei iets en de Diaken zat er verveeld bij, en toen de handdoek roder was dan de hoed van de Diaken, gaf Smoke Jessie er een andere voor in de plaats en gooide de bebloede achter zich op de grond.

'Dus je diefachtige ouwe heer is vermoord?' zei de Diaken. 'Nikker, dat wordt dan het op één na gedenkwaardigste moment van je leven.'

Jessie kneep zijn ogen dicht en duwde de handdoek zo hard tegen zijn kaak dat Luther zijn vingers wit zag worden.

'Kan ik daar een "amen" op krijgen, broeder?'

Jessie opende zijn ogen en keek hem aan.

De Diaken herhaalde zijn vraag.

'Amen,' fluisterde Jessie.

'Amen,' zei de Diaken en klapte in zijn handen. 'Ik heb het vermoeden dat je per week zo'n tien dollar achterover hebt gedrukt, en dat twee jaar lang. Hoeveel is dat bij elkaar, Smoke?'

'Duizendveertig dollar, Diaken.'

'Duizendveertig.' De Diaken liet zijn blik nu op Luther rusten. 'En jij, boertje, hebt meegedaan of het in ieder geval geweten zonder het mij te zeggen, en daarmee is het ook jouw duizendveertig dollar.'

Luther wist niets anders te doen dan te knikken.

'Je hoeft niet te knikken alsof je iets bevestigt. Tegen mij valt niks te bevestigen. Ik zeg iets en dan is het godverdomme zo.' Hij nam een slokje whiskey. 'Zeg eens, Jessie Tell, kun je me dat geld terugbetalen of is het allemaal in je arm gespoten?'

Jessie siste: 'Ik kan er aankomen, sir, ik kan er aankomen.'

'Waaraan?'

'Uw duizendveertig dollar, sir.'

De Diaken zette grote ogen op naar Smoke en Dandy, en alle drie begonnen op hetzelfde moment te lachen en hielden er even snel mee op. 'Je snap het niet, hè, dopehoer? De enige reden dat je nog leeft, is dat ik in mijn goedertierenheid zo aardig ben geweest te besluiten wat jij hebt gepikt als een lening te beschouwen. Ik heb jou die duizendveertig geleend. Je hebt het niet gestolen. Als ik had moeten besluiten dat je het gepikt hebt, stak dat mes nu in je strot en je pik in je mond. Dus zeg het.'

'Wat zeggen, sir?'

'Zeg dat het een lening was.'

'Het was een lening, sir.'

'Inderdaad. Laat me je dan nu inlichten over de voorwaarden van de lening. Smoke, wat rekenen wij per week aan rente?'

Luthers hoofd tolde en hij moest stevig slikken om zijn braaksel binnen te houden.

'Vijf procent,' zei Smoke.

'Vijf procent,' zei de Diaken, 'per wéék vastgesteld.'

Jessies ogen, die halfdicht waren gezakt van de pijn, schoten open.

'Wat is de wekelijkse rente op duizendveertig?' vroeg de Diaken.

Smoke zei: 'Volgens mij komt het op tweeënvijftig dollar, sir.'

'Tweeënvijftig dollar,' zei de Diaken langzaam. 'Dat lijkt niet veel.'

'No, sir, Diaken, nee.'

De Diaken streek over zijn kin. 'Maar, shit, wacht even, hoeveel is dat per maand?'

'Tweehonderdacht, sir,' liet Dandy zich horen.

De Diaken liet zijn echte lach zien, een zuinig lachje, omdat hij hiervan genoot. 'En per jaar?'

'Tweeduizend vierhonderdvierentwintig,' zei Smoke.

'En het dubbele daarvan?'

'Eh...' zei Dandy en het klonk alsof hij wanhopig probeerde de wedstrijd te winnen. 'Dat wordt, ehh... dat is dan – '

'Vierduizend achthonderdachtenveertig,' zei Luther zonder te beseffen dat hij iets zei of waarom toen de woorden er al uit waren.

Dandy gaf hem een pets op zijn achterhoofd. 'Ik wíst het wel, hoor, nikker.'

De Diaken richtte zijn aandacht nu geheel op Luther en die zag zijn graf al voor zich, hoorde de spade de grond al ingaan.

'Jij bent helemaal niet dom, boertje. Dat had ik meteen toen ik je zag al door. Ik wist dat jij alleen maar dom wordt als je omgaat met stommelingen zoals die daar op mijn tafel ligt te bloeden. Het was mijn fout dat ik heb toegestaan dat je je met voornoemde neger verbroederde, en daar zal ik eeuwig spijt van hebben.' Hij zuchtte en strekte zich over zijn volle lengte en breedte in zijn stoel uit. 'Maar gedane zaken nemen geen keer. Dus die vierduizend achthonderdachtenveertig opgeteld bij de hoofdsom komt op...?' Hij stak een hand op om te voorkomen dat de anderen zouden antwoorden en wees op Luther.

'Vijfduizend achthonderdtachtig.'

De Diaken sloeg op de tafel. 'Dat klopt! Patsboem. En voor je gaat denken dat ik een harteloze man ben, moet je begrijpen dat ik ook in deze zaak zeer ruimhartig ben, want jullie moeten beseffen wat jullie me schuldig zouden zijn als ik, zoals Dandy en Smoke voorstelden, de rente elke week bij de hoofdsom had opgeteld toen ik het rekenwerk zat te doen. Snap je?'

Niemand zei iets.

'Ik zei: "Snap je?"'

'Yes, sir,' zei Luther.

'Yes, sir,' zei Jessie.

De Diaken knikte. 'Nou, en hoe gaan jullie mij vijfduizend achthonderdtachtig dollar terugbetalen?'

Jessie zei: 'We vinden wel – '

'O ja?' lachte de Diaken. 'Gaan jullie een bank beroven?'

Jessie zei niets.

'Of gaan jullie naar Witstad en beroven jullie daar dag en nacht elke derde man die je tegenkomt?'

Jessie zei niets. Luther zei niets.

'Jullie kunnen het niet,' zei de Diaken zacht en legde zijn handen open op tafel. 'Dat lukt gewoon niet. Droom maar lekker verder, maar sommige dingen behoren niet tot het rijk van de mogelijkheden. Nee, jongens, er is geen enkele manier waarop jullie mijn – o, shit, een nieuwe week, bijna vergeten – vijfduizend négenhonderdtweeëndertig dollar kunnen betalen.'

Jessies ogen zakten naar opzij weg en kwamen toen met moeite terug naar het midden. 'Sir, ik moet naar de dokter, geloof ik.'

'Je hebt een doodgraver nodig, tenzij we een manier weten te vinden om je uit de stront te halen, dus kop dicht.'

Luther zei: 'Sir, vertel maar wat we moeten doen, dan zorgen wij dat het gebeurt.'

Deze keer was het Smoke die hem een klap op zijn kop gaf, maar de Diaken stak een hand op.

'Goed, boertje. Prima. Jij draait er niet omheen en daar heb ik respect voor. Dus zal ik je ook met respect behandelen.'

Hij trok de revers van zijn witte jasje recht en leunde over tafel. 'Er zijn wat mensen die me grote sommen verschuldigd zijn. Een aantal buiten de stad, maar ook een paar hier in het centrum. Smoke, geef me de lijst.'

Smoke liep om de tafel heen en gaf de Diaken een stuk papier waar de Diaken op keek waarna hij het op tafel legde zodat Jessie en Luther het konden zien.

'Er staan vijf namen op de lijst. De smeerlappen zijn me stuk voor stuk minstens vijfhonderd per week schuldig. Jullie gaan het vandaag innen. En ik weet wat jullie jammerende stemmetjes in jullie eikelkoppies zeggen. Jullie denken: "Maar, Diaken, wij zijn geen gorilla's. Smoke en Dandy zorgen toch voor de lastige gevallen?" Denk je dat, boertje?'

Luther knikte.

'Nou, normaal gesproken zouden Smoke en Dandy of een ander stel botte, niet bang te krijgen klootzakken deze gevallen doen. Maar dit zijn geen normale tijden. Elke naam op deze lijst heeft iemand in huis met de griep. En ik ga geen belangrijke nikkers als Smoke en Dandy weggooien aan die pestziekte.'

Luther zei: 'Maar twee onbelangrijke nikkers zoals wij...'

De Diaken gooide zijn hoofd in zijn nek. 'Deze knaap heeft zijn tong terug. Ik heb me niet in je vergist, boertje. Je hebt talent.' Hij giechelde en dronk nog wat whiskey. 'Tja, daar komt het wel op neer. Jullie gaan de straat op en halen het geld bij die vijf mensen op. Wanneer jullie niet alles ophalen, kunnen jullie het bedrag maar beter zelf aanvullen. Als jullie mij het geld brengen en blijven brengen tot de griep over is, breng ik jullie schuld terug tot de hoofdsom. Nou,' zei hij met die brede grijns van hem, 'wat denken jullie daarvan?'

'Sir,' zei Jessie, 'die griep vermoordt mensen in één dag.'

'Dat is zo,' zei de Diaken. 'Dus als je hem krijgt, zou je morgen om deze tijd best dood kunnen zijn. Maar als je mijn geld niet krijgt? Nikker, dan ben je zeker vanavond dood.'

De Diaken gaf hun de naam van een dokter die ze konden vinden in de achterkamer van een schiettent achter Second Street en daar gingen ze heen nadat ze in de steeg achter de club van de Diaken hadden overgegeven. De dokter, een dronken oude, bijna blanke neger met roestkleurig geverfd haar, hechtte Jessies kaak. Jessie zoog de lucht in en de tranen rolden stilletjes over zijn wangen.

Op straat zei Jessie: 'Ik moet wat tegen de pijn hebben.'

Luther zei: 'Als je zelfs maar dénkt aan de naald, vermoord ik je met mijn eigen handen.'

'Best,' zei Jessie. 'Maar ik kan niet denken van de pijn, dus wat wou je dan?'

Ze gingen via de achterdeur een drugstore op Second binnen en Luther regelde een zakje cocaïne. Hij maakte twee lijntjes voor zichzelf tegen de zenuwen en vier voor Jessie. Die snoof de zijne achter elkaar op en nam een slok whiskey.

Luther zei: 'We moeten wapens hebben.'

'Ik heb wapens,' zei Jessie. 'Shit.'

Ze gingen naar zijn huis en hij gaf Luther de .38 met lange loop, liet de .45 achter in zijn broek glijden en zei: 'Weet je hoe je hem moet gebruiken?'

Luther schudde zijn hoofd. 'Ik weet dat als een klootzak me zijn huis uit wil slaan, ik het ding onder zijn neus hou.'

'En als-ie dan nog niet stopt?'

'Ik ga vandaag niet de pijp uit.'

'Dan wil ik het horen.'

'Wat horen?'

'En als hij dan nog niet stopt, wat doe jij dan?'

Luther stopte de .38 in zijn jaszak. 'Dan schiet ik de klootzak dood.'

'Shit, neger,' zei Jessie, die nog steeds tussen zijn op elkaar geklemde tanden door praatte, hoewel nu waarschijnlijk meer van de cocaïne dan de pijn, 'aan de slag.'

Ze zagen er angstaanjagend uit. Dat wilde Luther wel toegeven toen hij hen weerspiegeld zag in de ruit van Arthur Smalleys woonkamer op het moment dat ze de veranda van zijn huis op gingen: twee opgefokte zwarten met een kapje over hun neus en mond, een van de twee met een rijtje zwarte hechtingen die als prikkeldraad uit zijn wang staken. In normale tijden zou de aanblik genoeg zijn geweest om elke godvrezende man in Greenwood tot overgave van zijn geld te brengen, maar nu stelde het niet veel voor: de meeste mensen zagen er angstaanjagend uit. Op de hoge ramen van het huisje waren witte kruisen gekalkt, maar Luther en Jessie hadden geen andere keus dan de oude veranda op te gaan en aan te bellen.

141

Zo te zien had Arthur Smalley ooit geprobeerd om te gaan boeren. Links zag Luther een verveloze schuur en een veldje waar een mager paard en een paar knokige koeien rondliepen. Maar er was al een tijd niets verbouwd of geoogst en nu, midden herfst, stond het onkruid hoog.

Jessie belde nog eens en toen de deur openging, zagen ze achter de hordeur een man die ongeveer even groot was als Luther, maar twee keer zo oud. Hij droeg bretels over een onderhemd dat vergeeld was door oud zweet, en zijn mondkapje was ook vergeeld en zijn ogen waren rood van vermoeidheid of verdriet of de griep.

'Wie zijn jullie?' zei hij en de woorden kwamen er zonder lucht uit, alsof wat ze ook zouden zeggen hem volkomen koud liet.

'Arthur Smalley, sir?' vroeg Luther.

De man schoof zijn duimen onder de bretels. 'Wat dacht je?'

'Als ik moest raden?' zei Luther. 'Dan zou ik ja zeggen.'

'Dan had je het goed, knul.' Hij leunde tegen de hordeur. 'Wat moeten jullie?'

'De Diaken heeft ons gestuurd.'

'Zo zo.'

In het huis achter de man kreunde iemand en Luther ving een vleug op van achter de deur. Bijtend en tegelijkertijd zuur, alsof iemand de eieren, de melk en het vlees sinds juli buiten de ijskast had laten staan.

Arthur Smalley zag dat de lucht Luther op de ogen sloeg en hij zette de hordeur wijd open. 'Willen jullie niet binnenkomen? Even uitrusten?'

'Nah, sir,' zei Jessie. 'Wat dacht u ervan als u ons de Diaken z'n geld eens bracht?'

'Dat geld?' Hij klopte op zijn zakken. 'Ja, ik heb wel wat. Vanochtend uit de geldbron geput. Het is nog wat vochtig, maar – '

'Dit is geen grap, sir,' zei Jessie en hij schoof zijn hoed wat naar achteren.

Arthur Smalley leunde naar voren over de drempel en zij deden een stap achteruit. 'Zie ik eruit of ik onlangs nog heb gewerkt?'

'Nee.'

'Inderdaad,' zei Arthur Smalley. 'Wat ik dan wel heb gedaan?'

Hij fluisterde die woorden en Luther deed nog een halve stap achteruit, weg van dat gefluister omdat er iets obsceens in doorklonk.

'Ik heb eergisteravond mijn jongste dochter in de tuin begraven,' fluisterde Arthur Smalley met uitgestrekte nek. 'Onder een iepenboom.

Ze hield van die boom, dus...' Hij haalde zijn schouders op. 'Ze was dertien. Mijn andere dochter ligt ermee in bed. En mijn vrouw? Die is al twee dagen niet meer wakker geweest. Haar hoofd is zo heet als een ketel water die net aan de kook is. Ze gaat dood,' zei hij en knikte. 'Waarschijnlijk vanavond. En anders morgen. Willen jullie echt niet binnenkomen?'

Luther en Jessie schudden hun hoofd.

'Ik zit met bezwete lakens en dat spul moet gewassen. Ik kan best wat hulp gebruiken.'

'Het geld, Mr Smalley.' Luther stapte van de veranda, weg van deze ziekte, en hij haatte Arthur Smalley om zijn ongewassen hemd.

'Ik heb geen – '

'Het geld,' zei Jessie, en hij had de .45 in zijn hand, bungelend naast zijn been. 'Geen gelul meer, ouwe. Kom op met dat stomme geld.'

Opnieuw gekreun van binnen, nu lang en laag en blazend, en Arthur Smalley keek hen zo lang aan dat Luther het idee kreeg dat hij in een soort trance was geraakt.

'Hebben jullie dan helemaal geen fatsoen?' vroeg hij en keek eerst Jessie en daarna Luther aan.

En Luther zei naar waarheid: 'Nee.'

Smalley kneep zijn ogen tot spleetjes. 'Mijn vrouw en kinderen zijn – '

'Uw huiselijke problemen interesseren de Diaken niet,' zei Jessie.

'Maar jullie. Wat interesseert jullie?'

Luther keek niet naar Jessie en hij wist dat Jessie ook niet naar hem keek. Luther haalde de .38 uit zijn jaszak en richtte hem op Smalleys voorhoofd.

'Ons interesseert het geld.'

Arthur Smalley keek in de loop en daarna in Luthers ogen. 'Hoe gaat jouw moeder over straat als ze weet dat ze zo'n schepsel op de wereld heeft gezet, knul?'

'Het geld!' zei Jessie.

'Of anders?' zei Arthur, precies die woorden waar Luther bang voor was. 'Schieten jullie me dan dood? Best, ik vind het prima. Willen jullie mijn gezin doodschieten? Doe me dat genoegen. Alsjeblieft. Jullie gaan toch niet – '

'Ik laat haar door jou opgraven,' zei Jessie.

'Wat?'

'Je hebt me gehoord.'

143

Arthur Smalley zakte in elkaar tegen de deurpost. 'Dat heb je niet ge-zegd.'

'Nou en of ik dat heb gezegd, ouwe. Ik laat je je dochter opgraven. En anders bind ik je vast en mag je kijken hoe ik het doe. En dan gooi ik het graf dicht terwijl zij ernaast ligt. Dan kun je haar nog een keer begraven.'

We gaan naar de hel, dacht Luther. Vooraan in de rij.

'Wat dacht je ervan, ouwe?' Jessie stak de .45 weer achter zijn broek-riem.

Smalleys ogen vulden zich met tranen en Luther bad dat hij niet zou vallen. Alsjeblieft, niet vallen. Alsjeblieft.

Smalley zei: 'Ik heb geen geld,' en Luther wist dat hij de strijd had opgegeven.

'Wat heb je dan wel?'

J essie volgde in zijn T-Ford terwijl Luther Arthur Smalleys Hudson achter de schuur vandaan reed, voor het huis langs waar de man op zijn veranda stond en toekeek. Luther schakelde naar zijn twee en gaf wat extra gas toen hij langs het lage hek aan de rand van het erf reed. Hij maakte zichzelf wijs dat hij de onlangs omgespitte grond onder de iep niet zag. Hij zag de schop niet die rechtop in de donkerbruine hoop aarde stond. Of het kruis van dunne vurenhouten plankjes en bleekwit geverfd.

T oen ze klaar waren met de mannen op hun lijst, hadden ze ver-scheidene sieraden, veertienhonderd dollar in contanten en een mahoniehouten kast die was vastgebonden achter op de auto die had toebehoord aan Arthur Smalley.

Ze hadden een kind gezien dat zo blauw was als de avondlucht en een vrouw niet ouder dan Lila die op een brits op de voorveranda lag met botten en tanden en ogen die een uitval naar de hemel deden. Zagen een dode man tegen een schuur zitten, zwarter dan zwart ooit zou kunnen worden, alsof hij door de bliksem in zijn hoofd was ge-troffen, en helemaal onder de bulten.

De Dag des Oordeels, wist Luther. Het wachtte hun allen. En Jessie en hij zouden omhooggaan en voor de Heer staan en moeten vertellen wat ze deze dag hadden gedaan. En dat viel niet te verantwoorden. Nog in geen tien levens.

'Zullen we het teruggeven?' zei hij na het derde huis.

'Wat?'

'We geven het terug en verdwijnen.'

'En kijken de rest van ons kloteleventje achterom of er geen Dandy of Smoke of een andere doorgeslagen nikker met een wapen en niks te verliezen achter ons aan zit? Waar moeten we ons verstoppen, boertje? Twee jonge zwarte kerels op de vlucht.'

Luther wist dat hij gelijk had, maar hij wist ook dat het aan Jessie vrat zoals het ook aan hem vrat.

'Dat zien we dan nog wel. Eerst – '

Jessie lachte en het was de afschuwelijkste lach die Luther ooit van hem had gehoord. 'Als we dit niet doen, boertje, zijn we er geweest.' Hij liet het met open armen vergezeld gaan van een breed schouderophalen. 'En dat weet jij ook. Tenzij je dat nijlpaard van een smeerlap wilt vermoorden en daarmee je vrouw en jezelf ter dood veroordeelt.'

Luther stapte in.

De laatste, Owen Tice, betaalde contant en zei dat hij het toch niet meer kon opmaken. Zodra zijn Bess was overleden, zou hij zijn jachtgeweer pakken en samen met haar die rivier oversteken. Hij had sinds een uur of wat een rauwe keel die nu begon te branden en zonder Bess was er sowieso geen flikker meer aan. Hij wenste hun het beste. Hij zei: 'Ik begrijp het heel goed. Echt. Bij jullie moet er ook brood op de plank komen. Niks om je voor te schamen.'

Hij zei: 'Mijn hele gezin, kun je je dat voorstellen, verdomme? Een week geleden waren we allemaal nog gezond en wel, zaten we hier met z'n allen te eten, mijn zoon en schoondochter, mijn dochter en schoonzoon, drie kleinkinderen en Bess. Gewoon, zitten en eten en kletsen.' En toen... toen was het of God zelf zijn hand door het dak van hun huis stak en om de familie legde en dichtkneep.

'Alsof we vliegen op tafel waren,' zei hij. 'Pats boem.'

Rond middernacht reden ze over een lege Greenwood Avenue waar Luther vierentwintig ramen met een kruis telde, en parkeerden de auto's in de steeg achter Club Almighty. Uit de panden in de steeg scheen geen licht en de brandladders hingen boven hen en Luther vroeg zich af of er nog iets van de wereld over was of dat hij helemaal zwart en blauw en in de greep van de Spaanse griep was.

Jessie zette een voet op de treeplank van zijn Model T, stak een sigaret op en blies de rook in een lange pluim richting achterdeur van de club, knikte af en toe alsof hij muziek hoorde die Luther niet hoorde, keek Luther aan en zei: 'Ik loop.'

'Loop je?'

'Ja,' zei Jessie. 'Ik loop en de weg is lang en de Heer is niet met mij. En ook niet met jou, Luther.'

Al die tijd dat ze elkaar nu kenden had Jessie hem nooit, niet één keer, bij zijn echte naam genoemd.

'We moeten die troep maar eens uitladen,' zei Luther. 'Ja, Jessie?' Hij stak een hand uit naar de banden waarmee Tug en Evrina Irvings uitzetkast achter op Arthur Smalleys auto zat vastgebonden. 'Kom op. Even afmaken, deze rotklus.'

'Niet met mij,' zei Jessie. 'Niet met jou, niet in dit straatje. Volgens mij heeft Hij deze wereld verlaten. Heeft Hij een andere gevonden waarmee Hij zich meer wil bemoeien.' Hij giechelde en nam een lange trek van zijn sigaret. 'Hoe oud was dat blauwe kindje volgens jou?'

'Twee jaar,' zei Luther.

'Zoiets dacht ik ook,' zei Jessie. 'Maar we hebben wel de sieraden van zijn moeder ingepikt, hè? Ik heb haar trouwring hier in mijn zak.' Hij klopte op zijn borstzak, lachte en zei: 'Hi hi, yeah.'

'Zullen we eerst – '

'Moet je horen,' zei Jessie, trok zijn jasje recht en zijn manchetten te-voorschijn. 'Moet je horen,' zei hij en wees op de achterdeur van de club. 'Als die deur open is, kun je vergeten wat ik heb gezegd. Als die deur open is, dan is God in dit straatje. Ja, zo is het.'

En hij liep erop af, draaide aan de kruk en de deur ging open.

Luther zei: 'Dat zegt geen flikker, Jessie. Dat zegt niks, alleen maar dat iemand vergeten heeft hem op slot te doen.'

'Zeg eens,' zei Jessie, 'zeg eens... Ik heb een vraag. Denk je dat ik die man zou hebben gedwongen zijn dochter op te graven?'

Luther zei: 'Natuurlijk niet. We waren opgefokt. Meer niet. Opge-fokt en bang. Sloegen door.'

Jessie zei: 'Laat die banden los, broeder. We gaan voorlopig niks op-tillen.'

Luther deed een stap achteruit. Hij zei: 'Jessie.'

Jessie stak zijn hand zo snel uit dat hij Luthers hoofd van zijn romp had kunnen slaan, maar in plaats daarvan kwam hij heel zacht op Lu-thers oor terecht, raakte hij het net aan. 'Je bent een beste kerel, boertje.'

En Jessie liep Club Almighty in met Luther achter zich aan, en ze lie-pen door een smerige gang die stonk naar pis en kwamen door een zwartfluwelen gordijn vlak naast het podium uit. Diaken Broscious zat nog op dezelfde plaats aan de tafel bij het podium. Hij dronk kleine slokjes melkwitte thee uit een glas en glimlachte naar hen op een manier die Luther vertelde dat er niet alleen melk in de thee zat.

'Klokslag twaalf,' zei de Diaken en gebaarde naar het donker om hem heen. 'Jullie stappen inderdaad klokslag twaalf binnen. Moet ik mijn kapje opdoen?'

'Nah, sir,' zei Jessie. 'Maak u maar geen zorgen.'

De Diaken stak zijn hand achter zich alsof hij toch op zoek ging naar zijn mondkapje. Zijn bewegingen waren onhandig en verward en hij zwaaide met zijn handen het hele idee weg en keek hen stralend aan met zweetdruppels op zijn gezicht zo groot als hagelstenen.

'Joeh,' zei hij. 'Jullie zien er moe uit, nikkers.'

'Zo voel ik me ook,' zei Jessie.

'Nou, kom er dan bij zitten. Vertel de Diaken over jullie gezwoeg.'

Dandy stapte uit de duisternis aan de Diakens linkerzijde met een theepot op een blaadje; zijn mondkapje wapperde door de ventilator boven zijn hoofd, en na een blik op hen zei hij: 'Waarom kwamen jullie door de achterdeur?'

Jessie zei: 'Daar brachten onze voeten ons heen, Mr Dandy.' Hij trok de .45 uit zijn riem en schoot Dandy in zijn mondkapje en Dandy's gezicht verdween in een wolkje rood.

Luther dook in elkaar en zei 'Wacht!' en de Diaken stak zijn handen in de lucht en zei: 'Wat – ' maar Jessie schoot en de vingers van de Diakens linkerhand raakten los en vlogen tegen de muur achter hem en de Diaken schreeuwde iets wat Luther niet kon verstaan en toen zei de Diaken: 'Ho even, ja?' Jessie schoot opnieuw en even leek het of de Diaken geen enkele reactie had en Luther dacht dat Jessie de muur had geraakt, tot hij zag dat het rood van de das van de Diaken zich verspreidde. Het bloed bloesemde uit over zijn witte overhemd en de Diaken keek er zelf naar en er plofte één enkele natte zucht uit zijn mond.

Jessie keerde zich naar Luther om en trakteerde hem op die grote Jessie-glimlach van hem en zei: 'Shit, dat heeft wel wat, hè?'

Luther zag iets waarvan hij zich nauwelijks bewust was, iets dat vanaf het podium kwam, en hij ging 'Jessie' zeggen, maar voor hij het kon zeggen kwam Smoke met uitgestrekte arm tussen het drumstel en de basstandaard vandaan. Jessie had zich nog maar half naar hem toe gedraaid toen de lucht wit knalde en de lucht geel-en-rood knalde en

Smoke twee kogels in Jessies hoofd en een in zijn keel schoot en Jessie een en al gestuiter werd.

Hij tuimelde over Luthers schouders en Luther stak zijn handen naar hem uit en kreeg in plaats daarvan het pistool te pakken en Smoke bleef schieten en Luther hield een arm voor zijn gezicht alsof dat de kogels kon tegenhouden en hij vuurde Jessies .45 en voelde het wapen in zijn hand opspringen en zag alle doden en al het zwart en blauw van die dag en hoorde zichzelf roepen 'Niet doen, niet doen' en zag voor zich hoe een kogel allebei zijn ogen trof en toen hoorde hij een schreeuw – hoog en geschokt – en hield hij op met schieten en liet hij de arm voor zijn gezicht zakken.

Hij tuurde door zijn oogharen en zag Smoke in elkaar gedoken op het toneel liggen. Hij had zijn armen voor zijn maag gevouwen en zijn mond stond wijd open. Hij gorgelde. Zijn linkervoet schokte.

Luther stond op te midden van vier lichamen en controleerde of hij zelf niet gewond was. Zijn hele schouder zat onder het bloed, maar toen hij zijn overhemd had opengeknoopt en eronder had gevoeld, wist hij dat het Jessies bloed was. Hij had een snee onder zijn oog, maar die was ondiep en hij nam aan dat wat er ook van zijn wang mocht zijn gericocheerd, het geen kogel was geweest. Maar zijn lichaam voelde aan als niet van hem. Het voelde geleend, alsof hij er niet in thuis hoorde, en alsof degene van wie het was niet door de achterdeur van Club Almighty had moeten binnenkomen.

Hij keek neer op Jessie en voelde dat een deel van hem alleen maar wilde huilen maar dat een ander deel niets voelde, zelfs geen opluchting omdat hij nog leefde. Jessies achterhoofd zag eruit alsof een dier er stukken uit had gebeten, en het gat in zijn keel pompte nog steeds bloed. Luther knielde op een stuk waar het bloed nog niet gekomen was, en hield zijn hoofd schuin zodat hij zijn vriend in de ogen kon kijken. Die keken lichtelijk verbaasd, alsof die oude Byron hem net had verteld dat de fooienpot van die avond groter was dan verwacht.

Luther fluisterde: 'O, Jessie', en gebruikte zijn duim om zijn ogen te sluiten. Daarna legde hij een hand op Jessies wang. Die voelde al kouder aan, en Luther vroeg de Heer zijn vriend alstublieft te vergeven voor wat hij eerder die dag had gedaan omdat hij wanhopig was geweest, omdat hij zich in de nesten had gewerkt, maar hij was een goed mens, Heer, iemand die hiervoor nog nooit iemand schade had berokkend behalve zichzelf.

'Je... kan het... rechtzetten.'

Luther draaide zich om naar de stem.

'Sl-slimme jongen... jongen als jij.' De Diaken zoog lucht naar binnen. 'Slimme jongen...'

Luther stond op van Jessies lichaam en liep met het pistool in de hand naar de tafel en eromheen, zodat hij rechts van de Diaken stond en de stomme vetzak dat grote hoofd van hem moest omdraaien om hem te kunnen zien.

'Haal die dokter... waar jullie... vanmiddag... zijn geweest.' De Diaken haalde adem en zijn borstkas floot. 'Ga hem halen.'

'En dan is alles zeker vergeten en vergeven,' zei Luther.

'God is... mijn getuige.'

Luther zette zijn mondkapje af en hoestte de Diaken drie keer in het gezicht. 'Wat dacht je ervan als ik op je hoest tot we merken of ik vandaag de griep heb opgelopen?'

De Diaken stak zijn goede hand uit naar Luthers arm, maar Luther trok die terug.

'Raak me niet aan, duivel.'

'Alsjeblieft...'

'Alsjeblieft wat?'

De Diaken haalde piepend adem en zijn borstkas floot weer en hij likte langs zijn lippen.

'Alsjeblieft,' zei hij opnieuw.

'Alsjeblieft wát?'

'Maak... het goed.'

'Oké,' zei Luther, zette het pistool in de plooien onder de kin van de Diaken en haalde de trekker over terwijl hij de man recht in de ogen keek.

'Zo goed?' schreeuwde Luther en keek toe hoe de man naar links omkiepte en onderuit gleed. 'Mijn vríénd doden?!' zei Luther en schoot nogmaals, hoewel hij wist dat de man dood was.

'Godver!' schreeuwde Luther naar het plafond en pakte zijn eigen hoofd vast en riep het nog een keer. Toen viel zijn blik op Smoke, die in zijn eigen bloed probeerde zich over het podium voort te slepen. Luther schopte een stoel uit de weg en liep met gestrekte arm naar het podium en Smoke draaide zijn hoofd om en lag daar naar Luther te kijken met net zo weinig leven in zijn ogen als Jessie.

Het voelde alsof ze elkaar een uur – en Luther zou er nooit achter komen hoe lang hij daar precies stond – aanstaarden.

Toen merkte Luther dat een nieuwe versie van hemzelf, eentje waarvan hij niet zeker wist of hij die wel mocht, zei: 'Als je blijft leven, zul je me ooit moeten doden. Zeker weten.'

Smoke knipperde één keer met zijn ogen, heel langzaam, ter bevestiging.

Luther keek hem langs de loop aan. Hij zag alle kogels die hij in Columbus had gemaakt, zag de zwarte tas van oom Cornelius, zag de regen die was gevallen, warm en zacht als de slaap, die middag dat hij op de veranda zat en wilde dat zijn vader thuiskwam, terwijl de man al zevenhonderd, achthonderd kilometer ver weg was en niet meer terugkwam. Hij liet het wapen zakken.

Hij zag de verwondering over Smokes pupillen schieten. Smokes ogen rolden én hij boerde een vingerhoedje bloed dat langs zijn kin rolde en op zijn overhemd viel. Hij viel terug op het podium en het bloed stroomde uit zijn maag.

Luther liet het wapen weer omhoogkomen. Het zou gemakkelijker zijn geweest wanneer de ogen van de man niet langer op hem gericht waren geweest, als de man op dit moment de rivier al overstak, de donkere oever naar de andere wereld beklom. Hij hoefde alleen de trekker maar over te halen om het zeker te weten. Bij de Diaken had hij geen aarzeling gekend. Waarom nu wel?

Het wapen schokte in zijn hand en hij liet het weer zakken.

De mensen met wie de Diaken werkte, zouden er snel genoeg achter komen hoe dit in elkaar stak en hem met deze toestand in verband brengen. Of Smoke bleef leven of niet, Luther en Lila's tijd in Tulsa was voorbij.

Toch...

Hij hief het wapen opnieuw, pakte zijn onderarm vast om het beven te laten ophouden en keek langs de loop naar Smoke. Hij bleef ruim een minuut zo staan voor hij het feit onder ogen zag dat hij daar een uur kon blijven staan en de trekker niet zou overhalen.

'Jij niet,' zei hij.

Luther keek naar het bloed dat nog steeds uit de man lekte. Hij wierp nog één laatste blik achter zich op Jessie. Hij zuchtte. Stapte over Dandy's lijk.

'Stomme klootzakken,' zei Luther terwijl hij naar de deur liep. 'Jullie hebben het aan jezelf te danken.'

8

Nadat de Spaanse griep verder was getrokken, werd het voor Danny weer overdag surveilleren en 's avonds studeren om een radicaal te kunnen spelen. In het kader van deze laatste taak liet Eddie McKenna minstens eenmaal per week een pakje voor zijn deur achter. Als hij het uitpakte, vond hij stapels van de laatste socialistische en communistische propagandavodjes, maar ook exemplaren van *Das Kapital* en *Het Communistisch Manifest*, toespraken van Jack Reed, Emma Goldman, Big Bill Hayward, Jim Larkin, Joe Hill en Pancho Villa. Hij las stapels agitprop zo barstensvol retoriek dat het, voor zover Danny zich kon voorstellen, voor de gewone man net zo goed een handboek werktuigbouwkunde kon zijn. Hij kwam bepaalde woorden – tirannie, imperialisme, kapitalistische onderdrukking, broederschap, oproer – zo vaak tegen dat hij vermoedde dat er een soort reflexmatig steno nodig was om tot een voor alle arbeiders ter wereld begrijpelijke wijze van uitdrukken te komen. Maar mét hun individualiteit verloren ze hun kracht en geleidelijk aan hun betekenis. En Danny vroeg zich af hoe die zaagselkoppen – en in de bolsjewistische en anarchistische letteren was hij nog steeds niemand tegengekomen die geen zaagselkop was – als de woorden hun betekenis hadden verloren, als één verenigd lichaam ooit met succes een straat zouden kunnen oversteken, laat staan een land te gronde richten.

Wanneer hij geen toespraken las, las hij missives van wat meestal 'de frontlinie van de revolutie van de arbeiders' werd genoemd. Hij las over stakende mijnwerkers die met hun gezin levend in hun huis verbrandden, vakbondsleden die met pek-en-veren werden behandeld, vakbondsmensen die in donkere steegjes van kleine stadjes werden vermoord, vakbonden die kapot werden gemaakt, vakbonden die onwettig werden verklaard, en over arbeiders die gevangen werden gezet, in elkaar geslagen en gedeporteerd. En altijd werden zij afgeschilderd als de vijanden van de schitterende Amerikaanse manier van leven.

Tot zijn verrassing voelde Danny soms medeleven opkomen. Niet voor iedereen natuurlijk – hij had anarchisten altijd imbecielen gevonden die de wereld niets anders boden dan keiharde bloeddorstigheid en bij wat hij las was er weinig dat hem van gedachten deed veranderen. Ook communisten troffen hem als hopeloos naïef in hun streven naar een utopie die weigerde de meest elementaire eigenschap van het menselijk dier te erkennen: begeerte. De bolsjewieken dachten dat ze het konden genezen alsof het een ziekte was, maar Danny wist dat begeerte een orgaan als het hart was, en dat weghalen de dood van de gastheer betekende. De socialisten waren het slimst: ze erkenden hebzucht, maar hun boodschap was voortdurend vervlochten met die van de communisten en het was onmogelijk, tenminste in dit land, om boven het rode kabaal uit te komen.

Maar Danny kon met de beste wil van de wereld niet inzien waarom het merendeel van de verboden of onder vuur liggende vakbonden dat lot verdiende. Telkens weer was hetgeen werd verworpen als zijnde verraderlijke retoriek niets anders dan iemand die voor een grote groep mensen ging staan en eiste dat hij werd behandeld als een mens.

Hij zei dat op een avond tegen McKenna toen ze in South End koffie dronken, en McKenna zwaaide met een vingertje: 'Dat zijn niet degenen met wie jij je hoeft bezig te houden, jonge protegé. Stel jezelf in plaats daarvan de vraag: "Wie betaalt die mensen? En met welk doel?"'

Danny, voortdurend vermoeid en niet in staat zich te herinneren wanneer hij zijn laatste echte nachtrust had gehad, geeuwde. 'Laat me raden: de bolsjewieken.'

'Helemaal goed. Vanuit Moedertje Rusland zelf.' Hij keek Danny met opgetrokken wenkbrauwen aan. 'Jij vindt dat wel amusant, hè? Lenin in eigen persoon heeft gezegd dat de Russen niet zullen rusten voor alle volkeren ter wereld zich bij hun revolutie hebben aangesloten. Dat is geen loze praat, jochie. Dat is een glasheldere bedreiging van ons land.' Hij hamerde met zijn wijsvinger op de tafel. 'Mijn land.'

Danny onderdrukte een volgende geeuw met zijn vuist. 'Hoe staat het met mijn dekmantel?'

'Bijna klaar,' zei McKenna. 'Heb je je al aangesloten bij dat gedoe dat ze een politievakbond noemen?'

'Ik ga dinsdag naar een bijeenkomst.'

'Waarom nu pas?'

'Als Danny Coughlin, zoon van hoofdinspecteur Coughlin en zelf ook niet geheel onbekend met door eigenbelang en politiek gemotiveerd optreden, opeens vraagt om lid te mogen worden van de Boston Social Club, zou men een beetje wantrouwig kunnen worden.'

'Daar zit wat in. Heel verstandig.'

'Mijn oude partner, Steve Coyle?'

'Dat slachtoffer van de griep. Ja. Doodzonde.'

'Dat was een uitgesproken voorstander van de vakbond. Ik wacht een tijdje zodat het lijkt of ik het heel moeilijk heb met zijn ziekte. Uiteindelijk speelde mijn geweten op en moest ik toch eens een bijeenkomst bijwonen. Laat ze maar denken dat het uit medeleven is.'

McKenna stak een geblakerde sigarenpeuk aan. 'Je bent altijd al meelevend geweest, jongen. Je weet het alleen beter te verbergen dan andere mensen.'

Danny haalde zijn schouders op. 'Ik begin het voor mezelf te verbergen, denk ik.'

'Dat is altijd het gevaar.' McKenna knikte alsof hij alles van dat dilemma afwist. 'En op een dag weet je niet meer waar je al die stukken hebt gelaten die je uit alle macht probeerde bij elkaar te houden. Of waarom je zo je best hebt gedaan om ze bij elkaar te houden.'

Danny ging bij Tessa en haar vader eten op een dag dat de koele avondlucht naar brandende bladeren rook. Hun woning was groter dan de zijne. Zijn appartementje had een kookplaat op een ijskast, maar de Abruzzes hadden een keukentje met een houtfornuis. Tessa kookte. Ze had haar lange zwarte haar, slap en glimmend van de hitte, in een staart gebonden. Federico ontkurkte de wijn die Danny had meegebracht en zette hem op de vensterbank om te ademen terwijl Danny en hij in de zitkamer aan de kleine eettafel zaten en van hun anisette nipten.

Federico zei: 'Ik heb je de laatste tijd niet veel bij huis aangetroffen.'

Danny zei: 'Ik werk veel.'

'Ook nu de griepgolf voorbij is?'

Danny knikte. Het was gewoon een van de klachten die de agenten over de dienst hadden. In Boston had een politieagent eens in de drie weken een vrije dag. Op die vrije dag mocht hij de stad niet uit voor het geval er een noodsituatie zou ontstaan. Dus woonden de meeste ongetrouwde agenten op huurkamers in de buurt van hun bureau, want wat had het voor zin je ergens definitief te vestigen wanneer je na een paar uur toch weer aan het werk moest? Daar kwam nog bij dat je drie nachten per week verplicht was op het bureau te slapen in de stinkende bedden op de bovenverdieping die vergeven waren van de luizen of de bedwantsen en waarin net een arme sloeber had gelegen die jouw plaats ging innemen bij de volgende surveillance.

'Je werkt te hard, denk ik.'

'Als u dat tegen mijn baas zou willen zeggen, graag.'

Federico glimlachte, en het was een ongelooflijke lach, het soort waarmee je een winterse kamer kan verwarmen. Danny bedacht dat een van de redenen waarom het zo'n indrukwekkende glimlach was, het feit was dat je er zoveel pijn achter voelde. Dat was misschien waar hij die avond op het dak de vinger op had proberen te leggen: de glimlach van Federico maskéérde niet de enorme pijn uit zijn verleden, hij omarmde hem. En door hem te omarmen, triomfeerde hij. Een vage versie van die glimlach bleef hangen toen Federico zich naar Danny over boog en hem fluisterend bedankte voor die 'ongelukkige toestand', het uit het appartement verwijderen van Tessa's dode pasgeborene. Hij verzekerde Danny dat ze hem meteen nadat Tessa van de griep was hersteld te eten zouden hebben gevraagd, ware het niet dat zijn eigen werk dat had verhinderd.

Danny keek naar Tessa, betrapte haar erop dat ze naar hem keek. Ze boog haar hoofd en een lok viel van achter haar oor voor haar ogen. Ze was geen Amerikaanse vrouw, hield hij zich voor, voor wie seks met een in feite onbekende man riskant maar niet ondenkbaar kon zijn. Tessa was Italiaans. Oude wereld. Gedraag je.

Hij keek weer naar haar vader. 'En wat doet u voor werk, sir?'

'Federico,' zei de oude man met een klopje op zijn hand. 'We drinken anisette, we breken het brood, dus is het Federico.'

Danny bevestigde dat met het even aantikken van zijn glas. 'Federico, wat doe je voor werk?'

'Ik geef de adem van engelen aan de eenvoudige mens.' De oude man gebaarde als een impresario achter zich. Tegen de muur tussen de twee ramen stond een grammofoonmeubel. Bij binnenkomst was het ding hem al opgevallen omdat het hier misplaatst leek. Het was gemaakt van fijn generfd mahoniehout, versierd met ingewikkeld houtsnijwerk dat Danny deed denken aan Europese vorstenhuizen. De open bovenkant liet een draaitafel zien die geplaatst was op een paars fluwelen ondergrond, en daaronder was een kastje met twee deuren, zo te zien met echt houtsnijwerk, en negen planken, genoeg voor tientallen grammofoonplaten.

De zwengel was verguld en als er een plaat draaide, was het veerwerk bijna niet te horen. Het toestel gaf een geluid zo rijk als Danny van zijn leven nog niet had gehoord. Ze luisterden naar het Intermezzo van Mascagni's *Cavalleria Rusticana*, en Danny wist dat als hij het appartement met dichte ogen was binnengekomen, hij zou hebben aangenomen dat de sopraan bij hen in de kamer had gestaan. Hij keek nog eens naar het meubel en was er zeker van dat het drie of vier keer zo duur was als de oven.

'De Silvertone B-Twelve,' zei Federico en zijn stem, altijd al melodieus, werd dat nog eens te meer. 'Ik verkoop ze. Ik verkoop ook de B-Eleven, maar ik vind de B-Twelve uiterlijk mooier. Louis XVI is qua vormgeving toch veel mooier dan Louis XV. Vind je ook niet?'

'Jazeker,' zei Danny. Maar hadden ze hem gezegd dat het Louis III of Iwan VIII was, dan had hij dat op goed geloof aangenomen.

'Er is niet één grammofoon op de markt die deze kan evenaren,' zei Federico met de stralende ogen van de evangelist. 'Niet één andere grammofoon kan alle soorten platen afspelen: Edison, Pathé, Victor, Columbia én Silverstone. Nee, beste vriend, dit is de enige die dat kan. Je betaalt acht dollar voor het tafelmodel omdat het minder duur is en' – hij trok zijn neus op – 'en líchter – bah! – gemákkelijk – bah! – en rúímtebesparend. Maar klinkt die ook zo? Krijg je engelen te horen? Niet echt. En dan slijt je goedkope naald en springt uit de groef en al gauw hoor je alleen gekraak en gefluister. En wat heb je dan, behalve acht dollar minder?' Hij gebaarde weer met gespreide armen naar het grammofoonmeubel, zo trots als een man die net vader is geworden. 'Soms kost kwaliteit geld. Maar dat is toch redelijk?'

Danny moest moeite doen om niet te lachen om het oude mannetje en zijn fervente kapitalisme.

'Papa,' zei Tessa van achter het fornuis, *'do not get yourself so...'* Ze wapperde met haar handen, zocht naar het woord. '*... eccitato.*'

Danny gaf de Engelse vertaling. Ze deed haar best om het woord correct uit te spreken, maar dat kostte enige moeite. Na een paar pogingen zei Danny: 'Kan ermee door.'

Ze hief haar pollepel. 'Engels!' blafte ze tegen het plafond.

Danny dacht er aan hoe haar hals, zo honingbruin, zou smaken. Vrouwen, zijn zwakheid vanaf dat hij oud genoeg was om ze te zien en te zien dat zij op hun beurt hem ook zagen. Als hij naar Tessa's hals, haar keel keek, voelde hij zich erdoor overdonderd. De afschrikwekkende, verrukkelijke behoefte te bezitten. Om – voor een nacht – andermans ogen, zweet, hartslag te bezitten. En hier, waar haar vader bij was. Jezus!

Hij draaide zich terug naar de oude man die met halfgesloten ogen opging in de muziek. Zich nergens van bewust. Charmant en zich niet bewust van de gewoonten in de Nieuwe Wereld.

'Ik hou van muziek,' zei Federico en opende zijn ogen. 'Toen ik nog een jongen was, kwamen in het voorjaar en 's zomers minstrelen en troubadours in ons dorpje. Ik zat erbij tot mijn moeder me van het plein naar huis joeg – soms met een stok, ja? – en keek hoe ze speelden. Het geluid. Ach, die geluiden! Taal is een armzalig surrogaat. Begrijp je wel?'

Danny schudde zijn hoofd. 'Ik geloof het niet.'

Federico trok zijn stoel dichter bij de tafel en boog zich naar hem toe. 'De tong van de mens splijt zich bij de geboorte. Altijd al zo geweest. De vogel kan niet liegen. De leeuw is jager, om bang voor te zijn, ja, maar hij is trouw aan zijn aard. De boom en de rots zijn wat ze zijn: een boom en een rots. Niets meer, maar ook niets minder. Maar de mens, het enige schepsel dat woorden kan maken, gebruikt die schitterende gave om de waarheid mee te bedriegen, zichzelf te bedriegen, de natuur en God te bedriegen. Hij wijst naar een boom en zegt tegen je dat het geen boom is, hij buigt zich over je lijk en zegt dat hij je niet heeft gedood. Woorden spreken namens de hersens, snap je, en de hersens zijn een machine. Muziek' – hij lachte zijn stralende lach en hief zijn wijsvinger – 'muziek spreekt namens de ziel omdat woorden te klein zijn.'

'Zo heb ik het nog nooit bekeken.'

Federico wees naar zijn kostbare bezit. 'Die is gemaakt van hout. Het is een boom, maar het is geen boom. En het hout is hout, ja, maar wat doet het met de muziek die eruit komt? Wat is dat? Hebben we een woord voor dat soort hout? Dat soort boom?'

Danny haalde even de schouders op, vermoedde dat de oude man een beetje tipsy werd.

Federico's ogen sloten zich weer en zijn handen zweefden ter hoogte van zijn oren alsof hij de muziek zelf dirigeerde, haar met zijn wil de kamer in voerde.

Danny merkte dat Tessa naar hem keek en deze keer liet ze zijn blik niet vallen. Hij lachte zijn mooiste lachje, het lichtelijk verwarde, lichtelijk gegeneerde lachje, het kleine-jongenslachje. Haar hals bloosde, maar ze keek nog altijd niet weg.

Hij wendde zich weer tot haar vader. Diens ogen bleven gesloten, diens handen dirigeerden door, ook al was de plaat afgelopen en sprong de naald heen en weer over de binnenste groeven.

Steve Coyle lachte breed toen hij Danny Fay Hall, de vergaderruimte van de Boston Social Club, zag binnenkomen. Hij schoof tussen een rij klapstoeltjes door, duidelijk met een been trekkend. Hij schudde Danny de hand. 'Fijn dat je kon komen.'

Hier had Danny niet op gerekend. Het maakte dat hij zich dubbel schuldig voelde, onder valse voorwendsels infiltreren in de BSC terwijl zijn oude partner, ziek en werkloos, kwam opdagen om een strijd te steunen waar hij zelf geen deel meer aan had.

Het lukte Danny met een lachje te zeggen: 'Ik had jou hier niet verwacht.'

Steve keek achterom naar de mannen die op het podium bezig waren. 'Ze laten me helpen. Ik ben een levend voorbeeld van wat er gebeurt wanneer je geen vakbond hebt die de macht heeft te onderhandelen.' Hij sloeg Danny op de schouder. 'Hoe is het met jou?'

'Prima,' zei Danny. Vijf jaar lang had hij elk detail van het leven van zijn vriend geweten, vaak van minuut tot minuut. Het was vreemd opeens te beseffen dat hij al twee weken niet meer bij Steve was gaan kijken. Vreemd en beschamend. 'Hoe voel je je?'

Steve haalde zijn schouders op. 'Ik kan wel klagen, maar wie luistert ernaar?' Hij lachte schaterend en gaf Danny weer een klap op zijn schouder. Zijn stoppelbaard was wit. Hij maakte de indruk verdwaald te zijn in zijn onlangs beschadigde lijf. Alsof hij ondersteboven was gehouden en uitgeschud.

'Je ziet er goed uit,' zei Danny.

'Leugenaar.' Opnieuw die gemaakte lach gevolgd door een onhandige plechtstatigheid, een vochtige blik vol ernst. 'Ik ben echt blij je hier te zien.'

Danny zei: 'Dat spreekt vanzelf.'

'Gaan we toch nog een vakbondslid van je maken,' zei Steve.

'Daar zou ik niet op rekenen.'

Steve klopte hem voor de derde maal op zijn rug en stelde hem voor aan de mensen om hem heen. Danny kende de helft van hen oppervlakkig omdat hun wegen elkaar in de loop der jaren bij allerlei oproepen hadden gekruist. Ze leken allemaal niet goed raad te weten met Steve, alsof ze hoopten dat hij die kwaal van hem zou meenemen naar een andere politievakbond in een andere stad. Alsof pech even besmettelijk was als de Spaanse griep. Danny zag het aan hun gezicht wanneer ze Steve een hand gaven: ze hadden hem liever dood. Dood gaf ruimte voor de illusie van heldendom. Door verminkten kwam die illusie in een slechte reuk te staan.

Het hoofd van de BSC, een agent die Mark Denton heette, beende naar het podium. Hij was lang, bijna net zo lang als Danny, en broodmager. Zijn huid was wit, hard en glanzend als de toetsen van een piano, en zijn zwarte haar zat tegen zijn schedel geplakt.

Danny en de andere mannen namen plaats. Mark Denton stak het podium over en zette zijn handen op de rand van het spreekgestoelte. Hij keek hen met een vermoeide glimlach aan.

'Burgemeester Peters heeft het overleg dat we voor het eind van de week hadden afgesproken afgezegd.'

Er klonk gemor in de zaal, met een paar boze kreten erdoorheen.

Denton stak een hand op om hen tot stilte te manen. 'Het gerucht gaat dat het trampersoneel in staking gaat en de burgemeester vindt dat momenteel urgenter. We komen weer achteraan in de rij.'

'Misschien moeten wij gaan staken,' zei iemand.

Dentons donkere ogen schoten vuur. 'Wij praten niet over staken, mannen. Dat is nou net wat ze willen. Beseffen jullie hoe dat overkomt in de kranten? Wil je ze echt die munitie in handen geven, Timmy?'

'Nee, *Mark,* maar wat kunnen we verder nog? We gaan verdomme dood van de honger.'

Dat werd door Denton erkend met een ferme knik. 'Ja, dat weet ik. Maar het woord "staken" alleen al fluisteren is vloeken in de kerk. Dat weten jullie net zo goed als ik. We maken de meeste kans als we doen of we geduld hebben en in gesprek gaan met Samuel Gompers en de AFL.'

'Gaat dat echt gebeuren?' vroeg iemand achter Danny.

Denton knikte. 'Ik was van plan dat in stemming te brengen. Later op de avond, dat geef ik toe, maar waarom zouden we nog wachten?' Hij haalde zijn schouders op. 'Iedereen die er voor is dat de BSC besprekingen opent om samen te gaan met de American Federation of Labor zegt "voor".'

Op dat moment voelde Danny het, een bijna tastbaar sneller stro-

158

men van het bloed in de hele zaal, het gevoel van een gemeenschappelijk doel. Hij kon niet ontkennen dat zijn bloed met dat van de anderen meestroomde. Een samengaan met de machtigste vakbond van het land. Jezus.

'Voor!' schreeuwde de hele zaal.

'Wie is tegen?'

Niemand zei iets.

'Voorstel aangenomen,' zei Denton.

Was het echt mogelijk? Niet één politieafdeling in het hele land had dat voor elkaar gekregen. Enkele hadden het geprobeerd. Maar zij konden dus de eerste zijn. Ze konden heel letterlijk geschiedenis maken.

Danny hield zichzelf voor dat hij hier geen deel van uitmaakte.

Want dit was een lachertje. Dit was een bende naïeve, overdreven dramatische kerels die dachten dat ze met praten de wereld naar hun hand konden zetten. Zo werkt dat niet, had Danny ze wel kunnen vertellen. Het werkte andersom.

Na Denton trokken de dienders die door de griep waren geveld over het podium. Ze hadden het over zichzelf als degenen die geluk hadden gehad: in tegenstelling tot negen andere agenten van de achttien bureaus die de stad telde, hadden zij het overleefd. Van de twintig man op het podium waren er twaalf weer aan het werk. De andere acht waren voor altijd uitgeschakeld. Danny sloeg zijn ogen neer toen Steve achter de katheder plaatsnam. Steve, die nog maar twee maanden geleden in het close-harmonykwartet had gezongen, had moeite om uit zijn woorden te komen. Hij stotterde voortdurend. Hij vroeg hun hem niet te vergeten, de griep niet te vergeten. Hij vroeg hun de broederschap en de solidariteit met degenen die hadden gezworen te beschermen en te dienen, niet te vergeten.

Hij en de andere negentien overlevenden verlieten het podium onder luid applaus.

De mannen zochten elkaar op bij de koffiekannen of ze stonden in een kringetje en lieten heupflessen rondgaan. Danny merkte al heel snel hoe het ledenbestand in een aantal basispersoonlijkheden kon worden verdeeld. Je had de Praters – lawaaiige kerels zoals Roper van de Nul-Zeven die cijfers spuide en op hoge toon ruziede over termen en kleinigheden. Daarnaast had je de Bolsjies en de Socialen zoals Coogan van de Een-Drie en Shaw die op het hoofdbureau bevelschriften schreef, die in niets verschilden van alle radicalen en vermeende radicalen van wie Danny de laatste tijd zoveel had gelezen, die altijd klaarstonden met modieuze retoriek, met tandeloze kreten. Verder had je nog de Emotionelen, mannen als Hannity van de Een-Een die in de eerste plaats niet tegen drank kon en wiens ogen te snel volliepen wanneer de woorden 'broederschap' of 'gerechtigheid' vielen. Voor het overgrote deel dus mannen die Father Twohy, een van Danny's oude highschoolleraren, mannen 'van de praatjes maar niet van de praktijk' noemde.

Maar je had ook mensen als Don Slatterly, rechercheur bij Roofovervallen, Kevin McRae, een straatagent van de Nul-Zes, en Emmett Strack, al vijfentwintig jaar werkpaard bij de Nul-Drie, die weinig zeiden maar keken en alles zagen. Ze liepen door de zaal en maanden hier tot voorzichtigheid of zelfbeheersing, gaven daar flinters hoop, maar luisterden en wogen in de eerste plaats. De mannen volgden ze op de voet en keken hen na zoals honden de plek bekijken waar hun baasje zojuist is geweest. Het zouden deze en nog wat mensen zijn, concludeerde Danny, over wie de politietop zich zorgen zou moeten maken wanneer ze een staking wilde afwenden.

Bij de koffiekannen stond Mark Denton plotseling met uitgestoken hand naast hem.

'De zoon van Tommy Coughlin, toch?'

'Danny.' Hij schudde Dentons hand.

'Je was in Salutation toen die bom afging, is het niet?'

Danny knikte.

'Maar dat is havenpolitie.' Denton roerde suiker in zijn koffie.

'Het toeval van mijn leven,' zei Danny. 'Ik had in de haven een dief betrapt en leverde hem bij Salutation af toen, je weet wel...'

'Ik ga niet tegen je staan liegen, Coughlin. Je kent de dienst goed genoeg. Ze zeggen dat het enige wat hoofdinspecteur Tommy niet in de hand heeft zijn eigen zoon is. Dat maakt je heel populair, zou ik zo zeggen. Kerels als jij kunnen we goed gebruiken.'

'Dank je. Ik zal erover denken.'

Denton liet zijn blik door de ruimte gaan. Hij boog zich naar Danny toe. 'Denk snel, wil je?'

Tessa zat op zachte avonden, wanneer haar vader met zijn Silvertone B-XII's op pad was, graag op het stoepje. Ze rookte kleine, zwarte sigaretten die even weerzinwekkend roken als ze eruitzagen, en af en toe kwam Danny bij haar zitten. Er was iets in Tessa dat hem nerveus maakte. In haar buurt zat er een onrust in zijn ledematen alsof er geen manier was om ze te laten rusten. Ze praatten over het weer en ze spraken over eten en ze spraken over tabak, maar ze praatten nooit over de griep of haar kind of de dag dat Danny haar naar Hulppost Haymarket had gedragen.

Na korte tijd verruilden ze het stoepje voor het dak. Daar kwam verder niemand.

Hij kreeg te horen dat ze twintig was. Dat ze was opgegroeid in het Siciliaanse stadje Altofonte. Op haar zestiende had een machtig man genaamd Primo Alieveri haar langs het café zien fietsen waar hij met zijn kameraden zat. Hij had inlichtingen ingewonnen en een gesprek met haar vader geregeld. Federico was muziekleraar in hun dorp, beroemd omdat hij drie talen sprak, maar van wie ook werd gezegd dat hij *pazzo*, dement, begon te worden omdat hij zo laat was getrouwd. Tessa's moeder was overleden toen ze tien was, en haar vader had haar alleen grootgebracht, zonder broers of geld om haar te beschermen. En dus werd er een overeenkomst gesloten.

Tessa en haar vader maakten de reis naar Collesano aan de voet van het Madoniegebergte, waar ze de dag nadat Tessa zeventien was geworden, arriveerden. Federico had bewakers gehuurd om Tessa's bruidsschat te bewaken, voornamelijk juwelen en munten die ze had geërfd van haar moeders kant van de familie, en gedurende de eerste nacht in het gastenverblijf op het landgoed van Primo Alieveri werd de bewakers, die in de schuur sliepen, de keel doorgesneden en de bruidsschat meegenomen. Primo Alieveri was diep gekrenkt. Hij kamde het dorp uit op zoek naar de rovers. Tegen de avond, toen ze in de grote hal aan een heerlijk diner zaten, verzekerde hij zijn gasten dat hij en zijn mannen de verdachten op de hielen zaten. De bruidsschat zou worden teruggegeven en de bruiloft zou zoals afgesproken het weekend erop plaatsvinden.

Toen Federico, met een dromerige glimlach op de lippen, aan tafel onderuitging, hielpen Primo's mensen hem naar het gastenverblijf en verkrachtte Primo Tessa op de tafel en later nog een keer op de stenen vloer bij de open haard. Hij stuurde haar terug naar het gastenverblijf waar ze haar vader probeerde te wekken, maar die bleef de slaap der doden slapen. Ze ging op de grond naast het bed liggen met het plakkerige bloed tussen haar dijen en viel uiteindelijk in slaap.

's Morgens werden ze gewekt door een hels kabaal op de binnenplaats en door Primo, die hun namen riep. Ze kwamen naar buiten waar Primo met twee van zijn mannen stond, hun geweren op hun rug. De paarden van Tessa en Federico en hun kar stonden op de keien van de binnenplaats. Primo keek hen vuil aan.

'Een goede vriend van me uit jullie dorp heeft me geschreven dat je dochter geen maagd is. Ze is een *putana* en niet geschikt voor een man van mijn standing. Uit mijn ogen, mannetje.'

Op dat moment en nog een paar tellen erna stond Federico nog steeds de slaap uit zijn ogen te wrijven. Hij maakte een verwarde indruk.

Toen zag hij het bloed dat de mooie witte jurk van zijn dochter tijdens haar slaap had doordrenkt. Tessa zag niet hoe hij aan de zweep kwam, of het die van zijn eigen paard was of die daar aan een haak hing, maar toen hij hem liet knallen, trof hij een van Primo's mannen in het oog en sloegen de paarden op hol. Terwijl de andere man zich over zijn maat boog, brak Tessa's paard, een afgeleefde vosmerrie, los uit haar greep en gaf de man een trap tegen zijn borst. De teugels van het dier schoten door haar hand en het dier rende de binnenplaats af. Tessa zou erachteraan zijn gegaan, maar ze was te zeer in de ban van haar vader, haar lieve, zachtaardige, lichtelijk gekke vader, die Primo Alieveri met de zweep tegen de grond sloeg en hem geselde tot de vellen erbij hingen. Met een van de bewakers (en diens geweer) haalde Federico haar bruidsschat terug. De kist stond pontificaal midden in Alieveri's slaapkamer en nadat ze Tessa's paard hadden opgespoord, vertrokken ze voor de avond viel uit het dorp.

Twee dagen later en na de helft van de bruidsschat te hebben uitgegeven aan smeergeld, gingen ze in Cefalu aan boord van een schip dat hen naar Amerika bracht.

Danny hoorde het verhaal in haperend Engels, niet omdat Tessa de taal nog niet beheerste, maar omdat ze heel secuur probeerde te zijn.

Danny grinnikte. 'Dus die dag dat ik je heb gedragen, die dag dat ik me het hoofd brak over hoe ik mijn gebroken Italiaans moest spreken, toen kon je me gewoon verstaan?'

Met opgetrokken wenkbrauwen en een lachje zei ze: 'Die dag begreep ik maar één ding: pijn. Had je verwacht dat ik me een woord Engels kon herinneren? Die... krankzinnige taal van jullie. Vier woorden gebruiken jullie als één genoeg is. Elke keer doen jullie dat. Of ik me iets van het Engels van die dag herinner?' Ze maakte een afwerend gebaar. 'Domme jongen.'

Danny zei: 'Jongen? Ik ben heel wat ouder dan jij, liefje.'

'Ja, ja.' Ze stak een van haar stinkstokken op. 'Maar je bent een jongen. Jullie een land van jongens. En meisjes. Niemand is er volwassen. Jullie hebben te veel pret, denk ik.'

'Pret waarover?'

'Dit hier.' Ze gebaarde naar de hemel. 'Dit gekke grote land. Jullie Amerikanen... er is geen geschiedenis. Er is alleen nu. Nu, nu, nu. Ik wil dit nú. Ik wil dat nú.'

Plotseling voelde Danny ergernis opkomen. 'En toch weet iedereen niet hoe gauw hij hierheen moet komen.'

'O ja. Straten belegd met goud. Het grandioze Amerika waar iedereen fortuin kan maken. Maar wat doen jullie met de mensen die geen fortuin maken? Hoe zit het met de arbeiders, agent Danny? Nou? Ze werken en werken en werken en als ze ziek worden van het werk, zegt het bedrijf: "Bah, ga naar huis en kom niet meer terug". En als ze tijdens het werk een ongeluk krijgen? Net zo. Jullie Amerikanen hebben het over jullie vrijheid, maar ik zie slaven die denken dat ze vrij zijn. Ik zie bedrijven die vrouwen en kinderen en gezinnen behandelen als varkens en – '

Danny wuifde het weg. 'En toch ben je hier.'

Ze bekeek hem met haar grote, donkere ogen. Het was een afwachtende blik waaraan hij gewend was geraakt. Tessa deed nooit iets achteloos. Ze benaderde elke dag alsof die moest worden bestudeerd voordat ze er een mening over had.

'Je hebt gelijk.' Ze tikte haar as af tegen de borstwering. 'Jullie land is veel meer... *abbondante* dan Italië. Jullie hebben van die – *woesj* – steden. Jullie hebben meer auto's in één straat dan er in heel Palermo zijn. Maar jullie zijn een heel jong land, agent Danny. Jullie zijn net een kind dat denkt dat het slimmer is dan zijn vader of zijn ooms die er eerst waren.'

Danny haalde zijn schouders op. Hij merkte dat Tessa naar hem keek, rustig en op haar hoede als altijd. Hij liet zijn knie tegen de hare stoten en keek naar de avondlucht.

Op een avond in Fay Hall zat hij achterin voordat er weer een vakbondsvergadering begon en realiseerde hij zich dat hij alle informatie had die zijn vader, Eddie McKenna en de Old Men van hem konden verwachten. Hij wist dat Mark Denton, als leider van de BSC, precies was wat ze vreesden: intelligent, rustig, onbevreesd en voorzichtig. Hij wist dat zijn vertrouwelingen – Emmett Strack, Kevin

McRae, Don Slatterly en Stephen Kearns – uit hetzelfde hout gesneden waren. En hij wist wie het dode hout en de leeghoofden waren, degenen die het gemakkelijkst te compromitteren waren, het meest beïnvloedbaar, het gemakkelijkst om te kopen.

Op het moment dat Mark Denton over het podium naar de katheder beende om de vergadering te openen, besefte Danny dat hij alles wat hij moest weten al sinds de eerste bijeenkomst wist. Dat was zeven vergaderingen geleden.

Het enige wat hij hoefde te doen was met McKenna of zijn vader gaan praten en hun zijn indrukken geven, de enkele aantekeningen die hij had gemaakt en een nauwkeurige lijst van de hiërarchie van de leiding van de Boston Social Club. Daarna was hij halverwege zijn gouden rechercheurspenning. Verdomme, misschien wel meer dan halverwege. Binnen handbereik.

Dus wat deed hij hier nog?

Dat was de hamvraag.

Mark Denton zei 'Heren' en zijn stem was zachter dan anders, bijna onhoorbaar. 'Heren, mag ik uw aandacht?'

Er was iets in de zachtheid van zijn stem dat iedereen in de zaal raakte. De zaal werd stil in blokken van vier of vijf rijen tot de stilte de achterste rijen bereikte. Mark Denton knikte zijn dank. Hij lachte zwakjes en knipperde verscheidene keren met zijn ogen.

'Zoals velen van jullie weten,' zei Denton, 'ben ik in dit werk opgeleid door John Temple van Bureau Nul-Negen. Hij zei altijd dat als hij van mij een goede agent kon maken, er geen reden meer was om geen dames aan te nemen.'

Gegrinnik rimpelde door de zaal terwijl Denton even het hoofd boog.

'Agent John Temple is vanmiddag overleden aan complicaties die verband hielden met de griep. Hij was eenenvijftig jaar oud.'

Iedereen die een pet op had, zette hem af. In de rokerige zaal bogen zo'n duizend man het hoofd. Denton vervolgde: 'Kunnen we agent Marvin Tarleton van de Nul-Vijf dezelfde eer bewijzen? Hij is gisteravond aan hetzelfde overleden.'

'Is Marvin dood?' riep iemand. 'En hij was aan de beterende hand.'

Denton schudde het hoofd. 'Zijn hart heeft het gisteravond om elf uur begeven.' Hij leunde over de katheder. 'De voorlopige uitspraak van de leiding is dat de gezinnen van beide mannen geen uitkering krijgen omdat de gemeente in vergelijkbare gevallen al heeft besloten – '

164

Boegeroep en gejoel en omgegooide stoelen overstemden hem tijdelijk.

'... omdat,' schreeuwde hij, 'omdat, *omdat...*'

Verscheidene mannen werden weer op hun stoel getrokken. Anderen hielden hun mond.

'... omdat,' zei Mark Benton, 'de gemeente zegt dat de mannen niet zijn gestorven tijdens het uitoefenen van hun functie.'

'Hoe hebben ze verdomme die griep dan opgelopen?' schreeuwde Bob Reming. 'Van hun hond?'

Denton zei: 'De gemeente zou daar ja op zeggen. Hun honden. Het zijn honden. De gemeente zegt dat ze de griep bij een aantal gelegenheden die niet met hun werk in verband staan kunnen hebben opgelopen. Dus? Ze zijn niet gestorven door hun werk. Meer hoeven we niet te weten. Dat hebben we maar te slikken.'

Hij deed een stap terug toen er een stoel door de lucht vloog. Binnen een paar tellen brak het eerste gevecht uit. Toen nog een. Het derde gevecht brak uit pal voor Danny's neus en hij deed een paar stappen achteruit terwijl kreten de zaal vulden en het gebouw stond te schudden van de woede en de wanhoop.

'Zijn jullie kwaad?' schreeuwde Denton.

Danny zag hoe Kevin McRae zich door het gewoel werkte en een van de gevechten beëindigde door beide mannen aan hun haren op te tillen.

'Zijn jullie kwaad?' schreeuwde Denton opnieuw. 'Ga je gang, sla vooral mekaar verrot.'

De zaal begon tot rust te komen. De helft van de mannen keerde zich weer naar het podium.

'Dat jullie dat doen, is nou net wat ze willen,' riep Denton. 'Sla jezelf tot moes. Ga je gang. De burgemeester? De gouverneur? De gemeenteraad? Die lachen om jullie.'

Het laatste gevecht werd gestaakt. De mannen gingen zitten.

'Zijn jullie kwaad genoeg om iets te dóén?' vroeg Mark Denton.

Niemand zei iets.

'Nou?!' schreeuwde Denton.

'Ja!' riepen duizend man terug.

'We zijn een vakbond, mensen. Dat betekent dat we samenkomen als één lichaam met één doel en dat we het bij hen op de stoep leggen. En we eisen onze rechten als mens. Zijn er onder jullie die dit lijdelijk willen uitzitten? Blijf dan zitten, verdomme. De rest mag laten zien wat we zijn.'

De zaal stond als één man op – duizend man, sommigen met een be-bloede kop, sommigen met tranen van woede in de ogen. En Danny stond ook op, niet langer een Judas.

Hij trof zijn vader toen die de Nul-Zes in South Boston verliet. 'Ik stop.'

Zijn vader bleef op de stoep van het bureau staan. 'Waarmee?'

'De vakbond verlinken, de radicalen, het hele gedoe.'

Zijn vader kwam het trapje af en bleef vlak voor hem staan. 'Die radicalen kunnen ervoor zorgen dat je op je veertigste hoofdinspecteur bent, jongen.'

'Mij een biet.'

'Jou een biet?' En met een flauw lachje: 'Als je deze kans laat schieten, kun je die gouden penning de komende vijf jaar wel vergeten. Of voor altijd.'

Dat vooruitzicht vervulde hem met angst, maar Danny stak zijn handen dieper in zijn zakken en schudde zijn hoofd. 'Ik verlink mijn eigen mensen niet.'

'Het zijn subversieve elementen, Aiden. Subversieve elementen in onze eigen dienst.'

'Het zijn dienders, pa. En trouwens, wat ben jij voor vader om me zo'n opdracht te geven? Kon je niemand anders vinden?'

Zijn vaders gezicht werd grauw. 'Dat is de prijs die je betaalt voor het kaartje.'

'Welk kaartje?'

'Voor de trein die nooit ontspoort.' Hij wreef met de muis van zijn hand over zijn voorhoofd. 'Daar hadden je kleinkinderen dan in kunnen zitten.'

Danny wuifde het weg. 'Ik ga naar huis, pa.'

'Je huis is hier, Aiden.'

Danny keek omhoog naar het witte kalkstenen huis met de Griekse zuilen. Hij schudde zijn hoofd. 'Het is jouw huis.'

Die avond ging hij naar Tessa's deur. Hij klopte zachtjes, keek naar beide kanten de gang af, maar ze reageerde niet. Dus draaide hij om en liep naar zijn kamer, met het gevoel dat hij een kind was dat gestolen eten onder zijn jas had. Net toen hij bij zijn eigen deur was, hoorde hij de hare ontgrendeld worden.

Hij draaide zich om en zij kwam over de gang naar hem toe met een jas over haar nachthemd, op blote voeten, met een uitdrukking van on-gerustheid en nieuwsgierigheid op haar gezicht. Toen ze bij hem was, probeerde hij iets te bedenken om te zeggen.

'Ik wilde nog wat praten,' zei hij.

Ze keek hem aan, haar ogen groot en donker. 'Nog meer verhalen uit het Oude Land?'

Hij dacht aan haar op de vloer van Primo Alieveri's grote zaal, hoe haar lichaam eruit zou hebben gezien op het marmer met het licht van het haardvuur dat over haar donkere haar speelde. Een beschamend beeld in feite om lust in te zoeken.

'Nee,' zei hij. 'Niet van die verhalen.'

'Andere dan?'

Danny opende zijn deur. Het was een reflexhandeling, maar daarna keek hij in Tessa's ogen en zag dat het effect allesbehalve terloops was.

'Wil je binnenkomen om te praten?' vroeg hij.

Ze stond daar met haar jas aan en haar versleten nachthemd eron-der en keek hem een hele tijd aan. Onder het nachthemd kon hij haar lichaam zien. Een dun laagje zweet lag op de bruine huid van het kuil-tje onder in haar hals.

'Ik wil wel binnenkomen,' zei ze.

9

De eerste keer dat Lila Luther in het oog kreeg, was bij een pick-nick aan de rand van het Minerva Park op een grasveld aan de oever van de Big Walnut. Daar zouden alleen de mensen bij el-kaar komen die voor de familie Buchanan op het grote landgoed in Columbus werkten, terwijl de Buchanans zelf in Saginaw Bay vakantie hielden. Maar iemand had het iemand verteld en die iemand weer aan iemand anders en toen Lila er aan het eind van een hete augustusmor-gen aankwam, waren er minstens zestig mensen en was het feest aan het water in volle gang. Het was een maand na de massaslachting in East St. Louis, en die maand was voor de mensen die bij de Buchanans werkten langzaam en somber als de winter voorbijgegaan, met hier en daar langskomende flarden van geruchten die de krantenberichten tegenspraken, en natuurlijk de gesprekken van de blanken aan tafel bij de Buchanans. Het horen van de verhalen – over blanke vrouwen die zwarte vrouwen met keukenmessen staken terwijl blanke mannen de buurt platbrandden en zwarte mannen ophingen en doodschoten – was voldoende reden voor een zwarte wolk boven het hoofd van alle mensen die Lila kende, maar nu, vier weken later, leek het of de men-sen hadden besloten die wolk voor een dag weg te halen en plezier te hebben zolang het kon.

Een paar mannen hadden een olievat gehalveerd, over de helften gaas gespannen en waren gaan barbecuen. De mensen hadden tafels en stoelen meegebracht en op de tafels stonden schalen met gebakken meerval en een romige aardappelsalade en diepbruine kippenpoten en dikke blauwe druiven en hopen en hopen groente. Kinderen renden rond en er werd gedanst en een aantal mannen was in het verdorde gras aan het honkballen. Twee mannen hadden hun gitaar meegenomen en stonden tegen elkaar op te bieden alsof ze op een straathoek in Helena stonden, en het geluid van die gitaren was zo helder als de lucht.

Lila zat bij haar vriendinnen, allemaal dienstmeisjes – Ginia en CC en Darla Blue – en ze dronken zoete thee en keken naar de spelende mannen en kinderen, en het was helemaal geen kunst te zien welke mannen vrijgezel waren, want die gedroegen zich nog kinderachtiger dan de kinderen, met hun capriolen en gedoe en geschreeuw. Ze deden Lila denken aan paarden die klaarstaan voor de race en met hun hoeven in de grond schrapen en hun hoofd opgooien.

Darla Blue, dom als het achtereind van een varken, zei: 'Ik vind die daar wel leuk.'

Ze keken allemaal. Ze krijsten allemaal.

'Met die vooruitstekende tanden en die ouwe rotkop?'

'Hij is leuk.'

'Voor een hond.'

'Nee, hij – '

'Moet je die hangbuik zien,' zei Ginia. 'Hij komt helemaal tot op zijn knieën. En z'n kont is net honderd pond warme toffee.'

'Ik hou wel van een beetje vol.'

'Nou, dan is dit de ware, want hij is zo vol als de volle maan. Er zit niks hards in die man. En er wordt ook niks hard áán hem.'

Ze krijsten nog harder en sloegen op hun dijen en CC zei: 'Hoe zit het met jou, Miss Lila Waters? Heb je de ware Jacob al gezien?'

Lila schudde haar hoofd, maar daar namen de dames geen genoegen mee. Maar hoe hard ze ook krijsten en kletsten om haar iets te ontlokken, ze hield haar lippen stijf op elkaar en zorgde ervoor dat haar ogen niet afdwaalden, want ze had hem gezien, ze had hem duidelijk gezien, en nu zag ze hem ook weer vanuit haar ooghoeken terwijl hij als een zuchtje wind over het gras vloog en met één snelle beweging van zijn handschoen een bal uit de lucht plukte, zo moeiteloos dat het bijna misdadig was. Een slanke man. Het leek wel of er een kat in zijn bloed zat zoals hij bewoog, alsof hij op de plek waar andere mensen gewrichten hebben springveren had. En geolied tot ze glommen. Ook wanneer hij een bal gooide, zag je zijn arm, het deel dat het had gedaan, niet bewegen, maar wel elke vierkante centimeter van hem als geheel.

Muziek, bedacht Lila. Het lijf van die man was niet minder dan puur muziek.

Ze had de andere mannen zijn naam horen noemen: Luther. Toen hij van het veld kwam aangerend omdat hij aan slag was, rende er een jongetje met hem mee door het gras dat struikelde toen ze bij de kale grond kwamen. Het kind belandde met zijn kin op de grond en wilde het op een huilen zetten, maar Luther schepte hem in de vlucht op en zei: 'Kom op, joh, op zaterdag wordt niet gehuild.'

De mond van het jongetje hing open en Luther keek hem met een brede grijns aan. Het kind gaf een gil en begon te lachen alsof hij nooit meer zou ophouden.

Luther zwaaide hem rond en keek toen Lila recht aan zodat haar adem naar haar knieën schoot omdat zijn ogen de hare zo snel hadden gevonden. 'Van u, ma'am?'

Lila stelde haar ogen af op de zijne, zonder te knipperen. 'Ik heb geen kinderen.'

'Nog niet,' zei CC met een luide lach.

Dat hield tegen wat er uit zijn mond wilde komen. Hij zette het kind op de grond. Hij liet haar ogen los en glimlachte naar de hemel en zijn onderkaak schoof opzij. Toen draaide hij zijn hoofd terug en keek haar weer recht aan, zo bedaard als maar kon.

'Nou, dat is mooi,' zei hij. 'Yes, sir. Dat is net zo mooi als deze dag zelf, ma'am.'

En hij tikte tegen zijn pet en liep weg om zijn knuppel te pakken.

Aan het eind van de dag bad ze. Ze lag tegen Luthers borst onder een eik een meter of driehonderd stroomopwaarts van het feest en de Big Walnut stroomde donker en fonkelend voor hen langs. Ze zei tegen de Heer dat ze bang was dat ze op een dag te veel van deze man zou kunnen houden. Zelfs als ze in haar slaap met blindheid zou worden geslagen, zou ze hem tussen een heleboel andere mensen herkennen aan zijn stem, zijn geur, de manier waarop de lucht zich om hem heen splitste. Ze wist dat zijn hart wild was en fel sloeg, maar zijn ziel was zachtmoedig. Terwijl hij met zijn duim langs de binnenkant van haar arm ging, vroeg ze de Heer om vergeving voor alles wat ze ging doen. Want voor deze wilde, zachtmoedige man was ze bereid alles te doen om hem blijvend in haar te laten branden.

En in zijn Voorzienigheid vergaf of verdoemde de Heer haar, daar was ze nooit zeker van, want Hij gaf haar Luther Laurence. Hij gaf hem haar tijdens het eerste jaar dat ze elkaar kenden, ongeveer twee keer per maand. De rest van de tijd werkte zij in het huis van de Buchanans en werkte Luther in de munitiefabriek en rende hij door het leven alsof hij erbij werd geklokt.

170

O, hij was zo wild. Maar anders dan bij zoveel andere mannen was het bij Luther geen keuze en hij had er geen kwaad mee in de zin. Hij zou er iets aan hebben gedaan als je hem had kunnen uitleggen wat het was. Maar dat was hetzelfde als steen uitleggen aan water, zand aan lucht. Luther werkte in de fabriek en als hij niet werkte, honkbalde hij en als hij niet honkbalde was hij iets aan het repareren en als hij niets repareerde rende hij met zijn makkers 's avonds door Columbus en als hij dat niet deed was hij bij Lila en kreeg ze zijn volle aandacht, want als Luther zijn aandacht ergens op richtte, kreeg het die aandacht met uitsluiting van al het andere, dus wanneer dat Lila was, was hij een en al charme, maakte hij haar aan het lachen, gooide hij zich er helemaal in en voelde zij dat niets, zelfs niet de warmte van de Heer, zoveel licht uitstraalde.

Toen kwam die aframmeling door Jefferson Reese die hem voor een week in het ziekenhuis deed belanden en hem iets afpakte. Niet dat je precies zou kunnen zeggen wat dat iets was, maar je merkte dat er iets ontbrak. Lila vond het afschuwelijk zich voor te stellen hoe haar man eruit moest hebben gezien zoals hij in elkaar gedoken in het stof had gelegen en probeerde zich te beschermen terwijl Reese op hem in beukte en hem schopte en al zijn lang opgekropte wreedheid op hem losliet. Ze had Luther gewaarschuwd Reese met rust te laten, maar hij had niet geluisterd omdat een deel van hem tegen dingen moest vechten. Toen hij daar in het stof lag terwijl de vuisten en voeten op hem neerkwamen, had hij ontdekt dat wanneer je tegen bepaalde dingen vocht – de kwaadaardige dingen – ze niet gewoon terugvochten. Nee nee, dat was niet genoeg. Ze vermorzelden je en ze bleven je vermorzelen en de enige manier om het er levend af te brengen was door puur geluk, anders niet. De kwaadaardige dingen op deze wereld kenden maar één les: wij zijn kwaadaardiger dan jij je ooit kunt voorstellen.

Ze hield van Luther omdat hij niets kwaadaardigs had. Ze hield van Luther omdat hetgeen hem wild maakte hetzelfde was als wat hem zachtaardig maakte: hij hield van de wereld. Hij hield ervan zoals je van een appel houdt die zo lekker is dat je er steeds een hap van neemt. Hij hield ervan, of het leven van hem hield of niet.

Maar in Greenwood waren die liefde en dat licht van Luther fletser geworden. Eerst begreep ze het niet. Goed, er was een betere manier om te trouwen dan die van hen, en het huis in Archer Street was klein, en daarna was de griep gekomen, en dat allemaal in krap twee maanden tijd, maar toch, toch was het paradijselijk. Ze waren op een van de weinige plaatsen in de hele wereld waar zwarte mannen en zwarte vrouwen trots konden rondlopen. Niet alleen lieten de blanken hen met rust, ze respecteerden hen, en Lila was het eens met broeder Garrity als hij stelde dat Greenwood model zou staan voor de rest van het land en dat er over tien, twintig jaar Greenwoods zouden zijn in Mobile en Columbus en Chicago en New Orleans en Detroit. Omdat de zwarten en de blanken in Tulsa hadden geleerd elkaar met rust te laten en de rust en de voorspoed, die dat met zich meebracht, voor de rest van het land zo goed waren dat het wel wakker moest worden en er aandacht aan moest schenken.

Maar Luther zag iets anders. Iets dat aan zijn zachtaardigheid en zijn licht vrat, zodat Lila begon te vrezen dat hun kind niet tijdig genoeg ter wereld zou komen om zijn vader te redden. Want in een optimistische stemming wist ze dat Luther alleen maar zijn kind in de armen hoefde te houden om zich voor eens en altijd te realiseren dat het tijd werd dat hij een man werd.

Ze ging met een hand over haar buik en vroeg het kind sneller te groeien. 'Groei sneller.' En ze hoorde een autoportier dichtslaan en wist aan het geluid dat het de auto van die gek van een Jessie Tell was en dat Luther dat stuk verdriet had meegenomen, en dat ze allebei waarschijnlijk zo high als een ontsnapte ballon zouden zijn, en ze stond op uit haar stoel en zette haar mondkapje op en ze bond het net van achteren vast toen Luther binnenstapte.

Het was niet het bloed dat haar meteen opviel, hoewel zijn overhemd tot aan de kraag onder zat. Wat haar meteen opviel was dat zijn gezicht niet klopte. Hij leefde er niet meer achter, niet de Luther die ze voor het eerst op het honkbalveld had gezien, niet de Luther die glimlachend op haar neerkeek en haar haar wegveegde als hij op een koude Ohio-nacht in en uit haar bewoog, niet de Luther die haar kietelde tot ze geen stem meer had van het lachen, niet de Luther die tekeningetjes van zijn kind maakte op de beslagen ramen van een voortjakkerende trein. Die man leefde niet meer in dat lichaam.

Toen viel haar het bloed op en ze kwam naar hem toe en zei: 'Luther, schat, je moet naar een dokter. Wat is er gebeurd? Wat is er gebeurd?'

Luther hield haar op afstand. Hij pakte haar schouders alsof ze een stoel was waar hij een plekje voor zocht en hij keek de kamer rond en zei: 'Je moet gaan pakken.'

'Wat?'

'Bloed is niet van mij. Ik heb niks. Ga pakken.'

'Luther, Luther, kijk me aan. Luther.'

Hij keek haar aan.

'Wat is er gebeurd?'

'Jessie is dood. Jessie is dood en Dandy ook.'

'Wie is Dandy?'

'Werkte voor de Diaken. De Diaken is dood. Zijn hersens... de hele muur zit ermee onder.'

Ze deed een stap achteruit. Ze legde haar handen om haar keel omdat ze niet wist waar ze ze moest laten, en zei: 'Wat heb je gedaan?'

Luther zei: 'Je moet gaan pakken, Lila. We moeten vluchten.'

'Ik vlucht niet,' zei ze.

'Wat?' Hij hield zijn hoofd schuin naar haar toe, heel dichtbij maar het voelde alsof hij duizenden kilometers ver weg aan de andere kant van de wereld was.

'Ik ga hier niet weg,' zei ze.

'Jij gaat mee, mens.'

'Nee.'

'Lila, ik meen het. Pak een koffer, verdomme.'

Ze schudde haar hoofd.

Luther balde zijn vuisten en zijn ogen gingen half dicht. Hij liep de kamer door en ramde zijn vuist door de klok die boven de bank hing. 'We gaan wég!'

Ze zag hoe het glas op de bank viel, zag de secondewijzer doortikken. Die zou ze repareren. Dat kon ze wel.

'Jessie dood?' zei ze. 'Kom je hier om me dat te vertellen? Hij dood, jij bijna dood, en dan verwacht je dat ik zeg: "Jij bent mijn vent en ik ga nu pakken en ik laat mijn huis achter want ik hou van je?"'

'Ja,' zei hij en pakte haar weer bij haar schouders.

'Nou, niet dus,' zei ze. 'Je bent een stommeling. Ik heb je gezegd wat er zou gebeuren als je optrok met die jongen en als je optrok met de Diaken en nu kom je hier helemaal onder het loon van de zonde, onder het bloed van een ander en dan wil je *wat*!'

'Ik wil dat je met me meegaat.'

'Heb je vannacht iemand gedood, Luther?'

Zijn ogen waren weg en zijn stem was een fluistering. 'Ik heb de Diaken doodgeschoten. Ik heb hem dwars door zijn kop geschoten.'

'Waarom?' vroeg ze, haar stem nu ook een fluistering.

'Want hij is de oorzaak dat Jessie dood is.'

'En wie heeft Jessie gedood?'

'Jessie heeft Dandy vermoord. Smoke heeft Jessie vermoord en ik heb Smoke neergeschoten. Die gaat waarschijnlijk ook dood.'

Ze voelde de woede vanbinnen groeien en werd meegesleurd door de angst en het medelijden en de liefde. 'Dus Jessie Tell vermoordt iemand en daarna schiet iemand hem dood en toen schoot jij die man neer en daarna heb je de Diaken vermoord. Is dat wat je me wilt vertellen?'

'Ja. Maar – '

'Is dat wat je me wilt vertellen?' schreeuwde ze en ze beukte met haar vuisten op zijn schouders en zijn borst en daarna gaf ze hem een harde klap tegen de zijkant van zijn hoofd, en ze zou ermee zijn doorgegaan als hij haar polsen niet had beetgepakt.

'Lila, luister.'

'Mijn huis uit. Mijn huis uit! Je hebt een leven genomen. In de ogen van de Heer ben je verdorven, Luther. En Hij zal je zeker straffen.'

Luther deed een stap achteruit.

Ze bleef staan waar ze stond en voelde hun kind in de baarmoeder schoppen. Geen al te harde schop. Een zachte, aarzelende.

'Ik moet andere kleren aan en wat dingen inpakken.'

'Ga dan pakken,' zei ze en keerde hem de rug toe.

Terwijl hij zijn spullen achter op Jessies auto bond, bleef zij binnen luisteren naar wat hij daar buiten deed en bedacht ze dat een liefde zoals die tussen hen beiden alleen maar zo kon eindigen omdat hij altijd te fel had gebrand. En ze verontschuldigde zich bij de Heer voor wat ze nu duidelijk als hun grootste zonde zag: ze hadden de hemel op deze wereld gezocht. Een dergelijke zoektocht was doordrenkt met trots, de ergste van de zeven doodzonden. Erger dan hebzucht, erger dan toorn.

Toen Luther weer binnenkwam, bleef ze aan haar kant van de kamer zitten.

'Dus dit is het dan?' vroeg hij zachtjes.

'Ik denk het wel.'

'Is dit hoe het tussen ons afloopt?'

'Volgens mij wel.'

'Ik...' Hij stak zijn hand uit.

'Wat?'

'Ik hou van je, vrouw.'

Ze knikte.

'Ik zei dat ik van je hou.'

Ze knikte opnieuw. 'Dat weet ik. Maar er zijn andere dingen waar je meer van houdt.'

Hij schudde zijn hoofd, zijn hand hing nog steeds in de lucht, wachtte tot zij hem zou pakken.

'O ja, dat doe je wel. Je bent nog een kind, Luther. En nu heeft dat spelen van jou dit bloedvergieten mee naar huis genomen. Dat was jij, Luther. Niet Jessie, niet de Diaken. Dat was jij. Helemaal. Jij, jij met jouw kind in mijn buik.'

Hij liet zijn hand zakken en bleef een hele tijd in de deuropening staan. Hij opende verscheidene keren zijn mond als om iets te zeggen, maar de woorden wilden niet komen.

'Ik hou van je,' zei hij weer en zijn stem was hees.

'Ik hou ook van jou,' zei ze, hoewel ze het op dat moment niet in haar hart voelde. 'Maar je moet gaan voor ze je hier komen zoeken.'

Hij liep zo snel de deur uit dat ze niet zou kunnen zeggen dat ze hem had zien bewegen. Het ene moment was hij er, het volgende moment bonkten zijn schoenen op de houten vloer en daarna hoorde ze de motor starten en even stationair draaien.

Toen hij de koppeling intrapte en in de eerste versnelling schakelde, knarste de auto luid en ze stond op maar ging niet naar de deur.

Toen ze ten slotte de veranda op stapte, was hij weg. Ze keek de weg af of ze zijn achterlichten zag, en ze kon ze nog net zien, ver weg op de weg in het stof dat de banden in de nachtlucht opwierpen.

Luther legde Arthur Smalleys autosleutels op zijn veranda neer op een briefje waarop stond 'Club Almighty-steeg'. Hij liet nog zo'n briefje achter om de Irvings te laten weten waar ze hun uitzetkast konden vinden en legde sieraden en geld en bijna alle andere dingen die ze hadden meegenomen op de veranda's van de zieken. Toen hij bij Owen Tices huis kwam, zag hij de man achter de hordeur dood aan tafel zitten. Nadat hij de trekker had overgehaald, was het geweer in zijn handen teruggestuiterd. Het stond rechtop tussen zijn dijen en zijn handen hielden het nog steeds beet.

Luther reed door het ochtendgrauwen terug naar huis en liet zichzelf binnen. Hij stond in de woonkamer en zag zijn vrouw liggen slapen op de stoel waar hij haar had achtergelaten. Hij ging naar de slaapkamer en tilde de matras op. Hij legde het grootste deel van Owen Tices geld eronder, ging terug naar de woonkamer en bleef nog een tijd naar zijn vrouw staan kijken. Ze snurkte zachtjes en kreunde een keer en trok haar knieën verder op.

Ze had gelijk met alles wat ze had gezegd.

Maar o, wat was ze kil. Ze had ervoor gezorgd dat ze zijn hart net zo brak als hij de laatste maanden het hare had gebroken. Dit huis, waar hij bang voor was geweest en dat hem zijn stekels liet opzetten, was iets waar hij nu zijn armen omheen zou willen slaan om het naar Jessies auto te dragen en mee te nemen op zijn zwerftocht.

'Ik hou zo ontzettend veel van je, Lila Waters Laurence,' zei hij en kuste de top van zijn wijsvinger en legde die even op haar voorhoofd.

Ze bewoog zich niet, dus boog Luther zich over haar heen en kuste haar buik; hij verliet zijn huis, ging terug naar Jessies auto en reed naar het noorden terwijl de zon boven Tulsa opging en de vogels uit hun slaap ontwaakten.

10

Twee weken lang kwam Tessa, wanneer haar vader niet thuis was, naar Danny's deur. Van slapen kwam niet veel, maar Danny zou wat ze deden niet 'de liefde bedrijven' willen noemen. Daar was het wat te ruig voor. Een paar keer gaf zij de bevelen: sneller, niet zo snel, harder, stop hem daar, nee, daar, ga op je rug liggen. Sta op, ga liggen. Het leek Danny uitzichtloos, de manier waarop ze klauwden en kauwden en elkaars botten kraakten. En toch bleef hij uitkijken naar meer. Soms merkte hij op zijn ronde dat hij wilde dat de uniformstof minder ruw was omdat het schuurde op plaatsen waar ze hem bijna had opengekrabd. Tijdens zulke nachten had zijn slaapkamer meer weg van een dierenhol. Ze kwamen er binnen en begonnen aan elkaar te rukken en te trekken. En terwijl de geluiden van de buurt tot hen doordrongen – af en toe een toeterende auto, de kreten van kinderen die in de stegen voetbalden, het gehinnik en gebries uit de stallen in de straat achter hen, zelfs het metalige geluid van voetstappen op de brandtrap van andere huurders die de aantrekkingskracht van het dak waar Tessa en hij niet meer kwamen, hadden ontdekt – dat leken geluiden uit een ander leven.

Hoezeer Tessa zich in de slaapkamer ook liet gaan, ze was heel strikt wanneer de seks achter de rug was. Ze sloop dan zonder een woord te zeggen terug naar haar eigen kamer en viel niet een keer bij hem in bed in slaap. Hij vond het niet erg. Integendeel, hij gaf hier de voorkeur aan: hitsig en toch koud. Hij vroeg zich af of zijn aandeel in het ontketenen van deze onbenoembare furie iets te maken had met zijn gevoelens voor Nora, zijn behoefte haar te straffen omdat ze van hem hield en verliet en doorging met leven.

Er bestond geen gevaar dat hij verliefd zou worden op Tessa. Of zij op hem. In al hun slangachtige verstrengelingen voelde hij vooral verachting, niet alleen van haar voor hem, of van hem voor haar, maar van hen beiden voor hun vruchteloze verslaving. Een keer lag ze boven op hem, met haar gebalde vuisten op zijn borst, toen ze fluisterde: 'Zo jong', als was het een vervloeking.

Wanneer Federico in de stad was, nodigde hij Danny uit voor een glaasje anisette en luisterden ze naar opera's op de Silvertone terwijl Tessa op de slaapbank zat en aan haar Engels werkte aan de hand van lesboekjes die Federico meebracht van zijn reizen door New England, Connecticut, New York en New Jersey. Eerst was Danny bang dat Federico de intimiteit tussen zijn gast en zijn dochter zou voelen, maar Tessa zat op de slaapbank, als een vreemde, haar benen opgetrokken onder haar onderrok, haar blouse tot bovenaan dichtgeknoopt, en wanneer haar blik die van Danny trof, was er niets dan taalkundige nieuwsgierigheid in te lezen.

Wanneer Danny op zo'n avond naar zijn kamer terugging, voelde hij zich de verrader én de verradene en ging hij tot 's avonds laat aan het raam zitten lezen in de stapels leesstof die McKenna leverde.

Hij ging weer naar een BSC-vergadering en nog een, en er was nog steeds niet veel veranderd in de situatie of de vooruitzichten van de agenten. De burgemeester weigerde nog steeds met hen te vergaderen, en Samuel Gompers en de American Federation of Labor schenen zich te hebben bedacht wat betreft het verlenen van een lidmaatschap.

'Blijven vertrouwen,' hoorde hij Mark Denton op een van die avonden tegen een straatagent zeggen. 'Rome is ook niet in één dag gebouwd.'

'Maar het is wel gebouwd,' zei de man.

Op een avond, toen hij na twee dagen zwaar werk thuiskwam, trof hij Mrs DiMassi; die bezig was het vloerkleed van Tessa en Federico de trap af te slepen. Danny probeerde haar te helpen, maar de oude vrouw hield hem met een schoudergebaar af, liet het kleed in de hal op de grond zakken en slaakte een diepe zucht voor ze hem aankeek.

'Ze is weg,' zei de oude vrouw, en Danny zag dat ze wist wat Tessa en hij hadden uitgespookt en dat het invloed zou hebben op hoe ze hem zag zolang hij hier bleef wonen.

'Ze gaan zonder iets te zeggen. Zijn me huur schuldig, ook nog. Als u haar gaat zoeken, u vindt haar niet, denk ik. Vrouwen uit haar dorp zijn berucht om hun zwarte hart. Ja? Heksen, denken sommigen. Tessa heeft zwart hart. Baby dood, maakt erger. U,' zei ze en duwde hem opzij om naar haar eigen deur te kunnen, 'u maakt misschien nog zwarter.'

Ze opende haar deur en keek hem over haar schouder aan. 'Ze wachten op u.'

'Wie?'

'De mannen in uw kamer,' zei ze en ging naar binnen.

Terwijl hij de trap opliep, klikte hij de leren sluiting van zijn holster los. Hij was met zijn gedachten nog half bij Tessa en bedacht dat het misschien nog niet te laat was om haar op te sporen als het spoor niet te koud was. Hij vond dat ze hem wel een verklaring schuldig was. Hij was ervan overtuigd dat er een was.

Boven aan de trap gekomen hoorde hij de stem van zijn vader op zijn kamer en klikte hij de holster weer dicht. Maar hij ging niet op de stem af. In plaats daarvan liep hij naar het appartement van Tessa en Federico. De deur stond op een kier. Hij duwde hem open. Het vloerkleed was weg, maar verder leek de woonkamer onveranderd. Maar toen hij rondliep, zag hij dat alle foto's weg waren. In de slaapkamer waren de kasten leeg en het bed afgehaald. Het bovenblad van het kastje waar Tessa's poeders en parfums stonden, was leeg. De hoedenkapstok in de hoek had kale stompjes. Hij ging terug naar de woonkamer en voelde een koude zweetdruppel achter zijn oor en langs zijn nek rollen: ze hadden de Silvertone laten staan.

De bovenkant stond open en toen hij erheen liep, rook hij het plotseling: iemand had zuur op de draaitafel gegoten en de fluwelen bekleding was helemaal weggevreten. Hij opende de kast eronder en trof daar al Federico's platen aan, in stukken geslagen. Zijn eerste reactie was: ze zijn vermoord; de oude man zou dit nooit hebben achtergelaten, of hebben toegelaten dat iemand het zo walgelijk zou vernielen.

Toen viel zijn blik op het briefje. Het zat op het rechterdeurtje geplakt. Het handschrift was van Federico, identiek aan dat van het briefje waarin hij Danny die eerste keer had uitgenodigd; Danny voelde dat zijn maag zich omkeerde.

Politieagent,
Is dit hout nog een boom?
Federico

'Aiden,' zei zijn vader vanuit de deuropening. 'Fijn je te zien, jongen.'

Danny keek hem aan. 'Wat is dit?'

Zijn vader kwam het appartement binnen. 'De andere huurders zeggen dat het zo'n aardige oude man leek. Zeker ook jouw mening?'

Danny haalde zijn schouders op. Hij voelde zich verdoofd.

'Nou, hij is niet aardig en hij is niet oud. Waar slaat dat briefje aan jou op?'

'Iets tussen ons,' zei Danny.

Zijn vader fronste zijn wenkbrauwen. 'In deze zaak is niets "tussen ons".'

'Vertel me liever wat er aan de hand is.'

Zijn vader glimlachte. 'De toelichting wacht op je kamer op je.'

Danny volgde hem de gang door en trof op zijn kamer twee mannen die op hem wachtten. Ze hadden een vlinderstrik om en zware roestkleurige pakken met een donker streepje. Hun haar was met vaseline op hun schedel geplakt met een scheiding in het midden. Ze hadden lage bruine gepoetste schoenen aan. Ministerie van Justitie. Ze hadden hun penning net zo goed op hun voorhoofd kunnen spelden, zo duidelijk was het.

De langste van de twee keek hem aan. De kleinere zat op de hoek van Danny's salontafel.

'Agent Coughlin?' vroeg de lange.

'Wie zijn jullie?'

'Ik vroeg het het eerst,' zei de lange man.

'Kan me niet schelen,' zei Danny. 'Ik woon hier.'

Danny's vader sloeg zijn armen over elkaar en leunde tegen het raamkozijn. Hij stelde zich tevreden met toekijken.

De lange man keek achterom naar de andere man en daarna weer naar Danny. 'Mijn naam is Finch. Rayme Finch. Rayme, zonder "ond". Alleen Rayme. Je kunt me agent Finch noemen.' Hij had het voorkomen van een sportman: soepele ledematen en stevige botten.

Danny stak een sigaret op en leunde tegen de deurpost. 'Heb je een penning?'

'Die heb ik je vader al laten zien.'

Danny haalde zijn schouders op. 'Niet aan mij.'

Toen Finch zijn hand in zijn achterzak stak, viel Danny's blik op de kleine man op de salontafel die hem bekeek met het soort verfijnde verachting dat hij gewoonlijk associeerde met bisschoppen of showgirls. De man was een paar jaar jonger dan Danny, op zijn hoogst drieëntwintig, en zeker tien jaar jonger dan agent Finch, maar de wallen onder zijn ogen hingen neer en waren donker en gevuld als van iemand die twee keer zo oud was. Hij sloeg zijn benen over elkaar en plukte aan iets op zijn knie.

Finch liet zijn penning zien en een federale identiteitskaart met het stempel van de United States Government: Bureau of Investigation.

Danny wierp er een snelle blik op. 'Je bent van het BI?'

'En dan nu zonder dat hatelijke lachje.'

Danny prikte met een duim richting de andere man. 'En wie mag dit wel zijn?'

Finch opende zijn mond maar de ander veegde zijn hand af alvorens hem naar Danny uit te steken. 'John Hoover, Mr Coughlin,' zei hij en Danny's hand was, toen hij hem na de handdruk terugtrok, nat van het zweet. 'Ik werk bij de afdeling antiradicalen van het ministerie van Justitie. U zoekt toch geen toenadering tot radicalen, Mr Coughlin?'

'Er wonen in dit pand geen Duitsers. Daar bemoeit Justitie zich toch mee?' Hij keek naar Finch. 'En het BI gaat toch over faillissements-fraude?'

De deegklomp op de salontafel bekeek Danny met een blik alsof hij het puntje van zijn neus wilde bijten. 'We hebben ons werkterrein sinds de oorlog wat uitgebreid, agent Coughlin.'

Danny knikte. 'Nou, succes.' Hij stapte over de drempel. 'Zouden jullie als de sodemieter mijn huis uit willen gaan?'

'We hebben ook te maken met dienstplichtontduikers,' zei agent Finch, 'agitatoren, gezagsondermijners, mensen die oorlog tegen de United States willen voeren.'

'Ach, het is werk, hè?'

'Goed werk. Vooral anarchisten,' zei Finch. 'Die smeerlappen staan boven aan onze lijst. Je weet wel: bommengooiers, agent Coughlin. Zoals die meid die je neukte.'

Danny maakte zich breed tegenover Finch. 'Wie neuk ik?'

Op zijn beurt leunde Finch nu tegen de deurpost. 'Je hébt Tessa Abruzze geneukt. Dat wil zeggen, zo noemde ze zich. Klopt dat?'

'Ik ken Miss Abruzze. Wat zou dat?'

Finch lachte smalend. 'Je kent haar helemaal *niet*.'

'Haar vader verkoopt grammofoons,' zei Danny. 'Ze kwamen in de problemen toen ze nog in Italië – '

'Haar váder,' zei Finch, 'is haar man.' Hij trok zijn wenkbrauwen op. 'Ja, je hoort het goed. En hij gaf geen donder om grammofoons. Federico Abruzze is niet eens zijn echte naam. Hij is een anarchist, meer in het bijzonder een Galleanist. Je weet wat dat inhoudt? Of moet ik je te hulp komen?'

Danny zei: 'Dat weet ik.'

'In werkelijkheid heet hij Federico Ficara en terwijl jij zijn vrouw neukte, maakte hij bommen.'

'Waar?' vroeg Danny.

'Hier.' Rayme Finch wees met zijn duim naar het andere eind van de gang.

Hoover legde zijn handen over elkaar op de gesp van zijn riem. 'Ik vraag het nogmaals, agent, bent u het type dat zich ophoudt met radicalen?'

'Ik denk dat mijn zoon die vraag wel heeft beantwoord,' zei Thomas Coughlin.

Hoover schudde zijn hoofd. 'Niet dat ik hoorde, sir.'

Danny keek op hem neer. Zijn huid leek op brood dat te vroeg uit de oven was gehaald en zijn pupillen waren zo klein en donker dat ze voor de kop van een dier bedoeld leken.

'Ik vraag het omdat we het net sluiten. Weliswaar zijn de vogels gevlogen, dat geef ik toe, maar we zitten ze op de hielen. Wat heeft de oorlog ons geleerd? Die heeft ons geleerd dat de vijand niet alleen in Duitsland woont. De vijand is per schip hierheen gekomen en heeft geprofiteerd van onze onverantwoorde immigratiewetgeving en zich hier gevestigd. Hij geeft lezingen voor mijnwerkers en fabrieksarbeiders en vermomt zich als een vriend van de arbeiders en de vertrapten. Maar wat is hij in werkelijkheid? In werkelijkheid is hij een samenzweerder, een verleider, een buitenlandse ziekte, iemand die gebrand is op de vernietiging van onze democratie. Hij moet in de grond gestampt worden.' Hoover veegde zijn nek af met zijn zakdoek; de bovenrand van zijn kraag was donker van de transpiratie. 'Dus vraag ik voor de derde keer: bent u iemand die de radicalen koestert? Bent u in feite een vijand van Uncle Sam, sir?'

Danny zei: 'Meent hij dat?'

Finch zei: 'Jazeker.'

Danny zei: 'John is het toch?'

Een korte knik van het bolle mannetje.

'Heb je in de oorlog gevochten?'

Hoover schudde zijn grote hoofd. 'Ik heb niet de eer gehad.'

'De eer,' zei Danny. 'Nou, die éér heb ik ook niet gehad, maar dat was omdat men vond dat ik onmisbaar was aan het thuisfront. Wat is jouw excuus?'

Hoover kreeg een kleur en hij stak zijn zakdoek weg. 'Er zijn vele manieren waarop men zijn land kan dienen, Mr Coughlin.'

'Inderdaad,' zei Danny. 'Ik heb een gat in mijn nek van het dienen van mijn land. Mocht je dus nog twijfelen aan mijn vaderlandslievendheid, John, dan laat ik mijn vader bukken en gooi ik je het raam uit.'

Danny's vader wapperde met zijn hand bij zijn hart en stapte bij het raam vandaan.

Hoover echter staarde Danny aan met de antracietblauwe helderheid van het nog niet beproefde geweten. Het morele gelijk van een jochie dat met een houten zwaard heeft gevochten, dat wel ouder is geworden maar niet volwassen.

Finch schraapte zijn keel. 'Waar het nu om gaat, heren, zijn bommen. Kunnen we ons daar weer mee bezighouden?'

'Hoe weten jullie van mijn relatie met Tessa?' vroeg Danny. 'Hebben jullie me geschaduwd?'

Finch schudde zijn hoofd. 'Haar. Zij en haar man Federico waren tien maanden geleden voor het laatst gezien in Oregon. Sloegen een slaapwagonbediende die Tessa's koffer probeerde te inspecteren helemaal in elkaar. Moesten van de trein springen toen die goed op stoom was. Het punt was dat ze de tas moesten achterlaten. In Portland ving de politie de trein op en vond ontstekers, dynamiet en een paar pistolen. Echt de gereedschapskist van een anarchist. De wantrouwige treinbediende is aan zijn verwondingen overleden, de arme donder.'

'Mijn vraag is nog steeds niet beantwoord,' zei Danny.

'We kwamen ze hier een maand geleden op het spoor. Dit is tenslotte Galleani's thuishaven. We vingen geruchten op dat ze zwanger was. Maar de griep bepaalde toen de gang van zaken, en dat zorgde voor vertraging. Gisteravond heeft een vent, iemand in de anarchistische ondergrondse op wie we, laten we zeggen, kunnen rekenen Tessa's adres prijsgegeven. Maar ze moet er lucht van hebben gekregen, want ze heeft de benen genomen voor wij hier konden zijn. En jij? Dat was gemakkelijk. We hebben alle huurders gevraagd of Tessa zich de laatste tijd verdacht had gedragen. Man of vrouw, stuk voor stuk zeiden ze: 'Behalve dat ze die smeris op de vijfde neukt, niet. Hoezo?'

'Tessa een bommenlegster?' Danny schudde zijn hoofd. 'Wil er bij mij niet in.'

'O nee?' zei Finch. 'Een uur geleden heeft John in haar kamer metaalschaafsel in de vloernaden gevonden en brandvlekken die alleen van zuur afkomstig kunnen zijn. Wil je gaan kijken? Ze maken er bommen, agent Coughlin. Nee, correctie: ze maakten er bommen. Vermoedelijk met de handleiding erbij die Galleani zelf heeft geschreven.'

Danny ging naar het raam en opende het. Hij zoog de koude avond- lucht in en keek naar de lichtjes in de haven. Luigi Galleani was de vader van het anarchisme in Amerika, publiekelijk toegewijd aan het omverwerpen van de federale regering. Je kon geen terroristische actie van de laatste vijf jaar noemen of hij kon worden aangewezen als de architect.

'Wat je vriendin betreft,' zei Finch, 'haar voornaam is inderdaad Tessa, maar dat is waarschijnlijk het enige wat je echt van haar weet.' Finch kwam bij het raam naast Danny en zijn vader staan. Hij haalde een opgevouwen zakdoek tevoorschijn en sloeg hem open. 'Zien jullie dit?'

Danny keek in de zakdoek en zag een wit poeder.

'Dit is knalkwik. Ziet eruit als tafelzout, hè. Maar als je het op een steen legt en er met een hamer op slaat, knallen zowel de steen als de hamer uit elkaar. En je arm waarschijnlijk ook. Je vriendin is geboren in Napels als Tessa Valparo. Ze groeide op in een achterbuurt, raakte haar ouders kwijt aan de cholera toen ze tien was en ging op haar twaalfde in een bordeel werken. Toen ze dertien was, doodde ze een klant. Met een scheermes en een indrukwekkende hoop fantasie. Leer- de kort daarop Federico kennen en toen zijn ze hierheen gekomen.'

'Waar ze,' zei Hoover, 'net ten noorden van hier in Lynn al snel ken- nismaakten met Luigi Galleani. Ze hebben hem geholpen met het plan- nen van aanslagen in New York en Chicago, en huilen van Cape Cod tot Seattle mee met al die arme hulpeloze arbeiders. Ze hebben ook nog meegewerkt aan dat schandalige propagandablaadje *Cronaca Sov- versiva*. Ken je dat?'

Danny zei: 'Als je in North End werkt, móét je het wel zien. God- allemachtig, ze verpakken hun vis erin.'

'En toch is het verboden,' zei Hoover.

'Dat wil zeggen,' zei Finch, 'het is verboden om het per post te ver- sturen,' zei Rayme Finch. 'Ik ben in feite de reden dat dat zo is. Ik heb invallen gedaan in hun kantoren. Ik heb Galleani al twee keer gearres- teerd. Ik kan je garanderen dat ik hem voor het eind van het jaar het land uit heb.'

'Waarom is dat nog niet gebeurd?'

'Tot nu toe was de wet zeer in het voordeel van subversieve elemen- ten,' zei Hoover. 'Tot nu toe.'

Danny grinnikte. 'Eugene Debs zit goddomme gevangen vanwege een toespraak.'

'Eentje waarin hij geweld verdedigde,' zei Hoover en zijn stem klonk hard en geladen.

Danny zei met rollende ogen tegen dat gedrongen pauwtje: 'Waar het mij om gaat is: als jullie wel een voormalig presidentskandidaat gevangen kunnen zetten vanwege een toespraak, waarom lukt het dan niet om de gevaarlijkste anarchist van het land te deporteren?'

Finch zuchtte. 'Amerikaanse kinderen en een Amerikaanse vrouw. Daarmee kreeg hij de laatste keer zoveel voorkeurstemmen. Maar hij gaat het land uit. Dat beloof ik je. De volgende keer gaat-ie.'

'Ze gaan allemaal,' zei Hoover. 'Tot het laatste ongewassen exemplaar.'

Danny richtte zich tot zijn vader. 'Zeg eens wat.'

'Wat moet ik zeggen?' zei zijn vader vriendelijk.

'Vertel maar wat jij hier doet.'

'Ik zei je al dat deze heren me meedeelden dat mijn zoon hokte met een subversief element. Een bommenmaakster, Aiden.'

'Danny.'

Zijn vader haalde een pakje Black Jack uit zijn zak en hield het iedereen voor. John Hoover nam een stukje maar Danny en Finch bedankten. Zijn vader en Hoover haalden het wikkel eraf en stopten de stukjes kauwgom in hun mond.

Zijn vader zuchtte. 'Als er in de kranten komt te staan, *Danny,* dat mijn zoon, laten we zeggen "gunsten" aannam van een gewelddadige radicaal terwijl haar man pal onder zijn neus bommen maakte... hoe zou mijn geliefde dienst er dan op staan?'

Danny wendde zich tot Finch. 'Dus het wordt "spoor ze op en deporteer ze". Is dat de bedoeling?'

'Dat haal je de donder,' zei Finch. 'Maar zolang ik ze nog niet heb gevonden en gedeporteerd, zullen zij proberen rotzooi te trappen. Zo weten we dat ze iets van plan zijn in mei. Ik heb begrepen dat je vader je dat al heeft verteld. Maar we weten niet waar of bij wie ze zullen toeslaan. We hebben wel onze vermoedens, maar dan nog, radicalen blijven onvoorspelbaar. Ze zullen de gebruikelijke lijst met politici afgaan, maar ons probleem is de beveiliging van industriële doelen. Welke bedrijfstak zullen ze kiezen? Steenkool, ijzer, lood, suiker, staal, rubber, textiel? Plegen ze een aanslag op een fabriek? Een distilleerderij? Of een olieboortoren? We weten het niet. Wat we wel weten is dat ze iets groots aanvallen, hier in de stad.'

'Wanneer?'

'Kan morgen zijn. Of over drie maanden.' Finch haalde zijn schouders op. 'Het kan ook zijn dat ze tot mei wachten.'

'Maar we verzekeren je,' zei Hoover, 'dat hun revolutionaire actie met veel lawaai gepaard zal gaan.'

Finch stak een hand in zijn zak, vouwde een vel papier open en gaf het aan Danny. 'Dit hebben we in haar kast gevonden. Volgens mij een eerste opzet.'

De tekst was samengesteld uit letters die uit een krant waren geknipt en opgeplakt:

Doe maar!
Deporteer ons! Wij zullen jullie opblazen.

Danny gaf het papier terug.

'Een perscommuniqué, daar durf ik wat onder te verwedden,' zei Finch. Ze hebben het alleen nog niet bekendgemaakt. Maar wanneer het wereldkundig wordt, kun je er zeker van zijn dat het gevolgd wordt door een boem!'

Danny zei: 'En waarom vertellen jullie me dit allemaal?'

'Om te zien of het je interesseert ze tegen te houden.'

'Mijn zoon heeft zijn trots,' zei Thomas Coughlin. 'Hij zou niet dulden dat zoiets bekend wordt en zijn reputatie geschaad wordt.'

Danny negeerde hem. 'Iedereen die goed bij zijn verstand is, wil ze tegenhouden.'

'Maar u bent niet zomaar iedereen,' zei Hoover. 'Galleani heeft al een keer geprobeerd u op te blazen.'

'Wat?' zei Danny.

'Wie denk je dat opdracht heeft gegeven Salutation Street op te blazen?' zei Finch. 'Denk je dat dat toeval was? Het was de wraak voor het oppakken van drie van hun mensen tijdens de anti-oorlogsdemonstratie een maand eerder. Wie denk je dat er achter die tien agenten zat die vorig jaar in Chicago de lucht in zijn gegaan? Galleani, en zijn hielenlikkers. Ze hebben geprobeerd Rockefeller te vermoorden. Ze hebben geprobeerd rechters te vermoorden. Ze hebben parades gebombardeerd. Verdomme, ze hebben een bom laten afgaan in St. Patrick's Cathedral, die Galleani en zijn Galleanisten. Rond de eeuwwisseling hebben lieden met exact dezelfde opvattingen president McKinley vermoord, de president van Frankrijk, de eerste minister van Spanje, de keizerin van Oostenrijk en de koning van Italië. En dat allemaal in zes jaar tijd. Soms vliegen ze zelf de lucht in, maar ze zijn geen grap. Het zijn moordenaars. En ze maakten bommen, hier, pal onder je neus, terwijl jij een van hen neukte. O nee, even rechtzetten: terwijl zij jou neukte. Dus hoe dichtbij moet het komen, agent Coughlin, voor je wakker wordt?'

Danny dacht aan Tessa in zijn bed, aan de keelgeluiden die ze maakten, aan het opensperren van haar ogen wanneer hij in haar drong, aan haar nagels die hem openhaalden, aan haar mond die zich tot een lach verbreedde, en buiten het gebonk op de brandtrap als mensen naar boven of beneden gingen.

'Je hebt ze van dichtbij gezien,' zei Finch. 'Als je ze weer ziet, heb je een paar seconden voorsprong op anderen die het moeten hebben van een vage foto.'

'Hier kan ik ze niet vinden,' zei Danny. 'Niet hier. Ik ben Amerikaan.'

'Dit is Amerika,' zei Hoover.

Danny wees naar de vloerplanken en schudde zijn hoofd. 'Dit is Italië.'

'Maar stel dat we je in hun buurt kunnen krijgen?'

'Hoe dan?'

Finch gaf Danny een foto. Hij was slecht van kwaliteit, alsof hij verscheidene keren was gereproduceerd. De man die erop stond was ongeveer dertig jaar, en hij had een smalle patriciërsneus en ogen die tot spleetjes geknepen waren. Hij was gladgeschoren, had blond haar en zijn huid leek bleek, maar dat was eerder iets dat Danny vermoedde.

'Lijkt me geen officiële bolsjewiek.'

'Maar hij is het wel,' zei Finch.

Danny gaf hem de foto terug. 'Wie is dat?'

'Hij heet Nathan Bishop. Een fraai portret. Een Britse arts en radicaal. Die terroristen willen nog wel eens een hand kwijtraken of bij een oproer gewond wegglippen. Ze kunnen niet zomaar een eerstehulppost binnenstappen, dus gaan ze bij onze vriend hier langs. Nathan Bishop is de bedrijfsarts van de radicale beweging in Massachusetts. Radicalen zijn niet geneigd contacten aan te gaan buiten hun eigen cel, maar Nathan is de verbindingsschakel. Hij kent alle spelers.'

'En hij drinkt,' zei Hoover. 'Nogal straf.'

'Stuur dan een van jullie eigen mensen naar hem toe om hem op te vrijen.'

Finch schudde zijn hoofd. 'Dat werkt niet.'

'Waarom niet?'

'Eerlijk gezegd omdat we er het geld niet voor hebben.' Finch leek zich ervoor te generen. 'Dus zijn we naar je vader gegaan en die vertelde ons dat je al voorbereidend werk had gedaan voor het oprollen van een radicale cel. We willen dat je in de hele beweging rondkijkt. Geef ons kentekens, aantallen leden. En kijk ondertussen scherp uit naar Bishop. Vroeg of laat kruisen jullie wegen elkaar. Als je in zijn buurt komt, kom je in de buurt van de andere smeerlappen. Wel eens gehoord van de Roxbury Lettish Workingman's Association?'

Danny knikte. 'Hier in de buurt worden ze gewoon de Letten genoemd.'

Finch hield zijn hoofd schuin alsof dat nieuw voor hem was. 'Om een of andere sentimentele kulreden schijnt dat Bishops favoriete club te zijn. Hij is bevriend met de vent die er de leiding heeft, een jid genaamd Louis Frania met gedocumenteerde contacten met Moedertje Rusland. We hebben geruchten opgevangen dat Frania bij dit alles de belangrijkste samenzweerder is.'

'Alles *wat*?' zei Danny. 'Ik ben op basis van "noodzakelijk-om-te-weten" in het ongewisse gelaten.'

Finch keek naar Thomas Coughlin. Danny's vader stak bezwerend zijn handen op en haalde zijn schouders op.

'Het kan zijn dat ze in het voorjaar iets groots gaan organiseren.'

'Wat precies?'

'Een nationale 1 Mei-opstand.'

Danny lachte. Verder niemand.

'Het is dus serieus?'

Zijn vader knikte. 'Een reeks bomaanslagen gevolgd door een gewapende opstand, gecoördineerd voor alle radicale cellen in alle grote steden in het hele land.'

'Met wat voor doel? Het is niet zo dat ze Washington kunnen bestormen.'

'Dat zei de tsaar ook over Sint-Petersburg,' zei Finch.

Danny trok zijn overjas en de blauwe uniformjas eronder uit en in zijn T-shirt deed hij zijn pistoolriem af en hing hem aan de kastdeur. Hij schonk zich een glas whiskey in en bood geen van de anderen de fles aan. 'Dus die kerel, die Bishop, staat in contact met de Letten?'

Finch knikte. 'Soms. De Letten hebben op het oog geen relatie met de Galleanisten, maar het zijn allemaal radicalen, dus Bishop staat in contact met beide groepen.'

'Bolsjewieken aan de ene kant,' zei Danny, 'en anarchisten aan de andere kant.'

'En Nathan Bishop die de tussenschakel is.'

'Dus ik infiltreer bij de Letten en kijk of ze bommen maken voor 1 mei of – wat? – of ze op enigerlei wijze met Galleani contact hebben?'

'En als het niet met hem is, dan met zijn volgelingen,' zei Hoover.

'En als dat niet zo is?' vroeg Danny.

'Zorg dat je hun adreslijst krijgt,' zei Finch.

Danny schonk zich nog een keer in. 'Wat?'

'Hun adreslijst. De sleutel voor het openbreken van een groep subversieve elementen. Toen ik vorig jaar de kantoren van *Cronaca* binnenviel, waren ze net klaar met het drukken van hun laatste blaadje. Zo kwam ik aan de namen van iedereen aan wie ze het toestuurden. Op basis van die lijst heeft het ministerie van Justitie zestig man kunnen deporteren.'

'Ja ja. Ik heb gehoord dat Justitie een keer iemand heeft gedeporteerd omdat hij Wilson een klootzak noemde.'

'We hebben het geprobeerd,' zei Hoover, 'maar helaas vond de rechter dat een gevangenisstraf passender was.'

Zelfs Danny's vader kon zijn oren niet geloven. 'Omdat hij iemand een klootzak noemde?'

'Omdat hij de president van de Verenigde Staten een klootzak noemde,' zei Finch.

'En wanneer ik Tessa of Federico zie?' Danny ving plotseling een vleug van haar geur op.

'Schiet ze in hun gezicht,' zei Finch, 'en roep dan: Staan blijven.'

'Er ontgaat me iets,' zei Danny.

Zijn vader zei: 'Nee hoor, niks aan de hand.'

'De bolsjewieken zijn praters, de Galleanisten zijn terroristen. Die twee zijn niet zonder meer gelijk aan elkaar.'

'Maar ze heffen elkaar ook niet op,' zei Hoover.

'Dat kan wel zijn, maar ze – '

'Hé!' Finch klonk fel, zijn ogen waren te fel. 'Je hebt het over bolsjewieken en communisten alsof er nuances zijn waar wij met onze domme hoofden niet bij kunnen. Ze zijn niet anders, het zijn smerige terroristen, tot de laatste man. Dit land stevent op een enorme confrontatie af, agent. Wij denken dat die confrontatie op 1 mei gaat plaatsvinden. Dat je op die dag niet om je heen kan maaien zonder een revolutionair met een bom of een geweer te raken. En als dat gebeurt, wordt dit land verscheurd. Stel je dat eens voor: overal op straat de lichamen van onschuldige Amerikanen. Duizenden kinderen, moeders, arbeiders. En waarom? Omdat deze klootzakken onze manier van leven haten. Omdat wij een beter leven hebben dan zij. Omdat we béter zijn dan zij. We zijn rijker, vrijer, we hebben een heleboel goede grond in een wereld die voor het grootste deel bestaat uit woestijn of ondrinkbare zeeën. Wij houden dat niet voor onszelf, we delen het. En zijn ze ons daar dankbaar voor? Voor het feit dat we ze in ons land verwelkomen? Nee. Ze proberen ons te vermoorden. Ze proberen onze regering omver te werpen zoals ze bij die stomme Romanovs hebben gedaan. Nou, wij zijn geen stomme Romanovs. Wij zijn de enige succesvolle democratie ter wereld. En we hebben er genoeg van ons daarvoor te verontschuldigen.'

Danny wachtte even en applaudisseerde toen.

Hoover leek weer op het punt te gaan bijten, maar Finch boog.

Danny zag Salutation Street weer voor zich, de muur die veranderde in een witte motregen, de vloer die onder zijn voeten verdween. Hij had er nooit met iemand over gepraat, zelfs niet met Nora. Hoe bracht je hulpeloosheid onder woorden? Dat deed je niet. Dat kon je niet. Toen hij van de begane grond in één keer in de kelder viel, werd hij bevangen door de zekerheid dat hij nooit meer zou eten, over straat zou lopen, een kussen tegen zijn wang zou voelen.

Jullie hebben me in je zak, dacht hij. Voor God. Voor het toeval. Voor mijn eigen hulpeloosheid.

'Ik doe het,' zei Danny.

'Vaderlandsliefde of trots?' Finch trok een wenkbrauw op.

'Een van de twee,' zei Danny.

Toen Finch en Hoover vertrokken waren, gingen Danny en zijn vader aan het tafeltje zitten en namen ze om beurten een slok uit de whiskeyfles.

'Sinds wanneer laat jij toe dat de federale politie zich met BPD-zaken bemoeit?'

'Sinds de oorlog dit land heeft veranderd.' Zijn vader glimlachte vaag en nam een slok uit de fles. 'Als we bij de verliezende partij hadden gehoord, was het misschien gebleven zoals het was, maar dat is niet zo. Door Volstead' – hij hield de fles op en zuchtte – 'zal het nog meer veranderen. Krimpen, denk ik. De toekomst is federaal, niet lokaal.'

'Jouw toekomst?'

'De mijne?' grinnikte zijn vader. 'Ik ben een ouwe man uit een nog oudere tijd. Niet mijn toekomst.'

'Die van Con?'

Zijn vader knikte. 'En die van jou. Tenminste, zolang je je pik stopt waar hij thuishoort.' Hij deed de kurk op de fles en schoof hem naar Danny toe. 'Hoe lang duurt het voor je een baard hebt die past bij een rooie.'

Danny wees op de zware stoppels op zijn kin. 'Mijn vijfuurschaduw wordt al wakker bij zonsopgang.'

Zijn vader stond op van tafel. 'Borstel je uniform goed af voor je het weghangt. Voorlopig heb je het niet nodig.'

'Wil je daarmee zeggen dat ik rechercheur ben?'

'Wat dacht je?'

'Zeg het, pa.'

Zijn vader keek hem vanaf de andere kant van de kamer aan, uitdrukkingsloos. Uiteindelijk knikte hij. 'Als je dit doet, krijg je je gouden penning.'

'Goed.'

'Ik heb gehoord dat je laatst nog naar een BSC-vergadering bent geweest. Nádat je me had gezegd dat je geen collega's wilde verraden.'

Danny knikte.

'Ben je dan nu een vakbondsman?'

Danny schudde zijn hoofd. 'Ze hebben lekkere koffie.'

Zijn vader keek hem een hele tijd aan, zijn hand op de deurkruk. 'Je mag dat bed van je wel eens afhalen en de lakens een goede wasbeurt geven.' Met een stevige hoofdknik in Danny's richting verdween hij.

Danny stond bij de tafel en trok de kurk uit de fles. Hij nam een slok en hoorde zijn vaders voetstappen in het trappenhuis. Hij wierp een blik op zijn onopgemaakte bed en nam nog een slok.

11

Jessies auto bracht Luther niet verder dan halverwege Missouri, want net voorbij Waynesville kreeg hij een lekke band. Hij had alleen achterafweggetjes genomen en zoveel mogelijk 's nachts gereden, maar de band begaf het tegen zonsopgang. Jessie had natuurlijk geen reserveband meegenomen, dus had Luther geen andere keus dan erop doorrijden. Hij kroop in de eerste versnelling langs de kant van de weg, nooit harder rijdend dan een ossenwagen, en net toen de zon het dal in kwam, vond hij een benzinestation waar hij stopte.

Er kwamen twee blanke mannen uit een werkplaats van wie de ene zijn handen afveegde aan een lap en de andere een teug uit een fles limonade nam. Dat was degene die zei dat het een verdraaid mooie auto was en Luther vroeg hoe hij er aankwam.

Luther keek toe hoe ze ieder aan een kant van de motorkap kwamen staan en die met de lap een bruine straal weg spoog.

'Van mijn spaargeld,' zei Luther.

'Spaargeld?' zei degene met de fles. Hij was lang en mager en had een jas van schaapsvacht tegen de kou. Hij had een dikke kop met rood haar, maar bovenop zat een kale plek ter grootte van een vuist. 'Wat voor werk doe je?' Hij had een prettige stem.

'In een munitiefabriek, voor de oorlog in Europa,' zei Luther.

'Hm, hm.' De man liep om de auto, bekeek hem nauwkeurig, hurkte van tijd tot tijd om de contouren te controleren op mogelijk uitgeklopte en overgeverfde deuken. 'Jij hebt toch wel eens in een oorlog gevochten, Bernard?'

Bernard spoog opnieuw, veegde zijn mond af en ging met zijn vinger langs de rand van de motorkap op zoek naar de vergrendeling.

'Klopt,' zei Bernard. 'Op Haïti. Ze zetten ons af in een stadje en zeiden: Dood elke inboorling die je vreemd aankijkt.'

'Kregen jullie veel vreemde blikken?' vroeg de roodharige.

Bernard klapte de kap open. 'Niet toen we begonnen te schieten.'

'Hoe heet je,' vroeg de andere man aan Luther.

'Ik wil hier alleen mijn band laten plakken.'

'Dat is een lange naam,' zei de man. 'Wat vind jij, Bernard?'

Bernard stak zijn hoofd van onder motorkap vandaan. 'Een hele mondvol.'

'Ik heet Cully,' zei de man en stak zijn hand uit.

Luther schudde hem. 'Jessie.'

'Leuk je te leren kennen, Jessie.' Cully liep naar de achterkant van de auto en trok zijn broekspijpen op zodat hij bij de lekke band kon hurken. 'Ja hoor, daar zit het, Jessie. Wil je het zien?'

Luther liep langs de auto en volgde Cully's vinger, zag de rafelige scheur ter breedte van een stuiver, vlak bij de velg.

'Waarschijnlijk gewoon een scherpe steen,' zei Cully.

'Kunt u hem plakken?'

'Ja hoor, die kunnen we wel plakken. Hoe ver heb je er zo mee gereden?'

'Een paar kilometer,' zei Luther. 'Maar heel langzaam.'

Cully bestudeerde de velg en knikte. 'De velg ziet er nog goed uit. Waar kom je vandaan, Jessie?'

Onderweg had Luther zichzelf de hele tijd voorgehouden dat hij een verhaal moest bedenken, maar zodra hij eraan begon, gingen zijn gedachten naar Jessie op de grond in zijn eigen bloed of naar de Diaken die probeerde zijn arm aan te raken of naar Arthur Smalley die hen binnen nodigde of Lila die in de huiskamer naar hem keek en haar hart voor hem had afgesloten.

Hij zei: 'Columbus, Ohio', omdat hij niet kon zeggen 'Tulsa'.

'Maar je kwam uit het oosten,' zei Cully.

Luther voelde de koude wind in de randen van zijn oren bijten en hij bukte zich naar binnen en pakte zijn jas van de voorstoel. 'Ik heb een vriend opgezocht in Waynesville,' zei hij, 'en nu ben ik op de terugweg.'

'In dat hele stuk van Columbus naar Waynesville door de kou gereden,' zei Cully terwijl Bernard de motorkap met een harde klap liet dichtvallen.

'Waarom niet?' zei Bernard terwijl hij langs de auto liep. 'Mooie jas.'

Luther bekeek hem. Hij was van Jessie geweest, een mooie jas van cheviotwol met een afneembare kraag. Jessie was dol op kleren, en op deze jas was hij trotser geweest dan op wat hij verder ook bezat.

'Dank u,' zei Luther.

'Erg ruim,' zei Bernard.

'Hoe bedoelt u?'

'Alleen maar dat hij je een beetje te groot is,' zei Cully met een behulpzaam lachje terwijl hij zich in zijn volle lengte uitrekte. 'Wat denk je, Bernard. Kunnen we de band van deze meneer repareren?'

'Ik zou niet weten waarom niet.'

'Hoe ziet de motor eruit?'

Bernard zei: 'De man onderhoudt zijn auto goed. Het ziet er allemaal piekfijn uit onder motorkap.'

Cully knikte. 'Nou, Jessie, dan zullen we je gaarne helpen. We zorgen dat je binnen de kortste keren weer de weg op kan.' Hij liep nog een keer om de auto heen. 'We hebben in dit land alleen wat rare wetten. Er is een wet die zegt dat ik pas aan de auto van een zwarte man mag werken als ik zijn rijbewijs en de papieren controleer. Heb je een rijbewijs?'

De man glimlachte, een en al vriendelijkheid en vanzelfsprekendheid.

'Heb ik thuis laten liggen.'

Cully keek Bernard aan, wierp een blik op de lege weg en toen weer op Luther. 'Dat is een tegenvaller.'

'Het is alleen maar een lekke band.'

'O ja, Jessie, dat weet ik. Jezus, als het aan mij lag hadden we je vorige week dinsdag al op weg geholpen. Zeker weten. Als het aan mij lag, en dat meen ik, dan waren er in dit land heel wat minder wetten. Maar ze doen de dingen op hun manier en het is niet aan mij om ze terecht te wijzen. Weet je wat? Het is niet druk vandaag, dus we laten Bernard aan de auto werken en ik rij met je naar het gerechtsgebouw. Dan kun je daar een aanvraagformulier invullen en kijken of Ethel meteen een nieuw rijbewijs uitschrijft.'

Bernard ging met zijn lap over de motorkap. 'Is deze auto ooit betrokken geweest bij een aanrijding?'

'No, suh,' zei Luther.

'Eerste keer dat hij "suh" zegt,' zei Bernard. 'Valt jou dat ook op?'

Cully zei: 'Het is mij opgevallen, ja.' Hij spreidde zijn handen. 'Geeft niet, Jessie. We zijn hier in Missouri alleen gewend dat de zwarten ons wat meer eerbied betonen. Maar nogmaals, dat maakt me niks uit. Zo ligt het gewoon.'

'Yes, suh.'

'Tweede keer!' zei Bernard.

'Ik zou zeggen: pak je spullen, dan gaan we,' zei Cully.

Luther pakte zijn koffer van de achterbank en een minuut later zat hij in Cully's pick-up en reden ze naar het westen.

Na een minuut of tien stilte zei Cully: 'Ik heb in de oorlog gevochten. Jij?'

Luther schudde zijn hoofd.

'Al sla je me dood, Jessie, ik zou je niet kunnen zeggen waar we nou in feite voor hebben gevochten. Het schijnt dat in veertien die Servische knaap die Oostenrijkse knaap heeft doodgeschoten. En een minuut later bedreigde Duitsland België en Frankrijk zei: hé, je mag België niet bedreigen en toen zei Rusland – weet je nog wanneer die erbij kwamen? – die zeiden: je mag Frankrijk niet bedreigen en voor je het wist, was iedereen aan het schieten. En jij, je zegt dat je in een munitiefabriek hebt gewerkt, dus vraag ik me af: hebben die jou verteld waar het om ging?'

Luther zei: 'Nee, voor die lui ging het alleen om de munitie, denk ik.'

'Ach ja,' zei Cully hartelijk lachend, 'misschien is dat bij ons allemaal zo. Misschien is dat alles. Dat zou me een grap zijn.' Hij begon weer te lachen en gaf Luther met zijn vuist een por tegen zijn dij en Luther lachte bevestigend, want als de hele wereld zo stom was, dan was het inderdaad een goeie grap.

'Yes, suh,' zei hij.

'Ik lees nogal veel,' zei Cully. 'Nou hoor ik dat ze Duitsland in Versailles vijftien procent van zijn steenkool laten afdragen en bijna vijftig procent van zijn staal. Vijftig procent! Hoe moet dat stomme land nou ooit weer opkrabbelen? Heb jij je dat ook afgevraagd, Jessie?'

'Ik vraag het me nu af,' zei hij en Cully grinnikte.

'En ze moeten ook nog eens vijftien procent van hun grondgebied afstaan. En dat allemaal omdat ze het gedoe van een vriend steunden. Dat hele gedoe. En het punt is: wie van ons kiest zijn vrienden?'

Luther dacht aan Jessie en vroeg zich af aan wie Cully dacht nu hij uit het raam staarde met ogen die weemoedig geworden waren, of meelijwekkend, dat wist hij niet.

'Niemand,' zei Luther.

'Precies. Je kíést je vrienden niet, je víndt elkaar. En een man die zijn vriend niet steunt, verspeelt naar mijn mening het recht zich een man te noemen. En ik begrijp best dat je moet bloeden als je vriend zich slecht heeft gedragen, maar moet je echt helemaal in de grond worden gestampt? Maar de wereld schijnt er anders over te denken.'

Hij liet zich weer in zijn stoel terugzakken, met zijn arm losjes op het stuur en Luther vroeg zich af of er van hem werd verwacht dat hij iets zei.

'Toen ik in de oorlog was,' zei Cully, 'vliegt er op een dag een vliegtuig over een veld en begint granaten naar beneden te gooien. Jemig. Dat is een beeld dat ik probeer te vergeten. Granaten vallen in de loopgraven en iedereen springt eruit en de Duitsers beginnen vanuit hun loopgraven te schieten en ik moet je zeggen, Jessie, je wist niet wat erger was, de hel of dit. Wat zou jij hebben gedaan?'

'Suh?'

Cully's vingers rustten lichtjes op het stuur. Hij keek naar Luther. 'In de loopgraaf blijven terwijl het granaten regent of eruit springen waar de jongens op je schieten?'

'Ik kan het me niet voorstellen, suh.'

'Dat verbaast me niet. Echt afgrijselijk, de kreten die de jongens slaken als ze sterven. Gewoon afgrijselijk.' Cully rilde en geeuwde tegelijkertijd. 'Yes sir, soms laat het leven je geen andere keus dan tussen iets ellendigs en iets nog ellendigers. Op zulke momenten kun je je niet veroorloven al te lang na te denken. Je moet dan gewoon handelen.'

Cully geeuwde weer en deed er het zwijgen toe, en zo reden ze nog een kilometer of vijftien. Om hen heen strekte de vlakte zich uit, stijf bevroren onder een ijskoude witte lucht. De kou gaf alles het uiterlijk van metaal dat met staalwol was bewerkt. Grijze flarden bevroren mist kronkelden langs de kant van de weg en schoten omhoog voor de grille. Ze kwamen bij een spoorwegovergang en Cully stopte midden op de rails. De motor gaf een zacht pufje op het moment dat Cully zich naar hem toedraaide en aankeek. Hij rook naar tabak, hoewel Luther hem nog niet had zien roken en in zijn ooghoeken ontsprongen kleine roze adertjes.

'Zwarten worden hier voor minder dan het stelen van een auto opgehangen, Jessie.'

'Ik heb hem niet gestolen,' zei Jessie, en dacht meteen aan het wapen in zijn koffer.

'Ze hangen ze op alleen al voor het rijden in een auto. Je bent in Missouri, jongen.' Zijn stem was zacht en vriendelijk. Hij ging verzitten en legde een arm op de rugleuning. 'Het lijkt of een heleboel dingen te maken hebben met de wet, Jessie. Ik kan het er niet mee eens zijn. Maar misschien ook wel. Maar als ik het niks vind, is het niet aan mij om dat te zeggen. Ik doe mee om erbij te horen, snap je?'

Luther zei niets.

'Zie je die toren?'

Luther volgde de vooruitgestoken kin van Cully en zag ongeveer tweehonderd meter verderop langs de spoorlijn een watertoren.

'Ja.'

'Weer zonder "suh", hè?' zei Cully met licht opgetrokken wenkbrauwen. 'Ik mag dat wel. Nou, jongen, over een minuut of drie komt er hier een goederentrein langs. Die stopt een paar minuten om water in te nemen en verder te rijden naar St. Louis. Ik raad je aan die te nemen.'

Luther voelde dezelfde kilte als die hij had gevoeld toen hij het pistool onder tegen de kin van de Diaken had gedrukt. Hij was bereid in Cully's vrachtwagentje te sterven als hij die man met zich mee kon nemen.

'Dat is mijn auto,' zei Luther. 'Hij is van mij.'

Cully giechelde. 'Nee hoor, niet in Missouri. Misschien in Columbus of welk suffige gat waar je beweert vandaan te komen, maar niet in Missouri. Weet je wat Bernard is gaan doen zodra ik bij mijn benzinepomp ben weggereden?'

Luther had de koffer op zijn knieën en zijn duimen vonden de slotjes.

'Hij heeft de telefoon gepakt en is gaan rondbellen om de mensen te vertellen over een zwarte die bij ons langskwam. Een man die in een auto rijdt die te duur voor hem is. Onze Bernard heeft in zijn leven al heel wat zwartjes vermoord en hij wil er nog wel meer vermoorden, dus op dit moment is hij een stel mensen bij elkaar aan het halen. Geen gezelschap dat je erg zou aanspreken, Jessie. Nou ben ik Bernard niet. Ik heb geen ruzie met je en ik heb nog nooit iemand gelyncht zien worden en ik wil het niet zien ook. Tast je hart aan, denk ik.'

'Het is mijn auto,' zei Luther. 'Van mij.'

Cully ging door alsof Luther niets had gezegd. 'Dus je kunt je voordeel doen met mijn goedgunstigheid of je kan oerstom zijn en hier blijven rondhangen. Maar wat je niet – '

'Ik ben de – '

' – kan doen, Jessie,' zei Cully plotseling heel hard in de cabine. 'Wat je niet kan doen is nog één seconde langer in mijn wagen blijven zitten.'

Luthers blik trof de zijne, die uitdrukkingsloos en strak was.

'Eruit dus, jongen.'

Luther lachte. 'Bent u gewoon een aardige man die auto's steelt, Mr Cully, suh?'

Cully lachte ook. 'Er komen vandaag verder geen treinen meer, Jessie. Probeer het in de derde goederenwagon van achteren. Ja?'

Hij reikte voor Luther langs en opende het portier.

'Hebt u een gezin?' vroeg Luther. 'Kinderen?'

Cully legde zijn hoofd in zijn nek en grinnikte. 'Ho ho, ga niet te ver, jongen.' Hij wapperde met zijn hand. 'Mijn auto uit.'

Luther bleef een tijdje zitten en Cully draaide zijn hoofd weg, keek naar buiten waar ergens boven hen een kraai kraste. Luther stak een hand uit naar de portierkruk.

Hij stapte uit op het grove grind en zijn blik viel op een groepje donkere bomen aan de andere kant van het spoor, uitgedund door de winter. De bleke ochtendzon scheen tussen de stammen door. Cully stak een arm uit en trok het portier dicht. Luther keek achterom naar hem terwijl hij de wagen keerde en het grind onder de wielen liet knarsen. Hij zwaaide naar hem door het raampje en reed terug zoals hij was gekomen.

De trein reed verder dan St. Louis, stak de Mississippi over naar Illinois. Het bleek sinds een hele tijd de eerste meevaller voor Luther, want hij was op weg naar East St. Louis. Daar woonde Hollis, een broer van zijn vader, en Luther had gehoopt daar de auto te verkopen en misschien een tijdje onder te duiken.

Luthers vader, een man die hij, naar hij zich kon herinneren, nooit in levenden lijve had gezien, had zijn gezin verlaten en was naar East St. Louis getrokken toen Luther twee was. Hij was weggelopen met een vrouw die Velma Standish heette en ze hadden zich in East St. Louis gevestigd en Timon Laurence had uiteindelijk een zaakje geopend waar hij horloges verkocht en repareerde. Er waren drie broeders Laurence geweest: Cornelius, de oudste, en dan Hollis en als laatste Timon. Oom Cornelius had Luther vaak gezegd dat hij niet veel miste aan opgroeien zonder Timon in de buurt. Hij zei dat zijn jongste broer van jongs af aan lamlendig was geweest en een zwak had gehad voor vrouwen en drank vanaf het moment dat hij er kennis mee had gemaakt. Hij had een goed mens als Luthers moeder aan de kant gezet voor niets anders dan een goedkope snol. (Oom Cornelius had gesmacht naar Luthers moeder met een liefde zo kuis en geduldig dat er onvermijdelijk geen rekening meer mee werd gehouden en in de loop der tijd volkomen oninteressant werd. Het was zijn lot, had hij Luther verteld kort nadat hij helemaal blind was geworden, dat hij een hart had dat niemand wilde, behalve in stukken, nooit ongebroken, terwijl zijn jongste broer, iemand zonder duidelijke principes, de liefde zo gemakkelijk naar zich toehaalde alsof die tijdens een regenbui naar beneden kwam.)

Luther groeide op met één vertinde foto van zijn vader. Hij was er zo vaak met zijn duimen overheen gegaan, dat zijn vaders gelaatstrekken waren vervaagd en verzacht. Tegen de tijd dat Luther een man was, kon hij niet meer vaststellen of er enige gelijkenis tussen hen was. Luther had nooit aan iemand, niet aan zijn moeder of zijn zuster of Lila, verteld hoe diep het hem had gekrenkt op te groeien in de wetenschap dat zijn vader nooit aan hem dacht. Dat de man een blik had geworpen op dat leven dat hij op de wereld had gezet en bij zichzelf had gezegd: ik ben gelukkiger zonder. Luther had lang de fantasie gehad dat hij hem op een dag zou ontmoeten en voor hem zou staan als een trotse, veelbelovende jongeman en zijn vaders gezicht zou zien vertrekken van spijt. Maar het had anders uitgepakt.

Zijn vader was zestien maanden geleden net als bijna honderd andere zwarten gestorven terwijl East St. Louis rondom hen afbrandde. Luther kreeg het bericht van Hollis op een stuk geel papier met blokletters die er gekweld en verkrampt uitzagen:

Jou Pa doot geschooten door wit mannen. Heel naar vor jouw.

Toen het donker werd liep Luther van het rangeerterrein naar het centrum. Hij haalde de envelop, waarin oom Hollis zijn briefje had verstuurd, met achterop zijn adres, uit zijn jas en hield hem tijdens de wandeling in zijn hand. Hoe verder hij in de zwarte wijk kwam, hoe minder hij kon geloven wat hij zag. De straten waren leeg en dat lag voor een deel, besefte Luther, aan de griep, maar het was ook omdat het niet zo'n zin had om door straten te lopen waar alle gebouwen en huizen zwartgeblakerd of vervallen waren, of waren bedolven onder puin en as. Het deed Luther denken aan de mond van een oude man waarin de meeste tanden ontbraken, een stel afgebrokkeld waren en de paar die nog over waren schots en scheef onbruikbaar stonden te wezen. Hele huizenblokken waren niets dan sintels, grote hopen as die door de avondwind van de ene kant van de straat naar de andere werden geblazen, een eindeloze ruilhandel. Zoveel as dat zelfs een tornado het niet zou kunnen weghalen. Het was ruim een jaar geleden dat de wijk had gebrand, en die hopen hielden stand. In die weggeblazen straten had Luther het gevoel werkelijk de laatste levende op aarde te zijn, en hij bedacht dat, als de Kaiser zijn leger over de oceaan had kunnen sturen, ze met al hun vliegtuigen en bommen en geweren niet meer schade hadden kunnen aanrichten.

Het was om banen gegaan, wist Luther. De blanke mensen uit de arbeidersklasse waren er meer en meer van overtuigd geraakt dat de oorzaak van hun armoede de zwarte mensen uit de arbeidersklasse waren die hun banen en het brood van de plank pikten. Dus waren ze hierheen gekomen, blanke mannen en blanke vrouwen en ook blanke kinderen, en ze waren begonnen bij de zwarte mannen, hadden ze doodgeschoten en gelyncht en in brand gestoken en verscheidene van hen de Cahokia in gedreven en doodgestenigd toen ze probeerden terug te zwemmen, een taak die ze voornamelijk aan de kinderen hadden overgelaten. De blanke vrouwen hadden zwarte vrouwen uit de trams gehaald en gestenigd en gestoken met keukenmessen, en toen de Nationale Garde was gekomen, had die er gewoon bij gestaan en toegekeken.

2 juli 1917.

'Je pa,' zei oom Hollis nadat Luther in zijn kroeg was verschenen en oom Hollis hem had meegenomen naar het kantoortje en iets te drinken had ingeschonken, 'probeerde dat zaakje te beschermen waar hij nooit een stuiver mee heeft verdiend. Ze staken het in brand en riepen dat hij naar buiten moest komen en toen alle vier de muren rond hem in brand stonden, kwamen Velma en hij naar buiten. Iemand schoot hem in zijn knie en hij lag een tijd op straat. Ze leverden Velma uit aan een stel vrouwen en die sloegen haar met deegrollen. Ze sloegen haar op haar hoofd en in haar gezicht en op haar heupen en ze stierf nadat ze in een steeg was weggekropen, als een hond onder een veranda. Iemand ging naar je vader en zoals ze het mij hebben verteld, probeerde hij te knielen, maar zelfs dat ging niet en hij viel steeds om en hij bad en smeekte, en op het laatst stonden daar een paar blanke mannen en die schoten op hem tot de kogels op waren.'

'Waar is hij begraven?' vroeg Luther.

Oom Hollis schudde zijn hoofd. 'Was niks om te begraven. Toen ze klaar waren met schieten, tilden ze hem op, ieder aan een kant, en gooiden hem terug in zijn zaak.'

Luther stond op van tafel, liep naar een gootsteentje en gaf over. Het ging een behoorlijke tijd door en hij had het gevoel dat hij roet en gele vlammen en as braakte. In zijn hoofd kolkten witte flitsen van blanke vrouwen die met een zwaai deegrollers op zwarte hoofden lieten neerkomen en blanke gezichten die het uitschreeuwden van plezier en woede en daarna de Diaken zingend in zijn rolstoel op wielen en zijn vader die probeerde op straat te knielen en tante Marta en de edelachtbare Lionel T. Garrity, vrederechter, die in hun handen klapten en stonden te stralen en iemand die voortdurend uitriep 'Prijs de Heer, prijs de Heer!' en de hele wereld stond in brand zover het oog reikte tot de blauwe lucht half zwart gekleurd was en de witte zon achter de rook verdween.

Toen hij was uitgespuugd, spoelde hij zijn mond. Hollis gaf hem een handdoekje en Luther droogde er zijn mond mee af en veegde het zweet van zijn voorhoofd.

'Je bent hot news,' zei oom Hollis nadat hij hem nog een keer had ingeschonken. 'Je wordt gezocht. Ze sturen berichten het hele Middenwesten door. Je hebt een stel zwarten vermoord in een tent in Tulsa? Je vermoordt Diaken Broscious? Niet goed bij je hoofd?'

'Hoe weet u dat?'

'Shit. Telefoonlijnen roodgloeiend.'

'Politie?'

Oom Hollis schudde zijn hoofd. 'Politie denkt dat een of andere idioot het heeft gedaan. Clarence Huppeldepup.'

'Tell,' zei Luther. 'Clarence Tell.'

'Dat is de naam.' Oom Hollis keek hem over de tafel heen aan, ademde snuivend door zijn platte neus. 'Je hebt er blijkbaar een laten leven. Een die ze Smoke noemen?'

Luther knikte.

'Die ligt in het ziekenhuis. Niemand weet of hij beter wordt of niet, maar hij heeft mensen verteld. Heeft jou genoemd. Schutters van hier tot New York zijn op de uitkijk naar jou.'

'Wat staat er op mijn hoofd?'

'Deze Smoke zegt hij betaalt vijfhonderd dollar voor foto van jouw lijk.'

'En als Smoke sterft?'

Oom Hollis haalde zijn schouders op. 'Wie Diaken-zaak overneemt, hij moet zeker weten dat jij dood bent.'

Luther zei: 'Ik kan nergens heen.'

'Je moet naar oosten, jong, want hier kun je niet blijven. En blijf uit de buurt van Harlem, dat is zeker. Luister, ik ken iemand in Boston die je kan opvangen.'

'Boston?'

Luther moest er even over nadenken en bedacht al snel dat erover denken tijdverspilling was omdat er niets te kiezen viel. Als Boston de enig overgebleven 'veilige' plaats in het land was, dan werd het Boston.

'En u,' vroeg hij. 'Blijft u hier?'

'Ik?' zei oom Hollis. 'Ik heb niemand doodgeschoten.'

'Ja, maar wat is er hier nog? Helemaal platgebrand. Ik hoor dat alle zwarten vertrekken of het proberen.'

'Waarheen? Probleem met onze mensen is, Luther, dat ze hun tanden in hoop zetten en die de rest van hun leven op elkaar klemmen. Denk je dat een andere plek beter is dan hier? Gewoon andere kooien, jong. Sommige mooier dan andere, maar wel kooien.' Hij zuchtte. 'Shit. Ik ben te oud om te verhuizen en deze plek, dit hier, is zo thuis als maar kan.'

Ze zaten en zwegen en leegden hun glas.

Oom Hollis duwde zijn stoel naar achteren en rekte zich uit. 'Nou, ik heb boven een kamer. We zullen je voor een nacht onderbrengen en ondertussen bel ik wat mensen. En morgen...' Hij haalde zijn schouders op.

'Boston,' zei Luther.

Oom Hollis knikte. 'Boston. Meer kan ik niet voor je doen.'

In de goederenwagon, met Jessies mooie jas onder het hooi om de kou te weren, beloofde Luther de Heer dat hij zou boeten. Niet meer kaarten. Geen whiskey of cocaïne meer. Niet meer omgaan met gokkers of gangsters of mensen die zelfs maar dachten aan heroïne spuiten. Geen overgave meer aan de spanning van de nacht. Hij zou zich gedeisd houden, geen aandacht trekken en dit uitzingen. En wanneer hij ooit te horen mocht krijgen dat hij naar Tulsa terug kon, zou hij terugkeren als een ander mens. Een nederige smekeling.

Luther had zichzelf nooit als een religieus mens beschouwd, maar dat had niet zozeer te maken met zijn gevoelens over God als wel met zijn gevoelens over godsdienst. Zijn grootmoeder en zijn moeder hadden beiden getracht het baptistische geloof er bij hem in te krijgen, en hij had zijn best gedaan hun een plezier te doen, hen te laten geloven dat hij geloofde, maar er was even weinig van blijven hangen als van het andere huiswerk dat hij had voorgegeven te maken. In Tulsa was hij zelfs nog minder tot Jezus geneigd, al was het maar omdat tante Marta en oom James en al hun vrienden die Hem de hele tijd loofden, zodat Luther bedacht dat, als Jezus al die stemmen echt hoorde, Hij al heel gauw naar af en toe wat stilte verlangde, misschien hoopte wat slaap te kunnen inhalen.

En Luther was in zijn leven langs heel wat blanke kerken gekomen, waar hij ze hun gezangen had horen zingen en hun 'Amens' horen opzeggen. Hij had ze zich na afloop op een paar veranda's zien verzamelen met hun limonade en vroomheid, maar hij wist dat als hij zich ooit op hun stoep zou vertonen, hongerig of gewond, de enige reactie op zijn verzoek om een menselijke en vriendelijke daad het amen van een geweer in zijn gezicht zou zijn.

Dus had Luthers regeling met de Heer in het teken gestaan van U gaat Uw weg en ik ga de mijne. Maar in de goederenwagon kreeg iets greep op hem, een behoefte iets van zijn leven te maken, het een betekenis te geven opdat hij niet van deze aardbol zou verdwijnen met achterlating van een voetafdruk niet zwaarder dan die van een mestkever.

Hij reed over de rails door het Middenwesten en weer terug naar en door Ohio en vandaar naar het noordoosten. Hoewel de medereizigers die hij in de goederenwagons trof minder vijandig of gevaarlijk waren dan hij vaak had gehoord, en de spoorwegpolitie hen nooit oppakte of lastigviel, moest hij toch steeds denken aan de treinreis naar Tulsa met Lila, en dan werd hij zo verdrietig dat hij het gevoel had dat hij ervan opzwol, alsof er in zijn lijf geen ruimte meer voor iets anders was. Hij trok zich terug in de hoek van de wagon en hij durfde maar zelden te praten, alleen wanneer de andere mannen dat duidelijk van hem verlangden.

Hij was niet de enige in de trein die ergens voor op de vlucht was. Ze liepen weg voor rechtszaken en politieagenten en schulden en vrouwen. Sommigen vluchtten naar dezelfde dingen toe. Sommigen hadden gewoon behoefte aan verandering. Ze wilden allemaal een baan. Maar de kranten voorspelden de laatste tijd een nieuwe recessie. De tijden van explosieve groei waren voorbij. De oorlogsindustrie werd afgebouwd en er kwamen binnenkort zeven miljoen mensen op straat te staan. En uit de oorlogsgebieden kwamen er vier miljoen terug. Elf miljoen mannen die op het punt stonden een arbeidsmarkt te betreden die verzadigd was.

Een van die elf miljoen, een enorme blanke vent die BB werd genoemd, met een linkerhand die door een pers was vermorzeld en die nu een slappe pannenkoek van nutteloos vlees was, maakte Luther de laatste morgen in de trein wakker door de deur open te gooien zodat de wind Luther in het gezicht blies. Luther deed zijn ogen open en zag BB bij de open deur staan terwijl het landschap langsdenderde. Het was rond zonsopgang en de maan hing nog als een geest van zichzelf aan de hemel.

'Zo, dat is een mooi beeld, vind je niet,' zei BB en wees met zijn grote hoofd naar de maan.

Luther knikte en ving zijn geeuw op in zijn vuist. Hij schudde de slaap uit zijn benen en kwam naast BB in de deuropening staan. De hemel was helder en blauw en hard. De lucht was koud maar rook zo schoon dat Luther wilde dat hij er wat van op een bord kon leggen en opeten. De velden waar ze langsreden waren bevroren en de bomen waren bijna helemaal kaal, en het was of BB en hij de wereld hadden betrapt terwijl die sliep, alsof er niemand anders, waar dan ook, getuige was van deze zonsopgang. Tegen die koude blauwe lucht, van een blauw zoals Luther nog nooit had gezien, zag ze er zo mooi uit dat Luther wilde dat hij het Lila kon laten zien. Zijn armen om haar buik slaan en zijn kin in haar schouder wegstoppen en haar vragen of ze ooit zoiets blauws had gezien. Van je leven niet, Lila? Nog nooit?

Hij deed een stap bij de deur vandaan.

Ik geef het allemaal op, dacht hij. Ik geef het allemaal op.

Hij vond de zwakker wordende maan aan de hemel en hield zijn ogen erop gericht. Hij hield zijn ogen erop gericht tot ze helemaal verdwenen was en de wind dwars door zijn jas beet.

BABE RUTH EN DE ARBEIDERSREVOLUTIE

1

De Babe besteedde zijn morgen aan het uitdelen van snoep en honkballen in de Nijverheidsschool voor Invalide en Misvormde Kinderen in South End. Eén jongen, van zijn nek tot zijn enkels in het gips, vroeg hem het gips te tekenen, dus Babe zette zijn handtekening op beide armen en benen, en na luid en diep adem te hebben gehaald kalkte hij zijn naam over het lichaam vanaf diens rechterheup tot zijn linkerschouder onder het gelach van de andere kinderen en de verpleegsters, en zelfs van een paar Zusters van Liefdadigheid. De jongen in het gips vertelde Ruth dat hij Wilbur Connelly heette. Hij was aan het werk in de Shefferton Wolfabriek in Dedham toen er bepaalde chemicaliën op de grond waren gemorst en de dampen de vonken van een scheermachine waren tegengekomen en hem in brand hadden gestoken. Babe verzekerde Wilbur dat het allemaal in orde zou komen. Dat hij zou opgroeien en op een dag een homerun in de World Series zou slaan. Wilbur Connelly, die slaperig werd, wist nog net te glimlachen, maar de andere kinderen hadden geschaterd en nog meer dingen gehaald om door Babe te laten signeren: een foto gescheurd uit de sportpagina's van *The Standard*, een paar kleine krukken, een geel verkleurd nachthemd.

Toen hij in gezelschap van Johnny Igoe, zijn agent, was vertrokken, stelde Johnny voor nog even aan te wippen in het St. Vincent Weeshuis een paar straten verderop. Het kon geen kwaad, zei Johnny, een goede pers te hebben en misschien gaf het Babe een voorsprong bij zijn laatste onderhandelingsronde met Harry Frazee. Maar Babe was moe, moe van het onderhandelen, moe van camera's die in zijn gezicht klikten, moe van wezen. Hij was dol op kinderen en weeskinderen in het bijzonder, maar tjongejonge, die kinderen van deze ochtend, allemaal strompelend en kapot en verbrand, dat had hem stevig aangepakt. De ontbrekende vingers van sommige kinderen zouden niet meer aangroeien en de kinderen met zweren in hun gezicht zouden niet op een dag in de spiegel kijken en ontdekken dat de littekens weg waren, en de kinderen in een rolstoel zouden niet op een morgen opstaan en lopen. Maar toch, op een gegeven moment zouden ze de wereld in worden gestuurd om hun eigen weg te vinden, en vandaag overweldigde het Babe, ontnam het hem alle levenslust.

Dus loosde hij Johnny door te zeggen dat hij een cadeautje moest kopen voor Helen omdat het kleine vrouwtje weer eens kwaad op hem was. Dat was voor een deel waar – Helen was over haar toeren – maar hij ging niet op zoek naar een cadeautje, in ieder geval niet in een winkel. In plaats daarvan liep hij naar het Castle Square Hotel. De gure novemberwind spuwde hier en daar stekende regendruppels, maar hij had het heerlijk warm in zijn hermelijnen jas, en hij liep met gebogen hoofd om de druppels niet in zijn ogen krijgen en hij genoot van de stilte en anonimiteit die hem in de verlaten straten begroetten. In het hotel liep hij de lobby door, zag dat de bar bijna leeg was, ging op de eerste kruk zitten, schudde zijn jas af en legde hem op de kruk naast hem. De barman stond aan het andere eind van de bar en praatte met de twee andere aanwezigen, dus stak Ruth een sigaar op en keek om zich heen naar de donkere balken van notenhout, snoof hij de geur van leer op en vroeg zich af hoe dit land zich in godsnaam met enige waardigheid verder moest ontwikkelen nu drooglegging na de stemming in Nebraska vaststond. De 'Het-leven-is-geen-pretje'-types en 'Dat-is-bij-de-wet-verboden'-mensen wonnen de oorlog en ook al noemden ze zich Progressieven, Ruth zag niet veel vooruitgang in iemand zijn drankje ontzeggen of het dichttimmeren van een gelegenheid met warm hout en leer. Godver, als je tachtig uur per week werkte voor een kloteloontje was het toch niet te veel gevraagd dat de wereld je een pul bier en een glas whiskey gunde. Niet dat Ruth in zijn leven ooit tachtig uur per week had gewerkt, maar het ging om het principe.

De barman, een brede man met een snor die aan de uiteinden zo heftig krulde dat je er je hoed aan kon ophangen, kwam langs de bar aangelopen. 'Wat mag het zijn?'

Omdat hij nog altijd een bepaalde verwantschap met de arbeiders voelde, bestelde Ruth twee bier en een whiskey, doe maar een dubbele, en de barman zette het tapbier voor hem neer en schonk toen een stevig glas whiskey in.

Ruth dronk wat bier. 'Ik ben op zoek naar een zekere Dominick.'

'Dan moet u mij hebben.'

Ruth zei: 'Ik heb begrepen dat u een zware truck hebt en dingen vervoert.'

'Dat klopt.'

Aan het andere eind van de bar tikte een van de mannen met een munt op de tap.

'Momentje,' zei de barman, 'er staan daar een paar zeer dorstige heren.'

Hij liep weer langs de bar, luisterde even naar de twee mannen, knikte met zijn grote hoofd, ging vervolgens naar de tap en daarna naar de flessen, en Ruth voelde dat de mannen naar hem keken, dus keek hij terug.

De linker van de twee was potig en lang, donker van haar en ogen, en zo'n glamourboy (het eerste woord dat in Babe's hoofd opkwam) dat Babe zich afvroeg of hij hem niet had gezien in de film of op de pagina's van de kranten die zich wijdden aan terugkerende oorlogshelden. Zelfs helemaal vanaf het andere eind van de bar bereikten zijn eenvoudigste gebaren – een glas aan de lippen zetten, een onaangestoken sigaret op het hout aankloppen – een graad van elegantie die Ruth associeerde met mannen die heldendaden verrichtten.

De man naast hem was veel kleiner en minder apart. Hij zag er melkachtig en streng uit, en zijn muizige bruine haar viel voortdurend over zijn voorhoofd. Hij veegde het weg met een ongeduldig gebaar dat Ruth verwijfd vond. Hij had kleine oogjes en kleine handen en een air van permanente wrok. De glamourboy hief zijn glas. 'Een grote fan van uw sportieve prestaties, Mr Ruth.'

Ruth hief zijn glas en knikte ten dank. De muizige deed niet mee.

De potige man gaf zijn vriend een klap op de rug en zei: 'Drinken, Gene, drinken.' Zijn stem was de bariton van een groot toneelspeler die tot achter in de zaal komt.

Dominick zette nieuwe drankjes voor hen neer en ze gingen verder met hun gesprek. Dominick kwam weer naar Ruth, vulde zijn whiskey bij en leunde toen met zijn rug tegen de kassa. 'Dus u wilt iets opgehaald hebben, sir?'

Babe nam een slok whiskey. 'Inderdaad.'

'En wat moet dat zijn, Mr Ruth?'

Babe nam nog een slok. 'Een piano.'

Dominick sloeg de armen over elkaar. 'Een piano. Nou, dat is niet al te – '

'Van de bodem van een meer.'

Dominick zweeg een minuut lang. Hij tuitte zijn lippen. Hij keek langs Ruth en leek te luisteren naar de echo van een onbekend geluid.

'Dus u hebt een piano in een meer,' zei hij.

Ruth knikte. 'Het is eigenlijk meer een vijver.'

'Een vijver.'

'Ja.'

'Welke van de twee, Mr Ruth?'

'Het is een vijver,' zei Babe uiteindelijk.

Dominick knikte op een manier die suggereerde dat hij ervaring met zo'n probleem had en Babe voelde hoop in zijn borst opspringen. 'Hoe krijgt een piano het voor elkaar in een vijver terecht te komen?'

Ruth speelde met zijn whiskeyglas. 'We hadden een feest, snapt u wel. Voor kinderen. Weeskinderen. Mijn vrouw en ik gaven dat afgelopen winter. Er werd aan ons huis gewerkt, snapt u, dus hadden we een huisje aan een meer gehuurd niet ver bij ons vandaan.'

'Aan een vijver, bedoelt u.'

'Ja, aan een vijver.'

Dominick schonk zich een klein glaasje in en sloeg het achterover.

'Hoe dan ook,' zei Babe, 'iedereen had het ontzettend naar zijn zin, en we hadden voor al dat grut schaatsen gekocht en ze krabbelden rond over de vijver. Die was dichtgevroren.'

'Dat had ik al begrepen, sir.'

'Nou ja, en ehhh... ik speel graag piano. En Helen trouwens ook.'

'Helen is uw vrouw, sir?'

'Ja.'

'Genoteerd, sir,' zei Dominick. 'Gaat u verder.'

'Dus ik en een paar kerels besloten de piano uit de voorkamer te halen en de helling af het ijs op te duwen.'

'Op dat moment ongetwijfeld een uitstekend idee, sir.'

'Dus dat deden we.'

Babe leunde achterover en stak zijn sigaar opnieuw aan. Hij pufte tot hij hem aan de praat had en nam een slok whiskey. Dominick zette nog een bier voor hem neer en Babe knikte als dank. Opnieuw zeiden ze geen van beiden een tijd iets en hoorden ze de twee mannen aan het andere eind praten over vervreemde arbeid en kapitalistische oligarchieën, en voor wat Babe ervan begreep kon het allemaal Egyptisch zijn.

'Er is iets wat ik niet begrijp,' zei Dominick.

Babe weerstond de neiging op zijn kruk ineen te krimpen. 'Zeg het maar.'

'U hebt hem op het ijs gekregen. En hij is erdoor gezakt, met mede-neming van dat schaatsende grut?'

'Het ijs smolt,' zei Ruth snel.

'Wanneer?'

Babe haalde adem. 'In maart, geloof ik.'

'En het feest...'

'Was in januari.'

'Dus de piano heeft twee maanden op het ijs gestaan voor hij zonk.'

'Ik was steeds van plan hem weg te halen,' zei Babe.

'Daar twijfel ik niet aan, sir.' Dominick streek zijn snor glad. 'De ei-genaar – '

'O, die was woedend,' zei Babe. 'Witheet. Maar ik heb hem betaald.'

Dominick trommelde met zijn vingers op de bar. 'Maar als ervoor is betaald, sir...'

Babe had wel naar buiten willen stormen. Dit was het deel dat hij in gedachten nog niet helemaal had uitgewerkt. Hij had een nieuwe piano neergezet in zowel het huisje als in het opgeknapte huis op Dutton Road, maar telkens als Helen de nieuwe piano zag, keek ze Ruth aan met een blik die hem het gevoel gaf even aantrekkelijk te zijn als een varken in zijn eigen vuil. Sinds de nieuwe piano bij hen in huis stond, had geen van tweeën er ook maar één keer op gespeeld.

'Ik dacht,' zei Ruth, 'als ik die piano uit het meer – '

'Vijver, sir.'

'De vijver. Als ik die piano eruit zou kunnen halen, snap je, en laten re-pareren, dan zou dat een prachtig trouwdagcadeau voor mijn vrouw zijn.'

Dominick knikte. 'En de hoeveelste trouwdag mag dat zijn?'

'Onze vijfde.'

'Is hout daar niet het gepaste cadeau voor?'

Babe zei een tijdje niets, dacht erover na.

'Maar hij is van hout.'

'Ik begrijp wat u bedoelt, sir.'

Babe zei: 'En we hebben de tijd. Het is pas over zes maanden, die verjaardag.'

Dominick schonk hun beiden nog eens in en hief zijn glas. 'Op uw ongebreidelde optimisme, Mr Ruth. Dat zorgt ervoor dat ons land het zo ver heeft geschopt.'

Ze dronken.

'Hebt u wel eens gezien wat water met hout doet? Met het ivoor van de toetsen en de snaren en al die subtiele onderdelen van een piano?'

Babe knikte. 'Ik weet dat het niet gemakkelijk wordt.'

'Gemakkelijk, sir? Ik weet niet zeker of het haalbaar is.' Hij leunde over de bar. 'Ik heb een neef, die zit in het baggerbedrijf. Hij heeft het grootste deel van zijn leven op zee gewerkt. Zouden we niet eerst de locatie van de piano laten vaststellen, zien hoe diep het meer daar is?'

'De vijver.'

'De vijver, sir. Als we dat wisten, waren we al een heel stuk verder, Mr Ruth.'

Ruth dacht erover na en knikte. 'Hoeveel gaat me dat kosten?'

'Dat weet ik pas als ik mijn neef heb gesproken, maar het zou iets meer dan een nieuwe piano kunnen zijn. Misschien ook iets minder.' Hij haalde zijn schouders op en liet de binnenkant van zijn handen zien. 'Hoewel ik geen garantie ten aanzien van de uiteindelijke prijs kan geven.'

'Nee, natuurlijk niet.'

Dominick pakte een stuk papier, schreef er een telefoonnummer op en gaf het aan Ruth. 'Dat is het nummer van de bar. Ik werk zeven dagen van twaalf tot tien 's avonds. Als u me donderdag belt, sir, heb ik nadere informatie voor u.'

'Bedankt.' Ruth stak het nummer in zijn zak en Dominick ging weer naar de andere kant van de bar.

Ruth dronk nog wat en rookte zijn sigaar toen er nog wat mannen binnenkwamen die bij de andere twee bij de bar gingen staan. Er werden meer rondjes besteld en ze toostten op de lange glamourboy die blijkbaar al snel een soort toespraak zou geven in de Tremont Temple Baptist Church. Het leek erop dat de lange man een soort hoge piet was, maar Ruth kon hem niet plaatsen. Maakte niet uit, het was hier lekker warm, knus. Hij hield van een bar waar het licht getemperd en het houtwerk donker was en waar de stoelen waren bekleed met zacht leer. De kinderen van die morgen verdwenen naar de achtergrond tot hij het gevoel had dat hij ze weken geleden had gezien, en dat het buiten koud was, kon je je alleen maar voorstellen maar in ieder geval niet voelen.

De periode van halverwege het najaar tot en met de winter was moeilijk voor hem. Hij wist nooit wat hij moest doen, kon niet inschatten wat er van hem werd verwacht wanneer er geen ballen te slaan waren, geen medespelers om mee te praten. Elke ochtend stond hij voor een reeks beslissingen: hoe moest hij het Helen naar de zin maken, wat moest er gegeten worden, hoe moest hij de tijd doden, wat moest hij aan? Als het lente werd, had hij altijd een koffer klaarstaan met zijn reiskleding en meestal hoefde hij alleen maar voor zijn locker te gaan staan om te weten wat hij aan moest. Zijn uniform hing daar dan, rechtstreeks van de clubstomerij. Zijn dag was dan helemaal voor hem uitgestippeld: een wedstrijd of een training of Bumpy Jordan, de reisorganisator van de Sox, verwees hem naar de rij taxi's die hem naar de trein zou brengen die hem naar een volgende stad zou brengen. Hij hoefde niet na te denken over eten, want dat was allemaal geregeld. De vraag waar hij moest slapen kwam nooit bij hem op: zijn naam stond al in een hotelregister en een piccolo stond klaar om zijn koffers te dragen. En 's avonds wachtten de jongens in de bar, en de lente sijpelde zonder klachten door naar de zomer en de zomer ontvouwde zich in stralende gelen en geëtste groenen en het rook zo heerlijk dat je erom zou kunnen huilen.

Ruth wist niet hoe het met andere mannen en hun geluksgevoel zat, maar hij wist wel waarin het zijne lag: de wetenschap dat zijn dagen voor hem waren uitgestippeld, net als broeder Matthias vroeger voor hem en de andere jongens op St. Mary deed. Anderzijds werd hij schichtig en een beetje bang voor de hem onbekende sleur van een normaal huiselijk leven.

Maar dat ging hier niet op, dacht hij toen de mannen van de bar om hem heen kwamen staan en een paar grote handen hem schouderkloppen gaven. Toen hij zich omdraaide, zag hij de grote man aan het andere eind van de bar naar hem lachen.

'Mag ik u wat aanbieden, Mr Ruth?'

De man kwam naar zijn kant en Ruth proefde opnieuw een vleugje heroïek bij hem, een gevoel van schaalgrootte die door zoiets kleins als een bar niet kon worden bevat.

'Jazeker,' zei Ruth. 'Dus u bent een fan van de Sox?'

De man schudde zijn hoofd en stak drie vingers op tegen Dominick, en zijn kleinere vriend kwam erbij, trok een kruk naar zich toe en liet zich erop vallen met de zwaarte van een man van tweemaal zijn omvang.

'Niet in het bijzonder. Ik hou van sport maar ik heb helemaal niets met het idee van loyaliteit aan een bepaalde ploeg.'

Ruth zei: 'Voor wie bent u dan bij een wedstrijd?'

'Hoe bedoelt u?' zei de man toen de drankjes kwamen.

'Voor wie juicht u dan?'

De man lachte even stralend naar hem. 'Tja, voor individuele prestaties, Mr Ruth. De puurheid van één enkele speler, één enkel vertoon van fraaie sportiviteit en coördinatie. Het team is een prachtig concept, dat moet ik toegeven. Het wekt de indruk van de broederschap van de mensheid en de verenigende kracht van één enkel doel. Maar als u achter de schermen kijkt, zult u zien dat het is gestolen door bedrijfsmatige belangen teneinde een ideaal te verkopen dat de antithese is van alles wat dit land beweert te vertegenwoordigen.'

Ruth was halverwege zijn woordenstroom de draad al kwijt, maar hij hief zijn whiskeyglas en gaf een naar hij hoopte begripvol knikje en nam een slok.

De muizige man leunde op de bar en keek langs zijn vriend naar Ruth en deed Ruths knikje na. Hij goot zijn eigen drank naar binnen. 'Hij heeft geen flauw idee waar je het over hebt, Jack.'

Jack zette zijn glas op de bar. 'Ik bied u mijn verontschuldigingen aan voor Gene, Mr Ruth. Hij is in de Village zijn manieren kwijtgeraakt.'

'Welke village?' vroeg Ruth.

Gene gniffelde.

Jack lachte vriendelijk naar Ruth. 'Greenwich Village, Mr Ruth.'

'Dat is in New York,' zei Gene.

'Dat weet ik ook wel, knul,' zei Ruth en hij wist dat Jack, ook al was hij nog zo groot, geen partij was voor Babe's kracht wanneer hij besloot hem opzij te schuiven en dat muizige haar van het hoofd van zijn vriend te trekken.

'O,' zei Gene, 'keizer Koos wordt boos.'

'Wat zei je?'

'Heren,' zei Jack. 'Laten we niet vergeten dat we allen broeders zijn. Onze strijd is een gedeelde strijd. Mr Ruth, Babe,' zei Jack, 'ik ben een soort reiziger. Noem een aantal landen op en waarschijnlijk zit er van elk land een sticker op mijn koffer.'

'Bent u een soort vertegenwoordiger?' Babe nam een ingelegd ei uit de stopfles en stopte het in zijn mond.

Jacks ogen lichtten op.

Gene zei: 'Je hebt echt geen idee met wie je zit te praten, hè?'

'Nou en of, vader.' Babe veegde zijn handen aan elkaar af. 'Hij is Jack. En jij bent Jill.'

'Gene,' zei de muizige man. 'Gene O'Neill, om precies te zijn. En je staat te praten met Jack *Reed*.'

Babe bleef de muizige man aankijken. 'Ik hou het op Jill.'

Jack lachte en sloeg hen beiden op de rug. 'Zoals ik al zei, Babe, ben ik overal geweest. Ik heb atletiekwedstrijden gezien in Griekenland, in Finland, in Italië en in Frankrijk. Ik heb eens een polowedstrijd gezien in Rusland waar een niet onaanzienlijk deel van de deelnemers door hun eigen paard werd vertrapt. Er is echt niets zo puur en inspirerend als zien hoe mensen met elkaar strijden. Maar zoals de meeste pure dingen wordt het bezoedeld door het grote geld en big business en ten dienste gesteld van een infamer doel.'

Babe lachte. Hij genoot van de manier waarop Reed sprak, ook al snapte hij niet wat de man bedoelde.

Een andere man, een magere man met een profiel dat uitgehongerd en hoekig was, kwam erbij staan en zei: 'Is dit de slagman?'

'Jazeker,' zei Jack. 'Babe Ruth in eigen persoon.'

'Jim Larkin,' zei de man en gaf Babe een hand. 'Het spijt me, maar ik volg uw spel niet.'

'Daar hoef je je niet voor te verontschuldigen, Jim.' Babe gaf hem een stevige hand.

'Wat mijn landgenoot hier bedoelt,' zei Jim, 'is dat het toekomstige opium van de massa niet de godsdienst is, Mr Ruth, maar vermaak.'

'O ja?' Ruth vroeg zich af of Stuffy Innis thuis zou zijn, zodat hij hem kon bellen en vragen of ze elkaar ergens in de stad konden treffen en bij een biefstuk konden praten over honkbal en vrouwen.

'Weet je waarom er overal in het land honkbalclubs opschieten? Bij elke fabriek en scheepswerf? Waarom bijna elk bedrijf een arbeidersteam heeft?'

Ruth zei: 'Natuurlijk, het is gewoon leuk.'

'Ja, dat is zo,' zei Jack. 'Dat geef ik toe. Maar om het nader te preciseren: bedrijven brengen graag honkbalploegen in het veld omdat het bevorderlijk is voor het bedrijfsgevoel.'

'Daar is niks mis mee,' zei Babe en Gene snoof weer.

Larkin boog zich weer naar hem toe en Babe deinsde terug voor zijn drankadem. 'En het bevordert de "Amerikanisering", bij gebrek aan een beter woord, van de geïmmigreerde arbeiders.'

'Maar vooral,' zei Jack, 'als je vijfenzeventig uur per week werkt en ook nog eens vijftien tot twintig uur honkbalt, waar zou je dan misschien te moe voor kunnen zijn?'

Een schouderophalen van Babe.

'Om te staken, Mr Ruth,' zei Larkin. 'Dan ben je te moe om te staken of om zelfs maar aan je rechten als arbeider te denken.'

Babe wreef over zijn kin zodat ze dachten dat hij over dat idee nadacht. De waarheid was echter dat hij alleen maar hoopte dat ze zouden weggaan.

'Op de arbeider!' riep Jack en hief zijn glas.

De andere mannen – en Ruth merkte nu dat ze met een man of negen, tien waren – hieven eveneens het glas en riepen op hun beurt: 'Op de arbeider!'

Iedereen nam een ferme slok, met inbegrip van Ruth.

'Op de revolutie!' schreeuwde Larkin.

Dominick zei: 'Kom kom, heren.' Maar zijn stem ging ten onder in het lawaai toen de mannen uit hun stoelen opstonden.

'Revolutie!'

'Op het nieuwe proletariaat!'

Meer kreten en gejuich, en Dominick gaf zijn pogingen de orde te herstellen op en begon heen en weer te draven en de glazen bij te vullen.

Er werden luidruchtige heildronken uitgebracht op de kameraden in Rusland en Duitsland en Griekenland, en op Debs, Hayward, Joe Hill, op de volkeren, de geweldige verenigde arbeidersgemeenschap van de wereld!

Terwijl zij zich opzweepten tot een staat van zelfvoldane razernij, probeerde Babe bij zijn jas te komen, maar Larkin ging voor de stoel staan toen hij zijn glas ophief en weer een heildronk uitschreeuwde. Ruth keek naar hun gezichten, glimmend van het zweet en de vastberadenheid en misschien iets dat de vastberadenheid voorbij was, iets wat hij niet goed kon benoemen. Larkin draaide zijn heup naar rechts en Babe zag een opening, zag de randen van zijn jas en stak opnieuw zijn hand ernaar uit toen Jack schreeuwde 'Weg met het kapitalisme!' en 'Weg met de oligarchieën!' en Babe had zijn hand al in het bont maar Larkin stootte per ongeluk tegen zijn arm en Babe zuchtte en begon weer een poging.

Op dat moment kwamen de zes mannen van de straat naar binnen. Ze liepen in pak en misschien dat ze op een andere dag een respectabele indruk hadden gemaakt. Maar vandaag riekten ze naar alcohol en boosheid. Babe zag met één blik aan hun ogen dat er stront aan de knikker ging komen, en wel zo snel dat hij alleen maar kon hopen dat hij op tijd kon wegduiken.

Connor Coughlin was vandaag niet in de stemming voor subversieve elementen. In feite was hij in geen enkele stemming, maar al helemaal niet voor subversieve elementen. Ze hadden zojuist in de rechtbank behoorlijk op hun kop gehad. Een onderzoek van negen maanden, ruim tweehonderd getuigenverklaringen, een proces van zes weken en dat allemaal om ene Vittoro Scalone, een verklaard Galleanist, te kunnen deporteren omdat hij tegen iedereen binnen gehoorsafstand had gesproken over het opblazen van het Senaatsgebouw terwijl de Senaat daar bijeen was.

De rechter echter was van mening dat het niet genoeg was om de man te deporteren. Hij had vanaf zijn verhoging neergekeken op officier van justitie Silas Pendergast, hulpofficier van justitie Connor Coughlin, hulpofficier van justitie Peter Wald en de zes andere hulpofficieren en vier rechercheurs in de banken erachter, en hij had gezegd: 'De kwestie of de staat het recht heeft deportatiemaatregelen op countyniveau na te streven mag in de ogen van sommigen discutabel zijn, daar gaat het in deze zaak niet om.' Hij had zijn bril afgezet en Connors baas koeltjes aangekeken. 'Hoezeer officier van justitie Pendergast ook geprobeerd heeft dat te bereiken. Nee, waar het om gaat, is of de beklaagde enige daad van landverraad heeft gepleegd. En ik zie geen ander bewijs dan dat hij onder invloed van alcohol loze bedreigingen heeft geuit.' Hij draaide zijn hoofd en richtte zich tot Scalone. 'Wat onder de Spionagewet nog steeds een ernstige misdaad is, jongeman, waarvoor ik je veroordeel tot twee jaar cel in de strafinrichting in Charlestown, met aftrek van zes maanden voorarrest.'

Anderhalf jaar. Voor landverraad. Op het bordes van het gerechtshof had Silas Pendergast zijn jonge hulpofficieren zo'n vernietigende blik van teleurstelling toegeworpen dat Connor wist dat ze allemaal weer op de kleine criminaliteit zouden worden gezet en eeuwenlang geen zaak als deze te zien zouden krijgen. Ze hadden door de stad gezworven, uitgeblust, van de ene naar de andere bar tot ze het Castle Square Hotel binnenstruikelden en dit tegen het lijf liepen. Deze... *shit*.

Alle gesprekken vielen stil toen men hen in de gaten kreeg. Ze werden begroet met nerveuze, minzame lachjes, en Connor en Pete Wald gingen naar de bar en bestelden een fles en vijf glazen. De barman stalde de fles en de glazen uit op de bar en nog steeds had niemand iets gezegd. Connor genoot ervan, de zware stilte voor een gevecht die als een ballon in de lucht hing. Het was een uniek soort stilte, een stilte met een kloppend hart. Zijn mede-hulpofficieren kwamen bij de bar staan en vulden hun glas. Er kraste een stoel over de grond. Pete hief zijn glas en keek om zich heen naar de gezichten aan de bar en zei: 'Op minister van Justitie Palmer.'

'Bravo!' riep Connor en ze sloegen hun glas achterover en vulden het weer.

'Op de deportatie van ongewenste elementen!' zei Connor en de andere mannen riepen het in koor na.

'Op de dood van Vlad Lenin!' schreeuwde Harry Block.

Ze vielen hem bij terwijl de andere groep reageerde met boegeroep en gefluit.

Een lange kerel met donker haar en een filmsterrenuiterlijk stond opeens naast Connor.

'Hoi,' zei hij.

'Lazer op,' zei Connor en kiepte zijn glas achterover onder gelach van de andere hulpofficieren.

'Laten we het redelijk houden,' zei de man. 'We praten het uit. Goed? Je zult er versteld van staan hoe vaak onze inzichten samenvallen.'

Connors blik bleef op het bovenblad van de bar rusten. 'O ja?'

'We willen allemaal hetzelfde,' zei de knappe jongen en klopte Connor op de schouder.

Connor wachtte tot de man zijn hand had weggehaald. Hij schonk zich nog eens in en draaide zich om naar de man. Hij dacht aan de rechter. Aan verrader Vittoro Scalone die met een triomfantelijk lachje in zijn ogen de rechtszaal was uitgewandeld. Hij bedacht hoe hij probeerde zijn frustratie en gevoelens van onrechtvaardigheid uit te leggen aan Nora, en hoe dat op twee manieren kon aflopen. Ze kon medelevend zijn. Ze kon ook afstandelijk, onduidelijk zijn. Je wist het nooit. Soms leek ze van hem te houden, maar op andere momenten keek ze naar hem alsof hij Joe was, goed genoeg voor een klopje op zijn hoofd en een droge nachtkus op zijn wang. Hij zag haar ogen voor zich: ondoorgrondelijk. Onbereikbaar. Nooit echt open. Nooit echt naar hem kijkend, nooit hem echt ziend. Niemand trouwens. Er was iets wat haar altijd terughield. Behalve natuurlijk wanneer ze die ogen richtte op...

Danny. Dat besef was er opeens, maar tegelijkertijd droeg hij het al zo lang met zich mee dat hij niet kon geloven dat hij het nu pas zag. Zijn maag verschrompelde en hij had het gevoel of er een scheermes over de achterkant van zijn ogen werd gehaald.

Glimlachend draaide hij zich naar de lange mooie jongen toe, leegde zijn whiskeyglas in diens prachtige zwarte haar en gaf hem toen een kopstoot.

Zodra de Ier met het rossige haar en de bijpassende sproeten zijn glas boven Jacks hoofd had omgekeerd en zijn voorhoofd in diens gezicht had geramd, probeerde Babe zijn jas van de stoel te pakken en te maken dat hij wegkwam. Maar hij wist ook, net als ieder ander, dat regel één van een kroeggevecht was dat je eerst de grootste kerel te lijf ging en dat bleek hij zelf te zijn. Dus verbaasde het hem niet dat hij een barkruk tegen zijn achterhoofd kreeg en dat er twee lange armen om zijn schouders werden geslagen en twee benen zich om zijn heupen vouwden. Babe liet zijn jas vallen en draaide om zijn as met de ander op zijn rug en kreeg weer een barkruk midden op zijn lichaam van een vent die hem vreemd aankeek en zei: 'Shit. Jij lijkt op Babe Ruth.'

Dat maakte dat de greep van de vent op zijn rug verslapte. Ruth stormde naar de bar en hield vlak ervoor in, zodat de vent van zijn rug en over de bar vloog waar hij met daverend geraas achter de kassa tussen de flessen terechtkwam.

Babe gaf de man die het dichtstbij stond een hoek en besefte net te laat maar tot zijn enorme tevredenheid dat het die muizige klootzak van een Gene was, en Gene vloog ruggelings op zijn hielen met wapperende armen naar achteren tot hij over een stoel viel en op zijn kont op de vloer belandde. Er waren misschien zo'n tien bolsjewieken in de bar en een aantal van hen mocht er qua grootte zijn, maar de andere kerels reageerden vanuit een woede waar de bolsjies niet aan konden tippen. Babe zag hoe Sproetenkoning Larkin met één stomp in zijn gezicht tegen de grond sloeg en over hem heen stapte en de volgende met een klap in de nek velde. Opeens herinnerde Babe zich de enige goede raad die zijn vader hem ooit had gegeven: ga in een kroeggevecht nooit op de vuist met een Ier.

Een andere bolsjie nam van de bar een aanloop om boven op Babe te duiken, en Babe ontweek hem zoals hij een aantik zou ontwijken, en de bolsjie landde op een tafel die even schudde alvorens onder zijn gewicht in elkaar te zakken.

'Jíj bent!' schreeuwde iemand en toen hij zich omdraaide zag hij de vent die hem met de barkruk had geraakt, nu met een veeg bloed op zijn gezicht. 'Jij bent verdomme Babe Ruth.'

'Dat heb ik nou altijd,' zei Babe. Hij gaf de vent een knal voor zijn kop, graaide zijn jas van de vloer en rende de bar uit.

DE WERKENDE KLASSE

1

Eind najaar 1918 stopte Danny Coughlin met de straatdienst, liet een volle baard staan en werd herboren als Daniel Sante, die in 1916 had meegedaan aan de staking van de arbeiders in de Thomson-loodmijn in het westen van Pennsylvania. De echte Daniel Sante was ongeveer even lang als Danny en had hetzelfde donkere haar. Hij had geen gezin achtergelaten toen hij was opgeroepen om in Europa te vechten. Kort na aankomst in België had hij echter de Spaanse griep gekregen en was hij in een veldhospitaal overleden zonder een schot te hebben gelost.

Vijf van de mijnwerkers van de staking van '16 kregen levenslang nadat ze, zij het voornamelijk op basis van indirect bewijs, in verband werden gebracht met een bom die was ontploft in het huis van de directeur van Thomson Iron & Lead, E. James McLeish. McLeish nam net zijn ochtendbad toen zijn huisbediende de post het huis in bracht. De bediende was over de drempel gestruikeld en had geprobeerd een kartonnen doos in gewoon bruin pakpapier in de lucht te houden. Zijn linkerarm werd later teruggevonden in de eetkamer; de rest bleef achter in de hal. Nog eens vijftig stakers kregen kortere gevangenisstraffen of werden zo mishandeld door de politie en de Pinkertons dat ze een aantal jaren nergens heen konden reizen, en de rest deelde het lot van de gemiddelde staker in de Steel Belt: ze waren ontslagen en trokken de grens met Ohio over in de hoop werk te krijgen bij een bedrijf dat de zwarte lijst van Thomson Iron & Lead niet had gezien.

Het was een prima verhaal om Danny's geloofsbrieven geaccepteerd te krijgen bij de revolutionairen van de werkers-van-de-wereld omdat er niet één bekende vakbond – zelfs niet de snelle Wobblies, de IWW – erbij betrokken was geweest. De staking was door de mijnwerkers zelf georganiseerd met een snelheid die henzelf waarschijnlijk ook had verrast. Tegen de tijd dat de Wobblies verschenen, was de bom al ontploft en was het meppen begonnen. Er had hun niets gerest dan de mannen in het ziekenhuis te bezoeken terwijl het bedrijf de verse krachten in dienst nam die voor de poort stonden.

Men ging ervan uit dat Danny's dekmantel als Daniel Sante bij nauwkeurig onderzoek door de diverse radicale bewegingen overeind zou blijven. En dat was ook zo. Er was niemand, voor zover hij kon nagaan, die zijn twijfels had. Het probleem was dat, ook als ze het geloofden, zijn verhaal hem geen bijzondere positie verschafte.

Hij ging naar bijeenkomsten en werd niet opgemerkt. Na afloop ging hij naar de kroeg en werd met rust gelaten. Wanneer hij een gesprek probeerde te beginnen, werd alles wat hij zei met beleefde instemming aangehoord waarna men zich even beleefd van hem afdraaide. Hij had kamers gehuurd in een flatgebouw in Roxbury waar hij overdag de radicale periodieken bijhield: *The Revolutionary Age, Cronaca Sovversiva, Proletariat* en *The Worker*. Hij herlas Marx en Engels, Reed en Larkin, en toespraken van Big Bill Hayward, Emma Goldman, Trotski, Lenin en Galleani zelf, tot hij de meeste woordelijk kon oplepelen. 's Maandags en 's woensdags had hij bijeenkomsten van de Roxbury Letts, gevolgd door een met drank overgoten bijeenkomst in de Sowbelly Saloon. Hij bracht zijn nachten met hen door en zijn ochtenden met een blijf-in-bed-en-roep-om-je-mama-kater, want bij de Letten deden ze alles serieus, ook het drinken. Het was een partij Serges en Borissen en Josefs met zo af en toe een Peter of Pjotr die de hele nacht door tekeergingen met wodka en holle retoriek en houten emmers vol warm bier. Ze zetten de stenen bierkroezen met een klap op de gehavende tafels en citeerden Marx, citeerden Engels, citeerden Lenin en Emma Goldman en gilden over de rechten van de werkende mens terwijl ze de barmeid behandelden als oud vuil.

Ze balkten over Debs, hinnikten over Big Bill Haywood, bonkten met hun whiskeyglazen op de tafels en zwoeren vergelding voor de met pek en veren behandelde Wobblies in Tulsa, ook al had die gebeurtenis twee jaar eerder plaatsgevonden en het er niet naar uitzag dat een van hen er een punt achter zou zetten. Ze trokken aan hun muts en paften aan hun sigaretten en gingen tekeer tegen Wilson, Palmer, Rockefeller, Morgan en Oliver Wendell Holmes. Ze kraaiden over Jack Reed en Jim Larkin en de val van het huis Romanov.

Praten, praten, praten, praten, praten, praten, praten.

Danny vroeg zich af of de katers van de drank kwamen of van het gebazel. Christus, die bolsjies klepten tot je scheel zag. Tot je droomde in de rauwe keelklanken van Russische medeklinkers en de nasale, slepende Letse klinkers. Twee avonden per week met de Letten en hij had Louis Frania nog maar één keer gezien, toen de man een toespraak hield en onder zware bewaking verdween.

Hij was de hele staat doorgetrokken op zoek naar Nathan Bishop. Bij banenmarkten, kroegen van revolutionairen, bij marxistische geldinzamelingen. Hij was op vakbondsbijeenkomsten geweest, vergaderingen van radicalen, en bij clubavonden van utopisten die zo ver heen waren dat hun ideeën een belediging voor elke volwassene waren. Hij noteerde de namen van de sprekers en ging op in de achtergrond, maar stelde zich altijd voor als 'Daniel Sante' zodat degene die hij een hand gaf op dezelfde wijze zou antwoorden: 'Andy Thurston' in plaats van 'Andy', 'kameraad Gahn' en niet 'Phil'. Wanneer de gelegenheid zich voordeed, jatte hij een paar bladzijden van de intekenlijsten. Als er voor de deur van de vergaderruimte auto's stonden, noteerde hij de kentekens.

In de binnenstad werden de bijeenkomsten gehouden in bowlingpaleizen, poolzalen, boksscholen, kroegen en koffiehuizen. Op de South Shore kwam men bij elkaar in tenten, danszalen of kermisterreinen die tot de volgende zomer leegstonden. Op de North Shore en in de Merrimac Valley ging de voorkeur uit naar rangeerterreinen en leerlooierijen, bij water dat borrelde van het afval en koperschuim achterliet op de vloedlijn. In de Berkshires was het in de boomgaarden.

Als je naar de ene bijeenkomst ging, kreeg je te horen over de andere. De vissers in Gloucester spraken over solidariteit met hun broeders in New Bedford, de communisten in Roxbury spraken voor hun kameraden in Lynn. Hij hoorde nooit iemand discussiëren over bommen of specifieke plannen om de regering omver te werpen. Ze spraken in vage generalisaties. Luid, opschepperig, even ineffectief als een koppig kind. Hetzelfde gold voor gepraat over het saboteren van bedrijven. Ze praatten wel over 1 mei, maar alleen met betrekking tot andere steden en andere cellen. De kameraden in New York zouden de stad op haar grondvesten doen schudden. De kameraden in Pittsburgh zouden de lont in het kruitvat steken.

De bijeenkomsten van anarchisten werden meestal gehouden op de North Shore en werden slecht bezocht. Degenen die de megafoon hanteerden, waren gortdroge sprekers die vaak in gebroken Engels voorlazen uit het laatste traktaat van Galleani of Thomasino DiPeppe of de gevangen gehouden Leone Scribano, wiens overpeinzingen uit een gevangenis ten zuiden van Milaan werden gesmokkeld. Niemand schreeuwde of sprak met veel emotie of bekeringsijver, en dat maakte hen verwarrend. Danny kreeg snel het vermoeden dat ze wisten dat hij niet een van hen was: te groot, te weldoorvoed, te veel tanden.

Na een bijeenkomst achter op een begraafplaats in Salem maakten zich drie man los uit de groep en volgden hem. Ze liepen langzaam genoeg om het gat niet te dichten en snel genoeg om het niet groter te laten worden. Het scheen hun niet te deren dat hij het merkte. Op een gegeven moment riep een van hen iets naar hem in het Italiaans. Hij wilde weten of Danny besneden was.

Danny liep langs de begraafplaats en door een rij kalkwitte duinen achter een kalksteengroeve. De mannen waren nu een meter of dertig van hem vandaan en begonnen schel tussen hun tanden te fluiten. 'O schat,' riep een van hen, zo te horen. 'O schatje.'

De kalksteenduinen brachten Danny dromen in herinnering, dromen die hij tot op dit moment vergeten was. Dromen waarin hij wanhopig uitgestrekte maanverlichte woestijnen doortrok zonder een idee hoe hij daar was gekomen en zonder een idee hoe hij ooit de weg naar huis moest vinden. En bij elke stap ging hij verder gebukt onder de angst dat thuis niet meer bestond. Dat zijn familie en iedereen die hij kende allang dood was. En dat hij de enige overlevende was en door deze van godverlaten streek moest dwalen. Hij beklom het kleinste duin, krabbelde en klauwde in de winterstilte omhoog.

'O, schatje.'

Hij kwam boven op het duin. Aan de andere kant was de lucht inktzwart. Eronder een paar schuttingen met open hekken.

Hij kwam uit in een straat met hobbelige kinderkopjes waar hij een pesthuis vond. Het bord boven de deur meldde dat het het Cape Ann Sanatorium was, en hij opende de deur en liep naar binnen. Hij draafde langs een verpleegster achter een inschrijfbalie die hem iets nariep. Ze riep hem nog iets na.

Hij kwam bij een trappenhuis en keek achterom de gang door en zag de drie mannen onbeweeglijk buiten staan; een van hen wees omhoog naar het bord. Ongetwijfeld waren ze familieleden kwijtgeraakt aan iets dat op de hogere verdiepingen wachtte: tbc, pokken, polio, cholera. Aan hun onzekere bewegingen kon hij zien dat geen van hen naar binnen durfde. Hij vond een achterdeur en liet zichzelf uit.

De nacht was maanloos en zo guur dat hij het aan zijn tandvlees voelde. Hij rende zo snel hij kon terug door de witte duinen en langs het kerkhof en vond zijn auto waar hij hem had achtergelaten, bij de zeemuur. Hij ging zitten en speelde met de knoop in zijn broekzak. Zijn duim ging over het gladde oppervlak en in een flits zag hij Nora voor zich die in de kamer met uitzicht op zee met de beer naar hem uithaalde, kussens links en rechts op de vloer, haar ogen brandend met een bleek vuur. Hij sloot zijn ogen en kon haar ruiken. Hij reed terug naar de stad met een voorruit smerig van het zout en zijn eigen angst die op zijn hoofdhuid opdroogde.

Op een ochtend zat hij in een koffiehuis in de buurt van Harrison Avenue met een tegelvloer met blokpatroon en een stoffige plafondventilator die bij elke omwenteling klikte. Hij dronk koppen bitterzwarte koffie en wachtte op Eddie McKenna. Op straat duwde een scharensliep zijn kar over de keien en zijn voorbeeldmessen zwaaiden heen en weer aan touwtjes en vingen het zonlicht op. Lichtpijlen kerfden Danny's pupillen en de muren van het koffiehuis. Hij draaide zich om in zijn box, klapte zijn horloge open en het lukte hem het ding lang genoeg stil te houden om te beseffen dat McKenna te laat was, hoewel dat geen verrassing was. Hij keek nog eens rond in het koffiehuis om te zien of er gezichten waren die te veel of te weinig aandacht voor hem hadden. Toen hij had vastgesteld dat het de normale verzameling kleine zakenlieden en zwarte kruiers en secretaresses van het Statler Building was, boog hij zich weer over zijn koffie, er bijna zeker van dat hij zelfs met een kater iemand die hem schaduwde kon aanwijzen.

McKenna vulde de deuropening met zijn te grote lijf en onwrikbaar optimisme, dat bijna gelukzalige gevoel van doelgerichtheid dat Danny al zijn hele leven in hem had gezien, nog in de tijd dat ze in North End woonden, Eddie vijftig kilo lichter was en bij hen binnenviel om zijn vader te spreken en altijd drop voor Danny en Connor bij zich had. Zelfs toen, toen hij nog een gewone straatagent was die werkte in het havenkwartier van Charlestown, met kroegen die tot de bloedigste van de stad werden gerekend en een rattenpopulatie die zo buitensporig groot was dat het aantal gevallen van tyfus en polio drie maal zo hoog was als in andere districten, zelfs toen was de uitstraling van de man al even opvallend geweest. Een van de verhalen die bij de politie de ronde deden, was dat Eddie McKenna al vroeg in zijn loopbaan te horen had gekregen dat hij nooit undercoverwerk zou kunnen doen, puur en alleen om zijn enorme aanwezigheid. Degene die toen de leiding had, had tegen hem gezegd: 'Je bent de enige kerel die ik ken die een kamer binnenkomt vijf minuten voor hij er is.'

Eddie hing zijn jas op en ging tegenover Danny in de box zitten. Hij trok de aandacht van een serveerster en vormde met zijn lippen het woord 'koffie'.

'Heilige Maria Moeder van God,' zei hij tegen Danny. 'Je stinkt als de Armeniër die de dronken geit heeft opgegeten.'

Danny haalde zijn schouders op en nam nog een slok koffie.

'En die zich daarna onderkotste,' zei McKenna.

'De hoogst denkbare lof, sir.'

McKenna stak de stomp van zijn sigaar aan en de lucht ervan trok rechtstreeks naar Danny's maag. De serveerster bracht een kop koffie en vulde Danny's kop bij. Toen ze wegliep, keek McKenna naar haar kont.

Hij haalde een heupfles tevoorschijn en gaf hem aan Danny. 'Ga je gang.'

Danny liet een paar druppels in zijn koffie vallen en gaf hem terug.

McKenna gooide een blocnote op tafel en legde een dik potlood, zo stomp als zijn sigaar, naast de blocnote. 'Ik heb net een bespreking gehad met een paar andere jongens. Vertel me alsjeblieft dat je meer vorderingen maakt dan zij.'

De 'andere jongens' in de ploeg waren tot op zekere hoogte uitgekozen om hun intelligentie, maar vooral omdat ze konden doorgaan voor mensen met een etnische achtergrond. De BPD telde geen Joden of Italianen, maar Harold Christian en Larry Benzie waren donker genoeg om te kunnen doorgaan voor een Griek of een Italiaan. Paul Wascon, klein en met donkere ogen, was opgegroeid in New Yorks Lower East Side. Hij sprak redelijk goed Jiddisch en was geïnfiltreerd in een cel van Jack Reeds en Jim Larkins Socialist Left Wing die opereerde vanuit een kelder in West End.

Geen van hen had de opdracht gewild. Het betekende lange werkdagen zonder extra betaling, zonder overwerkvergoeding, en zonder beloning omdat het officiële standpunt van de BPD was dat de terroristische cellen een probleem van respectievelijk New York, Chicago en San Francisco waren. Dus ook al had de ploeg succes, dan nog werd het nooit op hun conto geschreven en overwerkvergoeding al helemaal niet.

Maar McKenna had ze uit hun eenheden weggeplukt met zijn gebruikelijke combinatie van omkopen, dreigen en chanteren. Danny was binnengekomen via de achterdeur wegens Tessa; god mocht weten wat Christian en Benzie was beloofd, en Wascon was in augustus betrapt met zijn hand in de koekjestrommel, dus McKenna had hem voor de rest van zijn leven in zijn zak.

Danny gaf McKenna zijn aantekeningen. 'Kentekens van de bijeenkomst van de Visserbroederschap in Woods Hole. De presentielijst van de West Roxbury Dakdekkersvakbond en eentje van de North Shore Socialist Club. Notulen van alle bijeenkomsten van deze week, met inbegrip van de Roxbury Letten.'

McKenna nam de aantekeningen aan en stopte ze in zijn tas. 'Mooi, mooi. En verder?'

'Niks.'

'Hoe bedoel je?'

'Ik bedoel dat ik verder niks heb,' zei Danny.

McKenna liet zijn potlood vallen en zuchtte. 'Jezus.'

'Wat?' zei Danny, die zich iets beter voelde dankzij de whiskey in de koffie. 'Buitenlandse radicalen koesteren – je meent het! – een wantrouwen tegen Amerikanen. En ze zijn paranoïde genoeg om op zijn minst met het idee te spelen dat ik misschien wel eens een infiltrant zou kunnen zijn, hoe degelijk mijn Sante-dekmantel ook is. En zelfs als ze helemaal vallen voor de buitenkant, dan nog wordt Daniel Sante niet beschouwd als leidinggevend materiaal. In ieder geval niet bij de Letten. Die zijn me nog steeds aan het testen.'

'Heb je Louis Frania gezien?'

Danny knikte. 'Hij heeft een toespraak gehouden, maar ik heb hem niet gesproken. Hij houdt zich verre van het voetvolk, omringt zich met de top en gorilla's.'

'Heb je je oude vriendinnetje gezien?'

Danny trok een lelijk gezicht. 'Als ik haar had gezien, inspecteur, zat ze nu in de bak.'

McKenna nam een slok uit zijn fles. 'Heb je haar gezocht?'

'Ik ben deze hele vervloekte staat door geweest. Ik ben zelfs een paar keer de grens met Connecticut over geweest.'

'En hier in de buurt?'

'Het krioelt in North End van de jongens van Justitie die naar Tessa en Federico uitkijken. Dus staat de hele buurt onder spanning. Dichtgeklapt. Niemand zal iets tegen me zeggen, inspecteur. Niemand die iets tegen een *Americano* zegt.'

McKenna wreef met de muis van zijn hand over zijn gezicht. 'Ja, ik wist dat het niet gemakkelijk zou zijn.'

'Precies.'

'Gewoon blijven ploeteren.'

Jezus, dacht Danny, is dit het, is dít recherchewerk? Vissen zonder net?

'Ik vind nog wel wat voor je.'

'Behalve een kater?'

Danny lachte flauwtjes.

McKenna wreef weer over zijn gezicht en geeuwde. 'Verdomde terroristen.' Hij geeuwde opnieuw. 'O ja, die Nathan Bishop ben je nog niet tegengekomen, hè? Die dokter.'

'Nee.'

McKenna knipoogde. 'Dat is omdat hij dertig dagen in Chelsea in de dronkemanscel heeft gezeten. Ze hebben hem er twee dagen geleden uitgeschopt. Ik heb een van de kerels daar gevraagd of hij bij hen bekend was, en ze zeiden dat hij graag in de Capitol Tavern komt. Blijkbaar sturen ze daar ook zijn post heen.'

'De Capitol Tavern,' zei Danny. 'Die kelderkroeg in West End?'

'Die, ja,' zei McKenna. 'Misschien dat je daar een kater kunt verdienen en tegelijkertijd je land kunt dienen.'

Danny zat drie avonden in de Capitol Tavern voor Nathan Bishop het woord tot hem richtte. Danny had hem meteen de eerste avond al gezien toen Bishop binnenkwam en aan de bar ging zitten. Hij zat alleen aan een tafeltje verlicht door een kaarsje aan de muur boven hem. De eerste avond las hij een boekje en de tweede avond een krant van de stapel. Hij dronk whiskey, de fles op tafel naast het glas, maar de eerste twee avonden ging hij heel voorzichtig met zijn drank om, dronk hij geen deuk in de fles en liep hij net zo koersvast de deur uit als hij was binnengekomen. Danny vroeg zich af of de karakterbeschrijving van Finch en Hoover wel klopte.

Maar de derde avond schoof hij de kranten opzij, nam grote slokken en rookte de ene sigaret na de andere. Eerst keek hij alleen maar naar de rook van zijn sigaret en leek zijn blik vaag en ver weg. Geleidelijk vonden zijn ogen de rest van de kroeg en verscheen er een glimlach op zijn gezicht alsof iemand die daar te haastig op had geplakt.

De eerste reactie van Danny toen hij hem hoorde zingen was dat dit niet de stem van die man kon zijn. Bishop was klein en spichtig, een man met fijne gelaatstrekken en lichte botten. Maar zijn stem was een dreunende, overdonderende, langsdenderende trein.

'Daar gaat-ie weer.' De barman zuchtte maar klonk niet echt ongelukkig.

Het was een nummer van Joe Hill, 'The Preacher and the Slave', dat Nathan Bishop die avond als eerste koos, waarbij zijn diepe bariton het protestlied een duidelijk Keltisch karakter verleende dat uitstekend samenging met de grote open haard en de gedempte verlichting van de Capitol Tavern en het donkere loeien van de sleepboten in de haven.

'Langharige predikers komen elke avond laat,' zong hij. 'Vertellen ons wat goed is en wat kwaad. Maar als je ze vraagt: "Hebt u wat eten?" Dan is hun antwoord wel heel bescheten: "Eten krijg je in den hoge, achter Petrus' hemelpoort. Werk, wees vroom, en eet stro, in de hemel wacht je brood, na je dood." Wat een leugen...'

Hij glimlachte liefjes, ogen half gesloten, toen de schaarse klanten even applaudisseerden. Danny klapte door. Hij kwam van zijn kruk, hief zijn glas en zong met luide stem: '"Holy Rollers and Jumpers come out, and they holler, they jump and they shout. "Give your money to Jesus," they say. "He will cure all diseases today."'

('"Heilige springers, komt getuigen! En ze schreeuwen en springen en juichen. "Als jullie je geld aan Jezus geven, dan zal hij alle zieken genezen."')

Danny sloeg zijn arm om de man naast hem, een schoorsteenveger met een slechte heup, en die hief ook zijn glas. Nathan Bishop kwam met enige moeite achter zijn tafeltje vandaan, zorgde ervoor zowel glas als fles van tafel mee te nemen en kwam erbij staan, terwijl ook twee zeelui, keihard en oervals meebrulden, maar daar zat niemand mee. Ze zwaaiden met het glas in de hand heen en weer:

If you fight hard for children and wife
Try to get something good in this life,
You're a sinner and bad man, they tell,
When you die you will sure go to hell.

(Als je vecht voor vrouw en kind
En iets goeds in dit leven wilt,
Ben je slecht, zegt men al snel.
Na je dood wacht zeker de hel.)

De laatste regel kwam er onder gebrul en lachstuipen uit en de barman luidde de bel achter de bar en beloofde een gratis rondje.

'We zingen voor ons avondmaal, jongens!' schreeuwde een van de zeelui.

231

'Jullie krijgen een gratis rondje als jullie ophouden met zingen!' schreeuwde de barman boven het gelach uit. 'Dat is de voorwaarde, en ook de enige.'

Ze waren allemaal dronken genoeg om daar om te juichen en gingen om voor hun gratis drankje en gaven elkaar een hand: Daniel Sante, ik ben Abe Rowley, Abe Rowley, dit zijn Terrance Bonn en Gus Sweet, Terrance Bonn en Gus Sweet, ik ben Nathan Bishop, Nathan Bishop, ik ben Daniel Sante.

'Fantastische stem, Nathan.'

'Dank je. Maar die van jou mag er ook zijn, Daniel.'

'Is dat een gewoonte van je, luidkeels in een bar gaan zingen?'

'Aan de overkant van het grote water, waar ik vandaan kom, is dat heel gewoon. Het was behoorlijk somber hier tot ik de zaak opkikkerde, vind je ook niet?'

'Dat spreek ik niet tegen.'

'Nou, proost dan.'

'Proost.'

Ze klonken en gooiden hun glas achterover.

Zeven glazen en vier nummers later aten ze de hutspot die de barman de hele dag op het vuur had staan. Hij smaakte afschuwelijk: het vlees was bruin en onherkenbaar en de aardappels waren grauw en taai. Als Danny had moeten raden, had hij er wat onder verwed dat de troep die er op zijn tanden was achtergebleven zaagsel was. Maar het vulde. Daarna gingen ze ervoor zitten en dronken, en Danny vertelde de leugens van Daniel Sante over Western Pennsylvania en Thomson Lead.

'Dat is het gewoon, hè?' zei Nathan terwijl hij een sigaret rolde met tabak uit een pakje dat hij op schoot had liggen. 'Je vraagt op deze wereld om iets en het antwoord is altijd "Nee". En dan ben je gedwongen het te nemen van degenen die het vóór jou zelf ook genomen hebben – en in veel grotere porties, zou ik zeggen – en dan hebben ze het lef jou een dief te noemen. Het is gewoon absurd.' Hij bood Daniel de sigaret aan die hij net had gerold.

Danny stak een hand op. 'Nee, dank je. Ik koop ze per pakje.' Hij haalde zijn Murads uit zijn borstzak en legde ze op tafel.

Nathan stak de zijne op. 'Hoe kom je aan dat litteken?'

'Dit?' Danny wees naar zijn nek. 'Methaanexplosie.'

'In de mijnen?'

Danny knikte.

'Mijn vader was ook mijnwerker,' zei Nathan. 'Niet hier.'

'Aan de overkant?'

'Precies.' Hij glimlachte. 'Net buiten Manchester, in het noorden. Daar ben ik opgegroeid.'

'Onvriendelijk gebied, heb ik gehoord.'

'Ja, dat is zo. Schandalig saai ook. Allemaal grijs met af en toe wat bruin. Mijn vader is er gestorven. In een mijn. Kun je je dat voorstellen?'

'Sterven in een mijn?' zei Danny. 'Ja.'

'Hij was sterk, mijn vader. Dat is het meest wrange van de hele smerige toestand. Snap je wel?'

Danny schudde zijn hoofd.

'Nou, neem mij bijvoorbeeld. Ik stel fysiek niet veel voor. Ongecoordineerd, bar en boos met sport, bijziend, met kromme benen en astmatisch.'

Danny lachte. 'Niks vergeten?'

Nathan lachte en stak een hand op. 'Van alles en nog wat. Maar dat is het hem nou net, snap je? Ik ben lichamelijk zwak. Als een mijngang zou instorten en ik werd bedolven onder honderd kilo rommel, met misschien nog een houten stut van een halve ton, en een verschrikkelijk kleine hoeveelheid zuurstof, nou dan was het snel bekeken. Ik zou sterven als een brave Engelsman, kalm en zonder te klagen.'

'Maar je vader...' zei Danny.

'Kroop,' zei Nathan. 'Ze vonden zijn schoenen op de plaats waar de zaak op hem was terechtgekomen. Dat was honderd meter van waar ze zijn lichaam vonden. Hij kroop. Met een gebroken rug en door honderden zo niet duizenden kilo's aarde en steen heen, terwijl het mijnbedrijf twee dagen wachtte voor ze met uitgraven begonnen. Ze waren bang dat de reddingspogingen de wanden van de hoofdgang in gevaar zouden brengen. Ik vraag me af of mijn vader, als hij dat had geweten, eerder was gestopt met kruipen, of dat hij nog twintig meter was doorgegaan.'

Ze zwegen een tijdje terwijl de vlammen sissend en sputterend langs een paar nog vochtige stammetjes trokken. Nathan Bishop schonk zich nog eens in en hield de fles schuin boven Danny's glas, schonk ook dat met gulle hand vol.

'Het deugt niet,' zei hij.

'Wat niet?'

'Wat mensen met geld eisen van mensen zonder. En dan verwachten ze dat de armen dankbaar zijn voor de restjes. Ze hebben het gore lef zich beledigd, moreel beledigd, te gedragen als de armen niet meespelen. Ze horen op de brandstapel.'

Danny voelde de drank in zijn lijf stroperig worden. 'Wie?'

'De rijken.' Er trok een lui lachje over zijn gezicht. 'Verbranden, allemaal.'

Danny bevond zich weer in Fay Hall voor een vergadering van de BSC. Op de agenda van die avond stond de herhaalde weigering van de dienst om Spaanse-griepgerelateerde ziekteverschijnselen bij het personeel te beschouwen als werkgerelateerd. Steve Coyle, iets dronkener dan je had gehoopt, sprak over zijn hooglopende ruzie om iets van een invaliditeitsuitkering te krijgen van de dienst die hij twaalf jaar had gediend.

Nadat de griepkwestie uitputtend was behandeld, ging het verder over een voorlopig voorstel aan de dienst een deel van de kosten voor het vervangen van beschadigde of versleten uniformen op zich te nemen.

'Het is het meest onschuldige salvo dat we kunnen afvuren,' zei Mark Denton. 'Als ze het verwerpen, kunnen we er later op wijzen om te laten zien dat ze weigeren ook maar iets toe te geven.'

'Erop wijzen? Tegenover wie?' vroeg Adrian Melkins.

'De pers,' zei Denton. 'Vroeg of laat gaat deze strijd in de kranten worden uitgevochten. Dan wil ik dat ze aan onze kant staan.'

Na de vergadering, toen iedereen rond de koffiekannen draaide en de heupflessen rondgingen, merkte Danny dat hij aan zijn vader dacht en daarna aan Nathan Bishop.

'Mooie baard,' zei Mark Denton. 'Fok je katten in dat ding?'

'Undercoverwerk,' zei Danny. Hij zag voor zich hoe Bishops vader door de ingestorte mijn kroop. Zag voor zich hoe zijn zoon nog steeds probeerde dat weg te drinken. 'Wat heb je nodig?'

'Hè?'

'Van mij,' zei Danny.

Mark deed een stap achteruit, taxeerde hem. 'Ik probeer al vanaf de eerste keer dat je hier opdook vast te stellen of je wel of geen infiltrant bent.'

'Wie zou me hebben gestuurd?'

Denton schoot in de lach. 'Kostelijk. Peetzoon van Eddie McKenna, zoon van Tommy Coughlin. En dan zo'n vraag? Lachen.'

'Stel dat ik een infiltrant ben, waarom zou je me dan om hulp vragen?'

234

'Om te zien hoe snel je toehapte. Ik moet toegeven dat het feit dat je niet meteen toehapt, me aan het twijfelen heeft gebracht. Maar nu vraag je mij hoe je ons zou kunnen helpen.'

'Klopt.'

'Volgens mij is het nu mijn beurt om erover na te denken,' zei Denton.

Eddie McKenna hield zijn besprekingen soms bij hem op het dak. Hij woonde in een huis uit het begin van de achttiende eeuw boven op Telegraph Hill in South Boston. Zijn uitzicht – het Thomas Park, Dorchester Heights, de skyline van het centrum, het Fort Point-kanaal en Boston Harbor – was, net als hijzelf, weids. Het dak was geteerd en plat als bladmetaal. Eddie had er een tafeltje en twee stoelen en een metalen schuurtje waar hij zijn gereedschap bewaarde en het tuinge- reedschap waarmee Mary Pat, zijn vrouw, het piepkleine tuintje achter hun huis bewerkte. Hij vond het heerlijk om te zeggen dat hij het uit- zicht had en het dak en de liefde van een goede vrouw, dus dat hij het de Lieve Heer niet kwalijk kon nemen dat hij hem een tuin met een gazon had ontzegd.

Het was zoals de meeste uitspraken van Eddie McKenna zowel een en al waarheid als kletskoek. 'Ja,' had Thomas Coughlin ooit tegen Danny gezegd, 'Eddies kelder is net groot genoeg voor zijn voorraad kolen en, inderdaad, zijn tuintje kan net één tomatenplant, een struikje basilicum en misschien een kleine roos herbergen, maar zeker niet het gereedschap dat er nodig is voor het onderhoud. Maar dat is niet zo belangrijk, want Eddie McKenna bewaart in zijn schuurtje niet alleen gereedschap.'

'Wat dan nog meer?' had Danny gevraagd.

Thomas had met zijn vinger gezwaaid. 'Nee, jongen, zo dronken ben ik niet.'

Deze avond stond hij met zijn peetvader bij het schuurtje met een glas Ierse whiskey en een van de uitstekende sigaren die Eddie elke maand kreeg van een vriend bij de politie van Tampa. De lucht rook vochtig en rokerig, alsof er een dichte mist hing, maar het was helder. Danny had Eddie zijn verslag van de ontmoeting met Nathan Bishop gegeven, en Bishops opmerking over wat er met de rijken moest ge- beuren, maar Eddie had amper laten merken dat hij het had gehoord.

Maar toen Danny hem nog een lijst gaf, in dit geval voor de helft be- staand uit namen en de andere helft uit kentekens van bezoekers aan een vergadering van de Coalition of the Friends of the Southern Italian

Peoples, veerde Eddie op. Hij nam de lijst van Danny aan en keek hem snel door. Hij opende de deur van zijn schuurtje, haalde de gebarsten leren tas die hij altijd bij zich had, tevoorschijn, stopte het papier erin, hing de tas terug en sloot de deur.

'Geen hangslot?' vroeg Danny.

Eddie hield zijn hoofd schuin. 'Toch niet voor gereedschap?'

'En tassen.'

Eddie grinnikte. 'Welk zinnig mens zou het in zijn hoofd halen dit nederig verblijf te benaderen met andere dan eerlijke bedoelingen?'

Danny glimlachte erom, maar plichtmatig. Hij trok aan zijn sigaar, keek uit over de stad en snoof de geur van de haven op. 'Wat doen we hier, Eddie?'

'Het is een mooie avond.'

'Nee. Ik bedoel met dit onderzoek.'

'We sporen radicalen op. We beschermen en dienen dit prachtige land.'

'Door lijsten op te stellen?'

'Je bent toch niet ziek, Dan?'

'Wat bedoel je?'

'Dat je niet jezelf bent. Krijg je wel genoeg slaap?'

'Geen mens heeft het over 1 mei. In ieder geval niet zoals je zou verwachten.'

'Het is niet zo dat ze ermee te koop lopen, dat ze hun snode plannen van de daken schreeuwen. Je loopt nog niet eens een maand mee.'

'Het zijn praters, allemaal. Maar meer ook niet.'

'De anarchisten?'

'Nee,' zei Danny. 'Dát zijn vuile terroristen. Maar de rest? Je hebt me vakbonden van loodgieters, timmerlieden laten controleren, elke onbenullige socialistische breiclub die je kunt vinden. En waarvoor? Namen? Ik begrijp het niet.'

'Moeten we wachten tot ze ons echt de lucht in laten vliegen voor we ze serieus nemen?'

'Wie? De loodgieters?'

'Even serieus.'

'De bolsjies?' zei Danny. 'De socialisten? Ik weet echt niet of ze in staat zijn meer op te blazen dan hun eigen kas.'

'Het zijn terroristen.'

'Het zijn dissidenten.'

'Misschien moet je er een tijdje tussenuit.'

236

'Misschien moet ik een duidelijker beeld hebben van waar we in godsnaam mee bezig zijn.'

Eddie legde een arm om zijn schouders en nam hem mee naar de rand van het dak. Ze keken uit over de stad, de groene parken en de grijze straten, de stenen gebouwen, zwarte daken, de lichtjes in het centrum die zich weerspiegelden in het donkere water dat er doorheen stroomde.

'Dit beschermen we, Dan. Dit hier. Daar zijn we mee bezig.' Hij nam een trek aan zijn sigaar. 'Huis en haard. Niets meer en niets minder.'

Een andere avond met Nathan Bishop in de Capitol Tavern. Nathan was zwijgzaam tot de derde borrel aansloeg en daarna: 'Heeft iemand je wel eens geslagen?'

'Hè?'

Hij stak zijn vuisten op. 'Je weet wel.'

'Nou en of. Ik heb gebokst,' zei hij. En daarna: 'In Pennsylvania.'

'Maar ben je ooit lijfelijk opzijgeschoven?'

'Opzijgeschoven?' Danny schudde het hoofd. 'Niet dat ik me kan herinneren. Hoezo?'

'Ik vraag me af of je beseft hoe uitzonderlijk dat is. Door het leven gaan zonder angst voor anderen.'

Zo had Danny het nog nooit bekeken. Opeens geneerde hij zich voor het feit dat hij altijd had verwacht dat het leven hem gunstig gezind zou zijn. En meestal was dat ook zo.

'Het moet fijn zijn,' zei Nathan. 'Dat is alles.'

'Wat doe jij?' vroeg Danny.

'Wat doe jij?'

'Ik zoek werk. Maar jij? Je handen zijn niet de handen van een arbeider. En je kleren ook niet.'

Nathan ging met zijn hand over de revers van zijn jas. 'Dit zijn geen dure kleren.'

'Maar ook geen vodden. En ze passen bij je schoenen.'

Met een scheef lachje zei Nathan: 'Interessante observatie. Ben je een smeris?'

'Ja,' zei Danny en stak een sigaret op.

'Ik ben dokter.'

'Een smeris en een dokter. Ik schiet ze neer en jij maakte ze weer beter.'

'Ik meen het.'

'Ik ook.'

'Nee, serieus.'

'Goed, ik ben geen smeris. Maar ben jij wel dokter?'

'Geweest.' Bishop drukte zijn sigaret uit. Hij nam een bedachtzame slok.

'Kun je stoppen met dokter zijn?'

'Je kunt overal mee stoppen.' Bishop nam nog een slok en slaakte een lange zucht. 'Ik ben chirurg geweest. De meeste mensen die ik heb gered verdienden het niet te worden gered.'

'Waren ze rijk?'

Danny zag een wrevel over Bishops gezicht kruipen die hem zo langzamerhand bekend voorkwam. Het betekende dat Bishop op weg was naar de plek waar zijn woede de overhand kreeg, waar hij pas kon worden gekalmeerd wanneer hij zich helemaal had uitgeput.

'Ze waren gevoelloos,' zei hij en zijn tong geselde het woord met minachting. 'Als je tegen ze zei: "Elke dag sterven er mensen. In North End, West End, South Boston, in Chelsea. En waar sterven ze aan? Ze sterven maar aan één ding: armoede. Meer niet. Zo eenvoudig ligt het."' Hij rolde een sigaret, leunde ondertussen over tafel en slurpte uit zijn glas, met zijn handen nog steeds in zijn schoot. 'Weet je wat de mensen zeggen wanneer je ze dat vertelt? Ze zeggen: "Kan ik er wat aan doen?" Alsof dat een antwoord is. Wat kun *jij* doen? Je kunt heel goed helpen, godverdomme. Dat kun je, stomme klootzak van een bourgeois. Wat je kan *doen*? Rol je mouwen op, kom van je luie reet, schop je vrouw met haar luie reet van hetzelfde kussen en ga naar de plek waar je makkers – je broeder en je zuster, je medemensen, godverdomme – op geheel authentieke wijze van de honger creperen. En doe wat er gedaan moet worden om ze te helpen. Dat is godverdomme wat je godverdomme wel kan doen.'

Nathan Bishop kiepte de rest van zijn glas achterover. Hij liet het glas op de gehavende tafel vallen en keek om zich heen, met rode, felle oogjes.

In de beladen atmosfeer die vaak op Nathans tirades volgden, hield Danny zijn mond. Hij voelde de mannen aan het tafeltje naast hen ongemakkelijk op hun stoelen heen en weer schuiven. Een van hen begon opeens over Babe Ruth, over de laatste geruchten in die bedrijfstak. Nathan haalde zwaar snuivend adem terwijl hij naar de fles greep en zijn sigaret tussen zijn lippen stak. De hand met de fles beefde. Hij schonk zich nog eens in. Hij leunde achterover, liet zijn duimnagel langs een luciferkop schieten en stak zijn sigaret aan.

'Dat is wat je kan doen,' fluisterde hij.

In de Sowbelly Saloon probeerde Danny tussen de vele Roxbury Letten door de tafel achterin te zien waar deze avond Louis Frania zat in een donkerbruin pak met een smalle, zwarte stropdas en af en toe een slokje nam van een glaasje met een amberkleurige vloeistof. Alleen het vuur in zijn ogen achter kleine, ronde brillenglazen verried dat hij geen hoogleraar was die de verkeerde tent was binnengestapt. Dat, en de eerbied waarmee de anderen hem behandelden, voorzichtig zijn drankje op de tafel voor hem neerzetten, hem vragen stelden met de vooruitstekende kin van vraaggrage kinderen, keken of hij naar hen keek wanneer ze een bepaald punt toelichtten. Men zei dat Frania, Italiaan van geboorte, zo vloeiend Russisch sprak als je van een niet-Rus kon verlangen, een vaststelling die, zo ging het gerucht, door Trotski zelf was gedaan. Er lag een opschrijfboekje in een zwarte moleskin omslag open op tafel voor Frania waarin hij af en toe iets met een potlood opschreef of bladerde. Hij keek nauwelijks op, eigenlijk alleen om een bepaalde uitspraak van een spreker met een kalm sluiten van de ogen te onderkennen. Danny en hij wisselden niet eens een enkele blik.

Maar de andere Letten behandelden Danny eindelijk niet meer met de geamuseerde beleefdheid die werd bewaard voor kinderen en zwakzinnigen. Hij durfde niet te zeggen dat ze hem al vertrouwden, maar ze waren aan zijn aanwezigheid gewend.

Daar stond tegenover dat hun accent zo zwaar was dat ze van een gesprek met hem al snel moe werden en afhaakten zodra een andere Let er in hun eigen taal tussenkwam. Die avond hadden ze een lange lijst met te behandelen problemen en oplossingen, en die werden van de vergadering meegenomen naar de bar.

Probleem: De Verenigde Staten waren een geheime oorlog begonnen tegen de voorlopige bolsjewistische regering van het nieuwe Rusland. Wilson had zijn goedkeuring gegeven aan de detachering van het 339ste, dat zich had aangesloten bij de Britten en de Russische havenstad Archangel aan de Witte Zee hadden bezet. De Amerikaanse en Britse troepen hadden gehoopt de bevoorrading van Lenin en Trotski te blokkeren en hen tijdens een lange winter uit te hongeren, maar waren nu zelf overvallen door een vroege winter en volgens de geruchten waren ze overgeleverd aan de genade van hun Wit-Russische bondgenoten, een corrupte groep krijgsheren en tribale boeven. Dit pijnlijke moeras was weer eens zo'n voorbeeld van westers kapitalisme dat probeerde de wil van de grote volksbeweging te knakken.

Oplossing: Overal moesten arbeiders zich verenigen en in opstand komen tot de Amerikanen en Britten hun troepen terugtrokken.

Probleem: De onderdrukte brandweerlieden en politieagenten van Montreal werden door de staat geweldig ondergewaardeerd en van hun rechten beroofd.

Oplossing: Tot de Canadese regering voor de politieagenten en de brandweerlieden capituleerde en hun een eerlijk loon betaalde, moesten de arbeiders overal voor maatschappelijke onrust zorgen.

Probleem: In Hongarije en Beieren en Griekenland en Frankrijk hing revolutie in de lucht. In Duitsland rukten de Spartakisten op naar Berlijn. In New York weigerde de Vakbond van Havenarbeiders aan het werk te gaan en overal in het land waarschuwden vakbonden voor 'No Beer, No Work'-sit-downs als de droogleggingswet van kracht zou worden.

Oplossing: Ter ondersteuning van al deze kameraden zouden de arbeiders van de wereld zich verenigen in maatschappelijke onrust.

Zouden.

Konden.

Zouden kunnen.

Geen vastomlijnde plannen voor een revolutie die Danny te horen kreeg. Geen concreet beramen van de opstand.

Alleen meer drinken. Meer praten dat veranderde in dronken kreten en kapotte barkrukken. En die avond waren het niet alleen mannen die barkrukken molden en schreeuwden maar ook vrouwen, hoewel het verschil vaak niet te zien was. In de klassenstrijd was geen plaats voor het seksistische kastenstelsel van de Verenigde Kapitalistische Staten van Amerika, maar de meeste vrouwen in de kroeg hadden een hard gezicht en waren fabrieksgrauw, in hun grove kleding en grove accent even sekseloos als de mannen die ze kameraden noemden. Ze hadden meestal geen gevoel voor humor (een gemis dat typerend was voor de meeste Letten) en erger nog, ze waren daar op politieke gronden tegen. Humor werd gezien als een emotionele ziekte, een bijproduct van de Romantiek, en romantische begrippen waren ook weer een opiaat dat de heersende klassen nodig had om te voorkomen dat de massa de waarheid zou zien.

'Ja, lachen jullie maar,' zei Hetta Losivitsj die avond. 'Lach maar tot jullie eruitzien als een stelletje idioten, als hyena's. En de industriëlen lachen jullie uit omdat ze jullie precies hebben waar ze jullie hebben willen. Machteloos. Lachend, maar machteloos.'

Een gespierde Est, Pjotr Glaviach, sloeg Danny op de schouder.

'Pampoelatten, ja? Morgen ja?'

Danny keek naar hem op. 'Ik weet bij god niet waar je het over hebt.'

Glaviach had een baard zó woest dat het was of men hem had gestoord bij het inslikken van een wasbeer. Die schudde nu Glaviach zijn hoofd in zijn nek legde en het uitbulderde. Hij was een van de zeldzame Letten die lachte, alsof hij het gebrek bij de rest wilde compenseren. Het was echter een lach die Danny niet geheel vertrouwde, omdat hij had gehoord dat Glaviach een van de oprichters van de oorspronkelijke Letse bond was, mannen die zich in 1912 hadden verenigd om de eerste guerrillaschermutselingen tegen Nicolaas II te beginnen. Deze inaugurele Letten hadden een bliksemcampagne tegen de soldaten van de tsaar gevoerd die in aantal tachtig maal zo sterk waren, hadden tijdens de Russische winter in de openlucht geleefd op een dieet van halfbevroren aardappels en hadden hele dorpen uitgemoord bij alleen al het vermoeden dat er één Romanov-sympathisant woonde.

Pjotr Glaviach zei: 'We gaan morgen uit en delen pampoelat uit. Voor de arbeiders, ja? Jij snapt?'

Danny snapte het niet. Hij schudde het hoofd. 'Pampoe-wat?'

Glaviach sloeg ongeduldig zijn handen ineen. 'Pampoelat, ezel man. Pampoelat.'

'Ik snap – '

'Pamfletten,' zei iemand achter Danny. 'Ik denk dat hij pamfletten bedoelt.'

Danny draaide zich om in zijn box. Daar stond Nathan Bishop, met een elleboog leunend op de rugleuning van Danny's zitplaats.

'Ja, ja,' zei Pjotr Glaviach. 'We delen pampoelatten uit. We verspreiden nieuws.'

'Zeg "oké" tegen hem,' zei Nathan. 'Hij is dol op dat woord.'

'Oké,' zei Danny tegen Glaviach en stak zijn duim op.

'Hoké! Hoké, Miester! Jij komt hier,' zei Glaviach en stak met een machtig gebaar een duim op. 'Acht uur.'

Danny zuchtte. 'Goed, acht uur.'

'Wij maken pret,' zei Glaviach en sloeg Danny op de rug. 'Misschien zien mooie vrouw.' Bulderend stommelde hij weg.

Bishop glipte de box in en zette een pul bier voor Danny neer. 'De enige manier om in deze beweging mooie vrouwen tegen te komen, is de dochters van onze vijanden ontvoeren.'

'Wat doe jij hier?' vroeg Danny.

'Hoe bedoel je?'

'Ben jij een Let?'

'En jij dan?'

'Ik hoop het te worden.'

Nathan haalde zijn schouders op. 'Ik kan niet zeggen dat ik bij een bepaalde organisatie hoor. Ik help als het zo uitkomt. Ik ken Lou al heel lang.'

'Lou?'

'Kameraad Frania,' zei Nathan en wees met zijn kin. 'Zou je hem een keer willen ontmoeten?'

'Meen je dat nou? Ik zou me vereerd voelen.'

Met dat aparte lachje van hem vroeg Bishop: 'Heb je nog bijzondere talenten?'

'Ik schrijf.'

'Goed?'

'Ik hoop van wel.'

'Als je mij wat voorbeelden geeft, zal ik zien wat ik kan doen.' Hij keek de kroeg rond. 'Mijn god, wat een deprimerende gedachte.'

'Wat? Dat ik een ontmoeting met kameraad Frania krijg?'

'Hè? Nee. Glaviach heeft me aan het denken gezet. In geen van de bewegingen is één mooie vrouw te vinden. Niet één... Wacht, er is er een.'

'O ja?'

Hij knikte. 'Hoe kon ik haar vergeten. Er is er een.' Hij floot. 'Verdomd mooie meid.'

'Is ze hier?'

Nathan lachte. 'Als dat zo was, had je het geweten.'

'Hoe heet ze?'

Bishops hoofd draaide zo snel dat Danny bang was dat hij zijn dekmantel had gecompromitteerd. Bishop keek hem recht in de ogen en leek zijn gezicht te bestuderen.

Danny nam een slok bier.

Bishop keek weer naar het volk in de kroeg. 'Ze heeft vele namen.'

2

Luther stapte uit de goederentrein in Boston waar de hanenpoten-
kaart van oom Hollis hem heen had geleid en had geen moeite
met het vinden van Dover Street. Hij liep die straat af tot Columbus Avenue en volgde die tot midden in South End. Toen hij daar
St. Botolph Street had gevonden, liep hij langs een rij herenhuizen van
rode baksteen over een stoep met een tapijt van vochtige bladeren tot
hij nummer 121 had gevonden, het trapje op ging en aanbelde.

De man die op nummer 121 woonde, was Isaiah Giddreaux, de
vader van oom Hollis' tweede vrouw, Brenda. Hollis was vier keer getrouwd geweest. De eerste en de derde vrouw waren bij hem weggegaan, Brenda was gestorven aan de tyfus en een jaar of vijf geleden
hadden de vierde en Hollis elkaar niet meer zien zitten, om zo te zeggen. Hollis had Luther verteld dat, hoezeer hij Brenda ook miste – en
heel vaak miste hij haar verschrikkelijk – hij haar vader soms net zo
erg miste. Isaiah Giddreaux was in 1905 naar het oosten getrokken om
zich aan te sluiten bij de Niagara Movement van dr. Du Bois, maar
Hollis en hij hadden contact gehouden.

De deur werd geopend door een kleine, slanke man in een donker
driedelig pak en een marineblauwe das met witte stippen. Zijn haar
was ook doorschoten met witte plekken en heel kortgeknipt. Hij had
een bril met ronde glazen met erachter een paar rustige, heldere
ogen.

Hij stak zijn hand uit. 'Jij moet Luther Laurence zijn.'

Luther schudde de hand. 'Isaiah?'

Isaiah zei: 'Mr Giddreaux graag, jongen.'

'Mr Giddreaux? Goed, sir.'

Voor een kleine man maakte Isaiah een grote indruk. Hij stond daar even zelfbewust als wie ook, met zijn handen over elkaar op de gesp van zijn riem, met een blik zo helder dat het onmogelijk was hem te lezen. Het konden de ogen zijn van een lam dat op een zomeravond op het laatste zonnige plekje gaat liggen. Of van de leeuw die wachtte tot het lam slaperig werd.

'Je oom Hollis maakt het goed, neem ik aan?' Hij voerde Luther door de vestibule.

'Jazeker, sir.'

'Hoe is het met zijn reumatiek?'

'Hij heeft 's middags erg veel pijn in zijn knieën, maar verder is hij in topvorm, zegt hij.'

Isaiah keek over zijn schouder terwijl hij Luther voorging op een brede trap. 'Hij is uitgetrouwd, hoop ik.'

'Ik geloof het wel, sir.'

Luther was nog nooit in een herenhuis geweest. Hij werd verrast door de diepte. Hij had vanaf de straat niet kunnen zien hoe ver de kamers doorliepen of hoe hoog de plafonds waren. Het was even mooi gemeubileerd als de huizen op Detroit Avenue, met zware kroonluchters en donkere balken van gomboomhout en Franse sofa's en canapés. De slaapkamer van de Giddreaux' was op de bovenste etage en op de eerste verdieping waren nog drie slaapkamers. Isaiah bracht Luther naar een ervan en opende de deur net lang genoeg om Luther de kans te geven zijn koffer binnen te zetten. Hij zag een glimp van een mooi koperen bed en een notenhouten commode met een porseleinen wasbekken erop, en toen voerde Isaiah hem alweer mee. Isaiah en zijn vrouw Yvette waren de eigenaars van het hele pand, drie verdiepingen en een platform op het dak van waaraf je de hele buurt kon overzien. South End, zo begreep Luther uit Isaiahs beschrijving, was op zichzelf een ontluikend Greenwood, de plek waar negers een eigen wereldje hadden bevochten met restaurants die hun soort eten serveerden en clubs waar hun soort muziek werd gespeeld. Isaiah vertelde dat de buurt was ontstaan uit een behoefte aan woningen voor bedienden, waarbij het ging om de mensen die dienden bij de rijke mensen met oud geld op Beacon Hill en in Back Bay, en dat de reden waarom de huizen zo mooi waren – allemaal herenhuizen van rode baksteen en chocoladebruine huizen met een ronde uitbouw – gelegen was in het feit dat de bedienden hun uiterste best deden de manier van leven van hun werkgevers te imiteren.

Ze gingen de trap af en door naar de salon waar de thee klaarstond.

'Je oom geeft hoog van je op, Mr Laurence.'

'O ja?'

Isaiah knikte. 'Hij zegt dat je een soort windhond in je bloed hebt maar hij hoopt oprecht dat er een tijd komt dat je vaart mindert en genoeg rust vindt om een fatsoenlijk mens te worden.'

Luther wist niet wat hij daarop moest zeggen.

Isaiah reikte naar de theepot, schonk hun beiden in en gaf Luther zijn kopje. Isaiah liet een druppel melk in zijn thee vallen en roerde bedachtzaam. 'Heeft je oom veel over me verteld?'

'Alleen dat u de vader van zijn vrouw bent en dat u in Niagara was met Du Bois.'

'*Doctor* Du Bois. En ik was erbij.'

'Dus u kent hem?' vroeg Luther. 'Doctor Du Bois?'

Isaiah knikte. 'Ik ken hem goed. Toen de National Association for the Advancement of Colored People besloot in Boston een kantoor te openen, hebben ze mij gevraagd dat te leiden.'

'Dat is een hele eer, sir.'

Isaiah reageerde met een kort knikje. Hij liet een suikerklontje in zijn kopje vallen en roerde. 'Vertel eens over Tulsa.'

Luther schonk wat melk in zijn kopje en nam een slokje. 'Sir?'

'Je hebt een misdaad begaan. Ja toch?' Hij bracht het kopje naar zijn mond. 'Hollis verwaardigde zich geen omschrijving van die misdaad te geven.'

'Met alle respect, Mr Giddreaux, dan... verwaardig ik me dat ook.'

Isaiah ging verzitten en trok zijn broekspijp omlaag tot die de bovenrand van zijn sok bedekte. 'Ik heb iets vernomen over een schietpartij in een beruchte nachtclub in Greenwood. Daar weet je niets van af?'

Luthers blik kruiste die van de ander. Hij zei niets.

Isaiah nam nog een slokje. 'Had je het gevoel dat je een keus had?'

Luther keek naar het vloerkleed.

'Moet ik de vraag herhalen?'

Luther hield zijn ogen op het kleed gericht. Het was blauw en rood en geel en alle kleuren liepen door elkaar. Hij vermoedde dat het duur was. Dat door elkaar lopen.

'Had je het gevoel dat je een keus had?' Isaiahs stem was even kalm als zijn theekopje.

Luther keek naar hem op en zei nog steeds niets.

'Maar je hebt wel iemand van je eigen soort vermoord.'

'Het kwaad heeft de gewoonte zich niet te storen aan soorten, sir.'

Luthers hand beefde toen hij zijn kopje op de salontafel zette. 'Het kwaad rommelt net zo lang tot de dingen helemaal dwars gaan.'

'Is dat jouw definitie van het kwaad?'

Luther keek om zich heen in deze kamer, net zo fraai als een kamer op Detroit Avenue. 'Je herkent het meteen.'

Isaiah nipte van zijn thee. 'Sommigen zeggen dat moord slecht is. Ben je het daarmee eens?'

'Ik ben het ermee eens dat sommigen dat zeggen.'

'Jij hebt gemoord.'

Luther zei niets.

'Ergo...' Isaiah stak zijn hand uit.

'Met alle respect, ik heb nooit gezegd dat ik iets heb gepleegd, sir.'

Ze zwegen een tijdje, achter Luther tikte een klok. Een paar straten verderop klonk zacht een claxon. Isaiah dronk zijn kopje leeg en zette het terug op het blad.

'Straks maak je kennis met mijn vrouw, Yvette. We hebben zojuist een gebouw gekocht om het NAACP-kantoor in onder te brengen. Jij wordt daar vrijwilliger.'

'Wat word ik?'

'Jij wordt daar vrijwilliger. Hollis zegt dat je handig bent en er moeten in het gebouw dingen worden gerepareerd voordat we open kunnen. Jij kunt je steentje bijdragen, Luther.'

Mijn steentje bijdragen. Shit. Wanneer heeft deze ouwe man met stenen lopen sjouwen? Die tilt alleen zijn theekopje. Het leek een beetje op het gezeik dat Luther in Tulsa had achtergelaten: zwarten met geld die zich gedroegen alsof hun geld hun het recht gaf je bevelen te geven. En deze ouwe dwaas deed of hij dwars door Luther heen kon kijken en praatte over het kwaad alsof hij het zou herkennen wanneer het naast hem ging zitten en hem iets te drinken aanbood. Zo meteen trok hij nog een bijbel tevoorschijn. Maar Luther herinnerde zich de belofte die hij in de trein had gedaan, de belofte een nieuwe Luther te scheppen, een betere Luther, en hij beloofde dat hij de tijd zou nemen voor hij een oordeel over Isaiah Giddreaux zou vellen. Deze man werkte met W.E.B Du Bois en Du Bois was een van de enige twee mannen in dit land die Luther zijn bewondering waard vond. De ander was natuurlijk Jack Johnson. Jack pikte niets, van niemand niet, blank of zwart.

'Ik weet dat een blanke familie een huisbediende zoekt. Zou je zulk werk aankunnen?'

'Ik zie niet in waarom niet.'

'Het zijn beste mensen, voor zover dat bij blanken kan.' Hij spreid-de zijn handen. 'Er is één voorbehoud: het hoofd van de huishouding in kwestie is een hoofdinspecteur van politie. Wanneer je zou proberen een alias aan te nemen, vermoed ik dat hij erachter komt.'

'Dat hoeft niet,' zei Luther. 'De truc is nooit over Tulsa te praten. Ik ben gewoon Luther Laurence, afkomstig uit Columbus.' Luther wilde dat hij iets meer kon voelen dan zijn eigen vermoeidheid. Op de rela-tie tussen hem en Isaiah was een smet gekomen. 'Dank u, sir.'

Isaiah knikte. 'Ik breng je naar boven. We wekken je voor het avond-eten.'

Luther droomde van honkballen tijdens een overstroming. Van ver-revelders die door de stroom werden meegevoerd. Van proberen boven het water te slaan en van mannen die lachten telkens als zijn knuppel opketste van het modderwater dat tot boven zijn middel stond, over zijn ribben, terwijl Babe Ruth en Cully langsvlogen in een sproeivliegtuigje en granaten lieten vallen die niet ontploften.

Hij werd wakker toen een oudere vrouw heet water in de waskan op de commode schonk. Ze keek achterom naar hem en even dacht hij dat het zijn moeder was. Ze waren even groot en hadden dezelfde lichte huid bespikkeld met donkere sproeten op hun jukbeenderen. Maar het haar van deze dame was grijs en ze was magerder dan zijn moeder. Maar dezelfde warmte, dezelfde zachtmoedigheid in dat lichaam, alsof de ziel te goed was om toegedekt te blijven.

'Jij moet Luther zijn.'

Luther ging rechtop zitten. 'Dat klopt, ma'am.'

'Dat is mooi. Zou een beangstigende toestand zijn als een andere man hier naartoe was geslopen en jouw plaats had ingenomen.' Ze legde een scheermes, een kuipje scheercrème, een kwast en een kom naast de lampetkan. 'Mr Giddreaux verwacht van een man dat hij gladgeschoren aan tafel komt, en het eten wordt bijna opgediend. Later zullen we de verdere schoonmaakwerkzaamheden ter hand nemen. Spreekt dat je aan?'

Luther zwaaide zijn benen uit bed en onderdrukte een geeuw. 'Ja, ma'am.'

Ze stak een tengere hand uit, zo klein dat het een poppenhand had kunnen zijn. 'Ik ben Yvette Giddreaux, Luther. Welkom in mijn huis.'

Zolang ze wachtten tot Isaiah iets hoorde van de hoofdinspecteur van politie, vergezelde Luther Yvette Giddreaux naar Shawmut Avenue, naar wat het kantoor van de NAACP moest worden. Het was een gebouw in Tweede Empirestijl, een barok bakbeest van chocoladekleurige steen en met een mansardedak. Het was voor het eerst dat Luther de stijl in het echt zag. Hij liep erheen tot hij er vlakbij was en keek omhoog terwijl hij er langsliep. De lijnen van het gebouw waren recht, zonder verzakkingen of bulten. De constructie was onder zijn eigen gewicht ietsje verzakt, maar niet meer dan je kon verwachten van een gebouw dat, zo schatte Luther, uit de jaren dertig van de negentiende eeuw of daaromtrent stamde. Hij keek goed naar de overhang van de hoeken en concludeerde dat de fundering niet te zwaar belast was, dus dat het casco in goede staat was. Hij stapte van de stoep af en liep langs de rand van de straat en keek omhoog naar het dak.

'Mrs Giddreaux?'

'Ja, Luther.'

'Het lijkt wel of er een stuk van het dak weg is.'

Hij keek haar aan. Ze hield haar tasje tegen haar borst gedrukt en keek hem zo onschuldig aan, dat het wel een façade moest zijn.

Ze zei: 'Ik geloof dat ik zoiets heb gehoord, ja.'

Luther liet zijn blik vanaf het punt van de nok waar hij het gat had gezien verdergaan en ontdekte een inzinking precies op die plaats waar hij gehoopt had hem niet te vinden: in het midden van de nok. Mrs Giddreaux keek hem nog steeds met haar grote onschuldige ogen aan en hij legde zijn hand zachtjes onder haar elleboog toen hij haar naar binnen leidde.

Het grootste deel van het plafond op de begane grond was weg en de rest lekte. De trap rechts van hem was zwart. Op vele plaatsen was de stuc van de muren zodat de betengeling en planken te zien waren. Op andere plaatsen waren de muren zwartgeblakerd. De vloer was zo weggevreten door vlammen en waterschade dat zelfs de ondervloer beschadigd was. Alle ramen waren dichtgespijkerd.

Luther floot. 'Hebt u dit pand op een veiling gekocht?'

'Zoiets ja,' zei ze. 'Wat denk je ervan?'

'Kunt u het geld nog terugkrijgen?'

Ze gaf hem een tik op zijn elleboog. De eerste keer, maar hij wist zeker dat het niet de laatste zou zijn. Hij weerstond de aanvechting haar tegen zich aan te drukken, zoals hij dat bij zijn moeder en zuster had gedaan, genietend dat ze tegenstribbelden, en dat hem altijd een por in de ribben of op de heup had gekost.

'Ik vermoed dat ze u hebben verteld,' zei Luther, 'dat George Washington hier niet heeft geslapen, maar wel zijn lakei.'

Ze trok haar bovenlip op en zette haar vuistjes op haar heupen: 'Kun je het repareren?'

Luther lachte en hoorde het weerkaatsen door het druipende gebouw. 'Nee.'

Ze keek naar hem op. Onbewogen. Haar ogen waren vrolijk. 'Wat zegt dat over bruikbaarheid, Luther?'

'Niemand kan dit repareren. Het verbaast me dat de gemeente het niet onbewoonbaar heeft verklaard.'

'Dat hebben ze geprobeerd.'

Luther keek haar aan en slaakte een diepe zucht. 'Weet u hoeveel het gaat kosten om dit weer bewoonbaar te maken?'

'Maak je over het geld geen zorgen. Kun je het repareren?'

'Ik weet het echt niet.' Hij floot opnieuw, nam alles in zich op, de maanden zo niet jaren werk. 'Ik neem aan dat ik niet veel hulp kan verwachten?'

'We zullen af en toe wat vrijwilligers verzamelen, en wanneer je iets nodig hebt, maak je gewoon een lijstje. Ik kan je niet beloven dat we alles kunnen krijgen wat je nodig hebt of dat het er allemaal is wanneer je het nodig hebt, maar we zullen ons best doen.'

Luther knikte en keek omlaag naar haar vriendelijke gezicht. 'U begrijpt toch wel, ma'am, dat deze klus Bijbelse proporties aanneemt?'

Weer een tik tegen zijn elleboog. 'Dan kun je maar beter aan de slag gaan.'

Luther zuchtte. 'Yes, ma'am.'

Hoofdinspecteur Thomas Coughlin opende de deur van zijn werkkamer en begroette Luther met een brede, warme lach. 'Jij moet Mr Laurence zijn.'

'Yes, sir, hoofdinspecteur Coughlin.'

'Je kunt wel gaan, Nora.'

'Yes, sir,' zei het Ierse meisje dat Luther net had leren kennen. 'Aangenaam kennis te maken, Mr Laurence.'

'Insgelijks, Miss O'Shea.'

Ze boog en ging de kamer uit.

'Kom binnen, kom binnen.' Hoofdinspecteur Coughlin zwaaide de deur wijd open en Luther kwam een werkkamer binnen die rook naar goede tabak, een net aangestoken openhaardvuur en de stervende herfst. Hoofdinspecteur Coughlin bracht hem naar een leren stoel en liep zelf om een groot mahoniehouten bureau heen en ging bij het raam zitten.

'Isaiah Giddreaux zegt dat je uit Ohio komt.'

'Yes, suh.'

'Ik hoorde je "sir" zeggen.'

'Suh?'

'Daarnet, toen we elkaar een hand gaven.' Zijn lichtblauwe ogen schitterden. 'Toen zei je "sir", niet "suh". Wat wordt het, jongen?'

'Wat hebt u het liefst, hoofdinspecteur?'

Hoofdinspecteur Coughlin zwaaide bij die vraag met zijn onaangestoken sigaar. 'Waar jij je het lekkerst bij voelt.'

'Yes, sir.'

Weer een lachje, deze keer niet zozeer warm als wel zelfvoldaan. 'Columbus. Klopt dat?'

'Yes, sir.'

'En wat deed je daar?'

'Ik heb bij de Anderson Armaments Corporation gewerkt, sir.'

'En daarvoor?'

'Ik heb timmerwerk gedaan, gemetseld, loodgieterswerk, noem maar op.'

Hoofdinspecteur Coughlin leunde achterover in zijn stoel en legde zijn voeten op het bureau. Hij stak zijn sigaar aan en staarde door het vlammetje en de rook naar Luther tot de punt roodgloeiend was. 'Maar je hebt nooit in een huishouden gewerkt.'

'No, sir, inderdaad.'

Hoofdinspecteur Coughlin liet zijn hoofd tegen de leuning zakken en blies kringetjes naar het plafond.

Luther zei: 'Maar ik leer snel, sir. En er is niets dat ik niet kan maken. En ik zie er heel goed uit in jacquet en met witte handschoenen.'

Hoofdinspecteur Coughlin grinnikte. 'Heel ad rem. Bravo. Zeker.' Hij ging met zijn hand over zijn achterhoofd. 'Het is geen volledige betrekking die je wordt aangeboden. En ik bied je ook geen onderdak.'

'Dat begrijp ik, sir.'

'Je zou ongeveer veertig uur per week hier werken en het werk zou vooral bestaan uit Mrs Coughlin naar de mis rijden, schoonmaken, onderhoud en de maaltijden opdienen. Kun je koken?'

'Yes, sir.'

'Zal niet vaak gebeuren. Nora kookt meestal.' Hoofdinspecteur Coughlin zwaaide opnieuw met zijn sigaar. 'Dat is het meisje dat je daarnet hebt gezien. Ze woont bij ons en doet ook huishoudelijk werk, maar ze is het grootste deel van de dag weg, dan werkt ze in een fabriek. En Mrs Coughlin krijg je zo te zien,' zei hij en zijn ogen vonkten opnieuw. 'Ik mag dan het hoofd van de huishouding zijn, maar God heeft vergeten haar dat te zeggen. Begrijp je wat ik bedoel? Haar wens is jouw bevel.'

'Yes, sir.'

'Blijf aan de oostkant van onze buurt.'

'Sir?'

Hoofdinspecteur Coughlin haalde zijn voeten van het bureau. 'De oostkant, Mr Laurence. De westkant is redelijk berucht om zijn intolerantie tegenover zwarten.'

'Yes, sir.'

'Het zal wel bekend worden dat je voor mij werkt en dat is voor de meeste bruten, zelfs westkanters, een duidelijke waarschuwing, zeker, maar je kunt nooit te voorzichtig zijn.'

'Dank u voor dat advies, sir.'

De ogen van de hoofdinspecteur werden door de sigarenrook weer op hem gericht. Deze keer waren ze deel van de rook, wervelden ze erin, zwommen ze om Luther heen, keken ze in zijn ogen, zijn hart, zijn ziel. Luther had al eens eerder iets van die eigenschap bij politiemensen gezien – ze noemden het niet voor niets smerisogen – maar de strakke blik van hoofdinspecteur Coughlin bereikte een indringendheid die Luther nog bij niemand was tegengekomen. Hij hoopte dat het bij één keer zou blijven.

'Wie heeft je leren lezen, Luther?' De stem van de hoofdinspecteur was zacht.

'Mrs Murtrey, sir. Op de Hamilton School net buiten Columbus.'

'Wat heeft ze je verder nog geleerd?'

'Sir?'

'Wat verder nog, Luther?' Hoofdinspecteur Coughlin nam nog een lange trek aan zijn sigaar.

'Ik begrijp uw vraag niet, sir.'

'Wat nog meer?' vroeg de hoofdinspecteur voor de derde keer.

'Ik kan u niet volgen, sir.'

'In armoede opgegroeid, hè?' De hoofdinspecteur boog zich iets naar voren, en Luther weerstond de neiging om zijn stoel achteruit te schuiven.

Luther knikte. 'Yes, sir.'

'Deelpachter?'

'Ik niet zozeer, sir. Maar mijn vader en moeder wel.'

Hoofdinspecteur Coughlin knikte, zijn lippen getuit en met een gepijnigd gezicht. 'Ik ben zelf ook in armoe geboren. Een rietgedekt hutje met twee kamers dat we deelden met vliegen en ratten. Geen plek voor een kind. Zeker geen plek voor een intelligent kind. Weet je wat een intelligent kind in die omstandigheden leert, Mr Laurence?'

'No, sir.'

'Ja, dat weet je wel, knul.' Hoofdinspecteur Coughlin glimlachte voor de derde keer sinds Luther hem had leren kennen en deze glimlach kronkelde als een slang door de lucht zoals de blik van de hoofdinspecteur en cirkelde om hem heen. 'Neem me niet in de maling, knul.'

'Ik weet niet goed waar u heen wilt, sir.'

Hoofdinspecteur Coughlin reageerde door zijn hoofd scheef te houden, gevolgd door een knik. 'Een intelligent kind dat in minder gunstige omstandigheden wordt geboren, Luther, leert te charmeren.' Hij boog zich over het bureau, zijn vingers kronkelden door de rook. 'Het leert zich achter die charme te verbergen zodat niemand ziet wat het werkelijk denkt. Of voelt.'

Hij liep naar een karaf achter zijn bureau en schonk een amberkleurige vloeistof in twee kristallen whiskeyglazen. Hij nam de glazen mee naar de andere kant van het bureau en gaf er een aan Luther, de eerste keer dat Luther van een blanke een glas kreeg aangereikt.

'Ik neem je aan, Luther, omdat je me intrigeert.' De hoofdinspecteur ging op de rand van het bureau zitten en klonk met Luther. Hij reikte achter zich en pakte een witte envelop die hij aan Luther gaf. 'Avery Wallace heeft die nagelaten voor degene die hem zou vervangen. Zoals je ziet is er niet gerommeld met het zegel.'

Luther zag een donkerbruin lakzegel achter op de envelop. Hij draaide hem om en zag dat hij was gericht aan: MIJN VERVANGER. VAN AVERY WALLACE.

Luther nam een slok whiskey. Smaakte voortreffelijk. 'Dank u, sir.'

Hoofdinspecteur Coughlin knikte. 'Ik heb Avery's privacy gerespecteerd en dat zal ik ook doen met de jouwe. Maar denk niet dat ik je niet doorzie, knul. Ik ken je zoals ik mijn spiegelbeeld ken.'

'Yes, sir.'

'"Yes, sir" wát?'

'Yes, sir, u kent mij.'

'En wat weet ik dan?'

'Dat ik slimmer ben dan ik laat merken.'

De hoofdinspecteur zei: 'En verder?'

Luther ontmoette zijn blik. 'Dat ik niet zo slim ben als u.'

Een vierde glimlach. Scheef aan de rechterkant en zelfverzekerd. Opnieuw klinken met de glazen.

'Welkom in mijn huis, Luther Laurence.'

Luther las het briefje van Avery Wallace in de tram naar de Giddreaux'.

Aan mijn vervanger,

Wanneer je dit leest, ben ik dood. Wanneer je dit leest, ben je ook een neger, net als ik, omdat de blanke mensen in K, L en M Street alleen negerhuisbedienden aannemen. De familie Coughlin is niet slecht voor blanke mensen. De hoofdinspecteur laat niet met zich spotten, maar zal je eerlijk behandelen wanneer je hem niet belazert. Zijn zoons zijn meestal oké. Mister Connor zal je af en toe afblaffen. Joe is nog maar een jongen en kletst je de oren van het hoofd als je hem de kans geeft. Danny is een aparte. Hij heeft duidelijk zijn eigen ideeën. Maar hij lijkt erg op de hoofdinspecteur en zal je eerlijk en als een mens behandelen. Nora heeft zo haar eigen merkwaardige ideeën, maar ze is recht door zee. Je kunt haar vertrouwen. Wees voorzichtig met Mrs Coughlin. Doe wat ze vraagt en ga nooit tegen haar in. Blijf uit de buurt van de vriend van de hoofdinspecteur, inspecteur McKenna. Hij is iets dat de Heer had moeten laten vallen. Het beste.

Hoogachtend,
Avery Wallace

Luther keek op uit zijn lectuur toen de tram over de Broadway Bridge reed waar het Fort Point-kanaal smal en traag onderdoor liep.

Dus dit was zijn nieuwe leven. Dus dit was zijn nieuwe stad.

Elke ochtend om tien voor zeven precies verliet Mrs Ellen Coughlin de woning op 221 K Street, liep het bordes af waar Luther haar bij de gezinsauto, een zescilinder Auburn, opwachtte. Mrs Coughlin bevestigde zijn bestaan met een knikje terwijl ze zijn hand aanvaardde en op de passagiersplaats ging zitten. Wanneer ze zich had geïnstalleerd, sloot Luther zachtjes, zoals de hoofdinspecteur hem had opgedragen, het portier en reed Mrs Coughlin dan een paar straten door naar de mis van zeven uur in de Hemelpoortkerk. Tijdens de mis bleef hij buiten bij de auto waar hij vaak wat kletste met een andere huisbediende, Clayton Tomes, die werkte voor Mrs Amy Wagenfeld, een weduwe uit M Street, de chicste straat van South Boston, in een herenhuis met uitzicht op Independence Square Park.

Mrs Ellen Coughlin en Mrs Amy Wagenfeld waren niet met elkaar bevriend – voor zover Luther en Clayton konden beoordelen hadden oude blanke vrouwen geen vriendinnen – maar hun bedienden konden het goed met elkaar vinden. Beiden kwamen uit het Middenwesten – Clayton was opgegroeid in Indiana, niet ver van French Lick – en beiden dienden bij werkgevers die weinig voor hen te doen zouden hebben gehad als ze ook maar één voet in de twintigste eeuw hadden gezet. Als Luther Mrs Coughlin na de mis had thuisgebracht, moest hij hout hakken voor het fornuis, en Clayton moest kolen halen uit de kelder.

'En dat in deze tijd,' zei Clayton. 'Het hele land, dat wil zeggen, wie het kan betalen, is over op elektriciteit, maar Mrs Wagenfeld moet er niets van hebben.'

'Mrs Coughlin ook niet,' zei Luther. 'Er is genoeg lampolie in huis om de hele straat plat te branden en ik ben de halve dag bezig met het wegpoetsen van de aanslag op de muren, maar de hoofdinspecteur zegt dat ze er zelfs niet over wil praten. Hij zegt dat het hem vijf jaar heeft gekost om haar zover te krijgen dat er een wc kwam en ze niet langer buiten op de doos hoefden.'

'Blanke vrouwen,' zei Clayton dan om het met een diepe zucht te herhalen. 'Blanke vrouwen.'

Wanneer Luther Mrs Coughlin terugbracht naar K Street en de voordeur voor haar opende, reageerde ze met een zacht 'Dank je, Luther', en nadat hij haar een ontbijt had gebracht, zag hij haar nauwelijks. In een maand tijd bestond hun contact slechts uit haar 'dank je' en zijn 'graag gedaan, ma'am'. Ze vroeg nooit waar hij woonde, of hij familie had, of waar hij vandaan kwam, en Luther had genoeg opgestoken over de verhouding werkgever-huisbediende om te weten dat het niet aan hem was een gesprek met haar te beginnen.

'Ze is moeilijk te peilen,' zei Nora op een dag toen ze naar Haymarket Square waren om voor de week groenten te kopen. 'Ik woon daar nu vier jaar, ja, dat klopt, en ik kan je niet veel meer over haar vertellen dan de avond dat ik daar kwam.'

'Zolang ze geen klachten over mijn werk heeft, mag ze van mij zwijgen als een oester.'

Nora stopte twaalf tomaten in de tas die ze naar de markt had meegenomen. 'Kun je het met de anderen goed vinden?'

Luther knikte. 'Het lijkt me een prettig gezin.'

Ze knikte, maar Luther zou niet kunnen zeggen of het een bevestigend knikje was of dat ze net had besloten de appels te kopen die ze stond te bekijken. 'Joe is zeer op je gesteld geraakt.'

'Dat jong honkbalt graag.'

Ze glimlachte. 'Graag is misschien niet sterk genoeg uitgedrukt.'

Toen Joe eenmaal had ontdekt dat Luther vroeger had gehonkbald, werd er 's middags in de kleine achtertuin van de Coughlins gevangen en geworpen en instructies veldwerk gegeven. Zonsondergang viel samen met het einde van Luthers werkdag, dus de laatste drie uur van zijn werkdag werden meestal gevuld met sport, een gegeven waarmee hoofdinspecteur Coughlin onmiddellijk had ingestemd. 'Wanneer hij daardoor zijn moeder niet lastigvalt, kun je wat mij betreft een heel team in het veld brengen als je daar om zou vragen, Mr Laurence.'

Joe was geen geboren sportman, maar hij gooide zich erin en hij luisterde goed voor een kind van zijn leeftijd. Luther liet hem zien hoe hij zich op een knie moest laten vallen als hij een grondbal moest pakken, en hoe hij zowel zijn worpen als zijn slagen moest 'afmaken'. Hij leerde hem in spreidstand te gaan staan en zijn voeten onder een steil klimmende bal te plaatsen en hem nooit lager dan zijn hoofd te vangen. Hij probeerde hem te leren werpen, maar de jongen had er de arm niet voor noch het geduld. Hij wilde alleen maar slaan en dan echt meppen. Dus vond Luther een tweede ding om Ruth de schuld van te geven: het veranderen van de sport in een 'geef-die-bal-een-loei'-spektakel, een circusact, zodat alle blanke kinderen in Boston dachten dat het over oooh en aaah ging en de goedkope hoge vlucht van een slecht getimede homerun.

Behalve het uur 's morgens met Mrs Coughlin en de uurtjes aan het eind van de dag bracht hij de meeste tijd door met Nora O'Shea.

'Hoe bevalt het je tot nu toe?'

'Er is niet veel te doen voor me.'

'Zou je dan iets van mijn werk willen overnemen?'

'Eerlijk gezegd wel. Ik rijd haar naar de kerk en terug. Ik breng haar

haar ontbijt. Ik zet de auto in de was. Ik poets de schoenen van de hoofdinspecteur en van Mr Connor en ik borstel hun pakken. Af en toe poets ik de medailles van de hoofdinspecteur als hij in groot tenue moet. 's Zondags bedien ik de hoofdinspecteur en zijn vrienden in zijn werkkamer. De rest van de tijd stof ik af wat niet stoffig is, ruim ik op wat al opgeruimd is en veeg ik een stel schone vloeren. Ik hak wat hout, schep wat kolen, stook een verwarmingsketeltje. Hoeveel tijd gaat daar nou in zitten? Twee uur? De rest van de dag probeer ik te doen of ik het druk heb tot jij of Mr Joe thuiskomt. Ik snap niet waarom ze me in dienst hebben genomen.'

Ze legde even een hand op zijn arm. 'Alle betere families hebben er een.'

'Een zwarte?'

Nora knikte met stralende ogen. 'In dit deel van de buurt. Als de Coughlins je niet hadden aangenomen, hadden ze moeten uitleggen waarom.'

'Waarom wat? Waarom zijn ze niet overgestapt op elektriciteit?'

'Omdat ze de schijn willen ophouden.' Ze liepen over East Broadway omhoog naar City Point. 'De Ieren hier doen me denken aan de Engelsen thuis. Kanten gordijnen voor de ramen en hun broekspijpen in hun laarzen, alsof ze weten wat werken is.'

'Hier misschien,' zei Luther, 'maar de rest van deze buurt...'

'Wat?'

Hij haalde zijn schouders op.

'Nee, wat?' Ze trok hem aan zijn arm.

Hij keek naar haar hand. 'Wat je nu doet? Doe dat alsjeblieft nooit verderop in de buurt.'

'Ach, kom.'

'Dat zou voor ons allebei de dood betekenen. Daar vind je geen kanten gordijnen, wat ik je brom.'

Elke avond schreef hij naar Lila en om de paar dagen kwamen de brieven ongeopend terug.

Hij ging er bijna kapot aan: haar zwijgen, het leven in een vreemde stad, hijzelf onzekerder en naamlozer dan ooit. Op een ochtend bracht Yvette de post naar de tafel en legde twee teruggestuurde brieven met een zorgzaam gebaar bij zijn elleboog.

'Je vrouw?' Ze ging zitten.

Luther knikte.

'Je moet haar iets heel ergs hebben aangedaan.'

Hij zei: 'Dat klopt, ma'am, dat klopt.'

'Toch geen andere vrouw, hè?'

'Nee.'

'Dan vergeef ik je.' Ze gaf een klopje op zijn hand en Luther merkte dat de warmte ervan zijn bloed vond.

'Dank u,' zei hij.

'Maak je geen zorgen. Ze geeft nog steeds om je.'

Hij schudde zijn hoofd, tot in het diepst van zijn wezen geraakt doordat hij haar kwijt was. 'Nee, ma'am.'

Yvette schudde langzaam haar hoofd en er trok een klein glimlachje over haar lippen. 'Mannen zijn goed voor veel dingen, Luther, maar geen enkele man begrijpt ook maar iets van een vrouwenhart.'

'Dat is het nou net,' zei Luther. 'Ze wil niet meer dat ik haar hart ken.'

'Neem me niet kwalijk, jong, maar ik ben het niet met je eens.' Mrs Giddreaux hield een envelop omhoog zodat hij de achterkant kon zien. 'Wat zie je langs de randen van de overslag?'

Luther keek; hij kon niets ontdekken.

Mrs Giddreaux ging met een vinger langs de overslag. 'Zie je dat wolkige langs de rand. Dat het papier eronder zachter is?'

Nu zag Luther het. 'Ja.'

'Dat komt door stoom, jochie. Stoom.'

Luther stak een hand uit naar de envelop en staarde er naar.

'Ze opent je brieven, Luther, en stuurt ze dan terug alsof ze ze niet heeft geopend. Ik weet niet of ik dat liefde zou noemen.' Ze kneep hem in zijn arm. 'Maar ik zou het zeker geen onverschilligheid noemen.'

3

Het najaar week voor de winter met een reeks stormen en regenbuien die zich een weg baanden langs de oostkust, en Danny's lijst met namen werd langer. De lijst leerde hem, en trouwens ieder ander, dat de waarschijnlijkheid van een 1 Mei-opstand één groot raadsel was. Hij had vooral namen van verneukte arbeiders die zich wilden organiseren en misleide romantici die werkelijk dachten dat de wereld op verandering zat te wachten.

Danny begon echter te vermoeden dat hij, dankzij de Roxbury Letts en de BSC, verslaafd was geraakt aan iets bizars: bijeenkomsten. De Letten en hun praten en hun drinken leidden, voor zover hij zag, tot niets anders dan meer praten en drinken. Maar op avonden dat er geen bijeenkomst was, geen kroeg na afloop, wist hij niet wat hij met zijn tijd moest doen. Hij zat dan in zijn undercoverappartement te drinken en de knoop tussen duim en vingers te wrijven met zo'n heftigheid dat het achteraf gezien een wonder was dat het ding niet was kapotgegaan. En dus bevond hij zich op een vergadering van de Boston Social Club in Fay Hall in Roxbury. En daarna bij nog een.

Ze verschilden niet veel van de bijeenkomsten van de Letten. Holle frasen, woede, hulpeloosheid. Danny verbaasde zich onwillekeurig over de ironie: deze mannen, die hadden gewerkt als stakingsbrekers, trokken zich terug in dezelfde hoekjes als de mannen die ze bij fabrieken en bedrijven met geweld hadden opgepakt of geslagen.

Op een avond naar een andere bar en meer gepraat over de rechten van arbeiders, maar deze keer met de BSC: collega-agenten, van voetvolk tot maestro's met de lange lat, vervuld van de opgekropte woede van mensen die altijd maar terzijde werden geschoven. Nog steeds geen onderhandelingen, nog steeds geen fatsoenlijke gesprekken of fatsoenlijke werktijden of een fatsoenlijk inkomen. Het gerucht ging dat aan de andere kant van de grens in Montreal, slechts 550 kilometer naar het noorden, de gemeente de onderhandelingen had afgebroken en dat een staking onafwendbaar was.

En waarom niet? vonden de mannen in de bar. We gaan dood van de honger, verdomme. Genaaid en blut en met handen en voeten vast aan een baan die ons geen mogelijkheid biedt onze gezinnen te eten te geven en ook geen mogelijkheid om ze genoeg te zien.

'Mijn jongste,' zei Francie Deegan, 'mijn jongste zoon, jongens, draagt de kleren die hij van zijn broers heeft gekregen en tot mijn schrik ontdekte ik dat de ouderen ze niet meer dragen omdat ik zo veel werk dat ik denk dat ze in de tweede klas zitten, terwijl ze al in de vijfde zitten. Ik denk dat ze tot mijn heup komen, komen ze goddomme tot aan mijn tepels.'

En toen hij onder bravogeroep ging zitten, liet Sean Gale zich horen met: 'De havenarbeidersjongens verdienen godverdomme drie keer zoveel als wij, de dienders die hen op vrijdagavond gevangenzetten wegens dronkenschap en ordeverstoring. Dus ze kunnen maar beter gaan nadenken over hoe ze ons fatsoenlijk gaan betalen.'

Meer instemmende kreten. Iemand stootte een ander aan en die stootte weer een ander aan en ze keken allemaal op en zagen hoofdcommissaris Stephen O'Meara aan de bar staan wachten op zijn pint. Toen die was ingeschonken en er in de bar een stilte was gevallen, wachtte de prominente man tot de barman het schuim er met een scheermes had afgeschoren. O'Meara betaalde en wachtte op het wisselgeld, met zijn rug naar de zaak. De barman sloeg het bedrag aan en gaf Stephen O'Meara de munten terug. Die liet er een van op de bar liggen, stak de rest in zijn zak en keerde zich om.

Deegan en Gale bogen het hoofd, verwachtten een executie.

O'Meara zocht zich behoedzaam een weg tussen de mannen door met het glas hoog in de lucht om te voorkomen dat hij morste en ging bij de open haard tussen Marty Leary en Denny Toole zitten. Hij liet zijn vriendelijke blik rustig over de verzamelde mannen gaan voor hij een slok bier nam en het schuim als een zijdeworm zijn snor in kroop.

'Koud buiten.' Hij nam nog een slok en achter hem knapten de houtblokken. 'Maar hier brandt een lekker vuur.' Hij knikte één keer maar leek met dat gebaar alle aanwezigen te omvatten. 'Ik kan jullie niet helpen, mannen. Jullie worden niet goed betaald. Dat is een feit.'

Niemand durfde iets te zeggen. De mannen die even daarvoor het hardst, het meest godslasterlijk, het kwaadst en publiekelijk het meest gekwetst hadden staan schreeuwen, wendden de blik af.

O'Meara keek hen allen met een grimmig lachje aan en stootte zelfs Denny Tooles knie even aan met de zijne. 'Een lekker plekje, niet?' Zijn blik ging weer over hen heen, zocht iets of iemand. 'Coughlin junior, ben jij dat onder die baard?'

Danny merkte dat O'Meara's vriendelijke ogen de zijne vonden en hij kreeg het benauwd. 'Yes, sir.'

'Ik neem aan dat je undercoverwerk doet.'

'Yes, sir.'

'Als een beer?'

De aanwezigen barstten in lachen uit.

'Dat niet, sir. Maar u bent warm.'

O'Meara's blik werd zachter en was zo ontdaan van elke trots dat Danny het gevoel kreeg dat ze de enige twee mensen in deze ruimte waren. 'Ik ken je vader al heel lang. Hoe is het met je moeder?'

'Uitstekend, sir.' Danny voelde nu de blikken van de andere mannen.

'Een dame zo verfijnd als je maar zelden tegenkomt. Geef haar mijn groeten. Ja?'

'Dat zal ik doen, sir.'

'Als ik zo vrij mag zijn ernaar te vragen: hoe sta jij tegenover deze economische impasse?'

De mannen keerden zich naar hem toe terwijl O'Meara nog een slok nam, maar met zijn ogen onafgebroken op Danny gericht.

'Ik begrijp...' begon Danny, en hij kreeg een droge keel. Hij wou dat de kamer donker werd, pikdonker, zodat hij die ogen niet meer hoefde te voelen. Christus.

Hij nam een slok bier en probeerde het opnieuw. 'Ik begrijp, sir, dat de prijsstijgingen de gemeente treffen en dat er weinig geld is. Dat begrijp ik.'

O'Meara knikte.

'En ik begrijp ook, sir, dat wij geen gewone burgers zijn maar ambtenaren die hebben gezworen hun plicht te doen. En dat er geen hogere roeping is dan die van ambtenaar.'

'Inderdaad,' bevestigde O'Meara.

Danny knikte.

O'Meara keek naar hem. De mannen keken naar hem.

'Maar...' Danny hield zijn stem vlak. 'Er is een belofte gedaan, sir. De belofte dat ons loon gedurende de oorlog zou worden bevroren, maar dat we voor ons geduld zouden worden beloond met een verhoging van tweehonderd per jaar zodra de oorlog was afgelopen.' Danny durfde nu om zich heen te kijken, naar al die ogen die op hem waren gericht. Hij hoopte dat ze het trillen van zijn kuitspieren niet zouden zien.

'Ik voel met jullie mee,' zei O'Meara. 'Echt waar, agent Coughlin. Maar de prijsstijgingen zijn er nu eenmaal en de gemeente is armlastig. Het is niet zo eenvoudig. Ik wou dat het wel zo was.'

Danny knikte en wilde weer gaan zitten maar merkte dat hij dat niet kon. Zijn benen lieten het niet toe. Hij keek naar O'Meara en voelde het fatsoen dat als een vitaal orgaan in deze man leefde. Zijn oog viel op Denton en die knikte.

'Sir,' zei Danny, 'we twijfelen er niet aan dat u met ons meevoelt. Dat weten we. En we weten dat de gemeente krap bij kas is. Ja. Ja.' Hij haalde adem. 'Maar een belofte blijft een belofte, sir. Misschien is dat waar het uiteindelijk om gaat. En u zegt dat het niet eenvoudig is, maar dat is het wel, sir. Ik zou, met alle respect, willen stellen dat het dat is. Niet gemakkelijk. Heel moeilijk. Maar eenvoudig. Een groot aantal goede, dappere mannen kan de eindjes niet aan elkaar knopen. En beloofd is beloofd.'

Niemand zei iets. Niemand bewoog. Het was alsof er een handgranaat naar binnen was gegooid die niet was afgegaan.

O'Meara stond op. De mannen maakten snel ruimte toen hij voor de open haard langs naar Danny toe liep. Toen hij bij hem was, stak hij zijn hand uit. Danny moest zijn bier op de schoorsteenmantel zetten waarna hij zijn trillende hand in de greep van de oudere man legde.

Die hield de hand vast, bewoog zijn arm niet op of neer.

'Beloofd is beloofd,' zei O'Meara.

'Yes, sir,' kon Danny uitbrengen.

O'Meara knikte, liet zijn hand los en wendde zich tot de anderen. Danny voelde het moment in de tijd stollen, als door goden geweven in het wandkleed van de geschiedenis: Danny Coughlin en de Grote Man naast elkaar staand met het knetterende vuur achter hen.

O'Meara hief zijn pint. 'Jullie zijn de trots van deze grootse stad, mannen. En ik ben er trots op dat ik me een van jullie kan noemen. En beloofd is beloofd.'

Danny voelde het vuur in zijn rug. Hij voelde O'Meara's hand tegen zijn ruggengraat.

'Vertrouwen jullie me?' riep O'Meara. 'Heb ik jullie vertrouwen?'

In koor riepen ze: 'Yes, sir!'

'Ik laat jullie niet in de steek. Nee, dat doe ik niet.'

Danny zag het in hun gezichten opkomen: liefde. Simpelweg liefde.

'Nog een beetje geduld, mannen, dat is het enige wat ik van jullie vraag. Ik weet dat het veelgevraagd is. Heus, dat weet ik. Maar gunnen jullie een oude man nog wat tijd?'

'Ja!'

O'Meara haalde snuivend adem en hief zijn glas hoger. 'Op de mannen van de Bostonse politie. Jullie hebben in dit land jullie gelijken niet.'

O'Meara leegde zijn glas in één lange teug. De mannen barstten los en volgden zijn voorbeeld. Marty Leary gaf nog een rondje en het viel Danny op dat ze op een of andere manier weer kinderen waren geworden, jongens, onvoorwaardelijk in hun broederschap.

O'Meara boog zich naar Danny toe. 'Je bent anders dan je vader, knul.'

Danny keek hem aan, onzeker.

'Je hart is zuiverder dan het zijne.'

Danny wist niets te zeggen.

O'Meara kneep hem in zijn arm, net boven de elleboog. 'Verpats dat niet. Je kunt het nooit meer in dezelfde conditie terugkopen.'

'Yes, sir.'

O'Meara's blik hield hem nog een tijdlang vast en toen gaf Mark Denton hun beiden een pint en liet O'Meara zijn hand van Danny's arm afglijden.

Na zijn tweede pint nam O'Meara afscheid. Danny en Mark Denton liepen met hem mee naar buiten waar het uit een zwarte hemel pijpenstelen regende.

Zijn chauffeur, brigadier Reid Harper, kwam de auto uit en hield een grote paraplu boven zijn baas. Hij gaf Danny en Denton een knikje en opende het achterportier voor O'Meara. Het hoofd van de politie leunde met een arm op het portier en wendde zich tot hen.

'Ik ga morgenochtend meteen naar burgemeester Peters. Ik zal hem laten weten dat er voor mijn gevoel dringend iets moet worden gedaan en ik regel op het stadhuis een bijeenkomst om te gaan onderhandelen met de Boston Social Club. Heeft een van jullie twee er bezwaar tegen de leden daar te vertegenwoordigen?'

Danny keek Denton aan, vroeg zich af of O'Meara het bonzen van hun hart kon horen.

'No, sir.'

'No, sir.'

'Prima.' O'Meara stak hun zijn hand toe. 'Sta me toe jullie beiden te danken. Uit de grond van mijn hart.'

Beiden schudden ze hem de hand.

'Jullie zijn de toekomst van de vakbond van de Bostonse politie, heren.' Hij gaf ze een vriendelijk lachje. 'Ik hoop dat jullie tegen de taak zijn opgewassen. En maak nu dat je uit die regen komt.'

Hij stapte in. 'Naar huis, Reid, anders denkt de vrouw dat ik achter de meiden aan ben.'

Reid Harper trok op en O'Meara zwaaide even naar hen van achter het raampje.

Hun haren waren kletsnat van de regen die nu in hun kraag droop. 'Jezus christus,' zei Mark Denton. 'Jezus christus, Coughlin.'

'Ik weet het.'

'Weet je het? Begrijp je wat je zonet daarbinnen hebt gedaan? Je hebt ons gered.'

'Ik heb niet – '

Denton sloeg zijn armen om hem heen en tilde hem op. 'Godver, man, je hebt ons gered!'

Hij zwierde met Danny over de stoep en joelde keihard en Danny probeerde zich uit zijn omarming los te maken maar moest nu ook lachen. Ze gierden het nu allebei als idioten uit op straat, de regen liep Danny in de ogen en hij vroeg zich af of hij zich van zijn leven ooit zo gelukkig had gevoeld.

Op een avond had hij een ontmoeting met Eddie McKenna op Governor's Square, in de bar van Hotel Buckminster.

'Wat heb je voor me?'

'Ik kom dichter bij Bishop. Maar hij is achterdochtig.'

McKenna spreidde zijn armen in de box. 'Denk je dat ze vermoeden dat je een infiltrant bent?'

'Ik heb al eerder gezegd dat die gedachte beslist bij hen is opgekomen.'

'Heb je iets bedacht?'

Danny knikte. 'Maar iets dat riskant is.'

'Hoe riskant?'

Danny haalde een moleskin notitieboekje tevoorschijn, net zo een als hij Frania had zien gebruiken. Hij was bij vier kantoorboekhandels langs geweest voor hij het had gevonden. Hij gaf het aan McKenna.

'Ik heb er twee weken werk in zitten.'

McKenna bladerde het door en af en toe gingen zijn wenkbrauwen omhoog.

'Op een paar bladzijden heb ik koffie gemorst, bij een zelfs een brandgat van een sigaret.'

McKenna floot zachtjes. 'Dat zag ik, ja.'

'Het zijn de politieke overpeinzingen van Daniel Sante. Wat vind je ervan?'

McKenna bladerde het nog eens door. 'Je hebt Montreal en de Spartakisten erin zitten. Mooi. O, en Seattle en Ole Hanson. Goed, goed. Heb je Archangel ook?'

'Ja, natuurlijk.'

'De Vredesbesprekingen in Versailles?'

'Je bedoelt als een samenzwering om de wereld te overheersen?' Danny rolde met zijn ogen. 'Je denkt toch niet dat ik dat had overgeslagen?'

'Kijk uit,' zei McKenna zonder op te kijken. 'Verwaandheid is levensgevaarlijk voor een infiltrant.'

'Ik ben wekenlang geen spat opgeschoten, Eddie. Hoe zou ik dan verwaand kunnen zijn? Ik heb het notitieboekje gemaakt en Bishop zei dat hij het aan Frania zou laten zien, maar zonder iets te beloven. Meer niet.'

Eddie gaf het hem terug. 'Ziet er goed uit. Je zou bijna denken dat je er zelf in gelooft.'

Danny liet die opmerking voor wat hij was en stopte het notitieboekje weer in zijn achterzak.

Eddie knipte zijn horloge open. 'Blijf voorlopig weg bij vakbondsbijeenkomsten.'

'Dat gaat niet.'

Eddie klikte zijn horloge dicht en stopte het weer in zijn vest. 'O ja, dat is zo. Jij bént tegenwoordig de BSC.'

'Onzin.'

'Sinds dat avondje met O'Meara een tijdje terug, zo gaat het verhaal.' Hij lachte zachtjes. 'Ik zit al dertig jaar bij deze club en ik wed dat onze brave hoofdcommissaris nog steeds niet weet hoe ik heet.'

Danny zei: 'Op het goede moment op de goede plaats, denk ik.'

'Verkeerde plaats.' Hij fronste. 'Je moet toch beter gaan opletten, jongen, want er zijn anderen die op jou letten. Neem een raad aan van je oom Eddie: doe een stapje terug. Er komt overal gedonder. Overal.

Op straat, in de fabrieken en nu bij onze eigen dienst. Macht? Macht heeft maar een kort leven, Dan. Nu nog korter dan vroeger. Hou je kop onder het maaiveld.'

'Het steekt er al bovenuit.'

Eddie gaf een klap op de tafel.

Danny leunde achterover. Hij had nog nooit meegemaakt dat McKenna zijn glibberige kalmte verloor.

'Ja, als je met je kop in de krant komt omdat je een bespreking met de hoofdcommissaris hebt. Of met de burgemeester. Heb je er wel eens aan gedacht wat dat voor míjn onderzoek betekent? Ik kan je niet gebruiken wanneer Daniel Sante, leerling-bolsjewiek, Aiden Coughlin, gezicht van de BSC, wordt. Ik móét Frania's adressenbestand hebben.'

Danny bekeek de man die hij zijn hele leven al kende. Hij zag nu een nieuwe kant van hem, een kant die hij altijd al aanwezig had vermoed, maar nooit echt had meegemaakt.

'Waarom toch dat adressenbestand, Eddie? Ik dacht dat we op zoek waren naar bewijzen dat er voor 1 mei allerlei oproeren gepland worden.'

'We zijn op zoek naar beide,' zei Eddie. 'Maar als ze zo gesloten zijn als jij zegt, Dan, en wanneer je opsporingscapaciteiten iets minder zijn dan ik had gehoopt, lever me dan alleen dat adressenbestand voordat je kop op alle voorpagina's staat. Zou je dat voor je oom kunnen doen, makker?' Hij stapte de box uit, schudde zich in zijn jas en gooide wat muntjes op tafel. 'Dat moet genoeg zijn.'

'We zitten hier nog maar net,' zei Danny.

Eddie zette het gezicht weer op dat hij altijd opzette als hij bij Danny was: kwajongensachtig en welwillend. 'De stad slaapt nooit, jongen. Ik heb het een en ander te doen in Brighton.'

'Brighton?'

Eddie knikte. 'Bij de veemarkten. Afschuwelijk oord.'

Danny liep met Eddie mee naar de deur. 'Ga je koeien aanhouden?'

'Beter.' Eddie duwde de deur naar de kou open. 'Zwarten. Maffe nikkers komen nu, na werktijd, bij elkaar om over hun rechten te praten. Dat geloof je toch niet? Het eind is zoek. Voor je het weet gijzelen ze ons wasgoed.'

Eddies chauffeur reed de zwarte Hudson voor. Eddie zei: 'Kan ik je een lift geven?'

'Ik ga lopen.'

'De drank eruit lopen. Goed idee. Ken je toevallig iemand die Finn heet?' Eddies gezicht was onbezorgd, open.

Danny trok eenzelfde gezicht. 'In Brighton?'

Eddie fronste. 'Ik zei dat ik in Brighton op zwartenjacht ging. Klinkt "Finn" zwart in jouw oren?'

'Klinkt Iers.'

'Klopt. Ken je er een?'

'Nee. Hoezo?'

'Zomaar een vraag,' zei Eddie. 'Weet je het zeker?'

'Dat zei ik je al, Eddie.' Danny sloeg zijn kraag op tegen de wind. 'Niet dus.'

Eddie knikte en stak een hand uit naar het autoportier.

'Wat heeft hij gedaan?' vroeg Danny.

'Hè?'

'Die Finn die jij zoekt,' zei Danny. 'Wat heeft hij gedaan?'

Eddie keek hem een hele tijd strak aan. 'Welterusten, Dan.'

'Welterusten, Eddie.'

Eddies auto reed Beacon Street in en Danny dacht erover weer naar binnen te gaan en Nora te bellen vanuit de telefooncel in de hotellobby om haar te laten weten dat McKenna misschien in haar leven rondsnuffelde. Maar toen zag hij haar voor zich met Connor, met zijn hand in de hare terwijl ze hem kuste, misschien bij hem op schoot wanneer er niemand anders in huis was die het kon zien, en hij besloot dat er veel Finns op de wereld waren. En dat de helft van hen in Ierland of in Boston was. McKenna kon het over welke Finn dan ook hebben gehad. Welke dan ook.

4

Het eerste dat Luther aan het gebouw op Shawmut Avenue moest doen, was het waterdicht maken. Dat betekende beginnen bij het dak. Het was een schoonheid van een leien dak dat te lijden had gehad onder tegenslag en verwaarlozing. Hij begon met de nok die hij op een mooie koude ochtend, toen het rook naar fabrieksrook en de hemel schoon en strakblauw was, keurig afwerkte. Hij verzamelde stukken lei die door de bijlen van de brandweerlieden naar de dakgoten waren gestuurd en voegde ze toe aan de stukken die hij van de vloer beneden had geraapt. Hij rukte vermolmd of geblakerd hout van de betengeling en timmerde er nieuwe eiken planken voor in de plaats en bedekte alles met de leien die hij had gered. Toen die op waren, gebruikte hij de leien die Mrs Giddreaux bij een bedrijf in Cleveland had weten los te krijgen. Hij begon zaterdag bij zonsopgang en stopte zondag aan het eind van de middag. Hij zat op de nok, glibberig van het zweet ondanks de kou, veegde zijn voorhoofd af en keek omhoog naar de heldere hemel. Hij draaide zijn hoofd en keek naar de stad die zich om hem heen uitstrekte. Hij rook de komst van de avondschemering hoewel zijn ogen er nog geen aanwijzingen voor zagen. Als het om geuren ging, rook bijna niets zo lekker.

Door de week zagen Luthers dagen er zo uit dat hij, nadat hij Nora had geholpen met koken, de tafel had gedekt en de familie Coughlin aan tafel ging, al naar huis was. Maar 's zondags betekenden de diners dagwerk, waren het gelegenheden die hem deden denken aan de diners bij tante Marta en oom James op Standpipe Hill. Er was iets in recent kerkbezoek en deftige zondagse spulletjes dat zorgde voor een neiging tot het afsteken van redevoeringen, merkte hij, bij blanken zowel als zwarten.

Tijdens het inschenken van de glazen in de werkkamer van de hoofdinspecteur had hij soms het gevoel dat hun uitspraken speciaal voor hem bestemd waren. Hij ving zijdelingse blikken van een van de gasten van de hoofdinspecteur als deze orakelde over eugenetica of bewezen verschillen in intelligentie tussen verschillende rassen of vergelijkbare kletskoek waarvoor alleen de grootste slome duikelaars tijd hadden om over te praten.

Degene die het minst zei maar die het meeste vuur in zijn ogen had, was degene voor wie Avery Wallace hem had gewaarschuwd, de rechterhand van de hoofdinspecteur, inspecteur Eddie McKenna. Een dikke man, geneigd om snuivend door zijn met haar dichtgegroeide neus te ademen, met een glimlach zo breed als de volle maan op een rivier, en een van die lawaaiige, joviale types die je volgens Luther niet kon vertrouwen. Mannen als hij verhulden altijd dat deel van henzelf dat niet lachte, en stopten het zo diep weg dat het steeds hongeriger werd, als een beer die uit zijn winterslaap ontwaakt en zijn hol uit waggelt met een geur in zijn neus en zo op dat ene ding gericht is, dat er niet mee te redeneren valt.

Van alle mannen die op die zondagen in de werkkamer van de hoofdinspecteur kwamen – het schema verschilde van week tot week – was McKenna degene die de meeste aandacht voor Luther had. Op het eerste gezicht was het best prettig. Hij bedankte Luther altijd als die hem een glas bracht of het bijvulde, terwijl de meeste mannen gewoon deden of zijn onderworpenheid doodnormaal was en überhaupt maar zelden op zijn aanwezigheid reageerden. Wanneer hij de werkkamer binnenkwam, vroeg McKenna meestal naar Luthers gezondheid, hoe zijn week was geweest, hoe hij zich aanpaste aan het koude weer. 'Als je ooit een extra jas nodig hebt, knul, laat het ons dan weten. Op het bureau hebben we altijd wel een paar reservejassen. Ik kan alleen niet beloven dat ze heel lekker ruiken.'

Hij gaf Luther een klop op de rug.

Hij scheen te veronderstellen dat Luther uit het zuiden kwam, en Luther zag geen aanleiding om die indruk weg te nemen, tot het een keer aan het eind van de middag tijdens een zondagsdiner aan de orde kwam.

'Kentucky?' vroeg McKenna.

Eerst had Luther niet door dat hij zich tot hem richtte. Hij stond bij het buffet en vulde een schaaltje met suikerklontjes.

'Louisville, schat ik. Heb ik gelijk?' McKenna keek hem recht aan terwijl hij een plak varkensvlees in zijn mond stak.

'Waar ik vandaan kom, sir?'

McKenna's ogen schitterden. 'Dat is mijn vraag, knul.'

De hoofdinspecteur nam een slok wijn. 'De inspecteur pronkt graag met zijn kennis van dialecten.'

Danny zei: 'Maar zijn eigen accent raakt hij niet kwijt, hè?'

Connor en Joe lachten. McKenna zwaaide met zijn vork naar Danny. 'Een slimmerik vanaf het moment dat hij uit de luiers was.' Hij draaide zich om naar Luther. 'Hoe zit het, Luther?'

Voor Luther kon antwoorden hief hoofdinspecteur Coughlin een hand op. 'Laat hem maar raden, Mr Laurence.'

'Ik heb geraden, Tom.'

'Maar niet goed.'

'Aha.' Eddie McKenna depte zijn mond met zijn servet. 'Dus niet Louisville?'

Luther schudde zijn hoofd. 'No, sir.'

'Lexington?'

Opnieuw schudde Luther zijn hoofd en hij voelde hoe het hele gezin naar hem keek.

McKenna leunde achterover en streelde met één hand over zijn buik. De diverse dialecten nadoend zei hij: 'Tja, eens kijken. Je slikt niet genoeg in voor Mis'sipi, dat weet ik zeker. En Georgia is het helemaal niet. Te ver zuid voor Virginia en te snel, denk ik, voor Alabama.'

'Ik houd het op Bermuda,' zei Danny.

Luther ving zijn blik op en grinnikte. Van alle Coughlins had hij met Danny het minst te maken, maar Avery had gelijk gehad: liegen paste niet bij deze man.

'Cuba,' zei Luther tegen Danny.

'Te ver naar het zuiden,' zei Danny.

Ze moesten allebei grinniken.

De pret van het wedstrijdelement verdween uit McKenna's ogen, hij kreeg een kleur. 'Aha, de jongens nemen een loopje met me.' Hij lachte naar Ellen Coughlin aan het andere eind van de tafel. 'Een loopje,' herhaalde hij en sneed een stuk varkensvlees af.

'Wat wordt het nu, Eddie?' Hoofdinspecteur Coughlin prikte een stuk aardappel aan zijn vork.

Eddie McKenna keek op. 'Ik moet over Mr Laurence wat langer nadenken voordat ik op dat punt het risico loop er weer naast te zitten.'

Luther draaide zich weer om naar het koffieblad, maar niet eerder dan nadat hij nog een bik van Danny had opgevangen. Een niet geheel plezierige blik, een met iets van medelijden.

Luther schokschouderde zich in zijn overjas terwijl hij op het bordes stapte en Danny tegen de motorkap van een bruine Oakland 49 geleund zag staan. Danny hief een fles met iets in Luthers richting en toen Luther op straat stond, zag hij dat het whiskey was, de goeie, van voor de oorlog.

'Een slok, Mr Laurence?'

Luther nam de fles van Danny aan en hief hem op. Hij wachtte even, keek Danny aan om zeker te weten dat het delen van een fles met een zwarte was wat hij wilde. Danny reageerde met vragend opgetrokken wenkbrauwen en Luther zette de fles aan zijn mond en nam een slok.

Toen Luther hem de fles had teruggegeven, veegde de lange agent de fles niet af aan zijn mouw maar zette hem aan zijn mond en nam een ferme slok. 'Lekker spul, hè?'

Luther herinnerde zich dat Avery had gezegd dat deze Coughlin een merkwaardige was die duidelijk zijn eigen ideeën had. Hij knikte.

'Mooie avond.'

'Ja.'

Koud maar windstil, de lucht een beetje krijtachtig van het stof van dode bladeren.

'Nog een?' Danny gaf hem de fles.

Luther nam een slok met zijn ogen gericht op de lange blanke en zijn open, knappe gezicht. Een ladykiller, durfde Luther te wedden, maar niet een die er zijn levenswerk van zou maken. Er ging iets om achter die ogen dat Luther vertelde dat deze man muziek hoorde die anderen niet hoorden, aanwijzingen kreeg van Joost mocht weten waarvandaan.

'Bevalt het werk je hier?'

Luther knikte. 'Ja. Het is een fijn gezin, suh.'

Danny rolde met zijn ogen en nam nog een slok. 'Denk je dat je bij mij kunt ophouden met dat "suh"-gedoe, Mr Laurence? Denk je dat dat erin zit?'

Luther deed een stap achteruit. 'Wat moet ik dan tegen u zeggen?'

'Hierbuiten? Dan is Danny prima. Daarbinnen?' Hij wees met zijn kin naar het huis. 'Mr Coughlin, lijkt me.'

'Wat hebt u tegen "suh"?'

Danny haalde zijn schouders op. 'Het klinkt zo onzinnig.'

'Goed. Maar dan moet u mij Luther noemen.'

Danny knikte. 'Daar drinken we op.'

Luther grinnikte toen hij de fles hief. 'Avery waarschuwde me al dat je anders was.'

'Is Avery uit het graf opgestaan om je te vertellen dat ik anders ben?'

Luther schudde zijn hoofd. 'Hij heeft een briefje geschreven voor zijn "opvolger".'

'Aha.' Danny pakte de fles terug. 'Wat denk je van mijn oom Eddie?'

'Best aardig.'

'Nee, dat is hij niet.' Danny's stem was zacht.

Luther leunde naast Danny tegen de auto. 'Ja, dat is zo.'

'Voel je dat hij om je heen draait?'

'Ik voelde het.'

'Heb je een mooi schoon verleden, Luther?'

'Zo schoon als de meeste mensen, denk ik.'

'Niet al te schoon dus.'

Luther moest lachen. 'Zit wat in.'

Danny gaf hem de fles terug. 'Mijn oom Eddie doorziet mensen beter dan wie ook. Kijkt ze recht in hun hoofd en ziet daar wat ze met alle geweld verborgen willen houden. Als ze op een bureau met een verdachte zitten die geen mens aan het praten krijgt, roepen ze mijn oom erbij. Hij krijgt ze altijd tot een bekentenis. Laat geen middel ongebruikt om zover te komen.'

Luther rolde de fles tussen zijn handen heen en weer. 'Waarom vertel je me dat?'

'Hij ruikt iets bij je wat hem niet bevalt. Ik zie het aan zijn ogen. En hij vond het niet leuk dat we dat grapje zo ver doorvoerden. Hij kreeg de indruk dat we hem uitlachten en dat is niet best.'

'Dank je wel voor de drank.' Luther stapte bij de auto vandaan. 'Ik heb nog nooit een fles gedeeld met een blanke.' Hij schokschouderde. 'Maar ik moet eens op huis aan.'

'Ik ben je niet aan het uitproberen.'

'Nee?' Luther keek hem aan. 'Hoe weet ik dat dat zo is?'

Danny spreidde zijn handen. 'Er zijn op deze wereld maar twee soorten mensen de moeite waard om over te praten: degene die is wat hij lijkt en degene die dat niet is. Waar hoor ik bij volgens jou?'

Luther voelde de whiskey onder zijn vel drijven. 'Jij bent zo'n beetje de vreemdste snuiter die ik in deze stad ben tegengekomen.'

Danny nam een slok, keek omhoog naar de sterren. 'Eddie kan een jaar om je heen draaien, misschien wel twee. Hij neemt er alle tijd voor, neem dat maar van mij aan. Maar wanneer hij ten slotte echt achter je aan gaat, kun je geen kant meer op.' Hij keek Luther recht aan. 'Ik heb vrede met wat mijn vader en Eddie doen om hun doel te bereiken bij de strijd tegen gangsters en zwendelaars en dieven, maar ik heb er een hekel aan wanneer ze achter burgers aan gaan. Snap je?'

Luther stopte zijn handen in zijn zakken, want de frisse lucht werd donkerder en kouder. 'Je wilt dus zeggen dat je deze hond kunt terug-fluiten?'

Danny haalde zijn schouders op. 'Misschien. Dat weet ik pas als het zover is.'

Luther knikte. 'En wat zit er voor jou in?'

Danny grijnsde. 'Voor mij?'

Luther merkte dat hij teruggrijnsde, voelde hoe *zij* nu om elkaar heen draaiden, maar vond het leuk. 'Er is maar één ding op deze wereld gratis en dat is pech.'

'Nora,' zei Danny.

Luther liep weer naar de auto en pakte de fles uit Danny's hand. 'Hoe bedoel je?'

'Ik wil weten hoe het ervoor staat tussen mijn broer en haar.'

Luther nam een slok, keek Danny aan en schoot in de lach.

'Wat nou?'

'Hij is verliefd op het meisje van zijn broer en hij vraagt "wat nou?"' Luther moest weer lachen.

Danny viel hem bij. 'Laten we zeggen dat Nora en ik iets hebben gehad.'

'Dat is geen nieuws,' zei Luther. 'Ik ben maar één keer met jullie samen in één kamer geweest, maar zelfs mijn blinde, dooie oom had het kunnen zien.'

'Valt het zo op?'

'Voor de meeste mensen wel, ja. Ik snap niet waarom Mr Connor het niet ziet. Maar hij ziet een hoop niet als het om haar gaat.'

'Dat is zo.'

'Waarom vraag je haar niet gewoon ten huwelijk? Ze zegt meteen ja.'

'Nee, dat doet ze niet. Neem dat maar van mij aan.'

'Dat doet ze wel. Zo'n reactie? Shit, man, dat is liefde.'

Danny schudde zijn hoofd. 'Ken jij een vrouw die in de liefde logisch handelt?'

'Nee.'

'Nou dan.' Danny keek omhoog naar het huis. 'Ik weet helemaal niks van vrouwen. Ik kan je niet vertellen wat ze van minuut tot minuut denken.'

Luther grinnikte en schudde zijn hoofd. 'Toch denk ik dat jullie het samen best kunnen vinden.'

Danny hield de fles omhoog. 'Er is nog een bodempje over. Laatste slok?'

'Daar zeg ik geen nee tegen.' Luther nam een slok, gaf de fles terug en keek hoe Danny hem leegde. 'Ik zal mijn ogen en oren openhouden. Goed?'

'Prima. Wanneer Eddie je het leven zuur maakt, moet je het me zeggen.'

Luther stak een hand uit. 'Afgesproken.'

Danny schudde de hand. 'Fijn dat we elkaar beter hebben leren kennen, Luther.'

'Vind ik ook, Danny.'

In het gebouw op Shawmut Avenue controleerde Luther een paar keer of het ergens had gelekt, maar er kwam niets door de plafonds en ook op de muren vond hij geen vocht. Hij trok eerst al het stucwerk los en zag dat een heleboel hout dat erachter zat, kon worden gered, een deel met weinig meer dan hoop en liefde, maar daar moest het dan ook mee.

Hetzelfde gold voor de vloeren en de trappen. Het was normaal om bij een gebouw dat er zo slecht aan toe was door verwaarlozing en daarna brand en waterschade, te beginnen met het leeg te halen tot alleen de muren nog stonden. Maar gezien de beperkte financiële middelen en een aanpak waarbij links en rechts materiaal bij elkaar werd gebedeld, geleend en 'gestolen', was in dit geval de enige oplossing te redden wat er te redden viel, tot zelfs de spijkers. Clayton Tomes, de huisknecht van Mrs Wagenfeld, en Luther hadden in hun respectieve diensten dezelfde werktijden en zelfs dezelfde dag vrij. Na één diner met Yvette Giddreaux was Clayton voor hij het besefte ingelijfd in het project en dat weekend had Luther eindelijk een beetje hulp. Ze waren een hele dag bezig met het redbare hout en het stalen en koperen hang- en sluitwerk naar de bovenste verdieping te dragen, zodat ze de week erna konden beginnen aan het loodgieters- en elektricienswerk.

Het was zwaar werk. Vuil en zweterig en met kalkstof. Zwoegen met de koevoet en trekken aan latten en wrikken met de klauwhamer. Het soort werk waarbij je schouders strak tegen je nek komen te zitten, het kraakbeen onder je knieschijven aanvoelt als steenzout, werk dat hete stenen in je onderrug begraaft en aan de randen van je ruggengraat bijt. Het soort werk dat maakt dat je midden op een smerige vloer gaat zitten met je hoofd bij je knieën en 'Pfff' fluistert en je hoofd omlaag houdt en je ogen nog wat langer dicht.

Maar na weken bij de Coughlins bijna niets te hebben gedaan, had Luther het voor geen goud willen ruilen. Dit was werk voor de hand en de geest en de spieren. Werk dat iets van zichzelf en van jou zelf achterliet als je vertrokken was.

Vakmanschap, zo had zijn oom Cornelius wel eens gezegd, was gewoon een chic woord voor wat er gebeurde wanneer werk en liefde elkaar ontmoetten.

'Shit, Luther...' Clayton lag op zijn rug in de toegangshal en keek naar het plafond twee verdiepingen hoger. '... besef je wel dat als ze iets heeft met inpandig sanitair – '

'Dat heeft ze.'

'... dat dan de standpijp, alleen al de standpijp, helemaal vanuit de kelder omhoog moet tot aan een ontluchting op het dak? Dat is vier verdiepingen, man.'

'En ook nog vijfduims pijp,' giechelde Luther. 'Gietijzer.'

'En dan moeten er op elke verdieping zijleidingen komen. Misschien wel twee bij de toiletten.' Claytons ogen werden groot als schoteltjes. 'Luther, dit is gekkenwerk.'

'Jaha.'

'Wat lach je dan?'

'En wat lach jij dan?' vroeg Luther.

'Wat vind jij van Danny?' vroeg Luther toen hij met Nora over Haymaket liep.

'Wat bedoel je?'

'Het is net of hij niet bij dat gezin hoort.'

'Ik vraag me af of er iets is waar Aiden sowieso bij hoort.'

'Hoe komt het dat jullie hem de ene keer Danny noemen en dan weer Aiden?'

Ze haalde haar schouders op. 'Dat is hoe het uitkomt. Jij noemt hem geen *Mister* Danny meer, is me opgevallen.'

274

'Nou, en?'

'Connor noem je wel Mister. Dat doe je zelfs bij Joe.'

'Danny heeft gezegd dat ik hem geen Mister meer moet noemen, behalve als er anderen bij zijn.'

'Snel dikke maatjes, jullie twee.'

Verdomme. Luther hoopte dat hij zich niet in de kaart had laten kijken. 'Ik weet niet of je ons al maatjes kan noemen.'

'Maar je mag hem. Dat zie ik aan je gezicht.'

'Hij is anders. Ik geloof niet dat ik ooit een blanke man als hij ben tegengekomen. Trouwens, ook geen blanke vrouw zoals jij.'

'Ik ben niet blank, Luther. Ik ben Iers.'

'O ja? En wat voor kleur zijn die?'

Glimlachend zei ze: 'Aardappelgrijs.'

Luther lachte en wees op zichzelf: 'Schuurpapierbruin. Aangenaam kennis te maken.'

Nora maakte een snelle reverence. 'Aangenaam, sir.'

Na een van de zondagse diners stond McKenna erop Luther naar huis te brengen, en Luther, die zich in de gang in zijn jas hees, had niet zo snel een antwoord klaar.

'Het is verdraaid koud,' zei McKenna, 'en ik heb Mary Pat beloofd dat ik vóór donker thuis zou zijn.' Hij stond op van de tafel en gaf Mrs Coughlin een kus op de wang. 'Luther, zou je mijn jas van de kapstok willen halen? Fijn zo, kerel.'

Danny was er niet bij deze keer en toen Luther de kamer rondkeek, zag hij dat niemand er enige aandacht aan schonk.

'Goed, tot gauw maar weer, mensen.'

'Tot ziens, Eddie,' zei Thomas Coughlin. 'Tot morgen, Luther.'

'Tot morgen, sir.'

Eddie reed East Broadway af en draaide rechtsaf West Broadway op, waar de atmosfeer zelfs op een koude zondagavond nog even rauw en onvoorspelbaar was als in het Greenwood van vrijdagavond. Er werd publiekelijk gedobbeld, hoeren hingen over vensterbanken, uit elke kroeg klonk harde muziek en er waren zoveel kroegen dat je ze nooit allemaal kon tellen. Zelfs in een grote, zware auto schoot je niet snel op.

'Ohio?' zei McKenna.

Luther lachte. 'Yes, sir. U zat er dichtbij met Kentucky. Ik had gedacht dat u het toen al had uitgevogeld...'

'Ach, ik wist het.' McKenna knipte met zijn vingers. 'Alleen de verkeerde kant van de rivier. Welke stad?'

Het lawaai van West Broadway achtervolgde de auto en de lampen smolten als ijsjes tegen de voorruit. 'Net buiten Columbus, sir.'

'Wel eens in een politieauto gezeten?'

'Nee, nooit, sir.'

McKenna grinnikte hard, alsof hij stenen uitspuugde. 'Ha, Luther, je zult het misschien niet geloven, maar voor Tom Coughlin en ik wetsdienaren werden, hebben we aardig wat tijd aan de verkeerde kant van de wet doorgebracht. We hebben heel wat boevenwagens vanbinnen gezien, en ook heel wat dronkemanscellen.' Hij wapperde met zijn hand. 'Zo gaat dat in de immigrantenklasse, de bloemetjes buiten zetten, ontdekken wat de gewoontes zijn. Ik nam aan dat jij hebt deelgenomen aan dezelfde rituelen.'

'Ik ben geen immigrant, suh.'

McKenna keek hem aan. 'Hè?'

'Ik ben hier geboren, suh.'

'Wat wil je daarmee zeggen?'

'Helemaal niets, alleen dat... U zei dat dat de manier voor immigranten was, en dat mag dan zo zijn, maar ik zei dat ik geen – '

'Wat mag zo zijn?' McKenna glimlachte naar hem terwijl ze onder een straatlantaarn doorreden.

'Suh, ik weet niet wat u – '

'Je zei iets.'

'Suh?'

'Je zei iets. Je zei dat gevangenisstraf misschien bij de levenswijze van immigranten hoorde.'

'No, suh, dat heb ik niet gezegd.'

McKenna trok aan zijn oorlelletje. 'Dan zit mijn kop vol met zaagsel.'

Luther zei niets, keek alleen strak voor zich uit toen ze stopten voor de verkeerslichten op de hoek van D en West Broadway.

'Heb je iets tegen immigranten?' vroeg Eddie McKenna.

'No, suh, nee.'

'Vind je dat we onze plaats aan tafel nog niet hebben verdiend?'

'Nee.'

'We behoren zeker te wachten tot onze kleinkinderen die eer namens ons ten deel valt?'

'Suh, ik wilde niet – '

McKenna zwaaide met een vinger voor Luthers neus en lachte bulderend. 'Gefopt, Luther. Heb ik je mooi te pakken. Nou en of.' Hij gaf Luther een klap op zijn knie en lachte hartelijk. Het licht sprong op groen en hij draaide Broadway op.

'Een goeie, suh. U had me mooi te pakken.'

'Zeg dat wel!' zei McKenna en gaf een klap op het dashboard. Ze reden Broadway Bridge over. 'Werk je graag voor de Coughlins?'

'O yes, suh, zeker.'

'En de Giddreaux'?'

'Suh?'

'De Giddreaux', knul. Je dacht toch niet dat ik ze niet zou kennen? Isaiah is in deze contreien de hoogdravende negerberoemdheid. Ze zeggen dat hij Du Bois' oor heeft. Hij heeft nota bene een visioen van gelijkheid voor de zwarten in onze fraaie stad. Dat zou me wat zijn, hè?'

'Yes, suh.'

'Ja, dat zou wat zijn.' Hij produceerde een allerwarmste glimlach. 'Er zijn natuurlijk mensen die zouden aanvoeren dat de Giddreaux' geen vrienden van de zwarten zijn. Dat ze in feite vijanden zijn. Dat ze die droom van gelijkheid zullen najagen tot het tot een grimmige afloop komt en het bloed van jullie ras door deze straten zal stromen. Dat is wat sommige mensen zouden zeggen.' Hij legde een hand op zijn borst. 'Sommige mensen. Niet allemaal. Het is zonde dat er in de wereld zoveel onenigheid heerst. Vind je ook niet?'

'Yes, suh.'

'Tragisch en zonde.' McKenna schudde zijn hoofd en zei 'ts-ts' terwijl hij St. Botolph Street indraaide. 'Je familie?'

'Suh?'

McKenna tuurde naar de deuren terwijl ze langzaam door de straat rolden. 'Heb je nog familie in Canton?'

'Columbus, suh.'

'Columbus, dat is waar.'

'No, suh, alleen ik.'

'Wat heeft je dan naar Boston gebracht?'

'Daar is het?'

'Hè?'

'Het huis van de Giddreaux', suh. U bent er net voorbijgereden.'

McKenna remde. 'Goed dan. Voor een andere keer.'

'Daar verheug ik me op, suh.'

'Zorg dat je warm blijft, Luther. Pak je goed in.'

'Doe ik, suh.' Luther stapte uit. Hij liep achter de auto langs en toen hij bij de stoep was, hoorde hij McKenna het raampje omlaag draaien.

'Je had erover gelezen,' zei McKenna.

Luther draaide zich om. 'Waarover, suh?'

'Boston!' McKenna's wenkbrauwen wipten vrolijk op.

'Niet echt, sir.'

McKenna knikte alsof het volkomen logisch was. 'Vijftienhonderd kilometer.'

'Suh?'

'De afstand,' zei McKenna, 'tussen Boston en Columbus.' Hij klopte op het autoportier. 'Welterusten, Luther.'

'Welterusten, suh.' Luther bleef op de stoep staan kijken hoe McKenna wegreed. Hij stak een arm op en keek eens goed naar zijn handen. Ze trilden, maar niet zo erg. Helemaal niet zo erg, alles in overweging genomen.

5

Danny trof Steve Coyle voor een borrel in de Warren Tavern halverwege een zondagmiddag, een dag die eerder winters dan herfstig was. Steve maakte allerlei grapjes over Danny's baard en vroeg hem naar de zaak waar hij aan werkte, maar Danny verontschuldigde zich en herhaalde dat hij over een lopend onderzoek niet met een burger mocht spreken.

'Maar ik ben het toch,' zei Steve en stak een hand op. En met een brede en tegelijkertijd krachteloze grijns: 'Grapje, grapje. Ik begrijp het best. Echt.'

Dus hadden ze het over oude zaken, over vroeger en nog verder terug. Danny nam één drankje tegen Steve drie. Steve woonde nu in West End in een kamer zonder ramen in de kelder van een kamerverhuurbedrijf dat de kelder in zes hokken had onderverdeeld. In alle zes stonk het heftig naar kolen.

'Nog geen wc,' zei Steve. 'Niet te geloven, toch. Nog steeds naar het stilletje in de achtertuin, alsof het 1910 is. Alsof we in West-Massachusetts wonen, of zwartjes zijn.' Hij schudde zijn hoofd. 'En als je niet om elf uur binnen bent, laat die oude gozer je rustig de hele nacht buiten staan. Wat een leven.' Weer die treurige lach en meer drank. 'Maar zodra ik mijn kar heb, gaat dat veranderen.'

Steves jongste plan om aan het werk te komen behelsde het opzetten van een fruitkar bij de Fanuiel-markthal voor de deur. Het feit dat er al minstens tien andere karren stonden van enkele zeer gewelddadige, om niet te zeggen ronduit misdadige kerels scheen hem niet af te schrikken. Het feit dat de fruitgroothandelaren de nieuwkomers uitkleedden door ze gedurende de eerste zes maanden 'entreetarieven' te berekenen die zo hoog waren dat ze nooit meer winst konden maken, was iets dat Steve afdeed als 'kletspraat'. Het feit dat de gemeente twee jaar geleden al was gestopt met het uitgeven van penningen voor handelaren baarde hem ook geen zorgen. 'Met al die mensen op het stadhuis die mij kennen?' had hij gezegd. 'Man, die betalen me juist om daar te beginnen.'

Danny wees Steve er maar niet op dat hij hem twee weken daarvoor had verteld dat Danny de enige van vroeger was die nog contact met hem had. Dus knikte hij maar en lachte hij bemoedigend. Wat kon hij anders doen?

'Nog een?' vroeg Steve.

Danny keek op zijn horloge. Hij had afgesproken om zeven uur met Nathan Bishop te gaan eten. Hij schudde zijn hoofd. 'Dat red ik niet.'

Steve, die de barman al had gewaarschuwd, dekte de mismoedigheid die even door zijn blik flitste toe met zijn te brede grijns en blaflach. 'Laat maar, Kevin.'

De barman trok een lelijk gezicht en haalde zijn hand van de tap.

'Ik krijg nog een dollar twintig van je, Coyle. En je kunt het deze keer maar beter bij je hebben, dronkenlap.'

Steve klopte op zijn zak, maar Danny zei: 'Ik betaal.'

'Echt waar?'

'Ja.' Danny glipte de box uit en liep naar de bar. 'Ha, Kevin. Heb je even?'

De barman kwam naar hem toe alsof hij Danny een gunst verleende. 'Wat?'

Danny legde een dollar en vier stuivers op de bar. 'Voor jou.'

'Bof ik even.'

Toen hij zijn hand naar het geld uitstak, pakte Danny hem bij zijn pols en trok hem naar zich toe.

'Lachen, anders breek ik hem.'

'Wat?'

'Lach alsof we het over de Sox hebben, anders breek ik je pols.'

Kevin grijnsde met op elkaar geklemde kaken en ogen die begonnen uit te puilen.

'Als ik je mijn vriend ooit nog eens "dronkenlap" hoor noemen, vuile smerige barman, sla ik al je tanden uit je bek en stop ze via je reet weer terug.'

'Ik – '

Danny oefende meer druk uit. 'Het enige wat je doet is knikken, zak.'

Kevin beet op zijn onderlip en knikte viermaal.

'En zijn volgende rondje is van de zaak,' zei Danny en liet de pols los.

In het zwakker wordende daglicht liepen ze over Hanover. Danny was van plan even naar zijn kamer te glippen en wat warme kleren te pakken en mee te nemen naar zijn undercoverkamer. Steve zei dat hij gewoon wat door zijn oude buurt wilde zwerven. Toen ze bij Prince Street kwamen, renden er allemaal mensen langs naar Salem Street. Op de hoek gekomen van de straat waar Danny woonde, zagen ze een zee van mensen om een zwarte Hudson Six dringen. Een paar mannen en verscheidene jongens sprongen op en af de treeplanken en de motorkap.

'Wat zullen we nou krijgen?' zei Steve,

'Agent Danny! Agent Danny!' Mrs DiMassi stond op het bordes heftig naar hem te zwaaien. Danny dook even in elkaar – weken van undercoverwerk misschien tenietgedaan omdat een oude vrouw hem, ondanks zijn baard, op twintig meter afstand herkende. Tussen de mensen door zag hij dat zowel de chauffeur als de man naast hem een strohoed op had.

'Ze proberen mijn nichtje mee te nemen,' zei Mrs DiMassi toen Danny en Steve haar hadden bereikt. 'Ze proberen Arabella mee te nemen.'

Vanaf de plek waar hij nu stond zag Danny Rayme Finch achter het stuur zitten; hij toeterde voortdurend om te kunnen doorrijden.

De mensen lieten het niet toe. Ze gooiden nog niet met dingen, maar ze schreeuwden en zwaaiden met hun vuisten en riepen Italiaanse scheldwoorden. Danny zag twee leden van de Zwarte Hand langs de rand van de groep mensen zwerven.

'Zit ze in de auto?' vroeg Danny.

'Achterin,' jammerde Mrs DiMassi. 'Ze nemen haar mee.'

Danny gaf haar hand een bemoedigend drukje en baande zich een weg door de mensenmassa. Finch richtte zijn blik op hem en zijn ogen vernauwden zich. Na een seconde of tien werd op Finch' gezicht herkenning zichtbaar. Maar dat veranderde snel, niet in angst voor de mensenmenigte maar in koppige vastberadenheid. Hij hield de auto in zijn versnelling en kroop vooruit. Iemand gaf Danny een duw en hij verloor bijna zijn evenwicht maar werd overeind gehouden door een paar vrouwen van middelbare leeftijd met vlezige armen. Een jongen klom in een lantaarnpaal met een sinaasappel in zijn hand. Wanneer hij een beetje goed kon gooien, zou het heel snel een beangstigende toestand worden.

Danny kwam bij de auto en Finch draaide het raampje op een kier. Arabella zat in elkaar gedoken op de achterbank, met grote ogen, een kruisbeeldje in haar verkrampte handen en lippen die gebeden prevelden.

'Laat haar eruit,' zei Danny.

'Haal die mensen weg.'

'Wil je een rel?' vroeg Danny.

'Wil je een stel dooie Italianen op straat?' Finch beukte met zijn vuist op de claxon. 'Haal verdomme die mensen hier weg, Coughlin.'

'Dit meisje weet niks van anarchisten,' zei Danny.

'Ze is anders gezien met Federico Ficara.'

Danny keek naar binnen, naar Arabella. Ze keek terug met ogen die niets begrepen, behalve dat de woede van de mensen bij de auto toenam. Een elleboog kwam in Danny's onderrug terecht en hij werd hard tegen de auto geduwd.

'Steve!' riep hij. 'Ben je daar nog?'

'Een meter of drie achter je.'

'Kun je wat ruimte voor me maken?'

'Dan zal ik mijn stok moeten gebruiken.'

'Mij best.' Danny draaide zich terug, duwde zijn gezicht in de kier die Rayme Finch voor hem had gemaakt en zei: 'Hebben jullie haar met Federico gezien?'

'Ja.'

'Wanneer?'

'Ongeveer een halfuur geleden. Verderop, bij de broodfabriek.'

'Jij zelf?'

'Nee, een andere agent. Federico is ontkomen, maar de identiteit van dit meisje is met zekerheid vastgesteld.'

Danny kreeg iemands hoofd in zijn rug geduwd. Hij mepte ernaar, raakte een kin.

Hij duwde zijn mond tegen de kier. 'Als jullie met haar weggaan en later hier weer terugbrengen, Finch, wordt ze vermoord. Hoor je wat ik zeg? Je vermoordt haar. Laat haar los. Laat mij het afhandelen.' Een ander lichaam ramde zijn rug en er klom een man op de motorkap. 'Ik krijg hier bijna geen adem meer.'

Finch zei: 'We kunnen nu niet meer terug.'

Er klom nog iemand op de motorkap en de auto begon te schudden.

'Finch! Je hebt haar al genaaid door haar in de auto te stoppen. Sommige mensen zullen hoe dan ook denken dat ze een verklikster is. Maar we kunnen de situatie redden als je haar eruit laat. Want anders...' Er knalde weer iemand tegen Danny aan. 'Jezus, Finch! Doe dat portier open.'

'Wij tweeën zijn nog niet uitgepraat.'

'Best. Dat komt nog wel. Doe dat portier open.'

Finch keek hem nog één keer lang aan om aan te geven dat het hiermee niet voorbij was, waarna hij een arm naar achteren deed en het portier van het slot deed. Danny legde een hand op de deurkruk en keerde zich om naar de menigte. 'Het is een vergissing. *Ci è stato un errore.* Achteruit. *Sostegno! Sostegno!* Ze stapt nu uit. *Sta uscendo.* Achteruit. *Sostegno!*'

Tot zijn verbazing deed men een paar stappen achteruit zodat Danny het portier kon openen en het bevende meisje van de achterbank kon trekken. Verscheidene mensen begonnen te joelen en te klappen. Danny trok Arabella stijf tegen zich aan en liep richting trottoir. Ze hield haar handen tegen haar borst gedrukt en Danny voelde iets vierkants en hards onder haar armen. Hij keek haar recht in de ogen maar zag er alleen maar angst.

Danny hield haar stevig vast en bedankte de mensen waar hij langs liep met een knikje. Hij keek Finch nog een keer aan en wees met een hoofdgebaar naar de straat voor hem. Er klonk nog meer gejuich en het gedrang rond de auto werd minder. Finch trok een heel klein stukje op, de mensen trokken zich nog wat verder terug en de wielen draaiden. Toen werd de auto door de eerste sinaasappel geraakt. De vrucht was koud en het klonk meer als een steen. Hij werd gevolgd door een appel, daarna een aardappel en daarna regende het groenten en fruit op de auto. Maar hij vorderde gestaag door Salem Street. Een paar straatschoffies renden mee en riepen van alles, maar het gebeurde lachend en de kreten van de menigte hadden een vrolijke klank.

Danny kwam bij het trottoir waar Mrs DiMassi haar nichtje van hem overnam en met haar naar de trap liep. Danny bleef kijken tot hij de achterlichten van Finch' Hudson bij de hoek zag komen. Steve Coyle kwam naast hem staan, veegde zijn hoofd af met zijn zakdoek en liet zijn blik over de straat bezaaid met half bevroren fruit gaan.

'Nou gaat een slok er wel in, hè?' Hij gaf Danny zijn heupfles.

Danny nam een slok maar zei niets. Hij keek Arabella Mosca, ineengedoken in de armen van haar tante, aan en vroeg zich af aan welke kant hij eigenlijk stond.

'Ik moet met haar praten, Mrs DiMassi.'

Mrs DiMassi keek hem aan.

'Nu,' zei hij.

Arabella Mosca was een klein vrouwtje met amandelogen en kort ravenzwart haar. Ze sprak geen woord Engels, op 'hello', 'good-bye' en 'thank you' na. Ze ging bij haar tante in de zitkamer op de bank zitten, haar handen nog steeds in die van Mrs DiMassi geklemd, en ze moest haar jas nog uittrekken.

Danny zei tegen Mrs DiMassi: 'Kunt u haar vragen wat ze onder haar jas verborgen houdt?'

Mrs DiMassi wierp een blik op de jas en fronste. Ze wees en vroeg haar nicht de jas open te doen.

Arabella drukte haar kin tegen haar borst en schudde heftig haar hoofd.

'Alsjeblieft,' zei Danny.

Mrs DiMassi was niet het type dat 'alsjeblieft' zei tegen een jonger familielid. In plaats daarvan gaf ze haar een lel. Arabella reageerde nauwelijks. Ze boog haar hoofd nog dieper en schudde het opnieuw. Mrs DiMassi ging met een ruk achteruit zitten en stond op het punt om uit te halen.

Danny kwam er met zijn bovenlichaam tussen. 'Arabella,' zei hij in gebrekkig Italiaans, 'ze zullen je man deporteren.'

Haar kin kwam los van haar borst.

Hij knikte. 'De mannen met de strohoeden. Echt waar.'

Er kwam een stortvloed van Italiaans over haar lippen en Mrs Di-Massi stak een hand op omdat Arabella blijkbaar zo snel sprak dat zelfs zij moeite had het te volgen. Ze wendde zich tot Danny.

'Ze zegt dat ze dat niet kunnen doen omdat hij een baan heeft.'

'Hij is hier illegaal.'

'Hou op,' zei ze. 'De halve buurt is illegaal. Moeten ze iedereen dan deporteren?'

Danny schudde zijn hoofd. 'Nee, alleen degenen die hen ergeren. Zeg haar dat maar.'

Mrs DiMassi legde haar hand onder Arabella's kin. *'Dammi quel che tieni sotto il cappotto, o tuo marito passera 'il prossimo Natale a Palermo.'*

Arabella zei: 'Nee, nee, nee.'

Mrs DiMassi boog haar arm opnieuw en sprak net zo snel als Arabella. *Questi Americani ci trattano come cani. Non ti permettero 'di umiliarmi dinanzi ad uno di loro. Apri il cappotto, o te lo strappo di dosso!'*

Wat het ook was dat ze zei – Danny ving iets op over 'Amerikaanse honden' en 'maak me niet te schande' – het hielp. Arabella opende haar jas en haalde er een witte papieren zak onder vandaan. Ze gaf hem aan Mrs DiMassi die hem doorgaf aan Danny.

Danny keek erin en zag een stapel papier. Hij haalde het bovenste vel eruit:

Terwijl jullie uitrusten en knielen werkten wij. Wij stelden terecht.
Dit is het begin, niet het eind. Nooit het eind.
Jullie kinderlijke god en kinderlijke bloed stromen naar de zee.
Jullie kinderlijke wereld komt hierna.

Danny liet Steve het papiertje zien en zei tegen Mrs DiMassi: 'Wanneer moest ze deze dingen uitdelen?'

Mrs DiMassi sprak tegen haar nichtje. Arabella begon met haar hoofd te schudden maar hield er weer mee op. Ze fluisterde iets tegen Mrs DiMassi. Die wendde zich weer tot Danny. 'Zonsondergang.'

Danny vroeg aan Steve: 'Hoeveel kerken hebben een avondmis?'

'In North End? Twee, misschien drie. Hoezo?'

Danny wees naar het briefje. '"Terwijl jullie uitrusten en knielen." Ja?'

Steve schudde zijn hoofd. 'Nee.'

'Rusten doe je op de sabbat,' zei Danny. 'Knielen doe je in de kerk. En aan het eind: "Jullie bloed stroomt naar de zee." Moet een kerk bij het water zijn.'

Steve liep naar Mrs DiMassi's telefoon. 'Ik geef het door. Wat denk jij?'

'Er zijn maar twee mogelijkheden: Sint Theresa en Sint Thomas.'

'De Thomas heeft geen avondmis.'

Danny was al weg naar de deur. 'Kom je er ook heen?'

Steve moest lachen, met de telefoon aan zijn oor. 'Ik met mijn stok. Ja hoor.' Hij wuifde Danny weg. 'Hup, hollen jij. O ja, Dan.'

Danny bleef bij de deur staan. 'Ja?'

'Als eerste schieten. En veel schieten.'

De St. Theresa stond op de hoek van Fleet Street en Atlantic tegenover Lewis Wharf. Het was een van de oudste kerken van North End en hij was oud en bouwvallig. Danny stond gebogen om op adem te komen, zijn overhemd helemaal bezweet van het harde lopen. Hij haalde zijn horloge uit zijn zak: kwart voor zes. De mis zou zo afgelopen zijn. Als de bom, net als in Salutation, in de kelder zou afgaan, kon hij alleen maar de kerk in rennen en iedereen naar buiten sturen. Steve had de zaak gemeld, dus de explosievenploeg kon niet ver weg zijn. Maar als de bom werkelijk in de kelder lag, had hij toch af moeten gaan. De kerkgangers waren al drie kwartier binnen. Alle tijd om de grond onder hun voeten weg te blazen...

Op dat moment hoorde Danny, ver weg, de eerste sirene, de eerste surveillancewagen die bij de Nul-Een wegreed, die beslist zou worden gevolgd door andere.

Op het kruispunt was het stil, leeg: een paar oude auto's voor de kerk geparkeerd, de meeste nauwelijks het stadium van paard-en-wagen ontgroeid, hoewel een paar met trots onderhouden waren. Hij liet zijn oog langs de daken gaan en dacht: waarom een kerk? Zelfs voor anarchisten betekende het politieke zelfmoord, zeker in North End. Toen herinnerde hij zich dat de enige reden waarom kerken in de buurt een vroege avondmis hielden, was om de arbeiders die tijdens de oorlog 'van essentieel belang' werden geacht en daarom op de rustdag geen vrij konden krijgen, toch van dienst te kunnen zijn. 'Essentieel' hield enig verband met, hoe ver gezocht soms, het leger: mannen en vrouwen die iets deden met wapens, staal, rubber of industriële alcohol. Deze kerk was dus niet zomaar een kerk, maar een militair doelwit.

In de kerk hieven tientallen stemmen een gezang aan. Hij had geen andere keus dan de mensen eruit te halen. Waarom de bom nog niet was afgegaan, kon hij niet zeggen. Misschien was hij een week te vroeg. Misschien had de bommenlegger problemen met de ontsteking, dat overkwam anarchisten wel vaker. Er waren tientallen redenen te bedenken waarom er geen explosie was geweest, maar die waren allemaal geen steek waard als hij de misgangers liet sterven. Breng ze in veiligheid en maak je dan pas zorgen over vragen of de kans dat je een flater hebt geslagen. Haal ze er nu uit.

Hij stond op het punt de straat over te steken toen hij zag dat een van de oude brikken dubbel geparkeerd stond. Dat was nergens voor nodig, want aan beide kanten van de straat was ruimte genoeg. Het was een oude Rambler 63 coupé, waarschijnlijk uit 1911 of 1912.

Danny bleef midden op de straat staan, verstijfde terwijl de huid onder zijn kin en zijn armen klam werd. Hij ademde uit en zette zich weer in beweging, sneller nu. Toen hij dichter bij de auto kwam, zag hij de bestuurder onderuitgezakt achter het stuur zitten, met een donkere hoed over zijn ogen getrokken. Het geluid van de sirene werd sterker en er klonken er nu meer. De bestuurder ging rechtop zitten. Zijn linkerhand lag op het stuur. De rechter kon Danny niet zien.

In de kerk liep het gezang ten einde.

De bestuurder hield zijn hoofd schuin en draaide zijn gezicht naar de straat.

Federico. Geen grijs haar meer, hij had zijn snor afgeschoren en hij was door de veranderingen magerder in zijn gezicht, hongeriger.

Hij zag Danny wel maar in zijn ogen was geen herkenning te lezen, alleen een vage nieuwsgierigheid naar die grote bolsjewiek met die afgrijselijke baard die in North End de straat overstak.

De kerkdeuren gingen open.

De eerste sirene klonk niet ver weg meer. Vier deuren verderop kwam een jongen een winkel uit met een schurftige tweedmuts op en iets onder zijn arm.

Danny stak een hand onder zijn jas. Federico's ogen haakten in die van Danny.

Danny haalde het wapen onder zijn jas vandaan en Federico strekte een hand uit naar iets achter zijn stoel.

De eerste parochianen bereikten de trappen van de kerk.

Danny zwaaide met zijn wapen en riep: 'Ga terug naar binnen!'

Niemand scheen te beseffen dat hij het tegen hen had. Danny deed een stap naar links, zwaaide een arm naar voren en vuurde een kogel af op Federico's voorruit.

Op de kerktrappen begonnen mensen te schreeuwen.

Danny vuurde voor de tweede keer en de voorruit werd verbrijzeld. 'Terug naar binnen!'

Er siste iets heets net onder zijn oorlel door. Links van hem zag hij een witte mondingsvlam: de jongen die op hem schoot. Federico's portier vloog open: hij hield een staaf dynamiet op met een vonkende lont. Danny steunde zijn elleboog in een hand en schoot Federico in zijn knie. Federico slaakte een kreet en viel tegen de auto aan. De staaf dynamiet viel op de bestuurdersstoel.

Danny was nu zo dichtbij dat hij de andere staven op de achterbank zag liggen, twee of drie bundels.

Er vloog een splinter van de keien. Hij dook en vuurde naar de jongen. De jongen liet zich op de grond vallen en zijn muts viel af. Er kwam een lange waterval van donkerblond haar onder vandaan. De jongen liet zich onder een auto rollen. Geen jongen. Tessa. Vanuit zijn ooghoek zag hij iets bewegen bij de Rambler en hij vuurde opnieuw. De kogel raakte de treeplank, een pijnlijke misser, en toen klikte zijn revolver, het magazijn was leeg. Hij vond kogels in zijn zak, liet de lege hulzen op straat vallen. Hij rende gebukt naar een lantaarnpaal, leunde er met zijn schouder tegen en probeerde met bevende handen zijn revolver te laden terwijl kogels afketsten op de auto's om hem heen en de lantaarnpaal raakten.

Op klagende, wanhopige toon riep Tessa Federico's naam en schreeuwde toen: '*Scappa, scappa, amore mio! Mettiti in salvo. Scappa!*'

Federico wurmde zich van de voorstoel af, kwam met zijn goede knie op straat terecht en Danny kwam vanachter de lantaarnpaal vandaan en schoot. Het eerste schot raakte het portier maar het tweede trof Federico in zijn kont. Weer die vreemde jammerkreet toen het bloed als een bloem ontsproot en de zitting van zijn broek donker kleurde. Hij zakte in elkaar tegen de stoelzitting en kroop terug naar binnen. Danny kreeg in een flits het beeld van hen beiden bij Federico thuis, van Federico met die warme, stralende lach van hem. Hij duwde het beeld weg toen Tessa schreeuwde, een gejammer van vervlogen hoop diep uit haar keel. Ze hield het pistool waarmee ze op hem schoot met beide handen vast. Danny dook naar links en liet zich over straat rollen. De kogels versplinterden straatkeien, en hij bleef rollen tot hij een auto aan de overkant van de straat had bereikt en Tessa's wapen hoorde ketsen. Federico dook uit de auto. Hij kromde zijn rug, draaide zich om en zette zich af tegen het portier. Danny schoot hem in zijn maag. Federico viel terug, de auto in. Het portier viel dicht tegen zijn benen. Danny kreeg weer een flashback: Federico met zijn ogen dicht en zijn mond half open terwijl hij zogenaamd de muziek dirigeerde die uit zijn Silvertone B-XII kwam.

Danny vuurde naar waar hij Tessa het laatst had gezien, maar daar was ze niet meer. Ze holde bij een stuk of vier huizen van de kerk vandaan met haar hand tegen haar heup gedrukt, en die hand was rood. Tranen stroomden over haar gezicht en haar mond was geopend in een geluidloos gejank. Toen de eerste surveillancewagen de hoek om kwam, wierp Danny een laatste blik op haar waarna hij naar de politieauto rende en probeerde hem terug te wuiven voordat hij te dichtbij kwam.

De explosie borrelde van binnen naar buiten alsof hij onder water vandaan kwam. De eerste golf sloeg Danny van de sokken zodat hij in de goot belandde en zag hoe de Rambler meer dan een meter van de grond kwam. Hij kwam bijna op precies dezelfde plek terecht. De ramen vlogen eruit, de wielen zakten in en een deel van het dak klapte weg als het deksel van een sardineblikje. De kerktrappen versplinterden en braakten zandsteen. De zware houten deuren vielen uit hun hengsels. De gebrandschilderde ramen stortten omlaag. Puin en wit stof zweefden door de lucht. De auto spuwde vlammen. Vlammen en zwarte rook. Danny ging staan. Hij voelde bloed uit zijn oren druppen.

Er doemde een gezicht voor hem op. Een bekend gezicht. Het gezicht articuleerde zijn naam. Danny stak zijn handen in de lucht, met in een ervan nog zijn revolver. De diender – Danny herinnerde zich nu zijn naam, agent Glen En-nog-wat, Glen Patchett – schudde zijn hoofd: Nee, hou je wapen maar.

Danny liet zijn revolver zakken en stopte hem in zijn jas. De hitte van de vlammen bereikte zijn gezicht. In de vlammen zag hij Federico, zwartgeblakerd en brandend. Hij leunde tegen het passagiersportier, alsof hij sliep, een man die meegaat voor een ritje. Met zijn ogend dicht deed hij Danny denken aan de eerste avond dat ze samen het brood hadden gebroken, toen Federico, schijnbaar in de ban van de muziek, zijn ogen had gesloten en had gedaan of hij de muziek uit zijn grammofoon had gedirigeerd. Er kwamen nu mensen uit de kerk, via de zijdeuren, en plotseling kon Danny hen horen, alsof ze onder in een gat van een kilometer diep stonden.

Hij wendde zich tot Glen: 'Knik als je me kunt horen.'

Patchett keek hem verbaasd aan maar knikte.

'Laat een opsporingsbevel uitgaan voor Tessa Ficara. Italiaanse, twintig jaar oud. Eén meter vijfenzestig, lang donkerblond haar. Ze bloedt uit haar rechterheup. En Glen? Ze is gekleed als een jongen. Tweed knickerbocker, geruit overhemd, bruine werkschoenen. Heb je dat?'

Patchett krabbelde in zijn notitieboekje. Hij knikte.

'Gewapend en gevaarlijk,' zei Danny.

Meer gekrabbel.

Zijn linkeroor plopte open en er liep meer bloed in zijn hals, maar hij kon nu horen en de geluiden waren abrupt en hard. Hij legde een hand op zijn oor. 'Godver!'

'Kun je me nu horen?'

'Ja, Glen.'

'Wie is dat krokantje in die auto?'

'Federico Ficara. De Feds hebben een arrestatiebevel tegen hem uit-gevaardigd. Je hebt zijn naam waarschijnlijk al eens gehoord op een ochtendappel, ongeveer een maand geleden. Een bommenlegger.'

'Een dooie bommenlegger. Heb jij op hem geschoten?'

'Drie keer,' zei Danny.

Glen keek naar al het witte stof en de troep die in hun haar, op hun gezicht terechtkwamen. 'Wat een manier om een zondag te verzieken.'

Eddie McKenna arriveerde ongeveer tien minuten na de explosie op de plaats des onheils. Danny ging tussen de restanten van de kerk-trap zitten en luisterde naar wat zijn peetvader en Fenton, de baas van de explosievenploeg, te bespreken hadden.

'Voor zover wij konden nagaan, Eddie, was het de bedoeling het dy-namiet in de auto te laten ontploffen wanneer de mensen allemaal bui-ten stonden, je weet wel, wanneer ze zo'n tien minuten na de mis nog wat rondlopen, je weet hoe dat is. Maar toen de spaghettivreters naar buiten kwamen, riep die knaap van Coughlin tegen ze dat ze terug moesten. En om het goed duidelijk te maken, gebruikte hij zijn vuur-wapen. Dus de mensen rennen terug de kerk in en Coughlin begint op die smeerlap in de Rambler te schieten. Dan gaat er zich nog iemand mee bemoeien – ik hoor van Tactisch dat het een vrouw is. Niet te ge-loven – en zij begint ook nog op hem te schieten, maar je moet niet denken dat hij die smeerlap uit zijn auto laat komen. Door hem is die vent door zijn eigen bommen opgeblazen.'

'Dat is toch wel heerlijk ironisch,' zei McKenna. 'De Speciale Een-heid neemt het nu over, brigadier.'

'Zeg dat maar tegen Tactisch.'

'O, dat zal ik zeker doen. Wees maar niet bang.' Hij legde een hand op Fentons schouder voordat deze kon weglopen. 'Wat zou er volgens jouw deskundige mening zijn gebeurd als de bom was afgegaan toen de parochianen op straat bij elkaar stonden?'

'Minimaal twintig doden, misschien wel dertig. De rest gewond, verminkt en wat je verder maar kan bedenken.'

'Inderdaad,' zei McKenna. Hij liep naar Danny, lachend en hoofd-schuddend. 'Heb jij één schrammetje?'

'Zo te zien niet,' zei Danny. 'Maar mijn oren doen verdomd pijn.'

'Eerst Salutation, daarna bezig met de Spaanse griep en nu dit.'

McKenna ging op de kerktrap zitten en trok zijn broekspijpen op bij de knie. 'Hoe vaak kun je aan de dood ontsnappen?'

'Kennelijk ben ik bezig die vraag te beantwoorden, inspecteur.'

'Ze zeggen dat je haar vleugellam hebt gemaakt, die slet van een Tessa.'

Danny knikte. 'Geraakt in haar rechterheup. Kan mijn schot zijn geweest, of een ricochet.'

'Je hebt toch over een uur een eetafspraak?'

Danny hield zijn hoofd schuin. 'Je verwacht toch niet echt dat ik ga?'

'Waarom niet?'

'De vent met wie ik geacht word te gaan eten, is op dit moment waarschijnlijk bezig Tessa dicht te naaien.'

McKenna schudde zijn hoofd. 'Ze is beroeps. Die is niet in paniek en ze gaat, omdat ze zo bloedt, pas door de stad lopen als het helemaal donker is. Die is op dit moment ergens ondergedoken.' Hij liet zijn blik over de omringende gebouwen gaan. 'Waarschijnlijk nog hier in de buurt. Vanavond stuur ik een hoop mensen de straat op zodat ze geen kant op kan, of in ieder geval niet ver komt. Bovendien is jouw vriend Nathan echt niet de enige dokter die eraan meedoet. Daarom vind ik dat het etentje gewoon moet doorgaan zoals is afgesproken. Er zit een zeker risico aan, maar het is de moeite waard.'

Danny speurde Eddies gezicht af of hij een grapje maakte.

'Je zit er zó dichtbij,' zei McKenna. 'Bishop heeft naar je schrijfsels gevraagd. Je hebt ze hem gegeven. Nu heeft hij je uit eten gevraagd. Ik durf er alle goud in Ierland om te verwedden dat Frania er ook is.'

'Dat weten we niet – '

'Jawel,' zei McKenna. 'We kunnen het concluderen. En stel dat de sterren gunstig staan en Frania je meeneemt naar de kantoren van de *Revolutionary Age*?'

'Wat? Wil je dat ik gewoon zeg: "Hé, we zijn nou dikke maatjes, zou je me de adreslijst van jullie hele organisatie willen geven?" Zoiets dus?'

'Steel hem.'

'Wat?'

'Steel hem als je eenmaal binnen bent, kerel.'

Danny stond op, een beetje onvast omdat één oor nog dichtzat. 'Wat is er toch zo belangrijk aan die lijsten?'

'Zo kunnen we mensen in de gaten houden.'

'In de gaten houden.'

McKenna knikte.

'Je kletst uit je nek.' Danny liep de trap af. 'Ik vertik het om zelfs maar in de buurt van hun kantoor te komen. We hebben afgesproken in een restaurant.'

McKenna grijnsde. 'Goed, goed. De Speciale Eenheid geeft je dekking en zorgt ervoor dat de bolsjies zelfs niet op het idee komen om je de komende dagen raar aan te kijken. Ben je nou tevreden?'

'Wat voor soort dekking?'

'Je kent Hamilton, uit mijn ploeg?'

Danny knikte, Jerry Hamilton. Jersey Jerry. Een gorilla. Het enige wat hem uit de bajes hield was zijn politiepenning.

'Ja, ik ken Hamilton.'

'Mooi. Hou vanavond je ogen goed open en wees voorbereid.'

'Waarop?'

'Dat merk je vanzelf, neem dat van mij aan.' McKenna stond op en sloeg het witte stof van zijn broek. Sinds de explosie was dat voortdurend naar beneden gekomen. 'Ga naar huis en maak jezelf weer toonbaar. Je zit helemaal onder het stof. Het zit in je haar, op je gezicht. Je lijkt wel zo'n bosjesman uit een plaatjesboek.'

6

Toen Danny bij het restaurant kwam, bleek de deur op slot en zaten de luiken voor de ramen.

'Het is dicht op zondag.' Nathan Bishop stapte vanuit de donkere portiek in het zwakke, gele licht van de dichtstbijzijnde straatlantaren. 'Mijn fout.'

Danny keek de lege straat door. 'Waar is kameraad Frania?'

'Op de andere plek.'

'Welke andere plek?'

Nathan fronste de wenkbrauwen. 'De plek waar we nu heengaan.'

'O.'

'Omdat dit gesloten was.'

'Goed.'

'Heb je altijd al aan mongolisme geleden of heb je dat zonet opgelopen?'

'Altijd al.'

Nathan stak een hand uit. 'De auto staat aan de overkant.'

Nu zag Danny hem: een Oldsmobile Model M, met Pjotr Glaviach aan het stuur, de blik recht naar voren. Hij draaide de contactsleutel om en het gebrom van de zware motor weerklonk in de straat.

Nathan liep ernaartoe en keek achterom. 'Kom je?'

Danny hoopte dat McKenna's mannen ergens waren waar hij ze niet kon zien, dat ze opletten, niet zaten te hijsen in een bar om de hoek tot ze besloten om naar het restaurant te slenteren en te doen wat ze van plan waren. Hij zag het al voor zich: Jersey Jerry en een andere boef met een penning die voor het donkere restaurant stonden terwijl de een op zijn hand keek waar hij het adres op had geschreven, om vervolgens met de verbijstering van een vijfjarige zijn hoofd te schudden.

Danny stapte van het trottoir en liep naar de auto.

Het motregende nu. Ze reden een stuk en draaiden Harrison op. Pjotr Glaviach had de ruitenwissers aangezet. Net als de rest van de auto waren het zware dingen en het heen en weer flappen vond zijn weg naar Danny's borst.

'Stil vanavond,' zei Nathan.

Danny keek naar buiten, naar Harrison Avenue met zijn lege trottoirs. 'Ja. Maar het is ook zondag.'

'Ik had het over jou.'

Het restaurant heette Oktober, en de naam stond alleen maar op de deur en in zulke kleine rode letters dat Danny er de laatste maanden verscheidene keren was langsgelopen zonder van het bestaan te weten. Binnen drie tafeltjes en maar één ervan was gedekt. Nathan bracht Danny erheen.

Pjotr gooide de deur op slot en ging er toen naast zitten; zijn grote handen lagen als slapende honden op zijn schoot.

Louis Frania stond bij de bar in rap Russisch te telefoneren. Hij knikte veel en krabbelde verwoed in een opschrijfboekje. De barmeid, een zwaargebouwde vrouw van in de zestig, bracht Nathan en Danny een fles wodka en een mandje bruin brood. Nathan schonk hun beiden in en hief zijn glas. Danny deed hetzelfde.

'Proost,' zei Nathan.

'Wat? Geen Russisch?'

'Goeie genade, nee zeg. Weet je hoe Russen westerlingen noemen die Russisch spreken?'

Danny schudde zijn hoofd.

'Spionnen.' Nathan schonk nog eens in en leek Danny's gedachten te kunnen raden. 'Weet je waarom Louis een uitzondering is?'

'Nou?'

'Omdat hij Louis is. Neem een stukje brood. Het is lekker.'

Bij de bar een uitbarsting van Russisch gevolgd door een verrassend hartelijke lach, en daarmee hing Louis Frania op. Hij kwam naar de tafel en schonk zich in.

'Goedenavond, heren. Fijn dat jullie konden komen.'

'Goedenavond, kameraad,' zei Danny.

'De schrijver.' Louis Frania stak zijn hand uit.

Danny schudde hem. Frania's handdruk was stevig, maar niet zo stevig dat hij er iets mee wilde bewijzen. 'Fijn kennis te maken, kameraad.'

Frania ging zitten en schonk zich nog een wodka in. 'Zullen we dat "kameraad" achterwege laten? Ik heb je werk gelezen, dus ik twijfel niet aan je ideologische betrokkenheid.'

'Goed.'

Frania glimlachte. Zo dichtbij straalde hij een warmte uit waarvan zelfs geen spoortje te merken was in zijn toespraken of tijdens de paar keer dat Danny hem achter in de Sowbelly hof had zien houden. 'West-Pennsylvania is het toch?'

'Ja,' zei Danny.'

'Wat heeft je helemaal naar Boston gebracht?' Hij brak een stuk van het donkere brood af en stopte het in zijn mond.

'Ik had hier een oom. Maar toen ik hier kwam, was hij al lang weg. Geen idee waarheen.'

'Was het een revolutionair?'

Danny schudde zijn hoofd. 'Hij was schoenlapper.'

'Dan kon hij bij een gevecht in goede schoenen de benen nemen.'

Danny reageerde met een hoofdgebaar en een lachje.

Frania leunde achterover en gebaarde naar de barmeid. Ze knikte en verdween naar achteren.

'Kom, laten we gaan eten,' zei Frania. 'De revolutie bewaren we voor na het dessert.'

Ze aten sla met azijn en olie die Frania *sveje ovoshi* noemde. Die werd gevolgd door *draniki*, een aardappelschotel, en *zjarkoie*, een gerecht van rundvlees en nog meer aardappels. Danny had geen enkele verwachting gehad, maar het was heel goed, veel beter dan de gortenpap die 's avonds in de Sowbelly werd geserveerd hem wilde doen geloven. Maar hij had tijdens de hele maaltijd moeite met zich concentreren. Voor een deel kwam dat door het tuiten van zijn oren. Hij hoorde maar half wat er werd gezegd en reageerde op de andere helft door te lachen of met zijn hoofd te schudden wanneer dat gepast leek. Maar uiteindelijk was het niet zijn slechte gehoor dat zijn interesse van de tafel wegtrok. Het was een gevoel dat hem de laatste tijd maar al te bekend voorkwam, het gevoel dat zijn werk niet paste bij wat hij in zijn hart voelde.

Hij was vanochtend opgestaan en daardoor was er nu iemand dood. Of die man verdiende te sterven of niet – en hij verdiende het beslist – was niet wat Danny op dat moment bezighield. Het ging erom dat *hij* hem had gedood. Twee uur geleden. Hij had op straat gestaan en hem als een beest doodgeschoten. Hij hoorde nog dat hoge gejank. Hij zag nog hoe elk van de kogels bij Federico Ficara insloegen, de eerste in de knie, de tweede in zijn achterwerk en de derde in zijn maag. Alle drie pijnlijk, en de eerste en de derde afgrijselijk.

Dat was twee uur geleden en nu was hij alweer aan het werk en dat werk was aan tafel zitten met twee mannen die je op zijn best al te gepassioneerd zou kunnen noemen, maar nauwelijks misdadig.

Toen hij Federico in zijn achterwerk had geschoten (dat schot zat hem het meest dwars, de onwaardigheid ervan, Federico die als aangeschoten wild had geprobeerd uit de auto te komen), had hij zich afgevraagd hoe een dergelijke situatie ontstond: drie mensen die op elkaar schoten in een straat bij een auto vol explosieven. Geen god had ooit zo'n scenario bedacht, zelfs niet voor de allerlaagste diersoort. Wat had een Federico gecreëerd? Een Tessa. Niet god. De mens.

Ik heb jou gedood, dacht Danny. Maar ik heb *het* niet gedood.

Hij besefte dat Louis Frania iets tegen hem zei.

'Sorry?'

'Ik zei dat je voor zo'n hartstochtelijk polemist wel erg zwijgzaam bent.'

Danny glimlachte. 'Ik zet het liever allemaal op papier.'

Frania knikte en tikte met zijn glas even dat van Danny aan. 'Heel goed.' Hij leunde achterover en stak een sigaret op. Hij blies de lucifer uit zoals een kind een kaars zou uitblazen, met getuite lippen en heel geconcentreerd. 'Waarom de Lettish Workingman's Association?'

'Ik weet niet of ik je vraag goed begrijp.'

'Je bent Amerikaan,' zei Frania. 'Je hoeft nog geen kilometer de stad door en je zit bij kameraad Reeds Amerikaanse Communistische Partij. En toch geef je er de voorkeur aan met Oost-Europeanen te verkeren. Voel je je niet op je gemak tussen je eigen mensen?'

'Nee.'

Frania hield een hand op in Danny's richting. 'Wat dan?'

'Ik wil schrijven,' zei Danny. 'Kameraad Reed en kameraad Larkin staan er niet om bekend dat ze nieuwkomers vlot toelaten in hun bladen.'

'Ik wel?'

'Volgens de geruchten wel.'

'Openhartigheid,' zei Frania. 'Dat mag ik wel. Sommige zijn heel goed trouwens. Je overpeinzingen.'

'Dank je.'

'Andere zijn, tja, enigszins overdreven. Bombastisch, zou je kunnen zeggen.'

Danny haalde zijn schouders op. 'Het komt recht uit het hart, kameraad Frania.'

'De revolutie heeft mensen nodig die vanuit het hoofd spreken. Intelligentie, nauwkeurigheid, dat wordt in de partij het hoogst gewaardeerd.'

Danny knikte.

'Dus je wilt ons helpen met de krant. Ja?'

'Heel graag.'

'Het is geen glamourwerk. Af en toe schrijf je wat, ja, maar het is vooral de bedoeling dat je aan de pers staat en enveloppen vult en namen en adressen op die enveloppen tikt. Zou je dat kunnen?'

'Jazeker,' zei Danny.

Frania plukte een flintertje tabak van zijn tong en liet het in de asbak vallen. 'Kom dan vrijdag naar ons kantoor. Dan zien we hoe je het doet.'

Zo simpel dus, dacht Danny. Zo simpel.

Toen ze Oktober verlieten, liep hij tussen Louis Frania en Pjotr Glaviach. Nathan Bishop draafde over het trottoir om het achterportier van de Olds te openen. Frania struikelde en in de lege straat echode een schot. Pjotr sloeg Frania tegen de grond en bedekte hem met zijn lichaam. De bril van de kleine man viel van het trottoir in de goot. De schutter stapte uit de portiek ernaast met een arm uitgestrekt. Danny pakte het deksel van een vuilnisbak en sloeg hem het pistool uit handen; het wapen ging opnieuw af en Danny raakte hem op zijn voorhoofd. Sirenes klonken, kwamen dichterbij. Danny sloeg de schutter nogmaals met het deksel en de man viel op zijn achterwerk.

Danny draaide zich om op het moment dat Glaviach Frania achter in de Olds schoof en op de treeplank ging staan. Nathan Bishop sprong er vooraan op. Bishop zwaaide heftig naar Danny. 'Kom!'

De schutter greep Danny bij zijn enkels en trok zijn benen onder hem vandaan. Danny kwam zo hard op het trottoir terecht dat hij opstuiterde.

Er draaide een surveillancewagen de straat in.

'Rijden!' schreeuwde Danny.

Met gierende banden maakte de Olds zich los van de stoep.

'Zoek uit of hij een Wit-Rus is,' riep Glaviach vanaf de treeplank op het moment dat de politiewagen over de stoep voor het restaurant reed en de Olds met een scherpe bocht naar links uit het zicht verdween.

De eerste twee agenten die uitstapten, renden het restaurant in. Ze duwden de barmeid en twee mannen die naar buiten wilden terug en sloten de deur achter hen. De volgende politiewagen was er bijna even snel en kwam met een ruk halverwege de stoep tot stilstand. McKenna stapte uit, grinnikend om de absurditeit van alles en Jersey Jerry liet Danny's enkels los. Ze stonden op. De twee agenten en McKenna kwamen naar hen toe en brachten hen op ruwe wijze naar de politiewagen.

'Realistisch genoeg, denk je?' vroeg McKenna.

Hamilton wreef voortdurend over zijn voorhoofd en gaf Danny een dreun op zijn arm. 'Ik bloed, stomme zak.'

Danny zei: 'Ik heb je gezicht vermeden.'

'Vermeden?' Hamilton spuwde bloed op straat. 'Ik zou je in elkaar – '

Danny kwam vlak voor hem staan. 'Ik kan je hier en nu het ziekenhuis inslaan. Is dat wat je wil, schoft?'

'Hé, inspecteur, waarom denkt-ie dat-ie zo tegen me kan praten?'

'Omdat hij dat kan.' McKenna klopte hen op de schouders. 'Ga even goed staan, heren.'

'Nee, ik meen het,' zei Danny. 'Wil je het uitvechten?'

Hamilton keek de andere kant op. 'Ik zei maar wat.'

'Je zei maar wat,' zei Danny.

'Heren,' zei McKenna.

Danny en Jersey Jerry legden hun handen plat op de motorkap van de politiewagen en McKenna deed net of hij hen fouilleerde.

'Dit slaat nergens op,' fluisterde Danny. 'Daar kijken ze dwars doorheen.'

'Onzin,' zei McKenna. 'Gij kleingelovige.'

Hij sloeg ze in ruime handboeien en duwde ze achter in de wagen. Hij ging achter het stuur zitten en reed hen terug naar Harrison.

In de auto zei Hamilton: 'Ik zeg je één ding: als ik je tijdens het werk ooit ergens tegenkom...'

'Wat dan?' zei Danny. 'Ga je nog harder jammeren?'

McKenna bracht Danny terug naar zijn infiltrantenadres in Roxbury en stopte een paar straten voor ze er waren.

'Hoe voel je je?'

De waarheid was dat Danny het huilen nader stond dan het lachen. Niet om een bepaalde reden, gewoon vanwege alles en een dodelijke vermoeidheid. Hij wreef met zijn handen over zijn gezicht.

'Gaat wel.'

'Je schiet vier uur geleden onder bijzonder grote druk een spaghetti-vreter naar de verdommenis en meteen erna heb je een undercoveront-moeting met nog een mogelijke terrorist en – '

'Jezus, Eddie, het zijn geen – '

'Wat zeg je?'

' – verdomme geen terroristen. Het zijn communisten. En ze zouden het heerlijk vinden te zien dat wij de mist ingingen, ja, dat de hele rege-ring in elkaar dondert en in zee stort. Dat geef ik toe. Maar ze gooien niet met bommen.'

'Je bent naïef, jochie.'

'Het zij zo.' Danny stak zijn hand uit naar de portierkruk.

'Dan.'

McKenna legde een hand op Danny's schouder.

Danny wachtte.

'Er is de laatste maanden te veel van je gevraagd. Dat geef ik toe, zo-waar God mijn rechter is. Maar het zal niet lang meer duren voor je je gouden penning hebt. En dan kan het gewoon niet prachtiger meer zijn.'

Danny knikte zodat Eddie zijn schouder zou loslaten. Eddie liet zijn hand zakken.

'Nee, dat is het niet,' zei Danny en stapte uit.

De volgende middag knielde Danny in de biechtstoel in een kerk waar hij nog nooit naar binnen was geweest, en sloeg een kruis.

De priester zei: 'Je ruikt naar drank.'

'Dat is omdat ik heb gedronken, vader. Ik zou u graag wat aanbie-den, maar ik heb de fles thuisgelaten.'

'Kom je biechten, mijn zoon?'

'Weet ik niet.'

'Waarom weet je dat niet? Je hebt gezondigd of je hebt niet gezon-digd.'

'Ik heb gisteren een man doodgeschoten. Voor een kerk. Ik denk dat u daar wel wat van hebt gehoord.'

'Inderdaad. De man was een anarchist. Ben jij...?'

'Ja. Ik heb hem drie keer geraakt. Ik heb vijf keer op hem geschoten, maar twee keer gemist. Het punt is, vader, dat u me moet vertellen of ik juist heb gehandeld.'

'Dat is aan God om te – '

'Hij wilde een kerk opblazen. Een van de uwe.'

'Klopt. Je hebt juist gehandeld.'

'Maar hij is dood. Ik heb hem van de aardbodem verwijderd. En ik kan het gevoel niet van me afschudden dat...'

Er volgde een lange stilte die des te langer duurde omdat er een kerkstilte hing: die rook naar wierook en boenwas en werd omzoomd door zwaar fluweel en donker hout.

'Wat voor gevoel?'

'Het gevoel dat wij, ik en de man die ik heb doodgeschoten, in hetzelfde vat leven. Snapt u wel?'

'Nee, je bent een beetje onduidelijk.'

'Neem me niet kwalijk,' zei Danny. 'Je hebt een groot vat met stront, snapt u wel? En dat is – '

'Let een beetje op je taal.'

' – waar de heersende klasse en alle rijken *niet* wonen, ja? Daar flikkeren ze alle gevolgen in waarover ze het verdommen na te denken. En de bedoeling – '

'Je bent in een godshuis.'

'En de bedoeling, vader, de bedoeling is dat we braaf meedoen en weggaan wanneer ze ons niet meer nodig hebben. Dat we accepteren wat ze ons geven en het opdrinken en opeten en ervoor klappen en zeggen: "Mmm, nog meer, alstublieft." En zal ik u eens wat zeggen, vader? Ik ben het godverdomme meer dan zat.'

'Verlaat onmiddellijk deze kerk.'

'Best. Gaat u mee?'

'Volgens mij moet je eerst ontnuchteren.'

'En volgens mij verstopt u zich in dit mausoleum en moet u er nodig uit om te kijken hoe uw parochianen leven. Hebt u dat onlangs nog gedaan?'

'Ik – '

'Ooit?'

'Ga zitten,' zei Louis Frania.

Het was even na middernacht. Drie dagen na de in scène gezette moordpoging. Om een uur of elf had Pjotr Glaviach Danny gebeld en hem het adres gegeven van een bakkerij in Mattapan. Toen Danny daar aankwam, stapte Pjotr uit de Olds Model M en gebaarde dat Danny naar een steegje tussen de bakkerij en een kleermaker moest komen. Danny volgde hem achterom en ging een opslagruimte binnen.

Louis Frania wachtte, gezeten op een rechte keukenstoel met een tweede stoel tegenover hem.

Danny ging op die stoel zitten en was nu zo dicht bij de kleine man met de donkere ogen dat hij alleen een arm hoefde uit te steken om de bakkebaarden van zijn keurig onderhouden baard te strelen. Frania's ogen lieten Danny's gezicht niet los. Het waren niet de brandende ogen van een fanaticus. Het waren de ogen van een dier dat zo gewend is te worden opgejaagd dat er zich enige verveling in heeft genesteld. Hij legde zijn voeten over elkaar en leunde achterover. 'Vertel me wat er is gebeurd na ons vertrek.'

Danny gebaarde met zijn duim naar achteren. 'Dat heb ik Nathan en kameraad Glaviach al verteld.'

Frania knikte. 'Vertel het mij.'

'Waar is Nathan trouwens?'

Frania zei: 'Vertel me wat er is gebeurd. Wie is die man die heeft geprobeerd me te vermoorden?'

'Ik heb zijn naam niet gehoord en ik heb geen woord met hem gewisseld.'

'Ja, hij heeft iets spookachtigs.'

Danny zei: 'Ik heb het geprobeerd. De politie kwam onmiddellijk in actie. Ze sloegen mij, ze sloegen hem en daarna kreeg ik nog een pak slaag. Daarna smeten ze ons allebei achter in die auto en reden met ons naar het bureau.'

'Welk bureau.'

'Roxbury Crossing.'

'En tijdens de rit heb je geen leuke conversatie gehad met mijn aanvaller?

'Heb ik geprobeerd. Hij gaf geen antwoord. Daarna zei een smeris dat ik mijn muil moest houden.'

'Zei hij dat? Hou je muil?'

Danny knikte. 'Dreigde dat-ie er anders zijn knuppel in zou rammen.'

Frania's ogen twinkelden. 'Sterk.'

Op de vloer lag een laag aangekoekt oud meel. De ruimte rook naar gist en zweet en suiker en molm. Grote bruine blikken, sommige manshoog, stonden langs de muren en ertussen waren zakken meel en graan gestapeld. In het midden van de kamer bungelde een kaal peertje aan een ketting en in de grote plassen duisternis erachter piepten knaagdieren. De ovens waren vermoedelijk al vanaf het middaguur niet meer aan, maar het was er nog smoorheet.

Frania zei: 'Een kwestie van voeten, denk je ook niet?'

Danny stopte een hand in zijn zak en vond het knopoog tussen wat munten. Hij drukte het in zijn handpalm en boog zich naar voren. 'Kameraad?'

'Deze zogenaamde moordenaar.' Hij wuifde in de lucht om zich heen. 'Deze man van wie niemand iets officieels kan vinden. Deze man die ongezien kon verdwijnen, die zelfs niet is gezien door een kameraad van wie ik weet dat hij die nacht in de arrestantencel in Roxbury Crossing heeft gezeten. Een veteraan van de eerste tsaristische revolutie, deze man. Een echte Let zoals onze kameraad Pjotr hier.'

De grote Let leunde tegen de grote deur van de koelcel, met zijn armen over elkaar, en liet niet merken dat hij zijn naam had gehoord.

'Hij heeft jou ook niet gezien,' zei Frania.

'Ik ben ook helemaal niet in de arrestantencel gezet,' zei Danny. 'Nadat ze zich hadden uitgeleefd hebben ze me in een arrestantenwagen naar Charlestown gebracht. Dat heb ik ook tegen Bishop gezegd.'

Frania glimlachte. 'Nou, dat is dan afgehandeld. Alles is oké.' Hij klapte in zijn handen. 'Nou, Pjotr, wat heb ik gezegd?'

Glaviach hield zijn ogen gericht op de planken achter Danny. 'Alles oké.'

'Alles is oké,' zei Frania.

Danny zat daar en de bakkerijhitte had zijn voeten gevonden, de onderkant van zijn hoofdhuid.

Frania boog zich naar voren, ellebogen op de knieën. 'Behalve dat die man amper twee meter van me vandaan was toen hij schoot. Hoe kun je op zo'n afstand nou missen?'

Danny zei: 'Zenuwen?'

Frania streelde zijn sikje en knikte. 'Dat dacht ik eerst ook. Maar toen begon ik me toch een en ander af te vragen. Wij stonden met ons drieën op een kluitje. Met ons vieren als we jou als hekkensluiter meetellen. En achter ons? Een grote, zware reisauto. Dus stel ik jou de vraag, kameraad Sante, waar die kogels zijn terechtgekomen.'

'De stoep, denk ik.'

Frania klakte met zijn tong en schudde zijn hoofd. 'Helaas niet. We hebben alles daar gecontroleerd. Alles in een straal van een paar straten. Dat konden we gemakkelijk doen omdat de politie helemaal niet is komen controleren. Er is geschoten binnen de stadsgrenzen. Twee schoten en de politie doet alsof het gaat om een belediging.'

'Hmm,' zei Danny. 'Dat is – '

'Ben je Federaal?'

'Kameraad?'

Frania zette zijn bril af en veegde hem schoon met een zakdoek. 'Ministerie van Justitie? Immigratie? Bureau of Investigation?'

'Ik begrijp...'

Frania stond op en zette zijn bril weer op. Hij keek op Danny neer. 'Of misschien gemeente? Deel van het undercoversleepnet dat door de stad wordt gehaald, zo vernemen wij? Ik begrijp dat ze in Revere een nieuw lid hebben dat beweert dat hij uit Noord-Italië komt maar praat met het accent en het ritme van de zuiderling.' Hij liep op zijn gemak achter Danny's stoel langs. 'En Daniel, wat ben jij?'

'Ik ben Daniel Sante, machinebediener uit Harlansburg, Pennsylvania. Ik ben geen smeris, kameraad. Ik ben geen overheidsdienaar. Ik ben gewoon wie ik zeg dat ik ben.'

Frania hurkte achter hem. Hij boog zich naar voren en fluisterde in Danny's oor: 'Wat voor antwoord zou je anders moeten geven?'

'Geen.' Danny draaide zijn hoofd zo scheef dat hij Frania's magere profiel kon zien. 'Omdat het de waarheid is.'

Frania legde zijn handen op de rugleuning. 'Iemand probeert me te vermoorden en blijkt toevallig een belabberde schutter te zijn. Jij schiet te hulp omdat je toevallig op hetzelfde moment naar buiten komt. De politie komt toevallig een paar tellen na het schot aangereden. Iedereen in het restaurant wordt aangehouden maar niemand wordt ondervraagd. De moordenaar verdwijnt uit verzekerde bewaring. Jij wordt zonder aanklacht vrijgelaten en als toppunt van voorzienigheid blijk je ook nog een behoorlijk getalenteerd schrijver te zijn.' Hij slenterde weer naar zijn uitgangspunt voor Danny's stoel en tikte tegen zijn slaap. 'Zie je hoe fortuinlijk al die gebeurtenissen zijn?'

'Dat is dan mooi meegenomen.'

'Ik geloof niet in geluk, kameraad. Ik geloof in logica. En dat ontbreekt volkomen aan jouw verhaal.' Hij liet zich voor Danny op zijn hurken zakken. 'Ga. Zeg tegen die bourgeois bazen van je dat de Lettish Workingman's Association onverdacht is en geen enkele wet overtreedt. Zeg tegen ze dat ze geen tweede boerenkinkel moeten sturen om te bewijzen dat het niet zo is.'

Danny hoorde voetstappen achter zich de opslagruimte binnenkomen. Meer dan een paar. Misschien drie paar in totaal.

'Ik ben wie ik zeg dat ik ben,' zei Danny. 'Ik ben toegewijd aan de zaak en de revolutie. Ik weiger tegenover wie dan ook te ontkennen wie ik ben.'

Frania kwam overeind. 'Ga.'

'Nee, kameraad.'

Pjotr Glaviach duwde zich met één elleboog weg van de koelceldeur. Hij hield zijn andere arm achter zijn rug.

'Voor de laatste keer,' zei Frania, 'ga weg.'

'Dat kan ik niet, kameraad. Ik – '

Van vier pistolen werden de hanen gespannen. Drie klonken achter hem. De vierde was van Glaviach.

'Sta op!' schreeuwde Glaviach en het kaatste terug van de harde wanden.

Danny stond op.

Glaviach kwam achter hem staan. Zijn schaduw liep uit op de vloer voor Danny en de schaduw strekte een arm naar voren.

Frania keek Danny met een treurig lachje aan. 'Dit is de enige kans die je hebt en die kan elk ogenblik aflopen.' Hij zwaaide met zijn arm richting deur.

'Je vergist je.'

'Nee,' zei Frania. 'Ik vergis me niet. Goedenavond.'

Danny antwoordde niet. Hij liep langs hem heen. De vier man achter in de ruimte wierpen hun schaduwen op de muur voor hem. Hij opende de deur van de bakkerij met een branderige jeuk boven in zijn nek en verliet de bakkerij, de nacht in.

Het laatste wat Danny in Daniel Santes huurappartement deed, was zijn baard afscheren in de badkamer op de tweede verdieping. Met een schaar knipte hij het grootste deel weg, stopte de dikke plukken in een papieren zak, weekte de rest met heet water en een dikke laag scheercrème. Bij elke haal van het scheermes voelde hij zich slanker, lichter. Toen hij de laatste verdwaalde lik scheercrème en de laatste dolende haar wegveegde, grijnsde hij.

Danny en Mark Denton hadden hun bespreking met hoofdcommissaris O'Meara en burgemeester Andrew Peters op een zondagmiddag in de werkkamer van de burgemeester.

Danny had de indruk dat de burgemeester niet op zijn plaats was, alsof hij niet in zijn werkkamer paste, niet achter zijn grote bureau, in zijn overhemd met de stijve, hoge boord en zijn tweed pak. Hij speelde veel met de telefoon op zijn bureau en legde zijn vloeiblad voortdurend recht.

Hij glimlachte naar hen toen ze zaten. 'Het puikje van de BPD, vermoed ik, nietwaar, heren?'

Danny lachte terug.

Stephen O'Meara ging staan. Nog voor hij een woord had gezegd, domineerde hij de kamer. 'Burgemeester Peters en ik hebben naar de begroting van komend jaar gekeken en we hebben enkele mogelijkheden gezien om een dollar hier en een dollar daar te verschuiven. Het is, dat zeg ik erbij, niet genoeg. Maar het is een begin, heren, en het is ook iets meer dan dat: het is een openlijke erkenning dat we uw klachten serieus nemen. Zo is het toch, burgemeester?'

Peters keek op van zijn pennenbakje. 'O ja, zeer zeker.'

'We hebben overleg gehad met medewerkers van de gemeentelijke reinigingsdienst om een onderzoek te doen naar de gezondheidsomstandigheden van alle politiebureaus. Ze hebben erin toegestemd daar januari volgend jaar mee te beginnen.' O'Meara's blik trof die van Danny. 'Is dat een bevredigend begin?'

Danny keek Mark aan en daarna de hoofdcommissaris. 'Absoluut, sir.'

Burgemeester Peters zei: 'We zijn nog steeds bezig de leningen voor het rioleringsproject aan de Commonwealth Avenue af te lossen, nog afgezien van de uitbreidingen van het tramnet, de brandstofcrisis tijdens de oorlog, en een substantieel exploitatietekort in het openbaar onderwijs in de blanke wijken. De rente op onze obligaties is laag maar daalt nog verder. En nu zijn de kosten van levensonderhoud ongekend snel aan het stijgen. Dus hebben we begrip, heel veel begrip, voor uw bezorgdheid. Echt waar. Maar we hebben tijd nodig.'

'En vertrouwen,' zei O'Meara. 'Nog een beetje. Heren, zouden jullie je collega's willen peilen? Een lijst opstellen met hun klachten en van elk van hen een overzicht van hun dagelijkse uitgaven? En persoonlijke getuigenissen van hoe deze fiscale onevenwichtigheid hun huiselijk leven beïnvloedt? Zouden jullie een volledig verslag willen geven van de sanitaire situatie op de bureaus en een lijst van wat in jullie ogen stelselmatig machtsmisbruik van meerderen is?'

'Zonder bang te hoeven zijn voor represailles?' vroeg Danny.

'Absoluut,' zei O'Meara. 'Dat garandeer ik.'

'In dat geval zeker,' zei Mark Denton.

O'Meara knikte. 'Ik stel voor dat we hier over een maand weer bij elkaar komen. Laten we in die tussentijd afzien van het uiten van klachten in de pers of het op een andere manier porren in een wespennest. Kunnen jullie dat accepteren?'

Danny en Mark knikten.

Burgemeester Peters stond op en gaf hun een hand. 'Ik mag dan nieuw zijn in deze functie, heren, ik hoop uw vertrouwen waard te zijn.'

O'Meara kwam achter het bureau vandaan en wees naar de deur. 'Wanneer die deur opengaat, staat daar de pers. Flitsende camera's, geschreeuwde vragen en dergelijke. Is een van jullie momenteel undercover?'

Danny kon het niet geloven, de snelheid waarmee de lach op zijn gezicht doorbrak en de onverklaarbare trots waarmee hij zei: 'Niet meer, sir.'

In een box achter in de Warren Tavern gaf Danny Eddie McKenna een doos met daarin de kleren en de huissleutel van Daniel Sante, verscheidene aantekeningen die hij niet in zijn rapporten had opgenomen, en alle lectuur die hij had bestudeerd voor zijn dekmantel.

Eddie wees op Danny's gladgeschoren gezicht. 'Zo, dus je bent er klaar mee.'

'Precies.'

McKenna rommelde in de doos en schoof hem toen opzij. 'Er is geen kans dat hij zich bedenkt? Dat hij na een goede nachtrust wakker wordt en – '

Danny keek hem vuil aan en dat snoerde hem de mond.

'Denk je dat ze je zouden hebben gedood?'

'Nee. Logischerwijs? Nee. Maar als je hoort hoe er achter je vier wapens worden doorgeladen...'

McKenna knikte. 'Ik weet zeker dat zelfs Christus zijn overtuigingen had herzien.'

Ze zwegen een tijd, ieder met zijn eigen glas en zijn eigen gedachten.

'Ik zou een nieuwe dekmantel voor je kunnen maken, je naar een andere cel kunnen verplaatsen. Er is er een in – '

'Hou op. Alsjeblieft. Ik ben er klaar mee. Ik weet verdomme niet eens wat we eigenlijk aan het doen waren. Ik weet niet waarom – '

'Het is niet aan ons om een oordeel te vellen.'

'Het is niet aan *mij*. Het is jouw kindje.'

McKenna haalde zijn schouders op.

'Wat heb ik gedaan?' Danny's oog viel op zijn open handen. 'Wat is er bereikt, behalve het maken van lijsten met vakbondsmensen en on-schuldige bolsjewieken – '

'Er bestaan geen ongevaarlijke bolsjewieken.'

'Waar ging het nou godverdomme om?'

McKenna dronk uit zijn bruine kroes met bier en stak daarna zijn si-gaar weer aan, kneep één oog dicht tegen de rook. 'We zijn je kwijt.'

'Wat?' zei Danny.

'We zijn je echt kwijt,' zei Eddie zacht.

'Ik snap niet wat je bedoelt. Ik ben het, Danny.'

McKenna richtte zijn blik omhoog naar de plafondtegels. 'Toen ik nog een jongen was, heb ik een tijd bij een oom gelogeerd. Ik kan me niet meer herinneren of hij van vaders of moeders kant was, maar hij was in ieder geval een anonieme Ierse armoedzaaier. Een man zonder muziek, zonder liefde, zonder lichtheid. Maar hij had een hond. Een schurftig mormel, en oerstom, maar die had wel liefde, wel lichtheid. Hij stond altijd te dansen wanneer hij me de heuvel op zag komen, hij kwispelde, hij danste van puur plezier omdat hij wist dat ik hem zou aaien, dat ik met hem ging rennen en draven, dat ik hem over zijn vlek-kerige buik zou aaien.' Eddie trok aan zijn sigaar en blies langzaam uit. 'Hij werd ziek. Wormen. Begon bloed te niezen. Op een gegeven mo-ment zegt mijn oom dat ik hem naar zee moet brengen. Geeft me een draai om mijn oren als ik weiger. Slaat me nog harder als ik begin te huilen. Dus draag ik het mormel naar het strand. Ik loop het water in tot het net aan mijn kin staat en laat hem los. Ik zou hem zestig tellen onder moeten houden, maar dat heeft weinig zin. Hij is zwak en krach-teloos en triest en hij zinkt zonder een geluidje. Ik waad terug naar het strand en mijn oom geeft me weer een draai om mijn oren. "Waar-voor?" roep ik. Hij wijst. En daar is hij, dat zwakke mormel met zijn baksteenkop. Hij zwemt terug naar het strand, terug naar mij. Na een hele tijd is hij bij het strand. Hij bibbert, hij hijgt en hij is kleddernat. Een wonder, deze hond, een romanticus, een held. En hij heeft nog net de tijd om naar me op te kijken voor mijn oom de bijl op zijn rug laat neerkomen en hem in tweeën hakt.'

Hij ging achteruit zitten. Pakte zijn sigaar uit de asbak. Een serveer-ster verzamelde op een tafel schuin tegenover hen een handvol bekers. Ze liep terug naar de bar en het werd weer stil.

'Wat moet ik in godsnaam met zo'n verhaal?' zei Danny. 'Wat man-keert je?'

'Het gaat erom wat jou mankeert, jongen. Jij hebt "eerlijk" in je hoofd. Ontken het maar niet. Jij denkt dat dat haalbaar is. Ja, dat denk je. Ik zie het.'

Danny boog zich naar voren en zijn bier klotste over de rand van zijn kroes toen hij hem van zijn mond liet zakken. 'Ik moet zeker wat leren van dat stomme hondenverhaal. Wat? Dat het leven hard is? Dat het spel vals gespeeld wordt? Denk je dat dat nieuws voor me is? Denk je dat ik geloof dat de vakbonden of de bolsjies of de BSC een schijntje kans hebben om te krijgen wat ze toekomt?'

'Waarom doe je het dan? Je vader, je broer, ik... we maken ons zorgen, Dan. Grote zorgen. Je hebt je dekmantel bij Frania verknald omdat er iets in je was dat hem wilde verknallen.'

'Nee.'

'En toch zit je me hier te vertellen dat je weet dat geen enkele verstandige of praktische regering, lokaal, staats of federaal, ooit zal toestaan dat dit land wordt gesovjetiseerd. Nooit. Maar je blijft doorgaan met dieper en dieper in de BSC-rotzooi te duiken en steeds verder te vervreemden van de mensen die van je houden. Waarom? Je bent mijn petekind, Dan. Waarom?'

'Veranderingen doen pijn.'

'Is dat je antwoord?'

Danny stond op. 'Veranderingen doen pijn, Eddie, maar geloof me, ze komen eraan.'

'Nee hoor.'

'Het kan niet anders.'

Eddie schudde zijn hoofd. 'Er is strijd, mijn jongen, en er is dwaasheid. En ik ben bang dat je heel binnenkort het verschil zult leren.'

7

Op een dinsdag aan het eind van de middag in de keuken met Nora die net terug was van haar baan in de schoenenfabriek, stond Luther groenten te hakken voor in de soep en schilde Nora de aardappels, toen ze hem vroeg: 'Heb je een meisje?'

'Hmm?'

Ze keek hem aan met die bleke ogen van haar, de vonk erin als een flakkerende lucifer. 'Je hebt me best gehoord. Heb je ergens een meisje?'

Luther schudde zijn hoofd. 'No, ma'am.'

Ze lachte.

'Wat?'

'Zeker weten dat je liegt.'

'O ja? Waarom denk je dat?'

'Ik hoor het aan je stem. Echt.'

'Wat hoor je dan?'

Haar lach kwam diep uit haar keel. 'Liefde.'

'Het feit dat ik van iemand hou wil nog niet zeggen dat ze de mijne is.'

'Dat is een heel waar woord. Het feit dat je van iemand houdt wil nog niet zeggen...' Ze maakte haar zin niet af en ging verder met aardappels schillen, onderwijl zacht neuriënd, een gewoonte waarvan Luther bijna zeker was dat ze zich er niet van bewust was.

Met de zijkant van het mes schoof Luther de gehakte selderie van de snijplank in de pan. Hij liep om Nora heen om een paar penen uit de vergiet te pakken en mee terug te nemen naar de aanrecht, waar hij er eerst de toppen van afsneed voor hij ze naast elkaar legde en met vier tegelijk in stukken sneed.

'Is ze knap?' vroeg Nora.

'Ja, ze is knap,' zei Luther.

'Groot? Klein?'

'Aan de kleine kant,' zei Luther. 'Zoals jij.'

'Ben ik dan klein?' Ze keek Luther over haar schouder aan met het aardappelmesje in de hand en zoals al eerder kreeg Luther het idee dat er op de meest onverwachte momenten een vulkaan in haar huis-de. Hij kende niet veel blanke vrouwen en verder geen enkele Ierse, maar hij had al een hele tijd het gevoel dat je Nora omzichtig moest benaderen.

'Je bent niet groot,' zei hij.

Ze keek hem een hele tijd aan. 'We kennen elkaar nu al een aantal maanden, Mr Laurence, en vandaag in de fabriek bedacht ik dat ik na-genoeg niks van je weet.'

Luther grinnikte. 'De pot verwijt de ketel dat-ie zwart ziet.'

'Bedoel je daar soms nog iets anders mee?'

'Ik?' Luther schudde zijn hoofd. 'Ik weet dat je uit Ierland komt, maar niet waarvandaan precies.'

'Weet je iets van Ierland af?'

'Geen barst.'

'Wat maakt het dan uit?'

'Ik weet dat je hier vier jaar geleden bent gekomen. Ik weet dat je min of meer verloofd bent met Mr Connor, maar er niet veel in ziet. Ik – '

'Wat zeg je me nou, jongen?'

Luther had al ontdekt dat wanneer de Ieren een zwarte 'jongen' noemden, dat niet hetzelfde betekende als wanneer een Amerikaan dat deed. Hij grinnikte weer. 'Gevoelige snaar geraakt, hè, meid.'

Nora lachte. Ze hield de rug van haar natte hand, waar het aardap-pelmesje uitstak, tegen haar mond. 'Doe dat nog eens.'

'Wat?'

'Dat accent, dat Ierse accent.'

'O, ik weet niet waar je het over hebt.'

Ze leunde tegen de aanrecht en staarde hem aan. 'Dat is Eddie McKenna's stem, het hele timbre. Helemaal.'

Luther haalde zijn schouders op. 'Niet gek, hè?'

Nora keek nu ernstig. 'Laat hem nooit horen dat je dat doet.'

'Denk je dat ik gek ben?'

Ze legde het aardappelmesje op de aanrecht. 'Je mist haar. Ik zie het in je ogen.'

'Ja, ik mis haar.'

'Hoe heet ze?'

Luther schudde zijn hoofd. 'Dat houd ik momenteel liever voor me, Miss O'Shea.'

Nora veegde haar handen af aan haar schort. 'Waar ben je voor op de loop, Luther?'

'En jij?'

Ze glimlachte en haar ogen fonkelden weer, maar deze keer doordat ze vochtig waren. 'Danny.'

Hij knikte. 'Heb ik gezien. En nog iets, verder in het verleden.'

Ze draaide zich om naar de gootsteen, tilde de pan met water en aardappels eruit. Ze zette hem op de aanrecht. 'Zijn wij geen boeiend stel, Mr Laurence? Al onze intuïtie gebruiken we voor anderen, niet voor onszelf.'

'Daar zijn we veel mee opgeschoten,' zei Luther.

'Zei ze dat?' zei Danny aan de telefoon in zijn pension. 'Dat ze voor mij op de loop was?'

'Ja.' Luther zat aan het telefoontafeltje in de hal van Giddreaux' huis.

'Zei ze het alsof ze het vluchten moe was?'

'Nee,' zei Luther. 'Ze zei het alsof ze eraan gewend was.'

'O.'

'Sorry.'

'Nee, bedankt. Is Eddie je nog te na gekomen?'

'Hij heeft me laten merken dat hij eraan werkt. Maar nog niet hoe of wat.'

'Goed. Wanneer hij dat doet...'

'Dan laat ik het je weten.'

'Wat vind je van haar?'

'Van Nora?'

'Ja.'

'Ik denk dat ze te veel vrouw voor je is.'

Danny's lach dreunde. Gaf je het gevoel dat er een bom aan je voeten afging. 'Vind je dat?'

'Het is maar een mening.'

'Welterusten, Luther.'

'Welterusten, Danny.'

Een van Nora's geheimen was dat ze rookte. Luther had haar in zijn begintijd bij de Coughlins betrapt en sindsdien hadden ze de gewoonte om, als Mrs Ellen Coughlin zich opfriste voor het avondeten, maar voordat Mr Connor of hoofdinspecteur Coughlin van zijn werk thuiskwam, samen naar buiten te glippen om er een op te steken. Op een keer, een hoge-zon-diep-frisse middag, vroeg Luther haar opnieuw naar Danny.

'Hoe bedoel je?'

'Je zei dat je voor hem op de loop was.'

'Heb ik dat gezegd?'

'Ja.'

'Was ik nuchter?'

'Het was in de keuken.'

'O.' Ze haalde haar schouders op en blies tegelijkertijd de rook uit, met haar sigaret voor haar gezicht. 'Ach, misschien is hij voor mij op de loop.'

'O ja?'

Haar ogen vonkten, het gevaar dat je in haar kon voelen, kwam dichter aan de oppervlakte. 'Zal ik je eens wat zeggen over je vriend Aiden? Iets wat je nooit zou raden?'

Luther wist dat het een van die momenten was waarop zwijgen je beste vriend was.

Nora blies weer een rookpluim uit, deze keer heftiger en bitter. 'Hij lijkt een echte rebel, hè? Heel onafhankelijk en vrij in zijn denken. Ja toch?' Ze schudde haar hoofd, nam nog een trek aan haar sigaret. 'Dat is hij niet. Als het erop aankomt, is hij dat helemaal niet.' Ze keek Luther aan, een glimlach baande zich met moeite een weg naar haar gezicht. 'Uiteindelijk kon hij niet leven met mijn verleden, dat verleden waar jij zo nieuwsgierig naar bent. Hij wilde "respectabel" zijn, als ik me goed herinner. En daar kon ik niet voor zorgen.'

'Maar Mr Connor lijkt me helemaal niet het type dat – '

Ze schudde heftig haar hoofd. 'Mr Connor weet niets van mijn verleden. Alleen Danny. En zie wat een ellende die wetenschap ons bezorgt.' Na nog zo'n zuinig lachje trapte ze haar sigaret uit met haar teen. Ze pakte de peuk van de bevroren veranda en stopte hem in haar schortzak. 'Is het vragenuurtje voor vandaag achter de rug, Mr Laurence?'

Hij knikte.

'Hoe heet ze?' vroeg ze.

Hij ontmoette haar blik. 'Lila.'

'Lila,' zei ze, vriendelijker nu. 'Dat is een mooie naam.'

Luther en Clayton waren op een zaterdag dat het zo koud was dat ze hun adem konden zien aan het breken in het gebouw op Shawmut Avenue. Maar het was zulk zwaar werk met breekijzer en sloophamer dat ze zich binnen een uur al tot op hun hemd hadden uitgekleed.

Tegen de middag pauzeerden ze, aten ze de sandwiches die Mrs Giddreaux voor hen had klaargemaakt en dronken ze een paar biertjes.

'Wat gaan we hierna doen?' vroeg Clayton. 'De ondervloer repareren?'

Luther knikte, stak een sigaret op en blies de rook langzaam, vermoeid uit. 'Volgende week en de week erna kunnen we de elektrische leidingen tegen de muren bevestigen, en kijken of we om een paar van die pijpen heen kunnen waar jij zo opgewonden van wordt.'

'Jezus.' Clayton schudde zijn hoofd en gaapte luid. 'Al dit werk voor niks anders dan een hoger ideaal? Voor een plaatsje in de nikkerhemel, ja ja.'

Luther lachte flauwtjes maar zei niets. Hij vond het niet prettig meer om het woord 'nikker' te gebruiken, ook al gebruikte hij het alleen maar als hij onder zwarten was. Maar zowel Jessie als de Diaken Broscious had het constant gebruikt, en er was iets in Luther dat hem het gevoel gaf dat hij het samen met hen had begraven in Club Almighty. Een betere verklaring had hij er eigenlijk niet voor, alleen dat het niet langer goed voelde om het woord over zijn lippen te laten komen. Het gevoel zou, zoals de meeste dingen, wel weer overgaan, vermoedde hij, maar voorlopig...

'Kom, we kunnen net zo goed – '

Hij stopte toen hij McKenna door de voordeur zag binnenkomen met een air alsof hij de eigenaar van het gebouw was. Hij bleef in de hal staan, keek omhoog naar de vervallen trap.

'Verdomme,' fluisterde Clayton. 'Politie.'

'Ik ken hem. Het is een vriend van mijn baas. En hij doet heel aardig, maar hij is het niet. Hij is geen vriend van ons, o nee.'

Clayton knikte, want ze hadden beiden in hun leven talloze blanke mannen ontmoet die aan die beschrijving voldeden. McKenna kwam de kamer in waar ze hadden gewerkt, een grote kamer vlak bij de keuken, vijftig jaar geleden vermoedelijk de eetkamer.

Het eerste woord uit McKenna's mond: 'Canton?'

'Columbus,' zei Luther.

'O ja, dat was het.' McKenna lachte naar Luther en wendde zich toen tot Clayton. 'Ik geloof niet dat we al kennis hebben gemaakt.' Hij stak een vlezige hand uit. 'Inspecteur McKenna, BPD.'

313

'Clayton Tomes.' Clayton schudde de hand.

McKenna hield de hand in een greep, bleef hem schudden, de glimlach op zijn gezicht bevroren, met ogen die eerst die van Clayton zochten, daarna die van Luther en die tot recht in zijn hart leken te kijken.

'U werkt voor die weduwe in M Street, Mrs Wagenfeld. Klopt dat?'

Clayton knikte. 'Eh, yes, suh.'

'Goed.' McKenna liet Claytons hand los. 'Ze zeggen dat ze een fortuintje aan Spaanse dubloenen onder haar kolenhok bewaart. Is daar iets van waar, Clayton?'

'Daar weet ik niks van, sir.'

'En als je er wel wat van wist, zou je dat aan niemand vertellen, hè?' McKenna lachte en gaf Clayton zo'n harde klap op zijn rug dat deze een paar stappen naar voren struikelde.

McKenna kwam dichter bij Luther staan. 'Wat heeft jou hier gebracht?'

'Suh?' zei Luther. 'U weet dat ik bij de familie Giddreaux woon. Dit wordt het hoofdkantoor.'

McKenna's wenkbrauwen wipten omhoog richting Clayton. 'Hoofdkantoor? Waarvan?'

'De NAACP,' zei Luther.

'O, mooi werk,' zei McKenna. 'Ik heb ooit mijn eigen huis verbouwd. Wat een ellende.' Met zijn voet schoof hij een breekijzer opzij. 'Jullie zitten in de sloopfase, zie ik.'

'Yes, suh.'

'Vlot het een beetje?'

'Yes, suh.'

'Bijna klaar, zou ik zeggen. Dat wil zeggen, op deze verdieping. Maar mijn oorspronkelijke vraag, Luther, had geen betrekking op dit gebouw. Nee. Toen ik vroeg wat jou hier bracht, was het "hier" waar ik aan refereerde Boston. Bijvoorbeeld, Clayton Tomes, waar kom jij vandaan, knul?'

'West End, sir. Geboren en getogen.'

'Precies,' zei McKenna. 'Onze zwarten zijn over het algemeen eigen teelt, Luther. Er zijn er maar weinig die zonder een goede reden hierheen komen, want in New York of god weet Chicago of Detroit vinden ze veel meer soortgenoten. Dus wat heeft jou hier gebracht?'

'Een baan,' zei Luther.

McKenna knikte. 'Twaalfhonderd kilometer alleen maar om Ellen Coughlin naar de kerk te rijden? Beetje vreemd.'

314

Luther haalde zijn schouders op. 'Dan is het maar vreemd, suh.'

'Dat is het zeker,' zei McKenna. 'Een griet?'

'Suh?'

'Heb je hier een meisje?'

'Nee.'

McKenna wreef over de stoppels op zijn kaak en keek naar Clayton alsof zij dit spelletje samen speelden. 'Weet je, ik had je geloofd als je twaalfhonderd kilometer had gereisd voor een mokkeltje. Dan heb je een verhaal dat klopt. Maar nu...'

Hij keek Luther een hele tijd strak aan met dat opgewekte, open gezicht van hem.

Toen de stilte zijn tweede minuut was ingegaan, zei Clayton: 'We kunnen maar beter weer aan de slag gaan, Luther.'

McKenna's hoofd draaide als op een langzame wervel en trakteerde Clayton op zijn onverhulde blik; Clayton wendde snel zijn blik af.

McKenna wendde zich weer tot Luther. 'Ik wil je niet langer ophouden, Luther. Ik kan het best zelf ook aan het werk gaan. Dank je dat je me er even aan herinnert, Clayton.'

Clayton schudde zijn hoofd om zijn eigen stommiteit.

'Weer terug de wereld in,' zei McKenna met een vermoeide zucht. 'Tegenwoordig is het zo dat mensen die een goed loon verdienen denken dat het oké is om de hand te bijten die hen voedt. Weten jullie wat het fundament van het kapitalisme is, heren?'

'No, suh.'

'Ik zou het niet weten, sir.'

'Het fundament van het kapitalisme, heren, is de fabricage of het bovengronds brengen van spullen met de bedoeling die te verkopen. Daar gaat het om. Daar is dit land op gebouwd. Daarom zijn de helden van dit land geen soldaten of sportlieden of zelfs presidenten. De helden zijn de mannen die de spoorwegen hebben aangelegd en onze auto's bouwen en onze textielfabrieken en dergelijke. Zij houden het land draaiend. En de mannen die voor hen werken, zouden daarom dankbaar moeten zijn omdat ze deel uitmaken van het proces dat de meest vrije natie ter wereld schept.' Hij stak zijn armen uit en klopte Luther op beide schouders. 'Maar de laatste tijd zijn ze dat niet. Kun je je dat voorstellen?'

'Bij ons, zwarten, bestaat niet veel subversieve actie, inspecteur, suh.'

McKenna zette grote ogen op. 'Waar heb jíj gezeten, Luther? In Harlem is momenteel een uiterst linkse beweging gaande. De hoogdravende zwarte is wat aan zijn opvoeding gaan doen en is zijn Marx en Booker T en zijn Fredrick Douglass gaan lezen en nu zijn er mensen als Du Bois en Garvey van wie sommige mensen zouden kunnen beweren dat ze net zo gevaarlijk zijn als Goldman en Reed en die atheïstische Wobblies.' Hij stak een vinger op. 'Dat zouden sómmige mensen kunnen aanvoeren. Sommige mensen zouden zelfs beweren dat de NAACP een dekmantel is, Luther, voor subversieve en opstandige ideeën.' Met zijn gehandschoende hand klopte hij Luther zachtjes op de wang. 'Sommige mensen.'

Hij draaide zich om en keek omhoog naar het verschroeide plafond.

'Nou, jongens, het werk ligt op jullie te wachten. Ik hou jullie niet langer op.'

Hij legde zijn handen op zijn rug en slenterde de ruimte door, en Luther noch Clayton haalde adem voordat hij de hal door was en het bordes was afgedaald.

'O, Luther,' zei Clayton.

'Ik weet het.'

'Ik weet niet wat je die man hebt aangedaan, maar je moet het rechtzetten.'

'Ik heb niks gedaan. Hij is gewoon zo.'

'Hoe? Blank?'

Luther knikte.

'En vals,' zei Luther. 'Het soort vals dat doorvreet tot de dag dat het sterft.'

8

Na zijn vertrek bij de Speciale Eenheid, ging Danny weer te voet surveilleren in zijn oude wijk, de Nul-Een in Hanover Street. Hij moest zijn rondes lopen met Ned Wilson, die het vijf jaar geleden, twee maanden voor hij twintig werd, allemaal voor gezien hield. Ned zat de meeste tijd in Costello's te drinken of te dobbelen. Meestal zagen Danny en hij elkaar nadat ze hadden ingeklokt nog een minuut of twintig en daarna nog vijf voordat ze uitklokten. De rest van de tijd kon Danny doen wat hij wilde. Wanneer hij een arrestatie verrichtte, belde hij vanuit een telefooncel naar Costello's en was Ned er op tijd bij om samen met hem de dader op te brengen. Verder zwierf Danny rond. Hij liep de hele stad door, bezocht zoveel bureaus als hij in een dag kon bereiken: de Nul-Twee op Court Square, naar beneden naar de Nul-Vier op LaGrange, doorsteken naar de Nul-Vijf in South End enzovoorts voor zover hij de achttien bureaus van de BPD kon belopen. De drie in West-Roxbury, Hyde Park en Jamaica Plain liet hij over aan Emmett Strack, de Nul-Zeven in Eastie aan Kevin McRae, en Mark Denton deed Dorchester, Southie en de Een-Vier in Brighton. Danny ging de rest af: de binnenstad, North en South End en Roxbury.

Het werk bestond uit rekruteren en verklaringen opnemen. Danny smoesde, vleide en oreerde en slaagde erin een dikke dertig procent van alle agenten die hij benaderde nauwkeurig verslag te laten doen van hun werkweek, hun uitgaven tegenover hun inkomen en de omstandigheden op het bureau waar ze werkten. De eerste drie weken dat hij weer op straat werkte, kreeg hij achtenzestig man zover dat ze naar de bijeenkomsten van de Boston Social Club in de Fay Hall kwamen.

Terwijl zijn tijd bij de Speciale Eenheid werd gekenmerkt door een afkeer van zichzelf die zo hevig was dat hij zich afvroeg hoe het hem was gelukt nog iets van het werk te doen, gaf de periode dat hij BSC-werk deed in de hoop een vakbond te vormen die echt een vuist kon maken, hem zo'n gevoel van zingeving dat het op zendingsdrang begon te lijken.

Dit was, zo concludeerde hij op een middag toen hij met weer drie verklaringen van straatagenten van de Een-Nul naar zijn eigen bureau ging, waar hij na Salutation Street naar had gezocht: een reden waarom hij gespaard was gebleven.

In zijn kastje vond hij een bericht van zijn vader waarin hij hem vroeg die avond na zijn dienst naar huis te komen. Danny wist dat zijn vaders sommaties over het algemeen weinig goeds voorspelden, maar toch nam hij de tram naar South Boston en reed hij door de zachte sneeuw de stad door.

Nora deed open en Danny kon zien dat ze niet had verwacht dat hij voor de deur zou staan. Ze trok haar ruime trui strak om zich heen en deed abrupt een stap achteruit.

'Danny.'

'Goeienavond.'

Hij had haar sinds de griepepidemie nauwelijks nog gezien, bijna niemand van het gezin, op het zondagdiner van een aantal weken terug na, toen hij nader kennis had gemaakt met Luther Laurence.

'Kom binnen, kom binnen.'

Hij stapte over de drempel en deed zijn sjaal af. 'Waar zijn ma en Joe?'

'Naar bed,' zei ze. 'Draai je om.'

Dat deed hij en ze veegde de sneeuw van de schouders en de achterkant van zijn jas.

'Zo. Geef maar aan mij.'

Hij trok zijn jas uit en ving even iets van haar parfum op, het parfum dat ze uiterst spaarzaam gebruikte. Het rook naar rozen met een vleugje sinaasappel.

'Hoe gaat het?'

'Goed. En met jou?'

'Goed, goed.'

Ze hing zijn jas aan de staande kapstok in de hal en streek met haar hand zorgvuldig zijn sjaal glad. Het was een merkwaardig gebaar en Danny keek ernaar en hield even zijn adem in. Ze hing de sjaal op een eigen haak, draaide zich naar hem toe en sloeg snel haar ogen neer alsof ze op iets was betrapt, wat in zekere zin ook zo was.

Ik zou alles willen doen, wilde Danny zeggen. Alles. Ik ben oerdom geweest. Eerst met jou, later na jou, en nu, nu ik voor je sta weer. Een idioot.

Hij zei: 'Ik...'

'Hmmm?'

'Je ziet er prachtig uit,' zei hij.

Haar ogen vonden de zijne en ze waren helder en bijna warm. 'Niet doen.'

'Wat niet?'

'Je weet wel wat ik bedoel.' Ze keek naar de grond, haar handen om haar ellebogen.

'Het...'

'Wat?'

'... spijt me.'

'Dat weet ik.' Ze knikte. 'Je hebt je genoeg verontschuldigd. Meer dan genoeg. Je wilde...' Ze keek naar hem op. '... respectabel zijn? Ja toch?'

Christus, niet weer dat woord voor de voeten geworpen krijgen. Als hij één woord uit zijn vocabulaire kon verwijderen, met wortel en al kon uittrekken alsof het er nooit was geweest en hij het nooit had kunnen gebruiken, zou het dat woord zijn. Hij was dronken geweest toen hij het had gebruikt. Dronken en geschokt door haar onverwachte en onterende onthullingen over Ierland. Over Quentin Finn.

Respectabel. Verdomme.

Hij hield zijn handen op, alsof hij er geen woorden voor had.

'Nu is het mijn beurt,' zei ze. 'Ik word de respectabele.'

Hij schudde zijn hoofd. 'Nee.'

En hij wist aan de woede die in haar gezicht opwelde dat ze zijn woorden weer verkeerd had uitgelegd. Hij bedoelde te zeggen dat respectabiliteit een onwaardig doel voor haar was. Maar zij legde het uit als iets dat ze nooit zou kunnen bereiken.

Voor hij zich nader kon verklaren, zei ze: 'Je broer heeft me ten huwelijk gevraagd.'

Zijn hart stond stil. Zijn longen. Zijn bloedsomloop.

'En?' Het kwam eruit alsof het door slingerplanten werd gewurgd.

'Ik heb hem gezegd dat ik erover zou denken.'

'Nora.' Hij stak een hand uit naar haar arm, maar ze deed een stap achteruit.

'Je vader is in zijn studeerkamer.'

Ze liep weg, de gang door en Danny wist dat hij haar opnieuw had teleurgesteld. Hij had anders moeten reageren. Sneller? Langzamer? Minder voorspelbaar? Nog anders? Als hij op zijn knieën was gevallen en haar zelf ten huwelijk had gevraagd, zou ze dan niet zijn gevlucht? Toch had hij het gevoel dat hij een groots gebaar had moeten maken, al was het maar omdat ze hem dan kón afwijzen. En dat zou de weegschaal weer in balans hebben gebracht.

Terwijl hij daar stond, ging de deur van zijn vaders werkkamer open. 'Aiden.'

'Danny,' verbeterde hij knarsetandend.

In zijn vaders werkkamer, waar de sneeuw in het zwart achter de ramen viel, ging Danny in een van de leren leunstoelen voor zijn vaders bureau zitten. Zijn vader had een vuur aangestoken waarvan de weerschijn de kamer een gloed met de kleur van whiskey gaf.

Thomas Coughlin was nog in uniform; de kraag van zijn tuniek stond open en zijn hoofdinspecteursstrepen zaten op de blauwe schouders, terwijl Danny in burger was en voelde dat die strepen hem met een vuile grijns aankeken. Zijn vader gaf hem een glas whiskey en ging op de hoek van zijn bureau zitten.

Zijn blauwe ogen sneden messcherp door de bodem van zijn glas toen hij het leegdronk. Hij schonk zich nog eens in uit de karaf. Hij rolde het glas heen en weer tussen zijn handen en keek peinzend naar zijn zoon.

'Eddie zegt dat je tegenwoordig met de wolven meehuilt.'

Danny merkte dat hij zelf ook zijn glas tussen zijn handen heen en weer rolde en liet zijn linkerhand op zijn dij vallen. 'Eddie overdramatiseert de boel.'

'O ja? Ik zag de laatste tijd anders genoeg aanleiding om me af te vragen of de omgang met die bolsjies je niet heeft besmet, Aiden.' Zijn vader keek met een vriendelijk lachje de kamer rond en nam een slok van zijn whiskey. 'Mark Denton is een bolsjewiek. Dat geldt trouwens voor de helft van de BSC-leden.'

'Hoh, pa, mij lijken het gewoon dienders.'

'Het zijn bolsjewieken. Ze hebben het over staken, Aiden. Staken!'

'Niemand heeft dat woord in mijn aanwezigheid gebruikt, sir.'

'Er dient een principe te worden gehuldigd, jongen. Heb je daar begrip voor?'

'En welk principe is dat, sir?'

'Openbare veiligheid boven alle andere idealen voor mannen met een penning.'

'Eten op tafel zetten is ook een ideaal, sir.'

Zijn vader wuifde naar die zin alsof het rook was. 'Heb je de krant van vandaag gezien? In Montreal zijn opstanden en proberen ze de hele binnenstad plat te branden. En er is geen politie om bezit te beschermen en er zijn geen brandweerlieden om de branden te blussen omdat ze allemaal staken. Het lijkt Sint-Petersburg wel.'

'Misschien is het gewoon Montreal,' zei Danny. 'Misschien is het gewoon Boston.'

'Wij zijn geen werknemers, Aiden. Wij zijn ambtenaren. Wij beschermen en dienen.'

Danny gunde zich een glimlach. Het gebeurde maar zelden dat hij kon toezien hoe zijn ouwe heer zich nodeloos opwond en hijzelf de sleutel tot zijn vaders verlossing had. Hij drukte zijn sigaret uit en er ontsnapte hem een gniffel.

'Wat valt er te lachen?'

Hij stak een hand op. 'Pa, pa, dit wordt geen Montreal. Echt niet.'

Zijn vaders ogen vernauwden zich en hij schoof heen en weer op de rand van zijn bureau. 'Hoezo?'

'Wat heb je precies gehoord?'

Zijn vader stak een hand in de humidor en pakte er een sigaar uit. 'Je hebt de confrontatie met Stephen O'Meara gezocht. Mijn zoon. Een Coughlin. Heeft voor zijn beurt gepraat. En nu ga je van bureau naar bureau en je verzamelt verklaringen over arbeidsomstandigheden die beneden de maat zijn? Je ronselt leden voor wat een vakbond moet voorstellen, en in werktijd?'

'Hij heeft me bedankt.'

Zijn vader zweeg, de sigarenknipper om de punt van de sigaar. 'Wie?'

'Hoofdcommissaris O'Meara. Hij heeft me bedankt, pa, en hij heeft Mark Denton en mij gevraagd die verklaringen te verzamelen. Hij lijkt het idee te hebben dat we de situatie heel binnenkort kunnen oplossen.'

'O'Meara?'

Danny knikte. De kleur trok weg uit zijn vaders gezicht. Hier had hij niet op gerekend. Dit had hij in geen miljoen jaar geraden. Danny moest op de binnenkant van zijn wang kauwen om te voorkomen dat er een brede grijns op zijn gezicht zou verschijnen.

Nou heb ik je, wilde hij zeggen. Zevenentwintig jaar op aarde en eindelijk heb ik je.

Zijn vader verbaasde hem nog meer door zich los te maken van zijn bureau en zijn hand uit te steken. Danny stond op en pakte de hand aan. De greep van zijn vader was stevig en hij trok Danny tegen zich aan en gaf hem een klopje op de rug.

'Goeie genade, dan zijn we trots op je. Verdomd trots.' Hij liet Danny's hand los, klopte hem op de schouder en ging weer op zijn bureau zitten. 'Verdomde trots,' herhaalde hij met een zucht. 'Blij dat het allemaal over is. Deze hele rotzooi.'

Danny ging weer zitten. 'Ik ook, sir.'

Zijn vader zat aan het vloeiblad op zijn bureau te friemelen en Danny zag de kracht en slinksheid als een tweede huid op zijn vaders gezicht terugkeren. Een nieuwe aanpak in het vooruitzicht. Zijn vader begon al om hem heen te cirkelen.

'Wat vind jij van het voorgenomen huwelijk van Nora en Connor?'

Danny bleef zijn vader recht aankijken en zijn stem bleef vast. 'Prachtig, sir. Prachtig. Ze vormen een knap paar.'

'Zeker, zeker,' zei zijn vader. 'Ik kan je niet vertellen wat een beproeving het voor je moeder en mij is geweest om te voorkomen dat hij 's nachts steeds naar boven sloop. Het zijn net kinderen.' Hij liep om zijn bureau heen en keek naar de sneeuw. Danny zag hun beider gezicht in het raam weerspiegeld. Zijn vader zag het ook en glimlachte.

'Je lijkt sprekend op mijn oom Paudric. Heb ik je dat wel eens verteld?'

Danny schudde zijn hoofd.

'De grootste man in Clonakilty. Die wist wat drinken was, ja, en hij werd knap onredelijk als hij dat deed. Toen een kroegbaas hem een keer niet meer wou tappen? Nondeju, Paudric trok de tapkast aan barrels. Zwaar eiken, Aiden, die tapkast. Hij rukte er gewoon een stuk uit, liep naar de tap en schonk nog eens in. Een legendarische figuur. En o ja, geliefd bij de dames. Net als jij op dat punt. Iedereen was dol op Paudric als hij nuchter was. En jij? Ze zijn toch ook allemaal dol op jou, of niet soms? Vrouwen, kinderen, sjofele Italianen en schurftige honden. Nora.'

Danny zette zijn glas op het bureau. 'Wat zei u daar?'

Zijn vader draaide zich om, weg van het raam. 'Ik heb ogen in mijn hoofd, jongen. Jullie hebben jezelf misschien iets wijsgemaakt, en het kan zijn dat ze van Connor houdt, op een andere manier. En misschien is het maar beter zo.' Zijn vader haalde zijn schouders op. 'Maar jullie – '

'U bent op verdomd glad ijs, sir.'

Zijn vader keek hem aan, de mond half open.

'Het is maar dat u het weet,' zei Danny en hij hoorde spanning in zijn eigen stem.

Uiteindelijk knikte zijn vader. Het was de begripvolle knik, de knik waarmee hij je laat weten dat hij een bepaald aspect van je karakter erkent terwijl hij zwakke plekken in andere aspecten nog overdenkt. Hij pakte Danny's glas, nam het samen met het zijne mee naar de karaf en vulde ze opnieuw.

Hij gaf Danny zijn glas. 'Weet je waarom ik het goedvond dat je ging boksen?'

Danny zei: 'Omdat je me niet had kunnen tegenhouden.'

Zijn vader klonk met hem. 'Precies. Ik weet al sinds je een kind was dat we je af en toe konden opporren of kalmeren, maar dat we je niet konden kneden. Daar had je een gloeiende hekel aan. Dat was al vanaf dat je kon lopen. Weet je dat ik van je houd, jongen?'

Danny's blik en die van zijn vader ontmoetten elkaar en hij knikte. Hij wist het. Had het altijd geweten. Haal de vele gezichten en de vele harten weg die zijn vader aan de wereld liet zien wanneer het hem zo uitkwam, en dat gezicht en dat hart waren altijd duidelijk zichtbaar.

'Ik houd ook van Con natuurlijk,' zei zijn vader. 'Ik houd van al mijn kinderen. Maar van jou houd ik anders omdat ik van je houd bij een nederlaag.'

'Nederlaag?'

Zijn vader knikte. 'Ik kan niet van je op aan, Aiden. Ik kan je niet vormen. Deze kwestie met O'Meara is er een volmaakt voorbeeld van. Deze keer is het goed uitgepakt. Maar het was onvoorzichtig. Het had je je loopbaan kunnen kosten. En het is een actie die ik nooit zou hebben gepleegd of jou zou hebben toegestaan. En dat is het verschil tussen jou en mijn andere kinderen: ik kan jouw lot niet voorspellen.'

'Maar dat van Con?'

Zijn vader zei: 'Con wordt een keer officier van justitie. Geen enkele twijfel. Burgemeester, beslist. Gouverneur, misschien. Ik had gehoopt dat jij hoofd van de politie zou worden, maar dat zit er niet in.'

'Nee,' erkende Danny.

'En het idee dat jij burgemeester zou worden, is een van de meest komische ideeën die ik ooit heb gehad.'

Danny grijnsde.

'Dus,' zei Thomas Coughlin, 'jij hebt je heilig voorgenomen je toekomst op jouw manier vorm te geven. Prima. Ik geef me gewonnen.' Hij lachte om Danny te laten weten dat hij het maar half meende. 'Maar de toekomst van je broer is iets wat ik als een tuin ga verzorgen.' Hij hees zichzelf op het bureau. Zijn ogen waren helder en glansden, altijd het teken dat er ellende aan kwam. 'Heeft Nora wel eens over Ierland gepraat, over wat haar hier heeft gebracht?'

'Met mij?'

'Ja, met jou.'

Hij weet iets.

'No, sir.'

'Nooit iets over haar verleden?'

Misschien wel alles.

Danny schudde zijn hoofd. 'Niet met mij.'

'Vreemd,' zei zijn vader.

'Vreemd?'

Een schouderophalen. 'Blijkbaar was jullie relatie minder intiem dan ik dacht.'

'Glad ijs, sir. Heel glad.'

Zijn vader deed het af met een luchtig lachje. 'Meestal praten mensen over hun verleden, vooral met... goede vrienden. Maar Nora doet dat nooit. Is jou dat nooit opgevallen?'

Danny probeerde een antwoord te formuleren maar in de gang rinkelde de telefoon. Schel en luid. Het was bijna tien uur.

'Híérheen bellen na negen uur?' zei zijn vader. 'Wie heeft er zojuist zijn eigen doodvonnis getekend? Goeie god.'

'Pa?' Danny hoorde Nora de telefoon aannemen. 'Waarom...'

Nora klopte zachtjes aan en Thomas Goughlin zei: 'Hij is open.'

Nora duwde de deur open. 'Het is Eddie McKenna, sir. Hij zegt dat het dringend is.'

Thomas trok een lelijk gezicht, duwde zich van het bureau af en liep naar de gang.

Danny zei, met zijn rug naar Nora toe: 'Wacht.'

Hij kwam overeind uit zijn stoel en trof haar in de deuropening. Ze hoorden zijn vader de hoorn oppakken in de nis tegenover de keuken aan het eind van de gang en zeggen: 'Eddie?'

'Wat?' zei Nora. 'Jezus, Danny, ik ben moe.'

'Hij weet het,' zei Danny.

'Wat? Wie?'

'Mijn vader. Hij weet het.'

324

'Wat? Wat weet hij? Danny?'

'Van jou en Quentin Finn, denk ik. Misschien niet alles, maar iets. Eddie vroeg me vorige maand of ik een Finn kende. Ik heb het afgedaan als toeval, omdat het een heel algemene naam is. Maar mijn ouwe heer wilde net...'

Hij zag de klap niet aankomen. Hij stond te dichtbij en toen de hand zijn kaak raakte, voelde hij zijn voeten echt onder zich bewegen. Een meter vijfenzestig en ze sloeg hem bijna tegen de grond.

'Je hebt het hem verteld.' Ze spuwde hem de woorden bijna in het gezicht.

Ze wilde wegrennen, maar hij greep haar bij haar pols. 'Ben je gek?' Het was een scherp gefluister. 'Denk je echt dat ik je ooit maar dan ook ooit zou verraden? Denk je dat? Niet wegkijken. Kijk me aan! Denk je dat?'

Ze keek hem in de ogen en de hare waren de ogen van een opgejaagd dier, ze schoten de kamer door, speurden naar een schuilplaats. Weer een nacht overleefd.

'Danny,' fluisterde ze. 'Danny.'

'Ik kan niet verdragen dat je dat denkt,' zei hij en zijn stem brak. 'Nora, dat kan ik niet.'

'Ik denk het ook niet.' Even drukte ze haar gezicht tegen zijn borst. 'Ik denk het ook niet.' Ze boog zich terug en keek naar hem op. 'Wat moet ik doen, Danny? Wat?'

'Ik weet het niet.' Hij hoorde zijn vader de hoorn neerleggen.

'Weet hij het?'

'Hij weet iets,' zei Danny.

Zijn vaders voetstappen kwamen de gang in, hun richting uit, en Nora maakte zich van hem los. Na een laatste, verwilderde en radeloze blik draaide ze zich om en ging de gang in.

'Sir.'

'Ja, Nora,' zei zijn vader.

'Wilt u nog iets hebben, sir? Thee?'

'Nee, meisje.' Zijn vader klonk beverig. Hij kwam de kamer binnen met een asgrauw gezicht en trillende lippen. 'Welterusten, meisje.'

'Welterusten, sir.'

Thomas Coughlin sloot de paneeldeuren achter zich. Hij liep met drie grote stappen naar het bureau, dronk in één teug zijn glas leeg en vulde het meteen weer bij. Hij mompelde iets in zichzelf.

'Wat?' vroeg Danny.

Zijn vader draaide zich om alsof hij verbaasd was hem hier aan te treffen. 'Hersenbloeding. Is als een bom in zijn hoofd afgegaan.'

'Sir?'

Hij hield zijn glas van zich af en zijn ogen waren groot. 'Hij sloeg in de salon tegen de vlakte en was op weg naar de hemelpoort voor zijn vrouw de kans kreeg te bellen. Jezus christus.'

'Sir, ik begrijp u niet. Over wie – '

'Hij is dood. Hoofdcommissaris Stephen O'Meara is dood, Aiden.'

Danny legde zijn hand op de stoelleuning.

Zijn vader liet zijn blik over de muren van zijn werkkamer gaan alsof hij daar de antwoorden kon vinden. 'God sta onze dienst nu bij.'

9

Stephen O'Meara vond zijn laatste rustplaats op Holyhood Cemetery, op een witte, windstille morgen. Toen Danny de hemel afspeurde vond hij er vogels noch zon. Bevroren sneeuw bedekte de grond en de boomtoppen met een witmarmeren afgietsel dat paste bij de hemel en de adem van de rouwenden die zich hadden verzameld rond het graf. In de harde lucht klonk de echo van de eenentwintig saluutschoten van de erewacht als de echo van een tweede salvo bij een andere, minder belangrijke begrafenis achter de beijsde bomen.

O'Meara's weduwe, Isabella, zat met haar drie dochters naast burgemeester Peters. De dochters waren allen in de dertig en hun echtgenoten zaten links van hen, en daarnaast zaten O'Meara's kleinkinderen te bibberen en te friemelen. Aan het eind van die lange rij ging de nieuwe hoofdcommissaris zitten, Edwin Upton Curtis. Het was een kleine man met een gezicht dat de kleur en de textuur had van een lang geleden weggegooide sinaasappelschil en ogen die even saai waren als zijn bruine overhemd. Toen Danny nog in de luiers lag, was Curtis burgemeester geweest, de jongste in de geschiedenis van de stad. Nu was hij geen van beide – jong noch burgemeester – maar in 1896 was hij een blonde Republikeinse naïeveling geweest die voor de rabiate Democratische districtshoofden was geworpen terwijl de Brahmins, de oude sociale en culturele elite, zochten naar een uit beter hout gesneden oplossing voor de langere termijn. Hij had het hoogste ambt op het stadhuis al na een jaar weer opgegeven en de aanstellingen die hij daarna kreeg, waren zo onbetekenend dat hij twee decennia later als klerk bij de douane werkte toen gouverneur McCall hem aanstelde als vervanger van O'Meara.

'Ik kan niet geloven dat hij het lef had zijn neus te laten zien,' zei

Steve Coyle later in Fay Hall. 'Die kerel heeft de pest aan de Ieren, hij heeft de pest aan de politie en hij heeft de pest aan katholieken. Hoe moeten we van die vent een eerlijke behandeling krijgen?'

Steve zag zichzelf nog steeds als 'politie'. Hij woonde alle bijeenkomsten bij. Verder had hij toch niets te doen. Maar zijn vraag was die morgen *de* grote vraag in Fay Hall. Voor op het podium was een megafoon op een statief neergezet zodat de mannen konden vertellen over hun gestorven hoofdcommissaris terwijl de rest van de mannen bij de koffiekannen en biervaatjes rondzwierven. De hoofdinspecteurs en inspecteurs hielden hun eigen herdenking aan de andere kant van de stad, in Locke-Ober, met fraai porselein en haute cuisine, maar het voetvolk was bijeen in Roxbury waar het probeerde uiting te geven aan zijn gevoel van verlies met betrekking tot een man die ze amper hadden gekend. Dus werden de getuigenissen steeds minder sprekend nu iedereen zijn verhaal over een toevallige ontmoeting met de Grote Man deed, een leider die 'streng maar rechtvaardig' was. Milty McElone stond er nu en vertelde uitvoerig over O'Meara's obsessie voor uniformen, zijn vermogen in een overvol wachtlokaal op tien meter afstand een knoop met een vlek te ontdekken.

In de zaal zelf zochten de mannen Danny en Mark Denton op. De prijs van kolen was de laatste maand weer met een penny gestegen. De mannen kwamen thuis in een ijskoude slaapkamer die vol hing met de ademwolkjes van de kinderen. Kerstmis stond voor de deur. Hun vrouwen waren het verstelwerk zat, waren het zat steeds dunnere soep te moeten opdienen, kwaad dat ze geen kerstinkopen konden doen bij Raymond's, bij Gilchrist's, bij Houghton & Dutton. Andere vrouwen, de vrouwen van trambestuurders, van vrachtwagenchauffeurs, van stuwadoors en van dokwerkers konden het wel. Maar de vrouwen van politieagenten niet?

'Ik ben het zat uit mijn bed te worden verdreven,' zei een straatagent. 'Ik slaap er nu nog maar twee keer per week.'

'Het zijn onze vrouwen,' zei iemand anders, 'en ze zijn alleen maar arm omdat ze met ons zijn getrouwd.'

De mannen die nu naar de megafoon kwamen, begonnen soortgelijke gevoelens te uiten. De verhalen over O'Meara stierven uit. Ze hoorden de wind buiten toenemen, zagen de bloemen op de ruiten.

Dom Furst stond nu bij de megafoon en rolde de mouw van zijn uniform op zodat iedereen zijn arm kon zien. 'Dit zijn de insectenbeten die ik gisternacht op het bureau heb opgedaan, jongens. De vlooien springen bij ons in bed wanneer ze het moe worden op de ratten rond te rennen. En dan komen ze met Curtis als antwoord op onze klachten? Hij is een van hen!' Hij wees in de richting van Beacon Hill, zijn arm onder de rooie bulten. 'Er was een ruime keus aan mensen die ze hadden kunnen nemen ter vervanging van Stephen O'Meara met als boodschap aan ons: "Wat kan het ons schelen". Maar door Edwin Bruinwerker Curtis te nemen zeggen ze: "Jullie kunnen doodvallen!"'

Sommige mannen sloegen met stoelen tegen de muren, anderen gooiden hun koffiekopjes naar de ramen.

'We moesten maar eens ingrijpen,' zei Danny tegen Mark Denton.

'Ga je gang,' zei Denton.

'Wij doodvallen?' schreeuwde Furst. 'Zíj kunnen doodvallen. Horen jullie me? Zíj kunnen doodvallen.'

Danny baande zich nog een weg door de meute toen de hele zaal de kreet oppakte:

'Val dood! Val dood! Val dood!'

Danny lachte en knikte naar Don en liep om hem heen naar de megafoon.

'Heren,' probeerde Danny, maar hij werd overstemd door de voortdurende kreten.

'Heren!' probeerde hij nogmaals. Hij zag Denton in het publiek met een scheve wenkbrauw en een scheve grijns.

Nog een keer. 'Heren!'

Een enkeling keek zijn kant op. De anderen scandeerden en beukten met hun vuist in de lucht en morsten bier en koffie op elkaars kleren.

'*Kop-pen! Dicht!*' schreeuwde Danny in de megafoon. Hij haalde diep adem en keek de zaal rond. 'Wij zijn jullie vakbondsvertegenwoordigers, nietwaar? Mark Denton, Kevin McRae, Doolie Ford en ik. Laat ons met Curtis onderhándelen voor jullie van kwaadheid niet meer weten wat je doet.'

'Wanneer dan?' riep er iemand uit de zaal.

Danny keek naar Denton.

'Kerstdag,' zei Denton. 'Dan hebben we een vergadering bij de burgemeester.'

Danny zei: 'Hij neemt ons beslist serieus dat hij ons op kerstmorgen wil ontvangen, hè, jongens?'

'Misschien is het een halve smous,' riep iemand en de mannen barstten in lachen uit.

'Zou kunnen,' zei Danny. 'Maar het is een stevige stap in de goede richting, jongens. Een bewijs van vertrouwen. We geven de man het voordeel van de twijfel. Oké?'

Danny keek uit over de honderden gezichten: hij had ze nog niet over de streep getrokken. Een paar schreeuwden nog 'Val dood!' van achter uit de zaal. Danny wees op de foto van O'Meara links van hem aan de muur. Tientallen ogen volgden zijn vinger en hij besefte iets dat tegelijkertijd doodeng én opwindend was: ze wilden dat hij hen leidde.

Ergens heen, waarheen dan ook.

'Die man!' riep hij. 'Die grote man is vandaag ter ruste gelegd!'

De zaal werd stil, geen geschreeuw meer. Ze keken allemaal naar Danny, vroegen zich af waar hij heen wilde, waar hij hen naartoe bracht. Hij vroeg het zich ook af.

Hij sprak zachter. 'Hij stierf met een droom die nog niet was vervuld.'

Verscheidene mannen bogen het hoofd.

Jezus, waar haalde hij het vandaan?

'Die droom was onze droom.' Danny maakte zich lang, keek uit over het publiek. 'Waar is Sean Moore? Sean, ik heb je hier vandaag gezien. Steek je hand eens op.'

Sean Moore stak schaapachtig een hand op.

Danny keek hem recht in de ogen. 'Jij was er bij, die avond, in die kroeg. Je was er met mij. Je hebt de man daar ontmoet. En wat zei hij?'

Sean keek de mannen om zich heen aan en ging op zijn andere been staan. Hij lachte onzeker naar Danny en schudde zijn hoofd.

'Hij zei...' Danny's blik schoot de zaal door. 'Hij zei: "Beloofd is beloofd."'

De halve zaal klapte. Een enkeling floot.

'Beloofd is beloofd,' herhaalde Danny.

Meer applaus, een paar kreten.

'Hij vroeg of we vertrouwen in hem hadden. Hebben we dat? Want het was net zozeer zijn droom als de onze.'

Kletskoek, wist Danny, maar het werkte. Overal in de zaal kwamen kinnen omhoog. Trots nam de plaats in van woede.

'Hij hief zijn glas' – en op dit punt hief Danny zelf zijn glas. Hij voelde de erfenis van zijn vader in hem doorwerken: het geslijm, het beroep op sentimenten, het gevoel voor dramatiek – 'en hij zei: "Op de mannen van de Bostonse politie. Jullie hebben in het hele land je gelijken niet." Willen jullie daar op drinken, jongens?'

Ze dronken. Ze joelden.

Danny liet zijn stem enkele octaven zakken. 'Wanneer Stephen

O'Meara besefte dat we onze gelijken niet hebben, dan komt Edwin Upton Curtis daar snel genoeg achter.'

Ze begonnen weer iets te scanderen en het duurde even voor Danny het woord herkende dat ze riepen omdat ze het in twee lettergrepen hadden gebroken zodat het twee woorden leken. Hij voelde het bloed zo snel naar zijn wangen opstijgen dat hij zich koud en tegelijkertijd herboren voelde: 'Cough-lin! Cough-lin! Cough-lin!'

Hij vond Mark Dentons gezicht in het publiek en zag een somber lachje, een bevestiging van iets, van een voordien gekoesterd vermoeden misschien, van een noodlot.

'Cough-lin! Cough-lin! Cough-lin!'

'Op Edwin O'Meara!' schreeuwde Danny en hief zijn glas op een geest, op een idee. 'En op zijn droom!'

Toen hij van de megafoon wegliep, werd hij belegerd door mannen. Enkelen probeerden hem boven het gedrang uit te tillen. Het kostte hem tien minuten om bij Denton te komen, die hem een nieuw glas bier in de hand drukte en zich naar hem toe boog om boven het lawaai uit iets in zijn oor te schreeuwen. 'Je weet de zaak goed op te jutten.'

'Dank je,' schreeuwde Danny terug.

'Geen dank.' Marks glimlach was gespannen. Hij boog zich weer naar hem toe. 'Wat gebeurt er als we het niet waarmaken, Dan? Heb je daar wel aan gedacht? Wat gebeurt er dan?'

Danny keek naar de mannen, naar hun glimmend bezwete gezichten. Verscheidenen reikten om Mark heen om Danny op zijn schouder te kloppen, om het glas met hem te heffen. Opwindend? Jezus, hij had het gevoel dat koningen moesten hebben. Koningen en generaals en leeuwen.

'We maken het waar,' schreeuwde hij naar Mark.

'Dat mag ik hopen.'

Een paar dagen later dronk hij iets met Eddie McKenna in het Parker House. Ze waren blij dat ze op deze bitterkoude avond met zware windstoten en rammelende ramen een plekje bij de open haard hadden kunnen vinden. 'Al enig nieuws over onze nieuwe hoofdcommissaris?'

McKenna speelde met het onderzettertje. 'Ach, die man is een marionet van die verdomde Brahmins, voor honderd procent. Een maagdelijk geklede geile hoer, dat is hij. Weet je dat hij vorig jaar achter kardinaal O'Connell aan is gegaan?'

'Wat?'

McKenna knikte. 'Heeft zich tijdens de laatste Republikeinse Conventie hard gemaakt voor een wet die alle overheidssubsidie aan parochiale scholen moet stopzetten.'

Hij trok zijn wenkbrauwen op. 'Als ze ons onze nalatenschap niet kunnen afnemen, pakken ze onze godsdienst aan. Voor deze rijke stinkerds is niets heilig. Niks.'

'Dus de kans op een salarisverhoging...'

'Die salarisverhoging is niet iets waar ik veel energie in zou steken.'

Danny dacht aan alle mannen in Fay Hall die een paar dagen geleden zijn naam hadden gescandeerd en hij weerstond de aandrang om iets in elkaar te rammen. Ze waren er zo dichtbij geweest. Zo dichtbij.

Danny zei: 'Ik heb over drie dagen een bespreking met Curtis en de burgemeester.'

McKenna schudde zijn hoofd. 'Je kunt tijdens deze regimewissel maar één ding doen: je kop onder het maaiveld houden.'

'En als ik dat niet kan?'

'Bereid het dan voor op een paar nieuwe gaten.'

Danny en Mark Denton hadden een afspraak om te praten over de strategie voor hun gesprek met burgemeester Peters en hoofdcommissaris Curtis. Ze gingen aan een tafeltje achter in de Blackstone Saloon in Congress Street zitten. Het was een kroegje waar veel agenten kwamen. Ze voelden dat Mark en Danny de sleutel voor hun lot in handen hadden en lieten hen met rust.

'Een verhoging van tweehonderd per jaar is niet genoeg meer,' zei Mark.

'Weet ik,' zei Danny. De kosten van levensonderhoud waren het laatste halfjaar zo dramatisch gestegen dat dit voor de oorlog vastgestelde bedrag de mannen slechts op het armoedeniveau zou brengen. 'Stel dat we beginnen met driehonderd te vragen?'

Mark wreef over zijn voorhoofd. 'Dat is link. Ze zouden eerder dan wij naar de pers kunnen gaan en zeggen dat we hebzuchtig zijn. En Montreal heeft onze onderhandelingspositie zeker niet geholpen.'

Danny zocht in de papieren die Denton als een waaier op tafel had uitgestald. 'Maar de cijfers helpen ons.' Hij pakte het artikel uit de *Traveler* over de prijzen van kolen, olie, melk en openbaar vervoer van de vorige week dat hij had uitgeknipt.

'Maar als we driehonderd vragen terwijl zij nog steeds hun hakken in het zand zetten bij tweehonderd?'

Danny zuchtte en wreef zich over zijn voorhoofd. 'We leggen het gewoon op tafel. Wanneer ze steigeren, zakken we tot tweehonderdvijftig voor de oude garde en tweehonderdtien voor nieuwelingen, maken we een loonschaal.'

Mark nam een slok van zijn bier, het slechtste in de hele stad, maar ook het goedkoopste. Met de rug van zijn hand veegde hij het schuim van zijn bovenlip en hij wierp weer een blik op het artikel uit de *Traveler*. 'Wie weet werkt het. Maar als ze het meteen afwijzen en zeggen dat er geen geld is, niks, noppes?'

'Dan moeten we ze aanpakken met de kwestie van de gedwongen winkelnering. Vragen of ze het juist vinden dat agenten zelf hun uniform en overjas en wapen en kogels moeten kopen. Vragen hoe ze denken dat een beginnende straatagent voor negentien dollar vijf zijn eigen uitrusting kan betalen en ook zijn kinderen nog kan voeden?'

'Dat van die kinderen vind ik wel goed,' zei Mark met een wrang lachje. 'Zorg ervoor dat je dat benadrukt als we na afloop een persconferentie geven en het niet is gegaan zoals we wilden.'

Danny knikte. 'En dan nog iets. We moeten de gemiddelde werkweek met tien uur verkorten en een toeslag van vijftig procent eisen voor speciaal werk. De volgende maand komt de president toch terug? Dan stapt hij hier van de boot en is er een parade hier door de straten. Je weet nu al dat ze elke diender inzetten, ongeacht het aantal uren dat hij die week al heeft gewerkt. Ik stel voor om met ingang daarvan die toeslag te vragen.'

'Daar gaan hun haren van overeind staan.'

'Precies. En als die eenmaal overeind staan, zeggen wij dat we al die eisen laten schieten als ze ons de beloofde verhoging plus een prijscorrectie geven.'

Mark kauwde er een tijd op, dronk van zijn bier en keek naar de sneeuw die langs de vergrijzende namiddagramen viel.

'We moeten ze ook om de oren slaan met de overtredingen van de gezondheidsvoorschriften,' zei hij. 'Ik zag laatst bij de Nul-Negen ratten die eruitzagen alsof ze zich niet door een kogel zouden laten tegenhouden. Als we ze daarmee om de oren slaan, en de winkelnering en de speciale diensten...' Hij leunde achterover. 'Ja, ik denk dat je gelijk hebt.' Hij klonk met Danny. 'Vergeet één ding niet: ze zeggen niet meteen ja. Ze zullen kuchen en treuzelen. Wanneer we na afloop met de pers praten, stellen we ons verzoenend op. Dan zeggen we dat er vooruitgang is geboekt. Maar we vragen ook aandacht voor de zaken waar het om gaat. We zeggen dat Peters en Curtis goeie kerels zijn die ons eerlijk proberen te helpen met de kwestie van de gedwongen winkelnering. En wat zeggen de journalisten daar dan op?'

'Gedwongen winkelnering? Hoezo?' Danny glimlachte: hij zag het al voor zich.

'Precies. Hetzelfde met de kosten van levensonderhoud. "Tja, we weten dat burgemeester Peters met zekerheid zal proberen de discrepantie tussen wat de mannen verdienen en de prijs van de kolen aan te pakken."'

'Dat van de kolen is wel goed,' zei Danny, 'maar nog een beetje abstract. De kinderen zijn onze troefkaart.'

Mark grinnikte. 'Jij begint er echt gevoel voor te krijgen.'

'Voor het geval we het mochten vergeten,' zei Danny en hief zijn glas. 'Ik ben een zoon van mijn vader.'

's Morgens trok hij zijn enige pak aan, een pak dat Nora had uitgekozen tijdens hun geheime periode in '17. Het was donkerblauw, met twee rijen knopen en een smal streepje, en omdat hij had geprobeerd af te vallen om eruit te zien als een hongerige bolsjewiek, te ruim. Maar toch, toen hij zijn hoed had opgezet en met zijn vingers langs de rand was gegaan om die de gewenste golving te geven, zag hij er knap en zelfs zwierig uit. Terwijl hij bezig was met de hoge boord en de knoop in zijn stropdas wat losser maakte als compensatie voor de ruimte tussen de boord en zijn keel, oefende hij voor de spiegel sombere blikken, ernstige blikken. Hij was bang dat hij er te zwierig uitzag, te veel de jonge losbol. Zouden Peters en Curtis hem wel serieus nemen? Hij zette de hoed af en fronste zijn voorhoofd. Hij deed zijn colbert open en dicht en besloot dat dicht er het beste uitzag. Hij oefende de frons nog eens. Hij smeerde nog wat meer makassarolie in zijn haar en zette zijn hoed weer op.

Hij liep naar het hoofdbureau op Pemberton Square. Het was een prachtige morgen, koud maar zonder wind, de hemel een stralende band van staal, en het rook naar kolenrook, smeltende sneeuw, warme baksteen en geroosterd gevogelte.

Hij liep Mark Denton tegen het lijf die door School Street liep. Ze lachten, knikten en liepen samen Beacon Hill op.

'Gespannen?' vroeg Danny.

'Een beetje,' zei Denton. 'Ik heb Emma en de kinderen op kerstochtend alleen thuisgelaten, dus het moet wel wat opleveren. En hoe is het met jou?'

'Ik denk er liever niet aan.'

'Verstandig.'

Voor het hoofdbureau was niemand te zien, geen reporters op de trappen. Niet één. Ze hadden gedacht er tenminste de chauffeur van de burgemeester te treffen, of die van Curtis.

'Die staan aan de achterkant,' zei Denton met een nadrukkelijke knik. 'Daar zal iedereen wel zijn en waarschijnlijk nemen ze af en toe een slok uit een kerstfles.'

'Dat zal het zijn,' zei Danny.

Ze gingen door de voordeur naar binnen en ontdeden zich van jas en hoed. Ze werden opgewacht door een mannetje in een donker pak en een rood vlinderdasje en een plat koffertje op zijn knieën. Zijn ogen waren te groot voor zijn kleine gezicht en dat gaf hem een uitdrukking van permanente verbazing. Hij was niet ouder dan Danny, maar zijn haarlijn had zich al teruggetrokken tot halverwege zijn schedel, en de vrijgekomen huid was nog een beetje roze, alsof het hele kaalwordings-proces de vorige nacht had plaatsgevonden.

'Stuart Nichols, privésecretaris van hoofdcommissaris Curtis. Als u me wilt volgen...'

Hij gaf hun geen hand en keek hen niet aan. Hij stond op van de bank en klom de brede marmeren trap op; ze volgden hem.

'Gelukkig kerstfeest,' zei Mark Denton tegen zijn rug.

Stuart Nichols keek even achterom en daarna strak voor zich.

Mark keek Danny aan. Die haalde zijn schouders op.

'Gelukkig kerstfeest, ja,' zei Danny.

'O, dank u, agent.' Denton kon een glimlach nauwelijks onderdruk-ken en het deed Danny denken aan zijn en Connors tijd als misdie-naars. 'En ook gelukkig nieuwjaar, sir.'

Stuart Nichols hoorde het niet of het liet hem koud. Boven aan de trap ging hij hen voor een gang door waarna hij bleef staan voor een deur met matglas en daarop in bladgoud de woorden HOOFDCOMMIS-SARIS BPD. Hij opende de deur, ging hen voor een klein voorvertrek in, waar hij achter het bureau ging zitten en de hoorn van de haak nam.

'Ze zijn er, commissaris. Yes, sir.'

Hij hing op. 'Ga zitten, heren.'

Mark en Danny gingen op een leren bank zitten die tegenover het bureau stond en Danny probeerde het gevoel te negeren dat er iets niet klopte. Ze zaten er vijf minuten, waarin Nichols zijn koffertje opende, er een in leer gebonden opschrijfboekje uithaalde en er met een zilveren vulpen in ging schrijven waarbij de punt over het papier kraste.

'Is de burgemeester er al?' vroeg Mark, maar de telefoon rinkelde.

Nichols nam hem op, luisterde en hing weer op. 'Hij kan u nu ontvangen.'

Hij richtte zich weer op zijn notitieboekje en Danny en Mark gingen naar de deur die naar het kantoor voerde. Mark draaide de koperen knop om en Danny volgde hem de drempel over de kamer van Curtis in.

Curtis zat achter zijn bureau. Zijn oren leken half zo groot als zijn hoofd en de lellen hingen erbij als flappen. Zijn huid was hoogrood en vlekkerig en hij ademde door zijn neus met een duidelijk raspend geluid. Hij blikte snel even naar hen en zei: 'De zoon van hoofdinspecteur Coughlin, toch?'

'Yes, sir.'

'Degene die vorige maand die bommenlegger heeft gedood.' Hij knikte alsof die dood door hem gepland was. Hij keek wat papieren door die op zijn bureau lagen. 'Daniel is de naam, toch?'

'Aiden, sir. Maar de mensen noemen me Danny.'

Het ontlokte Curtis een grimmig lachje.

'Neemt u plaats, heren.' Achter hem besloeg een ovaal raam bijna de hele muur. Daarachter lag de stad, scherp en stil op deze kerstochtend, witte vlakken en rode baksteen en keien, met de haven die zich, daar waar het land ophield, uitstrekte als een bleekblauwe pan met vingers van rook die uit de schoorstenen beverig opklommen in de lucht.

'Agent Denton,' zei Curtis. 'U bent toch van het Negende District?'

'Yes, sir.'

Curtis krabbelde iets op een blocnote en hield zijn ogen daarop gericht terwijl Danny naast Mark ging zitten. 'En agent Coughlin van het Eerste, toch?'

'Yes, sir.'

Weer gekras van de pen.

'Is de burgemeester nog onderweg, sir?' Denton legde zijn jas over zijn knie en de rechterleuning van zijn stoel.

'De burgemeester is in Maine.' Curtis raadpleegde een papier alvorens verder te schrijven. 'Het is Kerstmis. Hij is bij zijn gezin.'

'Maar, sir...' Mark keek Danny aan. Hij keek weer naar Curtis. 'Sir, we hadden een afspraak voor een bijeenkomst met u en burgemeester Peters om tien uur vanochtend.'

'Het is Kerstmis,' herhaalde Curtis en trok een la open. Hij rommelde erin en haalde er een vel papier uit dat hij links van zich neerlegde. 'Een christelijke feestdag. De burgemeester verdient een vrije dag, lijkt me, op de geboortedag van onze Heer.'

'Maar de vergadering was afgesproken – '

'Agent Denton, mij is ter ore gekomen dat u bij de nachtdienst in het Negende verscheidene malen op het appel hebt ontbroken.'

'Sir?'

Curtis pakte het papier ter linkerzijde op. 'Dit is het functierapport van uw wachtcommandant. U bent in negen weken tijd negenmaal afwezig of te laat geweest op het appel.'

Voor het eerst keek hij hen aan.

Mark ging verzitten. 'Sir, ik ben hier niet als agent maar als voorzitter van de Boston Social Club. In die capaciteit meen ik te mogen stellen dat – '

'Dit is een duidelijk geval van plichtsverzuim.' Curtis wapperde met het papier. 'Het staat zwart op wit, agent. De Commonwealth van Massachusetts verwacht dat zijn vredeshandhavers hun loon verdienen. En u doet dat niet. Waar was u dat u negen appels hebt gemist?'

'Sir, ik geloof niet dat het daar momenteel om gaat. We hebben te lijden van – '

'Daar gaat het juist wel om, agent. U hebt een contract getekend. U hebt gezworen de bevolking van deze prachtige Commonwealth te beschermen en te dienen. U hebt gezworen, agent, u te houden aan de taken welke de politie van Boston u oplegt en die te volvoeren. Een van die taken, nadrukkelijk geformuleerd in Artikel Zeven van dat contract, is de aanwezigheid bij de appels. Desondanks bezit ik beëdigde verklaringen van zowel de wachtcommandant als de brigadier van dienst van het Negende District dat u hebt verkozen deze essentiële taak niet uit te voeren.'

'Sir, met alle respect, ik meen te mogen stellen dat er enkele gevallen zijn geweest waarin ik niet op appel kon zijn in verband met mijn verplichtingen voor de BSC, maar dat – '

'U hebt geen verplichtingen voor de BSC. U verkiest ten dienste daarvan werkzaamheden te verrichten.'

' – maar dat... In alle gevallen heb ik daar zowel van de wachtcommandant als de brigadier van dienst toestemming voor gekregen.'

Curtis knikte. 'Mag ik uitspreken?'

Mark keek hem aan en de spieren van zijn kaken en wangen spanden zich.

'Mag ik mijn zin afmaken?' herhaalde Curtis. 'Kan ik spreken zonder bang te hoeven zijn te worden onderbroken? Want dat vind ik ongemanierd, agent. Vindt u het ongemanierd te worden onderbroken?'

'Jazeker, sir. Daarom wil ik – '

Curtis stak een hand op. 'Laat ik u van het idee afhelpen dat u een bijzondere positie hebt, agent, want dat is beslist niet het geval. Uw wachtcommandant en uw brigadier van dienst hebben toegegeven dat ze uw te laat komen of zelfs flagrante afwezigheid bij het appel door de vingers hebben gezien omdat beiden zelf lid van deze gezelligheidsclub zijn. Dat gaf hun echter niet het recht een dergelijk besluit te nemen.' Hij spreidde zijn handen. 'Het valt niet binnen hun bevoegdheid. Slechts de rang van hoofdinspecteur en hoger kan zulke zaken toestaan.'

'Sir, ik – '

'Dus, agent Denton – '

'Sir, als ik – '

'Ik ben nog niet uitgesproken. Zoudt u me alstublieft willen laten uitpraten?' Curtis zette één elleboog op tafel en wees naar Mark. Zijn vlekkerige gezicht schudde. 'Hebt u wel of geen grove onverschilligheid jegens uw taak als politieagent betoond?'

'Sir, ik had de indruk – '

'Geef antwoord.'

'Sir, ik geloof – '

'Ja of nee, agent. Denkt u dat de inwoners van deze stad uitvluchten willen? Ik heb met hen gesproken, sir, en dat willen ze niet. Bent u nu wel of niet in gebreke gebleven wat betreft het op appel verschijnen?'

Hij duwde zijn schouder naar voren terwijl zijn vinger bleef wijzen. Danny zou het grappig hebben gevonden als het uit een andere bron was gekomen, op een andere dag en in een ander land. Maar Curtis was komen aanzetten met iets dat ze nooit hadden verwacht, iets waarvan ze dachten dat het in deze moderne tijd gedateerd en overleefd was: een soort fundamentalistische gelijkhebberigheid die alleen de fundamentalisten bezaten. Vrij van enige twijfel nam het de vorm aan van morele intelligentie en een vastberaden geweten. Het erge was dat het maakte dat je je zo klein voelde, zo weerloos. Hoe kon je strijden tegen deugdzame waanzin als de enige wapens die je had logica en gezond verstand waren?

Denton opende zijn tas en haalde er de papieren uit waar hij weken aan had gewerkt. 'Sir, als ik uw aandacht mag vragen voor de loonsverhoging die ons was beloofd in – '

'Ons?' zei Curtis.

'Ja, de BPD, sir.'

'Durft u te beweren dat u deze prachtkerels vertegenwoordigt?' schamperde Curtis. 'Ik heb sinds ik deze post bekleed met vele mannen gesproken, en ik kan u zeggen dat zij er niet voor kiezen u "leider" te noemen, agent Denton. Ze zijn het moe door u woorden in de mond gelegd te krijgen en afgeschilderd te worden als ontevredenen. Wat dat betreft heb ik gisteren nog een agent van het Twaalfde gesproken en weet u wat hij tegen me zei? Hij zei: "Hoofdcommissaris Curtis, wij van de politie van de Een-Twee zijn er trots op onze stad in deze tijden van nood te dienen, sir. Zegt u maar tegen de mensen in de wijken dat wij geen bolsjewieken worden. Wij zijn politieagenten..."'

Mark haalde zijn eigen pen en aantekenboekje tevoorschijn. 'Als u me zijn naam wilt geven, sir, dan wil ik graag met hem praten over de klachten die hij tegen mij koestert.'

Curtis wuifde dat weg. 'Ik heb tientallen politiemensen gesproken, agent Denton, in de hele stad. Tientallen. En ik kan u verzekeren dat niet één van hen bolsjewiek is.'

'Dat ben ik ook niet, sir.'

'Agent Coughlin...' Curtis draaide een ander vel om, 'u had de laatste tijd een speciale opdracht, meen ik. Onderzoek naar terroristische cellen in deze stad?'

Danny knikte.

'En bent u daarmee gevorderd?'

'Heel goed, sir.'

'Heel goed?' Curtis trok aan het vel dat over zijn puntboord hing. 'Ik heb de rapporten van inspecteur McKenna gelezen. Die zitten vol onduidelijke toekomstverwachtingen zonder enige basis in de werkelijkheid. Dat heeft me ertoe gebracht de dossiers van zijn voorgaande speciale opdrachten te bekijken en opnieuw lukt het me niet er enig antwoord op het vertrouwen van het publiek in terug te vinden. Dit is dus precies het soort drukdoenerij, agent Coughlin, dat de aandacht afleidt van de taken die de agent volgens zijn eed heeft. Kunt u me vertellen wat voor soort vooruitgang u precies hebt geboekt bij deze – hoe heten ze ook weer? – Lettish Workers voordat uw dekmantel werd doorzien?'

'Lettish Workingman's Association, sir,' zei Danny. 'En het is niet gemakkelijk de vooruitgang precies vast te stellen. Ik was undercover en probeerde in de buurt te komen van Louis Frania, de leider van de groep, van wie bekend is dat hij een subversief element is en uitgever van *Revolutionary Age.*'

'Met welk doel?'

'We hebben redenen aan te nemen dat ze in deze stad een aanslag willen plegen.'

'Wanneer?'

'1 Mei lijkt een waarschijnlijke datum, maar er gaan geruchten dat – '

'Geruchten,' zei Curtis. 'Ik vraag me af in hoeverre we werkelijk een terroristenprobleem hebben.'

'Sir, met alle respect, maar ik – '

Curtis knikte een keer of wat. 'Ja, u hebt er een doodgeschoten. Dat ben ik me zeer bewust, zoals ook uw achter-achterkleinkinderen dat ongetwijfeld zullen zijn. Maar dat was één man. De enige die in deze stad operatief was, volgens mij. Probeert u soms bedrijven uit de stad weg te houden? Denkt u dat als algemeen bekend wordt, dat wij ons bezighouden met een vergezochte operatie die is bedoeld om binnen onze stad *tientallen* terroristische sektes te ontmaskeren, er één zinnig bedrijf is dat zich hier wil vestigen? Nee, dan vluchten ze naar New York. Naar Philadelphia! Naar Providence!'

'Inspecteur McKenna en verscheidene medewerkers van het ministerie van Justitie,' zei Danny, 'zijn van mening dat 1 mei de datum is waarop men een nationaal oproer wil houden.'

Curtis' blik bleef gevestigd op zijn bureaublad, en in de stilte die volgde vroeg Danny zich af of hij iets had gehoord van wat hij zei.

'Er was een tweetal anarchisten die pal onder uw neus bommen maakten. Toch?'

Mark keek hem aan. Danny knikte.

'En dus nam u deze opdracht aan om dat goed te maken en bent u erin geslaagd een van hen te doden.'

Danny zei: 'Zo ongeveer, ja.'

'Bent u belust op het bloed van subversieve elementen, agent?'

Danny zei: 'Ik ben niet dol op de gewelddadige, sir, maar ik zou het geen bloeddorst willen noemen.'

Curtis knikte. 'En hoe zit het met subversieve elementen in onze eigen dienst, mannen die ontevredenheid zaaien onder de agenten, mannen die dit eerbare protectoraat van het openbaar belang willen russificeren? Mannen die bijeenkomen en praten over staken, en hun armzalige belangetjes boven het algemeen belang willen stellen?'

Mark stond op. 'Ga je mee, Dan?'

Curtis' ogen vernauwden zich en werden donkere knikkers van verspilde beloften. 'Als u niet gaat zitten, schors ik u hier en nu en kunt u uw strijd voor herstel in uw functie via de rechter voeren.'

Mark ging zitten. 'U maakt een ernstige vergissing, sir. Wanneer de pers hierover hoort – '

'Die is vandaag thuisgebleven,' zei Curtis.

'Wat?'

'Toen ze gisteravond laat hoorden dat burgemeester Peters niet aanwezig zou zijn en dat het gesprek heel weinig te maken zou hebben met deze gezelligheidsvereniging die u een "vakbond" noemt, besloten ze de tijd bij hun gezin door te brengen. Kent u journalisten zo goed dat u hun privénummer hebt, agent Denton?'

Danny was verdoofd en had het misselijkmakend warm toen Curtis zijn aandacht weer op hem richtte.

'Agent Coughlin, ik heb het gevoel dat de straatdienst u geen goed heeft gedaan. Ik zou graag zien dat u gaat samenwerken met rechercheur Steven Harris van Interne Zaken.'

Danny voelde dat de verdoving verdween. Hij schudde zijn hoofd: 'No, sir.'

'U weigert een verzoek van uw hoofdcommissaris? U, die hebt geslapen met een bommenlegster? Een bommenlegster die, voor zover wij weten, nog steeds in onze stad op de loer ligt?'

'Ik weiger, maar met alle respect, sir.'

'Het weigeren van een verzoek van een meerdere is weinig respectvol.'

'Het spijt me dat u het zo ziet, sir.'

Curtis leunde achterover in zijn stoel. 'Dus u bent een vriend van de arbeider, van de bolsjewieken, van de subversieve elementen die zich voordoen als "de gewone man".'

'Ik denk dat de Boston Social Club de mannen van de BPD vertegenwoordigt, sir.'

'Ik niet,' zei Curtis. Hij trommelde met zijn hand op het bureau.

'Dat is duidelijk, sir.' Danny stond op.

Curtis veroorloofde zich een dun lachje toen Mark ook opstond. Danny en Mark trokken hun jas aan en Curtis leunde achterover.

'De tijd dat deze dienst, *sub rosa,* werd gerund door mensen als Edward McKenna en jouw vader is voorbij. De tijd dat de dienst capituleerde voor de eisen van de bolsjewieken is ruimschoots voorbij. Agent Denton, ga alstublieft in de houding staan, sir.'

Mark rechtte zijn schouders en legde zijn handen op zijn rug.

'U bent overgeplaatst naar het Vijftiende District in Charlestown. U moet zich daar onmiddellijk melden. Dat wil zeggen voor de middag, agent, en u begint uw werk in de gebroken dienst van twaalf tot twaalf uur middernacht.'

Mark wist precies wat dat betekende: ze konden geen bijeenkomsten in Fay Hall houden wanneer hij van twaalf tot twaalf vastzat in Charlestown.

'Agent Coughlin, in de houding. U bent eveneens overgeplaatst.'

'Waarheen, sir?'

'Een speciale eenheid. Daar bent u mee bekend, dat is bewezen.'

'Yes, sir.'

De hoofdcommissaris leunde achterover en wreef met zijn hand over zijn buik. 'U werkt tot nader aankondiging in de stakingseenheid. Telkens als de arbeiders de brave lieden die hun betalen laten zitten, bent u er aanwezig om ervoor te zorgen dat er geen geweld wordt gebruikt. U wordt op basis van afroep ter beschikking gesteld van politieafdelingen door de gehele staat. Tot nader aankondiging bent u een stakingsbreker, agent Coughlin.'

Curtis plantte zijn ellebogen op het bureau en gluurde naar Danny in afwachting van een reactie.

'Zoals u wilt, sir,' zei Danny.

'Welkom bij de nieuwe Bostonse politie,' zei Curtis. 'Ingerukt, mars.'

Toen Danny de kamer uitliep, was hij zo diep geschokt dat hij aannam dat het niet erger kon. Maar toen zag hij in het voorvertrek een aantal mannen op hun beurt wachten:

Trescott, notulant van de BSC.

McRae, penningmeester.

Slatterly, vice-voorzitter.

Fenton, persvoorlichter.

Het was McRae die opstond en zei: 'Wat is er in godsnaam aan de hand? Ik kreeg een halfuur geleden bericht dat ik me onmiddellijk op Pemberton moest melden. Dan? Mark?'

Mark zag eruit alsof hij een spook had gezien. Hij legde een hand op McRae's arm. 'Het is een bloedbad,' fluisterde hij.

Buiten, op de trappen, staken ze een sigaret op en probeerden ze weer een beetje tot zichzelf te komen.

'Dat kunnen ze niet doen,' zei Mark.

'Ze hebben het net gedaan.'

'Tijdelijk,' zei Mark. 'Tijdelijk. Ik ga Clarence Rowley, onze advocaat, bellen. Die schreeuwt moord en brand. En hij regelt een verbod.'

'Wat voor verbod?' zei Danny. 'Hij heeft ons niet geschorst, Mark. Hij heeft ons alleen maar overgeplaatst. Daar heeft hij het recht toe. Er valt niets aan te klagen.'

'Wanneer de pers ervan hoort, gaan ze...' Zijn stem stierf weg en hij nam een trek van zijn sigaret.

'Misschien,' zei Danny. 'Wanneer er verder niks te melden valt.'

'Jezus,' zei Mark zachtjes. 'Jezus.'

Danny keek naar de lege straten en daarna omhoog naar de lege lucht. Zo'n mooie dag, tintelend en windstil en onbewolkt.

10

Danny, zijn vader en Eddie McKenna kwamen vóór het kerstdiner bijeen in de werkkamer. Eddie zou niet blijven: hij moest naar zijn eigen gezin op Telegraph Hill, een paar straten verderop. Hij nam een ferme slok uit zijn cognacglas. 'Tom, die vent is op kruistocht, en hij denkt dat wij de ongelovigen zijn. Hij heeft gisteravond een bevel naar mijn kantoor gestuurd dat ik al mijn mensen opnieuw moet opleiden voor het in de hand houden van mensenmassa's en de werkwijze bij oproer. Hij wil ook dat ze worden geherkwalificeerd voor bereden surveillance. En nu pakt hij ook de BSC aan?'

Thomas Coughlin kwam naar hem toe met de cognackaraf en vulde zijn glas nog eens. 'We overleven het wel, Eddie. We hebben wel erger overleefd.'

Eddie knikte, opgevrolijkt door een klop op zijn rug van Thomas.

Die zei tegen Danny: 'Je maat Denton heeft contact met de advocaat van de BSC?'

'Ja, Rowley,' zei Danny.

Thomas ging weer achter zijn bureau zitten, wreef met zijn hand over zijn achterhoofd en fronste, een teken dat hij koortsachtig nadacht. 'Hij heeft het slim gespeeld. Een schorsing is één ding, maar een overplaatsing kan dan wel een slechte indruk maken, het is een kaart die hij heel goed kan uitspelen als je tegen hem in opstand komt. En laten we niet vergeten dat hij je kan pakken op die terroriste met wie je hebt gehokt.'

Danny schonk zelf bij en constateerde dat het laatste glas snel leeg was geraakt. 'En hoe is hij dat te weten gekomen? Ik dacht dat het in de doofpot was gestopt.'

Zijn vader zette grote ogen op. 'Hij heeft het niet van mij, als je dat soms impliceert. Van jou, Eddie?'

Eddie zei: 'Ik heb gehoord dat je een paar weken geleden mot hebt gehad met een paar lui van Justitie. Was dat niet in Salem Street? Een meisje uit een auto getrokken?'

'Zo kwam ik Federico Ficara op het spoor.'

McKenna haalde zijn schouders op. 'Justitie lekt als een verse ex-maagd, Dan. Altijd al zo geweest.'

'Godver.' Danny sloeg tegen de zijkant van zijn stoel.

'Wat *hoofdcommissaris* Curtis betreft,' zei Thomas, 'is het uur van de vendetta aangebroken. Afrekenen, heren. Voor alle keren dat hij als burgemeester is verneukt door Lomasney en de districtshoofden. Voor elk rotbaantje dat ze hem na 1897 overal in de Commonwealth in de maag hebben gesplitst. Voor alle diners waar hij niet voor werd uitgenodigd, alle feesten waar hij pas achteraf van hoorde. Voor elke keer dat zijn vrouw zich leek te generen als ze samen met hem werd gezien. Het is een Brahmin, heren, door en door. En tot een week geleden was hij een Brahmin in ongenade.' Zijn vader liet de cognac in het glas draaien en pakte zijn sigaar uit de asbak. 'Dat geeft elke man een ongezond gevoel van heroïek als het op het vereffenen van rekeningen aankomt.'

'Maar wat doen we eraan, Thomas?'

'Je beidt je tijd. Je houdt je gedeisd.'

'Hetzelfde advies heb ik de jongen vorige week gegeven.' Eddie lachte naar Danny.

'Ik meen het, Eddie. Je zult de komende maanden je trots moeten inslikken. Ik ben hoofdinspecteur: hij kan me voor wat zaken op het matje roepen, maar ik heb mijn zaakjes op orde en sinds ik in mijn wijk ben aangesteld is het aantal geweldsmisdrijven met zes procent gedaald. En dát hier,' zei hij en wees op de grond, 'in het Twaalfde District, historisch gezien de niet-Italiaanse wijk met de meeste misdaden. Hij kan me niet veel maken, tenzij ik hem een wapen in handen geef, en ik ben absoluut niet van plan dat te doen. Maar jij bent inspecteur en je voert geen duidelijke administratie. Hij gaat jou de duimschroeven aandraaien, jongen, en hard ook. Hij zal ze strak aandraaien.'

'Dus?'

'Dus als hij wil dat je de paarden opwarmt en je mannen op parade laat staan tot de komst van de Heer, dan doe je dat meteen. En jij,' zei hij tegen Danny, 'jij blijft uit de buurt van de BSC.'

'Nee.' Danny leegde zijn glas en stond op om het opnieuw te vullen.

'Heb je gehoord wat ik zojuist zei?'

'Ik zal stakingen voor hem breken, en zonder morren. Ik zal mijn knopen en mijn schoenen poetsen, maar ik laat de BSC niet vallen. Dat zal niet gebeuren.'

'Hij nagelt je aan het kruis.'

Er was een zacht klopje op de deur. 'Thomas?'

'Ja, lieve.'

'Over vijf minuten gaan we eten.'

Terwijl Ellen Coughlins voetstappen wegstierven, pakte Eddie zijn jas van de kapstok. 'Het ziet ernaar uit dat we een daverend Nieuwjaar krijgen, heren.'

'Kop op, Eddie,' zei Thomas. 'Wij zijn de wijken en de wijken besturen de stad. Vergeet dat niet.'

'Dat zal ik doen, Tom, bedankt. En vrolijk kerstfeest.'

'Vrolijk kerstfeest.'

'Ook voor jou, Danny.'

'Vrolijk kerstfeest, Eddie. En doe Mary Pat de groeten.'

'Doe ik. Dat zal ze fijn vinden te horen.'

Hij liet zichzelf uit en Danny merkte dat zijn vader, terwijl hij een slok nam, zijn blik weer op hem liet rusten.

'Curtis heeft je echt de wind uit de zeilen genomen, hè, jongen?'

'Die krijg ik wel terug.'

Geen van beiden zei een tijdje iets. Ze hoorden het schrapen van stoelen en het bonzen van zware kommen en schalen op de eettafel.

'Von Clausewitz zei dat oorlog politiek met andere middelen is.' Thomas glimlachte een beetje en nam een slok. 'Ik heb altijd het gevoel gehad dat hij het moet omkeren.'

Connor was nog geen uur daarvoor van zijn werk thuisgekomen. Hij was naar een vermoedelijke brandstichting gestuurd en rook nog naar roet en brand. Een uitslaande brand, zei hij en gaf de aardappels door aan Joe, twee doden. En duidelijk voor het verzekeringsgeld, zodat de eigenaars een paar honderd meer kregen dan bij een officiële verkoop. 'Polen,' zei hij met rollende ogen.

'Je moet voorzichtiger worden,' zei zijn moeder. 'Je leeft nu niet meer alleen voor jezelf.'

Danny zag Nora bij die woorden blozen en Connor naar haar knipogen en lachen.

'Ik weet het, ma, ik weet het. Ik beloof het.'

Danny keek naar zijn vader, die rechts van hem aan het hoofd van de tafel zat. Zijn vader keek hem aan en zijn blik was neutraal.

'Heb ik een aankondiging gemist?' vroeg Danny.

'O, ver– ' Connor keek hun moeder aan. 'Het moet er toch uit,' zei hij en keek Nora aan en daarna Danny. 'Ze heeft "ja" gezegd, Dan. Nora heeft "ja" gezegd.'

Nora tilde haar hoofd op en haar ogen ontmoetten die van Danny. Ze liepen over van een trots en ijdelheid die hem tegenstond.

Het was haar glimlach die onzeker was.

Danny nam een slok uit het glas dat hij had meegenomen uit zijn vaders werkkamer. Hij sneed zijn plak ham. De ogen van de hele tafel waren op hem gericht, voelde hij. Er werd van hem verwacht dat hij iets zei. Connor zat erop te wachten, met open mond. Zijn moeder keek hem nieuwsgierig aan. Joe's vork hing onbeweeglijk boven zijn bord.

Danny legde mes en vork neer. Hij plakte een lach op zijn gezicht die breed en stralend voelde. Verdomd, een reusachtige glimlach. Hij zag Joe ontspannen en uit zijn moeders ogen verdween de verwarring. Hij dwong de glimlach naar zijn ogen, voelde ze in hun kassen groter worden. Hij hief zijn glas.

'Dat is echt fantastisch!' Hij hief zijn glas hoger. 'Gelukgewenst jullie allebei. Ik ben zo blij voor jullie.'

Connor lachte en hief zijn eigen glas.

'Op Connor en Nora,' brulde Danny.

'Op Connor en Nora.' De rest van de familie hief de glazen en klonk met elkaar midden boven de tafel.

Tussen de hoofdmaaltijd en het dessert trof Nora hem toen hij met een opnieuw gevuld glas uit zijn vaders werkkamer kwam.

'Ik heb geprobeerd het je te vertellen,' zei ze. 'Ik heb gisteren drie keer naar je pension gebeld.'

'Ik was pas na zessen thuis.'

'O.'

Hij gaf haar een klap op haar schouder. 'Nee, het is fantastisch. Schitterend. Ik kan me niks mooiers voorstellen.'

Ze wreef haar schouder. 'Daar ben ik blij om.'

'Wanneer gaat het gebeuren?'

'We dachten 17 maart.'

'Saint Patrick's Day. Perfect. En over een jaar heb je misschien een kerstkindje.'

'Zou kunnen.'

'Of een tweeling! Zou dat niet mooi zijn?'

Hij sloeg zijn glas achterover. Ze keek op naar zijn gezicht alsof ze iets zocht. Hij had geen idee wat ze zocht. Wat viel er nog te zoeken? Er waren besluiten genomen, dat was duidelijk.

'Wil je – '

'Wat?'

'Wil je... ik weet niet wat ik moet zeggen.'

'Zeg het dan niet.'

'Iets vragen? Iets weten?'

'Nee hoor,' zei hij. 'Ik ga nog een borrel halen. Jij?'

Hij liep de werkkamer in, zocht de karaf en merkte hoeveel minder erin zat dan bij zijn komst die middag.

'Danny.'

'Niet doen.' Hij draaide zich met een lach naar haar toe.

'Wat niet?'

'Mijn naam zeggen.'

'Waarom mag ik hem – '

'Alsof hij iets voor je betekent,' zei hij. 'Doe het op een andere toon. Goed? Doe dat wanneer je me aanspreekt.'

Ze draaide de pols van haar ene hand rond in haar andere en liet toen beide handen langs haar lichaam vallen. 'Ik...'

'Wat?' Hij nam een grote slok.

'Ik kan niet tegen een man die medelijden met zichzelf heeft.'

Hij haalde zijn schouders op. 'Hemel, wat Iers van je.'

'Je bent dronken.'

'Ik begin nog maar net.'

'Het spijt me.'

Hij lachte.

'Echt waar.'

'Mag ik je wat vragen? Je weet dat mijn ouwe heer in Ierland navraag naar je laat doen. Dat heb ik je verteld.'

Ze knikte met haar ogen op het vloerkleed gericht.

'Is dat de reden dat je haast maakt met trouwen?'

Ze hief haar hoofd op, keek hem aan, zei niets.

'Denk je echt dat het je redding is als de familie er achter komt dat je al getrouwd bent?'

'Ik denk...' Haar stem was zo zacht dat hij haar amper kon horen. 'Ik denk dat als ik met Connor trouw, je vader me niet zal verstoten. Dat hij zal doen waar hij het best in is: doen wat nodig is.'

'Ben je zo bang te worden verstoten?'

'Ik ben bang om alleen te blijven,' zei ze. 'Of weer honger te moeten lijden. Of...' Ze schudde haar hoofd.

'Wat?'

Haar ogen zochten het tapijt weer op. 'Hulpeloos te worden.'

'Jeetje, die Nora, een echte overlever, hè?' Hij grinnikte. 'Ik kots van je.'

Ze zei: 'Wat?'

'Op het vloerkleed,' zei hij.

Haar rok ruiste toen ze de werkkamer door liep en zich een whiskey inschonk. Ze goot de helft naar binnen en draaide zich naar hem om. 'Wat ben jij nou helemaal, jongen?'

'Mooie mond,' zei hij. 'Prachtig.'

'Kots je van mij, Danny?'

'Momenteel wel, ja.'

'En waarom dan wel?'

Hij liep de kamer door. Hij dacht erover haar op te tillen bij haar gladde witte keel. Haar hart op te eten zodat het nooit meer door haar ogen naar hem kon kijken.

'Je houdt niet van hem,' zei hij.

'Wel waar.'

'Niet zoals je van mij hield.'

'Wie zegt dat ik van je heb gehouden?'

'Jij.'

'Zeg jij.'

'Zeg *jij*.' Hij pakte haar bij haar schouders.

'Handen thuis.'

'Zeg *jij*.'

'Handen thuis. Laat me los.'

Hij liet zijn voorhoofd tegen de huid net beneden haar keel vallen. Hij voelde zich meer alleen dan tijdens een nacht in de loopgraven, dan toen de bom in het bureau aan Salutation Street op de vloer belandde, meer alleen en met meer walging van zichzelf dan hij ooit had gedacht te zullen voelen.

'Ik hou van je.'

Ze duwde zijn hoofd weg. 'Je houdt van jezelf, jongen. Je – '

'Nee.'

Ze pakte hem bij zijn oren, keek hem strak aan. 'Ja. Je houdt van jezelf. De schitterende muziek ervan. Ik heb geen muzikaal gehoor, Danny. Ik hield het niet bij.'

Hij richtte zich op en haalde snuivend adem, zijn ogen werden helder. 'Hou je van hem? Echt?'

'Dat leer ik wel,' zei ze en dronk haar glas leeg.

'Met mij hoefde je het niet te leren.'

'Moet je zien wat het ons heeft opgeleverd,' zei ze en liep zijn vaders werkkamer uit.

Ze waren net weer aan tafel gegaan voor het dessert toen de bel ging.

Danny voelde hoe de drank zijn bloed donker maakte, zich verdikte in zijn ledematen, onheilspellend en wraakzuchtig in zijn brein neerstreek.

Joe deed open. Nadat de voordeur lang genoeg open was geweest om de koude nachtlucht tot in de eetkamer te laten doordringen, riep Thomas: 'Joe, wie is het? Doe de deur dicht.'

Ze hoorden de deur dichtgaan, hoorden een gedempte conversatie tussen Joe en iemand wiens stem Danny niet herkende. Hij was laag en moeilijk verstaanbaar en van waar hij zat was niets te verstaan.

'Papa?' Joe stond in de deuropening.

Achter hem verscheen een man. Hij was lang maar krom, met een lang, uitgehongerd gezicht onder een donkere warrige baard doorschoten met grijze klitten bij de kin. Zijn ogen waren donker en klein maar zagen toch kans enigszins uit te puilen. Het haar boven op zijn hoofd was kortgeknipt tot grijze stoppels. Zijn kleding was goedkoop en gerafeld; Danny kon ze aan de andere kant van de kamer ruiken.

Hij gaf iedereen een lachje met nog enkele tanden die zo geel waren als een vochtige sigaret die in de zon is opgedroogd.

'Hoe is het vanavond met u, godvrezende lieden? Goed, neem ik aan?'

Thomas Coughlin stond op. 'Wat betekent dit?'

De ogen van de man vielen op Nora. 'En hoe is het met jou, schat?'

Nora leek ter plekke dood te zijn gebleven, met een hand aan haar theekopje en ogen die leeg en star waren. De man stak een hand op. 'Sorry dat ik jullie stoor, mensen. U moet hoofdinspecteur Coughlin zijn, sir.'

Joe schoof voorzichtig weg bij de man, schoof langs de muur tot hij het einde van de tafel bij zijn moeder en Connor had bereikt.

'Ik ben Thomas Coughlin,' zei Coughlin. 'En je bent met Kerstmis in mijn huis, dus je kunt maar beter vertellen wat je komt doen.'

De man hield twee smerige handpalmen op. 'Mijn naam is Quentin Finn. Ik denk dat mijn vrouw daar aan tafel zit, sir.'

Connors stoel kletterde op de grond toen hij opstond. 'Verdomme, wie – '

'Connor,' zei zijn vader. 'Hou je gemak, jongen.'

'Ay,' zei Finn, 'ze is het, zowaar als het Kerstmis is. Heb je me gemist, schat?'

Nora opende haar mond maar er kwamen geen woorden uit. Danny zag delen van haar klein worden en zich toedekken en wanhopig worden. Ze bewoog haar mond en nog kwamen er geen woorden. De leugen die ze had verteld bij aankomst in deze stad, de leugen die ze voor het eerst had verteld toen ze weerloos en grauw en klappertandend vier jaar geleden in hun keuken zat, de leugen waar ze sindsdien elke dag van haar leven aan had gebouwd, spatte uiteen. De brokstukken lagen door de hele kamer, tot ze opnieuw werden samengevoegd en herboren als het tegenovergestelde: de waarheid.

Een afschuwelijke waarheid, constateerde Danny. Zeker twee keer zo oud als zij. Heeft ze die mond gekust? Is haar tong tussen die tanden door gegleden?

'Ik zei: "Heb je me gemist, schat?"'

Thomas Coughlin stak een hand op. 'U moet meer helderheid verschaffen, Mr Finn.'

Quentin Finn keek hem met toegeknepen ogen aan. 'Helderheid waarover, sir? Ik ben met deze vrouw getrouwd. Ik heb haar mijn naam gegeven. De eigendom van mijn land in Donegal met haar gedeeld. Ze is mijn vrouw, sir. En ik ben hier om haar mee te nemen naar huis.'

Nora had te lang niets gezegd. Danny zag het duidelijk, in zijn moeders ogen, in die van Connor. Als ze had gehoopt op ontkenning, dan was die kans nu verkeken.

Connor zei: 'Nora.'

Nora sloot haar ogen. Ze zei: 'Sstt', en stak een hand op.

'Sstt?' herhaalde Connor.

'Is het waar?' vroeg Danny's moeder. 'Nora? Kijk me aan. Is het waar?'

Maar Nora wilde niet kijken. Ze wilde haar ogen niet openen. Ze bleef met haar hand heen en weer wuiven als om de tijd af te weren.

Danny was onwillekeurig op een perverse manier geboeid door de man bij de deur. *Dit,* wilde hij zeggen, heb je *dit* geneukt? Hij voelde de drank door zijn bloed sleeën en wist dat een beter deel van hem erachter stond te wachten, maar het enige deel dat hij nu kon bereiken was het deel dat zijn hoofd tegen haar borst had gelegd en haar had gezegd dat hij van haar hield.

Waarop zij had geantwoord met: 'Jij houdt van jezelf.'

Zijn vader zei: 'Neemt u plaats, Mr Finn.'

'Ik blijf staan, ja, hoofdinspecteur, als het u hetzelfde is.'

'Wat denkt u dat hier vanavond gaat gebeuren?' vroeg Thomas.

'Ik verwacht dat ik door die deur wegga met mijn vrouw achter me aan, ja, zo is dat.' Hij knikte.

Thomas keek naar Nora. 'Til je hoofd op, kind.'

Nora opende haar ogen, keek hem aan.

'Is het waar? Is deze man je echtgenoot?'

Nora's ogen vonden die van Danny. Wat had ze in de werkkamer gezegd? *Ik kan niet tegen een man die medelijden met zichzelf heeft.* Wie heeft er nu medelijden?

Danny sloeg zijn ogen neer.

'Nora,' zei zijn vader. 'Geef alsjeblieft antwoord. Is hij je man?'

Ze stak haar hand uit naar haar theekopje, maar haar hand was onzeker, en ze liet het los.

'Dat was hij.'

Danny's moeder sloeg een kruis.

'Jezus christus!' Connor schopte tegen de plint.

'Joe,' zei hun vader kalm, 'jij gaat naar je kamer. En niet tegensputteren, jong.'

Joe opende zijn mond, bedacht zich en verliet de eetkamer.

Danny besefte dat hij zat te hoofdschudden en stopte ermee. *Dit?* Hij wilde het woord wel uitschreeuwen. Ben je getrouwd met deze lugubere, grauwe aanfluiting? En je had het lef mij te kleineren?

Hij schonk nog eens in terwijl Finn twee stappen opzij de kamer in zette.

'Nora,' zei Thomas Coughlin, 'je zei dat hij je man wás. Dus ik neem aan dat er een nietigverklaring is.'

Nora keek weer naar Danny. Haar ogen hadden een glans die men onder andere omstandigheden voor blijdschap had kunnen houden.

Danny keek weer naar Quentin, die in zijn baard stond te krabben.

'Nora,' zei Thomas, 'heb je een nietigverklaring? Geef antwoord, kind.'

Nora schudde haar hoofd.

352

Danny liet de ijsblokjes in zijn glas rinkelen. 'Quentin.'

Quentin Finn keek hem aan. Hij trok zijn wenkbrauwen op. 'Ja, jongeheer?'

'Hoe heb je ons gevonden?'

'Ach, met wat vindingrijkheid,' zei Quentin Finn. 'Ik ben al een tijd op zoek naar deze meid.'

Danny knikte. 'Dan heb je dus geld.'

'Aiden.'

Danny zwabberde zijn hoofd naar zijn vader, keek hem aan en zwabberde het toen terug naar Quentin. 'Een vrouw helemaal over zee opsporen, Mr Finn, dat is een hele prestatie. Een heel kostbare prestatie.'

Quentin lachte naar Danny's vader: 'Zo te zien heeft de knul te veel op, jah?'

Danny stak een sigaret op aan een kaars. 'Als je me nog één keer "knul" noemt, Paddy, dan – '

'Aiden,' zei zijn vader, 'zo is het genoeg.' Hij richtte zich weer tot Nora: 'Heb je iets ter verdediging aan te voeren, kind? Liegt hij?'

Nora zei: 'Hij is niet mijn man.'

'Hij zegt dat hij het wel is.'

'Niet meer.'

Thomas leunde over tafel. 'In het katholieke Ierland staan ze geen echtscheidingen toe.'

'Ik zeg niet dat ik een scheiding heb gekregen, sir. Ik zeg alleen maar dat hij mijn man niet meer is.'

Daar moest Quentin Finn om lachen, een luid *hah* dat de lucht in de kamer verscheurde.

'Jezus,' fluisterde Connor telkens weer. 'Jezus.'

'Ga je spullen pakken, schat.'

Nora keek hem aan. Er lag haat in haar ogen. En angst. Walging. Schande.

'Hij heeft me gekocht,' zei ze, 'toen ik dertien was. De man is mijn neef. Ja?' Ze keek elke Coughlin aan. 'Dertien. Zoals je een koe koopt.'

Thomas stak zijn handen over tafel naar haar uit. 'Een tragische toestand,' zei hij zacht. 'Maar hij is je man, Nora.'

'Verdomd als het niet waar is, hoofdinspecteur.'

Ellen Coughlin sloeg een kruis en legde een hand op haar borst.

Thomas hield zijn ogen op Nora gericht. 'Mr Finn, als u in mijn huis in de aanwezigheid van mijn vrouw nogmaals godslasterlijke taal bezigt...' Hij draaide zijn hoofd naar Finn en lachte naar hem. 'Dan beloof ik u dat uw thuisreis een stuk minder voorspelbaar wordt.'

Finn krabde nog maar eens in zijn baard.

Thomas trok zacht aan Nora's handen tot hij zijn handen erop kon leggen. Hij keek Connor aan. Die had de muizen van zijn handen in zijn ogen gedrukt. Thomas keek zijn vrouw aan die haar hoofd schudde. Thomas knikte. Hij keek Danny aan.

Danny keek zijn vader in de zo blauwe, heldere ogen. De ogen van een kind met een onberispelijke intelligentie en onberispelijke bedoelingen.

Nora fluisterde: 'Alstublieft, dwing me niet met hem mee te gaan.'

Connor maakte een geluid dat een lach had kunnen zijn.

'Alstublieft.'

Thomas streek met zijn handpalmen over haar handen. 'Maar je zult hier weg moeten.'

Ze knikte en er viel een traan van haar jukbeen. 'Maar toch niet nu? Niet met hem.'

Thomas zei: 'Goed, meisje.' Hij draaide zijn hoofd om. 'Mr Finn.'

'Ja, hoofdinspecteur.'

'Uw rechten als echtgenoot zijn vastgesteld. En worden gerespecteerd.'

'Dank u.'

'U verlaat nu het huis en komt morgenochtend naar het bureau van het Twaalfde District in East Fourth Street. Daar zullen we de kwestie naar behoren afhandelen.'

Nog voor Thomas halverwege was, schudde Quentin Finn al met zijn hoofd. 'Ik ben niet die hele verdomde oceaan overgestoken om me te laten afschepen, man. Nee. Ik neem m'n vrouw nu mee, dank u.'

'Aiden.'

Danny schoof zijn stoel naar achteren en stond op.

Quentin zei: 'Ik heb mijn rechten als haar man, hoofdinspecteur. Zeker weten.'

'En die zullen worden gerespecteerd. Maar voor vanavond – '

'En hoe zit het met haar kind? Wat moet dat niet denken van – '

'Heeft ze een kind?' Connor haalde zijn hoofd uit zijn handen.

Ellen Coughlin bekruiste zich opnieuw. 'Heilige Maria Moeder van God.'

Thomas liet Nora's handen los.

'Aye, ze heeft thuis een kotertje, jazeker,' zei Quentin Finn.

'Heb je je eigen kind in de steek gelaten?' zei Thomas.

Danny zag haar ogen heen en weer schieten, haar schouders omhoogkomen. Ze trok haar armen strak tegen haar lichaam: een prooi, altijd een prooi, zoekend, beramend, zich krommend voor de woeste vluchtpoging.

Een kind. Daar had ze het nooit over gehad.

'Dat kind is niet van mij. Het is van hem.'

'Heb je een kind achtergelaten?' zei Danny's moeder. 'Een kind.'

'Niet van mij,' zei Nora en stak haar armen naar haar uit. Maar Ellen Coughlin trok haar armen terug in haar schoot. 'Niet van mij, niet van mij.'

Quentin stond zichzelf een glimlach toe. 'Het jong is nergens zonder zijn moeder. Nergens.'

'Hij is niet van mij,' zei ze tegen Danny. En toen tegen Connor. 'Nee.'

'Niet doen,' zei Connor.

Danny's vader stond op en ging met zijn hand door zijn haar, krabde zich op het achterhoofd en slaakte een diepe zucht. 'We vertrouwden je,' zei hij. 'We hebben onze zoon, onze Joe, aan je toevertrouwd. Hoe kon je ons in zo'n situatie brengen? Hoe heb je ons zo kunnen misleiden? Ons kínd, Nora. We hebben je ons kind toevertrouwd.'

'En het heeft hem goed gedaan,' zei Nora die in zichzelf op iets stuitte dat Danny bij boksers had gezien, meestal de kleinere, en dat dan tegen het eind van een gevecht, iets dat veel dieper ging dan grootte en fysieke kracht. 'Het heeft hem goed gedaan, sir, en u, en uw hele gezin.'

Thomas keek naar haar en daarna naar Quentin Finn, terug naar haar en ten slotte naar Connor. 'Je zou met mijn zoon gaan trouwen. Je zou ons in verlegenheid hebben gebracht. Je zou mijn naam hebben bezoedeld. De naam van dit huis dat je onderdak heeft gegeven, dat je voedsel heeft gegeven en je als een familielid heeft behandeld. Hoe durf je, mens. Hoe durf je?'

Nora keek hem aan en eindelijk rolden de tranen. 'Hoe ik dat durf? Dit huis is een doodskist voor de jongen.' Ze wees achterom in de richting van Joe's kamer. 'Hij voelt het elke dag. Ik heb voor hem gezorgd omdat hij zelfs zijn eigen moeder nauwelijks kent. Ze – '

Ellen Coughlin stond op van de tafel maar liep niet weg. Ze legde haar handen op de rugleuning van haar stoel.

'Hou je mond,' zei Thomas Coughlin. 'Hou je mond, heks.'

'Hoer,' zei Connor. 'Vuile hoer!'

'O, lieve god,' zei Ellen Coughlin. 'Hou op! Hou op!'

Joe kwam de kamer in. Hij keek hen stuk voor stuk aan. 'Wat is er?' zei hij. 'Wat is er?'

Thomas zei tegen Nora: 'Verlaat dit huis. Nu.'

Quentin Finn grijnsde.

Danny zei: 'Pa.'

Maar zijn vader had een stadium bereikt dat de meeste mensen wel in hem vermoedden maar slechts weinigen hadden gezien. Hij wees naar Danny maar keek hem niet aan. 'Jij bent dronken. Naar huis jij.'

'Wat?' zei Joe met een dikke keel. 'Waarom schreeuwt iedereen zo?'

'Naar bed jij,' zei Connor.

Ellen Coughlin stak een hand naar Joe uit maar hij negeerde haar. Hij keek naar Nora. 'Waarom schreeuwt iedereen zo?'

'Kom mee, vrouw,' zei Quentin Finn.

Nora zei tegen Thomas: 'Niet doen.'

'Ik zei "Mond dicht".'

'Pap,' zei Joe, 'waarom schreeuwt iedereen zo?'

Danny zei: 'Wacht – '

Quentin Finn liep de kamer door naar Nora's stoel en trok haar aan haar haar overeind.

Joe slaakte een kreet, Ellen Coughlin schreeuwde en Thomas zei: 'Kalm iedereen.'

'Ze is mijn vrouw.' Quentin sleurde haar over de vloer.

Joe rende op hem af maar Connor ving hem op en hield hem in zijn armen terwijl Joe met zijn vuisten op Connors borst en schouders beukte. Danny's moeder liet zich weer in haar stoel vallen en snikte het uit en bad ondertussen tot de Heilige Maagd.

Finn trok Nora helemaal tegen zich aan zodat haar wang tegen de zijne werd gedrukt en zei: 'Als iemand haar spulletjes bij elkaar wil zoeken, jah?'

Danny's vader stak een hand uit en schreeuwde 'Nee!' omdat Danny al met geheven arm om de tafel liep en zijn whiskeyglas op Finns achterhoofd liet neerkomen.

Iemand schreeuwde 'Danny!' – misschien zijn moeder, misschien Nora, het had ook Joe kunnen zijn – maar op dat moment had hij zijn vingers al in Finns oogkassen gehaakt waarna hij hem tegen de post van de eetkamerdeur ramde. Een hand deed een greep naar zijn rug maar viel terug toen Danny Quentin de kamer uit draaide en de hele gang met hem doorrende. Joe moest de voordeur niet op slot hebben gedaan, want Finns hoofd knalde hem wijd open toen hij er doorheen vloog naar buiten de nacht in. Toen hij met zijn borst op de treden van het bordes neerkwam, schoof hij door centimeters verse sneeuw en kwam hij terecht op de stoep waar de vlokken snel en dik vielen. Hij stuiterde op het beton en Danny zag tot zijn verbazing dat hij weer overeind krabbelde en een paar stappen deed waarbij zijn armen als molenwieken maaiden voordat hij in de sneeuw uitgleed en viel. Zijn linkerbeen kwam opgevouwen onder hem tegen de stoeprand terecht.

Danny kwam behoedzaam de trap af omdat de treden van ijzer waren en de sneeuw zacht en glibberig was. Op de plekken waar Quentin terecht was gekomen, was de sneeuw papperig en toen hij opstond, kruiste zijn blik die van Danny.

'Maak er iets leuks van,' zei Danny. 'Neem de benen.'

Zijn vader greep hem bij zijn schouder en liet hem een halve slag draaien. Danny zag iets in zijn vaders ogen dat hij nog nooit had gezien: onzekerheid, angst misschien wel.

'Laat hem met rust,' zei zijn vader.

Zijn moeder verscheen bij de voordeur op het moment dat Danny zijn vader bij zijn revers optilde en naar een boom droeg.

'Jezus, Danny!' Dat was Connor boven aan het bordes. Danny hoorde Quentin Finns schoenen door de sneeuwbrij midden op K Street ploeteren.

Danny keek zijn vader recht in het gezicht, duwde hem met zijn rug zachtjes tegen de boom. 'Laat haar haar spullen pakken,' zei hij.

'Aiden, je moet kalmeren.'

'Laat haar alles meenemen wat ze nodig heeft. Dit zijn geen onderhandelingen, sir. Is dat duidelijk?'

Zijn vader keek hem een hele tijd in de ogen en knipperde uiteindelijk met zijn ogen, iets wat Danny opvatte als een toezegging.

Hij zette zijn vader weer op de grond. Nora verscheen in de deuropening, met krassen op haar slaap van Quentin Finns nagels. Hun ogen vonden elkaar en hij draaide zich om.

Hij uitte een lach die ook hemzelf verbaasde en rende K Street in. Quentin lag twee straten voor, maar Danny sneed een stuk af via de achtertuinen van K, vervolgens I en ten slotte J Street. Hij nam schuttingen alsof hij nog misdienaar was. Hij wist dat Quentins enig mogelijke einddoel de tramhalte was. Hij kwam met een rotgang een steegje tussen H en J Street uit, raakte Finn tegen de schouder zodat hij midden op East Fifth Street in de sneeuw onderuit ging.

Kerstverlichting hing in slingers boven de straat en in de helft van de huizen verlichtten kaarsen de ramen. Quentin probeerde met Danny te boksen voordat Danny een reeks lichte tikken tegen de zijkanten van zijn gezicht afrondde met een regen van slagen op het lichaam die werden beëindigd met het een-twee knappen van een rib links en een rib rechts. Quentin probeerde weer te vluchten, maar Danny greep hem bij zijn jas en slingerde hem een paar keer door de sneeuw voor hij hem tegen een lantaarnpaal kwakte. Daarna klom hij boven op hem en brak beenderen in zijn gezicht en hij brak zijn neus en nog een paar ribben.

Quentin huilde. Quentin smeekte. Quentin zei: 'Niet nog meer, niet nog meer.' Bij elke lettergreep spuwde hij een bloednevel de lucht in die neerregende op zijn gezicht.

Toen Danny de pijn in zijn hand voelde bijten, hield hij op. Hij ging weer midden op Quentins lichaam zitten en veegde zijn knokkels af aan de jas van de man. Hij wreef het gezicht van de man met sneeuw tot hij zijn ogen opende.

Danny haalde een paar keer diep adem. 'Ik ben sinds mijn achttiende niet meer zo kwaad geweest. Kun je je dat voorstellen? Echt. Acht jaar, bijna negen...' Hij zuchtte en keek om zich heen naar de straat, de sneeuw, de verlichting.

'Ik zal... jullie niet... meer... lastigvallen,' zei Quentin.

Danny lachte. 'Je meent het.'

'Ik... wil alleen... m'n vrouw.'

Danny pakte Quentin bij zijn oren en bonsde een tijdje zachtjes met zijn hoofd op de keien.

'Zodra je bent ontslagen uit het ziekenhuis, zoek je een schip en verdwijn je uit mijn land,' zei Danny. 'Of je blijft en ik geef dit aan als mishandeling van een politieagent. Zie je al die ramen? Achter de helft ervan woont een agent. Wil je ruzie met de Boston Police Department, Quentin? Wil je tien jaar in een Amerikaanse cel doorbrengen?'

Quentins ogen rolden naar links.

'Kijk me aan.'

Quentins ogen richten zich op hem en toen braakte hij in de kraag van zijn jas.

Danny wapperde de stank weg. 'Ja of nee? Wil je de aanklacht van mishandeling?'

Quentin zei: 'Nee.'

'Ga je naar huis zodra je uit het ziekenhuis komt?'

'Jah, jah.'

'Brave jongen.' Danny stond op. 'Want als je dat niet doet, dan is God mijn getuige, Quentin.' Hij keek op hem neer. 'Als ik je dan naar huis stuur, ben je zo invalide als wat.'

Toen Danny terugkwam, stond zijn vader buiten op het bordes. De achterlichten van zijn vaders auto gloeiden rood op toen de bestuurder, Marty Kenneally, bij een kruising verderop remde.

'Dus Marty brengt haar ergens heen?'

Zijn vader knikte. 'Ik heb hem gezegd dat ik niet wil weten waarheen.'

Danny keek naar de ramen van hun huis. 'Hoe is het daarbinnen?'

Zijn vader nam het bloed op Danny's overhemd op, zijn opengehaalde knokkels. 'Heb je nog iets overgelaten voor de ambulance?'

Danny leunde met zijn heup tegen de zwarte ijzeren balustrade. 'Een heleboel. Ik heb ze al gebeld vanuit de cel in J.'

'Je hebt hem zeker de stuipen op het lijf gejaagd.'

'Erger.' Hij zocht in zijn zakken, vond zijn Murads en schudde er een uit. Hij bood zijn vader er een aan die hem aannam. Danny stak ze allebei aan met zijn aansteker en leunde weer tegen de balustrade.

'Ik heb je zo niet meer meegemaakt sinds ik je jaren geleden had opgesloten.'

Danny blies een rookpluim de koude lucht in, voelde dat het zweet op zijn borst en in zijn nek begon op te drogen. 'Ja, dat is een tijd geleden.'

'Zou je me echt hebben geslagen?' vroeg zijn vader. 'Toen je me tegen de boom had hangen?'

Danny haalde zijn schouders op. 'Zou kunnen. Dat zullen we nooit weten.'

'Je eigen vader.'

Danny grinnikte. 'Je had er geen moeite mee om mij te slaan toen ik een kind was.'

'Dat was disciplinair.'

'Dit ook.' Danny keek zijn vader aan.

Thomas schudde langzaam zijn hoofd en blies blauwe rook de nacht in.

'Ik wist niet dat ze daarginds een kind had, pa. Echt geen idee.'

Zijn vader knikte.

'Maar jij wel,' zei Danny.

Zijn vader keek hem aan terwijl de rook uit de zijkant van zijn mond gleed.

'Jij hebt Quentin hierheen gebracht. Met een spoor van broodkrui-mels dat naar onze deur leidde.'

Thomas Coughlin zei: 'Dat is te veel eer.'

Danny nam een gok en vertelde een leugen. 'Ik heb het van hem, pa.'

Zijn vader haalde snuivend adem en keek omhoog naar de lucht. 'Je zou altijd van haar zijn blijven houden. Connor ook.'

'En Joe dan? Het feit dat hij dat allemaal heeft gezien?'

'Iedereen moet een keer volwassen worden.' Zijn vader haalde zijn schouders op. 'Ik maak me geen zorgen over Joe's volwassen worden, kind. Ik maak me op dat punt zorgen over jou.'

Danny knikte en schoot zijn sigaret op straat.

'Je kunt ophouden met je zorgen te maken,' zei hij.

11

Aan het eind van de kerstmiddag, voordat de Coughlins aan tafel gingen, had Luther de tram naar South End genomen. De dag was begonnen met een stralende hemel en een zuivere atmosfeer, maar tegen de tijd dat Luther op de tram stapte, was de lucht onbestemd en de hemel ingeklapt en op de grond gevallen. Aan de andere kant ook wel mooi, met die grijze en stille straten, het gevoel dat de stad in beslotenheid feestvierde. Algauw begon het te sneeuwen, eerst met kleine vlokjes die als vliegers zijdelings wegzeilden, werden meegevoerd door een windvlaag, maar toen de tram tegen de hoge rug van de Broadway Bridge op zwoegde, werden de vlokken groter, zo groot als bloemen, en schoten ze met een harde wind langs de ramen. Luther was de enige in de afdeling voor zwarten en ving bij toeval de blik op van een blanke man die met zijn vriendin twee rijen verderop zat. De man zag er moe maar tevreden uit, en hij had zijn goedkope wollen pet tot net boven zijn rechteroog getrokken zodat het gevalletje van niks nog een beetje stijl kreeg. Hij knikte alsof Luther en hij dezelfde gedachte deelden, en zijn meisje nestelde zich met gesloten ogen tegen zijn borst.

'Zo hoort het er met Kerstmis uit te zien, hè?' De man ging met zijn kin zachtjes over het hoofd van het meisje en zijn neusvleugels openden zich toen hij de lucht van haar haar opsnoof.

'Kan niet beter,' zei Luther.

'Op weg naar huis?'

'Ja.'

'Naar je gezin?' De blanke man bracht zijn sigaret naar de lippen van zijn vriendin en ze opende haar mond om een trek te nemen.

'Vrouw en kind,' zei Luther.

De man sloot even de ogen en knikte. 'Dat is fijn.'

'Yes, sir, dat is zo.' Luther slikte tegen de golf van eenzaamheid die probeerde hem te overspoelen.

'Vrolijk kerstfeest,' zei de man, nam de sigaret tussen de lippen van zijn vriendin vandaan en stak hem tussen zijn eigen lippen.

'Insgelijks, sir.'

In de hal bij de Giddreaux' ontdeed hij zich van zijn jas en sjaal en hing ze, nat en dampend, op de radiator. Hij hoorde stemmen in de eetkamer, streek de sneeuw in zijn haar weg en veegde zijn handen af aan zijn jas.

Toen hij de tochtdeur opende, hoorde hij het gelach en gekwetter van diverse gesprekken. Getik van zilveren bestek en van glazen en hij rook geroosterde kalkoen en misschien ook nog een gefrituurde, en een soort kaneelgeur die van warme cider zou kunnen komen. Vier kinderen kwamen de trap af gerend, drie zwarte en een blanke, en ze lachten maniakaal naar hem toen ze op de begane grond waren en in één run doordraafden naar de keuken.

Hij opende de schuifdeuren van de eetkamer en de gasten draaiden zich om om naar hem te kijken. Het waren voornamelijk vrouwen, een paar oudere mannen en twee van ongeveer Luthers leeftijd, naar hij aannam de zoons van Mrs Grouse, de huishoudster van de Giddreaux'. Alles bij elkaar iets meer dan twaalf mensen, en de helft blank. Luther herkende de vrouwen die hielpen bij de NAACP en nam aan dat de mannen hun echtgenoten waren.

'Franklin Grouse,' zei een jongere zwarte en gaf Luther een hand. Hij reikte hem een glas eierpunch aan. 'Jij moet Luther zijn. Mijn moeder heeft me over je verteld.'

'Leuk je te leren kennen, Franklin. Vrolijk kerstfeest.' Luther hief zijn glas eierpunch en nam een slok.

Het was een prachtig diner. Isaiah was de avond ervoor uit Washington teruggekomen en had beloofd pas na het dessert over politiek te beginnen, dus aten en dronken ze en gaven ze de kinderen een standje als ze te luidruchtig werden en sprongen de gesprekken van de laatste films naar populaire boeken en songs en daarna naar het gerucht dat de oorlogsradio een consumentenproduct zou worden en dat er uitzendingen zouden komen met nieuws en stemmen en toneelstukken en songs van over de hele wereld, en Luther probeerde zich voor te stellen hoe een toneelstuk kon worden opgevoerd door een kastje, maar Isaiah zei dat het er aankwam. Met telefoonlijnen en de telegraaf en de Sopwith Camels lag de toekomst van de wereld in de lucht. Reizen door de lucht, communicatie door de lucht, ideeën door de lucht. De bodem was uitgespeeld, de zee ook, maar de lucht was als een spoorlijn die nooit bij zee eindigde. Binnenkort spreken wij Spaans en zij Engels.

'Is dat gunstig, Mr Giddreaux?' vroeg Franklin Grouse.

Isaiah wiegde zijn hoofd heen en weer. 'Dat ligt eraan wat de mens ermee doet.'

'De blanke of de zwarte?' vroeg Luther en iedereen schoot in de lach.

Hoe vrolijker en meer op zijn gemak hij was, hoe verdrietiger. Dit kon zijn leven zijn – dit zou zijn leven moeten zijn – met Lila, nu, en niet als gast aan tafel maar aan het hoofd ervan en dan zouden een paar van de kinderen ook van hem zijn. Hij merkte dat Mrs Giddreaux naar hem lachte en toen hij teruglachte, knipoogde ze naar hem, en weer zag hij haar ziel, zijn gratie en de lenigheid en het blauwe licht dat hem bescheen.

Aan het eind van de avond, toen de meeste gasten weg waren en Isaiah en Yvette aan de brandy waren met het echtpaar Parthan, oude vrienden uit zijn studietijd op Morehouse en de hare op de Atlanta Baptist University, verontschuldigde Luther zich en ging hij naar het dak met zijn eigen glas brandy en stapte hij naar buiten, het platform op. Het sneeuwde niet meer, maar op alle daken lag een dik pak. In de haven loeiden scheepshoorns en de lichten van de stad legden een gele band tegen de onderste wolken. Hij sloot zijn ogen en snoof de geur van de nacht en de sneeuw en de kou, de rook en het roet en het steenstof op. Het voelde alsof hij de hemel van de verste kromming van de aarde inademde. Hij hield zijn ogen stijf dicht en sloot de dood van Jessie buiten en ook de steenachtige pijn in zijn hart die maar één naam had: Lila. Hij vroeg om slechts dit moment, deze lucht in zijn longen, die zijn lichaam vulde en in zijn hoofd uitzette.

Maar het werkte niet: Jessie knalde erdoorheen, draaide zich om en zei tegen Luther: 'Wel leuk, hè?' en nog geen tel later sprongen er stukken van zijn hoofd en viel hij op de grond. Ook de Diaken, van alle mensen uitgerekend de Diaken, dook op uit de golf die na Jessie kwam, en Luther zag hoe hij zich aan hem vastklampte, hoorde hem zeggen: 'Zet dit recht', en zijn ogen puilden uit met de universele smeekbede niet te worden vernietigd, niet vandaag, terwijl Luther het pistool onder zijn kin schoof, en die uitpuilende ogen zeiden: 'Ik ben nog niet zo ver. Wacht.'

Maar Luther had niet gewacht. En nu was de Diaken hier bij Jessie en Luther, boven de grond. Er was maar een tel nodig om iemand op je pad te brengen die je leven zo veranderde dat het nooit meer werd zoals voorheen. Eén tel.

'Waarom schrijf je me niet, mens,' fluisterde Luther naar de sterrenloze hemel. 'Je draagt mijn kind en ik wil niet dat hij zonder me opgroeit. Ik wil niet dat hij dat gevoel leert kennen. Nee, meisje, nee. Jij bent de enige voor me. Jij alleen.'

Hij pakte zijn glas van de stenen rand en nam een slok die zijn keel verschroeide, zijn borst verwarmde en zijn ogen wijd openzette.

'Lila,' fluisterde hij en nam nog een slok.

'Lila.' Hij zei het tegen de gele maansikkel, tegen de zwarte hemel, tegen de geur van de nacht en de besneeuwde daken.

'Lila.' Hij gaf het mee aan de wind, als een vlieg die hij niet durfde doden, en wenste dat de wind het naar Tulsa zou dragen.

Luther Laurence, mag ik je Helen Grady voorstellen?' Luther gaf de oudere vrouw een hand. Helen Grady gaf een hand die net zo stevig was als die van hoofdinspecteur Coughlin en had net als hij de slanke bouw, staalgrijs haar en een onbevreesde blik.

'Zij werkt vanaf heden met jou samen,' zei de hoofdinspecteur.

Luther knikte. Het viel hem op dat ze haar hand aan haar smetteloze schort afveegde zodra hij de zijne had losgelaten.

'Hoofdinspecteur, waar is – ?'

'Nora is niet langer bij ons in dienst, Luther. Ik heb gemerkt dat er een zekere genegenheid tussen jullie bestond, dus stel ik je op de hoogte van haar ontslag met een zekere mate van medeleven voor de band die er tussen jullie was, maar er dient in dit huis nooit meer over haar te worden gesproken.' De hoofdinspecteur legde een stevige hand op Luthers schouder en liet hem vergezellen door een even stevige glimlach. 'Duidelijk?'

'Duidelijk.'

Toen werd Danny, op een avond toen hij naar zijn kamer terugkeerde, door Luther aangesproken. Die stapte naar voren en zei: 'Wat heb je gedaan, verdomme?'

Danny's rechterhand ging richting zijn jaszak, tot hij Luther herkende. Hij liet zijn hand zakken.

'Geen "hallo"?' zei Danny. 'Geen "gelukkig nieuwjaar" of zo?'

Luther zei niets.

'Goed,' zei Danny. 'Ten eerste: dit is niet direct een goede buurt voor een zwarte, of was je dat ontgaan?'

'Ik sta hier al een uur. En het is me niet ontgaan.'

'Ten tweede,' zei Danny, 'ben je volkomen geschift om zo tegen een blanke te praten. Een politieagent.'

Luther deed een stap achteruit. 'Ze had gelijk.'

'Wat? Wie?'

'Nora. Ze zei dat je onecht was, dat je de rebel spéélt. Dat je iemand speelt die niet gelooft in aangesproken te worden met "suh", maar nu zeg je waar een nikker als ik in deze stad naartoe mag, vertel je me hoe ik uwe blankheid in het openbaar behoor aan te spreken. Waar is Nora?'

Danny spreidde zijn armen. 'Hoe moet ik dat weten? Waarom zoek je haar niet op bij de schoenenfabriek? Je weet toch waar het is?'

'Omdat dat niet gaat met onze werktijden.' Luther stapte op Danny af en besefte dat ze de aandacht begonnen te trekken. Het zou beslist niet onredelijk zijn als iemand hem met een stok een klap op zijn achterhoofd zou geven of hem gewoonweg neer zou schieten omdat hij op zo'n manier in een Italiaanse wijk op een blanke man afstapte. Of in welke wijk dan ook.

'Waarom denk je dat ik iets te maken heb met het vertrek van Nora uit ons huis?'

'Omdat ze van je hield en jij daar niet mee uit de voeten kon.'

'Luther, ga achteruit.'

'Doe het zelf.'

'Luther.'

Luther hield zijn hoofd schuin.

'Ik meen het.'

'O ja? Iedereen die die meid goed bekeek, zag een wereld van pijn die zijn opwachting bij haar had gemaakt. En jij, wat heb jij... wat heb jij eraan toegevoegd? Jij en je hele familie?'

'Mijn familie?'

'Ja.'

'Als je niet blij bent met mijn familie, moet je bij mijn vader zijn.'

'Kan niet.'

'Waarom niet?'

'Omdat ik die baan nodig heb, verdomme.'

'Dan kun je nu beter naar huis gaan, en hopen dat je die baan morgen nog hebt.'

Luther deed nog een paar stapjes achteruit. 'Hoe is het met je vakbond?'

'Wat?'

'Je droom van een broederschap van arbeiders? Hoe staat het ermee?'

Danny's gezicht werd vlak alsof het was overreden. 'Ga naar huis, Luther.'

Luther knikte. Hij haalde diep adem, draaide zich om en begon te lopen.

'Hé!' riep Danny.

Luther keek achterom. Danny stond bij zijn huis in de kou van de vooravond.

'Waarom ben je helemaal hierheen gekomen? Om een blanke man in het openbaar de les te lezen?'

Luther schudde zijn hoofd. Hij draaide zich weer om en liep door.

'Hé! Ik heb je iets gevraagd.'

'Omdat ze beter is dan die hele rotfamilie van je!' Luther maakte midden op het trottoir een buiging. 'Heb je het gehoord, witjong? Ga de strop maar halen, knoop me maar op of wat de yankees hier ook met ons doen. En als je dat doet, dan weet ik dat ik de waarheid heb gesproken en jij een smerige leugen. Ze is beter dan die hele familie van je.' Hij wees naar Danny. 'En vooral beter dan jij.'

Danny's lippen bewogen.

Luther deed een stap in zijn richting. 'Wat? Wat had je te zeggen?'

Danny legde zijn hand op de deurknop. 'Ik zei dat je waarschijnlijk gelijk hebt.'

Hij draaide de knop om en ging naar binnen. Luther stond alleen in de gestaag donker wordende straat terwijl sjofele Italianen hem in het voorbijgaan met hun amandelogen neerstaken.

Hij grinnikte. 'Verdomd,' zei hij. 'Ik heb hem met zijn geklets te grazen genomen waar het echt iets uithaalde.' Hij lachte naar een boze oude dame die langs hem heen probeerde te glippen. 'Dat slaat toch alles, nietwaar, ma'am?'

Zodra hij thuiskwam, riep Yvette hem. Hij kwam de salon binnen met zijn jas nog aan omdat ze bang klonk. Maar toen hij binnenkwam, zag hij dat ze lachte alsof ze een bovenaardse vreugde had beleefd.

'Luther!'

'Ma'am?' Met één hand maakte hij zijn jas open.

Ze stond te stralen. Isaiah kwam via de eetkamer achter zijn vrouw de salon binnen. Hij zei: 'Goedenavond, Luther.'

'Goedenavond, Mr Giddreaux, sir.'

Isaiah had een geheimzinnig lachje op zijn gezicht toen hij in de leunstoel bij zijn theekopje ging zitten.

'Wat is er?' zei Luther. 'Wat?'

'Heb je een goed 1918 gehad?' vroeg Isaiah.

Luther wendde zijn blik af van Yvettes stralende glimlach en Isaiahs kleine. 'Eh, in feite niet, sir. Ik heb geen goed 1918 gehad. Een beetje veel problemen, als u het wilt weten.'

Isaiah knikte. 'Nu, dat is voorbij.' Hij wierp een blik op de klok op de schoorsteenmantel: tien over half elf. 'Sinds bijna vierentwintig uur.' Hij keek zijn vrouw aan. 'Ach, plaag die jongen nou niet langer, Yvette. Het wordt voor mij al een kwelling.' Hij keek Luther aan met een blik van 'vrouwen!' en zei: 'Kom, geef hem nou aan die jongen.'

Yvette liep de kamer door en nu pas zag Luther dat ze al die tijd al iets achter haar rug hield. Haar lichaam golfde van plezier en haar glimlach gleed hopsa-heisa over haar gezicht.

'Die is voor jou.' Ze boog zich naar hem toe, kuste hem op de wang en stopte een envelop in zijn hand. Ze deed een stap achteruit.

Luther keek omlaag naar de envelop, een eenvoudige, crèmekleurige, in alle opzichten een standaardenvelop. Er midden op zag hij zijn naam staan. Eronder het adres van de Giddreaux'. Hij herkende het handschrift, de manier waarop het zowel strak als krullerig was. Hij herkende het poststempel op de postzegel: Tulsa, Okla. Zijn handen beefden.

Hij keek Yvette in de ogen.

'En als het een afscheid is?' Hij voelde zijn lippen tegen zijn tanden verstrakken.

'Nee, nee,' zei ze. 'Ze heeft al vaarwel gezegd. Je zei dat ze haar hart op slot had gedaan. Een hart dat op slot zit, schrijft geen brieven aan de man die van haar houdt, Luther. Dat doet zo iemand gewoon niet.'

Luther knikte, zijn hoofd al even beverig als de rest van zijn lichaam. Hij dacht aan die kerstavond toen hij haar naam aan de wind had meegegeven.

'Ik – '

Ze keken naar hem.

'Ik ga hem boven lezen,' zei hij.

Yvette gaf een klopje op zijn hand. 'Beloof me alleen dat je niet gaat springen.'

Luther lachte, een geluid dat er hoog uitkwam. Als iets dat werd afgevuurd. 'Ik... dat beloof ik, ma'am.'

Terwijl hij naar boven ging, werd hij door angst bevangen. De angst dat Yvette ongelijk had, dat veel vrouwen wel schreven om afscheid te nemen. Hij dacht eraan de brief op te vouwen en in zijn zak te stoppen, voorlopig niet te lezen. Tot hij steviger in zijn schoenen stond, zeg maar. Maar op het moment dat hij dat dacht, wist hij dat de kans groter was dat hij morgen als blanke zou ontwaken dan dat hij wakker werd met de envelop nog dicht.

Hij ging naar buiten, het dak op, en bleef daar even met gebogen hoofd staan. Hij bad niet, maar echt niet-bidden deed hij ook niet. Hij hield zijn hoofd gebogen, sloot zijn ogen en liet de angst over zich heen komen, zijn grote angst dat hij de rest van zijn leven zonder haar zou moeten.

Kwets me alsjeblieft niet, dacht hij en maakte de envelop voorzichtig open. Net zo voorzichtig haalde hij de envelop eruit. Alsjeblieft, doe het niet. Hij hield hem tussen duim en wijsvinger van elke hand, liet de avondbries zijn tranen drogen en vouwde hem toen open:

Lieve Luther,

Het is koud hier. Ik doe nu de was voor mensen die het in grote grijze zakken van Detroit Avenue hierheen laten brengen. Het is een gunst waar ik tante Marta voor kan bedanken want ik weet dat de mensen hun was op allerlei manieren kunnen laten doen. Tante Marta en oom James zijn mijn redding geweest en ik weet dat zij het instrument van de Heer zijn. Ze zeiden dat ik je moest schrijven dat ze je het beste wensen –

Luther grijnsde, geloofde er geen cent van.

– en hopen dat het je goed gaat. Mijn buik is dik. Het is een jongen, zegt tante Marta, want mijn buik wijst naar rechts. Ik heb dat gevoel ook. Hij heeft grote voeten en schopt. Hij lijkt vast op jou, hij heeft je nodig als zijn vader. Je moet een weg naar huis vinden.

Lila, je vrouw

368

Luther las hem nog zes keer voor hij zeker wist dat hij ademhaalde. Hoe vaak hij zijn ogen ook sloot en opende in de hoop dat ze had ondertekend met 'liefs', dat woord stond er niet in.

En toch... *Je moet een weg naar huis vinden* en *hij heeft je nodig als zijn vader* en *Lieve Luther* en het allerbelangrijkste... *Je vrouw.*

Je vrouw.

Hij keek weer naar de brief, vouwde hem weer open. Hield hem strak tussen zijn vingers.

Je moet je weg naar huis vinden.

Yes, ma'am.

Lieve Luther.

Lieve Lila.

Je vrouw.

Je man.

BABE RUTH
EN DE WITTE BAL

1

Op 15 januari 1919, rond het middaguur, explodeerde de melassetank van de United States Industrial Alcohol Company in North End. Een zwerfkind dat onder de tank stond, verdampte en de melasse stroomde in golven van drie etages hoog het hart van de sloppenwijk in. Gebouwen werden als door een vereelte hand opzij gezet. Het luchtspoor dat langs Commercial liep, werd getroffen door een stuk metaal ter grootte van een vrachtwagen. De draagconstructie begaf het. Een brandweerkazerne werd over een plein heen gesmeten en kwam op zijn kant terecht. Eén brandweerman kwam om, een tiental werd gewond. De oorzaak van de explosie was niet meteen duidelijk, maar burgemeester Peters, de eerste politicus die ter plaatse kwam, stelde dat er weinig twijfel aan bestond dat het de schuld van terroristen was.

Babe Ruth las elk krantenverslag dat hij in handen kreeg. De lange stukken waarin vaak woorden als 'gemeentelijk' en 'infrastructureel' voorkwamen, sloeg hij over, maar verder prikkelde het hem enorm. Verbijsterend. Melasse! Tien miljoen liter! Golven van vijftien meter! De straten van North End, die waren afgesloten voor automobielen, karren en paarden, pikten aan de schoenen van de mensen die er probeerden te lopen. Vliegen vochten in zwermen zo zwart en dik als gekarameliseerde appels voor een stuk plaveisel. Op het plein achter de stadsstallen waren tientallen paarden verminkt door klinknagels die als kogels uit de exploderende tank waren gevlogen. Ze werden gevonden, weggezakt in de smurrie, ze hinnikten afschuwelijk en zagen geen kans op te staan in de kleverige troep. Halverwege de middag accentueerden vijfenveertig schoten uit politiegeweren hun executie als de laatste knallen van een vuurwerkshow. De dode paarden werden met rijdende kranen in de laadbakken van vrachtwagens geladen en naar een lijmfabriek in Somerville gebracht. Op dag vier was de melasse veranderd in zwart marmer en zochten bewoners onder het lopen houvast bij muren en lantaarnpalen.

Er waren zeventien officiële doden en honderden gewonden. Goeie god, hoe moesten ze hebben gekeken toen ze zich omdraaiden en die zwarte golven in de zon omhoog zagen krullen. Babe zat aan de frisdrankbar van Igoe's Drugstore & Creamery op Codman Square te wachten op zijn agent Johnny Igoe. Johnny was achter, waar hij zich opdirkte voor hun bespreking met A.L. Ulmerton, waarbij hij waarschijnlijk te veel vaseline, reukwater en eau de toilette gebruikte. A.L. Ulmerton was de grote baas van Old Gold Cigarettes ('Nog geen kuchje in een karrenvracht!') en hij wilde met Babe praten over eventueel optreden in reclames. En nu zorgde Johnny ervoor dat ze te laat kwamen met dat tuttige gedoe.

Niet dat Babe het heel erg vond, want het gaf hem de tijd nog meer verhalen over de melassevloed en de onmiddellijke reacties erop te lezen: het politieoptreden tegen radicale of subversieve elementen die er mogelijk bij betrokken waren. Agenten van het Bureau of Investigation en agenten van de Bostonse politie hadden deuren ingetrapt bij het hoofdkwartier van de Lettish Workingman's Association, de afdeling Boston van de IWW en bij Reed en Larkins Left Wing van de Socialist Party. Ze vulden overal in de stad de arrestantencellen en stuurden de rest naar de gevangenis in Charles Street.

In de arrondissementsrechtbank van Suffolk werden vijfenzestig subversieve elementen voorgeleid aan rechter Wendell Trout. Trout gaf de politie opdracht iedereen vrij te laten tegen wie geen formele aanklacht was ingediend, maar tekende achttien deportatiebevelen voor degenen die niet konden aantonen dat ze burgers van de Verenigde Staten waren. Verder werden tientallen mensen vastgehouden zolang het ministerie van Justitie onderzoek deed naar hun immigratiestatus en crimineel verleden, acties die in de ogen van Babe, maar niet van iedereen, volstrekt redelijk waren. Toen vakbondsjurist James Vahey, tweemaal kandidaat voor het gouverneurschap van de Commonwealth, voor de Federale Magistraat aanvoerde dat internering van mensen die niet werden beschuldigd van enig misdrijf in strijd met de grondwet was, kreeg hij een uitbrander vanwege zijn scherpe toon en liepen de rechtszaken door tot februari.

In de *Traveler* van deze morgen stond een fotoreportage die de pagina's vier tot en met zeven besloeg. Ook al konden de autoriteiten nog niet bevestigen dat ze met hun grote net de verantwoordelijke terroristen hadden gevangen, iets wat Babe goed kwaad maakte, zijn woede laaide maar heel kort op omdat die werd weggedrukt door een verrukkelijke, kriebelende huivering die tegen het bovenste deel van zijn ruggengraat bonkte wanneer hij naar de ravage keek: een hele buurt in stukken en heen en weer gesmeten en gesmoord in de zwartstalen overstroming van die vloeibare massa. Foto's van de verfrommelde brandweerkazerne werden gevolgd door een foto van lichamen die als bruine broden langs Commercial Road opgestapeld lagen en een van twee Rode Kruismedewerkers die tegen een ambulance geleund stonden, de ene met een hand voor zijn gezicht en een sigaret tussen de lippen. Er was een foto van brandweerlieden die een rij vormden om het puin weg te halen en bij hun collega's te komen. Een dood varken midden op een pleintje. Een oude man op een bordes met zijn hoofd rustend in een druipende hand. Een doodlopende straat met de donkere stroom tot aan de deurkloppers en stenen en glas en hout op het oppervlak meedrijvend. En de mensen: dienders en brandweerlieden en het Rode Kruis en dokters en immigranten met hun omslagdoeken en hoeden en iedereen met dezelfde gelaatsuitdrukking: hoe is dit in godsnaam gebeurd?

Babe zag die uitdrukking de laatste tijd steeds vaker. Niet om een of andere duidelijke reden. Gewoon in het algemeen. Het was of ze allemaal over deze krankzinnige wereld rondliepen, probeerden de vrede te bewaren maar wisten dat ze dat niet konden, gewoon niet. Een deel van hen wachtte dus tot die wereld bij een tweede poging achter hen opdook en gewoon over hen heen rolde en hen – ten slotte – doorstuurde naar de volgende.

En week later weer een onderhandelingsronde met Harry Frazee. Frazees kantoor stonk naar hoerenkastparfum en oud geld. De parfumlucht kwam van Kat Lawson, een actrice die optrad in een van de vijf, zes shows die Frazee op dat moment in Boston op de planken had staan. De hare heette *Laddy, Be Happy* en was, zoals alle Frazee-producties, een lichte, romantische klucht die avond na avond voor een zaal met alleen staanplaatsen werd vertoond. Ruth had dit stuk gezien, toen hij zich door Helen vlak na Nieuwjaar had laten meeslepen, ook al had Frazee, getrouw de geruchten van zijn Joodse achtergrond, geweigerd de kaartjes te vergoeden. Ruth was gedwongen geweest een verontrustende ervaring uit te zitten die inhield dat hij op de vijfde rij de hand van zijn vrouw moest vasthouden terwijl hij keek naar een andere vrouw met wie hij het bed had gedeeld (drie keer om precies te zijn) en die over het toneel daverde in de rol van een onschuldige schoonmaakster die ervan droomde het tot revuemeisje te kunnen brengen. Het obstakel op de weg naar die droom was Seamus, haar foute Ierse nietsnut van een echtgenoot en de 'laddy' uit de titel. Aan het eind van het stuk stelt de schoonmaakster zich tevreden met de rol van revuemeisje bij haar in de buurt en haar 'laddy' heeft vrede met haar luchtkastelen zolang die zich op lokaal niveau blijven afspelen en vindt zelfs een baantje. Helen stond op na het laatste nummer, een reprise van 'Shine My Star, I'll Shine Your Floors' door de voltallige bezetting en Ruth klapte, hoewel hij er zeker van was dat Kat hem vorig jaar platjes had bezorgd. Het leek hem verkeerd dat een vrouw zo rein als Helen stond te klappen en te joelen voor een vrouw zo verdorven als Kat, en eerlijk gezegd had hij nog steeds goed de pest in dat hij de kaartjes niet vergoed kreeg.

Kat Lawson zat op een leren bank onder een groot schilderij van jachthonden. Ze had een tijdschrift op schoot liggen en ze gebruikte de spiegel van haar poederdoos bij het bijwerken van haar lippenstift. Harry Frazee dacht dat hij de enige was die zijn vrouw bedroog en dat Kat een bezit was waar Ruth en de andere Sox-spelers (van wie de meesten minstens één keer met haar naar bed waren geweest) hem om zouden benijden. Harry Frazee was een idioot en de enige bevestiging die Ruth daarvoor nodig had was het feit dat de man zijn maîtresse aanwezig liet zijn bij de contractonderhandelingen.

Ruth en Johnny Igoe namen plaats voor Frazees bureau en wachtten tot die Kat de kamer uit zou bonjouren, maar Frazee maakte duidelijk dat ze bleef waar ze was toen hij tegen haar zei: 'Wil je nog iets hebben, schat, voor deze heren en ik over zaken gaan praten?'

'Nee, hoor,' zei Kat, smakte met haar lippen en klapte de poederdoos dicht.

Frazee knikte en ging achter zijn bureau zitten. Hij keek Ruth en Johnny Igoe aan en trok zijn manchetten tevoorschijn, klaar om ter zake komen. 'Dus ik begrijp dat – '

'O, snoes,' zei Kat, 'kun je me een limonade bezorgen? Dank je, je bent super.'

Een limonade. Het was februari en de koudste dag van de koudste winter tot nu toe. Zo koud dat Ruth had gehoord dat de kinderen schaatsten op de bevroren melasse in North End. En zij wilde limonade.

Harry Frazee vertrok geen spier toen hij de knop van de intercom indrukte en zei: 'Doris, wil jij Chappy eropuit sturen voor een limonade?'

Kat wachtte tot hij de knop losliet en achterover leunde.

'O, en een ei-en-ui.'

Harry Frazee boog zich weer naar voren. 'Doris? Zeg tegen Chappy dat hij ook een sandwich ei-en-ui meeneemt. Graag.' Hij keek weer naar Kat, maar die zat weer in haar tijdschrift. Hij wachtte een paar tellen en liet de knop van de intercom los.

'Zo,' zei hij.

'Zo,' zei Johnny Igoe.

Frazee spreidde zijn handen en wachtte, trok een wenkbrauw op tot een vraagteken.

'Hebt u al nagedacht over ons aanbod?' vroeg Johnny.

Frazee pakte Ruths contract van zijn bureau en hield het op. 'Dit is iets dat jullie allebei goed kennen, neem ik aan. Mr Ruth, je bent dit seizoen gecontracteerd voor zevenduizend dollar. Glashelder. Er is een band gesmeed. Ik verwacht dat je je eraan houdt.'

Johnny Igoe zei: 'Gezien Gidges vorige seizoen en zijn werpen in de Series en, als ik dat mag noemen, de explosieve stijging van de kosten van levensonderhoud sinds het eind van de oorlog, vinden wij het niet meer dan redelijk om de overeenkomst te herzien. Met andere woorden, die zevenduizend zijn aan de magere kant.'

Frazee zuchtte en legde het contract neer. 'Ik heb je aan het eind van het seizoen een bonus gegeven, Mr Ruth. Dat hoefde ik niet te doen, maar toch heb ik het gedaan. En nog is het niet genoeg?'

Johnny Igoe begon op zijn vingers punten af te tellen. 'U hebt Lewis en Shore verkocht aan de Yanks. U hebt Dutch Leonard naar Cleveland geloosd. U hebt Whiteman laten gaan.'

Babe schoot rechtop. 'Whiteman weg?'

Johnny knikte. 'U zwemt in het geld, Mr Frazee. Uw shows zijn allemaal kaskrakers, u – '

'En om die reden zou ik opnieuw moeten onderhandelen over een contract dat in goed vertrouwen is opgesteld door echte mannen? Wat is dat voor principe? Wat is dat voor gedragscode, Mr Igoe? Voor het geval u het nieuws niet hebt bijgehouden, ik ben verwikkeld in een strijd met voorzitter Johnson. Ik knok voor teruggave van de World Series-medailles aan ons. Die medailles worden ons onthouden omdat die jongen van u zo nodig voor Game Five moest gaan staken.'

'Daar had ik niks mee te maken,' zei Babe. 'Ik wist niet eens wat er aan de hand was.'

Johnny kalmeerde hem met een hand op zijn knie.

Kat liet zich vanaf de bank horen: 'Snoes, kun je Chappy ook nog vragen om me – '

'Ssstt,' zei Frazee. 'We bespreken zaken, losbolletje.' Hij wendde zich weer tot Ruth terwijl Kat een sigaret opstak en de rook venijnig tussen haar dikke lippen door blies. 'Je hebt een contract voor zevenduizend dollar. Daarmee ben je een van de bestbetaalde spelers. Dus wat wil je nou?' Frazee hief geërgerd zijn handen op naar het raam, de stad erachter, de drukte in Tremont Street en het theaterdistrict.

'Wat ik waard ben,' zei Babe, die weigerde te buigen voor deze slavendrijver, deze zogenaamde Big Noise, deze theaterman. Afgelopen donderdag hadden in Seattle vijfendertigduizend werfmedewerkers het werk neergelegd om te gaan staken, en net toen het stadsbestuur probeerde dat in te perken, liepen weer vijfentwintigduizend arbeiders de poort uit om uit sympathie mee te staken. Het leven in Seattle kwam tot stilstand: geen trams, geen ijsverkopers of melkboeren, niemand die het vuilnis kwam ophalen, niemand om de kantoorgebouwen schoon te houden of de liften te bedienen.

Babe verwachtte dat dit nog maar het begin was. Deze morgen hadden de kranten bericht dat de rechter die onderzoek deed naar het instorten van de melassetank bij USIA had geconcludeerd dat de oorzaak van de explosie niet bij anarchisten moest worden gezocht maar bij nonchalance van het bedrijf en de ontoereikende inspectieregels die de stad had opgesteld. USIA was halsoverkop bezig om te schakelen van de distillatie van melasse voor industrieel naar commercieel gebruik, had de zwak geconstrueerde tank overvuld en er niet op gerekend dat de voor half januari ongewoon hoge temperaturen de melasse zouden doen uitzetten. USIA wees het voorlopige rapport natuurlijk kwaad van de hand en ging in de aanval door te stellen dat de verantwoordelijke terroristen nog op vrije voeten waren en dat de schoonmaakkosten dus voor rekening van de stad en de belastingbetalers waren. Oooo, Babe kreeg het er warm van onder zijn boord. Die bazen, die slavendrijvers. Misschien hadden die kerels van dat kroeggevecht in het Castle Square Hotel een paar maanden geleden gelijk gehad: de arbeiders van deze wereld waren het zat 'Yes, sir' en 'No, sir' te zeggen. Terwijl Ruth over het bureau naar Harry Frazee zat te kijken, werd hij overspoeld door een indrukwekkende golf van broederlijke gevoelens voor zijn medearbeiders waar dan ook, zijn medeburgers-slachtoffers. Het werd tijd dat het grote geld ter verantwoording werd geroepen.

'Ik wil dat u me betaalt wat ik waard ben,' herhaalde hij.

'En hoeveel is dat precies?'

Nu was het Babe's beurt om een hand op Johnny's knie te leggen. 'Vijftien voor één of dertig voor drie.'

Frazee lachte. 'Je wilt vijftienduizend voor één jaar?'

'Of dertig voor drie.' Babe knikte.

'En als ik je nou eens verkocht?'

Dat bracht een schok teweeg. Verkopen? Jezus christus. Iedereen wist wat een dikke maatjes Frazee was geworden met Colonel Rupert en Colonel Huston, de eigenaars van de Yankees. Maar de Yankees woonden in de kelder, waren een ploeg die nog niet in de buurt kwam van meedoen in de Series. En als het niet de Yanks waren, wie dan wel? Baltimore weer? Philadelphia? Babe wilde niet verkassen. Hij had net een appartement gehuurd aan Governor's Square. Hij had het mooi geregeld: Helen in Sudbury, hij in de stad. Hij had deze stad in zijn zak: wanneer hij op straat liep, riepen mensen zijn naam, kinderen zaten hem achterna, vrouwen knipperden met hun ogen. Maar in New York daarentegen zou hij ondergaan in de massa. Maar wanneer hij weer aan zijn broeders, de arbeiders dacht, aan Seattle, aan de arme doden die in de melasse ronddreven, wist hij dat de kwestie groter was dan zijn eigen angst.

'Verkoop me dan maar,' zei hij.

De woorden overrompelden hem. Dat was zeker het geval bij Johnny Igoe and Harry Frazee. Babe keek Frazee strak aan, liet hem een vastbeslotenheid zien die (zo hoopte hij) tweemaal zo krachtig overkwam door de moeite die het hem kostte de angst die erachter lag, onder controle te houden.

'Of weet je wat?' zei Babe. 'Misschien stop ik wel helemaal.'

'En wat ga je dan doen?' Frazee schudde zijn hoofd en rolde met zijn ogen.

'Johnny,' zei Babe.

Johnny Igoe schraapte zijn keel. 'Gidge is door diverse partijen benaderd die geloven dat hem een grote toekomst wacht op het toneel of in de film.'

'Een *acteur*,' zei Frazee.

'Of bokser,' zei Johnny Igoe. 'Vanuit die hoek komen er ook heel wat aanbiedingen, Mr Frazee.'

Frazee lachte. Het was een kort ezelgebalk. Hij rolde met zijn ogen. 'Als ik een duppie kreeg voor elke keer dat een acteur me halverwege een show aan boord komt met verhalen over andere aanbiedingen, nou dan had ik nu een eigen land.' Zijn donkere ogen glinsterden. 'Je houdt

379

je aan je contract.' Hij haalde een sigaar uit de humidor op zijn bureau, knipte het eind eraf en wees ermee naar Ruth. 'Je werkt voor mij.'

'Niet voor een nikkerloontje, o nee.' Babe stond op en pakte zijn jas van beverbont van de haak aan de muur bij Kat Lawson. Hij pakte ook die van Johnny en gooide die door de kamer naar hem toe. Frazee stak zijn sigaar aan en keek toe. Babe trok zijn jas aan. Hij knoopte hem dicht, boog zich over Kat heen en gaf haar een dikke pakkerd op haar snoet.

'Altijd blij je te zien, pop.'

Kat leek geschokt, alsof hij met zijn hand over haar borst of zo was gegaan.

'Ga je mee, Johnny?'

Johnny liep naar de deur, even geschokt als Kat.

'Als je die deur doorgaat,' zei Frazee, 'zien we elkaar weer in de rechtszaal, Gidge.'

'Dan wordt het de rechtszaal.' Babe haalde zijn schouders op. 'Waar je me dan niet zal zien, *Harry,* in zo'n klote Red Sox-pakje.'

Op 22 februari deden agenten van de explosievendienst van de NYPD en agenten van de Secret Service een inval in een appartement op Lexington Avenue waar ze veertien Spaanse radicalen van de Groupa Pro Prensa arresteerden en beschuldigden van het beramen van een moordaanslag op de president van de Verenigde Staten. De aanslag had de dag erop moeten plaatsvinden in Boston, waar president Wilson zou aankomen uit Parijs.

Burgemeester Peters had voor de hele stad een vrije dag uitgeroepen om de aankomst van de president te vieren, en de nodige stappen ondernomen voor het houden van een parade, ook al had de Secret Service de route van de Commonwealth Pier naar het Copley Plaza Hotel geheim verklaard. Na de arrestaties in New York werd het bevel gegeven dat alle ramen in de stad gesloten moesten blijven en federale agenten met geweren lagen op de daken van Summer Street, Beacon, Charles, Arlington, Commonwealth Avenue en Dartmouth Street.

Diverse kranten meldden als eindpunt van Peters' 'geheime' parade City Hall, Pemberton Square, Sudbury Square en Washington Street, maar Ruth slenterde naar het State House omdat iedereen daarheen leek te gaan. Je kreeg niet elke dag de kans een president te zien, maar hij hoopte dat als iemand ooit zou proberen hém een keer te vermoorden, de gevestigde macht er beter in zou slagen zijn bewegingen geheim te houden. De stoet auto's met Wilson rolde klokslag twaalf uur Park

Street in en sloeg bij het State House linksaf naar Beacon Avenue. Op het grasveld van het Common-park aan de overkant van de straat verbrandde een stel maffe suffragettes hun jarretelgordels en korsetten en zelfs een paar bustehouders en riepen: 'Geen stem, geen staatsburger! Geen stem, geen staatsburger!' De rook van hun brandstapel steeg omhoog en Wilson keek strak voor zich uit. Hij was kleiner dan Ruth had verwacht, ieler ook zoals hij achter in die open sedan zat en stijfjes naar het publiek wuifde: één korte polsbeweging naar de linker- en één naar de rechterkant van de straat, terug naar de linkerkant, terwijl zijn ogen nooit met iets anders contact maakten dan met hoge ramen en boomtoppen. Dat was waarschijnlijk wel zo verstandig, want Ruth zag een dichte menigte ruige, met vuil bedekte mannen die door de politie langs Joy Street bij de ingang van het Common-park werden tegengehouden. Het moesten er duizenden zijn. Ze hielden spandoeken op die aangaven dat ze de Lawrence Stakingsparade waren, en ze schreeuwden lelijke dingen naar de president en de politie toen de dienders probeerden hen terug te duwen. Ruth grinnikte toen de suffragettes achter de stoet auto's aan renden en nog steeds over het stemmen schreeuwden, met blote benen die rauw waren van de kou omdat ze hun onderbroeken ook hadden verbrand. Hij stak de straat over en liep langs hun stapel brandende kledingstukken terwijl de auto's over Beacon Street reden. Halverwege het Common-park hoorde hij angstige kreten uit de menigte opstijgen en toen hij zich omdraaide zag hij hoe de Lawrence-stakers het aan de stok hadden met de politie, met veel gestruikel en onhandige vuistslagen en stemmen die uitschoten van woede.

Verdomd, dacht Ruth, de hele wereld is aan het staken.

De stoet auto's dook voor hem op en gleed langzaam Charles Street door. Hij liep op zijn gemak verder en volgde ze door de mensenmassa terwijl de auto's om het park heen reden en daarna over Commonwealth Avenue. Onderweg deelde hij wat handtekeningen uit, schudde een paar handen, maar het was prettig dat zijn eigen roem kleiner werd in het licht van een zoveel grotere ster. Deze middag waren de mensen minder opdringerig en kleverig, alsof Babe in het stralende licht van Wilsons roem iemand uit het gewone volk was. Hij mocht dan beroemd zijn, hij was niet de reden dat er geweren op hun hoofden gericht waren. Dat was een smerig soort roem. Zijn roem was een vriendelijk soort roem, gewone roem.

Maar tegen de tijd dat Wilson op Copley Square een podium beklom, begon het Babe te vervelen. De president had dan wel veel macht en kennis uit boeken en zo, maar van spreken in het openbaar had hij geen kaas gegeten. Je moest er een show van maken, een beetje herrie hier, een beetje poeha daar, een paar grapjes ertussendoor, zorgen dat ze dachten dat je net zoveel plezier beleefde aan hun gezelschap als zij aan het jouwe. Maar Wilson maakte een vermoeide indruk zoals hij daar met een dunne, schrille stem doorzeurde over de Volkenbond zus en de nieuwe wereldorde zo en de grote verantwoordelijkheden die de consequentie zijn van veel macht en veel vrijheid. Met al zijn grote woorden en ideeën rook hij naar verslagenheid, naar verschaaldheid en vermoeidheid en iets dat onherstelbaar kapot was. Ruth werkte zich los uit de mensenmassa, zette aan de rand ervan nog twee handtekeningen en liep daarna Tremont Street in op zoek naar een steak.

Een paar uur later kwam hij bij zijn appartement waar hij Harry Frazee in de hal op hem vond wachten. De portier ging weer naar buiten, Ruth drukte op de knop en ging bij de koperen liftdeuren staan.

'Ik zag je staan bij de toespraak van de president,' zei Frazee, 'maar ik kon je niet bereiken.'

'Ja, het was dringen,' zei Ruth.

'Het zou mooi zijn als onze geliefde president de pers net zo kon bespelen als jij doet, Mr Ruth.'

Babe slikte de grijns weg die over zijn gezicht dreigde te sluipen. Dat moest hij Johnny Igoe toegeven: Johnny had Babe naar weeshuizen en ziekenhuizen en oude-damestehuizen gestuurd en de kranten hadden het gevreten. Er waren mannen uit Los Angeles komen vliegen voor screentests met Babe, en Johnny had de aanbiedingen die de filmindustrie deed tegenover Babe aangedikt. In feite was het enige dat Babe deze week geen voorpaginanieuws maakte de terugkeer van Wilson. Zelfs de moord op de eerste minister van Beieren zakte naar beneden op de voorpagina toen werd aangekondigd dat Babe een contract had afgesloten voor de hoofdrol in een korte film getiteld *The Dough Kiss*. Op de vraag van reporters of hij nou wel of niet naar de voorjaarstraining ging, gaf Babe steeds hetzelfde antwoord: 'Wanneer Mr Frazee vindt dat ik een redelijk salaris waard ben, zal ik erbij zijn.'

Dat was drie weken voor de voorjaarstraining.

Frazee schraapte zijn keel. 'Ik betaal je wat je vraagt.'

Babe draaide zich om en hun blikken kruisten elkaar. Frazee gaf een kort knikje. 'Het contract is opgesteld. Je kunt het morgenochtend bij mij op kantoor komen tekenen.' En met een dun lachje: 'Deze ronde heb je gewonnen, Mr Ruth. Geniet ervan.'

'Oké, Harry.'

Frazee kwam dicht bij hem staan. Hij rook lekker, een geur die Ruth associeerde met de heel rijken, de mensen die dingen wisten die hij nooit te weten zou komen en op een manier die verderging dan geheime handdrukken. Zij bestuurden de wereld, mannen zoals Frazee, omdat ze iets begrepen wat Babe en mannen zoals hij altijd zou ontgaan: geld. Zij planden de bewegingen, zij konden het moment voorspellen van de overgang van de ene in de andere hand. Zij wisten ook andere dingen die Babe niet wist, over boeken en kunst en de geschiedenis van de aarde. Maar om geld draaide het en dat hadden die lui gewoon.

Zo heel af en toe was je ze even de baas.

'Veel plezier bij de voorjaarstraining,' zei Harry Frazee tegen Babe toen de liftdeuren opengingen. 'Geniet van Tampa.'

'Dat zal nu wel lukken,' zei Babe die het helemaal voor zich zag, de aangolvende hitte, de languissante vrouwen.

De liftbediende wachtte.

Harry Frazee haalde een rol geld, bijeengehouden door een gouden klem, tevoorschijn. Hij pelde er een aantal twintigjes af terwijl de portier de deur opende en een vrouw die op de zesde woonde, een knappe dame die geen gebrek aan vrijers had, over de marmeren vloer met tikkende hakjes kwam aangelopen.

'Ik begrijp dat je geld nodig hebt.'

'Mr Frazee, ik kan best wachten tot het contract is getekend.'

'Daar wil ik niets van horen. Wanneer een van mijn mensen betalingsproblemen heeft, stel ik me ten doel hem te helpen.'

Babe stak een hand op. 'Ik heb ruim voldoende geld, Mr Frazee.'

Babe probeerde een stap achteruit te doen maar hij was te laat. Harry Frazee propte het geld in de binnenzak van Babe's jas onder het oog van de liftbediende; en de portier en de knappe vrouw van de zesde zagen het ook.

'Je bent elke cent waard,' zei Harry Frazee, 'en ik zou het afschuwelijk vinden als je een maaltijd moest overslaan.'

Babe's wangen stonden in brand en hij stak een hand in zijn zak om het geld terug te geven.

Frazee liep weg. De portier kwam aangedraafd om op tijd te zijn. Hij hield de deur voor hem open en Frazee tikte aan zijn hoed en liep de avond in.

Ruth ving de blik van de vrouw op. Ze boog haar hoofd en stapte de lift in.

'Een grapje,' zei Ruth terwijl hij ook instapte. De liftbediende sloot de deur en bediende de hendel. 'Gewoon een grapje.'

Ze glimlachte en knikte, maar hij kon zien dat ze met hem te doen had.

Toen hij thuis was, belde hij Kat Lawson. Hij kreeg haar zover dat ze naar Hotel Buckminster kwam voor een borrel en na het vierde rondje nam hij haar mee naar een kamer en neukte haar tot ze scheel zag. Een halfuur later neukte hij haar weer, op zijn hondjes, en fluisterde hij haar de smerigste dingen die hij kon bedenken in haar oor. Daarna viel ze op haar buik in slaap en haar lippen spraken zachtjes tegen iemand in haar droom. Hij stond op en kleedde zich aan. Buiten zag hij de Charles stromen met erachter de lichtjes van Cambridge die knipoogden en toekeken. Kat snurkte zachtjes toen hij zijn jas aantrok. Hij stak een hand in de binnenzak en legde Harry Frazees geld op de commode en ging de kamer uit.

West Camden Street, Baltimore.

Ruth stond op het trottoir voor wat vroeger het café van zijn vader was. Het was nu gesloten, noodlijdend, achter een van de stoffige ramen hing scheef een zinken reclamebord voor Pabst. Boven het café was de woning die hij had gedeeld met zijn ouders en zijn zuster Mamie, die nog een peuter was toen hij naar Saint Mary's werd gestuurd.

Thuis, zou je kunnen zeggen.

Maar Babe's herinneringen eraan als 'thuis' waren vaag. Van de buitenmuur herinnerde hij zich dat hij er had leren dobbelen. Hij wist nog dat het in het café en de woning erboven altijd naar bier rook; de lucht kwam naar boven door het toilet en de afvoer van het bad, woonde in de kieren van de vloer en in de muren.

Thuis was in feite St. Mary's. West Camden Street was een idee. Een krijtcirkel.

Ik ben hierheen gekomen, dacht Babe, om jullie te vertellen dat ik het heb gemaakt. Ik ben Groot Nieuws. Ik ga dit jaar tienduizend dollar verdienen en Johnny zegt dat hij er nog tienduizend bij kan krijgen aan advertentie-inkomsten. Mijn gezicht komt op het soort blikken bord te staan dat je achter het raam hebt hangen. Maar je zou mij niet hebben opgehangen, hè? Daar zou je te trots voor zijn geweest. Te trots om te erkennen dat je een zoon had die in een jaar meer geld verdient dan jij in tien. De zoon die je hebt weggestuurd en geprobeerd te vergeten. George junior. Herinner je je hem nog?

Nee, ik ben dood. En je moeder ook. Laat ons met rust.

Babe knikte.

Ik ga naar Tampa, George senior. Voorjaarstraining. Ik dacht, ik ga even langs om te laten zien dat ik iets van mijn leven heb gemaakt.

Iets van je leven hebt gemaakt? Je kan amper lezen. Je neukt hoeren. Je krijgt een hoerenloon om een hoerensport te spelen. Een sport. Geen arbeid. Een spel.

Ik ben Babe Ruth.

Je bent George Herman Ruth Junior, en ik zou je het werk achter de tap niet toevertrouwen. Je zou de opbrengst verdrinken en vergeten af te sluiten. Niemand hier zou willen luisteren naar je gepoch, jong, je branieverhalen. Ga dat spelletje van je spelen. Dit is niet langer je thuis.

Wanneer was dat?

Babe keek omhoog naar de gevel. Hij dacht eraan op de stoep te spugen, dezelfde stoep waarop zijn vader was omgekomen door een hoofd als een gebarsten meloen. Maar hij deed het niet. Hij rolde het allemaal op, zijn vader, zijn moeder, zijn zuster Mamie die hij al een halfjaar niet meer had gesproken, zijn dode broer, zijn leven hier... hij rolde het allemaal op als een tapijt en gooide het over zijn schouder.

Vaarwel.

Let maar op dat je bij het weggaan de deur niet tegen je dikke kont krijgt.

Ik ga.

Nou, ga dan.

Ik ga.

Loop dan.

Dat deed hij. Hij stopte zijn handen in zijn zakken en liep de straat door naar de taxi die hij met draaiende motor op de hoek had laten wachten. Het voelde alsof hij niet alleen West Camden Street verliet, of Baltimore. Hij voer weg van een heel land, het moederland dat hem zijn naam en zijn karakter had gegeven, en dat hem nu geheel onbekend was, vreemde as nu.

Plant Field in Tampa werd omgeven door een renbaan die al twee jaar niet meer werd gebruikt maar nog altijd naar paardenmest stonk toen de Giants naar de stad kwamen voor een vriendschappelijke wedstrijd tegen de Red Sox en de witte-balregel voor het eerst in werking trad.

De invoering van de witte-balregel was een grote verrassing. Zelfs coach Barrow had niet geweten dat die zo snel zou komen. De geruchten die in de leagues rondzongen hielden in dat de nieuwe regel pas zou ingaan op Opening Day, maar de hoofdumpire, Xavier Long, kwam vlak voor de wedstrijd de dug-out in om te zeggen dat het vandaag zover was.

'In opdracht van Mister Ban Johnson nog wel. Heeft zelfs de eerste zak geleverd. Ja ja.'

Toen de umpires die zak op de slagplaats leegden, kwam de helft van de jongens, Babe incluis, de dug-out uit om zich te vergapen aan de romige lichtheid van het leer, het strakke rode stiksel. Godsamme, het was of je naar een stapel nieuwe ogen keek. Ze waren zo levend, zo schoon, zo wit.

Major League Baseball had tot dan toe voorgeschreven dat de thuisploeg voor elke wedstrijd de ballen moest leveren, maar er was nooit bij gezegd in welke staat die ballen moesten zijn. Zolang de vellen er niet bij hingen en er geen duidelijke deuken in zaten, kon ermee gespeeld worden en werd er ook mee gespeeld, tot ze over een muur werden geslagen of het leer losliet.

Witte ballen waren dingen die Ruth kende van Opening Day in de eerste innings, maar tegen het eind van de eerste game was die bal meestal bruin. En aan het eind van drie games kon die bal onzichtbaar worden in de vacht van een grijze eekhoorn.

Maar die grijze ballen hadden het afgelopen jaar twee mannen bijna gedood. Honus Sukalowski had er een tegen zijn slaap gekregen en daarna nooit meer normaal gesproken. Bobby Kestler had er ook een tegen zijn hoofd gekregen en sindsdien geen knuppel meer aangeraakt. Whit Owens, de pitcher die Sukalowksi had geraakt, was uit het honkbal gestapt omdat hij zich schuldig voelde. Dat waren drie man in één jaar, en dan ook nog tijdens de oorlog.

Ruth stond op links en zag de derde uitbal van de game in een boog als een vuurpijl op hem af komen, het slachtoffer van zijn eigen virtuositeit. Hij floot terwijl hij hem ving. Toen hij op een drafje terugkeerde naar de dug-out, vonden Gods vingers zijn borst.

Het is een nieuwe sport.

Dat kun je niet vaak genoeg zeggen.

Het is nu jouw sport, Babe. Helemaal van jou.

Weet ik. Heb je gezien hoe wit die bal is? Hij is zo... wit!

Een blinde kan hem raken, Babe.

Wéét ik. Een blind kind. Een blind meisje.

Het is geen pitchersport meer, Babe. Het is een slagmannensport.

Slagman. Tof woord, baas. Ben er zelf altijd dol op geweest.

Verander de sport, Babe. Verander de sport en bevrijd jezelf.

Waarvan?

Dat weet je wel.

Babe wist het niet, maar had een vaag idee, dus zei hij: 'Oké.'

'Tegen wie heb je het?' vroeg Stuffy McInnis toen hij bij de dug-out was.

'God.'

Stuffy spuwde wat tabak in het stof. 'Zeg maar tegen Hem dat ik Mary Pickford wil hebben in het Belleview Hotel.'

Babe raapte zijn knuppel op. 'Ik zal zien wat ik doen kan.'

'Dinsdagavond.'

Babe veegde zijn knuppel schoon. 'Ja, dat is een vrije dag.'

Stuffy knikte. 'Om een uur of zes.'

Babe liep naar het slagperk.

'Gidge.'

Babe keek achterom naar hem. 'Wil je me "Babe" noemen?'

'Ja, natuurlijk. Zeg tegen God dat hij tegen Mary zegt dat ze een vriendin moet meenemen.'

Babe liep het slagperk in.

'En bier!' riep Stuffy.

Columbia George Smith stond voor de Giants op de heuvel en zijn eerste worp was laag en te dichtbij, en Babe onderdrukte een gegiechel toen de bal over de teen van zijn linkervoet vloog. Jezus, je kon de stiksels tellen. Lew McCarty gooide de bal terug naar de pitcher en Columbia George wierp een boogbal die langs Babe's dijen siste en een slag was. Babe had goed opgelet bij die worp omdat het betekende dat Columbia George bezig was met trappenlopen. De volgende worp zou een *splitter* zijn: riemhoog en een fractie te krap, en Babe zou moeten slaan, maar missen als hij wilde dat George de grote klapper zou gooien. Dus zwaaide hij de knuppel en probeerde hij zelfs te missen en met een fouttip sloeg hij de bal over het hoofd van McCarty heen. Babe stapte even uit het slagperk en Xavier Long nam de bal aan van McCarty en bestudeerde hem. Hij veegde hem af met zijn hand en daarna zijn mouw en vond iets wat hem niet beviel, want hij stopte hem in zijn buidel en kwam terug met een fonkelnieuwe bal. Hij gaf hem aan McCarty en die lanceerde hem weer naar Columbia George.

Wat een land!

Babe stapte weer in het slagperk. Hij probeerde het binnenpretje uit zijn ogen te houden. Columbia George begon aan zijn vrije stand en ja hoor, zijn gezicht schroefde zich in die grimas die altijd verried dat hij een kogel ging afvuren, en Babe reageerde er slechts op met een slaperig lachje.

Hij hoorde geen gejoel toen hij die hagelwitte bal richting Tampazon joeg. Geen gejoel en geen ooh's en aah's.

Stilte. Een stilte zo intens dat het enige geluid dat de stilte kon vullen de echo van zijn knuppel tegen de koeienhuid was. Elke hoofd op Plant Field draaide mee om te zien waar die wonderbaarlijke bal zo snel en zo hoog en zo ver heen vloog dat hij geen tijd had om zijn schaduw te werpen.

Toen hij aan de andere kant van de muur van het rechterveld neerkwam, 150 meter van de thuisplaat, stuiterde hij van de renbaan en rolde nog een tijdje door.

Na de wedstrijd kwam een van de sportverslaggevers Babe en coach Barrow vertellen dat ze waren gaan meten en dat ze waren uitgekomen op 176 meter voor de bal in het gras helemaal tot stilstand was gekomen. 176 Meter, verdorie bijna twee voetbalvelden.

Maar op dat moment, terwijl de bal zonder schaduw omhoogklom in een blauwe lucht en een witte zon en hij zijn knuppel liet vallen en langzaam naar het eerste honk draafde, de bal nakeek en wilde dat hij verder en sneller ging dan wat dan ook ooit kon, of had gedaan of misschien binnenkort nog zou doen, zag Babe het meest bizarre dat hij van zijn leven had gezien: zijn vader die boven op die bal zat. Hij vloog erop mee, hield zich vast aan de stiknaden, drukte zijn knieën tegen het leer, en zijn vader tuimelde op die bal rond en rond in de ruimte. Hij jammerde, die vader van hem. Hij keek met een van angst vertrokken gezicht op. Tranen vielen uit zijn ogen, dikke tranen, en hete, nam Babe aan. Tot hij, net als de bal, uit het zicht verdween.

Honderdzesenzeventig meter, zeiden ze tegen Ruth.

Ruth lachte, omdat hij zijn vader voor zich zag, niet de bal. Helemaal verdwenen. Begraven in het gras. Begraven op Plant Field, Tampa.

Kwam nooit meer terug.

2

Er was één punt waarop Danny iets positiefs over de nieuwe hoofdcommissaris kon zeggen: de man hield zich aan zijn woord. Toen de melassevloedgolf door het hart van zijn buurt trok, bracht Danny de week zestig kilometer verderop door bij een fabrieksstaking in Haverhill. Toen de arbeiders weer in het gareel waren gebracht, verhuisde hij voor tien dagen naar een staking bij een visverwerkingsbedrijf in Charlestown. Die drensde langzaam uit omdat de landelijke vakbond steun weigerde, want ze vond dat de arbeiders niet geschoold waren. Daarna werd Danny uitgeleend aan de politie in Lawrence voor een staking van textielarbeiders die al drie maanden duurde en al twee doden had geëist, onder wie een vakbondsleider die door de mond was geschoten toen hij een kapperszaak verliet.

Tijdens deze stakingen en die welke eind winter, begin lente volgden – een klokkenfabriek in Waltham, onder monteurs in Roslindale, bij een fabriek in Framingham – werd Danny bespogen, uitgejouwd en uitgemaakt voor nikker en hoer en lakei en etter. Hij werd gekrabd, geslagen, getroffen door eieren, geslagen met stokken en één keer, in Framingham, kreeg hij een baksteen tegen zijn schouder. In Roslindale kregen de monteurs hun loonsverhoging, maar geen ziekengeld. In Everett kregen de arbeiders in de schoenenfabriek de helft van de gevraagde loonsverhoging, maar geen pensioen. De staking in Framingham werd gebroken door de komst van busladingen nieuwe arbeiders en de harde aanpak van de politie. Toen na hun laatste charge de stakingsbrekers de fabriekspoort door waren, keek Danny om zich heen naar de mannen die in hun kielzog waren achtergebleven, sommige opgekruld op straat, andere zittend en een paar die nog machteloze vuisten hieven en zinloze kreten slaakten. Ze hadden opeens een nieu-

we dag voor de boeg met veel minder dan waar ze om hadden gevraagd en veel minder dan ze hadden. Tijd om naar huis te gaan, naar
hun gezinnen, en te bedenken wat er nu moest gebeuren.

Hij liep een diender uit Framingham tegen het lijf die hij niet kende
en die een staker stond te schoppen die geen tegenstand bood. De
diender zette zijn schoppen niet veel kracht meer bij en de staker was
waarschijnlijk niet eens bij kennis. Danny legde een hand op de
schouder van zijn collega en die hief zijn lat en herkende toen het uniform.

'Wat?'

'Het is nu wel duidelijk wat je wilt,' zei Danny. 'Genoeg.'

'Er bestaat geen "genoeg",' zei de diender en liep weg.

Danny reed terug naar Boston in een bus, samen met andere agenten
uit de stad. De grauwe wolken hingen laag. Resten bevroren sneeuw
hielden zich als platjes vast aan de schedel van de aarde.

'Vergadering vanavond, Dan?' vroeg Kenny Trescott.

Danny was het bijna vergeten. Nu Mark Denton nog maar zelden
beschikbaar was om bij vergaderingen van de BSC aanwezig te zijn,
was Danny de facto hoofd van de vakbond geworden. Maar het was
geen echte vakbond, maar, in overeenstemming met zijn oorsprong en
naam, vooral een gezelligheidsvereniging.

'Jazeker,' zei Danny, wetend dat het tijdverspilling was. Ze waren
weer machteloos en dat wisten ze, maar uit een kinderlijk soort hoop
bleven ze terugkomen, bleven ze praten, bleven ze doen of ze een stem
hadden die ertoe deed.

Het was dat of helemaal niets meer.

Hij keek Trescott in de ogen en klopte hem op de arm. 'Jazeker,' zei
hij nog een keer.

Op een avond kwam hoofdinspecteur Coughlin met een griepje
vroeger thuis dan anders en hij stuurde Luther naar huis.

'Ik neem het wel over,' zei hij. 'Geniet jij maar van de rest van de dag.'

Het was zo'n onverwachte dag aan het eind van de winter wanneer
de lente langskwam om terrein te verkennen. In de regenpijpen gorgelde het smeltwater, prisma's en regenbogen vormden zich in ruiten
en op vloeibare zwarte teer. Maar Luther gunde zich niet de luxe van
een ontspannend wandelingetje. Hij liep regelrecht naar South End
en was net op tijd bij Nora's schoenenfabriek. Ze kwam naar buiten
met een ander meisje met wie ze een sigaret deelde en er ging een

schok door Luther heen toen hij zag hoe grauw ze was. Grauw en knokig.

'Hé, kijk nou eens,' zei ze met een brede glimlach. 'Molly, dit is Luther, de man met wie ik heb gewerkt.'

Molly lachte even naar hem en nam een trek.

'Hoe is het met je?' vroeg Nora.

'Heel goed, meisje.' Hij begon zich uit te putten in verontschuldigingen. 'Ik kon niet eerder komen. Echt niet. Onze werktijden, snap je wel? Ze kwamen – '

'Luther.'

'En ik wist niet waar je woonde. En ik – '

'Luther.' Deze keer vond haar hand zijn arm. 'Heus, het is al goed. Ik snap het, heus.' Ze pakte de sigaret uit Molly's hand, een geoefend gebaar tussen twee vriendinnen, nam een snelle trek en gaf hem terug. 'Zou u me naar huis willen begeleiden, Mr Laurence?'

Met een buiginkje zei Luther: 'Het zal mij een genoegen zijn, Miss O'Shea.'

Ze woonde niet in de ergste straat van de stad, maar het scheelde niet veel. Haar pension was in Green Street in West End, vlak achter Scollay Square, in een wijkje dat vooral zeelui bediende en waar kamers vaak per halfuur konden worden gehuurd.

Toen ze bij haar pension kwamen, zei ze: 'Loop achterom. Daar is een steegje met een groene deur. Ik zie je daar.'

Zij ging naar binnen en Luther schoot het steegje in, op zijn hoede, alle zintuigen zo gespitst als maar kon. Het was pas vier uur 's middags, maar Scollay Square was al een en al vertier met geschreeuw dat weerkaatste tegen de daklijsten, een brekende fles, plotseling oplaaiend gekakel gevolgd door een valse piano. Toen Luther bij de groene deur kwam, stond ze op hem te wachten. Hij stapte snel naar binnen en volgde haar door de gang naar haar kamer.

Het moest ooit een kast zijn geweest. Het enige wat er in paste was een kinderbedje en een tafeltje met net genoeg ruimte voor een plantje. In plaats van een plant had ze er een oude olielamp neergezet die ze aanstak voor ze de deur sloot. Zij ging aan het hoofdeinde van het bed zitten en Luther aan het voeteneind. Haar kleren lagen keurig opgevouwen op de grond voor zijn voeten en hij moest uitkijken dat hij er niet op ging staan.

'Zo,' zei ze en omvatte met een handgebaar haar kamertje alsof het een herenhuis was, 'we baden hier in weelde, Luther. Dat zie je.'

Luther probeerde te lachen, maar het lukte hem niet. Hij was in armoede opgegroeid, maar dit? Dit was wel heel bar. 'Ik heb gehoord dat de fabrieken de vrouwen nooit genoeg betalen om in hun levensonderhoud te voorzien.'

'Klopt,' zei ze. 'En ze gaan ons aantal uren verminderen.'

'Wanneer?'

'Binnenkort.' Een schouderophalen.

'En wat ga je dan doen?'

Ze kauwde op een duimnagel en haalde nogmaals haar schouders op. Haar ogen waren merkwaardig vrolijk, alsof ze een geintje uitprobeerde. 'Geen idee.'

Luther keek om zich heen op zoek naar een kookplaatje. 'Waar kook je?'

Ze schudde haar hoofd. 'We verzamelen ons elke avond klokslag vijf en geen seconde later bij onze hospita aan tafel. Meestal is het bietjes. Soms aardappels. Vorige week dinsdag hadden we zelfs vlees. Ik weet niet wat voor vlees het precies was, maar ik kan je verzekeren dat het vlees was.'

Buiten schreeuwde iemand. Van pijn of genot, dat was niet duidelijk.

'Ik kan dit niet toelaten,' zei Luther.

'Wat?'

Hij zei het nogmaals. 'Ik kan dit niet toelaten. Clayton en jij zijn de enige vrienden die ik in deze stad heb. Ik kan dit niet toestaan.' Hij schudde zijn hoofd. 'No, sir.'

'Luther, je kan niet – '

'Weet je dat ik iemand heb vermoord?'

Ze kauwde niet langer op haar duim en keek hem met grote ogen aan.

'Dat heeft me hierheen gebracht, juffie-ding. Ik heb een man recht door zijn hoofd geschoten. Moest mijn vrouw achterlaten, en ze verwacht mijn kind. Ik heb dus zware tijden gehad toen ik hier kwam, heel moeilijk. En ik verdom het om me door wie dan ook, ook niet door jou, te laten vertellen wat ik wel en niet mag. Ik zal ervoor zorgen dat je wat te eten krijgt. Ik zal verdomme weer wat vlees op je botten krijgen. Dat ga ik doen.'

Ze staarde hem aan. Buiten gejoel, getoeter.

Ze zei: 'Juffie-ding?' en ze lachte zich tranen en Luther omarmde voor het eerst van zijn leven een blanke vrouw. Ze rook blank, dacht hij, stijfselachtig. Hij voelde haar ribben toen ze in zijn overhemd lag te snikken, en hij haatte de Coughlins. Haatte ze zonder meer. Haatte ze voor de volle honderd procent.

In het vroege voorjaar volgde Danny Nora van haar werk naar huis. Hij bleef steeds een straatlengte achter en zij keek niet een keer achterom. Hij zag haar een pension ingaan vlak achter Scollay Square, misschien wel het ergste deel van de stad voor een vrouw om te wonen. Ook het goedkoopst.

Hij liep terug naar North End. Het was zijn schuld niet. Als ze in armoe en als een geest van zichzelf eindigde, nou, dan had ze maar niet moeten liegen. Toch?

In maart kreeg Luther een brief van Lila. Hij kwam in een grote envelop met daarin een andere envelop, een kleine witte die al geopend was, met erin een krantenknipsel.

Lieve Luther,

Tante Marta zegt dat baby's in de buik het hoofd van een vrouw op zijn kop zetten en haar dingen laten voelen die nergens op slaan. Maar toch heb ik een man de laatste tijd te vaak gezien. Hij heeft een satansgrijns en rijdt in een zwarte Oakland 8. Ik heb hem bij het huis gezien en in de stad en twee keer bij het postkantoor. Daarom schrijf ik je voorlopig niet want de laatste keer betrapte ik hem erop dat hij probeerde te kijken wat voor brieven ik in mijn hand had. Hij heeft nog nooit een woord tegen me gezegd, behalve hallo en goedemorgen maar ik denk dat we weten wie het is, Luther. Ik denk dat hij het was die op een dag dit krantenartikel in een envelop bij de deur heeft gelegd. Het andere artikel heb ik zelf uitgeknipt. Als je contact met me wilt schrijf dan alsjeblieft naar tante Marta's huis. Mijn buik is enorm en mijn voeten doen de hele tijd pijn en trappen klimmen is een hele opgave maar ik ben gelukkig. Zorg alsjeblieft goed voor jezelf.

Liefs,
Lila

Ook al voelde hij ontzetting om de rest van de brief en angst vanwege de krantenknipsels die hij nog altijd gevouwen in zijn hand hield, staarde Luther naar één woord in het bijzonder: liefs.

Hij sloot zijn ogen. Dank je, Lila. Dank U, Heer.

Hij vouwde het eerste knipsel open. Een artikeltje uit de *Tulsa Star*:

OM TREKT AANKLACHT TEGEN NEGER IN

Richard Poulson, een zwarte barman in Club Almighty in Greenwood, is uit staatshechtenis ontslagen nadat officier van justitie Honus Stroudt heeft geweigerd een aanklacht in te dienen nadat neger Poulson heeft bekend schuldig te zijn aan illegaal wapenbezit. Neger Poulson was de enige overlevende van de woeste schietpartij die Clarence Tell aanrichtte in Club Almighty november vorig jaar. Tijdens de schietpartij kwamen Jackson Broscious en Munroe Dandiford om, beiden Greenwood-negers met een reputatie als leveranciers van drugs en prostituees. Clarence Tell, eveneens een neger, was door neger Poulson gedood nadat hij door eerstgenoemde onder vuur was genomen. Officier van justitie Stroudt zei: 'Het is duidelijk dat neger Poulson heeft geschoten uit zelfverdediging omdat zijn leven op het spel stond en hij bijna overleed door wonden die hem door neger Tell waren toegebracht. Het OM is tevreden.' Neger Poulson heeft een straf van drie jaar voorwaardelijk gekregen voor wapenbezit.

Dus Smoke was weer vrij man. En een behoorlijk gezonde. Luther speelde het voor de zoveelste keer af in zijn hoofd: Smoke die in een groter wordende plas bloed op het podium lag. Zijn arm recht vooruit, zijn achterhoofd naar Luther gericht. Zelfs nu, met de wetenschap van wat de gevolgen zouden zijn, betwijfelde hij of hij de trekker zou hebben overgehaald. Diaken Broscious was een andere kwestie, een andere situatie: die keek Luther aan, lag zijn kletsverhalen af te steken. Maar zou Luther een naar hij dacht stervende man in het achterhoofd hebben kunnen schieten? Nee. Maar hij wist dat hij het misschien wel had moeten doen. Hij draaide de envelop om en zag zijn naam en verder niets erop staan in mannelijke blokletters. Hij maakte de envelop open en zag het tweede knipsel en besloot 'misschien wel' uit zijn gedachten te schrappen. Hij hád het moeten doen. Zonder verdere vragen of spijt.

Een foto uitgeknipt uit de *Tulsa Sun* van 22 januari: de grote melassevloedgolf onder de kop RAMP IN BOSTONS ACHTERBUURT.

Er stond niets bijzonders in het artikel, gewoon het zoveelste over de ramp in North End waarmee de rest van het land werd tevredengesteld. Het enige waardoor dit eruit sprong was dat elke keer het woord 'Boston' in de tekst – in totaal negen maal – met rood omkringeld was.

Rayme Finch droeg een doos naar zijn auto toen hij Thomas Coughlin op hem vond wachten. De auto was een overheidsvoertuig en, zoals paste bij een dienst die te weinig geld en waardering kreeg, een barrel. Hij had de motor laten draaien, niet alleen omdat hij vaak weigerde te starten maar ook omdat hij stiekem hoopte dat iemand hem zou stelen. Als die wens deze morgen in vervulling zou gaan, zou hij dat echter betreuren: deze auto, barrel of niet, was zijn enige vervoer terug naar Washington.

Niet dat iemand hem zou stelen nu er een hoofdinspecteur van politie tegen de motorkap geleund stond. Finch liet Coughlin met een hoofdknik weten dat hij hem herkende en zette de doos met kantoorartikelen in de kofferbak.

'Gaan we ervandoor?'

Finch sloot de kofferbak. 'Ik vrees van wel.'

'Jammer,' zei Coughlin.

Finch haalde zijn schouders op. 'De radicalen in Boston blijken toch wat tammer te zijn dan we hadden gehoord.'

'Behalve die ene die mijn zoon heeft doodgeschoten.'

'Ja, Federico. Dat was een gelovige. En jullie?'

'Pardon?'

'Hoe gaat het met jullie onderzoek? We hebben niet veel vernomen van de BPD.'

'Er viel niet veel te vertellen. Het zijn harde noten om te kraken, die cellen.'

Finch knikte. 'Een paar maanden geleden zei je dat het gemakkelijk zou zijn.'

'Ik moet toegeven dat de geschiedschrijving zal oordelen dat ik op dat punt te luchthartig ben geweest.'

'Heeft niet één van je mensen enig bewijsmateriaal gevonden?'

'Niet substantieel.'

'Bijna niet te geloven.'

'Ik zie niet in waarom. Het is geen geheim dat onze dienst momenteel te maken heeft met een nieuw regime. Als O'Meara, God hebbe zijn ziel, niet was gestorven, dan hadden jij en ik, Rayme, deze heerlijke conversatie gehad terwijl we een schip nakeken dat wegvoer naar Italië met in het ruim Galleani zelf in de boeien.'

Finch moest onwillekeurig lachen. 'Ik heb gehoord dat je de gladste sheriff in deze derderangs stad bent. Zo te horen hebben ze niet overdreven.'

Thomas Coughlin hield zijn hoofd schuin. 'Ik denk dat je fout bent voorgelicht, agent Finch. Boston is geen derderangs stad.' Hij tikte tegen zijn hoed. 'Goede reis.'

Finch bleef naast de auto staan kijken hoe de hoofdinspecteur de straat uit liep. Hij concludeerde dat hij een van die mannen was wier grootste talent lag in het onvermogen van anderen te raden wat ze werkelijk dachten. Dat maakte hem zonder meer tot een gevaarlijk man, maar ook waardevol, onbetaalbaar zelfs.

We zullen elkaar nog wel eens tegenkomen. Finch ging het gebouw binnen en klom naar boven voor de laatste doos in het verder lege kantoor. Ik twijfel er geen moment aan dat we elkaar nog zullen tegenkomen.

Half april werden Danny, Mark Denton en Kevin McRae naar het kantoor van de hoofdcommissaris van politie geroepen. Ze werden er binnengelaten door Stuart Nichols, zijn secretaris, die hen prompt alleen achterliet. Verder was er niemand.

Ze gingen op de rechte stoelen tegenover het grote bureau zitten en wachtten. Het was negen uur 's avonds. Een gure avond met hagelbuien.

Na tien minuten stonden ze op. McRae liep naar het raam. Mark rekte zich uit en geeuwde. Danny liep te ijsberen.

Om tien voor half tien gingen Danny en Mark voor het raam staan en was Kevin degene die ijsbeerde. Af en toe wisselden de mannen een blik van onderdrukte ergernis met elkaar, maar niemand zei iets.

Om vijf voor half tien gingen ze weer zitten. Toen ze daarmee bezig waren, ging de deur links van hen open en kwam Edwin Upton Curtis binnen, gevolgd door Herbert Parker, zijn belangrijkste adviseur. Terwijl de hoofdcommissaris zich achter zijn bureau opstelde, liep Parker met ferme pas voor de drie agenten langs en legde bij elk van hen een vel papier op hun schoot.

Danny keek ernaar.

'Teken dat,' zei Curtis.

'Wat is het?' vroeg Kevin McRae.

'Dat lijkt me duidelijk,' zei Herbert Parker, hij liep om het bureau heen en ging met zijn armen over elkaar achter Curtis staan.

'Het is jullie loonsverhoging,' zei Curtis en ging zitten. 'Zoals jullie wilden.'

Danny liet zijn oog over het vel gaan. 'Tweehonderd per jaar?'

Curtis knikte. 'Wat jullie andere wensen betreft, die nemen we in overweging, maar ik zou er niet te veel op hopen. De meeste betroffen luxe zaken, geen noodzakelijke.'

Mark Denton leek tijdelijk zijn spraakvermogen kwijt te zijn. Hij hief het papier op tot bij zijn oor en liet het langzaam weer zakken tot het op zijn knie lag. 'Het is niet genoeg meer.'

'Pardon, agent?'

'Het is niet genoeg,' zei Mark. 'Dat weet u best. Die tweehonderd per jaar was het bedrag voor 1913.'

'Het is het gevraagde bedrag,' zei Parker.

Danny schudde het hoofd. 'Het is wat de BSC-dienders bij de onderhandelingen in 1916 hebben gevraagd. De kosten van levensonderhoud zijn gestegen met – '

'O, hou toch op over die kosten!' zei Curtis.

' – met 73 procent,' zei Danny. 'In zeven maanden tijd, sir. Dus tweehonderd per jaar? Zonder ziektegeld? Zonder dat de sanitaire voorzieningen in de politieposten verbeterd worden?'

'Zoals je heel goed weet, heb ik commissies benoemd om dat punt te onderzoeken. Dus – '

'Die commissies,' zei Danny, 'bestaan uit districtshoofdinspecteurs, sir.'

'Ja, en?'

'Die hebben er voordeel bij wanneer er in het bureau waar zij de leiding hebben niets wordt afgekeurd.'

'Twijfel je aan de integriteit van je meerderen?'

'Nee.'

'Twijfel je aan de integriteit van de hiërarchie van onze dienst?'

Mark Denton reageerde voor Danny dat kon: 'Dit aanbod voldoet niet, sir.'

'Het voldoet wel degelijk,' zei Curtis.

'Nee,' zei Denton. 'Volgens mij moeten we kijken naar – '

'Vanavond,' zei Parker, 'is de enige avond waarop dit aanbod geldt. Als jullie het niet aanvaarden, staan jullie buiten in de kou en zullen jullie ontdekken dat alle deuren op slot zitten en dat de deurknoppen weg zijn.'

'We kunnen hier niet mee akkoord gaan,' zei Danny met het velletje wapperend. 'Het is veel te weinig en veel te laat.'

Curtis schudde zijn hoofd. 'Ik zeg dat het niet zo is. Mr Parker zegt dat het niet zo is. Dus is het niet zo.'

'Omdat ú dat zegt?' zei Kevin McRae.

'Exact,' zei Herbert Parker.

Curtis wreef met zijn handen over zijn bureaublad. 'We maken jullie af in de pers.'

Parker knikte. 'We geven jullie wat jullie hebben gevraagd en jullie wijzen het af.'

'Zo ligt het niet,' zei Danny.

'Maar zo spelen we het wel, jochie.'

Nu was het de beurt aan Danny, Kevin en Mark om blikken uit te wisselen.

Uiteindelijk draaide Mark zich naar hoofdcommissaris Curtis. 'Vergeet het maar.'

Curtis leunde achterover in zijn stoel. 'Goedenavond, heren.'

Luther kwam het stoepje van de Coughlins af op weg naar de tram, toen hij tien meter verderop Eddie McKenna zag staan, leunend tegen de motorkap van zijn Hudson.

'En, hoe is het met de restauratie van dat fraaie gebouw? Gaat het goed?' McKenna duwde zich af en kwam naar Luther toe.

Luther forceerde een glimlach. 'Het schiet goed op, inspecteur. Heel goed.'

Dat was in feite de waarheid. Clayton en hij waren de laatste tijd stevig tekeergegaan. Verscheidene keren geholpen door mannen van NAACP-afdelingen uit heel New England, mannen voor wie Mrs Giddreaux op een of andere manier in de weekenden en soms op een doordeweekse avond transport had weten te regelen, waren ze een week geleden klaargekomen met de sloop, hadden ze door het hele gebouw elektriciteitsleidingen in de open muren getrokken, en waren ze nu bezig met de waterleidingen. De hoofdwaterleiding, een gresbuis van de kelder tot aan het dak die ze een maand geleden hadden aangelegd, kreeg nu aftakkingen naar de keuken en de badkamers.

'Wanneer denk je dat het geopend wordt?'

Dat had Luther zich de laatste tijd ook afgevraagd. Er moesten nog veel leidingen worden gelegd en hij wachtte op een zending paardenhaarpleister voor hij kon beginnen met stuken. 'Moeilijk te zeggen, sir.'

'Geen "suh"? Meestal laat je het om mij een plezier te doen wat zuidelijker klinken, Luther. Dat viel me in het begin van de winter op.'

'Voor vanavond hou ik het op "sir",' zei Luther, die een ander scherp randje bij de man aanvoelde dan eerst.

McKenna haalde zijn schouders op. 'Hoe lang nog, denk je?'

'Tot ik klaar ben? Een paar maanden. Hangt van een hoop dingen af.'

'Vast wel. Maar de Giddreaux' moeten toch iets van een lintendoorknipperij gepland hebben, een bijeenkomst van hun soort mensen.'

'Wat ik zeg, sir, ik hoop eind van de zomer klaar te zijn, rond die tijd.'

McKenna legde zijn arm op de smeedijzeren leuning die van het bordes van de Coughlins naar buiten krulde. 'Je moet een gat voor me graven.'

'Een gat?'

McKenna knikte, en zijn trenchcoat flapte in de warme voorjaarswind tegen zijn benen. 'Een kluis in feite. Ik wil dat je ervoor zorgt dat het ding weerbestendig is. Ik adviseer gestort beton, als ik zo brutaal mag zijn.'

Luther zei: 'En waar wilt u die kluis gebouwd hebben, sir? Uw huis?'

McKenna leunde met een merkwaardig lachje op zijn gezicht bij die suggestie achterover. 'Ik zou jouw soort nooit in mijn huis toelaten, Luther. Lieve hemel.' Hij liet een kort *pfioew* horen bij het idee en Luther zag de last verdwijnen van zich voor Luthers genoegen anders voordoen dan hij was, zodat hij Luther eindelijk zijn ware aard kon tonen. Met trots. 'Een neger op Telegraph Hill? Ha ha. Nee dus, Luther, die kluis is niet voor bij mij thuis. Die komt in het "hoofdkwartier" dat jij zo edelmoedig tracht te bouwen.'

'U wilt dat ik een kluis in de NAACP bouw?'

'Ja. Onder de vloer. Ik geloof dat je de laatste keer dat ik daar was bezig was een vloer te leggen in de achterkamer aan de oostkant. Dat was ooit een keuken, geloof ik.'

De *laatste* keer dat hij daar was?

'Ja, en?'

'Graaf daar het gat. Laten we zeggen zo groot als een mens. Maak het weerbestendig, leg er de vloer van je eigen keus overheen maar zorg ervoor dat die gemakkelijk te lichten is. Ik neem niet de vrijheid je te vertellen hoe je het moet doen, maar je zou kunnen denken aan scharnieren en een onopvallend handvat of iets dergelijks.'

Luther, die nu op het trottoir stond, wachtte op de clou. 'Ik snap het niet, inspecteur.'

'Weet je wie de afgelopen jaren mijn meest betrouwbare inlichtingenbron is geweest? Nou?'

'Nee,' zei Luther.

'Edison. De telefoon is fantastisch om de gangen van een persoon na te gaan.' McKenna stak een half opgebrande sigaar aan en wapperde met zijn hand in de lucht toen het ding eenmaal brandde. 'Jij hebt bijvoorbeeld je stroomaansluiting in Columbus in september opgezegd. Het kostte mijn telefoonvriendjes enige tijd voor ze erachter waren waar je een nieuwe aansluiting had genomen, maar uiteindelijk lukte het wel. In Tulsa, Oklahoma, in oktober. De aansluiting bestaat nog steeds, dus ik kan alleen maar aannemen dat je er een vrouw hebt achtergelaten. Een gezinnetje misschien? Je bent op de vlucht, Luther, dat wist ik meteen toen ik je zag. Maar het is fijn dat ik het bevestigd heb gekregen. Toen ik de politie in Tulsa vroeg of ze nog belangrijke onopgeloste misdaden hadden, kwamen ze met een nachtclub in nikkerstad waar iemand als een gek aan het schieten was geweest met als resultaat drie doden. Daar heeft iemand een dagtaak aan gehad.'

Luther zei: 'Ik weet niet waar u het over heeft, sir.'

'Natuurlijk niet.' McKenna knikte. 'De politie in Tulsa zei dat de mensen daar zich niet al te veel opwinden wanneer de nikkers op elkaar schieten, vooral niet wanneer ze de schuld aan een van de dode nikkers kunnen geven. Wat hun betreft is het een afgesloten zaak met drie zwartjes in het graf die niemand zal missen. Dus wat dat betreft ga je vrijuit.' McKenna stak een wijsvinger op. 'Tenzij ik de politie in Tulsa terugbel en ze verzoek, als professionele gunst, de enige overlevende van voornoemd bloedbad te ondervragen en in de loop van die ondervraging te vermelden dat een zekere Luther Laurence, laatst gewoond hebbende te Tulsa, hier in Boston woont.' Zijn ogen schitterden. 'De vraag is dan hoeveel plaatsen er nog zijn waar je kan onderduiken.'

Luther voelde hoe alle strijdlust in hem werd verpletterd en wegstierf. Leg je erbij neer. Kwijn gewoon weg. 'Wat wilt u?'

'Ik wil een kluis.' McKenna's ogen straalden. 'En o ja, ik wil de verzendlijst van *Crisis*.'

'Wat zegt u?'

'*Crisis*. De nieuwsbrief van de National Association for the Advancement of Chimpanzees.'

'Ik weet wat het is. Waar moet ik die verzendlijst vandaan halen?'

'Nou, Isaiah Giddreaux moet er toegang toe hebben. Ergens in dat nikker-bourgeoispaleis dat jij je huis noemt moet er een kopie van dat ding zijn. Ga hem zoeken.'

'En wanneer ik die kluis heb gebouwd en de verzendlijst heb gevonden?'

'Sla geen toon aan alsof je iets te kiezen hebt, Luther.'

'Best. Wat moet ik voor u in die kluis stoppen?'

'Als je vragen blijft stellen?' McKenna legde een arm om Luthers schouder. 'Misschien jezelf wel.'

Na afloop van weer een vruchteloze BSC-vergadering liep Danny doodmoe naar het station van de luchtspoorweg op Roxbury Crossing, en Steve Coyle kwam naast hem lopen, geheel volgens Danny's verwachting. Steve kwam nog steeds naar de vergaderingen, maakte nog steeds dat de mensen wilden dat hij wegging, praatte nog steeds over steeds grandiozere onzinambities. Danny moest vier uur later weer aan het werk en het enige wat hij wilde was zijn hoofd op zijn kussen leggen en een dag lang slapen of zo.

'Ze is nog steeds hier,' zei Steve terwijl ze de trap naar het perron op liepen.

'Wie?'

'Tessa Ficara,' zei Steve. 'Doe maar niet net of je haar vergeten was.'

'Dat doe ik niet,' zei Danny en het kwam er te scherp uit.

'Ik heb met mensen gepraat,' zei Steve snel. 'Mensen die bij me in het krijt staan van toen ik nog op straat werkte.'

Danny vroeg zich af wie dat dan wel mochten zijn. Dienders hadden altijd de onterechte indruk dat de mensen dankbaar waren of het gevoel hadden dat ze bij hen in het krijt stonden, maar niets was minder waar. Behalve wanneer je hun portemonnee of hun leven redde, hadden de mensen de pest aan dienders. Ze wilden je niet in de buurt hebben.

'Met mensen praten is een beetje link,' zei hij. 'Vooral in North End.'

'Ik heb je gezegd,' zei Steve, 'dat mijn bronnen me iets verschuldigd zijn. Ze vertrouwen me. Hoe dan ook, ze is niet in North End. Ze is hier, in Roxbury.'

De trein kwam met krijsende remmen het station binnen. Ze stapten in en gingen in de lege wagon zitten. 'Roxbury?'

'Ja. Ergens tussen Columbus en Warren. Ze is met Galleani zelf aan iets groots bezig.'

'Groter dan het gebied tussen Columbus en Warren?'

'Moet je horen,' zei Steve toen ze uit een tunnel schoten en de lichtjes van de stad opeens onder hen wegzakten omdat het spoor klom. 'Die vent van wie ik het heb, zei dat hij voor vijftig dollar het adres kan krijgen.'

'Vijftig dollar?'

'Waarom herhaal je steeds wat ik zeg?'

Danny stak een hand op. 'Sorry, Steve, maar ik ben bekaf. En ik heb geen vijftig dollar.'

'Weet ik, weet ik.'

'Dat is meer dan twee weken loon.'

'Ik zeg toch dat ik het weet. Jezus.'

'Drie krijg ik wel bij elkaar, misschien vier.'

'Ja, dat zal wel. Ik bedoel, zie maar wat je kunt doen. We willen dat loeder toch vangen, niet?'

Eerlijk gezegd had Danny, nadat hij Federico had doodgeschoten, geen moment meer aan Tessa gedacht. Hij had er geen verklaring voor, wist alleen dat het zo was.

'Als wij haar niet pakken,' zei hij, 'pakt iemand anders haar wel, Steve. Ze is een federaal probleem, snap je?'

'Ik zal goed uitkijken. Maak je geen zorgen.'

Dat was het punt niet, maar Danny was eraan gewend geraakt dat Steve de laatste tijd het punt wel vaker miste. Hij sloot zijn ogen, met zijn hoofd tegen het raam, terwijl de wagon verder bonkte en ratelde.

'Denk je dat je die vier dollar snel hebt?' vroeg Steve.

Danny hield zijn ogen gesloten uit angst dat Steve de minachting erin zou zien als hij ze opende. Hij hield ze gesloten en knikte één keer.

Bij het station Batterymarch sloeg hij het aanbod van Steve om nog wat te gaan drinken af en ieder ging zijn weg. Tegen de tijd dat Danny in Salem Street was, zag hij vlekken. Hij zag ook zijn bed voor zich, de witte lakens, het koele kussen...

'En Danny, hoe is het nou met je?'

Nora stak de straat over en kwam naar hem toe, tussen een paardentram en een sputterend Fordje door dat grote wolken pikzwarte rook uit zijn uitlaat hoestte. Toen ze de stoep bereikte, bleef hij staan en draaide zich naar haar toe. Haar blik was onecht en stralend, en ze droeg een bleekgrijze blouse die hij altijd graag had gezien en een blauwe rok die haar enkels vrijliet. Haar mantel leek dun, zelfs voor dit zachte weer, en haar jukbeenderen staken te veel uit. Haar ogen lagen diep in de kassen.

'Nora.'

Ze stak haar hand uit op een manier die hij grappig vond omdat het zo formeel was, en hij schudde hem als was het een mannenhand.

'Zo,' zei ze en speelde nog steeds met haar stralende blik.

'Zo,' zei Danny.

'Hoe is het met je?' vroeg ze voor de tweede keer.

'Wel goed,' zei hij. 'En met jou?'

'Tip top,' zei ze.

'Voortreffelijk nieuws.'

'Aye.'

Ook om acht uur 's avonds waren de trottoirs in North End vol mensen. Danny, die er genoeg van had steeds te worden aangestoten, pakte Nora bij haar elleboog en nam haar mee naar een café dat bijna leeg was. Ze gingen bij het raampje zitten dat uitzicht op de straat bood.

Ze trok haar jas uit. De eigenaar kwam van achteren en bond zijn schort voor en ving Danny's blik op.

'*Due caffè, per favore.*'

'*Sì, signore. Venire a destra in su.*'

'*Grazie.*'

Nora keek hem met een aarzelend lachje aan. 'Ik was vergeten hoe leuk ik dat vond.'

'Wat?'

'Je Italiaans. De klank, ja?' Ze keek om zich heen en daarna naar buiten. 'Je lijkt je hier thuis te voelen.'

'Dit is mijn thuis,' zei Danny en onderdrukte een geeuw. 'Altijd geweest.'

'En hoe zit het nou met die melassevloedgolf?' Ze zette haar hoedje af en legde het op een stoel. Ze fatsoeneerde haar haar. 'Ze zeggen dat het definitief de schuld van het bedrijf was.'

Danny knikte. 'Daar lijkt het wel op.'

'Het stinkt nog steeds afschuwelijk.'

Dat deed het inderdaad. In elke baksteen en goot en scheurtje in de keien in North End was nog wat bewijs van de overstroming achtergebleven. Hoe warmer het werd, hoe erger het stonk. Het aantal insecten en knaagdieren was verdrievoudigd en onder de kinderen waren allerlei ziekten uitgebroken.

De eigenaar kwam terug van achteren en zette hun koffie voor hen neer. '*Qui andate, signore, signora.*'

'*Grazie così tanto, signore.*'

'*Siete benvenuti. Siete per avere così bello fortunato una moglie, signore.*' De man klapte in zijn handen, grijnsde breed naar hen en verdween achter de tapkast.

'Wat zei hij?' vroeg Nora.

'Hij zei dat het een mooie avond was.' Danny roerde een klontje suiker door zijn koffie. 'Wat brengt jou hier?'

'Ik was een stukje gaan wandelen.'

'Een lang wandelingetje.'

Ze stak een hand uit naar het kopje met suikerklonten dat tussen hen in stond. 'Hoe kun jij weten dat het een lange wandeling is? Dan moet je weten waar ik woon.'

Hij legde zijn pakje Murads op tafel. Jezus, wat was hij moe. 'Laten we dat niet doen.'

'Wat?'

'Elkaar vliegen afvangen.'

Ze deed twee klontjes suiker in haar koffie en goot er room bij. 'Hoe is het met Joe?'

'Prima.' Danny vroeg zich af of het zo was. Het was zo lang geleden dat hij voor het laatst thuis was geweest. Vooral het werk hield hem weg, en vergaderingen op de Social Club, en daarnaast nog iets waar hij geen vinger op durfde leggen.

Ze nam slokjes koffie en keek onafgebroken met haar te blije gezicht en diepliggende ogen naar de andere kant van de tafel. 'Ik had min of meer verwacht dat je wel een keer zou zijn langsgekomen.'

'O ja?'

Ze knikte. Het masker van de onechte vrolijkheid begon zijn scherpte te verliezen.

'Waarom zou ik dat doen, Nora?'

Haar gezicht werd weer een en al opgewektheid, vertrokken. 'O, ik weet niet. Vooral gehoopt, denk ik.'

'Gehoopt.' Hij knikte. 'Trouwens, hoe heet je zoon?'

Ze speelde met haar lepeltje en ging met haar vingers over het geblokte tafelkleed. 'Hij heet Gabriel,' zei ze zachtjes. 'En het is niet mijn zoon. Dat heb ik je gezegd.'

'Je hebt me een heleboel dingen verteld,' zei Danny. 'Maar je hebt het nooit gehad over een zoon die geen zoon was tot Quentin Finn je eraan herinnerde.'

Ze hief haar ogen op en die straalden niet langer, maar ze waren ook niet langer boos of gekwetst. Het was of ze voorbij elke verwachting was.

'Ik weet niet van wie Gabriel een kind is. Hij was er gewoon die dag dat Quentin me meenam naar dat krot dat hij een huis noemt. Gabriel was toen een jaar of acht en een wolf zou beter getemd zijn. Een her-

senloos, harteloos kind, die Gabriel van ons. Quentin is een minderwaardig schepsel, dat heb je gezien, maar Gabriel... Dat jong is gevormd uit duivelsklei, zeker als wat. Hij zat urenlang op zijn hurken
voor de open haard. Dan keek hij naar het vuur alsof de vlammen
stemmen hadden, en dan liep hij zonder iets te zeggen naar buiten en
stak hij een geit de ogen uit. Dat was Gabriel op zijn negende. Wil je
dat ik je vertel hoe hij op zijn twaalfde was?'

Danny wilde niets meer weten over Gabriel of Quentin of Nora's
verleden. Haar bezoedelde, gênante (dat was het toch, niet?) verleden.
Ze was nu getekend. Hij kon haar nooit als de zijne erkennen en tegelijkertijd de wereld recht in de ogen kijken.

Nora nipte nog wat aan haar koffie en keek hem aan; hij voelde dat
tussen hen alles bezig was dood te gaan. Ze waren beiden verdwaald,
besefte hij, dreven beiden naar nieuwe levens die niets meer met elkaar
te maken hadden. Er zou een dag komen dat ze elkaar in een menigte
tegenkwamen en zouden doen of ze elkaar niet zagen.

Ze trok haar jas aan, zonder dat er verder nog een woord tussen hen
was gezegd. Maar beiden begrepen wat er was gebeurd. Ze pakte haar
hoedje van de stoel. Het was net zo versleten als haar jas en het viel
hem op dat haar sleutelbeen hard tegen haar vel drukte.

Hij keek omlaag naar de tafel. 'Heb je geld nodig?'

'Wat?' fluisterde ze hoog, piepend.

Hij keek op. Er stonden tranen in haar ogen. Ze had haar lippen
strak tegen haar tanden getrokken en ze schudde zacht met haar hoofd.

'Heb je – '

'Dat heb je niet gezegd,' zei ze. 'Nee. Dat zou je niet kunnen.'

'Ik bedoelde alleen maar – '

'Jij... Danny? Mijn god, dat heb je niet gedaan.'

Hij stak zijn handen naar haar uit, maar ze deed een stap achteruit.
Ze keek hem nog steeds hoofdschuddend aan en rende daarna het café
uit de drukke straat op.

Hij liet haar gaan. Hij liet haar gaan. Nadat hij Quentin Finn in elkaar had geslagen, had hij tegen zijn vader gezegd dat hij klaar was om
volwassen te worden. En dat was de waarheid. Hij was het verzet
tegen de manier waarop de dingen gingen moe. Curtis had hem de futi-
liteit ervan in één middag bijgebracht. De wereld werd gebouwd en
onderhouden door mannen zoals zijn vader en zijn makkers. En Danny
keek naar buiten naar de straten van North End en concludeerde dat
het meestentijds een goede wereld was. Ondanks zichzelf leek de

wereld te werken. Laat anderen de kleine en verbitterde gevechten maar voeren tegen de hardheid ervan. Hij was er klaar mee. Nora, met haar leugens en smerige achtergrond, was gewoon nog zo'n dwaze kinderfantasie. Ze zou weggaan en tegen een andere man liegen en misschien was het een rijke man en kon ze haar leugens uitleven tot ze hun kleur verloren en werden vervangen door de achtenswaardigheid van een getrouwde dame.

Hijzelf zou een vrouw zonder verleden vinden. Een vrouw met wie hij zich in het openbaar kon vertonen. Het was een goede wereld. Hij zou zich die wereld waardig betonen. Een volwassene, een burger.

Zijn vingers zochten in zijn broekzak naar de knoop, maar hij was er niet. Even kreeg hij een paniekaanval die zo hevig was dat die een fysieke actie van hem leek te eisen. Hij ging rechtop zitten en plantte zijn voeten neer alsof hij zich klaarmaakte voor een sprong. Toen herinnerde hij zich dat hij de knoop op de commode had zien liggen tussen allerlei kleingeld. Dus daar was hij. Veilig. Hij leunde achterover en dronk zijn koffie op, ook al was die koud geworden.

Op 29 april viel het oog van een inspecteur van de posterijen in het distributiecentrum van de U.S. Post in Baltimore op een bruine kartonnen doos geadresseerd aan rechter Wilfred Enniston van het Hof van Appel van het Vijfde District. Er lekte een vloeistof uit de doos. Bij nadere inspectie bleek dat de vloeistof een gat in een hoek van de doos had gebrand, dus de inspecteur waarschuwde de politie die de explosievendienst erheen stuurde en contact zocht met het ministerie van Justitie.

Aan het eind van de middag hadden de autoriteiten vierendertig bommen gevonden. Ze waren gericht aan minister van Justitie Mitchell Palmer, rechter Kenesaw Mountain Landis, John Rockefeller en nog eenendertig mensen. Alle vierendertig werkten in bedrijfstakken of bij overheidsinstanties waarvan het beleid invloed had op de immigratiecriteria.

Dezelfde middag vroegen in Boston Louis Frania en de Lettish Workingman's Association een vergunning aan voor een demonstratieve mars van Dudley Square Opera House naar het Franklin Park ter viering van 1 mei.

De aanvraag werd afgewezen.

RODE ZOMER

1

Op 1 mei zat Luther aan zijn ontbijt in Solomon's Diner voor hij naar de Coughlins ging om te werken. Hij ging daar om half zes weg en toen hij bij Columbus Square was, maakte de Hudson van inspecteur McKenna zich los van de stoep aan de overkant en kwam na een U-bocht voor hem tot stilstand. Hij was niet verbaasd. Hij was niet geschokt. Hij voelde eigenlijk helemaal niets.

Luther had in Solomon's aan de toonbank de *Standard* gelezen waarbij zijn ogen meteen naar de kop werden getrokken: RODEN BE-RAMEN I MEI-MOORDEN. Hij had zijn eieren gegeten en gelezen over de vierendertig bommen die bij de posterijen waren ontdekt. De rij geadresseerden stond voluit op pagina twee en Luther, toch geen fan van blanke rechters of blanke bureaucraten, voelde ijssplinters in zijn bloed stromen. Dat werd gevolgd door een plotselinge golf van patriottistische woede zoals hij niet voor mogelijk had gehouden ten aanzien van een land dat zijn rasgenoten nooit had verwelkomd of rechtvaardig had behandeld. En toch schilderde hij deze Rooien af als voornamelijk buitenlanders met een accent even dik als hun snor die bereid waren *zijn* land geweld aan te doen en het te verwoesten, en hij wilde zich aansluiten bij elke meute die hun de tanden uit de bek wilde slaan, en hij wilde tegen wie dan ook, maakte niet uit wie, zeggen: geef mij een geweer.

Volgens de kranten hadden de Rooien een dag van nationaal oproer gepland, en de vierendertig onderschepte bommen suggereerden dat er nog honderd meer waren die klaar waren om te ontploffen. De afgelopen weken waren er overal in de stad briefjes op lantaarnpalen geplakt die allemaal dezelfde tekst droegen:

Ga je gang. Deporteer ons. De seniele fossielen
die de Verenigde Staten besturen zullen rood zien!
De storm woedt binnenslands en zal heel gauw
toeslaan en aanstormen en jullie in bloed en vuur
vernietigen. We blazen jullie op!

In de *Traveler* van gisteren stond, nog voor het nieuws van de vierendertig bommen was uitgelekt, een artikel met een opsomming van de
recente, opruiende commentaren van de Amerikaanse subversieve elementen, onder wie Jack Reeds oproep 'tot omverwerping van het kapitalisme en de vestiging van het socialisme door een proletarische dic-
tatuur', en Emma Goldmans antidienstplichttoespraak van vorig jaar
waarin ze alle arbeiders had aangespoord 'het voorbeeld van Rusland
te volgen'.

Het voorbeeld van Rusland? Luther dacht: als je zo dol bent op Rusland, ga er dan verdomme wonen. En neem je bommen en uiensoep-
adem mee. Een paar merkwaardig vreugdevolle uren voelde Luther
zich geen zwarte man, had hij zelfs het gevoel dat kleur niet bestond,
maar slechts één ding boven alles: hij was Amerikaan.

Dat veranderde natuurlijk op het moment dat hij McKenna zag. De
grote man stapte glimlachend uit de Hudson. Hij hield een exemplaar
van de *Standard* omhoog en zei: 'Gezien?'

'Ik heb het gezien,' zei Luther.

'We hebben een zeer serieuze dag voor de boeg, Luther.' Hij sloeg
Luther een paar keer met de krant op zijn borst. 'Waar is mijn verzendlijst?'

'Mijn mensen zijn geen Rooien,' zei Luther.

'O, nu zijn het *jouw* mensen?'

Verdomme, wilde Luther zeggen, dat waren ze altijd al.

'Hoe is het met mijn kluis?' zei McKenna. Hij zong de woorden bijna.

'Wordt aan gewerkt.'

McKenna knikte. 'Je staat toch niet te liegen?'

Luther schudde zijn hoofd.

'Waar is verdomme mijn lijst?'

'In een safe.'

McKenna zei: 'Het enige wat ik van je vraag is dat je één simpele lijst
voor me regelt. Wat is daar zo moeilijk aan?'

Luther haalde zijn schouders op. 'Ik weet niet hoe ik een safe moet
kraken.'

McKenna knikte alsof dat volkomen logisch was. 'Je brengt me die lijst na je werk bij de Coughlins. Bij Costello's voor de deur. Dat is in de haven. Om zes uur.'

Luther zei: 'Ik weet niet hoe ik dat moet doen. Ik kan geen safe kraken.'

In werkelijkheid was er geen safe. Mrs Giddreaux bewaarde de verzendlijst in een la van haar bureau. Niet op slot.

McKenna tikte zachtjes met de krant op zijn dij, alsof hij erover nadacht. 'Je hebt inspiratie nodig, zie ik. Dat is prima, Luther. Alle creatieve mensen hebben een muze nodig.'

Luther had geen idee waar hij op aanstuurde, maar de toon beviel hem niet: luchtig, vol zelfvertrouwen.

McKenna sloeg een arm om Luthers schouder. 'Gefeliciteerd.'

'Waarmee?'

Dat ontstak op McKenna's gezicht een gelukzalig vuur. 'Met je huwelijk. Ik heb begrepen dat je afgelopen najaar in Tulsa, Oklahoma, bent getrouwd met een vrouw genaamd Lila Waters, afkomstig uit Columbus, Ohio. Een schitterende instelling, het huwelijk.'

Luther zei niets, maar hij wist zeker dat de haat in zijn ogen te lezen moest zijn. Eerst de Diaken, nu inspecteur Eddie McKenna van de BPD: het leek erop dat waar hij ook ging, de Heer het gepast vond demonen op zijn pad te plaatsen. 'Het grappige is dat toen ik in Columbus ging rondsnuffelen, ik ontdekte dat er een arrestatiebevel tegen je bruid uitstaat.'

Luther moest lachen.

'Vind je dat om te lachen?'

Luther glimlachte: 'Als u mijn vrouw zou kennen, McKenna, zou u ook lachen.'

'Dat geloof ik best, Luther.' McKenna knikte een aantal malen. 'Het punt is dat dit arrestatiebevel heel echt is. Het schijnt dat je vrouw en een zekere Jefferson Reese – gaat er al een belletje rinkelen? – hun werkgever hebben bestolen. De familie Hammond? Blijkbaar hadden ze dat toen je beminde naar Tulsa vertrok al jaren gedaan. Maar Mr Reese, die zelf werd gearresteerd met een paar zilveren fotolijstjes en wat klein geld, heeft je vrouw van alles de schuld gegeven. Hij had blijkbaar de indruk dat een medeplichtige het verschil zou uitmaken tussen een zware en een lichte straf. Ze hebben hem trouwens toch een zware straf gegeven en hij zit nu in de gevangenis, maar de aanklacht tegen je vrouw is nog van kracht. Zwangere vrouw, naar ik heb vernomen. Dus ze woont daar op – kijken of ik het me herinner – Elwood Street 17 in Tulsa, en ik vraag me af of ze nog veel beweegt met het broodje in haar oven.' McKenna lachte en gaf Luther een klopje op zijn wang. 'Heb je het soort vroedvrouwen wel eens gezien dat ze in de bajes laten komen?'

Luther durfde geen mond open te doen.

McKenna gaf hem een klap in het gezicht. Hij glimlachte nog steeds. 'Het zijn niet echt vriendelijke zielen, dat kan ik je wel vertellen. Ze laten de moeder alleen het koppetje van de baby zien en pakken het kind – als het een negerkindje is – en voeren het meteen af naar een regionaal weeshuis. Dat is natuurlijk niet het geval als de vader in de buurt is, maar ja, jij bent niet in de buurt, hè? Jij bent hier.'

Luther zei: 'Zeg wat u van me wilt.'

'Dat heb ik je verdomme toch verteld, Luther. Hoe vaak moet ik het je nog zeggen?' Hij kneep Luther in zijn wang en trok zijn gezicht tot vlak bij het zijne. 'Je zorgt dat je die lijst krijgt en die breng je vanavond om zes uur bij Costello's. En geen uitvluchten. Begrepen?'

Luther sloot zijn ogen en knikte. McKenna liet zijn wang los en deed een stap achteruit.

'Nu haat je me, dat snap ik wel. Maar vandaag gaan we in dit stadje een stel rekeningen vereffenen. Vandaag krijgen de Rooien, alle Rooien, ook de zwarte, te horen dat ze buiten de muren van deze fraaie stad worden gezet.' Hij spreidde zijn armen en haalde zijn schouders op. 'En morgen ben je me dankbaar, omdat we dan weer een fijne plek hebben om te wonen.'

Hij tikte weer met de krant tegen zijn dijbeen en gaf Luther een plechtig knikje voordat hij naar zijn Hudson liep.

'U vergist zich,' zei Luther.

McKenna keek achterom. 'Wat zei je?'

'Dat u zich vergist.'

McKenna kwam terug en stompte Luther in zijn maag. Alle lucht verdween uit zijn lichaam, voor altijd leek het wel. Hij viel op zijn knieën en opende zijn mond, maar zijn keel was samen met zijn longen dichtgeklapt, en een angstaanjagend lange tijd kon hij helemaal geen adem meer krijgen. Hij wist zeker dat hij zo zou sterven, op zijn knieën, met een blauw gezicht, als iemand met de Spaanse griep.

Toen de lucht terugkwam, deed het pijn, trok het als een spade door zijn luchtpijp. De eerste keer dat hij uitademde, klonk het als het krijsen van een treinwiel, en dat een aantal keren tot het normaal klonk, zij het nog een beetje hoog.

McKenna stond over hem heen gebogen. 'Wat zei je?' zei hij op zachte toon.

'De NAACP-mensen zijn niet rood,' zei Luther. 'En als er een paar tussen zitten, zijn ze niet van het soort die iets opblazen of schieten.'

McKenna gaf hem een klap tegen de zijkant van zijn hoofd. 'Ik weet niet zeker of ik je goed heb verstaan.'

Luther zag een tweeling van zichzelf in McKenna's irissen. 'Wat denkt u nou? Denkt u nou echt dat een stel zwarten hier met wapens door de straten gaan hollen? Zodat u en al die andere boerenkinkels een excuus hebben om ons dood te schieten? Denkt u dat ze afgeslacht *willen* worden?' Hij keek omhoog naar de man, zag dat zijn handen tot vuisten gebald waren. 'U hebt te maken met een partij buitenlandse smeerlappen die vandaag proberen een revolutie te ontketenen, McKenna, dus zeg ik tegen u: pak ze. Schiet ze neer als dolle honden. Ik moet niets van die mensen hebben. En dat geldt voor de rest van de zwarte bevolking. Dit is ook ons land.'

McKenna deed een pas achteruit en bekeek hem met een wrang lachje. 'Wat zei je?'

Luther spuugde op de grond en haalde adem. 'Ik zei dat dit ook ons land is.'

'O nee, jong.' McKenna schudde zijn grote hoofd. 'En dat zal het nooit worden ook.'

Hij liet Luther waar hij was, stapte in zijn auto en reed weg. Luther kwam overeind en haalde een paar keer diep adem tot de misselijkheid bijna weg was. 'Dat is het wél,' fluisterde hij, telkens weer, tot hij McKenna's achterlichten rechtsaf Massachusetts Avenue op zag draaien.

'Ja, dat is het wél,' zei hij nog een keer en spuwde in de goot.

Die morgen kwam Sectie 9 in Roxbury met meldingen van een grote mensenmenigte die zich verzamelde voor het Dudley Opera House. De andere politieposten werd gevraagd mensen te sturen, en de Bereden Eenheid kwam bij elkaar bij de BPD-stallen en bracht de paarden in gereedheid.

Agenten van alle bureaus werden afgezet bij Sectie 9 onder het commando van inspecteur McKenna. Ze verzamelden zich in de ruime hal voor de balie van de brigadier van dienst. McKenna sprak hen toe vanaf de overloop in de trap die in een bocht naar de eerste verdieping liep.

'Wij happy, happy few,' zei hij met een lachje en liet zijn blik over de

413

aanwezigen gaan. 'Heren, de Letten verzamelen zich voor een illegale bijeenkomst voor het Opera House. Wat vinden jullie daarvan?'

Niemand wist of dat een retorische vraag was of niet, dus niemand reageerde.

'Agent Watson?'

'Ja, inspecteur?'

'Wat vind je van die illegale samenkomst?'

Watson, wiens familie hun Poolse naam van iets langs en onuitspreekbaars had veranderd in Watson, trok zijn schouders naar achteren. 'Ik zou zeggen dat ze er de verkeerde dag voor hebben gekozen, inspecteur.'

McKenna hief zijn hand op. 'We hebben gezworen de Amerikanen en in het bijzonder de Bostonians te beschermen en te dienen. En de Letten, heren,' grinnikte hij, 'de Letten zijn het een noch het ander. Het zijn heidenen en subversievelingen, en ze hebben er de voorkeur aan gegeven de strikte opdracht van het gemeentebestuur te negeren om geen mars te houden en geen optocht te plannen van het Opera House via Dudley Street naar Upham's Corner in Dorchester. Van daar af willen ze rechtsaf Columbia Road op en doorlopen tot ze bij het Franklin Park zijn, waar ze een bijeenkomst willen houden ter ondersteuning van hun kameraden – ja, kameraden – in Hongarije, Beieren, Griekenland en natuurlijk Rusland. Zijn er hier vandaag nog Russen bij?'

Iemand riep: '*Hell no!*' en de anderen riepen het joelend na.

'Nog bolsjewieken?'

'*Hell no!*'

'Nog laffe, atheïstische, subversieve, haakneuzige, smeerkezende anti-Amerikaanse hondenneukers?'

De mannen schreeuwden lachend: '*Hell no!*'

McKenna boog zich over de leuning en veegde zijn voorhoofd af met een zakdoek. 'Drie dagen geleden ontving de burgemeester van Seattle een bom in de post. Gelukkig kreeg zijn huishoudster hem net iets eerder. De arme vrouw ligt in het ziekenhuis zonder handen. Eergisteren heeft de post, zoals jullie wel hebben gehoord, vierendertig bommen onderschept die onder andere de minister van Justitie van dit fantastische land moesten doden en verscheidene andere rechters en industriëlen. Voor vandaag hebben radicalen van allerlei kleur – maar voornamelijk heidense bolsjewieken – een dag van nationale revolte beloofd die moet plaatsvinden in een aantal grote steden her en der in dit mooie land. Heren, ik vraag u: is dit het soort land waar wij in willen leven?'

'*Hell no!*'

De mannen om Danny heen konden niet stilstaan, gingen van de ene voet op de andere staan.

'Willen jullie via de achterdeur weglopen en het land in handen geven van een horde subversievelingen en ze vragen of ze alsjeblieft het licht uitdoen als het bedtijd is?'

'*Hell no!*' Schouders stootten elkaar aan en Danny rook zweet en drankadem en een vreemde lucht van verschroeid haar, een scherpe lucht van woede en angst.

'Of zouden jullie,' schreeuwde McKenna, 'dit land weer terug willen?'

De mannen waren zo gewend *Hell no!* te schreeuwen dat sommigen dat weer deden.

McKenna keek hen met opgetrokken wenkbrauwen aan. 'Ik zei: zouden jullie dit rotland terug willen?'

'*Hell yes!*'

Tientallen van de mannen waren net als Danny naar de BSC-vergaderingen geweest, mannen die kort daarvoor nog hadden geklaagd over de treurige behandeling die ze van hun dienst kregen, mannen die zich verwant hadden verklaard met alle arbeiders van de wereld in hun strijd tegen het Grote Geld. Maar dat alles was op dit moment weggevaagd door het pepmiddel van eenheid en een gemeenschappelijk doel.

'We gaan naar het Dudley Opera House,' riep McKenna. 'We gaan nu en dan zullen we die subversievelingen, die communisten en anarchisten en bommenleggers bevelen terug te gaan!'

De kreet die opklonk was onverstaanbaar, een collectief gebulder van het bloed.

'We gaan in heel duidelijke bewoordingen zeggen: "Niet tijdens mijn dienst!"' McKenna boog zich over de leuning, met een lange nek, zijn kin naar voren. 'Kunnen jullie me dat nazeggen, heren?'

'Niet tijdens mijn dienst!' schreeuwden de mannen.

'Ik wil het nog een keer horen.'

'Niet tijdens mijn dienst!'

'Kan ik op jullie rekenen?'

'Ja!'

'Zijn jullie bang?'

'*Hell no!*'

'Zijn jullie de Bostonse politie?'

'*Hell yes!*'

'De beste, meest gerespecteerde politie van alle achtenveertig staten?'

'*Hell yes!*'

McKenna keek hen aan, draaide zijn hoofd langzaam van de ene kant naar de andere, en Danny zag geen humor in zijn gezicht, geen sprankje ironie. Alleen zekerheid. McKenna liet de stilte groeien zodat de mannen begonnen te schuifelen, hun bezwete handen aan hun broek en het handvat van hun knuppel afveegden.

McKenna siste: 'Dan gaan we nu ons geld verdienen.'

De mannen draaiden zich tegelijk om en wilden verschillende kanten op. Vrolijk duwden ze elkaar opzij. Ze blaften in elkaars gezicht en toen kreeg iemand door waar de uitgang was en draaiden ze de achtergang in en stroomden ze door de deur naar buiten. Ze kwamen in een golf de achterkant van het bureau uit en het steegje door. Sommigen tikten al met hun knuppel tegen de muren en op de deksels van metalen vuilnisvaten.

Mark Denton trof Danny in het gedrang en zei: 'Ik vraag me af...'

'Wat vraag jij je af?'

'Bewaren we de vrede of maken we er een eind aan?'

Danny keek hem aan. 'Goeie vraag.'

Toen ze de hoek van Dudley Square om kwamen, stond Louis Frania boven aan de trappen van het Opera House en sprak met een megafoon de paar honderd man toe.

'... zeggen ze dat we het recht hebben om – '

Hij liet de megafoon zakken toen hij hen de hoek om zag komen maar tilde hem weer op.

'En daar heb je ze, het privéleger van de heersende klasse.'

Frania wees, en de mensen draaiden zich om en zagen de blauwe uniformen hun kant op komen.

'Kameraden, verlustig je in de aanblik van wat de corrupte samenleving doet om de illusie van zichzelf in stand te houden. Ze noemen dit het land van de vrijen, maar vrijuit spreken is er niet bij. Het recht op vergaderen is er niet bij. Niet vandaag, niet voor ons. We hebben het keurig volgens de regels gedaan. We hebben een aanvraag ingediend voor het recht op een optocht, maar die vergunning is ons geweigerd. En waarom?' Frania liet zijn blik over het publiek gaan. 'Omdat ze bang voor ons zijn.'

De Letten keerden zich nu helemaal naar hen toe. Danny zag Nathan Bishop staan, boven aan de trappen, naast Frania. Nathan leek kleiner dan Danny zich herinnerde. Bishops blik haakte in de zijne, gevolgd door een vragend schuin gehouden hoofd. Danny hield de blik vast, probeerde een trots die hij niet voelde in zijn blik te leggen. Nathans ogen vernauwden zich herkennend. Herkenning, gevolgd door verbittering en daarna, heel verrassend, teleurstelling en wanhoop.

Danny sloeg de ogen neer.

'Moet je ze zien met hun hoge helmen, met hun knuppels en pistolen. Dat is niet de strijdmacht van de wet, dat is de strijdmacht van de onderdrukking. En ze zijn bang, doodsbang, kameraden, omdat wij het morele gelijk aan onze kant hebben. Wij hebben gelijk. *Wij* zijn de arbeiders in deze stad en we laten ons niet terugsturen naar onze kwartieren.'

Toen ze op dertig meter van de demonstranten waren, hief McKenna zijn eigen megafoon: 'U bent in overtreding van de gemeentelijke verordeningen die samenkomsten zonder vergunning verbieden.'

Frania hief zijn megafoon. 'Jullie verordeningen zijn een leugen, jullie gemeente is een leugen.'

'Ik gebied u zich te verspreiden.' McKenna's stem schetterde door de morgenlucht. 'Als u weigert, zult u met geweld worden verwijderd.'

Ze waren nu vijftien meter van elkaar verwijderd en verspreidden zich. Hun gezichten stonden strak en vastberaden en Danny zocht in hun ogen naar angst, maar die was schaars.

'Geweld is het enige wat ze hebben!' riep Frania. 'Geweld is sinds het begin der tijden het geliefde wapen van alle tirannen. Geweld is het onredelijke antwoord op een redelijke actie. We hebben geen enkele wet overtreden.'

De Letten slenterden op hen toe.

'U bent in overtreding van gemeentelijke verordening elf streepje vier – '

'U bent in overtreding van ons, sir. U bent in overtreding van onze grondwettelijke rechten.'

'As u zich niet verspreidt, zult u worden gearresteerd. Kom van dat bordes af.'

'Ik kom net zo min van dit bordes als dat ik – '

'Ik beveel u – '

'Ik erken uw gezag niet.'

'U overtreedt de wet, sir!'

De twee groepen troffen elkaar.

Even leek het of niemand wist wat te doen. De dienders begaven zich onder de Letten, de Letten begaven zich onder de dienders, overal doken ze tussen elkaar op en maar weinigen beseften hoe het gebeurde. Op een vensterbank koerde een duif en in de lucht hing nog een vleugje dauw. De daken langs Dudley Square dampten nog na van de vroege ochtendmist. Van zo dichtbij kostte het Danny moeite om dienders en Letten uit elkaar te houden, maar toen kwam er vanaf de zijkant van het Opera House een groep baardige Letten met bijlstelen. Grote kerels, Russen zo te zien, met een blik waarin niets van enige twijfel te ontdekken viel.

De voorste kwam bij het gedrang en maaide met zijn bijlsteel.

Frania schreeuwde 'Nee!' maar dat ging verloren in het geluid van hout op de hoge helm van James Hinman, een agent van Een-Vier. De helm sprong op uit de zee en hing even in de lucht. Toen kletterde hij op straat en verdween Hinman uit het zicht.

De Let die het dichtst bij Danny stond, was een magere Italiaan met een grote krulsnor en een tweed pet. In de tel die het de man kostte om zich te realiseren hoe dicht hij bij een diender stond, ramde Danny een elleboog in zijn mond. De knaap keek hem aan alsof Danny zijn hart had gebroken in plaats van zijn tanden en viel op de keien. De volgende Let deed een uitval naar Danny door op de borst van zijn gevallen kameraad te stappen. Danny trok zijn knuppel maar Kevin McRae rees achter de grote Let uit de massa op en pakte hem bij zijn haar, keek Danny woest lachend aan, zwierde de kerel door het gedrang en smakte hem tegen een muur.

Danny had een minutenlange stompenwisseling met een kleine, kalende Rus. Hij mocht dan klein zijn, de rotzak deelde rake klappen uit en hij had aan beide handen een paar gemene boksbeugels. Danny concentreerde zich zo op het ontwijken van slagen op zijn gezicht dat hij hem de ruimte gaf hem op het lichaam te raken. Het duo schoof heen en weer langs de linkerflank van de mêlee en Danny deed zijn best de beslissende knock-out uit te delen. De knaap was aalglad, maar bleef met zijn voet in een spleet tussen de keien steken en verrekte zijn knie. Hij struikelde, viel achterover en probeerde op te staan, maar Danny stampte op zijn maag en schopte hem in het gezicht en de knaap kromp in elkaar en braakte uit de zijkant van zijn mond.

Er klonken fluitjes toen de bereden politie probeerde in het gedrang door te dringen maar de paarden deinsden telkens weer terug. Het was nu één grote bende van in elkaar verstrengelde Letten en dienders en Letten die met stokken zwaaiden, met buizen en ploertendoders zwaaiden en – allejezus – zelfs met ijshaken. Ze gooiden met stenen en sloegen erop los, en de dienders begonnen ook gemeen te vechten, groeven in ogen, beten in oren en neuzen, sloegen koppen tegen de keien. Iemand schoot met zijn wapen en een van de paarden steigerde en wierp zijn berijder af. Het paard viel opzij en kwam ondersteboven terecht en zijn hoeven maaiden naar alles wat ze tegenkwamen.

Twee Letten pakten Danny bij zijn armen en een van hen gaf hem een kopstoot tegen de zijkant van zijn hoofd. Ze trokken hem mee over de keien en ramden hem tegen een metalen traliewerk voor een winkel en zijn knuppel viel uit zijn handen. Een van de mannen stompte hem op zijn rechteroog. Danny schopte in het wilde weg en raakte een enkel, trok zijn knie op die in een kruis terechtkwam. De man had geen adem meer en Danny zwaaide hem tegen het traliewerk en trok één arm vrij terwijl de ander zijn tanden in zijn schouder zette. Danny draaide zich om met de bijter over zich heen hangend en rende achterwaarts tegen een bakstenen muur, waarna hij voelde dat de tanden van de man zijn schouder loslieten. Hij deed een paar stappen naar voren en draafde opnieuw naar achteren, nu twee keer zo hard. Toen de kerel van hem af viel, draaide Danny zich om, griste zijn knuppel van de straat en liet hem met een zwaai op het gezicht van de man neerkomen. Hij hoorde zijn kaakbeen breken.

Hij maakte het af met een trap tegen zijn ribben en keerde terug naar het midden van de straat. Een Let voerde op verschillende plaatsen aan de achterkant van de massa charges uit vanaf een politiepaard en sloeg daarbij met een lange pijp op elke helm die hij zag. Andere paarden doolden zonder berijder rond. Aan de overkant van de straat tilden twee agenten Francie Stoddard, brigadier van de Een-Nul, op een laadperron. Stoddards mond stond wijd open en hij snakte naar adem, zijn boord was los en hij drukte met een hand midden op zijn borst.

Schoten klonken en Paul Welch, brigadier bij de Nul-Zes, draaide om zijn as en greep naar zijn heup om vervolgens in het gedrang te verdwijnen. Danny hoorde schuifelende voetstappen achter zich en doordat hij zich net op tijd omdraaide, kon hij wegduiken voor een Let die hem aanviel met een ijspriem. Hij ramde zijn knuppel in de plexus salaris van de man, die hem met een blik vol zelfmedelijden en schaamte aankeek. Er plopte speeksel uit zijn mond. Toen hij op de grond viel, pakte Danny de ijspriem en gooide hem op het dichtstbijzijnde dak.

Iemand had de Let op het paard bij zijn been gepakt zodat hij met een grote boog van het paard vloog en in het gedrang verdween. Het paard galoppeerde Dudley Street in, richting luchtspoor. Er stroomde bloed uit Danny's rug en met zijn rechteroog, dat steeds dikker werd, zag hij nu alles wazig. Zijn hoofd voelde alsof iemand er spijkers in had geslagen. De Letten zouden de oorlog verliezen, maar deze slag wonnen ze met een verdomd grote marge. Overal lagen dienders terwijl potige Letten in hun boerse kozakkenkleren triomfantelijke kreten slaakten nu hun eigen hoofden boven het gedoe uit begonnen te komen.

Danny baande zich een weg de massa in, zwaaide met zijn knuppel en probeerde zichzelf wijs te maken dat hij het niet lekker vond, dat hij zijn hart niet voelde zwellen omdat hij groter en sterker en sneller was dan de meesten en een man kon neerleggen met één zwaai van vuist of knuppel. Met zes keer zwaaien legde hij vier Letten neer en hij voelde dat de meute zich tegen hem keerde. Hij zag dat er een revolver op hem werd gericht, zag het gat in de loop en de ogen van de jonge Let die het wapen vasthield, een jongen nog, hooguit negentien. De revolver schokte, maar daar putte hij weinig troost uit omdat de afstand tussen hem en het joch maar vijf meter was en de massa ruimte maakte om hem een vrij schootsveld te geven. Danny greep niet naar zijn eigen wapen, omdat hij dat nooit snel genoeg zou kunnen trekken.

De trekkervinger van het joch werd witter. De cilinder draaide. Danny overwoog zijn ogen te sluiten, maar op dat moment schoot de arm van de jongen omhoog tot naast zijn hoofd. De revolver ging af in de lucht.

Nathan Bishop stond naast de jongen en wreef over zijn pols op de plaats waar die in contact was geweest met de elleboog van de jongen. Hij leek de gevechten redelijk ongeschonden te zijn doorgekomen: zijn pak was wat gekreukeld maar praktisch zonder vlekken, en dat wilde wat zeggen in een zee van zwarte en blauwe stof en zwaaiende vuisten. Een van zijn brillenglazen was gebarsten. Hij keek Danny door het goede glas strak aan. Beiden ademden moeizaam. Danny voelde opluchting, natuurlijk. En dankbaarheid. Maar vooral een schaamte die dit alles overtrof. Schaamte, meer dan wat ook.

Er dook een paard tussen hen op, zijn grote zwarte lijf rilde, zijn gladde flank huiverde. Er drong zich nog een paard tussen de mensen door, gevolgd door nog twee, in volle vaart, met ruiters erop. Daar achter kwam een leger van blauwe uniformen, nog fris en onbezoedeld, en de mensenmuur rond Danny en Nathan en de jongen met de revolver stortte in. Verscheidene Letten hadden guerrillagevechten geleverd in het grote Moederland en kenden de voordelen van hit-and-run. In de chaotische vluchtactie verloor Danny Nathan Bishop uit het oog. Binnen een minuut waren de meeste Letten op de vlucht langs het Opera House en was Dudley Square opeens bezaaid met blauwe uniformen. Danny en de andere mannen keken elkaar aan alsof ze wilden zeggen: is dat nou net gebeurd?

Maar er lagen mannen ineengezakt op straat en tegen muren en de versterking gebruikte de wapenstok op de enkeling die geen blauw uniform droeg, of hij zich nu bewoog of niet. Een klein groepje demonstranten aan de verste rand van de massa, die blijkbaar als laatste waren verschenen, werd door meer versterkingen en meer paarden van de rest ingesloten. Agenten hadden kapotte koppen en kapotte knieën en gaten in schouders en handen en dijen en zwellingen en blauwe ogen en gebroken armen en dikke lippen. Danny zag dat Mark Denton overeind probeerde te komen, liep naar hem toe en hielp hem een handje. Mark ging staan, probeerde op zijn rechtervoet te gaan staan en zijn gezicht vertrok van de pijn.

'Gebroken?' vroeg Danny.

'Verzwikt, denk ik.' Mark sloeg een arm om Danny's schouder en zo liepen ze naar het laadperron aan de andere kant van de straat. Mark zoog sissend zuurstof uit de lucht.

'Weet je het zeker?'

'Misschien verstuikt. Verdomme, Dan, ik ben mijn helm kwijt.'

Hij had een snee in zijn hoofd bij de haargrens die zwart was opgedroogd en met zijn vrije arm greep hij naar zijn ribben. Danny liet hem tegen het laadperron leunen en zijn blik viel op twee agenten die geknield over brigadier Francie Stoddard gebogen lagen. Een van hen zag hem kijken en schudde zijn hoofd.

'Wat is er?' vroeg Danny.

'Hij is dood,' zei de diender.

'Hij is wat?' zei Mark. 'Nee! Jezus, hoe kan dat nou?'

'Hij greep naar zijn borst,' zei de diender. 'Midden onder het gedoe. Hij greep naar zijn borst en werd helemaal rood en hapte naar adem. We hebben hem hier naartoe gebracht, maar...' Hij haalde zijn schouders op. 'Hartaanval, verdomme. Niet te geloven toch? Hier. In dit gedoe.' De diender keek de straat door.

Zijn partner hield nog steeds Stoddards hand vast. 'Kerel moest verdomme nog maar een jaar tot zijn dertigste en dan gaat-ie op deze manier.' De man huilde. 'En dan moet-ie op deze manier gaan, door die lui?'

'Jezus christus,' fluisterde Mark en legde even een hand op Stoddards schoen. Ze hadden vijf jaar samengewerkt in D-10 in Roxbury Crossing.

'Ze hebben Welch in zijn dij geschoten,' zei de eerste diender. 'Armstrong is in zijn hand geschoten. En het tuig heeft zelfs gestoken met ijspriemen.'

'Er valt een heleboel te vergelden,' zei Mark.

'Dat heb je verdomd goed gezien,' zei de huilende diender. 'Daar kun je godverdomme alles onder verwedden, godverdomme.'

Danny richtte zijn blik ergens anders op. Door Dudley Street kwamen ambulances aangereden. Aan de andere kant van het plein stond een agent op wankele voeten op van de keien, veegde het bloed uit zijn ogen en kukelde weer om. Danny zag een agent een vuilnisbak omkeren boven een gestrekte Let en om het af te maken liet hij het deksel op het lichaam vallen. Het was het crèmekleurige pak dat Danny in beweging bracht. Hij liep naar hen toe terwijl de agent de man zo hard schopte dat zijn andere voet van de grond kwam.

Nathan Bishops gezicht leek op een geplette pruim. Zijn tanden lagen verspreid op de grond naast zijn kin. Eén oor was half afgerukt. De vingers van beide handen wezen allemaal een verkeerde kant op. Danny legde een hand op de schouder van de agent, Henry Temple, een van de vechtersbazen van de Speciale Eenheid.

'Volgens mij heeft hij genoeg gehad.'

Temple keek Danny een tijdje aan alsof hij naar een passend antwoord zocht. Toen liep hij schokschouderend weg.

Er kwamen enkele ambulancebroeders langs en Danny zei: 'Hier is er een.'

Een van hen zei tegen Danny: 'Heeft hij geen penning? Dan heeft hij geluk als we hem voor zonsondergang komen halen.' En weg waren ze.

Nathan Bishop opende zijn linkeroog. Het was schokkend wit in de puinhoop van zijn gezicht.

Danny deed zijn mond open, hij wilde iets zeggen. Hij wilde zeggen dat het hem speet. Hij wilde om vergeving vragen. In plaats daarvan zei hij niets.

Nathans lippen waren ingesneden, strookjes naast elkaar, maar erachter plooide zich een verbitterd lachje.

'Ik heet Nathan Bishop,' bracht hij nauwelijks verstaanbaar uit. 'Hoe heet jij?'

Hij sloot zijn oog weer en Danny boog het hoofd.

Luther had voor de lunch een uur over en hij haastte zich over de Dover Street Bridge naar het huis van de Giddreaux' in St. Botolph dat voorlopig het hoofdkwartier van de NAACP in Boston was. Mrs Giddreaux werkte er praktisch elk dag met een stuk of tien andere vrouwen en in de kelder van het huis in St Botolph Street werd de *Crisis* gedrukt en van daaruit verzonden naar de rest van het land. Toen Luther er aankwam, was het huis leeg, zoals hij had verwacht. Als het mooi weer was, namen de dames hun lunch mee naar het Union Park een paar straten verderop, en dit was tot dusver de mooiste dag van een verder onaangenaam voorjaar. Hij liet zichzelf binnen in de werkkamer van Mrs Giddreaux en ging achter haar bureau zitten. Hij opende een la, pakte de map eruit, legde hem op het bureau, en daar zat hij nog toen Mrs Giddreaux een halfuur later door de achterdeur binnenkwam.

Ze hing haar jas en haar sjaal op. 'Luther, lieve kerel, wat doe je daar?'

Luther tikte met een vinger op de map. 'Als ik deze lijst niet aan een politieman geef, laat hij mijn vrouw arresteren en onze baby meteen na de geboorte weghalen.'

De glimlach op Mrs Giddreaux' gezicht bevroor en verdween toen. 'Pardon?'

Luther herhaalde het.

Mrs Giddreaux ging in de stoel tegenover hem zitten. 'Je moet me alles vertellen.'

Luther vertelde haar alles, behalve over de kluis die hij onder de keukenvloer op Shawmut Avenue had gebouwd. Zolang hij niet wist wat voor bedoeling McKenna ermee had, wilde hij er niet over praten. Tijdens zijn verhaal verloor het lieve, oude gezicht van Mrs Giddreaux zijn lievigheid en ook zijn leeftijd. Het werd glad en onwrikbaar als een grafsteen.

Toen hij klaar was, zei ze: 'Je hebt hem toch nooit iets gegeven dat hij tegen ons zou kunnen gebruiken? Nooit iets verraden?'

Luther staarde haar aan, met open mond.

'Geef antwoord, Luther. Dit is geen kinderspel.'

'Nee,' zei Luther. 'Ik heb hem nooit iets gegeven.'

'Dat is niet logisch.'

Luther zei niets.

'Hij krijgt je niet in zijn macht zonder je een beetje in zijn eigen smerige spelletjes te betrekken. Zo werkt de politie niet. Hij zou je aan het werk hebben gezet en je hier of in het nieuwe gebouw iets hebben laten aanbrengen, iets illegaals.'

Luther schudde zijn hoofd.

Ze keek hem aan, met een rustige, gelijkmatige ademhaling.

Luther schudde opnieuw het hoofd.

'Luther.'

Hij vertelde haar over de kluis.

Ze keek hem zo gepijnigd en geschokt aan dat hij wel uit het raam wilde springen. 'Waarom ben je niet naar ons toe gekomen direct nadat hij je had benaderd?'

Luther zei: 'Ik weet het niet.'

Ze schudde haar hoofd. 'Vertrouw je dan niemand meer, jongen? Niemand?' Luther zweeg.

Mrs Giddreaux pakte de hoorn van de telefoon op haar bureau, drukte de haak één keer in, stopte haar haar achter haar oor en hield de hoorn tegen haar oor. 'Edna, kindje, wil je alle typistes naar de eerste etage sturen, naar de eetkamer en de salon. Nu meteen, ja. En zeg dat ze hun schrijfmachine meenemen. O, en Edna? Jij hebt daar toch telefoonboeken? Nee, dat van Boston kan ik niet gebruiken. Heb je Philadelphia? Goed. Laat ze dat ook meenemen.'

Ze hing op en tikte lichtjes met een vinger tegen haar lippen. Toen ze Luther weer aankeek, was de boosheid uit haar ogen verdwenen, vervangen door de glans van de opwinding. Toen verdonkerde haar blik weer en hield de vinger op met tikken.

'Wat is er?' vroeg Luther.

'Wat je hem vanavond ook geeft, alle kans dat hij je laat arresteren of doodschieten.'

'Waarom zou hij dat doen?'

Ze keek hem aan, met grote ogen. 'Omdat hij dat kan. Om te beginnen.' Zachtjes schudde ze haar hoofd. 'Dat zal hij doen, Luther, omdat je hem de lijst hebt gegeven. Dat is iets waar je vanuit de gevangenis over zou kunnen praten.'

'En als ik hem de lijst niet geef?'

'O, dan vermoordt hij je gewoon,' zei ze vriendelijk. 'Dan schiet hij je in de rug. Nee, je moet hem de lijst brengen.' Ze zuchtte.

Luther was nog bij het 'vermoordt hij je'.

'Ik moet wat mensen bellen. Om te beginnen doctor Du Bois.' Nu tikte ze met haar vinger tegen haar kin. 'En de juridische afdeling in New York, die beslist. En de juridische afdeling in Tulsa.'

'Tulsa?'

Ze keek hem weer aan alsof ze zich opeens herinnerde dat hij ook in de kamer was. 'Als het misgaat, Luther, en er een politieman komt om je vrouw te arresteren, hebben wij nog voor zij er aankomt een advocaat op de stoep van de gevangenis staan. Met wie denk je dat je te maken hebt?'

Luther zei: 'Ik... ik... ik – '

'Jij, jij, jij,' zei Mrs Giddreaux met een teleurgesteld lachje. 'Luther, je hebt het hart op de goede plaats. Je hebt je mensen nooit verraden en je bent daar gaan zitten en hebt op me gewacht, terwijl een ander met die map onder de arm de straat uit was gelopen. En dat waardeer ik hoor, jongen. Maar je bent nog een kind, Luther. Als je ons vier maanden geleden had vertrouwd, had je nu niet zo in de nesten gezeten. En wij ook niet.' Ze boog zich over het bureau en gaf hem een klopje op zijn hand. 'Geeft niet. Echt niet. Van onze fouten moeten we leren.'

Ze nam hem vanuit haar kantoor mee naar de zitkamer, waar een tiental vrouwen binnenkwam met schrijfmachines die een zware belasting voor hun polsen vormden. De helft van hen was zwart, de andere helft blank, voornamelijk studentes, meestal met een rijke achtergrond, en zij keken naar Luther met enige angst en iets anders waar hij niet te veel aan wilde denken.

'Meisjes, de ene helft blijft hier, de andere helft gaat naar die kamer. Wie heeft het telefoonboek?'

Een van de meisjes had het boven op haar schrijfmachine liggen en liet het iets kantelen zodat Mrs Giddreaux het kon zien.

'Neem maar mee, Carol.'

'Wat gaan ons ermee doen, Mrs Giddreaux?'

'Wat gaan wij ermee doen, Regina.'

'Wat gaan wij ermee doen, Mrs Giddreaux?' stamelde Regina.

Mrs Giddreaux keek Luther met een glimlach aan. 'We gaan het in twaalven scheuren, meisjes, en dan gaan we het helemaal overtikken.'

De agenten die zonder hulp konden lopen, gingen terug naar de Nul-Negen waar ze in de kelder door ziekenbroeders werden verzorgd. Voor hij bij het Dudley Opera House wegging, had Danny gekeken hoe Nathan Bishop en vijf andere gewonde radicalen achter in een ambulance werden gesmeten, als vissen op ijs, waarna de deuren waren dichtgegooid en de ziekenwagen was weggereden. In de kelder werd Danny's schouder schoongemaakt en gehecht en kreeg hij een zak ijs voor zijn oog, hoewel het te laat was om nog iets aan de zwelling te kunnen doen. Vijf, zes man die dachten dat hun niks mankeerde, bleken niet in orde te zijn, werden de trap op en naar de straat gebracht waar ambulances stonden die hen naar het Mass General brachten. Er verscheen een ploeg van de Afdeling Bevoorrading met nieuwe uniformen die werden uitgedeeld nadat commissaris Vance hun er enigszins gegeneerd aan had herinnerd dat de kosten zoals altijd op hun loon zouden worden ingehouden, maar dat hij zou zien of hij voor deze ene keer, gezien de omstandigheden, een korting kon bewerkstelligen.

Toen ze allemaal in de kelder bij elkaar waren, ging inspecteur Eddie McKenna op het spreekgestoelte staan. Hij had een jaap in zijn hals, schoongemaakt maar niet verbonden, en zijn witte boord zat onder het zwarte bloed. Toen hij sprak, kwam zijn stem nauwelijks boven een gefluister uit en de mannen gingen allemaal voorover zitten op hun klapstoeltjes.

'We zijn vandaag een van onze mensen kwijtgeraakt, een echte politieman, een diender onder de dienders. We zijn nu onbetekenende mannen en de wereld is nu ook een onbetekenende plek.' Hij boog zijn hoofd, eventjes. 'Vandaag hebben ze ons een van onze mensen afgenomen, maar niet onze eer.' Hij keek hen strak aan, zijn ogen waren nu koud en helder. 'Ze hebben ons onze moed niet afgenomen, ze hebben ons onze mannelijkheid niet afgenomen. Ze hebben ons alleen een van onze broeders afgenomen.

Vanavond gaan we terug naar hun eigen grondgebied. Hoofdinspecteur Vance en ik zullen jullie aanvoeren. We gaan specifiek op zoek naar vier man: Louis Frania, Wychek Olafski, Pjotr Rastorov en Luigi Broncona. Van Frania en Olafski hebben we foto's en van de andere twee tekeningen. Maar bij hen laten we het niet. We zullen onze gemeenschappelijke vijand eronder krijgen, zonder pardon. Jullie weten allemaal hoe die vijand eruitziet. Zij hebben een uniform dat evenzeer opvalt als het onze. Het onze is blauw, dat van hen is van grove stof en een onverzorgde baard en een wollen muts. En ze hebben het vuur van de fanatiekeling in hun ogen. We gaan naar die straten en we pakken ze terug. Daarover,' zei hij en zijn ogen gingen de ruimte rond, 'kan geen misverstand bestaan. Er is alleen vastberadenheid.' Hij greep het spreekgestoelte vast en zijn ogen rolden langzaam van links naar rechts. 'Vanavond, broeders, kennen we geen rangen, is er geen verschil tussen een eerstejaars agent en een gouden penning met twintig jaar ervaring. Want vanavond zijn we allen verenigd in het rood van ons bloed en het blauw van onze beroepskleding. Want vergis je niet, wij zijn soldaten. En zoals de dichter schreef: "Zeg de Spartanen, gij die ons passeert, dat trouw aan hun wet wij bivakkeren." Laat dat jullie benedictie zijn, mannen. Laat dat jullie klaroengeschal zijn.'

Hij stapte van het spreekgestoelte, salueerde scherp en de agenten rezen als één man en beantwoordden zijn saluut. Danny vergeleek het met de chaotische mengeling van woede en angst van die ochtend en vond daar niets van terug. In overeenstemming met McKenna's wensen waren de mannen Spartanen geworden, nuttig, zo één met hun plichtsgevoel dat ze er geheel in opgingen.

2

Toen het eerste detachement agenten voor de deur van *The Revolutionary Age* verscheen, stond Louis Frania hen op te wachten in gezelschap van twee advocaten. Hij werd geboeid en naar de boevenwagen op Humboldt Avenue gebracht en zijn advocaten reden met hem mee.

Tegen die tijd waren de avondkranten uit en de woede om de aanval op de politie was tijdens het avondeten en het geel aangloeien van de straatlantaarns in hevigheid toegenomen. Danny en een detachement van nog negentien agenten was afgezet op de hoek van Warren en St James waar Stan Billups, de brigadier die de leiding had, hun opdracht gaf zich te verspreiden en in groepjes van vier te surveilleren. Danny liep een heel stuk over Warren naar het zuiden, samen met Matt March en Bill Hardy en een knaap van de Een-Twee die hij nog niet kende. De man heette Dan Jeffries en hij was onverklaarbaar opgetogen over het feit dat hij iemand met dezelfde voornaam had getroffen, alsof dat een gunstig voorteken was. Op de stoep stond een stel kerels in werkkleding, mannen met tweed petten en uitgelubberde bretels, vermoedelijk havenarbeiders, die blijkbaar de avondkrant hadden gelezen en ondertussen hadden zitten drinken.

'Sla die bolsjies op hun donder,' riep een van hen, en de rest begon te joelen. De stilte die volgde was geladen, de stilte van vreemden die worden voorgesteld op een feest waar ze niet van plan waren geweest heen te gaan, en toen kwamen er drie mannen uit een koffiehuis een paar deuren verderop. Twee van hen droegen een bril en hadden boeken onder hun arm. Alle drie droegen de grove kleding van Slavische immigranten. Danny zag het gebeuren voor het werkelijk gebeurde:

Een van de Slavische mannen keek achterom. Twee van de mannen op de stoep wezen. Matt March riep: 'Hé, jullie drie daar!'

Meer was niet nodig.

De drie mannen zetten het op een lopen, de dokwerkers gingen erachteraan en Hardy en Jeffries renden weer achter hen aan. Halverwege het volgende blok werden de Slaven onderuitgehaald.

Toen Hardy en Jeffries bij de stapel mensen kwamen, trok Hardy een van de dokwerkers achteruit en viel het licht van een lantaarn op zijn wapenstok die hij liet neerkomen op het hoofd van een van de Slaven.

Danny zei 'Hé!' maar Matt March greep hem bij zijn arm.

'Wacht, Dan.'

'Waarop?'

March keek hem onbewogen aan. 'Dat is voor Stoddard.'

Danny trok zijn arm los. 'We weten niet of het bolsjewieken zijn.'

'We weten ook niet of ze het niet zijn.' March zwaaide met zijn wapenstok en keek Danny grijzend aan.

Danny schudde zijn hoofd en liep verder de straat door.

March riep hem na: 'Je ziet het allemaal veel te benepen, agent.'

Toen hij bij de dokwerkers kwam, keerden ze zich al af. Twee van de slachtoffers kropen over straat, terwijl de derde op de keien lag, zijn haar donker van het bloed. Hij hield zijn gebroken pols tegen zijn borst.

'Jezus,' zei Danny.

'Oeps,' zei Hardy.

'Verdomme, wat hebben jullie gedaan? Laat een ambulance komen.'

'Hij kan de kolere krijgen,' zei Jeffries en spuwde op de man. 'En zijn vrienden ook. Wil je een ambulance? Zoek dan maar een telefooncel en vraag er zelf een.'

Verderop in de straat verscheen brigadier Billups. Hij sprak met March, ving Danny's blik op en liep daarop naar hem toe. De dokwerkers waren verdwenen. Van een paar straten verderop klonken kreten en het geluid van brekend glas.

Billups keek naar de man op de grond en daarna naar Danny. 'Problemen, Danny?'

'Gewoon een ambulance voor die man,' zei Danny.

Billups bekeek de man nogmaals. 'Ik vind dat hij er goed uitziet.'

'Dat ziet hij niet.'

Billups boog zich over de man heen. 'Doet het pijn, schat?'

De man zei niets, hield alleen zijn gebroken pols nog dichter tegen zijn borst.

Billups ramde zijn hiel in de enkel van de man. Zijn slachtoffer kronkelde en jammerde tussen zijn kapotte tanden door. Billup zei: 'Ik hoor je niet goed, Boris. Wat zei je?'

Danny stak een hand uit naar Billups' arm en Billups sloeg hem weg. Er knapte een bot en de man slaakte een hoge zucht van ongeloof.

'Gaat het al beter, schatje?' Billups haalde zijn voet van de enkel van de man. De man rolde zich op zijn zij en hapte naar adem op de keien. Billups legde zijn arm om Danny heen en nam hem een paar meter mee.

Dan zei: 'Brigadier, ik begrijp het best. We zijn allemaal op zoek naar koppen om in elkaar te slaan. Ik ook. Maar dan wel de goeie koppen, vind je niet? We weten niet eens – '

'Ik heb gehoord dat je vanmiddag ook al hulp en troost voor de vijand hebt gezocht, Dan. Dus luister eens,' zei Billups lachend. 'Je mag dan de zoon van Thomas Goughlin zijn en daardoor wat meer vrijheden hebben, maar als je je blijft gedragen als een roze droplul dan neem ik dat, of je nou het zoontje van Coughlin bent of niet, dan neem ik dat verdomd persoonlijk.' Hij gaf Danny met zijn wapenstok een tikje op zijn schouder. 'Ik geef je een rechtstreekse order: ga de straat op en pak een stel van die subversieve klootzakken keihard aan, of verdwijn anders uit mijn ogen.'

Toen Danny zich omdraaide, stond Jeffries daar zachtjes te grinniken. Danny liep langs hem heen en terug de straat door langs Hardy. Toen hij bij March kwam, haalde deze zijn schouders op, en Danny liep verder. Hij ging een hoek om en zag aan het eind van het blok drie boevenwagens, hij zag collega-agenten iedereen met een snor of wollen muts over de stoep sleuren en in de wagens gooien.

Een aantal blokken verder trof hij agenten en hun pas gevonden strijdmakkers uit de arbeidersklasse bezig een tiental mannen aan te vallen die een vergadering van de Lower Roxbury Socialist Fraternal Organization verlieten. De meute had de mannen teruggeduwd tegen de deuren en de mannen vochten terug. Maar toen gingen de deuren achter hen open en vielen een paar van hen ruggelings naar binnen terwijl de anderen probeerden de meute met alleen maaiende armen tegen te houden. De linkerdeur werd uit zijn hengsels gelicht en de meute overspoelde de mannen en stroomde het gebouw binnen. Danny bekeek het met zijn goede oog en wist dat hij niets kon doen om hen tegen te houden. Helemaal niets. Deze verschrikkelijke kleinheid van de mens was groter dan hij, groter dan wat ook.

L uther ging naar Costello's op Commercial Wharf en wachtte buiten omdat het er alleen-voor-blanken was. Hij wachtte een hele tijd. Een uur.

Geen McKenna.

In zijn rechterhand hield hij een papieren zak met fruit dat hij bij de Coughlins het huis uit had gesmokkeld om Nora te gaan brengen zolang McKenna niet besloot om hem deze avond dood te schieten of te arresteren. De 'lijst', bij elkaar getypt uit de vijftigduizend telefoonabonnees van Philadelphia, had hij onder zijn linkerarm.

Twee uur. Geen McKenna.

Luther verliet de kade en liep in de richting van Scollay Square. Misschien was McKenna tijdens zijn werk gewond geraakt. Misschien had hij een hartaanval gehad. Misschien was hij doodgeschoten door een zware jongen die zijn gram wilde halen.

Luther floot en hoopte.

D anny zwierf rond tot hij merkte dat hij door Eustis Street richting Washington liep. Hij besloot als hij bij Washington kwam, rechtsaf te slaan en de stad door te lopen naar North End. Hij was niet van plan bij de Nul-Een te stoppen en zich af te melden. Hij trok zijn uniform niet uit. Hij liep door Roxbury met een avondlucht die meer naar zomer dan naar voorjaar rook, en overal om hem heen werd het gezag gehandhaafd door iedereen die er als een bolsjewiek of een anarchist, als een Slaaf of een Italiaan of een Jood uitzag, te leren wat de prijs van die gelijkenis was. Ze lagen tegen stoepranden en bordessen, zaten tegen lantaarnpalen. Op het cement en het asfalt: hun bloed, hun tanden. Een straat verderop rende een man een kruispunt op en werd ter hoogte van zijn knieën geschept door een surveillanceauto. Hij vloog door de lucht en klauwde in de ruimte. Toen hij was geland, hielden drie agenten die uit de auto waren gesprongen, zijn arm tegen de grond terwijl de agent achter het stuur over zijn hand reed.

Danny dacht erover naar zijn kamer in Salem Street te gaan en daar in zijn eentje te gaan zitten met de loop van zijn dienstwapen op zijn ondertanden en het metaal tegen zijn tong. In de oorlog waren ze met miljoenen tegelijk gestorven. Voor niets anders dan een stuk grond. En nu ging die strijd in de straten van de wereld door. Vandaag in Boston, morgen ergens anders. De armen die vechten met de armen, zoals ze altijd hadden gedaan. Eindelijk besefte hij dat. Het zou nooit veranderen.

Hij keek omhoog naar de zwarte hemel, naar de onaanraakbare waaier van witte stippen. Want dat waren het, meer niet. En als een God zich had laten overhalen erachter plaats te nemen, dan had Hij gelogen. Hij had de zachtmoedigen beloofd dat ze het aardrijk zouden beërven. Dat zouden ze niet. Het enige wat ze zouden beërven was het stukje dat ze bemestten.

Dat was de grap.

Hij zag Nathan Bishop vanuit een in elkaar geschopt gezicht naar hem kijken en zijn naam vragen, de schaamte die hij had gevoeld, de afschuw van zichzelf. Hij leunde tegen een lantaarnpaal. Ik kan dit niet meer, zei hij tegen de hemel. Die man was mijn broeder, misschien niet qua bloed, maar wel qua hart en levensbeschouwing. Hij heeft mijn leven gered en ik kon niet eens fatsoenlijke medische hulp voor hem regelen. Ik ben een zak. Ik kan geen kant meer op.

Aan de overkant van de straat was een andere horde agenten en arbeiders bezig een groepje bewoners te beschimpen. Deze horde toonde nog enige clementie door een zwangere vrouw de kans te geven zich uit het groepje los te maken en ongedeerd weg te lopen. Ze haastte zich over het trottoir, met opgetrokken schouders, haar haar onder een zwarte omslagdoek, en Danny's gedachten keerden terug naar zijn kamer in Salem Street, naar het wapen in zijn holster, de fles whiskey.

De vrouw liep voorbij en de hoek om, en het viel hem op dat je van achteren niet zou zeggen dat ze zwanger was. Ze liep als iemand die jong en onbekommerd is, nog niet gebukt onder de last van werk, kinderen of vergrijzende verlangens. Ze –

Tessa.

Danny stak al over voor het woord door zijn hoofd was geschoten.

Tessa.

Hij wist niet dat hij het wist, maar hij wist het. Hij kwam aan de overkant en bleef een hele straatlengte achter haar. Hoe langer hij haar zag lopen met die zelfverzekerde zwoelheid, hoe meer hij overtuigd raakte. Hij kwam langs een politie-alarmcel, en nog een, maar hij kwam niet op het idee er een te openen en om bijstand te vragen. Er was trouwens geen mens in de politieposten, iedereen was de straat op om wraak te nemen. Hij zette zijn helm af, deed zijn jas uit en stopte ze allebei onder zijn rechterarm, over zijn wapen heen, en stak over naar de andere kant van de straat. Toen ze Shawmut Avenue had bereikt, keek ze achterom de straat af, maar hij was er niet. Dus werd zij niets wijzer, maar hij des te meer. Het was Tessa. Dezelfde donkere huid, dezelfde scherp getekende mond die als een richel boven haar kin uitstak.

Op Shawmut ging ze rechtsaf, en hij bleef even wat achter omdat hij wist dat het daar breed was en dat ze, als hij te vroeg bij de hoek was, stekeblind moest zijn om hem niet te zien. Hij telde tot vijf en liep weer verder. Toen hij de hoek om ging, zag hij haar een stuk verderop Hammond Street inslaan.

Drie mannen op de achterbank van een open auto keken achterom naar haar, terwijl de mannen op de voorbank naar hem keken, zijn blauwe broek zagen, de blauwe jas onder zijn arm. Ze hadden allemaal grote baarden en een wollen muts op. De mannen die achterin zaten, zwaaiden met stokken. Een van de mannen voorin kneep zijn ogen tot spleetjes en Danny herkende hem: Pjotr Glaviach, de doorgeschoten Estlander die een hele kroeg onder tafel kon drinken en vermoedelijk ook tegen de vlakte kon slaan. Pjotr Glaviach, de veteraan van de smerigste Letse strijd in het Moederland. De man die in Danny een mede-pamflettist had gezien, zijn kameraad, zijn wapenbroeder tegen de kapitalistische onderdrukking.

Danny had ontdekt dat er momenten waren dat geweld of de dreiging ervan de wereld langzamer maakte, alsof alles door het water op je afkwam. Maar er waren zeker evenveel momenten wanneer geweld sneller bewoog dan een klok kon tikken, en dit was er een van. Zodra Glaviach en hij elkaar hadden herkend, stopte de auto en stortten de mannen zich eruit. Toen Danny zijn wapen wilde trekken, bleef de jas achter de kolf van zijn wapen hangen. Glaviachs armen sloten zich over de zijne en drukten ze strak tegen zijn lichaam. Hij tilde Danny op, droeg hem over het trottoir en ramde hem met zijn rug tegen een stenen muur.

Een stok raakte zijn blauwe oog.

'Zeg wat.' Glaviach spuwde hem in het gezicht en omklemde hem nog meer.

Danny had geen lucht om iets te zeggen dus spuwde hij de man terug in zijn harige gezicht en hij zag dat er in zijn speeksel, toen het de man in zijn oog trof, ook al wat bloed zat.

Glaviach ramde zijn schedel in Danny's neus. Zijn hoofd explodeerde in geel licht en schaduwen daalden neer op de mannen om hem heen, alsof de hemel naar beneden kwam. Iemand sloeg weer met een stok op zijn hoofd.

'Weet je wat vandaag met kameraad Nathan is gebeurd?' Glaviach schudde hem heen en weer alsof hij niet meer woog dan een kind. 'Hij verliest oor. Misschien ook kijken met één oog. Hij verliest dat. Wat verlies jij?'

Handen graaiden naar zijn wapen. Hij kon er niet veel tegen doen, want zijn armen waren verdoofd. Vuisten beukten op zijn bovenlichaam, zijn rug en zijn nek, en toch was hij volmaakt kalm. Hij voelde de Dood daar op straat bij zich en de stem van de Dood was zacht. De Dood zei: 'Het is in orde. Het is zover.' De zak van zijn broek werd losgescheurd en zijn losse geld rolde over straat. De knoop ook. Danny keek hem met een onverklaarbaar gevoel van verlies na toen hij over de trottoirband rolde en in een put verdween.

Nora, dacht hij. Godverdomme. Nora.

Toen ze klaar met hem waren, zag Pjotr Glaviach Danny's dienstwapen in de goot liggen. Hij pakte het op en liet het op het lichaam van de bewusteloze agent vallen. Pjotr bracht zich alle mannen – veertien – in herinnering die hij in de loop der tijd persoonlijk had gedood. Dan telde hij de hele eenheid van de tsaristische garde mee die ze midden in een brandend korenveld hadden ingesloten. Nu, zeven jaar later, rook hij het nog, hoorde hij hen nog jammeren als baby's toen de vlammen hun haar, hun ogen hadden gevonden. Je raakte die lucht nooit meer kwijt uit je neusgaten, die geluiden nooit meer uit je oren. Je kon er niets van ongedaan maken. Of wegwassen. Hij was het doden moe. Dat was waarom hij naar Amerika was gekomen. Omdat hij zo moe was. Het leidde altijd tot meer.

Hij spuugde nog een paar keer op de politieman, de verrader, waarna hij en zijn kameraden naar de auto teruggingen en wegreden.

Luther was bedreven geworden in het in en uit Nora's pension glippen. Hij had geleerd dat je, als je zo stil mogelijk probeerde te zijn, het meeste lawaai maakte, dus luisterde hij met de vereiste aandacht achter haar deur naar geluiden op de gang, maar wanneer hij zeker wist dat daar niemand was, draaide hij de deurkruk snel en soepel om en stapte de gang op. Hij zwaaide de deur achter zich dicht, maar nog voor die in het slot viel, had hij de deur naar de steeg al open. Vanaf dat moment was hij veilig: een zwarte man die een pand aan Scollay Square verliet was geen probleem. Een zwarte man die de kamer van een blanke vrouw, waar dan ook, verliet, kon daar om worden gedood.

De avond van 1 mei liet hij de zak met fruit bij haar achter nadat hij een halfuur bij haar had gezeten, had gezien hoe haar oogleden herhaaldelijk omlaag zakten tot ze daar ten slotte bleven. Het baarde hem zorgen: nu ze minder uren werkte, was ze vermoeider in plaats van minder moe, en hij wist dat het met haar voeding te maken had. Ze kreeg niet genoeg van bepaalde stoffen, maar hij was geen dokter dus hij wist niet welke stoffen. Maar ze was nu voortdurend moe. Moe en grauw, met tanden die los gingen zitten. Vandaar dat Luther deze keer bij de Coughlins fruit had meegenomen. Hij dacht zich te herinneren dat fruit goed was voor je tanden en je huid. Hoe of waarom hij dat wist, kon hij niet zeggen, maar hij had het gevoel dat het klopte.

Hij liet haar slapend achter en liep de steeg door, en toen hij aan het eind kwam, zag hij Danny door Green Street in zijn richting slenteren. Maar niet echt Danny. Een versie van hem. Een Danny die uit een kanon op een blok ijs was afgevuurd. Een Danny helemaal onder het bloed, een Danny die probeerde te lopen. Maar het was meer tollen.

Luther was bij hem toen Danny midden op straat op een knie viel.

'Kalm maar,' zei Luther zacht. 'Ik ben het, Luther.'

Danny keek naar hem op met een gezicht waar men hamers op leek te hebben getest. Hij had een blauw oog. Dat was het goede oog. Het andere was zo opgezwollen dat het leek of het gehecht was. Zijn lippen waren tweemaal zo dik als normaal, en Luther wilde er een grap over maken, maar voelde dat dit beslist niet het goede moment was.

'En?' Danny hief een hand alsof hij het begin van een wedstrijd wilde aangeven. 'Nog boos op me?'

Nou, dat hadden ze de man dus niet kunnen afnemen: zijn zelfverzekerdheid. Volkomen in elkaar geslagen en op zijn knieën midden in een achterbuurtstraatje in de krottenbuurt van Scollay Square babbelde de man er vrolijk op los alsof zoiets als dit hem wekelijks overkwam.

'Op dit moment even niet,' zei Luther. 'Maar in het algemeen wel.'

'Achter aansluiten,' zei Danny en braakte bloed op straat.

Luther vond het geen prettig gezicht en geluid. Hij pakte Danny's hand en begon hem overeind te trekken.

'Nee, nee,' zei Danny. 'Niet doen. Ik wil nog wat knielen. Of laat me eigenlijk maar kruipen. Ik ga naar de stoeprand kruipen, Luther. Ik ga kruipen.'

Danny hield woord en kroop van het midden van de straat naar de rand. Toen hij het trottoir had bereikt, kroop hij nog wat verder en ging toen liggen. Luther ging naast hem zitten. Ten slotte slaagde Danny erin te gaan zitten. Hij sloeg zijn handen om zijn knieën en hield ze vast alsof ze het enige waren dat voorkwam dat hij van de aarde viel.

'Godver,' zei hij uiteindelijk. 'Ze hebben me goed in elkaar geramd.' Hij glimlachte met zijn kapotte lippen en elke keer als hij ademhaalde klonk er een hoge fluittoon. 'Je hebt zeker geen zakdoek bij je?'

Luther dook in zijn zak en haalde er een uit. Hij gaf hem aan Danny. 'Dank je.'

'Laat maar zitten,' zei Luther, en iets in dat zinnetje trof hen beiden als zo grappig, dat ze in de zoele avond begonnen te lachen.

Danny bette het bloed op zijn gezicht tot de zakdoek onbruikbaar was geworden.

'Ik kwam voor Nora. Ik moet haar wat zeggen.'

Luther legde een arm om Danny's schouder, iets wat hij nooit eerder bij een blanke had gedurfd maar wat onder deze omstandigheden volkomen normaal leek. 'Zij heeft haar slaap nodig en jij moet naar het ziekenhuis.'

'Ik moet haar spreken.'

'Spuug nog wat bloed en zeg het dan nog eens.'

'Nee, echt waar.'

Luther boog zich naar hem over. 'Weet je hoe je adem klinkt?'

Danny schudde zijn hoofd.

'Als een verdomde kanarie,' zei Luther. 'Een kanarie met hagel in zijn borst. Je bent bezig dood te gaan.'

Opnieuw hoofdschudden. Toen boog hij zich naar voren en haalde moeizaam adem. Er kwam niets uit. Zijn borst zwoegde opnieuw. Weer kwam er niets uit, behalve een geluid, het geluid dat Luther had beschreven, het hoge sissende geluid van een wanhopig vogeltje.

'Hoe ver is het naar Mass General?' Danny boog zich weer voorover en spuwde nog meer bloed in de goot. 'Ik ben een beetje te kapot om het me te herinneren.'

'Kilometer of twee,' zei Luther.

'Inderdaad. Best ver.' Danny trok een lelijk gezicht en lachte tegelijkertijd en spuwde weer bloed. 'Gebroken ribben, denk ik.'

'Welke?'

'Allemaal,' zei Danny. 'Ik ben goed in elkaar geslagen, Luther.'

'Weet ik.' Luther draaide zich om en kroop achter Danny. 'Ik kan je overeind zetten.'

'Graag.'

'Op drie?'

'Prima.'

'Een, twee, drie.' Luther zette zijn schouder in de rug van de forse man, duwde uit alle macht en onder luid gekreun en één felle pijnkreet kwam Danny overeind. Zwaaiend, maar op zijn voeten.

Luther gleed onder hem en legde Danny's linkerarm over zijn schouder.

'Mass General zal wel vol zijn,' zei Danny. 'Godver. Alle ziekenhuizen. Mijn blauwe makkers vullen alle eerstehulpposten in de hele stad.'

'Waarmee?'

'Vooral Russen. En Joden.'

Luther zei: 'Er is een kliniek voor zwarte mensen op de hoek van Barton en Chambers. Vind je het erg om door een zwarte arts te worden behandeld?'

'Ik vind een Chinese meid met één oog ook best, als ze de pijn maar laten verdwijnen.'

'Wist ik wel,' zei Luther en ze begonnen te lopen. 'Kun je mooi rechtop in bed gaan zitten en tegen iedereen zeggen dat ze je geen "suh" moeten noemen. Hoe "doodgewone" mensen zoals jij het willen hebben.'

'Je bent gewoon een etter.' Danny grinnikte en daardoor kwam er weer bloed over zijn lippen. 'Wat deed je hier eigenlijk?'

'Maak je daar maar geen zorgen over.'

Danny stond zo wankel op de benen dat hij hen beiden bijna omver liet vallen. 'Dat doe ik wel.' Hij hield een hand op en ze bleven staan. Danny haalde diep adem. 'Is het goed met haar?'

'Nee. Het is niet goed met haar. Wat ze jullie ook mag hebben misdaan, ze heeft er nu wel voor geboet.'

'O.' Danny keek hem met een schuin oog aan. 'Mag je haar graag?'

Luther ving de blik op. 'Zó graag?'

'Ja, zó graag.'

'Jezus, nee. Beslist niet op die manier.'

Een bloederig lachje. 'Zeker weten?'

'Wil je dat ik je loslaat? Ja, ik weet het zeker. Iedereen heeft zo zijn eigen smaak.'

'En Nora is niet jouw smaak?'

'Blánke vrouwen zijn niet mijn smaak. Van die sproeten. Van die

437

kleine kontjes. Van die iele botten en van dat enge haar.' Luther schudde zijn hoofd. 'Niks voor mij. No, sir.'

Danny keek Luther met een blauw en een dichtgetimmerd oog aan.
'Ja, en?'

'Nou,' zei Luther, 'we zijn bevriend. Ik zorg voor haar.'

'Waarom?'

Hij keek Danny lang en indringend aan. 'Omdat niemand anders dat
klusje wil.'

Er verspreidde zich een glimlach over Danny's gebarsten, zwarte lippen. 'Goed dan.'

Luther zei: 'Wie heeft jou te pakken genomen? Met jouw afmetingen
moeten het er wel een paar zijn geweest.'

'Bolsjies. In Roxbury, een stuk of twintig straten terug. Hele wandeling. Ik heb erom gevraagd, denk ik.' Danny haalde een paar keer oppervlakkig adem. Hij boog zijn hoofd opzij en gaf over. Luther verzet-
te zijn voeten zo dat het niet op zijn schoenen of broekspijpen zou
komen, en het was een beetje gênant zoals hij opzij leunde, breeduit
over de rug van de ander. Het goede nieuws was dat het niet half zo
rood was als Luther had gevreesd. Toen Danny klaar was, veegde hij
zijn mond af aan zijn mouw. 'Oké.'

Ze strompelden tot de volgende zijstraat en toen moest Danny weer
uitrusten. Luther zette hem tegen een lantaarnpaal en Danny leunde er
met gesloten ogen tegenaan, zijn gezicht nat van het zweet.

Uiteindelijk opende hij zijn goede oog en tuurde de lucht af alsof hij
iets zocht. 'Ik kan je één ding zeggen, Luther. Het was me het jaar wel.'

Luther dacht terug aan zijn eigen jaar en moest lachen, hard lachen.
Hij klapte dubbel. Een jaar geleden... verdomme. Dat was een heel
mensenleven geleden.

'Wat is er?' vroeg Danny.

Luther stak een hand op. 'Nou, jij en ik.'

'Wat moet je doen,' zei Danny, 'wanneer alles waar je je leven op
hebt gebaseerd één smerige leugen blijkt te zijn?'

'Een nieuw leven beginnen, denk ik.'

Bij die gedachte trok Danny een wenkbrauw op.

'O, omdat je onder het bloed zit, wil je medeleven?' Luther liep op
Danny toe, de grote man die tegen de lantaarnpaal hing alsof het zijn
enig overgebleven vriend op de wereld was. 'Dat kan ik je niet geven.
Dingen waar je onder gebukt gaat, moet je afwerpen. Het zal God een
zorg zijn. Het zal iedereen een zorg zijn. Is er iets waarmee je jezelf

beter kunt maken, van de pijn af kan komen? Dan zeg ik: doe het.'

Danny's glimlach was gebarsten, zijn lippen voor de helft zwart. 'Gemakkelijk, niet?'

'Niks is gemakkelijk.' Luther schudde zijn hoofd. 'Maar wel simpel, ja.'

'Ik wou dat het zo – '

'Je hebt twintig straten ver gelopen, je hebt je eigen bloed gespuugd, om op die ene plek bij die ene persoon te komen. Wil je nog meer duidelijkheid in je leven dan dat, blanke jongen?' Luthers lach was hard en snel. 'Dan zul je die niet op deze aarde vinden.'

Danny zei niets. Hij keek Luther met zijn ene goede oog aan en Luther keek terug. Toen maakte hij zich los van de lantaarnpaal en stak een arm uit. Luther stapte er onder en zo liepen ze het laatste stuk naar de kliniek.

3

Danny moest die nacht in de kliniek blijven. Hij herinnerde zich nauwelijks dat Luther wegging. Hij herinnerde zich wel dat die een stapel papieren op Danny's nachtkastje legde.

'Ik heb geprobeerd ze aan je oom te geven. Hij is niet komen opdagen op de afgesproken plek.'

'Hij had het vandaag nogal druk.'

'O ja? Wil jij ervoor zorgen dat hij ze krijgt? Misschien kun je een manier bedenken om hem van mijn rug te halen zoals je had beloofd.'

'Natuurlijk.' Danny stak een hand uit en Luther schudde hem, en Danny dreef weg naar een zwart-witte wereld waar iedereen onder het bommenpuin zat.

Op een gegeven moment werd hij wakker terwijl een zwarte arts naast zijn bed zat. De arts, een jonge man met de vriendelijke uitstraling en de slanke vingers van een concertpianist, bevestigde dat hij zeven gebroken ribben had en dat de andere ernstig gekneusd waren. Een van de gebroken ribben had een bloedvat aangeprikt en ze hadden Danny moeten opereren om het te herstellen. Dat verklaarde waarom hij bloed had gespuugd en het maakte het zeer waarschijnlijk dat Luther zijn leven had gered. Ze pakten Danny's torso stevig in met tape en vertelden hem dat hij een hersenschudding had en een paar dagen bloed zou plassen omdat de Russen hem zo vaak op zijn nieren hadden geslagen. Danny bedankte de arts, met een dikke tong door alles wat ze hem hadden ingespoten, en ging weer onder zeil.

's Morgens werd hij wakker met zijn vader en Connor aan zijn bed. Zijn vader hield een van zijn handen in beide handen en glimlachte rustig. 'Zo, meneer is wakker.'

Con vouwde de krant op en lachte hoofdschuddend naar Danny.

'Wie heeft je zo toegetakeld, jong?'

Danny ging wat rechterop zitten en zijn ribben gilden het uit. 'Hoe hebben jullie me kunnen vinden?'

'Een zwarte knaap – zegt dat hij hier arts is? – heeft naar het hoofd- bureau gebeld en het nummer van je penning doorgegeven, en gezegd dat een andere zwarte knaap je helemaal in elkaar geslagen had binnengebracht. Nou, het is me wat jou in zo'n omgeving te zien.'

In het bed aan de andere kant van zijn vader lag een oude man met een voet hangend in het gips. Hij keek naar het plafond.

'Wat is er gebeurd?' vroeg Connor.

'Ben besprongen door een stel Letten,' zei Danny. 'En die zwarte knaap was Luther. Hij heeft waarschijnlijk mijn leven gered.'

De oude man in het andere bed krabde aan zijn been op de plek waar het gips begon.

'Onze arrestantencellen zitten tot de nok toe vol met Letten en com- munisten,' zei zijn vader. 'Je moet later maar kijken of je de mannen ziet die het gedaan hebben, en dan zoeken we een mooi donker plekje op voor we ze verbaliseren.'

Danny zei: 'Water?'

Con vond een kan op de vensterbank, vulde een glas en bracht het hem. Zijn vader zei: 'We hoeven ze niet eens te verbaliseren, als je be- grijpt wat ik bedoel.'

'Het is niet moeilijk te snappen wat je bedoelt.' Danny nam een slok. 'Ik heb ze helemaal niet gezien.'

'Hè?'

'Ze waren heel snel bij me, trokken mijn jas over mijn hoofd en gin- gen aan de slag.'

'Hoe is het mogelijk dat je ze niet – '

'Ik volgde Tessa Ficara.'

'Is ze hier?' zei zijn vader.

'Gisteravond nog wel.'

'Jezus, jongen, waarom heb je niet om hulp gebeld?'

'Jullie waren aan het feesten in Roxbury, weet je nog wel?'

Zijn vader ging met zijn hand langs zijn kin. 'Ben je haar kwijtge- raakt?'

'Bedankt voor het water, Con.' Hij lachte naar zijn broer.

Connor grinnikte. 'Je bent me er een, broer. Echt waar.'

'Ja, ik ben haar kwijtgeraakt. Ze ging Hammond Street in en toen doken de Russen op. Wat wou je eraan doen, pa?'

'Nou, we gaan met Finch en het Bureau of Investigation praten. Ik laat wat van onze mensen Hammond en omgeving afzoeken en hoop er het beste van. Maar ik betwijfel of ze daar nog is na gisteravond.' Zijn vader hield de *Morning Standard* op. 'Voorpaginanieuws, jongen.'

Danny ging nu helemaal rechtop zitten en zijn ribben protesteerden opnieuw. Hij knipperde met zijn ogen van de pijn en keek naar de kop: POLITIE IN OORLOG MET RODEN.

'Waar is mam?'

'Thuis. Je kunt haar dit soort dingen niet blijven aandoen. Eerst Salutation. Nu dit. Het is een aanslag op haar hart.'

'En Nora? Weet zij ervan?'

Zijn vader hield zijn hoofd schuin. 'Waarom zou zij iets moeten weten? We hebben geen contact meer met haar.'

'Ik zou het fijn vinden als ze het wist.'

Thomas Coughlin keek Connor aan en daarna Danny weer. 'Aiden, die naam wordt niet uitgesproken. In mijn aanwezigheid mag je die naam niet uitspreken.'

Danny zei: 'Dat gaat niet, pa.'

'Wat?' Dat was Connor, die achter zijn vader oprees. 'Ze heeft tegen ons gelogen, Dan. Ze heeft me vernederd. Jezus!'

Danny zuchtte. 'Hoe lang is ze familie van ons geweest?'

'We hebben haar als familie behandeld,' zei zijn vader. 'En moet je zien wat haar dank is. Hiermee is het onderwerp afgedaan, Aiden.'

Danny schudde zijn hoofd. 'Voor jou misschien. Maar voor mij?' Hij trok het laken van zijn lichaam, zwaaide zijn benen over de rand van het bed en hoopte dat geen van beiden zou zien wat het hem kostte. De pijn joeg door zijn borst. 'Con, zou je mij mijn broek willen aangeven?'

Con gaf hem de broek, met een somber, verbijsterd gezicht.

Danny trok zijn broek aan en zag zijn overhemd over het voeteneind van zijn bed hangen. Hij gleed erin, één voorzichtige arm tegelijk, en liet zijn blik op zijn vader en zijn broer rusten. 'Luister, ik heb het tot nu toe op jullie manier gedaan. Maar ik kan het niet meer. Echt niet.'

'Wat kan je niet meer?' zei zijn vader. 'Je kletst maar wat.' Hij keek naar de oude zwarte man met het gebroken been alsof hij een tweede opinie wilde vragen, maar de man had zijn ogen dicht.

Danny haalde zijn schouders op. 'Dan klets ik maar wat. Maar weet je wat ik me gisteren realiseerde? Wat ik me éíndelijk realiseerde? Dat er van mijn hele leven godverdomme – '

'Zeg, niet zo grof.'

' – geen flikker klopt, pa. Helemaal niks. Behalve zij.'

Zijn vader trok wit weg.

Danny zei: 'Con, zou je mij mijn schoenen willen geven?'

Connor schudde zijn hoofd. 'Je pakt ze zelf maar, Dan.' Hij hield zijn handen op, een gebaar waar zoveel hulpeloze pijn en verraad uit sprak dat het Danny een steek in het hart gaf.

'Con.'

Connor schudde zijn hoofd. 'Nee.'

'Con, luister nou.'

'Ik luisteren? Terwijl jij dit doet? Mij dit aandoet? Je zou – '

Connors handen vielen langs zijn zij en zijn ogen vulden zich met tranen. Hoofdschuddend keek hij Danny aan. Hoofdschuddend keek hij de hele zaal rond. Hij draaide zich om en liep de deur uit.

In stilte vond Danny zijn schoenen en zette ze op de grond.

'Wil je echt je broers hart breken? En dat van je moeder?' zei zijn vader. 'En het mijne?'

Danny keek hem aan terwijl hij zijn voeten in zijn schoenen schoof. 'Het gaat niet om jou, pa. Ik kan mijn leven niet voor jou leven.'

'O.' Zijn vader legde zijn hand op zijn hart. 'Nou jongen, god weet dat ik je je aardse pleziertjes niet zou willen misgunnen.'

Danny glimlachte.

Zijn vader niet. 'Zo, dus je neemt het op tegen je familie. Je bent een individu, Aiden. Je leidt je eigen leven. Is dat een fijn gevoel?'

Danny zei niets.

Zijn vader stond op en zette zijn hoofdinspecteurspet op. Hij trok de zijkanten strak. 'Dat prachtige romantische idee dat jouw generatie heeft over je eigen weg gaan, denk je dat je daarmee de eerste bent?'

'Nee. En ook niet de laatste, denk ik.'

'Vermoedelijk niet,' zei zijn vader. 'Maar je zult wel alleen zijn.'

'Dan ben ik maar alleen.'

Zijn vader tuitte zijn lippen en knikte. 'Tot ziens, Aiden.'

'Tot ziens, sir.'

Danny stak zijn hand uit, maar zijn vader deed of hij het niet zag.

Danny haalde zijn schouders op en liet zijn hand zakken. Hij draaide zich om en pakte de papieren die Luther hem de avond ervoor had gegeven. Hij gooide ze naar zijn vader en trof hem in de borst. Zijn vader ving ze op en keek ernaar.

'De lijst van de NAACP die McKenna wilde hebben.'

Zijn vader zette even grote ogen op. 'Waarom zou ik die willen hebben?'

'Geef dan maar terug.'

Thomas stond zich een lachje toe en stopte de papieren onder zijn arm.

'Het ging al die tijd al om de adressenlijst, hè?' zei Danny.

Zijn vader zei niets.

'Je verkoopt hem zeker,' zei Danny. 'Aan bedrijven, neem ik aan.'

Zijn vader keek hem aan. 'Een man heeft het recht te weten wat voor soort mensen er voor hem werken.'

'Zodat hij ze kan ontslaan voor ze zich verenigen?' Danny knikte bij de gedachte. 'Je hebt je eigen zoon verraden.'

'Ik durf er mijn kop onder te verwedden dat er geen enkele Ier op de lijst staat.'

'Ik heb het niet over de Ieren,' zei Danny.

Zijn vader keek omhoog naar het plafond alsof daar spinnenwebben waren die nodig opgeruimd moesten worden. Hij kneep zijn lippen samen en keek zijn zoon aan, met een lichte trilling in zijn kin. Hij zei niets.

'Wie heeft jullie de lijst van de Letten bezorgd toen ik daar weg was?'

'We hebben het geluk gehad,' fluisterde zijn vader nauwelijks hoorbaar, 'dat we dat gisteravond tijdens onze actie hebben kunnen regelen.'

Danny knikte. 'Aha.'

'Nog meer?'

Danny zei: 'In feite wel, ja. Luther heeft me mijn leven gered.'

'Moet ik hem nu loonsverhoging geven?'

'Nee,' zei Danny. 'Roep je hond terug.'

'Mijn hond?'

'Oom Eddie.'

'Ik weet niet waar je het over hebt.'

'Roep hem toch maar terug. Luther heeft mijn leven gered, pa.'

Zijn vader wendde zich naar de oude man in het bed. Hij legde even een hand op het gips en knipoogde toen de man zijn ogen opende. 'Je wordt weer helemaal de oude. God is mijn getuige.'

'Yes, suh.'

'Precies.' Na een warme glimlach tegen de oude man, liet Thomas zijn blik langs Danny en de ramen achter hem gaan. Na één knik liep hij dezelfde deur uit als Connor.

Danny vond zijn jas op een haak aan de muur en trok hem aan.

'Dat je pa?' vroeg de oude man.

Danny knikte.

'Ik zou maar een tijdje uit zijn buurt blijven.'

Danny knikte. 'Ziet ernaar uit dat ik weinig keus heb.'

'O, maar hij komt wel terug, hoor. Zijn soort komt altijd terug. Zo zeker als wat,' zei de oude man. 'Wint ook altijd.'

Danny was klaar met het dichtkopen van zijn jas. 'Er valt niks meer te winnen.'

'Zo denkt hij er niet over,' zei de oude man met een treurig lachje. Hij sloot zijn ogen. 'Daarom wint hij altijd. Yes, sir.'

Nadat hij het ziekenhuis had verlaten, ging hij er nog vier andere af voor hij het ziekenhuis vond waar ze Nathan Bishop hadden opgenomen. Bishop had, net als Danny, geweigerd te blijven, zij het dat hij daarvoor twee gewapende agenten had moeten omzeilen.

De arts die hem had behandeld voor hij was ontsnapt, keek naar Danny's gescheurde uniform en de zwarte bloedvlekken erop en zei: 'Als je bent gekomen om hem nogmaals af te tuigen, hadden ze je moeten vertellen – '

'Hij is weg, ik weet het.'

'Hij is een oor kwijt,' zei de arts.

'Heb ik ook gehoord. En zijn oog?'

'Weet ik niet. Hij was weg voor ik een gedegen diagnose kon wagen.'

'Waarheen?'

De arts keek op zijn horloge en liet het weer in zijn zak glijden. 'Ik heb patiënten.'

'Waar is hij heen?'

Een zucht. 'Een heel eind bij deze stad vandaan, vermoed ik. Dat heb ik ook de twee agenten gezegd die hem moesten bewaken. Nadat hij door het wc-raampje is geklommen, kan hij overal heen zijn gegaan. Maar voor zover ik hem in die korte tijd heb leren kennen, denk ik dat hij het niet zinvol vond vijf of zes jaar van zijn leven hier in een gevangenis door te brengen.'

Zonder verder nog een woord te zeggen, draaide de arts zich om en liep met zijn handen in zijn zakken weg.

Danny verliet het ziekenhuis. Hij had nog altijd veel pijn en op weg naar de tramhalte op Huntington Avenue kwam hij maar langzaam vooruit.

Die avond trof hij Nora toen ze van haar werk thuiskwam. Hij stond met zijn rug tegen de hoge stoep, niet omdat zitten te pijnlijk was, maar het opstaan. Ze kwam de straat door in een avondschemering die gelig was door de zwakke straatverlichting, en elke keer als ze van het donker in het wazige licht stapte, hapte hij naar adem.

Toen zag ze hem. 'Heilige Maagd Maria, wat is er met jou gebeurd?'

'Welk deel bedoel je?' Er zat een dik verband om zijn voorhoofd en hij had twee blauwe ogen.

'Alles.' Ze bekeek hem onderzoekend met iets dat humor had kunnen zijn, maar ook afschuw.

'Heb je het niet gehoord?' Hij hield zijn hoofd schuin en het viel hem op dat zij er ook niet al te best uitzag, dat haar gezicht ingevallen maar ook ouder was en dat haar ogen te groot en leeg waren.

'Ik heb gehoord dat er is gevochten tussen de politie en de bolsjewieken, maar...'

Ze bleef voor hem staan en hief een hand op als om zijn blauwe oog aan te raken, maar ze stopte en haar hand bleef in de lucht hangen. Ze deed een stap terug.

'Ik ben de knoop kwijt,' zei hij.

'Welke knoop?'

'Het berenoog.'

Verbaasd hield ze haar hoofd schuin.

'Nantucket. Weet je nog wel?'

'Die speelgoedbeer? Van die kamer?'

Hij knikte.

'Heb je zijn oog gehouden?'

'Nou ja, die knoop. Maar ja, die had ik nog steeds. Zat altijd in mijn zak.'

Hij zag dat ze niet goed raad wist met die informatie.

Hij zei: 'Die avond dat je me kwam opzoeken...'

Ze sloeg haar armen over elkaar.

'Ik liet je gaan omdat...'

Ze wachtte.

'Omdat ik zwak was,' zei hij.

'En dat heeft je ervan weerhouden om voor een vriendin te zorgen?'

'Wij zijn geen vrienden, Nora.'

'Wat zijn we dan, Danny?' Ze stond op het trottoir, haar ogen op de stenen gericht, zo gespannen dat hij het kippenvel en de gespannen spieren in haar nek zag.

Danny zei: 'Zou je me willen aankijken? Alsjeblieft.'

Ze hield haar hoofd gebogen.

'Kijk me aan,' zei hij opnieuw.

Hun ogen vonden elkaar.

'Wanneer we elkaar op deze manier aankijken, zoals nu, weet ik niet wat het wel is, maar "vriendschap" lijkt me zwak uitgedrukt, vind je ook niet?'

'Ach, hou op,' zei ze en schudde haar hoofd. 'Jij kon altijd al zo goed praten. Ze hadden de Blarney Stone de Danny Stone moeten noemen als ze – '

'Niet doen,' zei hij. 'Je moet het niet kleineren, Nora. Het is niet klein.'

'Wat kom je hier doen?' fluisterde ze. 'Jezus, Danny. Wat? Ik heb al een man, of had je dat nog niet gehoord? Jij bent altijd een jongen in een mannenlichaam geweest. Je vliegt van het een naar het ander. Je – '

'Heb je een mán?' Hij grinnikte.

'Hij lacht,' zei ze met een diepe zucht tegen de straat.

'Dat klopt.' Hij ging staan. Hij legde een hand op haar borst, vlak onder haar keel, hield zijn vingers daar, luchtig, en probeerde de lach van zijn gezicht te halen toen hij haar woede zag opkomen. 'Ik wou... ik dacht, Nora... ik bedoel, wij tweeën die proberen respectabel te zijn? Dat was toch het woord?'

'Nadat je met me had gebroken...' haar gezicht bleef van steen, maar hij zag een lichtje in haar ogen komen '... had ik behoefte aan vastigheid. Ik had behoefte aan...'

Dat maakte een gebulder in hem los, een explosie die hij niet kon tegenhouden, die uit zijn tenen kwam en zelfs toen die zich een weg langs zijn ribben bokste, voelde het beter dan alles wat hij de laatste tijd had gevoeld. 'Vastigheid?'

'Ja.' Ze sloeg hem met haar vuisten op zijn borst. 'Ik wilde een braaf Amerikaans meisje zijn, een keurige burger.'

'Nou, dat is je dan perfect gelukt.'

'Lach niet!'

'Ik kan niet anders.'

'Hoezo?' Eindelijk bereikte de lach ook haar stem.

'Omdat, omdat...' Hij pakte haar bij haar schouders en eindelijk ebden de golven weg. Hij liet zijn handen langs haar armen glijden en pakte haar handen, en deze keer liet ze het toe. 'Omdat al die tijd dat je met Connor was, je bij mij wilde zijn.'

'O, wat ben je toch een verwaand mannetje, Danny Coughlin.'

Hij trok aan haar handen en boog zijn hoofd tot hun gezichten op dezelfde hoogte waren. 'En ik wilde bij jou zijn. En we hebben zoveel tijd verloren, Nora, tijdens onze pogingen om...' Hij keek gefrustreerd naar de lucht. 'Om god mag weten wat te zijn.'

'Ik ben getrouwd.'

'Kan me geen flikker schelen. Niks kan me nog een flikker schelen, Nora, alleen dit. Dit hier en nu.'

Ze schudde haar hoofd. 'Je familie onterft je, net als ze met mij hebben gedaan.'

'Nou, en?'

'Je houdt van ze.'

'Ja, ja, dat is zo.' Danny haalde zijn schouders op. 'Maar zonder jou kan ik niet, Nora.' Hij legde zijn voorhoofd tegen het hare. 'Ik kan niet zonder jou.' Hij fluisterde het, met zijn hoofd tegen het hare.

'Je gooit je hele wereld weg,' fluisterde ze, en haar stem was week.

'Daar was ik toch al op uitgekeken.'

Haar lach klonk gesmoord en vochtig.

'We kunnen nooit in de kerk trouwen.'

'Dat heb ik ook achter me.'

Zo stonden ze een hele tijd, en de straten roken naar een vroeg avondregentje.

'Je huilt,' zei ze. 'Ik voel je tranen.'

Hij trok zijn hoofd terug en probeerde te spreken, maar het ging niet, dus lachte hij en de tranen rolden van zijn kin.

Ze leunde wat achterover en ving er een op met haar vinger.

'Dit is niet van de pijn?' zei ze en stopte de vinger in haar mond.

'Nee,' zei Danny en legde zijn voorhoofd weer tegen het hare. 'Het is niet van de pijn.'

Luther kwam thuis na een dag werken bij de Coughlins, waar de hoofdinspecteur hem, voor de tweede keer sinds hij daar werkte, in zijn werkkamer had uitgenodigd.

'Ga zitten, ga zitten,' zei de hoofdinspecteur en haalde zijn uniformjas weg en hing hem aan de kapstok achter zijn bureau.

Luther ging zitten.

De hoofdinspecteur kwam met twee glazen whiskey achter zijn bureau vandaan en gaf er een aan Luther. 'Ik heb gehoord wat je voor Aiden hebt gedaan. Ik wil je bedanken voor het redden van het leven van mijn zoon.' Hij tikte met zijn zware glas tegen dat van Luther.

Luther zei: 'Niks bijzonders, sir.'

'Scollay Square.'

'Sir?'

'Scollay Square. Daar liep je Aiden toch tegen het lijf?'

'Eh, ja sir, dat klopt.'

'Wat voerde je daarheen? Je hebt toch geen vrienden in West End?'

'No, sir.'

'En je woont in South End. En voor zover we weten, werk je daar ook, dus...'

De hoofdinspecteur rolde het glas heen en weer tussen zijn handen en wachtte.

Luther zei: 'Ach, u weet ook wel waar de meeste mannen voor naar Scollay Square gaan.' Hij probeerde samenzweerderig te lachen.

'Dat weet ik,' zei hoofdinspecteur Coughlin. 'Dat weet ik, Luther. Maar zelfs daar gelden raciale principes. Je wilt dus dat ik aanneem dat je bij Mama Hennigan's bent geweest? Dat is de enige tent daar die zwarten van dienst is.'

'Ja, sir,' zei Luther, hoewel hij nu al wist dat hij in een val was gelopen.

De hoofdinspecteur stak een hand in de humidor, haalde er twee sigaren uit, knipte de uiteinden eraf en gaf er een aan Luther. Hij gaf hem vuur en stak daarna zijn eigen sigaar aan.

'Ik begrijp dat mijn vriend Eddie je het leven wat moeilijk maakte.'

Luther zei: 'Nou, sir, ik weet niet of ik het zo – '

'Dat heeft Aiden me verteld,' zei de hoofdinspecteur.

'O.'

'Ik heb namens jou met Eddie gepraat. Dat ben ik je wel verschuldigd voor het redden van mijn zoon.'

'Dank u, sir.'

'Ik beloof je dat hij je het leven niet langer zuur zal maken.'

'Dat stel ik zeer op prijs, sir. Nogmaals bedankt.'

De hoofdinspecteur hief zijn glas, Luther deed hetzelfde en beiden namen een slok van de mooie Ierse whiskey.

De hoofdinspecteur reikte weer achter zich en had nu een witte envelop in zijn hand waarmee hij zachtjes op zijn dij tikte. 'En Helen Grady doet het goed als huishoudster, niet?'

'O, zeker, sir.'

'Geen klachten over haar deskundigheid of instelling?'

'Absoluut niet, sir.'

Helen was nog even kil en afstandelijk tegenover Luther als op de dag dat ze was gekomen, vijf maanden geleden, maar wat kon dat mens werken, zeg.

'Fijn dat te horen.' De hoofdinspecteur gaf Luther de envelop. 'Want ze zal nu voor twee moeten werken.'

Luther opende de envelop en zag een stapeltje bankbiljetten.

'Dat is twee weken ontslaggeld, Luther. We hebben Mama Hennigan's twee weken geleden gesloten wegens overtreding van de regels. De enige die jij op Scollay Square kent, is iemand die hier heeft gewerkt. Het verklaart waarom er de laatste tijd voedsel uit mijn voorraadkast verdween, diefstallen waarover Helen Grady me enkele weken geleden heeft ingelicht.' Hij observeerde Luther een tijdje over zijn glas en dronk het toen leeg. 'Eten uit mijn huis meenemen, Luther? Je beseft toch wel dat ik het recht heb je waar je nu zit dood te schieten?'

Luther antwoordde niet. Hij boog zich naar voren, zette zijn glas op de rand van het bureau, stond op, stak zijn hand uit. De hoofdinspecteur dacht even na, legde zijn sigaar in de asbak en schudde Luther de hand.

'Tot zien, Luther,' zei hij opgewekt.

'Tot ziens, hoofdinspecteur. Sir.'

Toen hij in St Botolph Street kwam, was er niemand. Op de keukentafel lag een briefje.

Luther,
  Zijn weg om goede werken te doen (hopen we). Dit is voor jou gekomen. Er staat een bord in de ijskast.
  Isaiah

Onder het briefje lag een grote gele envelop met zijn naam erop in het handschrift van zijn vrouw. Met in gedachten wat er de laatste keer dat hij een envelop had opengemaakt was gebeurd, aarzelde hij even voor hij hem pakte. Toen zei hij: 'Ach, krijg de pest', en voelde zich merkwaardig schuldig omdat hij in Yvettes keuken had gevloekt.

Behoedzaam maakte hij de envelop open en haalde er twee stukken karton uit die strak op elkaar zaten en met een touwtje eromheen. Onder het touwtje zat een opgevouwen briefje en Luther las het. Met trillende handen legde hij het neer, maakte de knoop los zodat hij het bovenste karton kon optillen en kijken wat eronder lag.

Heel lang zat hij daar. Op een gegeven moment liepen hem de tranen over de wangen, hoewel hij nog nooit, zijn hele leven niet, zo'n soort vreugde had gevoeld.

Achter Scollay Square ging hij het steegje in dat langs Nora's pension liep en liet zichzelf binnen door de groene deur aan de achterkant, die maar een kwart van de tijd op slot zat, en deze avond niet. Hij ging snel naar binnen, klopte aan en hoorde aan de andere kant het allerlaatste geluid dat hij er had verwacht: gegiechel.

Er klonk gesmiespel en 'Sst, ssst' en hij klopte opnieuw.

'Wie is daar?'

'Luther,' zei hij en schraapte zijn keel.

De deur ging open en daar stond Danny, met zijn donkere haar in warrige lokken over zijn voorhoofd. Eén bretel hing erbij, de bovenste drie knopen van zijn onderhemd waren open. Nora stond achter hem, fatsoeneerde haar haar, streek haar jurk glad, en ze had kleur op haar wangen.

Op Danny's gezicht lag een brede grijns en Luther hoefde niet te raden wat hij had verstoord.

'Ik kom een andere keer wel terug,' zei hij.

'Wat? Nee, nee.' Danny keek achterom om te controleren of Nora voldoende gekleed was en deed toen de deur wijd open. 'Kom binnen.'

Luther ging het kamertje binnen, voelde zich opeens belachelijk. Hij kon niet vertellen wat hij hier kwam doen, waarom hij op slag van de keukentafel in South End was opgesprongen en zich helemaal hierheen had gehaast, met de grote envelop onder zijn arm.

Nora kwam naar hem toen, met uitgestoken armen en op blote voeten. Op haar gezicht lag de blos van onderbroken seks, maar ook een dieper rood, van openheid en liefde.

'Dank je,' zei ze, pakte zijn hand, boog zich naar hem toe en legde haar wang tegen de zijne. 'Bedankt dat je hem hebt gered. Bedankt dat je mij hebt gered.'

Op dat moment had hij voor het eerst sinds hij van huis weg was, het gevoel dat hij thuis was.

Danny vroeg: 'Iets drinken?'

'Ja, graag,' zei Luther.

Danny ging naar het kleine tafeltje waarop Luther een dag eerder nog fruit had neergelegd. Nu stonden er een fles en vier goedkope glazen. Danny schonk voor hen alle drie een glas whiskey in en gaf Luther het zijne.

'We zijn net verliefd op elkaar geworden,' zei Danny en hief zijn glas.

'O ja?' grinnikte Luther. 'Zijn jullie er eindelijk achter?'

'We hielden al die tijd al van elkaar,' zei Nora tegen Danny. 'We zien het eindelijk onder ogen.'

'Nou,' zei Luther, 'is dat niet puik?'

Nora moest lachen en Danny's grijns werd nog breder. Ze hieven het glas en dronken.

'Wat heb je daar onder je arm?' vroeg Danny.

'O ja, dit.' Luther zette zijn glas op het piepkleine tafeltje en opende de envelop. Alleen al bij het eruit trekken van het karton, begonnen zijn handen te beven. Hij hield het karton in zijn handen en bood het Nora aan. 'Ik kan niet uitleggen waarom ik hier ben, waarom ik wil dat je het ziet. Het is gewoon...' Hij haalde zijn schouders op.

Nora gaf hem een kneepje in zijn arm.

'Het leek wel of het belangrijk was dat ik het aan iemand liet zien. Aan jou.'

Danny zette zijn glas neer en kwam naast Nora zitten. Ze tilde het bovenste karton op en hun ogen werden groter. Nora schoof haar arm onder die van Danny en legde haar wang tegen zijn arm.

'Wat is hij mooi,' zei Danny zacht.

Luther knikte. 'Dat is mijn zoon,' zei hij en zijn gezicht vulde zich met warm bloed. 'Dat is mijn kleine jongen.'

4

Steve Coyle was dronken maar net in bad geweest toen hij, als officieel vrederechter, op 3 juni 1919 het huwelijk voltrok tussen Danny Coughlin en Nora O'Shea.

De avond ervoor was er een bom ontploft voor het huis van minister van Justitie Palmer in Washington, DC. De knal kwam voor de bommenlegger als een verrassing, want hij was nog maar een paar meter bij de voordeur van Palmers huis vandaan. Zijn hoofd werd uiteindelijk ontdekt op een dak vier straten verderop, maar zijn armen en benen bleven onvindbaar. Pogingen hem aan de hand van alleen zijn hoofd te identificeren mislukten. De explosie vernielde de voorgevel van Palmers huis en deed alle ruiten aan de straat springen. Van zijn woonkamer, huiskamer, salon en eetkamer was niets meer over. Palmer was op het moment van de explosie in de keuken achter in het huis en werd opvallend ongeschonden onder het puin vandaan gehaald door de secretaris-generaal voor de Marine, Franklin Roosevelt, die tegenover hem woonde. Het geblakerde hoofd van de bommenlegger mocht dan niet toereikend zijn om hem te identificeren, het was duidelijk dat het een anarchist betrof door de pamfletten die hij bij zich had en die gedurende korte tijd na de explosie door R Street dwarrelden en zich al snel over een groot gebied aan de straten en de gebouwen hechtten. Onder de kop EENVOUDIGE TAAL stond een bericht dat bijna hetzelfde was als hetgeen er zeven weken eerder in Boston op de straatlantaarns had gehangen:

Jullie laten ons geen andere keus. Er moet een bloedbad komen.
We zullen jullie vernietigen en de wereld bevrijden van jullie tirannieke instellingen.

Lang leve de sociale revolutie. Weg met de tirannie.

De Anarchistische Strijders

Minister van Justitie Palmer, in de *Washington Post* omschreven als 'geschokt maar ongeïntimideerd', beloofde zijn inspanningen te verdubbelen en zijn vastberadenheid te sterken. Hij meldde alle rooien op Amerikaans grondgebied dat ze gewaarschuwd waren. 'Dit wordt een zomer vol van ongenoegen,' beloofde Palmer, 'maar niet voor dit land, alleen voor zijn vijanden.'

Danny en Nora's huwelijksfeest werd gehouden op het dak van Danny's pension. De aanwezige agenten hadden geen hoge rang en de meesten waren actief lid van de BSC. Enkelen hadden hun vrouw meegenomen, anderen hun vriendin. Danny stelde Luther aan hen voor als 'de man die mijn leven heeft gered'. De meesten hadden daar genoeg aan, hoewel Luther merkte dat enkelen niet van zins waren hun portemonnee of hun vrouw uit het oog te verliezen zolang Luther in de buurt van een van de twee was.

Maar het was een mooi feest. Een van de huurders, een jonge Italiaan, speelde viool tot Luther dacht dat zijn arm eraf zou vallen, en later op de avond kreeg hij gezelschap van een diender met een accordeon. Er was eten en wijn en whiskey in overvloed en emmersvol Pickwick-ale op ijs. De blanken dansten en lachten en toostten en toostten tot ze op de hemel boven en de aarde onder hen toostten toen die bij het vallen van de nacht allebei donkerblauw werden.

Tegen middernacht vond Danny Luther zittend op de borstwering en hij ging naast hem zitten, dronken en lachend. 'De bruid is een beetje over haar toeren omdat je haar niet ten dans hebt gevraagd.'

Luther lachte.

'Wat nou?'

'Een zwarte man die danst met een blanke vrouw en dat op een dak. Dat zal wel.'

'Zekers wel,' zei Danny met enigszins dubbele tong. 'Nora heeft het me zelf gevraagd. Als je de bruid op haar trouwdag ongelukkig wilt maken, nou, ga dan je gang.'

Luther keek hem aan. 'Er zijn grenzen, Danny. Grenzen die je zelfs hier niet overschrijdt.'

'De pot op met grenzen,' zei Danny.

'Kun jij gemakkelijk zeggen,' zei Luther. 'Heel gemakkelijk.'

'Nou, goed dan.'

Ze keken elkaar een tijd aan.

Uiteindelijk zei Danny: 'Wat is er?'

'Je vraagt een hoop van me,' zei Luther.

Danny haalde een pakje Murads tevoorschijn, bood Luther er een aan. Die nam hem aan en Danny gaf hem en daarna zichzelf een vuurtje. Danny blies een blauwe rookpluim uit. 'Ik heb gehoord dat de leiding bij de NAACP op kantoor voornamelijk uit blanke vrouwen bestaat.'

Luther had geen idee waar hij naartoe wilde. 'Dat is misschien wel waar, ja, maar doctor Du Bois is bezig daar verandering in te brengen. Veranderen gaat langzaam.'

'Hm, hmm,' zei Danny. Hij nam een slok uit de whiskeyfles aan zijn voeten en gaf hem aan Luther. 'Vind je dat ik net als zij ben, als die blanke vrouwen?'

Luther constateerde dat een van Danny's collega's hem de fles aan zijn mond zag zetten en voor zichzelf vaststelde welke whiskey hij die avond niet meer zou drinken.

'Vind je dat, Luther? Denk je dat ik probeer iets te bewijzen? Dat ik wil laten zien wat een ruimdenkende blanke ik ben?'

'Ik weet niet waar je mee bezig bent.' Luther gaf hem de fles terug.

Danny nam nog een slok. 'Nergens mee, behalve proberen mijn vriend op haar trouwdag met mijn vrouw te laten dansen omdat ze me heeft gevraagd om dat te doen.'

'Danny.' Luther voelde dat de drank in hem zich roerde, jeukte. 'Dingen is.'

'Dingen is?' Danny trok een wenkbrauw op.

Luther knikte. 'Zoals ze altijd zijn geweest. En ze veranderen niet alleen maar omdat jij dat wil.'

Nora kwam over het dak naar hen toe, een beetje aangeschoten te oordelen aan haar lichte zwalken, met een champagneglas losjes in haar ene hand en een sigaret in de andere.

Voor Luther iets kon zeggen, zei Danny: 'Hij wil niet dansen.'

Nora trok een pruillip. Ze droeg een parelkleurige jurk van glansmousseline en zilverbrokaat. De rok was gekreukeld en haar hele uiterlijk was nu een beetje aan de slonzige kant, maar haar gezicht en ogen maakten nog steeds dat Luther moest denken aan sereniteit, aan thuis.

'Ik denk dat ik ga huilen.' Haar ogen stonden vrolijk en glansden van de drank. 'Boe hoe.'

Luther grinnikte. Het viel hem op dat veel mensen naar hen keken, precies zoals hij had gevreesd.

Hij rolde met zijn ogen, pakte Nora's hand en ze trok hem overeind en de violist en de accordeonist begonnen te spelen. Nora voerde hem onder de halve maan mee naar het midden van het dak en haar hand was warm in de zijne. Zijn andere hand vond haar middel en hij voelde de warmte die ze daar en bij haar wang uitstraalde, en de hartslag in haar hals. Ze rook naar alcohol en jasmijn en die onmiskenbare blankheid die hem was opgevallen de eerste keer dat hij zijn armen om haar heen had geslagen, alsof haar huid nooit in aanraking was geweest met dauw. Een papierachtige geur, stijfselachtig.

'Het is een vreemde wereld, vind je ook niet?' vroeg ze.

'Zeg dat wel.'

Haar Ierse accent was door de alcohol zwaarder dan anders. 'Het spijt me dat je je baan kwijt bent.'

'Ik niet. Ik heb al een andere.'

'O ja?'

Hij knikte. 'Bij de veemarkt. Overmorgen beginnen.'

Luther stak een arm op en ze draaide er onderdoor en kwam toen weer terug tegen zijn borst.

'Je bent de echtste vriend die ik ooit heb gehad.' Ze draaide weer om haar as, licht als de zomer.

Luther lachte: 'Je bent dronken, meisje.'

'Ja, dat is zo,' zei ze vrolijk. 'Maar je bent en blijft familie, Luther. Van mij.'

Ze knikte in de richting van Danny. 'Van hem ook. Zijn wij ook jouw familie?'

Luther keek naar haar gezicht en de rest van de wereld verdampte. Wat een vreemde vrouw, dacht hij. Vreemde man. Vreemde wereld.

'Jazeker, zuster. Jazeker.'

Op de dag van het huwelijk van zijn oudste zoon trof Thomas, toen hij op zijn werk kwam, daar agent Rayme Finch aan. Hij zat in de wachtruimte bij de balie van de wachtcommandant op hem te wachten.

'We komen zeker een klacht indienen?'

Finch stond op, met zijn strohoed in de hand. 'Ik wou u even spreken.'

Thomas ging hem voor het wachtlokaal door naar zijn eigen kamer. Hij deed zijn jas uit, zette zijn pet af, hing ze op de kapstok naast de archiefkasten en vroeg Finch of hij koffie wilde.

'Graag.'

Thomas drukte op de knop van de intercom. 'Stan, twee koffie graag.' Hij keek naar Finch. 'Welkom terug. Blijf je lang?'

Finch reageerde met een vage schouderbeweging.

Thomas deed zijn sjaal af en hing hem op de kapstok over zijn jas en schoof het stapeltje processen-verbaal vanaf de onderlegger naar de linkerkant van zijn bureau. Stan Beck kwam met de koffie en ging weer weg. Over het bureau heen gaf Thomas Finch een kop.

'Melk of suiker?'

'Geen van beide.' Finch nam de kop met een knikje aan.

Thomas schonk melk in zijn eigen kop. 'Wat brengt je hier?'

'Ik begrijp dat u in feite een heel netwerk van mensen hebt die de vergaderingen van de verschillende radicale groepen in de stad bezoeken, en dat u er zelfs een paar hebt die enkele groepen undercover hebben geïnfiltreerd.' Finch blies op de koffie en nam een heel klein slokje, likte de tinteling van zijn lippen. 'En ik heb begrepen dat u, geheel in tegenstelling tot wat u me wilde laten geloven, lijsten samenstelt.'

Thomas ging zitten en nam een slok koffie. 'Je ambitie zou wel eens groter kunnen zijn dan je "begrip", jochie.'

Finch lachte zuinig. 'Ik wil graag toegang tot die lijsten.'

'Toegang?'

'Kopieën.'

'Aha.'

'Is dat een probleem?'

Thomas leunde achterover en legde zijn voeten op het bureau. 'Momenteel zie ik niet wat samenwerken met een andere dienst voor voordelen heeft voor de Bostonse politie.'

'Misschien ziet u dat toch te beperkt.'

'Ik denk het niet,' zei Thomas glimlachend. 'Maar ik sta altijd open voor nieuwe gezichtspunten.'

Finch streek een lucifer af aan de rand van Thomas' bureau en stak een sigaret op. 'Laten we eens bekijken hoe er zal worden gereageerd wanneer bekend wordt dat een ongecontroleerd deel van de BPD lidmaatschapsgegevens en verzendlijsten van bekende radicale groepen verkoopt aan bedrijven, in plaats van ze bekend te maken aan de federale overheid?'

'Sta me toe een kleine correctie aan te brengen.'

'Mijn informatie is deugdelijk.'

Thomas legde zijn handen gevouwen op zijn buik. 'De vergissing die je maakt, jochie, is het gebruik van het woord "ongecontroleerd". Dat kun je niet echt van ons beweren. Feitelijk is het zo dat, als je met een beschuldigende vinger zou wijzen naar mij of wie dan ook met wie ik in deze stad samenwerk, nou, agent Finch, dan zou je merken dat er minstens een dozijn vingers terug zou wijzen naar jou, naar Mr Hoover, naar minister van Justitie Palmer en die armlastige dienst van jullie die net uit het ei is gekropen.' Thomas pakte zijn koffie. 'Ik raad je dus aan voorzichtig te zijn als je bedreigingen uit met betrekking tot mijn mooie stad.'

Finch legde zijn benen over elkaar en tipte de as in het asbakje naast zijn stoel. 'Ik voel hem.'

'Beschouw dat als balsem voor mijn ziel.'

'Ik heb begrepen dat uw zoon, degene die die terrorist heeft gedood, voor onze zaak verloren is?'

Thomas knikte. 'Dat is nu een echte vakbondsman, honderd procent.'

'Maar u hebt nog een zoon. Een jurist voor zover ik weet.'

'Voorzichtig met praten over mijn familie, agent Finch.' Thomas wreef zich in zijn nek. 'Je bent nu zo ongeveer aan het koorddansen in een brandend circus.'

Finch stak een hand op. 'Laat me even uitpraten. Deel die lijsten met ons. Ik beweer niet dat jullie er helemaal niets meer mee kunnen bijverdienen. Maar als u ze met ons deelt, zorg ik ervoor dat uw zoon de jurist de komende maanden prachtklussen krijgt.'

Thomas schudde zijn hoofd. 'Die zit vast bij het OM.'

'Silas Pendergast?' Finch schudde zijn hoofd. 'Dat is de hoer van de wijkbesturen en iedereen weet dat u hem bespeelt, hoofdinspecteur.'

Thomas hield zijn handen op. 'Zeg wat je op je lever hebt.'

'De aanvankelijke verdenking dat de explosie van de melassetank werk van terroristen was, was voor ons een zegen. Eenvoudig gezegd: dit land is de terreur meer dan zat.'

'Maar de explosie was niet het werk van terroristen.'

'De woede is er nog steeds.' Finch grinnikte. 'Dat heeft niemand meer verbaasd dan ons. Wij dachten dat het snelle oordeel over de melassevloedgolf ons de das om zou doen. Eerder het omgekeerde. De mensen willen geen waarheid, ze willen zekerheid.' Hij schokschouderde. 'Of de illusie van zekerheid.'

Finch drukte zijn sigaret uit. 'Mijn huidige opdracht is het deporteren van iedere radicaal die plannen tegen mijn land maakt. De gangbare opvatting is dat deportatie geheel onder federale jurisdictie valt. Maar minister van Justitie Palmer, Mr Hoover en ik zijn onlangs tot het besef gekomen dat autoriteiten op staatsniveau en lager actiever bij deportaties kúnnen worden betrokken. Zou u willen weten hoe?'

Thomas keek naar het plafond. 'Ik zou aannemen dat dat onder de antisyndicalismewetten van de staat zou kunnen.'

Finch staarde hem aan. 'Hoe bent u tot die conclusie gekomen?'

'Ik ben nergens toe *gekomen*. Gewoon gezond verstand, man. Die wetten staan in de boeken, al jaren.'

Finch vroeg: 'U zult wel niet in Washington willen werken, hè?'

Thomas roffelde met zijn knokkels op het raam. 'Zie je dat daar, agent Finch? Zie je de straat? De mensen?'

'Ja.'

'Het heeft me vijftien jaar in Ierland en een maand op zee gekost om het te vinden: mijn thuis. En iemand die zijn thuis achterlaat, is iemand die alles achterlaat.'

Finch tikte met zijn strohoed tegen zijn knie. 'U bent een vreemde vogel.'

'Precies.' Hij stak een open hand op. 'Dus de antisyndicalismewetten?'

'Hebben de deur naar een deportatieproces geopend die we lang voor gesloten hebben gehouden.'

'Plaatselijk dus.'

'En op staatsniveau.'

'Dus jullie zijn je troepen aan het opstellen.'

Finch knikte. 'En we zouden graag zien dat uw zoon daar deel van uitmaakt.'

'Connor?'

'Ja.'

Thomas nam een slok koffie. 'Hoe groot is dat deel?'

'Nou, we laten hem werken met een jurist van Justitie of een lokale – '

'Nee. Hij behandelt de zaken in Boston als eerste man, of hij doet het helemaal niet.'

'Hij is nog jong.'

'Ouder dan die Mr Hoover van je.'

Finch keek om zich heen, besluiteloos. 'Als uw zoon op deze trein stapt, beloof ik u dat die tot het eind van zijn leven doorrijdt.'

'Tja,' zei Thomas, 'maar ik wil dat hij vooraan instapt en niet achteraan. Voorin is het uitzicht een stuk mooier, vind je niet?'

'Nog iets?'

'Ja. Wanneer je hem naar Washington laat komen voor zijn benoeming, zorg je ervoor dat er fotografen bij aanwezig zijn.'

'En in ruil daarvoor krijgt de ploeg van minister van Justitie Palmer toegang tot de lijsten die uw mensen opstellen.'

Thomas zei: 'Per verzoek gespecificeerd en de beslissing ligt bij mij. Ja.'

Thomas keek naar Finch, die deed of hij erover nadacht, alsof hij iets te kiezen had.

'Acceptabel.'

Thomas stond op. Hij boog zich over zijn bureau en stak een hand uit.

Finch stond op en schudde de hand. 'Dat is dan afgesproken.'

'We hebben een contract, agent Finch.' Thomas hield Finch' hand in een stevige greep. 'Beschouw het als onschendbaar.'

Het was Luther opgevallen dat Boston in veel opzichten verschilde van het Middenwesten – de mensen spraken er bijvoorbeeld vreemd en iedereen in de stad kléédde zich, ze kleedden zich alsof ze elke dag uit eten gingen en daarna naar een theater of zo, zelfs de kinderen – maar een veemarkt bleef een veemarkt. Dezelfde blubber, dezelfde stank, hetzelfde lawaai. En voor zwarten hetzelfde werk: onder aan de ladder. Isaiahs vriend Walter Grange werkte er nu vijftien jaar en was opgeklommen tot de functie van voorman voor de hokken. Een blanke met zoveel jaar ervaring was nu marktmeester geweest.

Walter ving Luther op toen hij boven aan Market Street in Brighton uit de tram stapte. Walter was klein met enorme witte bakkebaarden die, zo vermoedde Luther, een compensatie waren voor al het haar dat hij bovenop was kwijtgeraakt. Hij had een tonronde borstkas en korte X-benen, en terwijl hij met Luther Market Street door wandelde, zwaaiden zijn dikke armen in samenspel met zijn heupen. 'Mr Giddreaux zei dat je uit het Middenwesten komt.'

Luther knikte.

'Dus je hebt dit al eerder gezien.'

Luther zei: 'Ik heb op de veemarkt van Cincinnati gewerkt.'

'Nou, ik ken Cincinnati niet, maar Brighton is een complete veestád. Bijna alles wat je hier aan Market Street ziet, heeft met de veehandel te maken.'

Hij wees naar het Cattlemen's Hotel op de hoek van Market en Washington en het concurrerende Stockyard Arms aan de overkant, en gebaarde in de richting van verpakkingsbedrijven en de diverse pensions en logementen voor arbeiders en vertegenwoordigers.

'Je raakt gewend aan de stank,' zei hij. 'Ik ruik het niet meer.'

Luther had hetzelfde ervaren in Cincinnati, maar nu kon hij zich maar moeilijk herinneren hoe hij dat voor elkaar had gekregen. De schoorstenen loosden zwarte spiralen hemelwaarts en de hemel blies ze terug en de olieachtige lucht rook naar bloed en vet en geschroeid vlees. Naar chemicaliën en mest en hooi en modder. Voorbij de kruising met Faneuil Street werd Market Street vlakker en daar begonnen de hokken die zich straatlengten lang aan beide zijden van de straat uitstrekten met treinrails die er dwars doorheen liepen. De lucht van mest werd sterker, rees op in een zware vloedgolf, en hoge hekken met kippengaas er bovenop sproten op uit de grond en de wereld was plotseling vol stof en het geluid van fluiten en hinniken, loeien en blaten van het vee. Walter Grange ontsloot een houten poort en liet Luther door en de grond werd donker en modderig.

'Veel mensen hebben gevestigde belangen in de veemarkt,' zei Walter. 'Je hebt kleine boertjes en grote veebedrijven. Je hebt afnemers en handelaren en commissionairs en leningadviseurs. Je hebt spoorwegmensen en telegrafisten en marktanalisten, en de mannen die de beesten binden en handelaren en truckers die het vee vervoeren als het is verkocht. Je hebt mensen van de conservenfabrieken die klaarstaan om het vee 's morgens te kopen en die de beesten meteen vanuit de hokken meenemen naar de slachthuizen en de middag erop als biefstuk in de verkoop hebben. Je hebt mensen die voor de marktnieuwsdienst werken en je hebt poortlui en marktmedewerkers en hokkenlieden en weegmeesters en meer handelshuizen dan je je kunt voorstellen. En dan hebben we het nog niet eens gehad over de ongeschoolde krachten.' Hij keek Luther met opgetrokken wenkbrauw aan. 'Zoals jij.'

Luther keek om zich heen. Weer helemaal Cincinnati, maar hij moest een heleboel van Cincinnati zijn vergeten, hebben verdrongen. Het marktterrein was reusachtig groot. Kilometers modderige gangen tussen de houten hokken die gevuld waren met snuivende beesten. Koeien, varkens, schapen, lammeren. Overal draafden mannen rond, met kaplaarzen en overalls en werkhemden, maar ook mensen netjes in een pak en met een vlinderdas en een strohoed en nog weer anderen in een geruit hemd en met een cowboyhoed op. Cowboyhoeden in Boston! Hij kwam langs een weegschaal zo hoog als een huis in Columbus en praktisch even breed, en zag hoe een man er een zo te zien verdoofde

vaars heen bracht en zijn hand opstak naar een man naast de weegschaal die klaarstond met pen en papier. 'Een uitgebreide schets, zo te
zien, George.'

'Sorry, Lionel. Ga je gang.'

De man zette nog een kalf en een derde en daarna nog een vierde op
de weegschaal en Luther vroeg zich af hoeveel gewicht die weegschaal
aankon, of hij een schip en de mensen erop kon wegen.

Hij was achteropgeraakt bij Walter en holde om hem in te halen op
het moment dat Walter rechts afsloeg, een pad tussen nog meer hokken door, en toen Luther bij hem kwam, zei Walter: 'De voorman is
verantwoordelijk voor al het vee dat tijdens zijn dienst uit de treinen
komt. Dat ben ik. Ik breng ze naar de hokken en daar houden we ze
vast en we voeren ze en ruimen de mest op tot ze verkocht zijn, en dan
komt er een man met een verkoopbewijs en geven we ze aan hem mee.'

Hij bleef bij de volgende hoek staan en gaf Luther een schep.

Luther keek hem met een wrang lachje aan. 'Ja, dit weet ik nog.'

'Dat bespaart me de uitleg. Wij hebben de hokken negentien tot en
met vijfenzeventig. Duidelijk?

Telkens als ik er een leegmaak, maak jij het schoon en zorg je voor
hooi en water. Drie keer per week ga je aan het eind van de dag daarheen' – hij wees – 'en maak je dat ook schoon.'

Luther volgde zijn vinger en zag het lage bruine gebouwtje aan de
westkant van de markt. Je hoefde niet te weten wat het was om te vermoeden waar het voor diende. Geen enkel ding dat zo laag en onver-
sierd was en er zo functioneel uitzag zou ooit een lach op iemands
gezicht kunnen toveren.

'De slachtplaats,' zei Luther.

'Heb je daar problemen mee?'

Luther schudde zijn hoofd. 'Het hoort erbij.'

Walter Grange bevestigde het met een zucht en een klopje op de rug.
'Het hoort erbij.'

Twee dagen na de huwelijksvoltrekking van Danny en Nora had
Connor een afspraak met minister van Justitie Palmer bij hem thuis
in Washington, DC. De ramen waren dichtgetimmerd, van de voorka-
mers was niets over, de plafonds waren ingestort, de trap vlak achter de
entree was in tweeën gekliefd, de onderste helft half verdwenen onder
het puin, de bovenste helft hangend boven de entreehal. De politie en
federale agenten hadden een commandopost ingericht in wat ooit de

salon was geweest en de agenten liepen door het hele huis. Mitchell Palmers lijfknecht ging Connor voor naar het kantoor achter in het huis.

Daar werd hij opgewacht door drie mannen. In de oudste en vlezigste van hen herkende hij meteen Mitchell Palmer. Hij was rond zonder echt dik te zijn en zijn lippen waren het dikste aan hem: ze ontsproten als een roos aan zijn gezicht. Hij gaf Connor een hand, bedankte hem voor zijn komst en stelde hem voor aan een agent van het Bureau of Investigation, BI, genaamd Rayme Finch, en een jurist van Justitie met donkere ogen en donker haar genaamd John Hoover.

Connor moest over wat boeken stappen om bij zijn stoel te komen. De explosie had ze van de planken geschoven en de ingebouwde boekenkasten vertoonden grote scheuren. Stuc en verf waren van het plafond gevallen en in het raam achter Palmer zaten twee ruiten met een barst.

Palmer zag hem kijken. 'Je ziet wat ze kunnen aanrichten, die radicalen.'

'Yes, sir.'

'Maar ik gun ze de voldoening niet dat ze me mijn huis uit krijgen. Dat kan ik u verzekeren.'

'Heel moedig van u, sir.'

Palmer draaide op zijn stoel een beetje heen en weer toen Hoover en Finch elk aan een kant van hem plaatsnamen.

'Mr Coughlin, bent u blij met de richting waarin ons land zich ontwikkelt?'

Connor zag Danny en zijn hoer voor zich, dansend op hun trouwdag, slapend in hun bezoedelde bed. 'No, sir.'

'En waarom niet?'

'Het lijkt erop dat we bezig zijn de sleutels uit handen te geven.'

'Goed gezegd, jongeman. Zou je ons willen helpen een eind aan die gewoonte te maken?'

'Met alle genoegen, sir.'

Palmer draaide zich om op zijn stoel tot hij de barsten in zijn ruiten zag. 'Normale tijden vragen om normale wetten. Zou je deze tijd normaal willen noemen?'

Hoofdschuddend zei Connor: 'Zeker niet, sir.'

'Buitengewone tijden...?'

'Vragen om buitengewone maatregelen.'

'Precies. Mr Hoover?'

John Hoover trok zijn broekspijpen op bij de knie en boog zich naar voren. 'De minister van Justitie is vastbesloten dit kwaad uit ons midden te verdrijven. Te dien einde heeft hij me gevraagd leiding te geven aan een nieuwe afdeling van het Bureau of Investigation die vanaf heden bekend zal staan als de General Intelligence Divison of G-I-D. Onze opdracht is om, zoals de naam al zegt, informatie te verzamelen over de radicalen, communisten en bolsjewieken, de anarchisten en de Galleanisten. Kortom, de vijanden van een vrije en rechtvaardige samenleving. Jij?'

'Pardon?'

'Jij?' Hoovers ogen puilden uit. 'Jij?'

Connor zei: 'Ik geloof niet dat ik – '

'Jij, Coughlin? Jij. Wat ben jij?'

'Geen van hen,' zei Connor en hij was zelf verbaasd over de hardheid in zijn stem.

'Sluit u dan bij ons aan, Mr Coughlin.' Mitchell Palmer draaide zich terug van zijn raam en stak over zijn bureau heen zijn hand uit.

Connor stond op en schudde de hand. 'Ik vind het een eer, sir.'

'Welkom aan onze tafel.'

Luther was op de begane grond van het gebouw aan Shawmut Avenue muren aan het stuken met Clayton Tomes toen ze drie autoportieren hoorden dichtslaan en zagen hoe McKenna en twee agenten in burger uit de zwarte Hudson stapten en de trappen naar hun gebouw op gingen.

Toen ze de kamer binnenstapten zag Luther in de ogen van McKenna meteen iets dat veel verderging dan de normale corruptie, de normale minachting. Hij zag iets dat zo ontketend was dat het in een kuil hoorde, geketend en gekooid.

De twee dienders die hij had meegenomen gingen ieder aan een kant van de kamer staan. Een van hen had om een of andere reden een gereedschapskist bij zich. Te oordelen naar het trekken van zijn schouders was het ding zwaar. Hij zette hem op de grond bij de deur naar de keuken.

McKenna zette zijn hoed af en zwaaide ermee in de richting van Clayton. 'Fijn je weer te zien, jongen.'

'Sir.'

McKenna bleef voor Luther staan en keek in de emmer met stuc die tussen hen in stond. 'Luther, zou je je beledigd voelen als ik je een nogal esoterische vraag stelde?'

464

Luther dacht: nou, daar ga je dan met Danny of de hoofdinspecteur, die zouden dit probleem wel eens aanpakken.

'Nah, suh.'

'Ik ben nieuwsgierig naar waar je voorvaderen vandaan komen,' zei McKenna. 'Afrika? Haïti? Of Australië? Je zou een aboriginal kunnen zijn, toch? Weet je het eigenlijk wel, jong?'

'Wat bedoelt u, suh?'

'Waar kom je vandaan?'

'Amerika. Deze Verenigde Staten.'

McKenna schudde zijn hoofd. 'Je wóónt hier nu. Maar waar komt je volk vandaan, jong? Ik vraag je of je dat weet.'

Luther gaf het op. 'No, suh.'

'Ik wel.' Hij kneep Luther in zijn schouder. 'Wanneer je eenmaal weet waar je op moet letten, kun je altijd zeggen waar iemand vandaan komt. Luther, je overgrootvader kwam, gezien die neus van je en dat kroeshaar van je en die enorme lippen van je, ergens uit het Afrika bezuiden de Sahara. Ik schat Rhodesië of zo. Maar je lichtere huid en die sproeten bij je jukbeenderen zijn, zo waar als ik bij god hier sta, West-Indisch. Je overgrootvader kwam dus uit een apenboom en je overgrootmoeder uit een eilandboom en ze vonden hun plaats in de Nieuwe Wereld als slaven en brachten je grootvader voort die je vader voortbracht die jou voortbracht. Maar die Nieuwe Wereld, dat is niet het echte Amerika. Jullie zijn als een land in een land, dat zal ik niet ontkennen, maar jullie zijn niet echt het land zelf. Je bent een niet-Amerikaan die is geboren in Amerika maar nooit een Amerikaan kan worden.'

'Waarom niet?' Luther staarde terug in de lege ogen van de man.

'Omdat je zwart bent. Negroïde. Zwarte honing in het land van witte melk. Met andere woorden, Luther: je had thuis moeten blijven.'

'Niemand heeft erom gevraagd.'

'Dan had je harder moeten knokken,' zei McKenna. 'Want je echte plaats in de wereld, Luther, is waar je vandaan kwam.'

'Dat beweert Mr Marcus Garvey ook,' zei Luther.

'Me vergelijken met Garvey, hè?' zei McKenna met een wat dromerig lachje en een schouderophalen. 'Daar zit ik niet mee. Vind je het fijn om bij de Coughlins te werken?'

'Ik vond het fijn, ja.'

Een van de agenten slenterde dichterbij en kwam vlak achter Luther staan.

'O ja, dat is zo,' zei McKenna. 'Ik was vergeten dat je bent ontslagen. Vermoordt een stel mensen in Tulsa, laat vrouw en kind achter, komt hier werken voor een hoofdinspecteur van politie en nóg zie je kans het te verpesten. Als je een kat was, zou ik zeggen dat je nu toch bijna aan je laatste leven toe was.'

Luther voelde de ogen van Clayton. Die zou via via wel iets over Tulsa hebben vernomen. Maar hij zou nooit hebben vermoed dat zijn nieuwe vriend daarbij betrokken was. Luther wilde het uitleggen, maar hij kon alleen McKenna maar aankijken.

'Wat wilt u nu dat ik voor u doe?' zei Luther. 'Want daar draait het toch om: dat ik iets voor u moet doen?'

McKenna proostte met zijn heupfles. 'Schiet het op?'

'Wat?' zei Luther.

'Het gebouw. De verbouwing.' McKenna raapte een breekijzer op.

'Ik geloof van wel.'

'Bijna klaar, zie ik. Op deze verdieping dan.' Hij sloeg met het breekijzer twee ramen kapot. 'Heb je daar wat aan?'

Er rinkelde wat glas op de grond en Luther vroeg zich af wat het was in sommige mensen waardoor ze het fijn vonden zich gehaat te maken.

De diender achter Luther grinnikte zachtjes. Hij kwam naast hem staan en aaide zijn borst met zijn knuppel. Zijn wangen waren verweerd en zijn gezicht deed Luther denken aan een knolraap die te lang op het veld heeft gelegen. Hij rook naar whiskey.

De andere diender kwam met de gereedschapskist de kamer door en zette hem tussen Luther en McKenna op de grond.

'We waren mannen met een afspraak. Mannen,' zei McKenna en boog zich lang genoeg over naar Luther dat die zijn whiskeytong en goedkope aftershave kon ruiken. 'En toen ben je naar Tommy Coughlin en dat overgeprivilegeerde zoontje van hem gerend omdat je dacht dat dat je kon redden. Maar, god, het blijkt een vloek te zijn.'

Hij gaf Luther zo'n harde klap dat die omtolde en op zijn heup viel.

'Sta op.'

Luther stond op.

'Je hebt voor je beurt over *mij* gepraat?' McKenna gaf Luther zo'n harde schop tegen zijn scheen dat Luther zijn andere been moest verplaatsen om niet te vallen. 'Je hebt de Coughlins gevraagd om van mij verlost te worden?'

McKenna trok zijn dienstwapen en zette het tegen Luthers voorhoofd. '*Ik* ben Edward McKenna van de BPD en niet zomaar iemand.

Ik ben niet een of andere lakei. Ik ben Edward McKenna. Inspecteur! En jij zit fout!'

Luther keek schuin omhoog. De zwarte loop groeide van zijn hoofd naar McKenna's hand als een tumor.

'Yes, suh.'

'Hou op met dat ge-yes-suh.' McKenna gaf Luther met de kolf van zijn pistool een klap op zijn hoofd.

Luthers knieën knakten tot halverwege de vloer, maar hij veerde terug voordat zijn knieën de grond konden raken. 'Yes, suh,' zei hij weer.

McKenna stak zijn arm verder uit en zette de loop tussen Luthers ogen. Hij spande de haan. Hij ontspande de haan. Hij spande hem weer. Hij keek Luther met een brede; ambergetande grijns aan.

Luther was doodmoe, hondsmoe, levensmoe. Hij zag hoe de angst Claytons gezicht met zweet bedekte en hij begreep dat, herkende dat. Maar hij kon het niet meevoelen. Nu nog niet. Niet angst was zijn probleem, maar het zát zijn. Hij was het vluchten zat en het spel zat dat hij speelde sinds hij op twee benen stond. Hij was dienders zat, machtsspelletjes zat, deze hele wereld was hij zat.

'Ik weet niet wat je van plan bent, McKenna, maar jezus, man, doe het.'

McKenna knikte. McKenna lachte. McKenna stak zijn wapen in de holster.

De loop liet een merkteken op Luthers voorhoofd na, een afdruk, en die voelde hij. Die jeukte. Hij deed een stap achteruit en weerstond de neiging de plek aan te raken.

'Ja, jong, je hebt me in een lastig parket gebracht met de Coughlins, dat is niet iets wat iemand met mijn ambities over zijn kant laat gaan.' Hij spreidde zijn armen. 'Dat kan ik gewoon niet.'

'Oké.'

'Ach, was het maar zo gemakkelijk als "oké". Maar dat is het niet. Je dient ervoor te betalen.' McKenna wees naar de gereedschapskist. 'Zou je die in de kluis willen zetten die je hebt gebouwd?'

Luther zag voor zich hoe zijn moeder van bovenaf op hem neerkeek, met pijn in haar hart om wat haar enige zoon van zijn leven had gemaakt.

'Wat zit erin?'

'Slechte dingen,' zei McKenna. 'Slechte, slechte dingen. Ik wil dat je dat weet, Luther. Ik wil dat je weet dat je iets heel verschrikkelijks doet dat de mensen om wie jij geeft heel hard zal treffen. Ik wil dat je beseft dat je dat over jezelf hebt afgeroepen. En ik kan je verzekeren dat er voor jou en je vrouw geen ontkomen aan is.'

Toen McKenna het pistool tegen zijn hoofd had gezet, was Luther zich bewust geweest van een waarheid die los stond van alle andere: voor dit alles achter de rug was, zou McKenna hem hebben gedood. Hij zou hem doden en de rest gewoon vergeten. Hij zou Lila met rust laten, simpelweg omdat betrokken zijn bij een nikkerrechtszaak meer dan vijftienhonderd kilometer verderop zinloos was als de bron van zijn woede al dood was. Dus Luther wist ook dit: geen Luther, geen gevaar voor zijn beminden.

'Ik ga mijn mensen niet verraden,' zei hij tegen McKenna. 'Ik plaats geen foute spullen in het kantoor van de NAACP. Ik verdom het en jij kan doodvallen.'

Clayton liet een ongelovig gesis horen.

Maar McKenna trok een gezicht alsof hij het had verwacht. 'O ja?'

'Ja.' Luther keek omlaag naar de gereedschapskist en daarna op naar McKenna. 'Ik ga niet – '

McKenna legde een hand achter zijn oor alsof hij het niet goed kon horen, trok het pistool uit de holster en schoot Clayton Tomes in de borst.

Clayton stak een hand op, de palm naar voren, keek omlaag naar de rook die uit het gat in zijn overall kringelde. De rook maakte plaats voor een stroom dikke, donkere vloeistof en Clayton hield zijn hand er als een kopje onder. Hij draaide zich om en liep voorzichtig naar een van de blikken met stuc waar Luther en hij op hadden zitten eten en drinken en kletsen. Hij raakte het blik met een hand aan voor hij erop ging zitten. Hij zei: 'Waarom...' en leunde met zijn hoofd tegen de muur. McKenna legde zijn handen over elkaar voor zijn kruis en tikte met de loop van zijn pistool tegen zijn dijbeen. 'Wat zei je, Luther?'

Luthers lippen trilden, er rolden hete tranen over zijn gezicht. Het rook naar cordiet. De muren schudden van de winterwind.

'Wat bezielt u in godsnaam?' fluisterde Luther. 'Wat bezielt – '

McKenna vuurde opnieuw. Claytons ogen werden groot en er kwam een vochtig plopgeluidje van ongeloof uit zijn mond. Toen verscheen het kogelgat, net onder zijn adamsappel. Hij trok een gezicht alsof hij iets verkeerds had gegeten en stak een hand uit naar Luther. Toen draaiden zijn ogen door de inspanning naar achteren en liet hij zijn hand in zijn schoot zakken. Hij sloot zijn ogen, hapte een aantal malen naar adem en toen maakte hij geen geluid meer.

McKenna nam nog een slok uit zijn heupfles. 'Luther? Kijk me aan.'

Luther kon zijn ogen niet van Clayton afhouden. Ze hadden het net nog gehad over de afwerking die hun nog wachtte. Ze hadden net hun boterhammen zitten eten. Tranen gleden zijn mond in.

'Waarom doet u zoiets? Hij deed niemand kwaad. Hij heeft nooit – '

'Omdat jij niet de temmer bent bij dit apennummer. Dat ben ik.' McKenna hield zijn hoofd schuin en boorde zijn blik in die van Luther. 'Jij bent de aap. Begrepen?'

McKenna liet de loop van zijn wapen in Luthers mond glijden. Die was nog heet genoeg om zijn tong aan te verbranden. Hij kokhalsde. McKenna spande de haan. 'Hij was geen Amerikaan. Hij maakte geen deel uit van een acceptabele definitie van het menselijk ras. Hij was werkkracht. Hij was een voetensteun. Hij was een lastdier, en niks meer. Ik heb hem uit de weg geruimd, Luther, om iets duidelijk te maken; dat ik eerder zou rouwen om een voetensteun dan om de dood van een van jullie. Denk je dat ik werkloos blijf toekijken hoe Isaiah Giddreaux en die aangeklede orang-oetan van een Du Bois mijn ras proberen te verbasteren? Ben je niet goed bij je hoofd?' Hij haalde het pistool uit Luthers mond en wees ermee naar de muren. 'Dit gebouw is een belediging van alles in dit land wat het waard is om voor te sterven. Over twintig jaar zullen de mensen verbijsterd zijn als ze horen dat we het goed vonden dat jullie als vrije mensen mochten leven. Dat we jullie *loon* betaalden. Dat we toestonden dat jullie met ons praatten en ons eten mochten aanraken.' Hij stak het pistool in zijn holster, pakte Luther bij de schouders en kneep. 'Ik zal opgewekt voor mijn idealen sterven. En jij?'

Luther zei niets. Hij wist niet wat hij moest zeggen, wilde naar Clayton gaan en zijn hand vasthouden. Ook al was hij dood, Luther dacht dat hij ervoor kon zorgen dat hij zich minder eenzaam voelde.

'Als je hier met iemand over praat, vermoord ik Yvette Giddreaux wanneer ze weer eens in het Union Park heeft geluncht. Als je niet precies doet wat ik zeg – wat ik zeg en wanneer ik het zeg – schiet ik hier in de stad elke week een nikker dood. En je weet dat ik het heb gedaan omdat ik ze door hun linkeroog schiet zodat ze half blind naar hun nikkergod gaan. En dan ben jij schuldig aan hun dood, Luther Laurence. Jij en jij alleen. Is dat afgesproken?'

Hij liet Luther los en deed een stap achteruit. 'Ja?'

Luther knikte.

'Brave neger.' McKenna knikte. 'Agent Hamilton en agent Temple en ik blijven bij je tot... Luister je wel?'

Claytons lichaam viel van de ton met stuc. Het lag op de grond en één arm wees naar de deur. Luther wendde zijn hoofd af.

'We blijven bij je tot het donker wordt. Zeg dat je het begrijpt, Luther.'

'Ik begrijp het,' zei Luther.

'Is het niet geweldig?' McKenna sloeg een arm om Luthers schouder. 'Is het niet fantastisch?' Hij manoeuvreerde Luther zo dat ze beiden recht voor Claytons lichaam stonden.

'We gaan hem in de achtertuin begraven,' zei McKenna. 'En de gereedschapskist zetten we in de kluis. En we gaan een acceptabel verhaal voor je verzinnen om Miss Amy Wagenfeld te vertellen wanneer ze rechercheurs op je af stuurt, wat ze zeker zal doen aangezien je de laatste bent die Mr Tomes in leven heeft gezien voordat hij met de noorderzon uit onze mooie stad vertrok, waarschijnlijk met een blank minderjarig meisje. En wanneer we dat allemaal hebben gedaan, wachten we op de aankondiging van de openingsceremonie. En je belt me zodra je de datum weet of...'

'U doodt... u doodt...'

'Een nikker,' zei McKenna en duwde Luthers hoofd van voor naar achter zodat hij knikte. 'Zijn er nog onderdelen die ik voor je moet herhalen?'

Luther keek hem recht in de ogen. 'Nee.'

'Prachtig.' Hij liet Luther los en trok zijn jas uit. 'Jongens, doe je jas uit, allebei. We helpen Luther een handje met stuken, vinden jullie niet? Hij hoeft niet alles in zijn eentje te doen.'

5

Het huis in K Street kromp. De kamers werden smaller en de plafonds leken uit te zakken en de stilte die in de plaats van Nora kwam, was er een vol rancune. Dat bleef zo het hele voorjaar en het werd nog erger toen de Coughlins te horen kregen dat Danny Nora tot zijn vrouw had genomen. Joe's moeder ging met migraine naar haar kamer en de enkele keer dat Connor niet aan het werk was – en hij werkte de laatste tijd vierentwintig uur per dag – stonk zijn adem naar alcohol en was hij zo snel kwaad dat Joe ver uit zijn buurt bleef als hij met hem in één kamer was. Met zijn vader was het nog erger. Wanneer Joe opkeek, zag hij dat zijn vader hem glazig aanstaarde en leek het erop dat hij dat al een tijdje deed. De derde keer dat het gebeurde, in de keuken, zei Joe: 'Wat is er?'

Zijn vader knipperde met zijn oogleden. 'Pardon?'

'U zit naar me te staren, sir.'

'Geen brutale opmerkingen, jochie.'

Joe sloeg zijn ogen neer. Het was waarschijnlijk de enige keer in zijn leven dat hij zijn vaders blik zo lang had durven vasthouden. 'Yes, sir.'

'Ach, je bent net als hij,' zei zijn vader en sloeg met een luid geritsel de ochtendkrant open.

Joe deed geen moeite te vragen over wie zijn vader het had. Sinds de trouwdag was Danny's naam bij die van Nora op de lijst gezet van dingen waar je niet hardop over mocht praten. Ook al was hij nog maar dertien, Joe had heel goed door dat de lijst, die al bestond lang voor hij geboren was, de sleutel was tot de meeste mysteries in de Coughlin-dynastie. Over de lijst werd nooit gepraat omdat een van de onderwerpen op de lijst de lijst zelf was, maar Joe begreep dat het allerbelangrijkste op de lijst alles was wat de familie in verlegenheid kon brengen: familieleden die zich geregeld overgaven aan openbare dronkenschap (oom Mike), die buiten de kerk waren getrouwd (neef Ed), die misdaden hadden gepleegd (neef Eoin, in Californië), zelfmoord hadden gepleegd (nogmaals neef Eoin), of buiten het huwelijk een kind ter wereld hadden gebracht (tante Huppeldepup in Vancouver; ze was zo volkomen uit de familie verbannen dat Joe niet wist hoe ze heette; je kon haar bestaan vergelijken met een dun sliertje rook dat een kamer binnenkringelde voor iemand op het idee kwam om de deur dicht te doen). Seks, zo begreep Joe, stond in vette letters helemaal boven aan de lijst. Alles wat ermee te maken had. Elk vermoeden dat mensen er zelfs maar aan dachten, en al helemaal dat ze eraan deden.

Geld werd nooit ter sprake gebracht, noch de grillen van de publieke opinie en de nieuwe, moderne mores, die beide vanzelfsprekend als antikatholiek en anti-Iers werden gezien. Er stonden nog tientallen andere onderwerpen op de lijst, maar je wist nooit welke tot je er een aanroerde en uit één enkele blik begreep dat je in een mijnenveld was terechtgekomen.

Wat Joe in Danny's afwezigheid het meest miste was het feit dat hij zich geen ene moer van die lijst aantrok. Hij geloofde er gewoon niet in. Hij was onder het eten begonnen over het vrouwenstemrecht, over het jongste debat over de roklengte, had zijn vader gevraagd wat hij vond van het toenemende aantal negers dat in het Zuiden gelyncht werd en zich afgevraagd waarom het de katholieke Kerk achttien eeuwen had gekost om erachter te komen dat Maria maagd was.

'Zo is het genoeg!' had zijn moeder bij dat laatste onderwerp uitgeroepen terwijl de tranen haar in de ogen sprongen.

'Kijk nou wat je doet,' had zijn vader gezegd.

Het was een hele prestatie, in één klap twee onderwerpen van de lijst, seks en het falen van de Kerk, aan te roeren.

'Sorry, ma,' had Danny gezegd met een knipoog naar Joe.

Christus, wat miste Joe die knipoog.

Danny was twee dagen na zijn trouwen bij hun kerk verschenen. Joe zag hem toen hij met zijn klasgenoten uit school kwam. Danny was in burger en stond tegen het smeedijzeren hek geleund. Joe liet niets merken, hoewel een vochtige golf van warmte hem van zijn keel tot zijn tenen overspoelde. Hij liep met zijn vriendjes het hek uit en kwam zo nonchalant mogelijk naar zijn broer toe.

'Trek in een frankfurter, broer?'

Danny had hem nog nooit broer genoemd. Tot dan toe was het altijd 'broertje' geweest. Hierdoor veranderde alles, voelde Joe zich stukken groter, en toch was er iets in hem dat onmiddellijk wilde dat het weer werd zoals het was geweest.

'Ja hoor.'

Ze liepen over West Broadway naar Sol's Dining Car op de hoek met C Street. Sinds kort stond bij Sol de frankfurter op het menu. Hij had geweigerd hem zo te noemen tijdens de oorlog omdat het worstje te Duits klonk, en hij had het, zoals de meeste eetgelegenheden tijdens de oorlog, 'Liberty sausage', genoemd. Maar nu waren de Duitsers verslagen en heersten er in South Boston geen wrokkige gevoelens meer. De meeste snackbars in de stad deden erg hun best aan te haken bij de nieuwe rage die de snackbarketen van Joe & Nemo in de stad had helpen ontketenen, ofschoon er indertijd wel aan hun vaderlandslievendheid was getwijfeld.

Danny kocht er voor elk twee en ze gingen op de stenen picknickbank voor de snackbar zitten en aten ze met een fles prik terwijl op West Broadway auto's paard-en-wagens omzeilden en paard-en-wagens auto's omzeilden en je kon ruiken dat de zomer in aantocht was.

'Heb je het gehoord?'

Joe knikte. 'Nora en jij zijn getrouwd.'

'Nou en of.' Hij hapte in zijn frankfurter, trok zijn wenkbrauwen op en moest voor hij begon te kauwen opeens lachen. 'Ik wou dat je erbij was geweest.'

'Ja?'

'Wij allebei.'

'Ja.'

'Maar de familie zou het niet goed hebben gevonden.'

'Weet ik.'

'Echt?'

Joe schokschouderde. 'Ze komen er wel overheen.'

Danny schudde zijn hoofd. 'Nee, broer, dat doen ze niet.'

Joe zou wel willen huilen, maar in plaats daarvan glimlachte hij, slikte wat vlees door en nam een slok prik. 'Ze draaien echt wel bij. Heus.'

Danny legde zijn hand zachtjes op Joe's wang. Joe wist niet wat hij moest doen, want dit was nog nooit gebeurd. Je gaf elkaar een dreun op de schouder. Je gaf elkaar een por in de ribben. Zoiets als dit dééd je niet. Danny keek hem met een warme blik aan.

'Je bent thuis voorlopig op jezelf aangewezen, broer.'

'Mag ik op bezoek komen?' Joe hoorde de snik in zijn stem en keek neer op zijn frankfurter en was blij dat er geen tranen op vielen. 'Bij jou en Nora?'

'Natuurlijk. Maar als ze er thuis achter komen, lig je er wel uit.'

'Dat zou niet voor het eerst zijn,' zei Joe. 'Zo vaak. Je raakt eraan gewend.'

Danny moest lachen. 'Je doet het fantastisch, Joe.'

Joe knikte en voelde zijn wangen gloeien. 'Waarom laat je me dan in de steek?'

Danny legde een vinger onder Joe's kin en tilde hem op. 'Ik laat je niet in de steek. Wat zei ik daarnet? Je kunt altijd langskomen.'

'Zal wel.'

'Joe, Joe, ik ben verdomd serieus. Je bent mijn broer. Ik heb de familie niet in de steek gelaten, de familie heeft mij in de steek gelaten. Vanwege Nora.'

'Pa en Con zeiden dat je een bolsjewiek bent.'

'Wat? Tegen jou?'

Joe schudde zijn hoofd. 'Ik hoorde ze op een avond praten.' Hij begon te lachen. 'Ik kan alles horen. Het is een oud huis. Ze zeiden dat je besmet was geraakt door de buurt. Dat je een Italianen-gek was geworden en een neger-gek en dat je de weg kwijt was. Ze waren hartstikke dronken.'

'Hoe weet je dat?'

'Aan het eind begonnen ze te zingen.'

'Echt waar? "Danny Boy"?'

Joe knikte. 'En "Cliffs of Doneen" en "She Moved Through the Fair".'

'Die laatste hoor je niet vaak.'

'Alleen wanneer pa écht hartstikke teut is.'

Danny lachte en sloeg zijn arm om hem heen en Joe schommelde er tegenin.

'Ben je besmet door de buurt, Dan?'

Danny kuste hem op zijn voorhoofd. Een echte kus. Joe vroeg zich af of Danny soms dronken was.

Danny zei: 'Ja, ik geloof het wel, broer.'

'Hou je van Italianen?'

Danny haalde zijn schouders op. 'Ik heb niks tegen ze. Jij?'

'Ik vind ze aardig. Ik vind het fijn in North End. Net als jij.'

Danny liet zijn vuist op zijn knie stuiteren. 'Nou, dat is mooi.'

'Maar Con haat ze.'

'Ach, Con heeft een hoop haat in zich.'

Joe at de rest van zijn tweede frankfurter op. 'Waarom?'

Een schouderophalen van Danny. 'Misschien omdat hij, als hij iets ziet wat hem in de war brengt, het gevoel heeft dat hij meteen een antwoord moet hebben. En als dat antwoord niet meteen voorhanden is, grijpt hij wat er wel is en dan maakt hij daar het antwoord van.' Weer een schouderophalen. 'Maar eerlijk gezegd weet ik het ook niet. Con heeft vanaf zijn geboorte iets wat hem dwarszit.'

Ze zeiden een tijdje niets en Joe zat op de rand van de stenen tafel met zijn benen te zwaaien. Een straatkoopman kwam thuis na een dag op Haymarket Square en stopte bij de stoep. Hij klom van zijn wagen, vermoeid snuivend, en liep naar voren tot hij vooraan bij het paard stond en tilde het linkerbeen op. Het paard snoof zachtjes en rilde tegen de vliegen op de achterhand. De man sprak het sussend toe, haalde een kiezelsteen uit de hoef en gooide die weg, West Broadway op. Hij liet het been zakken, streelde een oor van het paard en fluisterde er iets in. Het paard, met zijn donkere, slaperige ogen snoof nog terwijl de man op de bok klom. Hij floot zachtjes en het paard klipklopte verder. Toen het een stel vijgen liet vallen en het hoofd trots naar zijn schepping draaide, merkte Joe dat er een glimlach over zijn gezicht gleed die hij niet kon verklaren.

Danny, die ook keek, zei: 'Jezus, zo groot als een hoed.'

Joe zei: 'Als een broodmandje.'

'Volgens mij heb je gelijk,' zei Danny en ze begonnen allebei te lachen.

Ze zaten daar nog toen het licht achter de huurkazernes langs het kanaal van Fort Point roestkleurig werd en het er naar de vloed rook en naar de verstikkende stank van de American Sugar Refining Company en de dampen van de Boston Beer Company. Mannen kwamen in groepjes over de Broadway Bridge terug en anderen kwamen deze kant op van de Gilette Company en van Boston Ice en van de Cotton Waste Factory; de meesten gingen de kroeg in. Het duurde niet lang of de jongens die in de buurt de loterijbriefjes rondbrachten, schoten diezelfde kroegen in en uit. Aan de overkant van het kanaal klonk weer een andere fabrieksfluit die het eind van weer een werkdag aankondigde. Joe wou, toen de dag rondom hen vervaagde, dat hij, zelfs in zijn schooluniform, voor altijd met zijn broer op die stenen bank aan West Broadway kon blijven zitten.

Danny zei: 'Je kunt in je leven twee families hebben, Joe: de familie waarin je bent geboren en de familie die je zelf opbouwt.'

'Twee families,' zei Joe en keek hem aan.

Hij knikte. 'Je eerste familie is je bloedfamilie en die moet je altijd trouw blijven. Dat betekent wel iets. Maar er is een andere familie en dat is de familie waar je naar op zoek gaat. Misschien loop je er toevallig tegenaan. En dat is net zozeer bloedfamilie als de eerste. Misschien nog wel meer, omdat ze niet verplicht zijn voor je te zorgen en ze niet verplicht zijn van je te houden. Ze kiezen ervoor.'

'Dus Luther en jij hebben elkaar gekozen.'

Danny hield zijn hoofd scheef. 'Ik dacht meer aan Nora en mij, maar nu je het zegt: ik denk dat Luther en ik het ook gedaan hebben.'

'Twee families.'

'Als je geluk hebt.'

Joe dacht er even over na en hij voelde zich vanbinnen vloeibaar en zonder grond onder zijn voeten, alsof hij weg kon drijven.

'Wat zijn wij twee?' vroeg Joe.

'De beste soort,' zei Danny glimlachend. 'Wij zijn het allebei.'

Thuis werd het steeds erger. Wanneer Connor zijn mond opendeed, was het om een tirade af te steken over anarchisten, bolsjewieken, Galleanisten en de baggerrassen die er de kern van uitmaakten. Ze werden gefinancierd door de Joden, zei hij, en de Slaven en de spaghettivreters knapten het vuile werk voor hen op. Ze stookten de nikkers in het zuiden op en vergiftigden de geest van de blanke arbeiders in het oosten. Ze hadden geprobeerd zijn baas, de minister van Justitie van de Verenigde Staten van Amerika, te vermoorden, tot tweemaal toe. Ze hadden het over vakbonden en de rechten van de arbeiders, maar wat ze in werkelijkheid wilden, was geweld op nationale schaal en despotisme. Wanneer hij eenmaal op dat spoor zat, kon hij er niet meer vanaf worden gebracht, en wanneer de mogelijkheid van een staking bij de politie ter sprake kwam, ontplofte hij zowat.

Het was een gerucht dat de hele zomer bij de Coughlins rondzong en ook al werd Danny's naam niet genoemd, Joe wist op een of andere manier dat hij erbij betrokken was. De Boston Social Club, zei zijn vader tegen Connor, was in gesprek met de landelijke vakbond AFL, met Samuel Gompers, over een ophanden zijnde erkenning. Ze zouden de eerste politiemensen in het land zijn die waren aangesloten bij een landelijke vakbond. Ze konden de loop van de geschiedenis veranderen, zei zijn vader en ging met zijn hand over zijn ogen.

Zijn vader werd die zomer vijf jaar ouder. Werd zwakker. Onder zijn ogen groeiden wallen zo donker als inkt. Zijn haar werd grijs.

Joe wist dat hij wat van zijn macht kwijt was en dat hoofdcommissaris Curtis daar schuldig aan was, een naam die zijn vader met machteloos venijn uitsprak. Hij wist dat zijn vader het vechten moe leek te zijn en dat de breuk tussen Danny en het gezin zijn vader harder had aangepakt dan hij liet merken.

Op zijn laatste schooldag trof Joe bij thuiskomst zijn vader en Connor in de keuken aan. Connor, die net terug was uit Washington, was al behoorlijk dronken, en had de whiskeyfles op tafel staan met de kurk ernaast.

'Als ze het doen, is het gezagsondermijning.'

'Nou, kom, jongen, je moet niet overdrijven.'

'Het zijn wetsdienaren, pa, de eerste linie in de nationale verdediging. Zelfs als ze alleen maar práten over staken is het al verraad. Geen enkel verschil met een peloton dat op het slagveld de benen neemt.'

'Het is toch wel wat anders.' Joe's vader klonk vermoeid.

Connor keek op toen Joe de keuken inkwam, het punt waarop er meestal een eind aan het gesprek kwam, maar deze keer ging Connor door, met een zwalkende, donkere blik.

'Ze zouden allemaal moeten worden gearresteerd. Nu. Ga naar de volgende BSC-bijeenkomst en sluit het gebouw hermetisch af.'

'En dan? Ze executeren?' Zijn vaders glimlach, de laatste tijd zo zeldzaam, was even terug, maar heel zuinig.

Connor haalde zijn schouders op en schonk zijn glas bij.

'Je meent het half, hè?' Toen Joe zijn boekentas op het aanrecht zette, merkte zijn vader hem op.

'Soldaten die van het front deserteren, executeren we ook,' zei Connor.

Zijn vader liet zijn oog op de whiskeyfles vallen maar stak er zijn hand niet naar uit. 'Ik ben het niet eens met hun aanpak, maar hun klachten zijn gerechtvaardigd. Ze worden onderbetaald – '

'Laat ze dan ander werk zoeken.'

' – hun onderkomens zijn op zijn zachtst gezegd onhygiënisch en ze zijn op riskante wijze overwerkt.'

'Je sympathiseert met ze.'

'Ja, ik sympathiseer met ze,' zei zijn vader. 'Ze hebben gelijk.'

'Het zijn geen textielarbeiders,' zei Connor. 'Ze zijn bijstandspersoneel.'

'Het is je broer.'

'Niet meer. Hij is een bolsjewiek en een verrader.'

'O, christeneziele,' zei zijn vader. 'Wat klets je nou.'

'Als Danny een van de leiders is en ze slaan echt toe? Dan krijgt hij wat hij verdient.'

Hij keek Joe aan toen hij dat zei en liet de drank in zijn glas rondgaan. Joe zag verachting en angst en gekrenkte trots op het gezicht van zijn broer.

'Wou je soms wat zeggen, stoer kereltje?' Connor nam een slok.

Joe dacht erover na. Hij wilde Danny in bloemrijke bewoordingen verdedigen. Iets gedenkwaardigs. Maar de woorden kwamen niet, dus sprak hij uiteindelijk de woorden die wel kwamen: 'Je bent een zak.'

Niemand bewoog. Het was of ze alle drie in porselein waren veranderd, en de rest van de keuken ook. Toen gooide Connor zijn glas in de gootsteen en viel aan. Hun vader zette een hand tegen zijn borst maar Connor kwam lang genoeg langs hem heen om Joe bij zijn haar te pakken. Joe wrong zich los maar viel op de grond en Connor zag nog kans hem een schop te geven voor zijn vader hem achteruit duwde.

'Nee,' zei Connor. 'Nee! Hoorde je wat hij zei?'

Joe lag nog op de grond en voelde waar Connor zijn haar had beetgehad.

Connor wees met een vinger over zijn vaders schouder naar hem. 'Kleine etter. Hij zal toch een keer naar zijn werk moeten, en jij hoort hier te slapen!'

Joe stond op en keek naar de woede van zijn broer, keek die recht in het gezicht en merkte dat hij er niet van onder de indruk en niet bang voor was.

'Vind je dat Danny moet worden geëxecuteerd?' vroeg hij.

Zijn vader wees hem terug. 'Hou je mond, Joe.'

'Vind je dat echt, Con?'

'Ik zei dat je je mond moest houden!'

'Luister naar je vader, jong.' Er verscheen een lachje op Connors gezicht.

'*Fuck you,*' zei Joe.

Hij had nog tijd om te zien hoe Connors ogen groot werden, maar hij zag niet hoe zijn vader zich omdraaide, zijn vader die altijd verrassend snel was, sneller dan Danny, sneller dan Con en verdomd veel sneller dan Joe, want die had niet eens tijd om zich achterover te buigen voor de rug van zijn vaders hand in contact met zijn mond kwam en Joe door de lucht vloog. Toen hij op de grond terechtkwam, was zijn vader al bij hem, had hij hem bij zijn schouders vast. Hij hees hem overeind en smeet hem met zijn rug tegen de muur zodat ze elkaar recht in het gezicht keken, Joe met beide voeten een halve meter boven de grond.

De ogen van Joe's vader puilden uit hun kassen en het viel Joe op hoe rood ze waren. Zijn vader knarsetandde en haalde snuivend adem en een lok van zijn sinds kort grijze haar viel over zijn voorhoofd. Zijn vingers begroeven zich in Joe's schouders en hij duwde hem met zijn rug tegen de muur alsof hij probeerde hem er doorheen te duwen.

'Hoe durf je dat woord in mijn huis uit te spreken? In *mijn huis?*'

Joe was zo wijs geen antwoord te geven.

'In mijn huis,' herhaalde zijn vader met een hoog gefluister. 'Ik geef je te eten, ik geef je kleren, ik stuur je naar een goede school en dan durf je hier zulke dingen te zeggen? Alsof je uit de goot komt?' Hij ramde zijn schouders opnieuw tegen de muur. 'Alsof je van ordinaire komaf bent?' Hij kneep wat minder hard en Joe's lichaam ontspande en toen knalde hij hem opnieuw tegen de muur. 'Ik zou je je tong moeten uitsnijden.'

'Pa,' zei Connor. 'Pa.'

'In het huis van je moeder.'

'Pa,' zei Connor weer.

Zijn vader hield zijn hoofd schuin en keek Joe met zijn rood doorlopen ogen aan. Hij haalde een hand van Joe's schouder en legde hem om zijn keel.

'Jezus, pa.'

Zijn vader tilde hem nog iets hoger, zodat Joe op zijn rood aangelopen gezicht neerkeek.

'Jij sabbelt de rest van de dag op een stuk zeep,' zei zijn vader. 'Maar voor je dat gaat doen, zal ik je één ding duidelijk maken, Joseph: ik heb je op deze wereld gezet en ik kan je er ook weer weghalen, wees daarvan verzekerd. Zeg "Yes, sir".'

Het viel niet mee met een hand om zijn keel, maar het lukte Joe: 'Yes, sir.'

Connor stak een hand uit naar zijn vaders schouder, maar aarzelde, en zijn hand bleef in de lucht hangen. Joe, die zijn vader in de ogen keek, zag dat zijn vader die hand achter zich voelde en hij wilde dat Connor achteruitging. Het viel niet te voorspellen wat zijn vader ging doen als de hand op zijn schouder landde.

Connor liet zijn hand zakken. Hij stopte hem in zijn zak en deed een stap achteruit.

Zijn vader knipperde met zijn ogen en haalde snuivend adem. 'En jij,' zei hij terwijl hij over zijn schouder naar Connor keek, 'ik wil je nooit meer horen over verraad en mijn politie. Nooit meer. Ben ik duidelijk genoeg?'

'Yes, sir.' Connor keek omlaag naar zijn schoenen.

'Jij... jurist.' Hij wendde zich weer tot Joe. 'Hoe is het met de ademhaling, jong?'

Joe voelde de tranen over zijn wangen stromen en kraste: 'Goed, sir.'

Zijn vader liet hem eindelijk langs de muur zakken tot hij op ooghoogte was. 'Als je dat woord hier in huis nog één keer gebruikt, wordt het nooit meer zoals nu. Op geen stukken na, Joseph. Heb je moeite met begrijpen wat ik bedoel?'

'No, sir.'

Zijn vader hief zijn vrije arm op, maakte een vuist en Joe zag die vuist op vijftien centimeter van zijn gezicht hangen. Zijn vader liet hem ernaar kijken, naar de ring, naar de vage witte littekens, naar die ene knokkel die nooit goed was geheeld en twee keer zo dik was als de andere. Zijn vader knikte nog een keer en liet hem toen los.

'Ik kots van jullie twee.' Hij liep naar de tafel, ramde de kurk in de fles terug en ging de keuken uit met de fles onder zijn arm.

Hij had nog steeds een zeepsmaak in zijn mond en zijn achterwerk deed nog pijn van het kalme, emotieloze pak slaag dat zijn vader hem had gegeven toen hij een halfuur later uit zijn werkkamer was gekomen, toen Joe met wat kleren in een kussensloop uit het raam klom en de South Boston-nacht in liep. Het was warm en hij rook de zee aan het eind van de straat, en de straatlantaarns brandden geel. Hij was nog nooit zo laat alleen op straat geweest. Het was zo stil dat hij zijn eigen voetstappen kon horen en hij stelde zich hun echo voor als iets levends dat wegglipte uit het ouderlijk huis, het laatste dat iedereen zich herinnerde te hebben gehoord voor ze deel van een legende werden.

'Wat bedoel je met "hij is weg"?' zei Danny. 'Sinds wanneer?'

'Gisteravond,' zei zijn vader. 'Hij is weggegaan om... ik weet niet hoe laat.'

Zijn vader had op het stoepje zitten wachten en het eerste wat Danny opviel was dat hij was afgevallen, en het tweede dat hij grijs was geworden.

'Meld jij je nooit meer op je bureau, jongen?'

'Ik heb tegenwoordig geen bureau meer, pa. Curtis stuurt me mee met elke godvergeten stakingseenheid die hij kan vinden. Vandaag zat ik in Malden.'

'Schoenmakers?'

Danny knikte.

Zijn vader reageerde met een spottend lachje. 'Zijn er nog wel mensen die niet staken?'

'Je hebt geen reden om te denken dat hij is ontvoerd of zo?' vroeg Danny.

'Nee, nee.'

'Er was dus een reden waarom hij is weggelopen.'

Zijn vader schokschouderde. 'Hij vindt vast van wel.'

Danny zette een voet op de stoep en knoopte zijn jas los. Hij had er de hele dag in lopen stoven. 'Ik gok erop dat je de roede niet hebt gespaard.'

Zijn vader keek naar hem op, met samengeknepen ogen tegen de ondergaande zon. 'Ik heb bij jou de roede niet gespaard en je bent er niet slechter op geworden.'

Danny wachtte.

Zijn vader hief verontschuldigend beide handen. 'Ik geef toe dat ik wat heftiger heb gereageerd dan anders.'

'Wat heeft het jong gedaan?'

'Hij zei "fuck".'

'Waar ma bij was?'

Zijn vader schudde zijn hoofd. 'Waar ik bij was.'

Danny schudde zijn hoofd. 'Het is maar een woord, pa.'

'Het is *het* woord, Aiden. Het woord van de straat, van het plebs. Je bouwt een huis opdat het een toevluchtsoord is, en in een toevluchtsoord moet je verdomme niet de straat binnenhalen.'

Danny zuchtte. 'Wat heb je gedaan?'

Nu was het de beurt van zijn vader om zijn hoofd te schudden. 'Je broertje zwerft daar ergens over straat. Ik heb er mensen op gezet, goeie kerels, kerels die met weglopertjes en spijbelaars werken, maar 's zomers is het moeilijker omdat er zoveel jongens op straat zijn, en zoveel die op allerlei tijdstippen aan het werk zijn dat je ze moeilijk uit elkaar kunt houden.'

'Waarom ben je naar mij toe gekomen?'

'Je weet verdomd goed waarom,' zei zijn vader. 'Hij aanbidt je. Ik vermoed dat hij hier is geweest.'

Danny schudde zijn hoofd. 'Als dat zo is, heeft hij me hier niet getroffen. Ik heb tweeënzeventig uur gewerkt. Je treft me in mijn eerste vrije uur.'

'En hoe zit het met...?' Zijn vader hield zijn hoofd schuin en keek naar het huis.

'Wie?'

'Je weet best wie.'

'Zeg haar naam.'

'Doe niet zo kinderachtig.'

'Zeg haar naam.'

Zijn vader rolde met zijn ogen. 'Nora. Nou goed? Heeft *Nora* hem gezien?'

'Laten we het haar maar gaan vragen.'

Zijn vader verstijfde en verroerde zich niet toen Danny langs hem heen het stoepje opging naar de voordeur. Hij draaide de sleutel om en keek achterom naar de oude man.

'Gaan we Joe zoeken of niet?'

Zijn vader stond op van het stoepje, klopte zijn zitvlak af en trok de vouw in de pijpen recht. Hij draaide zich om, met zijn uniformpet onder zijn arm.

'Hierdoor verandert er niets tussen ons,' zei hij.

'De gedachte alleen al.' Danny wapperde met een hand ter hoogte van zijn hart, wat zijn vader een grijns ontlokte. Daarna duwde hij de deur naar de vestibule open. Het trappenhuis was plakkerig van de hitte en ze gingen langzaam omhoog, Danny met het gevoel dat hij, als hij op een van de overlopen ging liggen, na drie dagen achtereen stakingsdienst zo in slaap zou vallen.

'Heb je nog wel eens wat van Finch gehoord?' vroeg hij.

'Hij belt me wel eens,' zei zijn vader. 'Hij zit weer in Washington.'

'Heb je hem verteld dat ik Tessa heb gezien?'

'Ik heb het erover gehad, maar hij leek niet bar geïnteresseerd. Hij wil Galleani hebben en die ouwe vos is slim genoeg om ze hier te trainen maar naar andere staten te sturen om hun streken uit te halen.'

Danny voelde de verbittering in zijn eigen grijns. 'Ze is een terrorist. Ze maakt bommen, hier in de stad. En wie weet wat nog meer. Maar ze hebben zeker grotere vissen te vangen.'

Zijn vader haalde zijn schouders op. 'Zo gaan die dingen, jongen. Als ze niet alles eronder hadden verwed dat terroristen verantwoordelijk waren voor de explosie van die melassetank, had het er nu waarschijnlijk heel anders voorgestaan. Maar ze verwedden er alles onder en zo werd de melasse een moeras waar ze in wegzakten. Boston is nu een probleemstad, en jij en je jongens van de BSC maken het er niet beter op.'

'Ja, natuurlijk. Nu hebben wij het gedaan.'

'Hang alsjeblieft niet de martelaar uit. Ik zeg niet dat het allemaal jullie schuld is. Ik zei alleen maar dat ons korps er in sommige gelederen van de federale wetshandhavers niet al te best op staat. Dat komt voor een deel door die krankzinnige hysterie rond de tankexplosie, en een ander deel is te wijten aan de angst die er bestaat dat jullie het hele land in verlegenheid zullen brengen door te gaan staken.'

'Geen mens heeft het over staken, pa.'

'Nog niet.' Zijn vader bleef op de overloop van de tweede verdieping staan. 'Jezus, het is hier warmer dan in de kont van een moerasrat.' Hij keek door het raam waarvan de ruit was bedekt met een dikke laag roet en vettige neerslag. 'Ik sta op de tweede verdieping maar ik zie niets van mijn stad.'

'Jouw stad,' grinnikte Danny.

Zijn vader lachte vergoelijkend. 'Het is mijn stad, Aiden. Mensen als Eddie en ik hebben dit korps opgebouwd. Niet de hoofdcommissarissen, niet O'Meara, hoezeer ik hem ook respecteerde, en Curtis al helemaal niet. Ik. En zoals het de politie vergaat, zo vergaat het de stad.' Hij veegde zijn voorhoofd af met zijn zakdoek. 'O, je ouwe heer mag dan tijdelijk in de war zijn, ik kan er weer tegenaan, hoor, jongen. Wees daar maar niet bang voor.'

De laatste twee trappen beklommen ze in stilte. Bij Danny's kamer haalde zijn vader een aantal malen diep adem. Danny stak de sleutel in het slot.

Nora deed open voor hij hem kon omdraaien. Ze glimlachte. Tot ze zag wie er naast hem stond en haar lichte ogen askleurig werden.

'Wat moet dit voorstellen?'

'Ik zoek Joe,' zei zijn vader.

Ze hield haar ogen op Danny gericht, alsof ze hem niet had gehoord. 'Neem je hem hier mee naartoe?'

'Hij was er al,' zei Danny.

Zijn vader zei: 'Ik heb net zomin als jij behoefte – '

'Hoer,' zei Nora tegen Danny. 'Ik geloof dat dat het laatste woord was dat ik uit de mond van deze man hoorde. Ik geloof dat hij op zijn eigen vloer spuwde om zijn mening te benadrukken.'

'Joe is zoek,' zei Danny.

Dat liet haar eerst koud. Ze keek Danny met een kille woede aan die, hoewel veroorzaakt door zijn vader, net zozeer tegen hem was gericht omdat hij de man naar hun huis had meegenomen. Ze richtte haar blik plotseling van zijn gezicht op dat van zijn vader.

'Wat hebt u hem genoemd dat hij is weggelopen?'

'Ik wil alleen maar weten of hij is langsgekomen.'

'En ik wil weten waarom hij is weggelopen.'

'We hadden een moment van onenigheid,' zei zijn vader.

'Aha.' Ze legde haar hoofd even in haar nek. 'Ik weet precies hoe u momenten van onenigheid met de jonge Joe oplost. Kwam de roe eraan te pas?'

Zijn vader keek Danny aan. 'Er is een grens aan de tijd die ik wens te besteden aan een situatie die ik onwaardig acht.'

'Jezus,' zei Danny. 'Wat een stelletje, jullie twee. Joe is zoek. Nora?'

Haar kaken werden strakker en haar blik bleef askleurig, maar ze ging ver genoeg achteruit om Danny en zijn vader binnen te laten.

Danny trok meteen zijn jas uit en liet zijn bretels hangen. Zijn vader nam de kamer in zich op, de nieuwe gordijnen, de nieuwe beddensprei, de bloemen in de vaas bij het raam.

Nora stond aan het voeteneind in haar fabrieksuniform: een overall model tuinbroek en daaronder een beige blouse. Ze pakte haar linkerpols stevig in haar rechterhand. Danny schonk drie whiskeys in en gaf hun elk een glas, en zijn vader trok even een wenkbrauw op bij het beeld van Nora aan de sterkedrank.

'Ik rook ook,' zei ze. Danny zag zijn vaders mond verstrakken en hij herkende het als een onderdrukte glimlach.

De twee dronken om het snelst, waarbij Danny's vader zijn glas een druppel eerder leeg had, en beiden staken hun glas uit dat door Danny weer werd gevuld. Zijn vader nam het zijne mee naar de tafel bij het raam; hij legde zijn pet erop en ging zitten. Nora zei: 'Mrs DiMassi zei dat er vanmiddag een jongen is geweest.'

'Wat?'

'Hij heeft geen naam achtergelaten. Ze zei dat hij bij ons aanbelde en omhoog stond te kijken naar ons raam. Toen ze naar buiten kwam, rende hij weg.'

'Nog meer?'

Nora nam nog een slok. 'Ze zei dat hij als twee druppels water op Danny leek.'

Danny zag de spanning uit zijn vaders schouders en nek wegzakken toen hij een slok nam.

Ten slotte schraapte hij zijn keel en zei: 'Dank je, Nora.'

'U hoeft me niet te bedanken, Mr Coughlin. Ik hou van Joe. Maar u zou me op uw beurt een plezier kunnen doen.'

Zijn vader stak een hand in zijn jaszak en haalde er een zakdoek uit. 'Natuurlijk. Zeg het maar.'

'Drink alstublieft uw glas leeg en maak dat u wegkomt.'

6

Twee dagen later, op een zaterdag in juni, liep Thomas Coughlin van zijn huis in K Street naar Carson Beach voor een vergadering over de toekomst van zijn stad. Hij had het lichtste pak aan dat hij bezat, een wit-blauw kostuum, en zijn overhemd had korte mouwen, maar toch trok de hitte door zijn huid naar binnen. Hij droeg een bruine, leren schoudertas die elke honderd meter zwaarder werd. Hij was een beetje te oud om tassendrager te zijn, maar deze tas vertrouwde hij niemand anders toe. Het waren lastige tijden in de wijken waar de wind van het ene op het andere moment uit een andere hoek kon gaan waaien. Zijn geliefde Commonwealth stond momenteel onder het rentmeesterschap van een Republikeinse gouverneur, iemand die uit Vermont was overgeplaatst en geen liefde of waardering had voor lokale gebruiken of de lokale geschiedenis. De hoofdcommissaris van politie was een verbitterd man met een bekrompen geest die Ieren haatte, katholieken haatte en dus ook de wijken haatte, de prachtige Democratische kiesdistricten die deze stad hadden gebouwd. Hij begreep alleen zijn haat; hij begreep niets van compromissen sluiten, cliëntelisme, de manier om dingen te doen die al zeventig jaar zo gedaan werden en die de stad gemaakt hadden tot wat ze was. Burgemeester Peters was het toonbeeld van ineffectiviteit, een man die de verkiezing alleen had gewonnen omdat de districtshoofden hadden zitten slapen en de rivaliteit tussen de twee belangrijkste en werkelijk geschikte kandidaten, Curley en Gallivan, zo heftig was geweest dat er een derde front was geopend en Peters de Novemberprijs in de wacht had kunnen slepen. Sinds zijn verkiezing had hij nog niets gedaan, absoluut niets van betekenis, terwijl zijn college zo schaamteloos in de gemeentekas had gegraaid dat het een kwestie van tijd was geweest voor het plunderen de voorpagina's had gehaald en het leven had geschonken aan de grootste vijand die de politiek sinds mensenheugenis kent: inzicht.

Toen Thomas aan het eind van K Street kwam, pauzeerde hij in de schaduw van een grote iep, trok zijn jasje uit, deed zijn dasje los en zette de tas aan zijn voeten. De zee was maar veertig meter verderop, het strand was vol, maar de wind stelde niets voor en de atmosfeer was klam. Hij voelde ogen op zich gericht, de blikken van mensen die hem herkenden maar niet durfden benaderen. Dat vervulde hem met zoveel voldoening dat hij in de schaduw even de ogen sloot en zich een koeler briesje voorstelde. Hij had jaren geleden al in de buurt duidelijk gemaakt dat hij hun weldoener was, hun vriend, hun beschermheer. Als je iets nodig had, zocht je contact met Tommy Coughlin en dan zorgde hij er beslist voor. Maar nooit, absoluut nooit op zaterdag. Op zaterdag liet je Tommy met rust zodat hij zich kon bezighouden met zijn gezin, zijn geliefde zoons en beminde vrouw.

Ze noemden hem toen Tommy Vierhand, een titel waarvan sommigen dachten dat hij een man beschreef die zijn handen in talloze zakken had, maar het was er een die hij kreeg toen hij Boxy Russo en drie andere gangsters van de bende van Tips Moran had gearresteerd nadat hij ze had betrapt bij het via de achterdeur verlaten van het pand van een Joodse bonthandelaar in de buurt van Washington Street. Hij was toen straatagent en nadat hij hen op de knieën had gebracht ('Er waren vast en zeker vier handen nodig om vier man te bevechten!' zei Butter O'Malley toen hij klaar was met ze in te schrijven), had hij ze twee aan twee vastgebonden en gewacht op de boevenwagens. Ze hadden niet veel verzet gepleegd nadat hij hen van achteren had beslopen en zijn knuppel op Boxy Russo's hersenpan had laten neerkomen. De pummel had zijn kant van de brandkast laten vallen en daardoor waren de andere drie gedwongen geweest hetzelfde te doen, wat had geresulteerd in vier verbrijzelde voeten en twee gebroken enkels.

Hij moest lachen nu hij eraan terugdacht. Dat waren eenvoudige tijden geweest. Hij was toen jong en indrukwekkend sterk en, dat ook, de snelste man van het korps. Eddie McKenna en hij werkten in het havengebied van Charlestown en North End en South Boston, en een gevaarlijker gebied voor een diender was er niet. En ook geen rijker toen de jongens eenmaal doorhadden dat ze deze twee niet konden afschrikken en besloten dat ze net zo goed tot een vergelijk konden komen. Boston was uiteindelijk een havenstad, en alles wat de toegang tot de havens verstoorde, was slecht voor de zaken. En de ziel van za-kendoen, zoals Thomas Coughlin al wist toen hij nog als jonge knaap in Clonakilty, County Cork, woonde, was tot een vergelijk komen.

Hij opende zijn ogen die zich vulden met het blauwe glinsteren van de zee, en hij schoof weer verder, langs de zeemuur naar Carson Beach. Zelfs zonder de hitte begon deze zomer al het karakter van een nacht-merrie te krijgen. Onenigheid onder de mannen die kon leiden tot een staking bij zijn geliefde korps. Danny in het middelpunt. Danny ook die voor hem als zoon verloren was, naar aanleiding van een slet die hij, uit de goedheid zijns harten, in huis had genomen toen ze nauwe-lijks meer was geweest dan een huiverend hoopje grauw vel en losse tanden. Ze was afkomstig uit Donegal, wat al een veeg teken was: Donegalans waren niet te vertrouwen. Ze stonden bekend als leuge-naars en splijtzwammen. En nu Joe weer, voor de tweede dag zoek, er-gens in de stad en bezig alle pogingen hem te vinden te laten misluk-ken. Hij had te veel van Danny in zich, te veel van Thomas' eigen broer, Liam, een man die had geprobeerd de wereld open te breken om tot de ontdekking te komen dat de wereld bij hem precies hetzelfde deed. Hij was gestorven, Liam, nu achtentwintig jaar geleden, doodgebloed in een steegje achter een pub in Cork, zijn belager onbekend, zijn zakken helemaal leeg. Het motief was een ruzie geweest over een vrouw of een gokschuld, wat in Thomas' denken op hetzelfde neerkwam als het ging om risico versus beloning. Hij had van Liam, zijn tweelingbroer, gehouden zoals hij van Danny hield, zoals hij van Joe hield: in ver-warring en bewondering en machteloosheid. Ze vochten tegen wind-molens, hadden lak aan logica, leefden vanuit hun hart. Zoals Liam had gedaan, en Thomas' vader, die de fles had geraakt tot de fles hem had geraakt.

Thomas zag Patrick Donnegan en Claude Mesplede in het tuinhuis met uitzicht op zee zitten. Er liep een donkergroene vispier de zee in, zo midden op de dag bijna geheel verlaten. Hij stak een hand op en zij deden hetzelfde terwijl hij begon aan de moeizame tocht door het zand tussen allerlei gezinnen door die de hitte thuis trachtten te ontvluchten in ruil voor de hitte van het zand. Hij zou het nooit begrijpen, dat fe-nomeen van bij het water liggen, van een heel gezin betrekken bij het massaal je overgeven aan nietsdoen. Het leek meer iets wat Romeinen zouden hebben gedaan, bakken onder hun eigen zonnegoden. De mens was niet voorbestemd om niets te doen, net zomin als het paard. Het kweekte onrust in het denken, een acceptatie van immorele mogelijkheden en een relativerende levensbeschouwing. Als Thomas had gekund, had hij de mannen van het zand geschopt en ze aan het werk gezet.

Donnegan en Mesplede zagen hem met een lach op hun gezicht aankomen. Ze lachten altijd, die twee, een paar zoals er geen tweede was. Donnegan was de baas van kiesdistrict Zes en Mesplede was er wethouder, posten die ze beiden al achttien jaar bezetten, onder verschillende burgemeesters, verschillende gouverneurs, verschillende politiecommissarissen, verschillende presidenten. Ze hadden zich diep in de boezem van de stad genesteld, waar niemand op het idee kwam te kijken, en bestuurden haar, samen met nog enkele districtshoofden en wethouders en congresleden en adviseurs die slim genoeg waren om zich van een plaats in de belangrijkste commissies te verzekeren, commissies die de controle uitoefenen op de havens, de kroegen, de bouwactiviteiten en de afwijkingen in de bestemmingsplannen. Als je de controle over die terreinen had, had je de controle over de criminaliteit en over de wetshandhaving en op die manier over alles wat in dezelfde zee zwom, met andere woorden, alles wat maakte dat de stad functioneerde: de gerechtshoven, het gokken, de vrouwen, de bedrijven, de vakbonden, de verkiezingen. Dat laatste was natuurlijk een voortplantingsmachine: het ei waaruit het kuiken kwam dat meer eieren uitbroedde waaruit meer kuikens kwamen en wat tot in het oneindige doorging.

Het was een kinderlijk eenvoudig proces, maar de meeste mannen zouden het nooit begrijpen, al leefden ze honderd jaar, omdat de meeste mannen het niet wilden begrijpen.

Thomas ging het tuinhuis binnen en liet zich tegen de wand zakken. Het hout was warm en de witte zon vond het middelpunt van zijn voorhoofd zoals een kogel een havik.

'Hoe is het thuis, Thomas?'

Thomas gaf hem de tas. 'Uitstekend, Patrick. En je vrouw?'

'Gezond, Thomas. Zoekt architecten uit voor het huis dat we in Marblehead laten bouwen, ja.' Donnegan opende de tas, tuurde erin.

'En bij jou, Claude?'

'André, mijn oudste, is toegelaten als advocaat.'

'Schitterend. Hier?'

'In New York. Hij heeft op Columbia gestudeerd.'

'Dan ben je zeker verdomd trots.'

'Dat ben ik zeker, Thomas. Dank je.'

Donnegan stopte met in de tas rommelen. 'Alle lijsten waar we om hebben gevraagd?'

'Meer.' Thomas knikte. 'We hebben die van de NAACP erbij gedaan, als bonus.'

'Nou nou, je verricht wonderen.'

Schouderophalen van Thomas. 'Voornamelijk Eddies werk.'

Claude gaf Thomas een klein valiesje. Thomas opende het en zag twee baksteengrote stapels geld, beide stijf ingepakt in kranten en dichtgeplakt. Hij had een geoefend oog voor dergelijke transacties en kon aan de dikte zien dat de betaling aan Eddie en hem zelfs nog groter was dan beloofd. Hij keek Claude met een opgetrokken wenkbrauw aan.

'Er doet nog een bedrijf mee,' zei Claude. 'Dus rees de winst ook.'

'Zullen we een stukje lopen, Thomas?' vroeg Patrick. 'Het is duivels heet.'

'Een prima voorstel.'

Ze trokken hun jasje uit en slenterden naar de pier. Zo midden op de dag waren er geen vissers, op een paar na die veel meer interesse in de kroes bier aan hun voeten leken te hebben dan in een vis die ze met een ruk over de reling binnen zouden kunnen halen.

Ze leunden tegen de reling en keken uit over de Atlantische Oceaan. Mesplede rolde een sigaret en stak hem aan met een beschutte lucifer die hij in zee schoot. 'We hebben die lijst samengesteld van kroegen die worden omgebouwd tot logement.'

Thomas Coughlin knikte. 'Geen zwakke schakel?'

'Niet een.'

'Geen criminele verledens om ons zorgen over te maken?'

'Helemaal niet.'

Hij knikte, stak een hand in zijn jasje en haalde een sigaar uit zijn binnenzak. Hij beet het eind eraf en hield er een lucifer bij.

'En hebben ze allemaal een kelder?'

'Vanzelfsprekend.'

'Dan voorzie ik geen moeilijkheden.' Hij trok langzaam puffend aan zijn sigaar.

'Er is een probleem met de kades.'

'Niet in mijn districten.'

'De Canadese.'

Hij keek Donnegan aan en daarna Mesplede.

'We werken eraan,' zei Donnegan.

'Werk sneller.'

'Thomas.'

Hij wendde zich tot Mesplede. 'Weet je wat er gebeurt als we geen controle hebben over de plaats van binnenkomst en de plaats van contact?'

'Ja.'

'Ja?'

'Dat zeg ik toch.'

'Dan zullen die maffe Ieren en die maffe spaghettivreters zich organiseren. Dan zijn het geen loslopende dolle honden meer, Claude. Dan zijn het ploegen. Dan hebben ze de controle over de stuwadoors en de vrachtrijders, wat betekent dat ze de controle hebben over de transportsector. En dan kunnen ze voorwaarden stellen.'

'Dat zal nooit gebeuren.'

Thomas liet zijn blik rusten op de as van zijn sigaar. Hij hield hem omhoog in de wind en zag hoe de wind de as weg at tot de vlam eronder gloeide. Hij wachtte tot de as van blauw in rood was veranderd voor hij weer sprak.

'Als ze dit onder controle krijgen, raakt alles uit balans. Dan hebben zij ons in hun zak. Dan gaat het zoals het hun uitkomt, heren, niet ons. Jij bent onze man met vrienden in Canada, Claude.'

'En jij bent onze man in de BPD, Thomas, en ik hoor verhalen over staken.'

'Niet van onderwerp veranderen.'

'Dit is het onderwerp.'

Thomas keek hem aan en Claude tikte zijn as af in zee en nam nog een gretige trek. Hij schudde zijn hoofd om zijn eigen kwaadheid en keerde zijn rug naar de zee. 'Ga je mij vertellen dat er geen staking komt? Kun je dat garanderen? Want te oordelen naar wat ik op 1 mei heb gezien, heb je een losgeslagen korps. Ze hebben er met z'n allen op los getimmerd, en dan beweer jij dat je ze in de hand hebt?'

'Ik heb jou het hele afgelopen jaar achter je broek gezeten om bij de burgemeester een luisterend oor te krijgen, en wat is er gebeurd?'

'Leg de schuld nou niet bij mij, Tommy.'

'Dat doe ik ook niet, Claude. Ik vraag naar de burgemeester.'

Claude keek naar Donnegan en zei: 'Ach', en schoot zijn peuk in zee. 'Peters is geen burgemeester. Dat weet je best. Hij brengt al zijn tijd door bij die veertien jaar jongere concubine van hem. Die overigens, mag ik eraan toevoegen, zijn nichtje is. Ondertussen zijn zijn mensen, allemaal politieke avonturiers, nog veel erger dan het gangsterkabinet van Ulysses Grant. Er was misschien wat sympathie voor de benarde toestand waarin je mensen verkeren, maar die hebben ze wel verspeeld, vind je niet?'

'Wanneer?'

'In april. Ze kregen een loonsverhoging van tweehonderd per jaar aangeboden en die hebben ze afgewezen.'

'Jezus,' zei Thomas. 'De kosten van levensonderhoud zijn met drieenzeventig procent gestegen.'

'Ik ken dat getal.'

'Die tweehonderd per jaar was een bedrag van voor de oorlog. De armoedegrens ligt op vijftienhonderd per jaar en de meeste dienders verdienen veel minder. Het zijn politieagenten, Claude, en ze werken voor minder loon dan nikkers en vrouwen.'

Claude knikte en legde een hand op Thomas' schouder, gaf er een zacht kneepje in. 'Ik ga geen ruzie met je maken. Maar op het stadhuis en het kantoor van de hoofdcommissaris heerst de gedachte dat de mannen op de "Geen-aandacht-aan-besteden-lijst" kunnen worden gezet omdat ze bijstandspersoneel zijn. Ze kunnen zich niet aansluiten bij een vakbond en ze kunnen al helemaal niet staken.'

'Dat kunnen ze wel.'

'Nee, Thomas,' zei hij en zijn ogen waren helder en kil. 'Dat kunnen ze niet. Patrick is de districten in geweest en heeft een informele enquête gehouden. Ga je gang, Patrick.'

Patrick spreidde zijn handen op de reling. 'Kijk, Tom, het zit zo: ik heb met onze kiezers gepraat, en wanneer de politie het lef heeft te gaan staken, zal de stad al haar woede, om de werkloosheid, de hoge kosten van levensonderhoud, de oorlog, de nikkers uit het Zuiden die hier hun banen komen inpikken en de prijs om 's morgens godverdomme op te staan, die woede zal zich richten op het stadsbestuur.'

'Dan komt de stad in opstand,' zei Claude. 'Net als in Montreal. En weet je wat er gebeurt wanneer mensen gedwongen worden onder ogen te zien wat voor gepeupel er in ze leeft? Daar zijn ze niet blij mee. Dan willen ze dat er iemand voor boet. Bij de verkiezingen, Tom. Altijd bij de verkiezingen.'

Thomas zuchtte en trok aan zijn sigaar. Ver op zee dreef een jacht zijn blikveld binnen. Hij onderscheidde drie mensen aan dek en net ten zuiden van hen pakten zich donkere wolken samen.

Patrick Donnegal zei: 'Als jouw jongens gaan staken, winnen de grote bedrijven. Die zullen die staking gebruiken als een knuppel om vakbonden, Ieren en Democraten buiten spel te zetten, om iedereen te verneuken die in dit land ooit met de gedachte aan een fatsoenlijk loon voor een fatsoenlijke werkdag speelde. Als je ze hun gang laat gaan, is de werkende klasse weer net zover als dertig jaar geleden.'

Daar moest Thomas om lachen. 'Als O'Meara, God hebbe zijn ziel, nog onder ons was geweest, had ik misschien meer invloed op de uitkomst kunnen uitoefenen. Maar met Curtis? Die ellendeling laat deze stad rustig de lucht in vliegen om de districten en degenen die er de baas zijn de schuld ervan te kunnen geven.'

'Jouw zoon,' zei Claude.

Thomas draaide zich om en de sigaar tussen zijn tanden wees naar Claudes neus. 'Wat zei je?'

'Jouw zoon is heel dik met de BSC. Een groot redenaar, zegt men, net als zijn vader.'

Thomas nam de sigaar uit zijn mond. 'We houden familie er buiten, Claude. Dat is de afspraak.'

'Misschien in mooiere tijden,' zei Claude. 'Maar jouw zoon zit erin, Tommy. Tot aan zijn nek. En naar wat ik hoor, wordt hij met de dag populairder en worden zijn toespraken navenant opruiender. Als je misschien eens met hem zou kunnen praten...' Claude haalde zijn schouders op.

'Zo'n relatie hebben we niet meer. Er is sprake van een breuk.'

Claude nam die informatie tot zich, zijn kleine oogjes draaiden even omhoog in zijn hoofd en hij zoog zachtjes op zijn onderlip. 'Die zul je dan moeten herstellen. Iemand moet met die jongens praten en zorgen dat ze geen domme dingen doen. Ik zal de burgemeester en zijn gangsters bewerken. Patrick kan de publieke opinie bespelen. Ik zal zien of ik een paar positieve krantenartikelen kan regelen. Maar jij, Thomas, moet je zoon bewerken.'

Thomas keek Patrick aan. Die knikte.

'We gaan het toch niet hard spelen, hè, Thomas?'

Thomas weigerde te reageren. Hij stak de sigaar weer in zijn mond en de drie mannen leunden over de balustrade en keken naar de zee.

Donnegan keek naar het jacht toen de wolken het bereikten en het in het donker zetten. 'Ik heb er zelf wel eens over gedacht om zo'n ding te kopen. Kleiner natuurlijk.'

Claude lachte.

'Wat nou?'

'Je bouwt een huis aan het water. Wat moet je dan nog met een boot?'

'Om achterom naar mijn huis te kunnen kijken,' zei Patrick.

Thomas grinnikte, ondanks zijn slechte bui, en Claude grinnikte.

'Ik ben bang dat hij verslaafd is aan de trog.'

Patrick haalde zijn schouders op. 'Ik ben dol op de trog, jongens, dat geef ik toe. Ik geloof in de trog, echt. Maar het is een kleine. Het is een groot-huis-trog. Maar zij? Zij willen troggen zo groot als hele landen. Ze weten niet van ophouden.'

Op het jacht bewogen de drie aan dek opeens met snelle, schokkerige bewegingen toen boven hun hoofd de hemelsluizen opengingen.

Claude sloeg zijn handen ineen en wreef ze. 'Kom, we willen niet overvallen worden,' zei hij. 'Er is regen op komst, heren.'

'Wis en waarachtig,' zei Patrick terwijl ze de pier af liepen. 'Je kan het echt ruiken.'

Tegen de tijd dat hij bij huis was, goot het pijpenstelen, een mooie zwarte ontketening van de hemel. Hij was iemand die niet van de felle zon hield en knapte er helemaal van op, ook al waren de regendruppels zo warm als zweet en maakten ze de lucht er alleen nog maar vochtiger op. Het laatste stuk vertraagde hij zijn pas tot een ontspannen slentertempo en hief hij zijn gezicht op naar de regen. Bij huis gekomen, nam hij de achteringang en het pad opzij van het huis, zodat hij naar de bloemen kon kijken, die net zo blij leken te zijn als hij dat ze eindelijk water kregen. Via de achterdeur kwam hij in de keuken en hij joeg zijn vrouw de stuipen op het lijf door binnen te komen als iets dat uit de ark was ontsnapt.

'Goeie genade, Thomas!'

'Zeg dat wel, schat.' Hij lachte naar haar en probeerde zich te herinneren wanneer hij dat voor het laatst had gedaan. Ze lachte terug en hij probeerde ook zich te herinneren wanneer hij dat voor het laatst had gezien.

'Je bent nat tot op je vel.'

'Dat had ik net nodig.'

'Hier, ga zitten, dan haal ik een handdoek.'

'Ik voel me prima, schat.'

Ze kwam terug van de linnenkast met een handdoek. 'Ik heb nieuws van Joe,' zei ze. Haar ogen straalden en waren vochtig.

'In hemelsnaam, Ellen,' zei hij. 'Vertel.'

494

Ze spreidde de handdoek uit over zijn hoofd en wreef hem krachtig droog. Ze sprak op een toon alsof ze het over een weggelopen kat had. 'Hij is opgedoken bij Aiden.'

Voor Joe was weggelopen, had ze zich opgesloten in haar kamer, tot niets in staat door Danny's huwelijk. Toen Joe was weggelopen, was ze haar kamer uitgekomen en had ze een aanval van schoonmaakwoede gekregen. Ze had Thomas gezegd dat ze weer helemaal de oude was, echt waar, en of hij zo vriendelijk zou willen zijn hun zoon te gaan zoeken. Wanneer ze niet schoonmaakte, ijsbeerde ze. Of ze breide. En de hele tijd vroeg ze hem, telkens weer, wat hij aan Joe deed. Ze zei het zoals een bezorgde moeder zou doen, dat wel, maar zoals een bezorgde moeder het er met een kostganger over zou hebben. Hij had in de loop der tijd alle contact met haar verloren, had zich tevredengesteld met een warmte die af en toe in haar stem leefde maar zelden in haar ogen, omdat haar ogen nergens meer bij oplichtten maar altijd iets naar boven gericht leken alsof ze in gesprek was met zichzelf en niemand anders. Hij kende deze vrouw niet. Hij wist redelijk zeker dat hij van haar hield, door de tijd, door slijtage, maar de tijd had hen ook van elkaar beroofd, gevoed binnen een relatie die geheel en alleen op zichzelf gebaseerd was en in niets verschilde van die tussen een kroegbaas en zijn trouwste klant. Je hield van elkaar uit gewoonte en een gebrek aan gunstiger opties.

Maar hij was degene met het bloed aan zijn handen waar het hun huwelijk betrof. Daar was hij redelijk zeker van. Ze was een meisje toen hij met haar trouwde en hij had haar als een meisje behandeld, zodat hij op een morgen, god mag weten hoeveel jaar geleden, wakker werd en wou dat er een vrouw was die haar plaats kon innemen. Maar daar was het toen veel te laat voor geweest. Dus hield hij van haar in zijn geheugen. Hij hield van haar met een versie van zichzelf die hij allang was ontgroeid omdat zij dat niet ontgroeid was. En zij hield van hem, nam hij aan (of ze het ook echt deed, wist hij niet meer) omdat hij tegemoetkwam aan haar illusies.

Ik ben zo moe, dacht hij, terwijl hij de handdoek van zijn hoofd trok. Maar wat hij zei was: 'Is hij bij Aiden?'

'Ja. Aiden belde op.'

'Wanneer?'

'Niet zo lang geleden.' Ze gaf hem een kus op zijn voorhoofd, een andere zeldzaamheid waaraan hij geen recente herinnering had. 'Hij is veilig en wel, Thomas.' Ze kwam overeind uit haar hurkhouding. 'Thee?'

'Komt Aiden hem brengen, Ellen? Onze zoon?'

'Hij zei dat Joe vannacht bij hen wilde blijven en Aiden moest naar een vergadering.'

'Een vergadering.'

Ze opende de kast om theekopjes te pakken. 'Hij zei dat hij hem morgenochtend zou brengen.'

Thomas ging naar de telefoon in de vestibule en draaide het nummer van Marty Kenneally in West Fourth. De schoudertas zette hij onder het telefoontafeltje. Marty nam na de derde keer overgaan op en schreeuwde zoals altijd in de hoorn.

'Hallo? Hallo? Hallo?'

'Marty, met hoofdinspecteur Coughlin.'

'Bent u het, sir?' schreeuwde Marty, hoewel, voor zover Thomas wist, nooit iemand anders hem opbelde.

'Met mij, Marty. Je moet de auto komen brengen.'

'Het is glad met die regen, sir.'

'Ik vroeg je niet of het glad was, Marty, of wel? Zorg dat de auto hier over tien minuten is.'

'Yes, sir,' schreeuwde Marty en Thomas hing op.

Toen hij weer in de keuken kwam, was het water bijna aan de kook. Hij trok zijn overhemd uit en wreef zijn armen en borst droog. Het viel hem op hoe wit zijn borstharen waren en dat bood hem een snel, droevig visioen van zijn grafsteen, maar hij overwon dat gevoel door te constateren hoe plat zijn buik was en hoe hard de koorden in zijn biceps. Met mogelijk als enige uitzondering zijn oudste zoon, kon hij zich niemand voorstellen waarvoor hij bang zou moeten zijn als het tot een vuistgevecht kwam, zelfs nu, in zijn gouden jaren, nog niet.

Jij ligt in je graf, Liam, al bijna dertig jaar, maar ik sta nog recht overeind.

Ellen, die bij het fornuis stond, draaide zich om en zag zijn ontblote borst. Ze wendde haar blik af en Thomas zuchtte en rolde met zijn ogen. 'Jezus, mens, ik ben het, je man.'

'Trek iets aan, Thomas. De buren.'

De buren? Die kende ze nauwelijks. En van de buren die ze wel kende, voldeden de meeste niet aan de hoge eisen waar ze zich tegenwoordig aan vastklampte.

Christus, dacht hij toen hij naar de slaapkamer liep om een ander hemd en een andere broek aan te trekken. Hoe kunnen twee mensen in één huis zo uit elkaars zicht verdwijnen?

Hij had een tijd een andere vrouw gehad. Ze had ongeveer zes jaar in het Parker House gewoond en vrijelijk over zijn geld beschikt, maar ze had hem, als hij de kamer in kwam, altijd ontvangen met een glas en ze had hem aangekeken als ze met elkaar praatten en ook als ze de liefde bedreven. Maar in de herfst van '09 was ze verliefd geworden op een piccolo en waren ze naar Baltimore gegaan om een nieuw bestaan op te bouwen. Ze heette Dee Dee Goodwin en wanneer hij zijn hoofd op haar blote borst legde voelde hij dat hij alles kon zeggen, zijn ogen kon dichtdoen en kon zijn wat hij wilde.

Toen hij in de keuken terugkwam, gaf zijn vrouw hem zijn thee die hij staand opdronk.

'Ga je weer uit? Op zondag?'

Hij knikte.

'Maar ik dacht dat je vandaag thuis zou blijven. Dat we samen thuis zouden zijn, Thomas.'

Om wat te doen? wilde hij vragen. Jij praat dan over het laatste nieuws dat je hebt gehoord van je verwanten in dat verrekte aardappelland, mensen die we al jaren niet hebben gezien, en wanneer ik wat tegen jou wil zeggen, spring je op en begin je schoon te maken. En daarna eten we in stilte en verdwijn jij naar je kamer.

Hij zei: 'Ik ga Joe halen.'

'Maar Aiden zei – '

'Het kan me niet schelen wat Aiden zei. Joe is mijn zoon en ik haal hem naar huis.'

'Ik zal zijn bed verschonen,' zei ze.

Hij knikte en knoopte zijn das. Het was opgehouden met regenen. Het huis rook ernaar en in de tuin tikten druppels van de bladeren op de grond. Hij zag het opklaren.

Hij boog zich over haar heen en kuste haar wang. 'Ik kom terug met onze zoon.'

Ze knikte. 'Je hebt je thee nog niet op.'

Hij pakte het kopje, dronk het leeg en zette het terug op tafel. Hij pakte zijn strohoed van de hoedenplank en zette hem op.

'Je ziet er goed uit,' zei ze.

'En jij bent nog steeds de mooiste meid die County Kerry ooit heeft voortgebracht.'

Ze reageerde met een glimlachje en een treurig knikje.

Hij was de keuken al bijna uit toen ze hem riep. 'Thomas.'

Hij liep terug. 'Hmm?'

'Pak de jongen niet te hard aan.'

Hij voelde dat hij zijn ogen toekneep, dus hij compenseerde het met een lach. 'Ik ben allang blij dat hem niks is overkomen.'

Ze knikte en hij zag een duidelijke en snelle herkenning in haar ogen, alsof ze hem weer kende, alsof ze konden genezen. Hij hield haar blik vast en lachte breder en voelde hoop opleven in zijn hart.

'Doe hem geen pijn,' zei ze opgewekt en richtte haar aandacht weer op haar theekopje.

Het was Nora die hem dwarsboomde. Ze liet hem op de stoep staan, schoof het raam op de vierde verdieping omhoog en riep naar hem: 'Hij wil hier vannacht blijven slapen, Mr Coughlin.'

Thomas voelde zich belachelijk zoals hij daar op het stoepje naar boven stond te roepen terwijl stromen spaghettivreters de stoepen en de straat achter hem vulden, en het er rook naar rottend fruit en rioolwater. 'Ik wil mijn zoon.'

'Ik zeg toch dat hij vannacht hier wil blijven.'

'Ik wil met hem praten.'

Ze schudde haar hoofd en hij stelde zich voor hoe hij haar aan haar haren bij het raam vandaan sleurde.

'Nora.'

'Ik doe het raam dicht.'

'Ik ben hoofdinspecteur van politie.'

'Ik weet wie u bent.'

'Ik kan naar boven komen.'

'Dat zou een fraai gezicht zijn,' zei ze. 'Nou, reken maar dat iedereen het dan heeft over het tumult dat u veroorzaakt.'

Verdomme, dat kutwijf had gelijk.

'Waar is Aiden?'

'Naar een vergadering.'

'Wat voor vergadering?'

'Wat dacht u zelf?' zei ze. 'Dag, Mr Coughlin.'

Ze liet het raam met een klap dichtvallen.

Thomas verliet het stoepje en liep door de stroom riekende spaghettivreters naar de auto. Marty opende het portier voor hem, liep om de auto heen en kroop achter het stuur. 'Waarheen nu, hoofdinspecteur? Naar huis zeker.'

Thomas schudde zijn hoofd. 'Roxbury.'

'Goed, sir. De Nul-Negen, sir?'

Thomas schudde opnieuw zijn hoofd. 'Intercolonial Hall, Marty.'

Marty's voet schoot van de koppeling en de auto sprong naar voren en de motor viel stil. Marty pompte op het gas en startte opnieuw. 'Dat is het hoofdkwartier van de BSC, sir.'

'Dat weet ik heel goed, Marty. Dus hou je mond en rij me erheen.'

'Ik wil de handen zien,' zei Danny, 'van iedereen in deze zaal die ons ooit heeft horen praten over staken, of ons dat woord zelfs maar heeft horen noemen.'

Er waren meer dan duizend man in de zaal en niet één van hen stak zijn hand op.

'Dus hoe is dat in de wereld gekomen?' zei Danny. 'Hoe is het mogelijk dat er in de kranten wordt gesuggereerd dat we dat van plan zijn?' Hij keek over de zee van hoofden en zijn ogen vonden Thomas achter in de zaal. 'Wie heeft er iets aan om de hele stad te laten denken dat we gaan staken?'

Verscheidene mannen keken achterom naar Thomas Coughlin. Hij lachte en wuifde, en er rolde een collectieve lach door de zaal.

Maar Danny lachte niet. Danny was helemaal op dreef. Thomas voelde, of hij wilde of niet, een golf van trots in zich opkomen toen hij zijn zoon daar zo zag staan. Danny had zijn plaats in de wereld gevonden, zoals Thomas altijd al had voorzien: hij was een geboren leider. Hij had alleen een ander slagveld gekozen dan Thomas zou hebben gedaan.

'Ze willen ons niet betalen,' zei Danny. 'Ze willen onze gezinnen niet te eten geven. Ze willen niet dat we onze kinderen redelijk onderdak of onderwijs geven. En als we klagen, worden we dan als mensen behandeld? Onderhandelen ze met ons? Nee. Ze beginnen een fluistercampagne waarin ze ons afschilderen als communisten en oproerkraaiers. Ze jagen het publiek angst aan door de mensen te laten denken dat we gaan staken, zodat ze, wanneer het er ooit van mocht komen, kunnen zeggen: "Zie je, we hebben het wel gezegd." Ze verlangen van ons dat we voor hen bloeden, heren, en als we dat doen, geven ze stuiverpleisters en brengen ons dubbeltjes in rekening.'

Dat leverde een luidkeelse bijval op en het viel Thomas op dat niemand lachte.

Hij keek naar zijn zoon en dacht: schaak.

'De enige manier waarop ze winnen,' zei Danny, 'is als we in hun val trappen. Als we, al is het maar voor een tel, hun leugens geloven. Als we geloven dat we fout zijn. Dat om elementaire mensenrechten vragen subversief zou zijn. Ons inkomen ligt onder de armoedegrens, heren. Niet erop of iets erboven, nee, eronder. Ze zeggen dat we geen vakbond kunnen vormen of ons kunnen aansluiten bij de AFL omdat we "onmisbaar" personeel zijn. Maar als we onmisbaar zijn, hoe kan het dan dat ze ons behandelen alsof we wel onmisbaar zijn. Een trambestuurder moet wel tweemaal zo onmisbaar zijn, want hij verdient tweemaal zo veel als wij. Hij kan zijn gezin te eten geven en hoeft geen vijftien dagen achtereen te werken. Hij heeft geen diensten van tweeenzeventig uur aaneen. Er wordt niet op hem geschoten, zo bleek de laatste keer dat ik het controleerde.'

Nu werd er wel gelachen en kon er bij Danny een glimlach af.

'Hij wordt niet neergestoken of gestompt en door tuig in elkaar geslagen zoals Carl McClary vorige week is overkomen in Fields Corner. Of wel soms? Hij wordt niet neergeschoten zoals Paul Welch tijdens de ongeregeldheden op 1 mei. Hij riskeert zijn leven niet zoals wij elke minuut tijdens de griepepidemie. Of wel soms?'

De mannen schreeuwden 'Nee!' en zwaaiden met hun vuisten.

'We knappen alle rotklusjes in de stad op, heren, en we vragen niet om een speciale behandeling. We vragen niets anders dan een fatsoenlijke, gelijke behandeling.' Danny keek de zaal rond. 'Fatsoen. Te worden behandeld als mensen. Niet als paarden, niet als honden. Als mensen.'

De mannen waren nu stil. Er was niets te horen, zelfs geen kuchje.

'Zoals jullie weten, heeft de American Federation of Labor heel lang als beleid gehanteerd dat politiebonden niet werden toegelaten. Zoals jullie ook weten, heeft onze Mark Denton toenadering gezocht tot Samuel Gompers van de AFL en is het afgelopen jaar verscheidene malen, helaas, afgewezen.' Danny keek naar Denton die achter hem op het toneel zat, en lachte. Danny draaide zich terug naar de zaal. 'Tot vandaag.'

Het duurde even voor het tot hen doordrong. Thomas moest het zelf ook een aantal malen opnieuw in zijn hoofd afspelen voordat het enorme belang tot hem doordrong. De mannen begonnen elkaar aan te kijken, begonnen te praten. Het zoemde door de zaal.

'Hebben jullie me gehoord?' zei Danny met een brede grijns. 'De AFL heeft zijn beleid ten aanzien van de BPD gewijzigd, heren. Ze verlenen ons aansluiting. Inschrijfformulieren zullen vanaf maandag op elk politiebureau aanwezig zijn.' Danny's stem bulderde door de zaal.

'Wij zijn nu aangesloten bij de grootste landelijke vakbond van de Verenigde Staten van Amerika!'

De mannen stonden op en stoelen vielen om en in de zaal barstte een enorm gejuich los.

Thomas zag hoe zijn zoon op het toneel Mark Denton omarmde, zag hoe ze zich tot de zaal richtten en probeerden de uitgestrekte handen van honderden mannen te schudden, hij zag de brede, levendige grijns op Danny's gezicht, een beetje opgaand in de door hemzelf gecreëerde roes, iets wat gezien de omstandigheden bijna niet te vermijden was. En Thomas dacht: ik heb een gevaarlijk man op de wereld gezet.

Het regende weer toen hij buiten kwam, maar het was een zachte regen die bleef hangen ergens tussen mist en een motregentje. Bij het verlaten van de zaal accepteerden Mark en Danny de felicitaties en uitgestoken handen en schouderklopjes van de mannen.

Sommige mannen knipoogden naar Thomas of tikten aan hun pet, en hij beantwoordde hun gebaren omdat hij wist dat ze hem niet als De Vijand beschouwden, omdat ze wisten dat hij veel te glad was om al zijn kaarten op één partij te zetten. Vanzelfsprekend wantrouwden ze hem, dat was een gegeven, maar hij bemerkte een vonkje van bewondering in hun ogen, bewondering en enige angst, maar geen haat.

Binnen de BPD was hij een grote, dat was waar, maar hij ging er soepel mee om. Vertoon van ego behoorde uiteindelijk tot het gebied van de mindere goden.

Danny weigerde natuurlijk met hem in een auto met chauffeur mee te rijden, dus stuurde Thomas Marty alleen naar North End en namen Danny en hij het luchtspoor de stad door. Ze moesten eruit bij Batterymarch omdat de draagconstructie, die door de melassevloed vernield was, nog niet gerepareerd was.

Tijdens de wandeling naar het logement zei Thomas: 'Hoe is het met hem? Heeft hij iets gezegd?'

'Iemand heeft hem een beetje in elkaar geslagen. Hij vertelde dat hij beroofd is.' Danny stak een sigaret op en hield zijn vader het pakje voor. Zijn vader bediende zich terwijl ze door de zachte mist liepen. 'Ik weet niet of ik hem moet geloven, maar wat gaat u doen? Hij blijft bij zijn verhaal.' Danny keek hem aan. 'Hij heeft een paar nachten op straat geslapen. Dat laat geen enkel kind onberoerd.'

Ze wandelden een straat verder. Thomas zei: 'Dus je bent echt een jonge Seneca. Je deed het heel goed daar op dat podium, zou ik zo zeggen.'

Danny lachte een beetje wrang. 'Dank u.'

'Dus jullie zijn nu aangesloten bij een landelijke vakbond.'

'Zullen we...'

'Wat?'

'... dat onderwerp laten rusten?' zei Danny.

'De AFL heeft heel wat beginnende vakbonden aan hun lot overgelaten wanneer de druk werd opgevoerd.'

'Pa, ik zei dat ik het wilde laten rusten.'

'Goed, goed,' zei zijn vader.

'Dank u.'

'Het is verre van mij om je na zo'n triomfantelijke avond op andere gedachten te willen brengen.'

'Pa, hou nou op.'

'Wat doe ik dan?' zei Thomas.

'Dat weet u verdomd goed.'

'Nee, jongen. Vertel.'

Zijn zoon draaide zijn hoofd af en zijn ogen vulden zich met een kwaadheid die geleidelijk aan overging in een lachje. Danny was de enige van zijn drie zoons die zijn vaders gevoel voor ironie had meegekregen. Alle drie de jongens konden grappig zijn – een familietrekje dat vermoedelijk generaties terugging – maar Joe's humor was de humor van een ietwat pedant knaapje, die van Connor was breder en op de rand van variété als hij het zichzelf toestond. Danny had die soorten humor ook, maar belangrijker was dat hij met Thomas een gevoel voor het onopvallend absurde deelde. Hij kon in feite om zichzelf lachen. Vooral als de nood het hoogst was. En dat was een band tussen hen die door een verschil in opvatting niet kon worden verbroken. Thomas had vaders en moeders in de loop der jaren vaak horen beweren dat ze geen lievelingskind hadden. Wat een gelul. Puur gelul. Je hart was je hart en dat koos zijn liefdes, los van je hoofd. Dat Thomas Aiden als zijn favoriet had, zou niemand verbazen. Het lag voor de hand. Want Aiden begreep hem, tot in zijn wezen, van jongs af aan. Wat voor Thomas niet altijd even gunstig was, maar daar stond tegenover dat hij Aiden altijd had begrepen, en dat hield de zaak in evenwicht, niet?

'Ik schoot je dood, ouwe, als ik mijn wapen bij me had.'

'Je zou missen,' zei Thomas. 'Ik heb je zien schieten.'

Voor de tweede keer in twee dagen bevond hij zich in de vijandige aanwezigheid van Nora. Ze bood hem niets te drinken aan en ook geen stoel. Danny en zij trokken zich terug in een hoek van de kamer en Thomas liep de kamer door naar zijn jongste zoon die bij het raam aan tafel zat.

De jongen keek hoe hij dichterbij kwam en het was meteen een schok voor Thomas in Joe's ogen een nieuwe uitdrukkingsloosheid te zien, alsof hij er iets uit hem was weggehaald. Hij had een blauw oog en een donkere korst op zijn rechteroor, en Thomas constateerde tot zijn enorme spijt dat rond Joe's keel nog altijd de rode cirkel van zijn handen te zien was en dat zijn lip nog gezwollen was door Thomas' ring.

'Joseph,' zei hij toen hij bij hem was.

Joe staarde hem aan.

Thomas liet zich op een knie zakken, legde zijn handen om Joe's gezicht, kuste hem op zijn voorhoofd en op zijn haar en drukte hem aan zijn borst. 'O, jezus, Joseph,' zei hij, sloot zijn ogen en voelde alle angst die hij achter zijn hart had weggesloten in zijn bloed en zijn spieren en zijn botten in één klap vrijkomen. Hij bracht zijn lippen bij Joe's oor en fluisterde: 'Ik hou van je, Joe.'

Joe verstijfde in zijn armen.

Thomas liet hem los, leunde naar achteren en streelde Joe's wangen. 'Ik was doodongerust.'

Joe fluisterde: 'Yes, sir.'

Thomas zocht naar tekenen van de jongen die hij altijd had gekend, maar hij werd aangestaard door een vreemde.

'Wat is er met je gebeurd, jongen? Ben je wel in orde?'

'Yes, sir. Ik ben overvallen, meer niet. Een paar jongens bij het rangeerterrein.'

Het idee dat zijn vlees en bloed met een knuppel was bewerkt, wakkerde zijn woede opeens enorm aan en Thomas gaf zijn zoon bijna een klap omdat hij hem zo'n angst en een paar slapeloze nachten had bezorgd. Maar hij hield zich in en de impuls zakte weg.

'Meer niet? Beroofd?'

'Yes, sir.'

Jezus, de kilte die het jong uitstraalde! Het was de kilte van zijn moeder tijdens een van haar stemmingen. De kilte van Connor als de dingen niet gingen zoals hij wilde. Het zat niet in de bloedlijn van de Coughlins, dat was wel zeker.

'Kende je een van die jongens?'

Joe schudde zijn hoofd.

'En is dat alles? Meer is er niet gebeurd?'

Joe knikte.

'Ik kwam je ophalen, Joe.'

'Yes, sir.'

Joe stond op en liep langs hem heen naar de deur. Er was geen sprake van kinderlijk zelfmedelijden, geen lijdzaamheid of vreugde of wat voor emotie dan ook.

Er is iets in hem gestorven.

Thomas voelde opnieuw de kilte van zijn eigen zoon en vroeg zich af of hij er schuldig aan was, of hij op deze manier zijn geliefden kwijtraakte: hij beschermde hun lichaam en doodde tegelijkertijd hun hart.

Hij toonde Danny en Nora een zelfverzekerd lachje. 'Goed, dan gaan we maar.'

Nora vuurde een blik op hem af zo vol haat en verachting als Thomas zelf nog niet zou durven richten op de ergste verkrachter in zijn district. De blik verschroeide de organen in zijn lijf.

Ze streelde Joe's gezicht en haar en kuste hem op zijn voorhoofd. 'Tot ziens, Joe.'

'Tot ziens.'

'Kom,' zei Danny. 'Ik laat jullie uit.'

Toen ze de straat bereikten, kwam Marty Kenneally de auto uit en opende Thomas' portier. Joe stapte in. Danny stak zijn hoofd naar binnen om afscheid te nemen en ging daarna bij Thomas op de stoep bij het bordes staan. Thomas voelde de zoele avond. Zomer in de stad en de straten roken naar de regen van die middag. Hij hield van die geur. Hij stak zijn hand uit.

Danny schudde die.

'Ze zitten achter je aan.'

'Wie?'

'De mensen die je nooit ziet.'

'In verband met de vakbond?'

Zijn vader knikte. 'Wat anders?'

Danny liet zijn hand zakken en grinnikte. 'Laat ze maar komen.'

Thomas schudde zijn hoofd. 'Zeg dat nooit. Daag de goden nooit zo uit. Nooit, Aiden. Nooit, jong.'

Danny schokschouderde. 'Wat kunnen ze me doen?'

Thomas zette zijn voet op de rand van de onderste tree. 'Denk je dat het genoeg is dat je een goed hart en een goede zaak hebt? Ik neem het te allen tijde met liefde op tegen een man met een goed hart, Aiden, want die ziet de smerige streken niet.'

'Welke smerige streken?'

'Dat bedoel ik nou.'

'Als je probeert me bang te maken, dan – '

'Ik probeer je huid te redden, dwaas. Ben je zo naïef dat je nog altijd in een eerlijk gevecht gelooft? Heb je dan niks geleerd, zoon? Ze weten wie je bent. Je bent opgemerkt.'

'Laat ze maar komen met hun gevecht. En als ze dan komen, laat ik – '

'Je ziet ze niet komen,' zei zijn vader. 'Niemand ziet ze ooit. Dat probeer ik je aan je verstand te peuteren. Als je het met deze knapen aan de stok krijgt, jongen... jezus, reken er dan maar op dat je de hele nacht moet bloeden.'

Hij wuifde geïrriteerd met een hand en liet zijn zoon op het trottoir staan.

'Welterusten, pa.'

Marty kwam om de auto heen om het portier voor hem te openen. Thomas leunde er even op en keek achterom naar zijn zoon. Zo sterk. Zo trots. Zo wereldvreemd.

'Tessa.'

'Hè?' zei Danny.

Hij leunde op het portier en keek zijn zoon aan. 'Ze zullen je willen pakken met Tessa.'

Danny zweeg enige tijd. 'Tessa?'

Thomas klopte op het portier. 'Zo zou ik het aanpakken.'

Hij tikte ten afscheid tegen zijn pet, klom bij Joe in de auto en zei tegen Marty dat hij hen regelrecht naar huis moest brengen.

BABE RUTH EN DE
ZWOELE ZOMER

1

Het was een krankzinnige zomer. Onvoorspelbaar. Telkens als Babe dacht dat hij er vat op kreeg, ontglipte het hem en ging het ervandoor als een varken op het erf dat de bijl ruikt. Een bom bij het huis van de minister van Justitie, stakingen en werkonderbrekingen waar je maar keek, rassenrellen, eerst in Washington, DC, daarna in Chicago. De kleurlingen in Chicago vochten echt terug, veranderden een rassenrel in een rassenoorlog en joegen het hele land de stuipen op het lijf.

Niet dat alles misliep. No, sir. Wie had om te beginnen kunnen voorspellen wat Babe met de witte bal zou uitrichten. Niemand dus. Hij had een gênante meimaand achter de rug omdat hij te heftig en te vaak met zijn knuppel uithaalde, en daarbij ook nog elke vijfde wedstrijd moest werpen, zodat zijn gemiddelde in de kelder belandde: .180. Goeie genade. Zo laag was het niet meer geweest sinds zijn jonge jaren in Baltimore. Maar daarna hoefde hij van coach Barrow voorlopig niet meer als eerste te pitchen, en pakte Babe zijn timing aan, dwong hij zich zijn *cuts* iets eerder te beginnen en wat langzamer te maken, en pas al zijn kracht erin te leggen als hij halverwege de zwaai was.

En juni was schitterend.

Maar juli? Juli was explosief.

De maand begon met een spiraal van angst op zijn rug toen het gerucht ging dat die verdomde oproerkraaiers en bolsjies voor Independence Day weer een golf van landelijk bloedvergieten hadden gepland. Elk federaal gebouw in Boston was omgeven door soldaten en in New York was de hele politiemacht op de been om de openbare gebouwen te beschermen. Maar aan het eind van de dag was er niets gebeurd, op een werkonderbreking van de New England Fisherman's Union na, en dat kon Babe geen flikker schelen omdat hij nooit iets at dat niet op zijn eigen poten kon staan.

De dag erop sloeg hij twee homeruns in één wedstrijd. Twee van die krengen: hemelhoog. Dat had hij nog niet eerder gedaan. Een week later joeg hij zijn elfde homerun van het seizoen naar de skyline van Chicago, en zelfs de White Sox-fans juichten. Het vorig seizoen was hij aan de leiding gegaan met een totáál van elf homeruns. Dit jaar was hij nog niet eens echt op dreef, en de fans wisten dat. Halverwege de maand sloeg hij de tweede homerun van de game in de negende inning. Het was op zich al een indrukwekkende prestatie, twee homeruns, maar het was ook een grand slam waarmee de wedstrijd werd gewonnen. De thuisclub riep geen boe. Babe kon het niet geloven. Hij had net de laatste nagel in hun doodskist geslagen en die stond nu in de rouwkamer opgesteld, maar de mensen op de tribunes stonden als één vrolijke, verwarde massa op en scandeerden zijn naam terwijl hij langs de honken liep. Toen hij over de thuisplaat kwam, stonden ze nog en stompten ze nog steeds met hun vuisten in de lucht en riepen ze nog steeds zijn naam.

Babe.

Babe.

Babe...

Drie dagen later in Detroit haalde Babe bij 0-2 uit naar een splitter, een bal die op het laatste moment weg en omlaag zwaaide. Het werd de langste homerun uit de geschiedenis van Detroit. De kranten, altijd een paar passen achter bij de fans, hadden het eindelijk in de gaten. Het recordaantal homeruns in één seizoen in de Amerikaanse League dateerde van 1902 en stond op naam van Socks Seybold en bedroeg zestien. Babe had er de derde week van die krankzinnige juli al veertien bij elkaar geslagen. En hij was op weg naar Boston, naar zijn o zo geliefde Fenway. Sorry, Socks, ik hoop dat je nog iets anders hebt gedaan waar de mensen je om zullen herinneren, want ik ga dat ouwe recordje van jou pakken, rol mijn sigaar erin en steek er de brand in.

Zijn vijftiende sloeg hij in de eerste thuiswedstrijd, tegen de Yanks, en die belandde hoog boven in de tribune rechts en hij zag de fans op die goedkope plaatsen om de bal vechten als om eten of een baan, terwijl hij op een drafje naar het eerste honk liep. Het viel hem op hoe vol het stadion was. Het dubbele, met gemak, van wat er bij de World Series het jaar ervoor had gezeten. Ze stonden nu op de derde plaats, de derde en ze gleden verder af. Niemand koesterde nog illusies van een vaantje dit jaar, dus de enige reden dat de mensen nog naar het stadion kwamen was Ruth met zijn slagen.

Nou, en ze kwamen. Zelfs toen ze een paar dagen later tegen Detroit verloren, leek het niemand iets te kunnen schelen omdat Babe zijn zestiende verre bal van het jaar scoorde. Die arme Socks Seybold had nu iemand naast zich op het podium staan. De tram- en luchtspoorbestuurders waren die week in staking (zodat Babe voor de tweede keer dat jaar dacht dat de hele klotewereld aan het staken was), maar toch vulden de tribunes zich de volgende dag toen Babe in de wedstrijd tegen die heerlijk gulle Tigers op jacht ging naar de magische nummer zeventien.

Hij kon het in de dug-out voelen. Ossie Vitt was aan slag en Scott stond klaar, maar Babe was de derde slagman, en het hele stadion wist dat. Hij wierp even een blik naar buiten en veegde zijn knuppel schoon met een ouwe lap, zag de helft van de mensen een blik in zijn richting werpen in de hoop op een glimp van hun god, en hij dook weer weg. Hij voelde zijn hele lichaam koud worden. IJskoud. De soort kou die je voelde, zo kon hij zich voorstellen, die je alleen voelde vlak na je dood maar voor ze je in de kist legden, wanneer een deel van je nog ademde. Het duurde even voor hij besefte wat hij eigenlijk had gezien. Wat hem dit bezorgde. Wat het zelfvertrouwen uit zijn ledematen en zijn ziel wegscheurde, terwijl hij zag hoe Ossie Vitt met een te korte grondbal uit ging en hij naar de slagplaats liep, dat hij bang was dat hij de rest van het seizoen geen slag meer zou kunnen maken.

Luther.

Babe waagde nog een zijdelingse blik vanaf de slagplaats, liet zijn ogen bliksemsnel langs de rij net voorbij de dug-out gaan. De eerste rij. De geldrij. Op zo'n plaats kon toch geen zwarte man zitten? Dat was nog nooit gebeurd, dus waarom zou dat nu wel het geval zijn? Een vreemde optische illusie dan, een rotgeintje van zijn hersens, of de druk waaronder Babe nu stond, een druk die hij zich nog niet bewust was geweest? Gek hoor, net wanneer je dacht dat –

Daar zat hij. Zo zeker als wat. Luther Laurence. Dezelfde vage littekens op zijn gezicht, dezelfde halfdichte, norse ogen, ogen die Ruth nu recht aankeken en waarin een glimlach verscheen, een piepklein, uitgeslapen glinstering. Luther, die nu zijn vingers naar de rand van zijn pet bracht, ertegen tikte als een groet.

Ruth probeerde terug te glimlachen, maar de spieren van zijn gezicht wilden niet meewerken. Scott ging uit met een korte bal rechts. Babe hoorde dat hij werd aangekondigd. Hij liep naar de slagplaats, voelde het hele stuk Luthers veelbetekenende blik op zijn rug. Hij ging staan en sloeg de eerste worp die hij zag regelrecht terug in de handschoen van de werper.

'Dus deze Clayton Tomes was een vriend van je?' Danny trok de aandacht van de pindaverkoper en stak twee vingers op.

Luther knikte. 'Ja. Er moet toch een verborgen onrust hebben geknaagd dat hij zonder iets te laten weten is verdwenen.'

'Hm,' zei Danny. 'Ik heb hem een paar keer meegemaakt, en die indruk maakte hij niet. Leek me een aardige kerel, een jongen eigenlijk nog.'

De vettige bruine zakken zeilden door de lucht en Danny ving de eerste op maar liet de tweede gaan, en die schampte Luthers voorhoofd en kwam op zijn schoot terecht.

'Ik dacht dat jij een soort honkballer was.' Danny gaf een kwartje door en de laatste man van de rij gaf het aan de pindaverkoper.

'Ik heb een hoop om over na te denken.' Luther pakte de eerste warme pinda uit zijn zak, maakte een polsbeweging en de pinda stuiterde tegen Danny's adamsappel en viel in zijn overhemd. 'Wat had Mrs Wagenfeld erop te zeggen?'

'Beschouwde het gewoon als iets wat jullie donkere mensen doen.' Danny stak een hand in zijn overhemd. 'Heeft meteen een andere huisknecht in dienst genomen.'

'Een zwarte?'

'Nee. Ik vermoed dat er aan de oostkant een nieuwe theorie wordt aangehangen nadat jij en Clayton geen succes waren en dat is: het blank houden.'

'Zoals hier in het stadion.'

Danny moest lachen. Misschien waren er die dag vijfentwintigduizend gezichten in Fenway, en op dat van Luther na, was er niet een donkerder dan de bal. Nadat Babe zich linea recta had uitgeslagen, wisselden de ploegen, en het bolle mannetje op zijn ballerinatenen en zijn ronde rug alsof hij een klap van achter verwachtte, draafde naar links weg. Luther wist dat Ruth hem had gezien en dat het beeld hem van zijn stuk had gebracht. Zijn gezicht had zich gevuld met schaamte alsof het er met een slang in gespoten was. Luther had bijna medelijden met hem, maar toen herinnerde hij zich de wedstrijd in Ohio en de manier waarop die blanke jongens de simpele schoonheid ervan hadden bezoedeld, en hij dacht: als je geen schaamte wilt voelen, moet je geen schandalige dingen doen, blanke jongen.

Danny vroeg: 'Kan ik je ergens mee helpen?'

'Waarmee?' vroeg Luther.

'Met datgene waar je je deze zomer over loopt op te vreten. Ik ben niet de enige die het is opgevallen. Nora maakt zich ook zorgen.'

Een schouderophalen van Luther. 'Er valt niets te melden.'

'Ik zit bij de politie, weet je nog?' Hij bekogelde Luther met schillen. Luther veegde ze van zijn dij. 'Nog wel.'

Danny liet een zwartgallig lachje horen. 'Dat staat vast, hè?'

De Detroit-slagman lelde een wolkenklimmer naar links die met een harde klap tegen het scorebord vloog. Ruths timing van de carambole was niet goed en de bal wipte over zijn handschoen en hij moest er in het gras achteraan. Tegen de tijd dat hij hem had en naar het binnenveld had geworpen, was een simpele éénhonkslag veranderd in een driehonkslag en was er een punt gescoord.

'Heb je echt tegen hem gespeeld?' vroeg Danny.

'Denk je dat ik het verzin?' vroeg Luther.

'Nee.'

Luther keek naar links, zag dat Ruth met de mouw van zijn trui het zweet van zijn voorhoofd veegde. 'Ja, ik heb tegen hem gespeeld. Tegen hem en nog wat van die spelers hier en een stel Cubs.'

'Hebben jullie gewonnen?'

Luther schudde zijn hoofd. 'Van dat soort win je niet. Als zij zeggen dat de lucht groen is en hun makkers zo ver krijgen dat die dat ook vinden, en het nog een paar keer zeggen zodat ze het zelf gaan geloven, dan kun je vechten wat je wil, maar...' Hij haalde zijn schouders op. 'Vanaf dat moment is de lucht groen.'

'Het is net of je het over de hoofdcommissaris van politie hebt en het bureau van de burgemeester.'

'De hele stad denkt dat jullie gaan staken. Ze noemen jullie bolsjies.'

'We gaan niet staken. We proberen alleen maar een eerlijke behandeling te krijgen.'

Luther moest lachen. 'In deze wereld?'

'De wereld verandert, Luther. De gewone man houdt zich niet langer koest.'

'De wereld verandert niet,' zei Luther. 'En dat zal ook nooit gebeuren. Ze zeggen tegen je dat de hemel groen is tot je ten slotte zegt: "Goed, de hemel is groen." En dan bezítten ze de hemel, Danny, en alles eronder.'

'Ik dacht dat ík cynisch was.'

Luther zei: 'Niks cynisch, ik houd alleen mijn ogen open. Neem Chicago. Daar hebben ze die zwarte jongen gestenigd omdat hij naar hun kant van de rivier dreef. De rivier, Danny. Daar brandt nu zo'n beetje de hele stad af omdat ze denken dat het water van hen is. En ze hebben gelijk. Het is ook zo.'

'Maar de zwarten vechten ook terug,' zei Danny.

'En wat levert dat op?' zei Luther. 'Gisteren zijn er in de Black Belt vier blanken aan flarden geschoten door zes zwarten. Heb je dat gehoord?'

Danny knikte. 'Ja.'

'Het enige waar iedereen het nu over heeft is dat die zes zwarten onder die vier blanken een bloedbad hebben aangericht. Die blanken hadden godverdomme een machinegeweer en daarmee schoten ze op zwarte mensen. Maar daar wordt niet over gepraat. Ze hebben het alleen maar over blank bloed dat stroomt door een stel dolgedraaide negers. Het water is van hen, Danny, en de hemel is groen. Zo ligt het.'

'Dat is voor mij onaanvaardbaar.'

'Daarom ben je ook een goed mens. Maar daar kom je er niet mee.'

'Je klinkt net als mijn vader.'

'Beter dan dat ik als die van mij klink.' Luther keek Danny aan, de grote, sterke diender die zich waarschijnlijk niet meer kon herinneren wanneer de wereld voor het laatst tegen hem was geweest. 'Je zegt dat jullie niet gaan staken. Prachtig. Maar de hele stad, inclusief de zwarte mensen, denkt dat jullie dat wel gaan doen. De kerels van wie jullie een eerlijke behandeling proberen te krijgen, die zijn jullie al twee stappen voor, en daarbij gaat het ze niet om geld. Het punt is dat jullie vergeten wat je plaats is en over de schreef gaan. Dat zullen ze niet toestaan.'

'Misschien hebben ze geen keus,' zei Danny.

'Het heeft voor hen niks met keus te maken,' zei Luther. 'Het gaat niet om rechten of een eerlijke behandeling of dat soort gelul. Jij denkt dat ze bluffen, maar dat is niet zo.'

Luther leunde naar achteren en Danny deed hetzelfde, en ze aten de rest van hun pinda's en in de vijfde inning namen ze een biertje en een hotdog en wachtten ze op het moment dat Ruth het homerunrecord van de AL ging breken. Maar dat deed hij niet. Hij ging voor 0 slag 4 wijd en maakte twee fouten. Alles bij elkaar voor zijn doen een heel ongewone wedstrijd, en sommige fans vroegen zich af of hij iets onder de leden had of dat hij gewoon een kater had.

Tijdens de wandeling van Fenway terug naar huis, bonkte Luthers hart in zijn borst. Dat was de hele zomer al, en zelden om een duidelijke reden. Dan kreeg hij een dikke keel en was het of zijn borstkas volliep met warm water, en sloeg beng-beng-beng zijn hart op hol.

Toen ze op Mass Avenue liepen, keek hij naar Danny die hem onderzoekend aankeek.

'Zeg maar wanneer je er klaar voor bent,' zei Danny.

Luther bleef even staan. Bekaf. Gevloerd doordat hij het met zich meedroeg. Hij keek Danny aan. 'Dan moet ik je iets toevertrouwen dat verdergaat dan wat wie dan ook je van zijn hele leven heeft toevertrouwd.'

Danny zei: 'Je hebt voor Nora gezorgd toen verder niemand dat deed, en dat betekent nog meer voor me dan dat je mijn leven hebt gered. Jij hield van mijn vrouw toen ik te dom was om dat te doen, Luther. Zeg maar waar ik je mee kan helpen.'

Een uur later, toen ze bij de hoop aarde in de achtertuin van het gebouw op Shawmut Avenue stonden die het graf van Clayton Tomes was, zei Danny: 'Je hebt gelijk. Dit gaat ver. Verdomd ver.'

In het gebouw gingen ze op de kale vloer zitten. Het werk was bijna klaar, er moest alleen nog wat geschilderd en afgewerkt worden. Luther maakte zijn verhaal af, tot het allerlaatste feit, de dag vorige maand waarop hij het slot van de gereedschapskist die McKenna hem had gegeven, had opengemaakt. Daar had hij twintig minuten over gedaan en één blik in de kist had alles duidelijk gemaakt.

Geen wonder dat hij zo zwaar was.

Pistolen.

Hij had ze gecontroleerd, stuk voor stuk, en had geconstateerd dat ze allemaal goed geolied en in goede staat waren, alleen niet echt nieuw. Geladen ook. Twaalf stuks. Een dozijn geladen wapens die moesten worden gevonden op de dag dat de Bostonse politie een inval deed bij de NAACP en de indruk moest worden gewekt dat een leger zich voorbereidde op een rassenoorlog.

Danny zweeg een hele tijd en nam af en toe een slok uit zijn heupfles. Uiteindelijk gaf hij hem door aan Luther. 'Hij zal je hoe dan ook vermoorden.'

'Weet ik. Maar daar zit ik minder mee dan met Yvette. Ze is als een moeder voor me. En ik zie het al voor me, weet je, wat hij gewoon voor de lol doet. Omdat ze wat hij noemt "nikkerbourgeoisie" is. Hij vermoordt haar, voor de grap. En anders moet ze in ieder geval de bak in. Daar zijn die wapens voor.'

Danny knikte.

'Ik weet dat je hem als familie beschouwt,' zei Luther.

Danny stak een hand op. Hij sloot zijn ogen en schommelde zachtjes heen en weer.

'Heeft hij die knaap doodgeschoten? Om niks?'

'Alleen omdat hij zwart was en leefde.'

Danny opende zijn ogen. 'Wat we vanaf nu ook ondernemen... Je begrijpt wat ik bedoel?'

Luther knikte. 'Gaat met ons mee het graf in.'

Connors eerste grote federale rechtszaak betrof een metaalarbeider die Massimo Pardi heette. Pardi was tijdens een vergadering van de Roslindale Ironworkers Union, Local 12, opgestaan en had verklaard dat men de veiligheidsomstandigheden bij de Bay State Iron & Smelting beter op stel en sprong kon verbeteren, omdat het bedrijf anders 'de kans liep tot de grond toe af te branden'. Hij was toegejuicht, waarna vier mannen – Brian Sullivan, Robert Minton, Duka Skinner en Luis Ferriere – hem op de schouders hadden genomen en door de zaal hadden gedragen. Die actie en de vier mannen hadden Pardi's lot bezegeld: 1 + 4 = syndicalisme. Zo klaar als een klontje.

Connor diende een eis tot deportatie tegen Pardi in bij de arrondissementsrechtbank en beargumenteerde zijn eis voor de rechter door te stellen dat Pardi de Bepaling Inzake Spionage en Opruiing onder de antisyndicalismewet van de Commonwealth had overtreden en daarom moest worden teruggestuurd naar Calabrië, alwaar een plaatselijke rechter kon beslissen of verdere straf noodzakelijk was.

Zelfs Connor was verrast toen de rechter de eis toewees.

Maar niet de keer erop. Zeker niet de keer dáárop.

Wat Connor zich eindelijk realiseerde – en waarvan hij hoopte dat het hem bij zijn werk van pas zou komen – was dat de beste argumentaties degene waren die waren ontdaan van emoties of vurige retoriek. Blijf dicht bij de wetstekst, vermijd polemiek, laat precedenten het woord voor je doen, en laat de verdediging de keus om de juistheid van de betreffende wetten aan te vechten. Het was een openbaring. Terwijl de advocaten van de tegenpartij raasden en tierden en met hun vuist stonden te zwaaien voor steeds geïrriteerdere rechters, legde Con-

516

nor kalm de logische beperkingen van de rechtspleging uit. En hij zag in de ogen van de rechters dat ze het niet leuk vonden, dat ze het in hun hart niet met hem eens wilden zijn. In hun hart hadden ze een zwak voor de beklaagden, maar hun verstand wist heel goed wat de waarheid was.

De zaak Massimo Pardi zou achteraf symbolisch zijn. De metaalarbeider met de grote mond kreeg een jaar gevangenisstraf (waarvan drie maanden voorarrest) en het deportatiebevel werd onmiddellijk van kracht. Mocht zijn lijfelijke uitwijzing plaatsvinden voordat hij zijn straf had uitgediend, dan zouden de Verenigde Staten hem voor de rest van de straf gratie verlenen zodra hij zich in de internationale wateren bevond. Zo niet, dan moest hij de volle negen maanden uitzitten. Connor voelde natuurlijk wel enige sympathie voor de man. Pardi leek door de bank genomen een onschuldig type, een harde werker die in de herfst zou gaan trouwen. Nauwelijks een bedreiging voor dit land. Maar wat hij vertegenwoordigde – de allereerste stap op weg naar terrorisme – was verre van onschuldig. Mitchell Palmer en de Verenigde Staten hadden besloten dat de wereld een boodschap moest krijgen: wij zullen niet langer in angst voor jullie leven; jullie zullen in angst voor óns leven. En die boodschap moest rustig, onverzoenlijk en constant worden uitgezonden.

Die zomer vergat Connor een paar maanden dat hij kwaad was.

De Chicago White Sox kwamen na Detroit naar Boston en Ruth ging op een avond met een paar van hen stappen. Het waren oude vrienden uit de tijd van het jeugdhonkbal, en ze vertelden dat in hun stad de orde weer was hersteld en dat het leger de nikkers eindelijk hun vet had gegeven en ze voor eens en altijd eronder had gekregen. Vier dagen schieten en plunderen en branden en dat alles omdat een van hen zwom waar hij niet hoorde te zwemmen. En de blanken hadden hem niet gestenigd. Ze hadden alleen maar stenen in het water gegooid om hem te laten weten dat hij weg moest. En konden zij het helpen dat hij niet goed kon zwemmen?

Vijftien blanken dood. Niet te geloven, toch? Vijftien. Goed, misschien dat die nikkers een paar terechte klachten hadden, maar dan hoef je toch niet vijftien blanken te vermoorden? Dat was de omgekeerde wereld.

Dat was het voor Babe. Na de wedstrijd waar hij Luther had gezien, presteerde hij geen donder meer. Hij kon geen snelle ballen meer raken, geen effectballen, hij raakte de bal nog niet wanneer die aan een touwtje met twintig kilometer per uur naar hem toe werd gestuurd. Hij belandde in de diepste dip van zijn carrière. En nu de zwarten in Washington en Chicago weer op hun plaats waren gezet en de anarchisten zich koest hielden, en het land eindelijk even opgelucht kon ademhalen, doken de onruststokers en de acties op waar je ze het allerminst had verwacht: bij de politie!

De politie, verdomme!

In zijn depressieve stemming bracht elke dag meer tekenen dat het van kwaad tot erger ging en dat de stad Boston op barsten stond. De kranten maakten melding van geruchten over een solidariteitsstaking die Seattle tot een demonstratiewedstrijd zou reduceren. In Seattle waren het ambtenaren geweest, dat wel, maar van de vuilnisdienst en het openbaar vervoer. In Boston, zo ging het gerucht, hadden ze de brandweerlieden georganiseerd. Wanneer de smerissen én de brandweer het werk neerlegden? Jeetjemineetje! Dan viel de stad in puin en as.

Babe vertoefde nu geregeld met Kat Lawson in Hotel Buckminster, en op een avond liet hij haar slapen en bleef hij op weg naar buiten in de bar hangen. Chick Gandil, eerste honkman van de White Sox, stond met een stel kerels aan de bar en Babe zette koers naar hen, maar in Chicks ogen zag hij iets dat hem meteen op zijn hoede deed zijn. Hij ging aan het andere eind van de bar zitten, bestelde een dubbele scotch en herkende de kerels met wie Chick stond te praten: Sport Sullivan en Abe Attell, boodschappenjongens van Arnold Rothstein.

En Babe dacht: ó-oo. Dat levert nooit wat goeds op.

Toen Babe aan zijn derde scotch begon, pakten Sport Sullivan en Abe Attell hun jas van hun stoelleuning en verdwenen via de voordeur. Chick kwam met zijn dubbele scotch de hele lengte van de bar langs gewandeld om met een luide zucht op de kruk naast Babe neer te ploffen.

'Gidge.'

'Babe.'

'O, oké, Babe. Hoe gaat het met je?'

'Ik praat niet met boeven, zo gaat het met me.'

'Wie zijn de boeven?'

Babe keek Gandil aan. 'Je weet best wie de boeven zijn. Sport Sullivan en Abe "Fucking" Attell? Dat zijn boeven die voor Rothstein werken en Rothstein is de grootste boef van allemaal. Wat moet je met zulke boeven, Chick?'

'Jeetje, mam, de volgende keer zal ik om toestemming vragen.'

'Dat stel is zo smerig als een vuile onderbroek. Jij weet het en iedereen met ogen in z'n kop weet het. Als je met een paar van zulke patsers wordt gezien, gelooft geen mens dat je niet aan het sjoemelen bent.'

'Waarom denk je dat ik hier met hem heb afgesproken?' zei Chick. 'Dit is geen Chicago. Het is hier lekker rustig. En niemand krijgt er lucht van, Babe, jongen, zolang jij je nikkerlippen op elkaar houdt.' Gandil lachte naar hem, dronk zijn glas leeg en zette het op de bar. 'Ik peer hem, jongen. Jaag ze over de schutting. Je moet er deze maand toch nog een maken, hè?' Hij gaf Babe een klap op zijn rug en verliet de bar.

Nikkerlippen. Godver.

Babe bestelde er nog een.

De politie die over staken praat, honkballers die met beruchte fixers praten, zijn jacht op het homerunrecord dat bleef steken bij zestien doordat hij toevallig een zwarte knaap zag die hij één keer in Ohio had ontmoet...

Was er dan verdomme niets meer heilig?

DE STAKING VAN
DE BOSTONSE POLITIE

1

Danny had op de eerste donderdag van augustus een afspraak met Ralph Raphelson op het hoofdkwartier van de Boston Central Labor Union. Raphelson was zo lang dat hij een van de weinige mannen was naar wie Danny moest opkijken toen hij hem een hand gaf. Hij was zo dun als een lat, met sprietig blond haar dat zich in grote haast terugtrok van de steile helling van zijn schedel, en dirigeerde Danny met een gebaar naar een stoel en nam zelf plaats achter zijn bureau. Achter het raam viel uit beige wolken een hete-soepregen en de straten roken naar gestoofde groente.

'Laten we beginnen met het meest voor de hand liggende,' zei Ralph Raphelson. 'Als je de onbedwingbare behoefte aan commentaar of rotopmerkingen op mijn naam hebt, vuur ze dan nu af.'

Danny liet Raphelson zien dat hij erover nadacht voordat hij zei: 'Nee. Alles onder controle.'

'Heel mooi.' Raphelson opende zijn handen. 'Wat kunnen we deze morgen betekenen voor de politie van Boston, agent Coughlin?'

'Ik vertegenwoordig de Boston Social Club,' zei Danny. 'Wij zijn het georganiseerde deel van de – '

'Ik weet wie je bent, agent.' Raphelson gaf zijn vloeiblad een tik. 'Ik ben goed op de hoogte van de BSC. En ik kan je geruststellen: we willen helpen.'

Danny knikte. 'Mr Raphelson – '

'Ralph.'

'Ralph, als je weet wie ik ben, weet je ook dat ik met verscheidene bij jullie aangesloten groepen heb gesproken.'

'O, ja, dat klopt. Ik heb gehoord dat je heel overtuigend bent.'

Danny's eerste gedachte was: is dat zo? Hij veegde wat regendruppels van zijn jas. 'Als we helemaal klem zitten en geen andere keus hebben dan te staken, zou de Central Labor Union ons dan helpen?'

'Verbaal? Natuurlijk.'

'En fysiek?'

'Je bedoelt een solidariteitsstaking?'

Danny keek hem aan. 'Ja, dat bedoel ik.'

Raphelson wreef met de rug van zijn hand over zijn kin. 'Je weet hoeveel mensen de Boston Central Labor Union vertegenwoordigt?'

'Iets onder de tachtigduizend.'

'Iets boven,' zei Raphelson. 'We hebben zojuist een plaatselijke afdeling loodgieters binnengehaald.'

'Iets erboven dan.'

'Heb je ooit meegemaakt dat ácht man het over alles eens waren?'

'Zelden.'

'En wij hebben er tachtigduizend: brandweerlieden, loodgieters, telefonistes, monteurs, chauffeurs, ketelbouwers en openbaar vervoer. En dan wil je dat ik al die mensen laat instemmen met een staking ten behoeve van kerels die hen met knuppels te lijf gingen toen ze zelf staakten?'

'Ja.'

'Waarom?'

'Waarom niet?'

Dat veroorzaakte bij Raphelson een lachje in de ogen, en zeker rond zijn mond.

'Waarom niet?' herhaalde Danny. 'Ken jij politieagenten wier loon gelijke tred heeft gehouden met de kosten van levensonderhoud? Mannen die hun gezin kunnen voeden en ook nog tijd overhouden om hun 's avonds een verhaaltje voor te lezen? Dat kunnen ze niet, Ralph. Ze worden niet behandeld als arbeiders, maar als boerenknechten.'

Raphelson vlocht zijn vingers achter zijn hoofd ineen en liet zijn blik op Danny rusten. 'Je doet het voortreffelijk op het gebied van emotionele retoriek, Coughlin, voortreffelijk.'

'Dank je.'

'Dat was geen compliment. Ik heb te maken met praktische zaken. Wie zegt me dat mijn tachtigduizend man weer aan het werk kunnen als alle gevoeligheden betreffende de essentiële-waardigheid-van-de-werkende-klasse zijn afgewerkt? Heb je de laatste werkloosheidscijfers gezien? Waarom zouden die mensen niet de banen van mijn mensen overnemen? Stel dat de staking eindeloos doorgaat. Wie zorgt ervoor dat de gezinnen te eten krijgen als die kerels eindelijk tijd hebben om die verhaaltjes voor het slapengaan voor te lezen? De kindermaagjes rommelen, maar glorie halleluja, ze krijgen spróókjes! Jij zegt: "Waarom niet?" Er zijn tachtigduizend redenen én hun gezinnen waarom niet.'

Het was koel en stil in het kantoor, de zonwering slechts half open op deze bewolkte dag, het enige licht afkomstig van een bureaulampje bij Raphelsons elleboog. Danny keek Raphelson recht aan, wachtte tot hij iets zou zeggen, voelde in de man een nauw bedwongen neiging op de zaken vooruit te lopen.

Raphelson zuchtte. 'Maar toch, dat geef ik toe, ben ik geïnteresseerd.'

Danny leunde naar voren in zijn stoel. 'Dan is het nu mijn beurt om te vragen waarom?'

Raphelson rommelde met de zonwering tot de lamellen zo stonden dat er net iets meer van de vochtige dag binnenkwam. 'Het vakbondswerk nadert een cruciaal moment. We hebben de laatste decennia vorderingen gemaakt doordat we de grote bedrijven in enkele grote steden hebben verrast. Maar de laatste tijd zijn de grote jongens slim geworden. Ze perken de debatten in door zich de taal toe te eigenen. Je bent niet langer een arbeider die voor zijn rechten opkomt. Nee, je bent een bolsjewiek. Je bent een oproerkraaier. Wil je geen tachtigurige werkweek? Dan ben je een anarchist. Alleen communisten verwachten een invaliditeitsuitkering.' Hij maakte een kort handgebaar richting raam. 'Niet alleen kinderen houden van verhaaltjes voor het slapengaan, Coughlin, wij allemaal. En ze moeten eenvoudig en troostrijk zijn. Dat is wat de grote jongens nu met de arbeiders doen: ze vertellen een beter verhaaltje voor het slapengaan.' Hij draaide zijn hoofd terug en lachte naar Danny. 'Misschien krijgen we eindelijk de kans het te herschrijven.'

'Dat zou fijn zijn,' zei Danny.

Raphelson stak een lange arm uit over het bureau. 'Ik houd contact.'

Danny schudde de hand. 'Dank je.'

'Bedank me nog niet. Maar zoals je al zei' – Raphelson wierp een blik op de regen – '"waarom niet?"'

Hoofdcommissaris Edwin Upton Curtis gaf de loopjongen van de drukker een kwartje en droeg de dozen naar zijn bureau. Het waren er vier, elk ter grootte van een baksteen, en hij zette er een in het midden van zijn vloeiblad en haalde het kartonnen deksel eraf om de inhoud te bekijken. Ze deden hem denken aan een huwelijksaankondiging, en hij slikte een zuur en triest beeld van zijn enige dochter weg: Marie die, mollig sinds haar geboorte, dommig uit haar ogen keek en nu wegzakte in een staat van oude vrijster met een zelfgenoegzaamheid die hij stuitend vond.

Hij pakte het bovenste vel uit de doos. De typografie was heel fraai, nuttig maar krachtig, op zwaar, vleeskleurig lompenpapier. Hij legde het vel terug op de stapel en besloot de drukker een persoonlijk dankbriefje te sturen en hem daarin te loven voor zo'n fraai resultaat geleverd onder de druk van een spoedorder.

Herbert Parker kwam vanuit zijn naastgelegen werkkamer binnen en liep zonder een woord de kamer door naar Curtis. Hij kwam naast zijn vriend staan en samen keken ze naar de stapel drukwerk op het bureau.

Aan_____

Agent van politie te Boston.

Met het gezag mij als Hoofdcommissaris van Politie verleend, ontsla ik u bij deze als agent van de Boston Police Department. Genoemd ontslag is geldig vanaf het moment van ontvangst van deze ontslagbrief. De aanleiding en reden voor dit ontslag zijn de volgende:

Omschrijving_____

Hoogachtend,
Edwin Upton Curtis

'Wie heb je gebruikt?'
 'Als drukker?'
 'Ja.'
 'Freeman & Son in School Street.'
 'Freeman. Joods?'
 'Schots, dacht ik.'
 'Hij levert goed werk.'
 'Ja, toch?'

Fay Hall. Bomvol. Elk lid van het korps dat geen dienst had, was er, en ook enkelen die wel dienst hadden. Het rook er naar warme regen en enkele decennia zweet, lichaamsgeur en de rook van sigaren en sigaretten, zo dik dat het als een tweede verflaag op de muur zat.

Mark Denton stond opzij van het podium te praten met Frank McCarthy, de zojuist gearriveerde oprichter van de afdeling New England van de American Federation of Labor. Danny stond aan de andere kant in de zaal te praten met Tim Rose, een straatagent van de Nul-Twee in wiens wijk onder andere het stadhuis en de krantenredacties stonden.

'Wie heeft je dat verteld?' vroeg Danny.

'Wes Freeman zelf.'

'Senior?'

'Nee, junior. Senior is een zuiplap, verslaafd aan de gin. Zijn zoon doet nu al het werk.'

'Duizend ontslagbriefjes?'

Tim schudde het hoofd. 'Vijfhonderd ontslagbriefjes, vijfhonderd schorsingen.'

'Voorgedrukt.'

Tim knikte. 'En vanochtend om acht uur precies afgeleverd bij Waardeloze Curtis.'

Danny betrapte zich erop dat hij aan zijn kin stond te plukken en tegelijkertijd knikte, nog een gewoonte die hij van zijn vader had overgenomen. Hij stopte ermee en keek Tim, zo hoopte hij, zelfverzekerd aan. 'Nou, zo te horen is het bij hen nou ook menens.'

'Daar lijkt het wel op.' Tim wees met zijn kin naar Mark Denton en Frank McCarthy. 'Wie is die dandy bij Denton?'

'Organisator bij de AFL.'

Tims ogen werden groot. 'Heeft hij de overeenkomst bij zich?'

'Hij heeft de overeenkomst bij zich, Tim.'

'Dat betekent dat het voor ons ook menens is, hè?' Er lag opeens een brede grijns op Tims gezicht.

'Op dat punt wel,' zei Danny en gaf Tim een klap op zijn schouder. Op dat moment pakte Denton de megafoon van de grond en stapte naar de katheder.

Danny liep de zaal door naar het podium en Denton knielde aan de rand van het podium om te horen wat Danny te zeggen had. Danny vertelde hem van de ontslag- en de schorsingsbriefjes.

'Weet je het zeker?'

'Honderd procent. Ze zijn vanochtend om acht uur bij hem afgeleverd. Betrouwbare informatie.'

Mark gaf hem een hand. 'Je wordt een prima vicevoorzitter.'

Danny deed een stap achteruit. 'Wat?'

Denton lachte veelbetekenend en liep naar de katheder. 'Heren, dank u voor uw komst. De man aan mijn linkerzijde is Frank McCarthy, vertegenwoordiger van de AFL in New England. Hij heeft iets voor ons meegebracht.'

Terwijl McCarthy naar de katheder kwam, stopten Kevin McRae en nog wat leden van de nu bijna voormalige BSC bij elke rij en gaven stembriefjes aan de mannen die ze met stralende ogen doorgaven.

'Heren van de Boston Police Department,' zei McCarthy. 'door "voor" of "tegen" op die stembriefjes te zetten neemt u het besluit of u de Boston Social Club blijft, of deze overeenkomst, die ik hier ophoud, accepteert en zodoende de Boston Politievakbond nummer zestienduizend achthonderd en zeven van de American Federation of Labor wordt. U zult in dat geval met enige weemoed, dat weet ik wel zeker, afscheid nemen van het begrip en de naam Boston Social Club, maar in ruil daarvoor gaat u deel uitmaken van een broederschap van twee miljoen mensen. Twee miljoen, heren. Denkt u dat eens in. U zult zich nooit meer alleen voelen. U voelt zich nooit meer zwak of overgeleverd aan de willekeur van uw bazen. Zelfs de burgemeester zal u niet zomaar durven vertellen wat u moet doen.'

'Dat is nu al zo,' riep iemand en er ging een lach door de zaal.

Een nerveuze lach, vond Danny, omdat de mannen het belang beseften van wat ze op het punt stonden te gaan doen. Na vandaag was er geen weg meer terug. Een wereld achter je laten waarin je rechten niet werden gerespecteerd, maar waar dat gebrek aan respect voorspelbaar was. Maar dit nieuwe terrein was weer geheel anders. Onbekend terrein. En McCarthy had mooi praten over broederschap, maar toch eenzaam terrein. Eenzaam omdat het vreemd was, omdat alle verhoudingen ongewoon waren. De kans op eerverlies en rampspoed lag overal op de loer, en iedereen in de zaal voelde dat.

Ze gaven de stembriefjes door langs de rijen. Don Slattery kreeg ze van de mannen die als collectanten in de mis de briefjes aan het eind van de rijen ophaalden, en droeg ze alle veertienhonderd met onzekere pas en wit weggetrokken naar Danny.

Danny lachte wat beverig naar hem en knikte.

'Mannen,' riep McCarthy, 'verklaren jullie allen dat jullie de stemvraag getrouw hebben beantwoord en je naam op het briefje hebben gezet? Mag ik handen zien?'

Iedereen stak een hand op.

'Om te voorkomen dat de jonge agent daar rechts ze nu allemaal moet gaan tellen, zou ik graag de handen zien van iedereen die heeft gestemd vóór het aanvaarden van de overeenkomst en de aansluiting bij de AFL. Als iedereen die "voor" heeft gestemd, zou willen opstaan.'

Danny keek op van de stapel in zijn handen toen veertienhonderd stoelen achteruit werden geschoven en veertienhonderd man ging staan.

McCarthy hief de megafoon. 'Welkom bij de American Federation of Labor, heren.'

De collectieve juichkreet die in Fay Hall losbarstte, duwde Danny's ruggengraat tegen zijn borstbeen en overspoelde zijn brein met wit licht. Mark Denton snaaide de stapel stembriefjes uit zijn handen en gooide ze hoog in de lucht waar ze even bleven hangen en daarna naar beneden begonnen te zweven. Mark tilde Danny op, kuste hem op de wang en sloeg zijn armen zo strak om hem heen dat zijn botten het uitkrijsten.

'Het is gelukt!' Mark stroomden de tranen over het gezicht. 'Het is ons goddomme gelukt!'

Danny keek tussen de zwevende stembriefjes door naar de mannen die hun stoelen omschopten en elkaar omarmden en brulden en huilden en hij greep Mark bij zijn haren beet, begroef zijn vingers erin en brulde mee met de rest.

Toen Mark hem op de grond zette, werden ze van alle kanten bestormd. De mannen kwamen in drommen naar het podium, sommige gleden uit op de stembriefjes, iemand griste de overeenkomst uit McCarthy's handen en rende ermee heen en weer over het toneel. Danny werd onderuitgehaald en opgetild en doorgegeven op een zee van handen, lachend en hulpeloos opgegooid, en voor hij hem kon onderdrukken kwam er een gedachte bij hem op: stel dat we fout zitten?

Op straat, na de vergadering, zocht Steve Coyle Danny op. Zelfs in zijn euforische stemming – hij was nog geen uur geleden unaniem gekozen tot vicevoorzitter van de Boston Police Union 16807 – merkte hij dat Steves aanwezigheid hem zoals maar al te vaak irriteerde. Die kerel was nooit meer nuchter en hij had de gewoonte je non-stop recht in de ogen te kijken alsof hij in jouw lijf naar zijn vorige leven zocht.

'Ze is terug,' zei hij tegen Danny.

'Wie?'

'Tessa. In North End.' Hij haalde zijn heupfles uit zijn gehavende jaszak en had moeite met het openen ervan. Pas met toegeknepen ogen en diep ademhalen lukte het hem.

'Heb je vandaag iets gegeten?' vroeg Danny.

'Hoor je wat ik zeg?' zei Steve. 'Tessa is terug in North End.'

'Ik heb je gehoord. Heb je dat van je bron?'

'Ja.'

Danny legde een hand op de schouder van zijn oude vriend. 'Laat mij wat te eten voor je kopen. Soep of zo.'

'Wat moet ik met soep, man. Ze is terug op haar oude stek vanwege de staking.'

'We gaan niet staken. We hebben ons net aangesloten bij de AFL.'

Steve ging door alsof hij niets had gehoord. 'Ze komen allemaal terug. Elke oproerkraaier van de Oostkust verkast hierheen. Als we gaan staken – '

We.

' – denken ze dat het bal is. Sint-Petersburg. Ze roeren in de pot en – '

'Waar is ze dan?' zei Danny en probeerde zijn irritatie in bedwang te houden. 'Waar precies?'

'Dat wil mijn bron niet zeggen.'

'Wil niet? Of wil niet voor niks?'

'Voor niks, ja.'

'Hoeveel wil hij deze keer? Die bron van je.'

Steve keek naar de grond. 'Twintig.'

'Een weekloon deze keer, hè?'

Steve hield zijn hoofd schuin. 'Zeg het maar. Als je haar niet wilt vinden, Coughlin, vind ik het ook best.'

Danny haalde zijn schouders op. 'Ik heb nu andere dingen aan mijn hoofd, Steve, dat begrijp je.'

Steve knikte een aantal malen.

'Belangrijk man,' zei hij en liep door.

Toen Edwin Upton Curtis de volgende morgen hoorde dat de BSC unaniem had gekozen voor aansluiting bij de AFL, trok hij als noodmaatregel alle verloven van divisiecommandanten, hoofdinspecteurs, inspecteurs en brigadiers in.

Hij ontbood commissaris Crowley en liet hem een halve minuut in de houding voor zijn bureau staan voor hij zich van het raam naar hem toe draaide.

'Ik heb gehoord dat ze gisteravond agenten hebben gekozen in het bestuur van de nieuwe vakbond.'

Crowley knikte. 'Dat schijnt zo te zijn, sir.'

'Ik moet hun namen hebben.'

'Yes, sir. Ik zal ze onmiddellijk verzamelen.'

'En van de mannen die de intekenlijsten naar alle bureaus hebben gebracht.'

'Sir?'

Curtis trok een wenkbrauw op, altijd een effectief middel, lang geleden, toen hij burgemeester Curtis was. 'Ik heb begrepen dat er vorige week intekenlijsten zijn gedistribueerd om te zien hoeveel man er belangstelling had voor aansluiting bij de AFL. Klopt dat?'

'Yes, sir.'

'Ik wil de namen van de kerels die de intekenlijsten bij de bureaus hebben afgeleverd.'

'Dat kost misschien wat meer tijd, sir.'

'Dan kost het maar wat meer tijd. Ingerukt.'

Crowley maakte rechtsomkeert en liep naar de deur.

'Commissaris Crowly.'

'Yes, sir.' Crowley liep terug.

'Je koestert op dit gebied toch geen sympathieën, wel?'

Crowleys ogen richtten zich op een plek een meter boven Edwin Upton Curtis' hoofd. 'Geen enkel, sir.'

'Kijk mij daarbij aan, alsjeblieft.'

Crowley zag hem in de ogen.

'Hoeveel onthoudingen?'

'Pardon, sir?'

'Gisteravond, bij de stemming, man.'

'Ik dacht niet een, sir.'

Curtis knikte. 'En hoeveel tegenstemmen?'

'Ik dacht niet een, sir.'

Edwin Upton Curtis voelde een benauwdheid op de borst, misschien de oude angina, en werd vervuld van een enorme treurigheid. Zover had het nooit hoeven komen. Nooit. Een vriend was hij geweest voor deze mannen. Hij had hun een fatsoenlijke loonsverhoging geboden. Hij had commissies benoemd om hun klachten te onderzoeken. Maar ze wilden meer. Ze wilden altijd meer. Kinderen op een verjaarspartijtje, nooit tevreden met hun cadeautjes.

Niet één. Niet één tegenstem.

Spaar de roede, verpest het kind.

Bolsjewieken.

'U kunt gaan, commissaris.'

Nora rolde van Danny af, slaakte een luid gekreun en drukte haar voorhoofd in het kussen alsof ze probeerde er doorheen te graven.

Danny ging met zijn hand over haar rug. 'Lekker, hè?'

Ze lachte grommend in het kussen en draaide haar hoofd om hem te kunnen aankijken. 'Mag ik "allejezus" zeggen?'

'Volgens mij deed je dat al.'

'Vind je dat niet erg?'

'Erg? Laat me even een sigaret roken en ik ben er weer klaar voor. Als ik naar je kijk... Mijn god.'

'Wat?'

'Je bent zo...' Hij streelde haar vanaf haar hiel, over haar kuit, haar kont en weer over haar rug. 'Allejezus prachtig.'

'Nou zei jij "allejezus".'

'Dat zeg ik voortdurend.' Hij kuste haar schouder, daarna achter haar oor. 'Waarom wou je trouwens "allejezus" zeggen?'

Ze zette haar tanden in zijn nek. 'Ik wilde zeggen dat ik nog nooit zo allejezus lekker met een vicevoorzitter geneukt heb.'

'Je had je beperkt tot penningmeesters.'

Ze gaf hem een klap op zijn borst. 'Ben je dan niet trots op jezelf?'

Hij ging rechtop zitten, pakte zijn sigaretten van het nachtkastje en stak er een op. 'Eerlijk gezegd?'

'Ja, natuurlijk.'

'Ik ben... vereerd,' zei hij. 'Toen ze na de stemming mijn naam riepen... Ik bedoel, ik had nooit gedacht dat het die kant op zou gaan.'

'O ja?' Ze ging met haar tong over zijn buik. Daarna pakte ze de sigaret uit zijn hand, nam een trek en gaf hem de sigaret terug.

'Geen idee,' zei hij. 'Tot Denton me vlak voor de eerste stemming een hint gaf. Maar allejezus, ik heb een functie gekregen waar ik naar mijn weten niet eens kandidaat voor was. Het was absurd.'

Ze liet zich weer op hem glijden en hij hield ervan haar gewicht te voelen. 'Dus je bent vereerd, maar niet trots?'

'Ik ben bang,' zei hij.

Ze lachte en pakte de sigaret weer. 'Aiden, Aiden,' fluisterde ze, 'jij bent nergens bang voor.'

'En of ik bang ben. Ik ben de hele tijd bang. Bang voor jou.'

Ze drukte hem de sigaret tussen zijn lippen. 'Zo, ben jij bang voor mij?'

'Doodsbang.'

Hij ging met zijn hand langs haar wang en door haar haar. 'Doodsbang dat ik je teleurstel.'

Ze kuste zijn hand. 'Jij stelt mij nooit teleur.'

'Dat denken die kerels ook.'

'Dus waar ben je ook alweer bang voor?'

'Dat jullie je allemaal in me vergissen.'

Op 11 augustus stelde hoofdcommissaris Edwin Upton Curtis,
terwijl het warme pijpenstelen regende tegen zijn ramen, een wijziging van de voorschriften en verordeningen van de Boston Police
Department op. De wijziging van Voorschrift 35, sectie 19, luidde ge-
deeltelijk als volgt:

> Geen lid van het politiekorps zal lid zijn van enige organisatie, club
> of lichaam bestaande uit huidige en voormalige leden van het korps
> die respectievelijk dat gelieerd is aan of deel uitmaakt van een orga-
> nisatie, club of lichaam buiten het korps.

Toen hoofdcommissaris Curtis klaar was met wat bekend zou worden
als Voorschrift 35, wendde hij zich tot Herbert Parker en liet hem de
tekst zien.

Parker las hem en vond persoonlijk dat het wel wat scherper kon.
Maar het waren in het hele land vreemde tijden. Zelfs de bonden, die
bolsjewistische, gezworen vijanden van een vrije handel, moesten ver-
troeteld worden. Voorlopig. Voorlopig.

'Teken het, Edwin.'

Curtis had gehoopt op een ietwat uitbundiger reactie, maar hij tekende het toch en zuchtte toen omdat zijn ruiten beslagen waren.

'Ik heb de pest aan regen.'

'Zomerregens zijn het ergst, Edwin. Klopt.'

Een uur later gaf Curtis het zojuist ondertekende voorschrift vrij aan
de pers.

Thomas en de zeventien andere hoofdinspecteurs kwamen bijeen in
de wachtruimte voor het kantoor van commissaris Crowley op
Pemberton Square. Ze stonden in een slordige kring en veegden de regendruppels van hun jas en pet. Ze hoestten en klaagden over hun
chauffeur en het verkeer en het ellendige weer.

Thomas merkte dat hij naast Don Eastman stond, de baas van Divisie 3 op Beacon Hill. Eastman concentreerde zich op het rechttrekken van zijn natte manchetten en zei met zachte stem: 'Ik heb gehoord dat ze met een advertentie in de kranten komen.'

'Je moet niet elk gerucht geloven.'

'Voor vervanging. Een staande militie van gewapende vrijwilligers.'

'Zoals ik al zei: geruchten.'

'Geruchten of niet, Thomas, als onze mannen gaan staken, zullen we de fecale zwaartekracht op ongekende wijze in werking zien en is er niemand in deze kamer die niet onder de stront komt te zitten.'

'Als hij tenminste niet met pek en veren de stad uit wordt gejaagd,' zei Bernard King, de hoofdinspecteur van de 14 terwijl hij zijn sigaret uittrapte op de marmeren vloer.

'We moeten onze kalmte bewaren,' zei Thomas rustig.

De deur van Crowleys kantoor ging open en de belangrijke man kwam in eigen persoon naar buiten en liet alleen met een nors handgebaar weten dat ze hem moesten volgen.

Ze liepen achter hem aan de gang door, sommigen nog snuivend van de regen. Aan het eind van de gang draaide Crowley een vergaderruimte in waarna de rij hoofdinspecteurs hem volgde en plaatsnam aan de grote tafel in het midden. Er stonden geen koffieketels of potten met thee op het buffet, geen schalen met cake of zoetigheid, geen van de aantrekkelijke zaken waaraan ze gewend waren geraakt dat ze bij zulke vergaderingen aanwezig behoorden te zijn. Er was ook geen bediening of jong politiepersoneel. Alleen commissaris Crowley en zijn achttien hoofdinspecteurs. Zelfs geen secretaris om de notulen te maken.

Crowley ging bij het grote raam achter hem staan dat beslagen was van de regen en de vochtigheid in de lucht. Achter hem rezen de vormen van hoge gebouwen onduidelijk en trillend op, alsof ze zouden kunnen verdwijnen. Crowley had zijn jaarlijkse vakantie naar Hyannis afgebroken en zijn gezicht was rood van de zon, waardoor zijn tanden als hij sprak nog witter leken.

'Voorschrift 35, dat zojuist is toegevoegd aan de dienstvoorschriften, verbiedt aansluiting bij welke nationale vakbond dan ook. Dat betekent dat alle veertienhonderd man die zich hebben aangesloten bij de AFL kunnen worden ontslagen.' Hij kneep in het vel tussen zijn ogen en zijn neusbrug en hief een hand op om hun vragen een halt toe te roepen. 'Drie jaar geleden zijn we van de wapenstok overgestapt op de knuppel. Maar de meeste agenten hebben hun wapenstok nog in bezit als deel van hun uitgaanstenue. Alle hoofdinspecteurs dienen deze met ingang van vandaag in te nemen. We rekenen erop dat ze allemaal aan het eind van de week zijn ingeleverd.'

Jezus, dacht Thomas, de voorbereidingen voor het bewapenen van de militie.

'In alle achttien districtsbureaus is een intekenlijst voor de AFL afgeleverd. U dient de agent te identificeren die verantwoordelijk was voor het verzamelen van de handtekeningen.' Crowley keerde hun de rug toe en keek naar het raam dat nu ondoorzichtig was door de condens. 'De hoofdcommissaris stuurt me aan het eind van de dag een lijst van agenten die ik persoonlijk moet ondervragen met betrekking tot plichtsverzuim. Mij is verteld dat er wel twintig namen op die lijst staan.'

Hij draaide zich weer om en legde zijn handen op de rugleuning van zijn stoel. Michael Crowley was een grote man met een vriendelijk gezicht dat niet in staat was de uitputting te verhullen die opbolde onder zijn ogen, en er werd van hem gezegd dat hij een straatagent was die bij vergissing was gesierd met de tekens van een hoge rang. Een echte politieman die was opgeklommen en niet alleen alle agenten van de achttien districten bij naam kende, maar ook de conciërges die de prullenbakken leegden en de vloeren dweilden. Als jonge agent had hij de zaak van de Koffermoord opgelost, een zeer beruchte zaak, en de publiciteit die erop volgde had hem – zonder dat hij het kon helpen – naar de hoogste rangen van het korps gejaagd. Zelfs Thomas, de cynicus bij uitstek als het ging om de motieven van het menselijk dier, erkende van harte dat Michael Crowley van zijn mannen hield, en dan vooral van de laagsten in rang.

Zijn ogen vonden die van hen. 'Ik ben de eerste om te erkennen dat de mannen gewettigde klachten hebben. Maar een bewegend voorwerp kan niet door een muur met een grotere massa en dichtheid. Dat gaat niet. En op dit moment is hoofdcommissaris Curtis die muur. Als ze doorgaan met uitdagen, komt er een moment dat we niet meer terug kunnen.'

'Met alle respect, Michael,' zei Don Eastman, 'maar wat zouden wij eraan moeten doen?'

'Met ze praten,' zei Crowley. 'Praat met je mannen. Een persoonlijk gesprek. Overtuig ze ervan dat ze zelfs geen pyrrusoverwinning behalen als ze de hoofdcommissaris in een positie manoeuvreren die hij onhoudbaar vindt. Het gaat niet langer alleen om Boston.'

Billy Coogan, de stomste hielenlikker die je je kon indenken, wap-

perde met zijn hand. 'Ach, Michael, dat gaat het wel. Dit waait vanzelf over.'

Crowley reageerde met een bitter lachje. 'Ik ben bang dat je het mis
hebt, Billy. Men zegt dat de politie in Londen en Liverpool een voorbeeld aan onze opstandigheid neemt. Liverpool heeft gebrand, of wist
je dat nog niet? Er waren Engelse oorlogsschepen voor nodig – oorlogsschepen, Billy – om de opstand te onderdrukken. We hebben meldingen
gekregen dat in Jersey en Washington onderhandelingen worden gevoerd met de AFL. En bij ons in de buurt, in Brockton, Springfield en
New Bedford, in Lawrence en Worcester, wachten de politiekorpsen af
wat wij doen. Dus met alle respect, Billy, het strekt zich veel verder uit
dan Boston. De hele vervloekte wereld kijkt mee.' Hij liet zich in zijn
stoel zakken. 'Er is dit jaar in ons land tot nu toe meer dan tweeduizend keer gestaakt, heren. Denk daar eens goed over na. Dat is tien stakingen per dag. Wilt u weten hoeveel van die stakingen goed hebben
uitgepakt voor de stakers?'

Niemand gaf antwoord.

Crowley knikte vanwege hun zwijgen en kneedde zijn voorhoofd.
'Praat met jullie mensen, heren. Breng deze trein tot stilstand voor de
remmen doorbranden. Houd hem tegen voor niemand dat meer kan en
we er niet meer uit kunnen.'

In Washington hadden Rayme Finch en John Hoover een ontbijt-
afspraak in The White Palace Café op de hoek van 9th en D, niet ver
van Pennsylvania Avenue. Ze kwamen daar eens per week bij elkaar,
tenzij Finch de stad uit was voor het Bureau, en zolang ze het deden,
had Hoover iets aan te merken op het eten of het drinken en stuurde
het terug. Deze keer was het zijn thee. Had niet lang genoeg getrokken,
vond hij. Toen de serveerster met een verse pot terugkwam, liet hij
haar wachten tot hij had ingeschonken en er net genoeg melk had bij-
gedaan om het water te vertroebelen. Daarna nam hij een slokje.

'Redelijk.' Hoover wapperde met zijn hand, en ze keek hem heel vuil
aan en liep weg.

Finch was er behoorlijk zeker van dat Hoover homo was. Hij dronk
met een pink in de lucht, was pietluttig en bemoeiziek, woonde bij zijn
moeder: al de tekenen. Maar bij Hoover wist je het natuurlijk nooit
zeker. Als Finch zou hebben ontdekt dat hij paarden in de mond neukte terwijl hij zijn gezicht zwart verfde onder het zingen van spirituals,
zou het hem niet hebben verbaasd. Finch verbaasde zich nergens meer

over. In de jaren bij het Bureau had hij één ding in de eerste plaats geleerd: we zijn allemaal ziek. Ziek in ons hoofd. Ziek in onze ziel.

'Boston,' zei Hoover en roerde zijn thee.

'Wat bedoel je, John?'

'De politie heeft niets geleerd van Montreal of Liverpool.'

'Blijkbaar niet. Denk je echt dat ze gaan staken?'

'Het zijn voornamelijk Ieren,' zei Hoover met een delicaat schouderophalen. 'Een ras dat zijn oordeel nooit heeft laten vertroebelen door voorzichtigheid en verstand. In het verleden hebben ze zich telkens weer de Apocalyps in gebluft. Ik heb geen reden aan te nemen dat ze het in Boston anders gaan doen.'

Finch nam een slok koffie. 'Als ze het doen, is het een mooie gelegenheid voor Galleani om de zaak lekker op te stoken.'

Hoover knikte. 'Voor Galleani en elke andere goedkope oproerkraaier daar in de buurt. Nog afgezien van de normale criminele elementen voor wie het een buitenkansje is.'

'Moeten we ons ermee bezighouden?'

Hoover keek hem met die doordringende, nietszeggende ogen aan. 'Met welk doel? Dit kan erger worden dan Seattle, erger dan wat we in ons land tot nu toe hebben gezien. En als de mensen gedwongen worden de vraag te stellen of dit land in staat is zichzelf onder controle te houden, tot wie wenden ze zich dan?'

Finch gunde zichzelf een lach. Je kon van John zeggen wat je wou, dat gladde, bedenkelijke brein van hem werkte schitterend. Als hij tijdens zijn carrière niet op verkeerde tenen ging staan, was er niets dat hem zou tegenhouden.

'De federale overheid,' zei Finch.

Hoover knikte. 'Ze asfalteren de weg voor ons, Mr Finch. We hoeven alleen maar te wachten tot hij droog is, en dan rijden we er zo naartoe.'

2

Danny belde in het wachtlokaal met Dipsy Figgis van de Een-Twee over stoelen voor de vergadering van die avond, toen Kevin McRae binnenkwam met een stuk papier in de hand en een uitdrukking op zijn gezicht die iemand krijgt wanneer hij iets totaal onverwachts ziet, zoals een lang geleden gestorven familielid, misschien, of een kangoeroe in de kelder.

'Kev?'

Kevin keek naar Danny alsof hij hem probeerde te plaatsen.

'Wat is er?' vroeg Danny.

McRae liep naar hem toe met het papier tussen zijn vingers. 'Ik ben geschorst, Dan.' Zijn ogen werden groter en hij wreef met het papier over zijn hoofd alsof het een handdoek was. 'Geschorst, verdomme. Dat geloof je toch niet. Curtis zegt dat we allemaal worden berecht op beschuldiging van plichtsverzuim.'

'Allemaal?' vroeg Danny. 'Hoeveel man zijn er geschorst?'

'Negentien, heb ik gehoord. Negentien.' Hij keek Danny aan met het gezicht van een kind op een zaterdagmarkt dat zijn ouders kwijt is. 'Verdomme, wat moet ik nou doen?' Hij zwaaide met het papier in het wachtlokaal rond en zijn stem werd zacht, bijna een fluistering: 'Dit was mijn leven.'

Alle leidende agenten van de ontluikende AFL-Boston Politievakbond waren geschorst, behalve Danny. Ook de mannen die de inschrijfbiljetten voor aansluiting bij de AFL hadden rondgebracht en opgehaald werden geschorst. Behalve Danny.

Hij belde zijn vader. 'Waarom ik niet?'

'Wat denk je?'

'Ik heb geen idee. Daarom bel ik u, pa.'

Hij hoorde het rinkelen van ijsblokjes in een glas. Zijn vader zuchtte en nam een slok. 'Ik heb je hele leven erop aangedrongen dat je leerde schaken.'

'Je hebt er ook mijn hele leven op aangedrongen dat ik ging pianospelen.'

'Dat was je moeder. Ik heb dat idee alleen maar kracht bijgezet. Maar aan schaken zou je nu echt iets hebben gehad, Aiden.' Weer een zucht. 'Veel meer dan aan het spelen van een mopje. Wat denken je collega's?'

'Waarover?'

'Over het feit dat jij een uitzondering bent. Ze moeten allemaal binnenkort voor Curtis verschijnen voor ontslag en jij, de vicevoorzitter van je *vakbond*, bent zo vrij als een vogeltje. Wat zou jij denken als je in hun schoenen stond?'

Danny stond te bellen bij Mrs DiMassi, die de telefoon op een tafeltje in de hal had staan. Hij wou dat hij zelf ook iets te drinken had nu hij zijn vader zijn glas opnieuw hoorde vullen en een paar ijsblokjes in de whiskey hoorde doen.

'Als ik in hun schoenen stond? Ik zou denken dat ik mijn baan nog had omdat ik jouw zoon ben.'

'En dat is precies wat Curtis wil dat ze denken.'

Danny leunde met zijn hoofd tegen de muur en sloot zijn ogen, hoorde zijn vader een sigaar opsteken en zuigen en blazen, zuigen en blazen tot hij goed brandde.

'Dus zo speelt hij het,' zei Danny. 'Tweedracht in de rangen. Verdeel en heers.'

Zijn vader lachte blaffend. 'Nee, jongen, zo speelt hij het niet. Dit is de aanloop. Aiden, wat ben je toch een dwaas jong. Ik hou van je, maar ik heb je blijkbaar niet goed opgevoed. Hoe denk je dat de pers reageert wanneer ze ontdekken dat slechts één van de gekozen vakbondsbestuurders niet geschorst is? Eerst vermelden ze dat daaruit blijkt dat de hoofdcommissaris een redelijk man is en dat de gemeente duidelijk onpartijdig is en dat de negentien geschorsten echt iets moeten hebben gedaan omdat de vicevoorzitter niet is geschorst.'

'Maar dan,' zei Danny omdat hij die zwarte dag voor het eerst een beetje hoop zag, 'begrijpen ze dat het een list is en dat ik alleen maar zogenaamd het bewijs van zijn onpartijdigheid ben en – '

'Idioot,' zei zijn vader en Danny hoorde het bonzen van zijn hakken toen ze van de rand van het bureau op de grond terechtkwamen. 'Idioot. De pers wordt nieuwsgierig en gaat spitten, Aiden, en komt er al heel snel achter dat je de zoon van een districtshoofdinspecteur bent. En daar zijn ze dan een dag druk mee voor ze besluiten verder te spitten, en vroeg of laat loopt een eerlijke scribent tegen een ogenschijnlijk onschuldige brigadier aan die langs zijn neus weg iets laat vallen over "een incident". En de journalist zegt: "Wat voor incident?" Waarop de brigadier zegt: "Ik weet niet waar je het over hebt." En dan gaat die journalist pas echt spitten, jong. En we weten allebei dat je recente affaires niet bestand zijn tegen een nauwkeurig onderzoek. Curtis heeft jou als zondebok gekozen, en de wilde beesten in het bos hebben je geur al opgepikt.'

'Dus wat moet deze idioot dan doen, pa?'

'Capituleren.'

'Dat gaat niet.'

'Dat kun je best. Je ziet alleen nog niet hoe alles in elkaar steekt. Jullie krijgen je kans nog wel, dat beloof ik je. Ze zijn niet zo bang van jullie vakbond als je denkt, maar bang zijn ze wel, neem dat maar van mij aan. Gebruik dat. Maar die aansluiting bij de AFL zullen ze nooit accepteren, Aiden. Dat kunnen ze niet. Maar wanneer je goed met dat gegeven omgaat, zullen ze op andere punten toegeven.'

'Pa, als we de aansluiting bij de AFL opgeven, verpesten we alles waar we – '

'Maak gebruik van mijn overpeinzingen,' zei zijn vader. 'Welterusten, jong. En mogen de goden je bijstaan.'

Burgemeester Andrew J. Peters geloofde impliciet in het primaat van één enkel principe: dat de dingen de neiging hadden zichzelf op te lossen. Zoveel mensen verdeden zoveel waardevolle tijd en energie aan het vertrouwen op de valse aanname dat ze hun lot konden beheersen terwijl de wereld in werkelijkheid doorging met zich verwarren en ontwarren, ongeacht of zij er nu wel of niet deel van uitmaakten. Ach, je hoefde maar terug te kijken naar die afschuwelijke oorlog in het buitenland om te zien wat een dwaasheid het was overhaast te beslissen. Überhaupt iets te beslissen. Bedenk eens, zei Andrew Peters op middagen als deze tegen Starr, wat een verschil het zou hebben gemaakt wanneer de Oostenrijkers zich na de dood van Franz Ferdinand hadden ingehouden en niet met zwaarden waren gaan rammelen en als de Serviërs hetzelfde hadden gedaan. Bedenk ook eens hoe zinloos het om te beginnen was dat Gavrilo Princip, die hopeloze dwaas, de aartshertog vermoord had. Bedenk toch, al die doden, al die verschroeide aarde, en waarvoor? Wanneer men het hoofd koel had gehouden, als de mens genoeg zelfbeheersing had om van actie af te zien tot zijn landgenoten de hele zaak vergeten waren en zich met andere gedachten en zaken bezighielden, wat een prachtige wereld zouden we nu dan hebben.

Want juist de oorlog had het denken van zoveel jonge mannen vergiftigd met gedachten over zelfbeschikkingsrecht. Deze zomer waren zwarte mannen die in Europa hadden gevochten de belangrijkste agitatoren geweest achter de ordeverstoringen die hadden geresulteerd in het afslachten van hun eigen mensen in Washington, Omaha en het allerafschuwelijkst in Chicago. Niet dat Peters het gedrag van de blanken die hen hadden gedood rechtvaardigde. Nauwelijks. Maar je zag wat er was gebeurd, hoe de zwarten hadden geprobeerd de orde te veranderen. De mensen hielden niet van veranderingen. Ze wilden niet uit hun gewone doen worden gehaald. Ze wilden op een warme dag een koel drankje en dat hun eten op tijd werd opgediend.

'Zelfbeschikkingsrecht,' mopperde hij hardop op de zonneveranda toen Starr, die op haar buik op een chaise longue naast hem lag, even bewoog.

'Wat zeg je, Poppa?'

Hij boog zich vanaf zijn eigen ligstoel over haar heen, kuste haar schouder en dacht erover zijn broek open te doen. Maar wolken pakten zich samen en ze hingen laag en de zee was donker geworden als door wijn en verdriet.

'Niks, schatje.'

Starr sloot haar ogen. Een schoonheid van een kind. Een schoonheid. Wangen die hem deden denken aan appels zo rijp dat ze wel konden barsten. Een kont die er niet voor onderdeed. En alles ertussenin zo weelderig en stevig dat Andrew J. Peters, burgemeester van de prachtstad Boston, zich af en toe, wanneer hij in haar was, verbeeldde dat hij een oude Griek of Romein was. Starr Faithful, wat een toepasselijke naam. Zijn minnares, zijn nichtje. Veertien geworden, deze zomer, en nu al rijper en wulpser dan Martha ooit zou worden.

Ze lag naakt voor hem, paradijselijk, en toen de eerste regendruppels op haar ruggengraat vielen en uiteen spatten, zette hij zijn strohoed af en legde die op haar kont. Ze giechelde en zei dat ze regen lekker vond. Ze draaide haar hoofd om en stak een hand uit naar zijn broekband en zei dat ze in feite van regen híéld. Op dat moment zag hij in haar ogen iets donkers en bedrukts als de zee langstrekken. Een gedachte. Nee, meer dan een gedachte, een twijfel. Het bracht hem van zijn stuk: ze hoorde geen twijfel te voelen; de concubines van Romeinse keizers kenden geen twijfel. En toen hij haar toestond zijn broekriem los te maken, werd hij bezocht door een moeilijk te omschrijven maar scherp gevoel van verlies. Zijn broek viel op zijn enkels en hij kwam tot de conclusie dat het misschien het beste was naar de stad terug te gaan en te proberen mensen wat verstand in hun hoofd te praten.

Hij keek uit over de zee. Zo eindeloos. Hij zei: 'Ik ben tenslotte de burgemeester.'

Starr keek lachend naar hem op. 'Dat weet ik, Poppa. En je bent er de alderbeste in.'

De behandeling van de negentien geschorste agenten vond plaats op 26 augustus op het bureau van hoofdcommissaris van politie Curtis op Pemberton Square. Danny was er ook bij aanwezig, evenals Curtis' rechterhand, Herbert Parker. Clarence Rowley en James Vahey stonden voor Curtis als advocaten voor de verdediging van alle beklaagden. Er mocht één verslaggever van respectievelijk de *Globe*, *Transcript*, *Herald* en de *Standard* bij zijn. Dat was het. Onder voorgaande hoofdcommissarissen had de rechtbank altijd bestaan uit drie hoofdinspecteurs en de hoofdcommissaris, maar onder Curtis' regime was hij zelf de enige rechter.

'Het zal u opvallen,' zei Curtis tot de reporters, 'dat ik de ene niet geschorste agent van de illegale AFL-politievakbond toestemming heb gegeven aanwezig te zijn zodat niemand kan beweren dat deze "vakbond" ondervertegenwoordigd was. U zult ook opmerken dat de beklaagden worden verdedigd door twee gerespecteerde juristen, Mr Vahey en Mr Rowley, beiden met buitengewone ervaring in het vertegenwoordigen van de belangen van de werknemers. Ik heb zelf geen juridische steun meegenomen.'

'Met alle respect, hoofdcommissaris,' zei Danny, 'maar u staat ook niet terecht.'

Een van de verslaggevers knikte heftig bij die opmerking en krabbelde op zijn notitieblok. Curtis wierp Danny een dodelijke blik toe en keek daarna de negentien man aan die op krakkemikkige stoelen voor hem zaten.

'U wordt beschuldigd van plichtsverzuim, de ergste overtreding die een agent van politie kan begaan. U wordt om preciezer te zijn beschuldigd van overtreding van Voorschrift 35 van de Gedragscode van de Bostonse politie waarin staat dat een agent zich niet mag opgeven voor een organisatie die geen deel is van de BPD.'

Clarence Rowley zei: 'Volgens die maatstaf, hoofdcommissaris, zou geen van deze mannen lid kunnen worden van een veteranengroep, om maar iets te noemen, of de Broederschap van de Elanden.'

Twee reporters en een agent gniffelden.

Curtis pakte het glas water dat voor hem stond. 'Ik ben nog niet klaar, Mr Rowley. Wat ik u bidden mag, sir, maar dit is geen strafhof. Dit is een interne rechtszaak van het Bostonse politiekorps, en als u de rechtmatigheid van Voorschrift 35 wilt aanvechten, zult u de zaak moeten voorbrengen bij het Hooggerechtshof van Suffolk. De enige vraag die we vandaag moeten beantwoorden, is of deze mannen Voorschrift 35 hebben overtreden, niet of voornoemd voorschrift rechtmatig is, sir.' Curtis keek de zaal rond. 'Agent Denton, in de houding.'

Mark Denton stond op in zijn blauwe uniform en stopte zijn helm onder zijn arm.

'Agent Denton, bent u lid van de Bostonse Politievakbond nummer zestienduizend achthonderd en zeven van de American Federation of Labor?'

'Ja, dat ben ik, sir.'

'Bent u voorzitter van voornoemd vakbond?'

'Ja, sir, dat ben ik. Met trots.'

'Uw trots is voor deze raad niet van belang.'

'Raad?' zei Mark en hij keek links en rechts van Curtis.

Curtis nam een slok water. 'En hebt u intekenlijsten bij u op het bureau uitgedeeld voor het lidmaatschap van voornoemde American Federation of Labor?'

'Met dezelfde voornoemde trots, sir,' zei Denton.

'U kunt gaan zitten, agent,' zei Curtis. 'Agent Kevin McRae, in de houding...'

Zo ging het meer dan twee uur door, waarbij Curtis met dezelfde monotone stem dezelfde monotone vragen stelde en elke agent in wisselende mate geprikkeld, minachtend of fatalistisch antwoordde.

Toen het moment was aangebroken waarop de verdediging aan de beurt was, nam James Vahey het woord. Hij was lange tijd algemeen adviseur geweest voor de werknemers bij de elektrische spoorwegen en trambedrijven, en al beroemd voordat Danny was geboren. Het was een sterke zet van Mark Denton geweest om hem op aandringen van Samuel Gompers twee weken eerder in stelling te brengen. Hij bewoog zich met de souplesse van een sportman toen hij van achter uit de zaal naar voren liep en de negentien een zelfverzekerd lachje toewierp alvorens zich tot Curtis te wenden.

'Ik geef toe dat we hier vandaag niet zijn om de rechtmatigheid van Voorschrift 35 te bestrijden, maar ik vind het veelzeggend dat de hoofdcommissaris zelf, opsteller van deze verordening, toegeeft dat de status ervan vaag is. Als de hoofdcommissaris zelf niet voor honderd procent gelooft in de deugdelijkheid van zijn eigen voorschrift, wat moeten wij er dan van maken? Nou, dan maken we ervan wat het is: heel eenvoudig de ernstigste aantasting van de persoonlijke vrijheid – '

Curtis hamerde heftig.

' – en de verst reikende poging de vrijheid van handelen in te perken die ik ken.'

Curtis hief zijn hamer opnieuw, maar Vahey prikte een vinger in de richting van zijn gezicht.

'U, sir, hebt deze mannen een van de meest elementaire mensenrechten als werknemers ontnomen. U hebt consequent geweigerd hun loon te verhogen tot boven het armoedeniveau, u hebt geweigerd hun een hygiënische werk- en slaapplek te verschaffen, en u hebt werktijden van hen geëist die zo lang zijn dat ze niet alleen hun eigen veiligheid maar ook die van het publiek in gevaar brengen. En nu zit u hier voor ons als enige rechter, en probeert u de gezworen verantwoordelijkheid te verdoezelen die ú tegenover deze mannen hebt. Het is een lage actie, sir. Een lage actie. Niets van hetgeen u vandaag te berde hebt gebracht heeft doen twijfelen aan de betrokkenheid van deze mannen bij de bevolking van deze prachtige stad. Deze mannen hebben hun post niet verlaten, hebben niet gefaald in het vervullen van hun plicht, hebben niet één keer gefaald in het handhaven van de wet en het beschermen en dienen van de inwoners van Boston. Als u bewijzen van het tegendeel had gehad, dan zou u die ongetwijfeld op tafel hebben gelegd. In plaats daarvan is de enige fout – en voor alle duidelijkheid, ik gebruik de term hier ironisch – de enige fout is dat ze hebben verzuimd toe te geven aan uw wens geen lid te worden van een nationale vakbond. Dat is het enige. En gegeven het feit dat een eenvoudige kalender laat zien dat uw instelling van Voorschrift 35 een uiterst dubieuze urgentie kent, ben ik er van overtuigd dat willekeurig welke rechter in dit land ook, hetgeen we hier vandaag zien zal beoordelen als niets anders dan een slimme zet om de rechten van deze mannen in te perken.' Hij draaide zich om naar de mannen en de verslaggevers achter hen, een schitterende verschijning in zijn pak en met zijn gratie en witte haar. 'Ik ga deze mannen niet verdedigen, want er is niets te verdedigen. Zij zijn niet degenen wier vaderlandslievendheid of liefde voor Amerika in twijfel moet worden getrokken,' donderde Vahey. 'Dat bent u, sir!'

Curtis liet zijn hamer een aantal malen neerkomen terwijl Parker om orde riep, de mannen joelden en klapten en opstonden.

Danny moest denken aan wat Ralph Raphelson had gezegd over emotionele retoriek en hij vroeg zich af – ook al had hij zich nog zo laten meeslepen en beroeren door Vaheys toespraak als de overige mannen – of er iets meer mee was bereikt dan dat het vuur verder was aangewakkerd.

Toen Vahey naar zijn plaats terugkeerde, gingen de mannen zitten. Nu was het Danny's beurt. Hij stelde zich op tegenover een rood aangelopen Curtis.

'Ik zal het simpel houden. Zoals ik het zie, gaat het om de vraag of het lidmaatschap van de American Federation of Labor de doeltreffendheid van de politie aantast. Hoofdcommissaris Curtis, ik kan u in het volste vertrouwen meedelen dat dat tot dusver niet het geval is geweest. Een enkele blik op de arrestatiecijfers en het aantal dagvaardingen en alle misdaadcijfers in de achttien districten laat dat zien. Verder stel ik, in het volste vertrouwen, dat dit zo zal blijven. We zijn in de eerste plaats politieagenten, we hebben gezworen de wet te handhaven en de vrede te bewaren. En dat, verzeker ik u, verandert nooit. Niet tijdens onze dienst.'

De mannen klapten en Danny ging zitten. Curtis verrees achter zijn tafel. Hij maakte een geschokte indruk, zo onwaarschijnlijk bleek als hij was en met zijn stropdas los en zijn haar alle kanten op.

'Ik zal alle opmerkingen en getuigenissen in overweging nemen,' zei hij terwijl zijn handen de rand van de tafel omklemden. 'Goedendag, heren.'

En daarmee verlieten Herbert Parker en hij de zaal.

GEZONDE MANNEN GEVRAAGD

Het Boston Police Department zoekt rekruten voor een vrijwillige politiemacht welke zal worden geleid door voorm. comm. William Pierce. Alleen blanke mannen. Bij voorkeur oorlogservaring en/of bewezen sportvaardigheid. Geïnteresseerden vervoegen zich bij het Commonwealth Arsenaal tussen 09.00 en 17.00 uur, M-V.

Luther legde de krant terug op het bankje waar hij hem had gevonden. Een vrijwillige politiemacht. Klonk als het bewapenen van een stel blanke mannen die of te dom waren om een baan te behouden of met zo'n wanhopige behoefte hun mannelijkheid te bewijzen dat ze er hun goede baan voor lieten schieten. Hoe dan ook: een slechte combinatie. Hij stelde zich dezelfde advertentie voor maar dan met een oproep aan zwarte mannen om dat werk aan te nemen, en hij schoot in een luide lach, een geluid dat hem verraste. Hij was niet de enige: een blanke man een bankje verderop verstijfde, stond op en liep weg.

Luther had bij uitzondering een hele dag door de stad gedwaald omdat hij bijna uit elkaar klapte. In Tulsa wachtte een kind dat hij nog nooit had gezien. Zijn kind. Lila, die met de dag milder tegenover hem werd (hoopte hij) wachtte er ook. Hij had ooit het idee gehad dat de wereld één groot feest was waar men wachtte tot hij kwam meefeesten, en dat op het feest allemaal interessante mannen en mooie vrouwen kwamen die zijn lege plekken zouden vullen, ieder op een eigen manier tot er niets meer te vullen viel en Luther zich, voor het eerst sinds zijn vader zijn gezin in de steek had gelaten, compleet voelde. Nu besefte hij dat het een illusie was. Hij had Danny en Nora leren kennen en voor hen een genegenheid opgevat die zo diep ging dat het hem voortdurend verbaasde. En God wist dat hij van de Giddreaux' hield, dat hij in hen de grootouders had gevonden van wie hij zo vaak had gedroomd. Maar uiteindelijk maakte het geen verschil omdat zijn hoop en zijn hart en zijn geliefden in Greenwood waren. Dat feest? Dat zou nooit komen. Want als het al ooit zou plaatsvinden, was Luther net zo snel weer thuis. Bij zijn vrouw. Zijn zoon.

Desmond.

Die naam had Lila hem gegeven, een naam waarvan Luther zich herinnerde dat hij er, voor hij met de Diaken het verkeerde pad op ging, half en half mee had ingestemd. Desmond Laurence, naar Lila's grootvader, een man die haar de Bijbel had bijgebracht terwijl ze bij hem op de knie zat. Dat had haar waarschijnlijk ook zo'n sterke ruggengraat gegeven, voor zover Luther kon bekijken, want die moest toch ook ergens vandaan zijn gekomen.

Desmond.

Een mooie, stevige naam. Luther was er in de loop van de zomer van gaan houden met een liefde waarvan hij tranen in zijn ogen kreeg. Hij had *Desmond* op de wereld gezet en Desmond zou ooit goede dingen doen.

Als Luther maar naar hem terug kon. Naar haar. Naar hen.

Als een man geluk had, was hij zijn hele leven op weg naar iets. Dan bouwde hij aan een leven, werkte hij voor een blanke, dat wel, maar werkte hij voor zijn vrouw, voor zijn kinderen, voor zijn droom dat zij een beter leven zouden krijgen omdat hij er deel van was geweest. Dat was, begreep Luther eindelijk, wat hij zich in Tulsa niet had herinnerd en wat zijn vader nooit had gekend. Mannen behoorden iets te doen voor degenen van wie ze hielden. Zo eenvoudig was het. Zo helder en zuiver.

Luther had zich zo laten meezuigen, zo laten opdraaien door de simpele behoefte aan bewegen – waar, wanneer en hoe dan ook – dat hij was vergeten dat het bewegen in dienst van een doel moest staan.

Nu wist hij het. Nu wist hij het.

En hij kon er verdomme geen kant mee op. Ook als hij kans zag iets aan McKenna te doen (een heel groot *als*) kon hij niet naar zijn gezin toe omdat Smoke op hem wachtte. En hij kon Lila er niet toe bewegen naar Boston te verhuizen (hij had het sinds Kerstmis verscheidene keren geprobeerd) omdat ze het gevoel had dat Greenwood haar thuis was en ook verwachtte – heel begrijpelijk – dat als ze haar boeltje pakte en verhuisde, Smoke iemand achter haar aan zou sturen.

Ik klap uit elkaar, dacht Luther voor de vijftigste keer die dag, helemaal uit elkaar.

Hij pakte de krant van de bank en stond op. Aan de overkant van Washington Street, voor Kresge's Warenhuis, stonden twee mannen naar hem te kijken. Ze droegen licht gekleurde hoeden en katoenen kostuums, en ze waren allebei klein en zagen er angstig uit en het had iets komisch kunnen hebben – magazijnbediendes die er respectabel probeerden uit te zien – ware het niet dat ze grote bruine holsters op hun heup hadden, de pistoolkolven duidelijk zichtbaar. Magazijnbediendes met wapen. Andere winkels hadden privédetectives in dienst genomen en de banken eisten sheriffs, maar kleine zaken moesten het doen met eigen personeel dat een korte wapentraining had gekregen. Explosiever dan een vrijwillige politiemacht, want Luther nam aan – of hoopte in ieder geval – dat de vrijwillige dienders op zijn minst iets meer opleiding zouden krijgen, en iets meer leiding. Maar deze gehuurde krachten, deze bedienden en loopjongens en zoons en schoonzoons van juweliers en bontverkopers en bakkers en stalhouders die je overal in de stad zag, waren bang. Doodsbang. Schrikachtig. En gewapend.

Luther kon er niets aan doen. Hij zag hoe ze hem in de gaten hielden, dus stak hij de straat over, liep naar hen toe hoewel hij dat niet van plan was geweest, en hij gaf zijn loop iets dansends, een vleugje van de swing van de zwarte, en gooide de glinstering van een lach in zijn ogen. De twee mannetjes keken elkaar aan en een van hen veegde zijn hand af aan zijn broekspijp, net onder de holster.

'Mooi weer, hè?' Luther was bij het trottoir.

Geen van beide mannen zei iets.

'Prachtige blauwe lucht,' zei Luther. 'De eerste wolkeloze dag deze week. Geniet ervan, zou ik zeggen.'

Het tweetal bleef zwijgen en Luther tikte tegen zijn hoed ter begroeting en liep over de stoep verder. Het was een dwaze actie, vooral omdat hij net aan Desmond had zitten denken, aan Lila en aan zijn besluit een man met meer verantwoordelijkheidsgevoel te worden. Maar er was iets in blanke mannen met wapens dat bij hem, dat wist hij zeker, altijd het duiveltje naar boven zou halen.

En te oordelen naar de stemming in de stad waren er nog veel meer mensen zoals hij. Hij kwam al langs zijn derde EHBO-tent van die dag, zag dat een paar verpleegsters tafels opzetten en bedden rondreden. Eerder die middag had hij door West End gelopen en verder naar Scollay Square, en het leek wel of hij bij elke derde straathoek op een stel ambulances stuitte die stonden te wachten op wat nu als iets onvermijdelijks begon aan te voelen. Hij keek omlaag naar de *Herald* in zijn hand, naar het redactionele hoofdartikel:

Zelden was er meer spanning in onze samenleving dan vandaag naar aanleiding van de omstandigheden bij de politie. We staan op een keerpunt. We staan op het punt zelf een grote stap naar 'russificatie' te zetten of naar onderwerping aan de sovjetwetten als we, onder wat voor voorwendsel dan ook, toestaan dat enig wethandhavend lichaam de dienaar van een bijzonder belang wordt.

Arme Danny, dacht Luther. Arme, eerlijke, overtroefde kloothommel.

James Jackson Storrow was de rijkste man in Boston. Toen hij directeur van General Motors werd, had hij het bedrijf van top tot teen gereorganiseerd zonder dat er ook maar één man de laan uit was gestuurd en één aandeelhouder zijn vertrouwen in hem had opgezegd. Hij had de Bostonse Kamer van Koophandel opgericht en was voorzitter geweest van de Commissie Kosten van Levensonderhoud tot aan de oorlog. Tijdens dat conflict van verspilling en wanhoop was hij door Woodrow Wilson aangesteld als Federaal Beheerder Brandstoffen en had hij ervoor gezorgd dat geen enkel huishouden in New England gebrek aan kolen of olie had gehad, waarbij hij soms zijn persoonlijke kredietwaardigheid had gebruikt om er zeker van te zijn dat zendingen op tijd uit hun depot vertrokken.

Hij had anderen wel eens horen zeggen dat hij iemand was die zijn macht gemakkelijk aankon, maar de waarheid was dat hij nooit had geloofd dat macht, in welke vorm dan ook, iets anders was dan de ongebreidelde uitwas van een egomaniakaal hart. Omdat alle egomaniakken onzeker waren tot in hun doodsbange wezen, oefenden ze hun 'macht' op barbaarse wijze uit opdat de wereld hun ballon niet zou doorprikken.

Een afschuwelijke tijd, nu, met die strijd tussen de 'machtigen' en de 'machtelozen', een absurde strijd die in deze stad een nieuw front opende, de stad waar hij het meest van hield, en een front dat misschien wel het ergste was sinds oktober '17.

Storrow ontving burgemeester Peters in de biljartkamer van zijn huis aan Louisburg Square en constateerde toen Peters binnenkwam dat hij fraai gebruind was. Dat bevestigde Storrow in zijn reeds lang gekoesterde vermoeden dat Peters een frivool type was, een man die onder normale omstandigheden niet geschikt was voor zijn werk, en in het huidige klimaat al helemaal niet.

Een innemende kerel natuurlijk, zoals zoveel frivole types, die met een brede, gretige glimlach en een huppeltje in zijn loop op Storrow afkwam.

'Mr Storrow, wat vriendelijk van u om me te ontvangen.'

'De eer is aan mij, burgemeester.'

De handdruk van de burgemeester was onverwacht stevig en Storrow noteerde een helderheid in de blauwe ogen van de man die hem zich deed afvragen of hij misschien toch meer in zijn mars had dan hij vermoedde. Verras me, burgemeester, verras me.

'U weet waarom ik hier ben,' zei Peters.

'Ik neem aan om te praten over de situatie bij de politie.'

'Geheel juist, sir.'

Storrow ging de burgemeester voor naar twee kersenrode leren fauteuils. Tussen hen in stond een tafeltje met twee karaffen en twee glazen. In de ene karaf zat brandy, in de andere water. Storrow wuifde naar de karaffen als uitnodiging om iets te nemen.

Peters knikte zijn dank en schonk zich een glas water in.

Storrow legde zijn benen over elkaar en herzag zijn oordeel over hem. Hij wees op zijn eigen glas en Peters vulde het met water. Beiden leunden achterover.

Storrow zei: 'Hoe denkt u dat ik u behulpzaam kan zijn?'

'U bent de meest gerespecteerde man van de stad,' zei Peters. 'U bent ook geliefd, sir, vanwege alles wat u hebt gedaan om de huizen tijdens de oorlog warm te houden. Ik heb mensen als u en zoveel als u wilt kiezen uit de Kamer van Koophandel nodig voor het vormen van een commissie die de kwesties welke de politieagenten hebben opgeworpen en de tegenargumenten van hoofdcommissaris Curtis te bestuderen en te besluiten welke wijs zijn en welke uiteindelijk de slag zullen winnen.'

'Zou deze commissie beslissingsbevoegdheid hebben of kan ze alleen aanbevelingen doen?'

'Plaatselijke verordeningen stellen dat, behalve indien er bewijs is van ernstig wangedrag van de hoofdcommissaris van politie, hij in alle zaken betreffende de politie het laatste woord heeft. Gouverneur Coolidge of ik kan zijn beslissingen niet verwerpen.'

'Dus onze macht is beperkt.'

'Ja, sir, u hebt alleen macht om aanbevelingen te doen. Maar met de waardering die er voor u is, niet alleen in deze staat, maar in de wijde omgeving en zelfs op nationaal niveau, vertrouw ik erop dat men uw aanbevelingen met het gepaste respect ter harte zal nemen.'

'Wanneer zou ik een dergelijke commissie moeten vormen?'

'Zonder uitstel. Morgen.'

Storrow dronk zijn water op en ontkurkte de brandykaraf. Hij hield hem Peters voor en de burgemeester hield zijn glas schuin en Storrow schonk in.

'Wat de politievakbond betreft, ik zie niet dat we ooit kunnen toestaan dat de aansluiting bij de American Federation of Labor standhoudt.'

'Zoals u zegt, sir.'

'Ik wil de vertegenwoordigers van de bond meteen spreken. Morgenmiddag. Kunt u dat regelen?'

'Geregeld.'

'Hoe zit het met uw gevoelens ten opzichte van hoofdcommissaris Curtis, burgemeester?'

'Boos,' zei Peters.

Storrow knikte. 'Zo herinner ik me hem ook. Tijdens zijn ambtstermijn als burgemeester was ik bestuurder op Harvard. Ik heb hem toen een paar keer ontmoet. Daarvan herinner ik me alleen de boosheid, die weliswaar onderdrukt was, maar die zorgde voor een ijzingwekkende sfeer van zelfhaat. Wanneer zo iemand na lange tijd niet te hebben meegeteld weer gezag krijgt, maak ik me zorgen, burgemeester.'

'Ik ook,' zei Peters.

'Dergelijke mensen spelen viool terwijl hun stad in brand staat.' Storrow voelde een lange zucht zich van hem losmaken, hoorde hem door zijn mond zijn lichaam verlaten en de kamer binnengaan alsof de zucht zoveel decennia getuige was geweest van verspilling en dwaasheid dat hij, wanneer Storrow morgen in de kamer terugkwam, er nog zou rondcirkelen. 'Dat soort mannen is dol op as.'

De volgende morgen hadden Danny, Mark Denton en Kevin McRae een bespreking met James J. Storrow in een suite van het Parker House. Ze hadden gedetailleerde rapporten bij zich over de sanitaire en gezondheidsomstandigheden in de achttien districtsbureaus, ondertekende verslagen van meer dan twintig agenten met een nauwkeurig verslag van hun werkdag of werkweek, en een analyse van de lonen van dertig andere lokale beroepen, onder andere van schoonmaakpersoneel op het stadhuis, trambestuurders en havenarbeiders, waarbij vergeleken hún lonen in het niet verdwenen. Ze spreidden het allemaal uit voor Storrow en de drie andere zakenlieden die de commissie vormden, en leunden achterover terwijl de heren alles bestudeerden, bijzonder interessante bladzijden aan elkaar doorgaven en verrast knikten en verbijsterd gromden en met hun ogen rolden, zodat Danny bang was dat ze hen misschien hadden overvoerd.

Storrow wilde een volgend verslag van een agent van de stapel pakken maar duwde toen de hele stapel weg. 'Ik heb genoeg gezien,' zei hij kalm. 'Meer dan genoeg. Geen wonder, heren, dat u zich door de stad die u beschermt, in de steek gelaten voelt.' Hij keek de drie anderen aan, die zijn voorbeeld volgden en plotseling vol mededogen naar Danny en Denton en McRae knikten. 'Dit is een schande, heren, en het is niet allemáál de schuld van hoofdcommissaris Curtis. Dit speelde ook tijdens de ambtstermijn van hoofdcommissaris O'Meara en onder de ogen van de burgemeesters Curley en Fitzgerald.' Storrow kwam met uitgestoken hand achter de tafel vandaan en gaf eerst Denton, toen Danny en als laatste McRae een hand. 'Mijn welgemeende verontschuldigingen.'

'Dank u, sir.'

Storrow leunde tegen de tafel. 'Wat moeten we doen, heren?'

'We willen gewoon een eerlijke behandeling, sir,' zei Mark Denton.

'En waar bestaat die uit?'

Danny zei: 'Nou, sir, dat is om te beginnen een loonsverhoging van driehonderd per jaar. Geen overwerk en detachering bij bijzondere onderdelen zonder een compensatie die te vergelijken is met die van de dertig andere beroepen die we in onze analyse hebben ingebracht.'

'En?'

'En,' zei Kevin McRae, 'een eind aan de gedwongen winkelnering waarbij we onze uniformen en uitrusting zelf moeten betalen. En verder schone bureaus, sir, schone bedden, bruikbare toiletten, en het vernietigen van alle ongedierte en de luizen.'

Storrow knikte en keek achterom naar de andere heren, hoewel het duidelijk was dat alleen zijn woord telde. Hij wendde zich weer tot de politieagenten. 'Ik ben het ermee eens.'

'Pardon?' zei Danny.

Er kroop een lachje in Storrows ogen. 'Ik zei dat ik het ermee eens was, agent. Ik zal dus uw standpunt verdedigen en aanraden dat uw klachten worden behandeld op de manier die u hebt voorgesteld.'

Danny's eerste gedachte was: gaat het zo gemakkelijk?

Zijn tweede gedachte was: wacht op het 'maar'.

'Maar,' zei Storrow, 'ik heb alleen maar de macht aanbevelingen te doen. Ik kan geen veranderingen aanbrengen. Dat kan alleen hoofdcommissaris Curtis.'

'Sir,' zei Denton, 'met alle vereiste respect, maar hoofdcommissaris Curtis overlegt of hij negentien man van ons wel of niet zal ontslaan.'

'Daar ben ik me van bewust,' zei Storrow, 'maar ik denk niet dat hij dat zal doen. Het zou het toppunt van onvoorzichtigheid zijn. Het stadsbestuur is, geloof het of niet, op uw hand. Men is alleen duidelijk niet voor een staking, heren. Als u me toestaat deze kwestie af te handelen, krijgt u waarschijnlijk alles waar u om vraagt. De uiteindelijke beslissing ligt bij de hoofdcommissaris, maar hij is een redelijk man.'

Danny schudde zijn hoofd. 'Daar moet ik de bewijzen nog van zien, sir.'

Storrow reageerde met een lachje dat zo afstandelijk was dat het bijna verlegen was. 'Dat kan wel zijn, maar het stadhuis en de burgemeester en de gouverneur en iedereen met een beetje gezond verstand zal, dat beloof ik u, even duidelijk als ik vandaag, het licht en de logica zien. Zodra ik in staat ben mijn rapport samen te stellen en uit te geven, zal u recht geschieden. Ik vraag geduld van u, heren. Ik vraag wijsheid.'

'Die hebt u, sir,' zei Mark Denton.

Storrow liep terug naar achter de tafel en begon papieren bij elkaar te vegen. 'Maar u zult uw relatie met de American Federation of Labor moeten opgeven.'

De aap kwam uit de mouw. Danny wilde de tafel door het raam smijten. En iedereen in de kamer erachteraan. 'En aan wiens willekeur geven we ons deze keer over, sir?'

'Ik begrijp u niet.'

Danny stond op. 'Met alle respect, sir, maar we hebben al eerder halve maatregelen geaccepteerd en er is helemaal niets van terechtgekomen. We werken nog voor een loon van 1903 omdat onze voorgangers twaalf jaar lang achter de wortel aan zijn blijven lopen voordat ze in 1915 hun rechten hebben opgeëist. Tijdens de oorlog kon de stad ons niet redelijk compenseren, dus accepteerden we de plechtige belofte dat het na de oorlog zou worden rechtgezet. Maar toch worden we nog steeds betaald alsof het 1903 is. Maar toch zijn we na de oorlog nooit fatsoenlijk gecompenseerd. En onze gebouwen zijn nog steeds smerige holen en onze mensen zijn nog steeds overwerkt. Hoofdcommissaris Curtis zegt tegen de pers dat hij commissies vormt, maar zonder erbij te vermelden dat die "commissies" zijn gevuld met zijn eigen mensen en dat die mensen vooroordelen hebben. We hebben de stad al ontelbare malen ons vertrouwen gegeven, Mr Storrow, en zijn telkens afgewezen. En nu wilt u dat we de enige organisatie afzweren die ons echte hoop en echte kracht bij onderhandelingen heeft gegeven?'

Storrow zette beide handen op tafel en keek naar Danny. 'Inderdaad, agent. Je kunt de AFL gebruiken als onderhandelingstroef. Dat vertel ik je zonder omhaal, hier en nu. Het is een slimme zet, dus laat hem nog niet schieten. Maar ik zeg je, jongeman, jullie zullen het moeten opgeven. En als jullie kiezen voor staken, ben ik de eerste die ervoor pleit jullie kapot te maken en zorg ik ervoor dat jullie nooit meer een penning zullen dragen.' Hij kwam naar voren. 'Ik gelóóf in jullie zaak, agent. Ik zal voor jullie vechten. Maar zet mij of de commissie niet met de rug tegen de muur, want de reactie daarop overleef je niet.'

Achter hem gaven de ramen uitzicht op een hemel van het puurste blauw. Een volmaakte zomerdag deze eerste week van september, genoeg om iedereen de donkere augustusregens te laten vergeten, het gevoel dat ze hadden dat het nooit meer droog zou worden.

De drie agenten stonden op, salueerden voor James J. Storrow en de commissieleden, en vertrokken.

Danny, Nora en Luther speelden hartenjagen op een oud laken dat was uitgespreid tussen twee schoorstenen op het dak van Danny's huis. Het was laat, ze waren alle drie moe – Luther rook naar de veemarkt, Nora naar de fabriek – en toch zaten ze daar boven met twee flessen wijn en een pak kaarten, omdat er maar weinig plaatsen waren waar een zwarte en een blanke in het openbaar samen konden zijn, en nog minder waar een blanke vrouw zich bij hen kon voegen en te veel wijn kon drinken. Wanneer ze met hun drieën bij elkaar waren, had Danny het gevoel dat ze de wereld ergens mee versloegen.

Luther zei: 'Wie is dat?' en zijn stem was lui van de wijn.

Danny volgde zijn blik en zag James Jackson Storrow over het dak naar hen toe komen. Hij wilde overeind komen en Nora pakte hem bij zijn pols toen hij wankelde.

'Ik kreeg van een vriendelijke Italiaanse dame te horen dat ik je hier kon vinden,' zei Storrow. Hij liet zijn blik over hen heen gaan, over het kapotte laken met de kaarten erop en de flessen wijn. 'Neem me niet kwalijk dat ik stoor.'

'Helemaal niet,' zei Danny terwijl Luther overeind krabbelde en een hand uitstak naar Nora. Nora pakte die hand en Luther trok haar overeind; ze streek haar jurk glad.

'Mr Storrow, dit is mijn vrouw Nora, en mijn vriend Luther.'

Storrow schudde hun de hand alsof men op Beacon Hill elke dag dit soort ontmoetingen had.

'Het is me een eer u beiden te ontmoeten.' Hij knikte naar hen beiden. 'Mag ik uw man even meenemen, Mrs Coughlin?'

'Natuurlijk, sir. Maar kijkt u alstublieft een beetje uit met hem? Hij staat een beetje wankel op zijn benen.'

Storrow gaf haar een brede glimlach. 'Dat zie ik, ma'am. Het is een kleine moeite.'

Hij tikte even aan zijn hoed en volgde Danny over het dak naar de oostelijke rand vanwaar ze uitkeken over de haven.

'Rekent u zwarte mensen tot uw gelijke, agent Coughlin?'

'Zolang zij niet klagen,' zei Danny, 'doe ik het ook niet.'

'En openbare dronkenschap van uw vrouw is voor u ook geen reden tot zorg?'

Danny hield zijn ogen op de haven gericht. 'Dit is geen openbaar terrein, sir. En als we ons wel op openbaar terrein bevonden, kon het me geen donder schelen. Ze is mijn vrouw. Dat telt voor mij verdomd veel zwaarder dan het publiek.' Hij richtte zijn blik op Storrow. 'Of wie dan ook.'

'Niet onredelijk.' Storrow plantte een pijp tussen zijn lippen en deed een minuut over het aansteken.

'Hoe hebt u me gevonden, Mr Storrow?'

'Dat was niet moeilijk.'

'Wat brengt u hier?'

'Uw voorzitter, Mr Denton, was niet thuis.'

'Aha.'

Storrow trok puffend aan zijn pijp. 'Uw vrouw bezit een geest van lijfelijkheid die er vanaf spettert.'

'Een "geest van lijfelijkheid"?'

Hij knikte. 'Jazeker. Het is duidelijk waarom u zo verrukt van haar bent.' Hij trok weer aan zijn pijp. 'Wat de zwarte man betreft, daar ben ik nog niet uit.'

'Wat is de reden van uw komst, sir?'

Storrow draaide zich naar hem toe zodat ze recht tegenover elkaar stonden. 'Mark Denton was misschien wel thuis geweest. Ik ben niet bij hem langs geweest. Ik ben rechtstreeks naar u toe gekomen, agent Coughlin, omdat u zowel gedrevenheid als gematigdheid kent en uw mensen dat, vermoed ik, aanvoelen. Agent Denton lijkt me zeer intelligent, maar zijn overredingskracht is minder groot dan de uwe.'

'Wie zou u door mij willen laten overreden, Mr Storrow, en wat moet ik gaan verkopen?'

'Hetzelfde als wat ik verkoop, agent: een vreedzame oplossing.' Hij legde een hand op Danny's arm. 'Praat met uw mensen. Wij kunnen er een eind aan maken, jongeman. U en ik. Morgenavond geef ik mijn rapport vrij aan de pers. Daarin zal ik volledige aanvaarding van uw eisen aanraden. Alle op één na.'

Danny knikte. 'Aansluiting bij de AFL.'

'Precies.'

'Dus we blijven weer achter met niets, met niets anders dan beloften.'

'Maar het zijn wel míjn beloften, jongeman. Met het volle gewicht van de burgemeester en de gouverneur en de Kamer van Koophandel erachter.'

Nora lachte luid en Danny keek naar de andere kant van het dak, waar Nora kaarten naar Luther toe liet zeilen en Luther zijn handen in gespeelde afweer ophield. Danny glimlachte. Hij had de afgelopen maanden geleerd dat Luthers manier om zijn genegenheid voor Nora te tonen was door haar te plagen, een genegenheid die ze met plezier op dezelfde wijze beantwoordde.

Danny hield zijn ogen op hen gericht. 'Elke dag maken ze in dit land vakbonden kapot, Mr Storrow. Ze vertellen ons met wie we het recht hebben ons te verenigen, en met wie niet. Wanneer ze ons nodig hebben, praten ze over familie. Wanneer wij hen nodig hebben, spreken ze over zaken. Mijn vrouw daar? Mijn vriend? Ikzelf? We zijn verschoppelingen, sir, en ieder voor zich zouden we waarschijnlijk verdrinken. Maar samen zijn we een vakbond. Hoe lang moet het nog duren voor het bedrijfsleven dat doorheeft?'

'Dat krijgen ze nooit door,' zei Storrow. 'U denkt dat u een grotere strijd strijdt, agent, en misschien is dat zo. Maar het is een gevecht van alle tijden en het zal nooit eindigen. Niemand zal met een witte vlag gaan zwaaien, noch ooit toegeven overwonnen te zijn. Denkt u echt dat Lenin ook maar iets verschilt van J.P. Morgan? Dat u zich, als u absolute macht had, anders zou gedragen? Weet u wat het primaire verschil tussen mensen en goden is?'

'No, sir.'

'Goden denken niet dat ze mens kunnen worden.'

Danny draaide zich om en keek de man recht aan, zei niets.

'Wanneer u onvermurwbaar blijft op het punt van de AFL, wordt elke hoop op een beter lot die u ooit hebt gekoesterd, de grond in geboord.'

Danny keek weer achterom naar Nora en Luther. 'Heb ik uw woord dat, als ik kans zie mijn mensen terugtrekking uit de AFL te verkopen, de stad ons geeft wat ons toekomt?'

'U hebt mijn woord en dat van de burgemeester en dat van de gouverneur.'

'Het gaat me om úw woord.' Danny stak een hand uit. 'Ik zal het mijn mensen verkopen.'

Storrow schudde hem de hand, hield die daarna stevig vast. 'Lach, Coughlin, we gaan de stad redden, u en ik.'

'Zou dat niet fijn zijn.'

Danny verkocht het hun. In Fay Hall, om negen uur de volgende morgen. Na de stemming, met een wankele 406 tegen 377 stemmen, vroeg Sid Polk: 'En stel dat we weer worden verneukt?'

'Dat doen ze niet.'

'Hoe weet je dat?'

'Ik weet het niet,' zei Danny. 'Maar op dit moment zie ik er de logica niet van in.'

'En als het helemaal niet om logica gaat?' riep iemand.

Danny stak twee handen op omdat hem geen antwoord te binnen schoot.

Calvin Coolidge, Andrew Peters en James Storrow reden zondag tegen het eind van de middag naar Curtis' huis in Nahant. Ze troffen hem op zijn achterveranda met uitzicht op de oceaan onder een grauwe lucht.

Heel snel na de begroeting werden Storrow enkele dingen duidelijk. Het eerste was dat Coolidge geen respect voor Peters had en dat Peters hem om die reden haatte. Telkens als Peters zijn mond opendeed om iets te zeggen, onderbrak Coolidge hem.

Het tweede was aanzienlijk ernstiger: de tijd had Curtis bevrijd van zijn houding van zelfverachting en misantropie, die zo sterk in hem leefden dat ze hem uiterlijk als door een virus hadden gekleurd.

Peters zei: 'Hoofdcommissaris Curtis, we zijn – '

' – gekomen,' zei Coolidge, 'om u te vertellen dat Mr Storrow misschien een oplossing heeft gevonden voor onze crisis.'

Peters zei: 'En dat – '

' – wij er zeker van zijn dat als u onze redenering hebt gehoord, u zult concluderen dat alle partijen een redelijk compromis hebben bereikt.' Coolidge liet zich op zijn ligstoel terugzakken.

'Mr Storrow,' zei Curtis, 'hoe maakt u het sinds onze laatste ontmoeting?'

'Goed, Edwin. En jijzelf?'

Curtis zei tegen Coolidge: 'Mr Storrow en ik hebben elkaar voor het laatst ontmoet op een schitterende party bij Lady Dewar op Louisburg Square. Een legendarische avond, nietwaar, James?'

Storrow kon zich die avond met geen mogelijkheid meer herinneren. Lady Dewar was al ruim tien jaar dood. Zoals veel dames van de beau monde was ze toonbaar geweest, maar niet direct het neusje van de zalm. 'Ja, Edwin, een memorabele gebeurtenis.'

'Dat was natuurlijk tijdens de periode dat ik burgemeester was,' zei Curtis tegen Peters.

'En een hele goeie, hoofdcommissaris.' Peters keek Coolidge aan alsof het hem verbaasde dat de gouverneur hem zijn gedachte had laten afmaken.

Maar het was een foute gedachte. Er trok een donkere wolk over Curtis' gezicht toen hij het opgewekte compliment van Peters oppakte en verdraaide tot een belediging. Door hem 'hoofdcommissaris' te noemen, had de huidige burgemeester hem eraan herinnerd dat hij het niet langer was.

Goeie genade, dacht Storrow, de stad kon tot as vergaan door narcisme en een onbetekenende misstap.

Curtis keek hem strak aan. 'Denk je dat de mannen terecht klagen, James?'

Storrow nam de tijd bij het zoeken naar zijn pijp. Hij had vanwege het windje van zee drie lucifers nodig om hem aan te steken en legde daarna zijn benen over elkaar. 'Ik denk het wel, Edwin. Ja, maar laten we daarbij duidelijk stellen dat jij die klachten hebt geërfd van je voorgangers. Niemand denkt dat jij de oorzaak van die klachten bent of dat je niets zou hebben gedaan om er op eervolle wijze mee om te gaan.'

Curtis knikte. 'Ik heb ze een loonsverhoging aangeboden. Die hebben ze zonder meer afgewezen.'

Omdat hij zestien jaar te laat kwam, dacht Storrow.

'Ik heb verschillende commissies aangesteld om hun arbeidsomstandigheden te bekijken.'

Met zorgvuldig gekozen pluimstrijkers.

'Het is nu een kwestie van respect geworden. Respect voor het ambt. Respect voor dit land.'

'Alleen als jij het ervan maakt, Edwin.' Storrow zette beide voeten op de grond en leunde naar voren. 'De mannen hebben respect voor je, hoofdcommissaris. Echt waar. En ze hebben respect voor deze Commonwealth. Volgens mij spreekt dat duidelijk uit mijn rapport.'

'Jouw rapport,' zei Curtis. 'Hoe zit het met mijn rapport? Wanneer wordt mijn stem gehoord?'

Goeie god, het leek wel vechten om een stuk speelgoed op de kleuterschool.

'Hoofdcommissaris Curtis,' zei de gouverneur, 'we hebben alle begrip voor uw positie. U zou zich niet meer verplicht moeten voelen aan de schaamteloze eisen van de arbeiders dan – '

'Verplicht?' zei Curtis. 'Zo ligt het niet, sir. Ik word afgeperst. Afpersing, dat is het, en niks anders.'

'Dat kan wel zijn,' zei Peters, 'maar wij denken dat het het beste is – '

' – persoonlijke gevoelens in dit stadium uit te schakelen,' zei Coolidge.

'Dit is niet persoonlijk.' Curtis maakte een lange hals en schroefde zijn gezicht tot een masker van slachtofferschap. 'Dit is een publieke zaak. Dit is een principiële zaak. Dit is Seattle, heren. En Sint-Petersburg. En Liverpool. Als we hen dit laten winnen, worden we echt gerussificeerd. Dan worden de principes waar Jefferson en Franklin en Washington voor stonden – '

'Toe, Edwin.' Storrow kon zich niet meer inhouden. 'Ik heb misschien een regeling kunnen treffen waarmee we weer vaste grond onder de voeten krijgen, plaatselijk maar ook nationaal.'

Edwin Curtis sloeg zijn handen ineen. 'Nou, daar ben ik dan reuze benieuwd naar.'

'De burgemeester en de gemeenteraad hebben middelen gevonden om het salaris van de mannen op een voor 1919 en later aanvaardbaar niveau te brengen. Het is gewoon netjes, Edwin, geen enorme capitulatie, dat verzeker ik je. Verder hebben we gelden gemarkeerd voor het aanpakken en verbeteren van de arbeidsomstandigheden in de districtsbureaus. We werken daarbij met een krap budget en het betekent dat er andere overheidsdienaren zijn die geen geld krijgen waar ze wel op hadden gerekend, maar we hebben geprobeerd de schade voor het totaal te beperken. Hiermee wordt het algemeen belang gediend.'

Curtis knikte, met witte lippen. 'Dat denk je.'

'Ja, Edwin.' Storrow hield zijn stem zacht, warm.

'Deze kerels hebben zich tegen mijn uitdrukkelijke orders aangesloten bij een nationale vakbond, een openlijke minachting voor de regels en voorschriften van onze dienst. Die aansluiting is een klap in het gezicht van ons land.'

Storrow dacht terug aan het prachtige voorjaar van zijn eerste jaar op Harvard, toen hij lid van de boksploeg was geworden en geweld van een zuiverheid had ervaren zoals hij zich nooit had kunnen voorstellen als hij die dinsdag- en donderdagmiddagen geen klappen had uitgedeeld en ontvangen. Zijn ouders waren er uiteindelijk achter gekomen en hadden een eind aan zijn geboks gemaakt, maar o, wat zou hij nu graag zijn handschoenen hebben aangebonden om Curtis' neus tot in zijn fundament te timmeren.

'Is dat voor jou het breekpunt, Edwin? De aansluiting bij de AFL?'

Curtis hief de handen ten hemel. 'Ja, natuurlijk!'

'Stel nou dat de mannen, laten we zeggen, hebben toegestemd in het opzeggen van die aansluiting?'

Curtis kneep zijn ogen tot spleetjes. 'Hebben ze dat gedaan?'

'Stel dat ze dat hadden gedaan, Edwin,' zei Storrow langzaam, 'wat dan?'

'Dan zou ik het in overweging nemen,' zei Curtis.

'Wat zou je overwegen?' vroeg Peters.

Storrow vuurde een blik op hem af die naar hij hoopte scherp genoeg was en Peters sloeg de ogen neer.

'Het totaalbeeld, meneer de burgemeester.' Curtis' blik keerde naar binnen, iets wat Storrow vaak had gezien bij financiële onderhandelingen: zelfmedelijden verhuld als innerlijk beraad.

'Edwin,' zei hij, 'de agenten zullen zich terugtrekken uit de American Federation of Labor. Zij zullen toegeven. De vraag is: doe jij dat ook?'

De zeewind vond de luifel boven de deur en de flappen van het doek klapperden.

'De negentien man zouden een waarschuwing maar geen straf moeten krijgen,' zei gouverneur Coolidge. 'Wijs beleid, hoofdcommissaris, meer vragen we niet.'

'Gezond verstand,' zei Peters.

Zachtjes braken de golven op de rotsen.

Storrow merkte dat Curtis hem aankeek, alsof hij op zijn slotpleidooi rekende. Hij stond op en reikte de kleine man zijn hand. Curtis gaf hem een paar klamme vingers.

'Je hebt geheel en al mijn vertrouwen,' zei Storrow.

Curtis reageerde met een somber lachje. 'Dat is bemoedigend, James. Ik zal het in overweging nemen, wees daarvan verzekerd.'

Later die middag vond een incident plaats dat, als het aan de pers zou zijn doorgegeven, de Bostonse politie ernstig in verlegenheid zou hebben gebracht. Een aantal politiemensen arriveerde bij het nieuwe hoofdkwartier van de NAACP op Shawmut Avenue. Inspecteur Eddie McKenna, gewapend met een huiszoekingsbevel, brak de keukenvloer open en groef in de tuin achter het hoofdkwartier.

De gasten die de openingsceremonie bijwoonden, stonden om hem heen, en hij vond niets.

Zelfs geen gereedschapskist.

Die avond kreeg de pers het Storrow-rapport.

's Maandagsmorgens werden delen ervan gepubliceerd en de redactionele artikelen in alle vier de grote landelijke dagbladen riepen James J. Storrow uit tot redder van de stad. Er kwamen ploegen die de nood-hospitaaltenten die overal in de stad waren opgezet, afbraken en het extra ambulancepersoneel werd naar huis gestuurd. De directies van Jordan Marsh en van Filene gaven opdracht de wapentraining van het personeel te staken en alle door het bedrijf uitgedeelde wapens werden ingenomen. Divisies van de State Guard en pelotons van de United States Cavalry, die zich in Concord hadden verzameld, kregen te horen dat hun waakzaamheidsstatus was verlaagd van rood naar blauw.

Om half vier die middag nam de gemeenteraad van Boston een reso-lutie aan om een gebouw of een openbare weg naar James J. Storrow te noemen.

Om vier uur verliet burgemeester Andrew Peters zijn kantoor in het stadhuis en ontdekte dat hij door een menigte mensen werd opge-wacht. De massa juichte hem toe.

Om kwart voor zes verschenen de agenten van alle achttien districts-bureaus op appel. Dat was de gelegenheid waarop de brigadier van dienst van elk district bekendmaakte dat hoofdcommissaris Curtis op-dracht had gegeven de negentien man die hij de week ervoor had ge-schorst per onmiddellijk te ontslaan.

Om elf uur die avond besloten de leden van de Boston Police De-partment Union in Fay Hall de aansluiting bij de AFL te herbevestigen.

Om vijf over elf besloten ze te gaan staken. Men kwam overeen de actie de volgende dag, een dinsdag, te beginnen met ingang van het avondappel, wanneer veertienhonderd politieagenten het werk zouden neerleggen.

De stemmingsuitslag was unaniem.

3

Alleen in zijn keuken schonk Eddie McKenna twee vingers Power's Irish Whiskey in een glas warme melk en dronk het op bij het bord kip en aardappelpuree dat Mary Pat op het fornuis had klaargezet. De keuken tikte in zijn eigen rust, en het enige licht kwam van een gaslampje boven de tafel achter hem. Eddie at aan het aanrecht zoals altijd wanneer hij alleen was. Mary Pat was naar een bijeenkomst van de Watch & Ward Society, ook bekend als het Genootschap ter Onderdrukking van de Zonde in New England. Eddie, die het al raar vond een hond een naam te geven, zou nooit begrijpen wat een organisatie met een naam moest, laat staan met twee. Maar goed, nu Edward junior studeerde en Beth in het klooster zat, hield het Mary Pat uit zijn nek, en de gedachte aan al die frigide zeurkousen die bij elkaar hokten om uit te halen naar dronkelappen en suffragettes zorgde in de donkere keuken op Telegraph Hill voor een brede grijns op zijn gezicht.

Nadat hij zijn maal had beëindigd zette hij zijn bord in de gootsteen en het lege glas ernaast. Hij pakte de whiskeyfles, schonk zijn glas vol en nam het glas en de fles mee naar boven. Het was een mooie avond wat het weer betrof. Mooi om op het dak een paar uur na te denken, want afgezien van het weer was het allemaal klote, echt waar. Hij hoopte half en half dat de bolsjewistische politievakbond echt zou gaan staken, want dat voorkwam dat zijn debacle bij de NAACP de voorpagina's zou halen. Goeie god, wat had die nikker hem te grazen genomen. Luther Laurence, Luther Laurence, Luther Laurence. De naam tolde door zijn hoofd als was Luther de verpersoonlijking van spot en de gedistilleerde verachting.

O, Luther, je hebt een gegronde reden de dag te berouwen waarop je ooit je mamma's vermoeide, ouwe kut verliet. Dat zweer ik je, jongen.

Buiten, op het dak, hingen de sterren wazig boven zijn hoofd, alsof ze met onzekere hand waren getekend. Wolkenflarden gleden langs rookflarden van de poetsdoekenfabriek. Van hieraf kon hij de lampen van de suikerfabriek zien, een complex ter grootte van vier stratenblokken dat voortdurend kleverige troep en knaagdieren die gezadeld zouden kunnen worden opleverde. Het Fort Point-kanaal stonk naar olie, maar toch ontkwam hij niet aan het genoegen van hier te staan en uit te kijken over de buurt waar Tommy Coughlin en hij in het begin als jonge honden in hun nieuwe thuisland hadden gewerkt. Ze hadden elkaar op het schip hierheen leren kennen, twee verstekelingen die op dag twee elk aan een andere kant van het schip waren ontdekt en tot slavenarbeid in de kombuis waren veroordeeld. 's Nachts, als ze met een ketting waren vastgelegd aan de poten van een gootsteen zo groot als een paardendrinkbak, hadden ze verhalen uitgewisseld over hun turflandje. Tommy had een dronken vader en een ziekelijke tweelingbroer achtergelaten in een pachtershutje in Zuid-Cork. Eddie had niets achtergelaten, behalve een weeshuis in Sligo. Zijn pa had hij nooit gekend, zijn ma was aan de koorts bezweken toen hij acht was. Daar zaten ze dan, twee geslepen knapen, amper tieners, maar vol energie, dat zeker, en vol ambitie.

Tommy, met zijn verblindende Cheshire-grijns en twinkelende ogen, bleek iets ambitieuzer te zijn dan Eddie. Eddie mocht dan zonder twijfel in zijn aangenomen vaderland een mooi leven hebben gecreëerd, Thomas Coughlin had het heel erg goed gedaan. Volmaakt gezin, volmaakt bestaan, smeergeld van een heel leven zo hoog opgestapeld in de kantoorsafe dat Croesus ervan zou blozen. Een man die zijn macht droeg als een wit pak tijdens een pikzwarte nacht.

In het begin was de machtsverdeling niet zo duidelijk geweest. Toen ze bij de politie waren gegaan, de opleiding hadden voltooid en hun eerste rondes liepen, was er niets waarin de twee zich van elkaar onderscheidden. Maar op zeker moment tijdens die eerste jaren had zich bij Tommy een onopvallend intellect geopenbaard, terwijl Eddie zelf was doorgegaan met zijn combinatie van stroopsmeren en dreigen, met een lichaam dat elk jaar verder uitdijde terwijl Volmaakte Tommy slank en slim bleef, iemand die opeens examens deed, een klimmer, een fluwelen handschoen.

'Hé, Tommy, ik haal je nog wel in,' fluisterde Eddie, hoewel hij wist dat het een leugen was. Hij had niet zo'n hoofd voor zakendoen en politiek als Tommy. En als hij ooit zulke gaven had kunnen krijgen, was de tijd ervoor allang voorbij. Nee, hij zou zich tevreden moeten stellen met –

De deur van het schuurtje stond open. Een heel klein beetje, maar toch. Hij ging erheen en deed hem helemaal open. Het zag eruit zoals hij het had achtergelaten: een bezem en wat tuingereedschap aan de ene kant, twee gehavende schoudertassen aan de rechterkant. Hij duwde ze verder de hoek in en reikte erachter tot hij de rand van de vloerplank had gevonden. Hij wrikte hem omhoog, probeerde de herinnering aan wat hij bijna net zo had gedaan op Shawmut Avenue weg te drukken, met al die goed geklede zwarte apen die er met stoïcijnse gezichten omheen hadden gestaan terwijl ze inwendig brulden van het lachen.

Onder de vloer lagen de bundels. Zo had hij er altijd het liefst over gedacht. Laat Thomas die van hem maar op de bank zetten of in vastgoed stoppen of in de muursafe op zijn kantoor. Eddie hield van bundels en hij vond het fijn ze hier boven te hebben, waar hij er na een paar borrels bij kon gaan zitten om er in te rommelen, eraan te ruiken. Er zou een moment komen dat het er te veel werden – een probleem waar hij elke drie jaar met veel plezier mee werd geconfronteerd – en dan verhuisden ze naar een kluis bij de First National Bank in Uphams Corner. Tot dan ging hij bij ze zitten. Daar waren ze, ja hoor, allemaal knusjes op hun plaats, precies zoals hij ze had achtergelaten. Hij legde de plank terug, ging staan, trok de deur van het schuurtje dicht tot hij het slot hoorde klikken.

Midden op het dak bleef hij staan. Hield zijn hoofd scheef.

Wat was dat nou?

Eddie nam een slok uit zijn whiskeyglas en keek op het donkere dak om zich heen. Hij luisterde. Niet zoals de meeste mensen zouden luisteren, maar zoals een diender met twintig jaar ervaring heeft met het in donkere steegjes en donkere gebouwen jagen op boeven. De avond die zojuist nog had geroken naar olie en het Fort Point-kanaal rook nu naar zijn eigen klamme vlees en het grind onder zijn voeten. In de haven klonk de stoomfluit van een schip. In het park beneden lachte iemand. Ergens dichtbij werd een raam gesloten. Een auto kwam zwoegend in G Street naar boven, met knarsende tandwielen.

Geen maanlicht, de dichtstbijzijnde gaslamp een verdieping lager.

Eddie luisterde nog eens. Nu zijn ogen aan het donker gewend waren, was hij er zeker van dat die rechthoekige vorm geen illusie was, geen streek van de duisternis. Hij was er wel degelijk, en hij wist verdomd goed wat het was.

Een gereedschapskist.

De gereedschapskist die hij Luther Laurence had gegeven, de kist met pistolen die hij de afgelopen tien jaar uit bewijskamers van verscheidene bureaus had ontvreemd.

Eddie zette de fles Power's in het grind en haalde zijn .38 uit de holster, trok met zijn duim de haan naar achteren.

'Ben je hier boven?' Hij hield het wapen bij zijn oor en zocht de duisternis af. 'Ben je hier, jong?'

Weer een minuut stilte. Weer een minuut waarin hij niet bewoog.

En nog steeds niets dan de geluiden van de buurt aan zijn voeten en de stilte van het dak voor hem. Hij liet zijn dienstpistool zakken, tikte ermee tegen de buitenkant van zijn dij terwijl hij het dak overstak naar de gereedschapskist. Hier was veel meer licht; het werd weerkaatst van de lampen in het park en de lantaarns langs Old Harbor Street en het werd weerkaatst door de fabrieken langs het donkere kanaal en omhoog naar Telegraph Hill. Er was geen twijfel aan dat het de kist was die hij Luther gegeven had: dezelfde beschadigingen van de verf, dezelfde slijtplekken op het handvat. Hij bleef ernaar kijken, nam nog een slok en nam nota van het aantal mensen die in het park wandelden. Een zeldzaamheid op dit late tijdstip, maar het was een vrijdag en misschien de eerste vrijdag sinds een maand die niet door hevige regen werd verpest.

Het was de herinnering aan regen die hem over de rand naar zijn dakgoot deed kijken; hij zag dat een stuk ervan was losgekomen en van de muur naar voren wees, naar rechts helde en vandaar naar beneden. Hij was al bezig de gereedschapskist open te maken, toen hij zich herinnerde dat er alleen maar pistolen in zaten, en hij realiseerde zich opeens wat een onbezonnen reflex het was om hem te openen in plaats van de explosievendienst te laten komen. Maar de kist ging zonder ongelukken open, Eddie McKenna stak zijn dienstpistool in de holster en staarde naar het allerlaatste wat hij in juist deze gereedschapskist verwachtte te vinden.

Gereedschap.

Verscheidene schroevendraaiers, een hamer, drie dopsleutels en twee tangen en een zaagje.

De hand die zijn rug aanraakte was bijna zacht. Hij voelde hem amper. McKenna was een zware man die niet gewend was te worden aangeraakt en hij zou hebben verwacht dat er meer kracht voor nodig was om hem uit zijn evenwicht te brengen. Maar hij stond voorover gebogen, zijn voeten te dicht bij elkaar, met één hand op zijn knie en het glas in de andere. Een koele windvlaag vond zijn borst toen hij het luchtruim tussen zijn huis en dat van de Andersons binnenging; hij hoorde het flapperen van zijn eigen kleren in de nachtlucht. Hij opende zijn mond, dacht dat hij moest schreeuwen, en het keukenraam vloog als een liftkooi omhoog langs zijn ogen. Wind vulde zijn oren op deze windloze nacht. Zijn whiskeyglas raakte de keien het eerst, gevolgd door zijn hoofd. Het was een onaangenaam geluid en het werd gevolgd door een ander geluid toen zijn ruggengraat brak.

Hij keek omhoog langs de muur van zijn huis tot zijn ogen de dakrand vonden en hij dacht dat hij daar iemand naar beneden zag kijken, maar hij was er niet zeker van. Zijn blik viel op het stuk dakgoot dat was losgeraakt van de muur en het herinnerde hem eraan dat hij het op de lijst moest zetten van dingen in huis die moesten worden gerepareerd. Een lange lijst. Er kwam geen eind aan.

'Op de dakrand lag een schroevendraaier, hoofdinspecteur.' Thomas Coughlin keek op van Eddie McKenna's lichaam. 'Wat zei je?'

Rechercheur Chris Gleason knikte. 'De beste verklaring die we hebben is dat hij zich vooroverboog om een oude beugel van de dakgoot weg te halen. Het ding was in tweeën gebroken. Toen hij probeerde hem uit de muur te halen is hij...' Gleason haalde zijn schouders op. 'Heel triest voor u, hoofdinspecteur.'

Thomas wees op de glasscherven bij Eddies linkerhand. 'Hij had een glas in de hand.'

'Yes, sir.'

'In zijn hánd.' Thomas keek weer omhoog naar het dak. 'Wil je me vertellen dat hij een beugel losdraaide en tegelijkertijd aan het drinken was?'

'We hebben op het dak een fles gevonden, sir. Power's & Sons, Irish Whiskey.'

'Ik weet wat zijn lievelingsmerk is, rechercheur. Maar dat verklaart voor mij nog niet waarom hij in zijn ene hand een glas had en – '

'Hij was toch rechtshandig, sir?'

Thomas keek Gleason recht aan. 'Ja, en?'

'Hij had het glas in zijn linker, sir.' Gleason zette zijn strohoed af en streek zijn haar naar achteren. 'Sir, u weet heel goed dat ik u niet wil tegenspreken, niet in dit geval. De man was een levende legende. Als ik ook maar één seconde dacht dat er een luchtje aan de zaak zat, liet ik de buurt door elkaar schudden tot alles in de haven lag. Maar geen enkele buur heeft iets gehoord. Het park was vol mensen en niet één iemand heeft meer gezien dan één man op het dak. Er zijn geen aanwijzingen voor een gevecht, geen verwondingen die op verzet wijzen. Hij heeft niet eens geschreeuwd, sir.'

Thomas wuifde het weg en knikte tegelijkertijd. Hij sloot even de ogen en knielde bij zijn oude vriend. Hij zag hen weer als de jongens die, smerig van de overtocht, wegrenden om aan hun gevangenschap te ontkomen. Eddie was degene geweest die de sloten waarmee ze aan de gootsteen waren geketend, had opengepeuterd. Dat had hij de laatste nacht gedaan, en toen hun gevangenbewaarders, twee bemanningsleden die Laurette en Rivers heetten, hen 's morgens kwamen halen, hadden ze zich gemengd onder de talloze passagiers van het tussendek. Tegen de tijd dat Laurette hen had gevonden en begon te roepen en te wijzen, was de loopplank neergelaten en liepen Tommy Coughlin en Eddie McKenna op topsnelheid spitsroeden tussen benen en koffers en zware door de lucht zwevende kratten. Ze ontweken scheepslieden en douaniers en politieagenten en de schelle fluitjes die voortdurend achter hen klonken. Als om hen welkom te heten. Alsof ze zeiden: Dit land is van jullie, jongens, helemaal van jullie. Maar je moet het wel pakken.

Thomas keek over zijn schouder naar Gleason. 'Laat ons even alleen, rechercheur.'

'Yes, sir.'

Toen Gleasons voetstappen het steegje uit waren, nam Thomas Eddies rechterhand in de zijne. Hij keek naar de littekens op de knokkels, het ontbrekende stukje van de top van de middelvinger, met dank aan een messengevecht in een steegje in '03. Hij tilde de hand van zijn vriend op, bracht hem naar zijn lippen en drukte er een kus op. Hij hield hem stevig vast en legde zijn wang ertegen.

'We hebben het gepakt, hè, Eddie?' Hij sloot zijn ogen en beet op zijn onderlip.

Hij opende zijn ogen, legde zijn vrije hand op Eddies gezicht en gebruikte zijn duim om de ogen te sluiten.

'Nou en of we dat gedaan hebben, jongen. Nou en of.'

4

Vijf minuten voor elk appel sloeg George Strivakis, de brigadier van dienst van districtsbureau Nul-Een op een gong die buiten hing zodat de mannen wisten dat ze zo op appel moesten. Toen hij aan het eind van die dinsdagmiddag 9 september de deur opende, negeerde hij een kleine hapering in zijn loop toen zijn blik op de menigte viel die zich buiten had verzameld. Pas nadat hij een aantal malen met zijn metalen stok hard op de gong had geslagen, hief hij het hoofd helemaal om te zien hoe groot de mensenmassa was.

Er stonden minstens vijfhonderd man voor hem. Achteraan bleef het aangroeien doordat er nog steeds mannen, vrouwen en kinderen uit de zijstraten stroomden. De daken aan de overkant van Hanover Street raakten vol, vooral met kinderen, en een paar oudere knapen met de koolzwarte ogen van bendeleden. Wat brigadier Strivakis meteen opviel was de stilte. Afgezien van het geschuifel van voeten en hier en daar het rinkelen van sleutels of losse munten, was er niets te horen. Maar in hun ogen leefde de energie. Mannen, vrouwen en kinderen hadden stuk voor stuk dezelfde ingehouden lading, de blik van straathonden tegen zonsondergang op een nacht met volle maan.

George Strivakis trok zijn blik terug van het achterste deel van de mensenmenigte en richtte hem op de mensen pal voor hem. Jezus. Dienders, allemaal. In burger. Hij sloeg opnieuw op de gong en verbrak de daaropvolgende stilte met een hese kreet: 'Agenten, aantreden!'

Het was Danny Coughlin die naar voren kwam. Hij liep de treden op en salueerde. Strivakis beantwoordde met een saluut. Hij had Danny altijd graag gemogen, wist al heel lang dat hij zelf het gevoel voor politiek miste waarmee je hoofdinspecteur werd, maar had in stilte gehoopt dat Danny op een dag commissaris zou worden, net als Crowley. Er verschrompelde iets in hem toen hij deze veelbelovende jongeman bezag die op het punt stond te gaan muiten.

'Doe het niet, jongen,' fluisterde hij.

Danny hield zijn ogen gericht op een punt net achter Strivakis' rechterschouder.

'Brigadier,' zei hij, 'de politie van Boston staakt.'

Op dat moment werd de stilte verbroken door een daverend gejuich en werden er hoofddeksels in de lucht gegooid.

De stakers gingen het bureau binnen en dromden de trap af naar de foerageruimte. Hoofdinspecteur Hoffman had vier man extra achter de balie gezet en de stakers leverden om beurten de dienstspullen in.

Danny stond voor brigadier Mal Ellenburg, wiens eerbiedwaardige carrière tijdens de oorlog niet in staat was geweest zijn Duitse afkomst te overstijgen. Hij werkte sinds '16 hier in de kelder en was een huiskat geworden, het soort agent die geregeld vergeet waar hij zijn wapen heeft gelaten.

Danny legde zijn eigen revolver tussen hen in op de balie, en Mal noteerde hem op een klembord voor hij hem in een ton liet vallen. Na het wapen gaf hij zijn handboek politie, de nummerplaat van zijn helm, de sleutels van de alarmtelefooncel en zijn locker, en zijn knuppeltje. Mal noteerde alles en veegde het in de diverse tonnen. Hij keek op naar Danny en wachtte.

Danny keek terug.

Mal stak een hand uit.

Danny keek hem recht in het gezicht.

Mal opende zijn hand en sloot hem weer.

'Je moet erom vragen, Mal.'

'Jezus, Dan.'

Danny kneep zijn kaken stijf op elkaar om te voorkomen dat zijn mond ging trillen.

Mal keek even de andere kant op. Toen keek hij Dan weer aan, leunde met een elleboog op de balie en hield zijn geopende hand vlak voor Danny's borst.

'Mag ik uw penning hebben, agent Coughlin?'

Danny sloeg zijn jas terug en maakte de penning zichtbaar die op zijn overhemd gespeld zat. Hij maakte de speld open en liet de pin uit de stof van zijn overhemd glijden. Hij sloot de pin weer en legde de penning op Mal Ellenburgs hand.

'Daar kom ik nog voor terug,' zei Danny.

De stakers verzamelden zich in de hal. Ze konden de mensen buiten horen en te oordelen naar het lawaai nam Danny aan dat het aantal verdubbeld was. Iets ramde de deur, tweemaal, en toen vloog de deur open, dromden tien man naar binnen en sloegen de deur met een klap achter zich dicht. Het waren voornamelijk jonge kerels en een paar oudere kerels met de oorlog in hun ogen, en ze waren bekogeld met fruit en eieren.

Vervangers. Vrijwilligers. Onderkruipers.

Danny legde de rug van zijn hand tegen Kevin McRaes borst om hem te laten weten dat ze deze mannen ongehinderd en zonder aandacht aan hen te schenken moesten doorlaten, en de stakers maakten ruimte zodat de vervangers tussen hen door de trap op verder het bureau in konden lopen.

Buiten gingen de mensen tekeer en het klonk als een stormwind.

Binnen het klikken van de grendels van geweren die in de wapenkamer in rekken werden gezet. Uitgedeeld werden riotguns, men bereidde zich voor op de strijd.

Danny haalde langzaam en diep adem en opende een deur.

Het lawaai raasde van alle kanten aan, ook van de daken. De menigte was niet twee maar drie keer zo groot. Er stonden daar zeker vijftienhonderd man, en aan de gezichten was moeilijk af te lezen wie voor of tegen hen was, omdat die gezichten groteske maskers van vreugde of woede waren geworden, en de kreten 'We steunen jullie, jongens!' zich vermengden met 'Krijg de tering, smerissen!' en het gejammer van 'Waarom? Waarom?' en 'Wie beschermt ons nou?' Het applaus zou oorverdovend zijn geweest als er niet het gejouw en de bekogeling zou zijn geweest met fruit en eieren die meestal tegen de muur uiteenspatten. Er werd ergens onophoudelijk getoeterd en Danny zag aan de rand van de massa een vrachtwagen staan. De mannen die achterin zaten waren zo te zien vervangers, want ze zagen er bang uit. Terwijl Danny afdaalde naar de mensenmenigte peilde hij de mensen zo goed als hij kon en hij zag onhandig gemaakte tekenen van steun en veroordeling. De gezichten waren Italiaans en Iers, jong en oud. Tussen bolsjewieken en anarchisten de zelfvoldane gezichten van de Zwarte Hand. Niet ver bij hen vandaan herkende Danny een paar leden van de Gusties, de grootste straatbende van Boston. Als dit Southie was geweest, het thuisgebied van de Gusties, zou dat niet verbazingwekkend zijn geweest, maar het feit dat ze de stad doorgetrokken waren en zich hadden verspreid, zorgde ervoor dat Danny zich afvroeg of hij op de kreet 'Wie moet ons beschermen?' eerlijkheidshalve iets anders kon antwoorden dan 'Ik weet het niet'.

Uit de menigte dook een grote kerel op die Kevin McRae een stomp in zijn gezicht gaf. Danny werd door een tiental mensen van hem gescheiden. Terwijl hij zich een weg baande, hoorde hij de dikke vent schreeuwen: 'Ken je me nog, McRae? Je hebt godverdomme mijn arm gebroken bij dat akkefietje van vorig jaar. Wat wou je nou?' Tegen de tijd dat Danny bij Kevin was, was de man allang verdwenen, maar anderen namen zijn voorbeeld over, mensen die alleen maar kwamen om hun gram te halen voor de aframmelingen die ze hadden gekregen van deze niet-langer dienders, deze ex-dienders.

Ex-dienders. Jezus.

Danny zette Kevin overeind. De meute drong op, botste op hen. De mannen waren uit de vrachtwagen geklommen en vochten zich een weg naar het politiebureau. Iemand gooide een baksteen naar hen en een van de onderkruipers ging neer. Er klonk een fluitje toen de deuren van het bureau opengingen en Strivakis en Ellenburg op de trap verschenen, geflankeerd door nog een paar brigadiers en inspecteurs en een stuk of vijf, zes wit weggetrokken vrijwilligers.

Terwijl Danny stond te kijken hoe de onderkruipers zich naar de trap vochten en Strivakis en Ellenburg met hun knuppels zwaaiden om een pad voor hen te maken, had hij instinctief de neiging hen te hulp te snellen, hen bij te springen. Er zeilde weer een baksteen door lucht die afschampte tegen de zijkant van Strivakis' hoofd. Ellenburg ving hem op voordat hij neer kon gaan en het tweetal begon met hernieuwde woede met hun knuppels te zwaaien terwijl bij Strivakis het bloed langs zijn gezicht en in zijn kraag stroomde. Danny zette een stap in hun richting, maar Kevin trok hem terug.

'Het is onze strijd niet meer, Dan.'

Kevins tanden zagen rood van het bloed, hij ademde snel, en hij zei opnieuw: 'Het is onze strijd niet meer.'

De onderkruipers wisten de deur te bereiken. Danny en Kevin werkten zich naar de rand van de menigte en Strivakis haalde nog een paar keer machtig uit naar de mensen en knalde toen de deur achter zich dicht. De meute bonkte op de deur. Enkele mannen gooiden de vrachtwagen waarmee de rekruten waren gekomen om en iemand stak de inhoud van een vat aan.

Ex-dienders, dacht Danny.

Voorlopig in ieder geval.

Grote genade.

Ex-dienders.

Hoofdcommissaris Curtis zat achter zijn bureau met een revolver net rechts van zijn vloeiblad. 'Dus het is begonnen.'

Burgemeester Peters knikte. 'Inderdaad, hoofdcommissaris.'

Curtis' lijfwacht stond met zijn armen over elkaar achter hem. Buiten voor de deur stond er nog een. Het waren geen van beiden politieagenten, want Curtis vertrouwde geen van hen. Dit waren Pinkertons. Die achter Curtis maakte een oude, reumatische indruk, alsof bij elke plotselinge beweging zijn ledematen het luchtruim konden kiezen. Degene die buiten stond was op de grens van overgewicht. Geen van beiden, besloot Peters, leek fit genoeg om bescherming te bieden met zijn lichaam, dus konden ze nog maar één ander ding zijn: schutters.

'We moeten de State Guard oproepen,' zei Peters.

Curtis schudde zijn hoofd. 'Nee.'

'Ik ben bang dat u dat niet beslist.'

Curtis leunde naar achteren in zijn stoel en keek omhoog naar het plafond. 'En u ook niet, burgemeester. De gouverneur beslist. Ik heb hem nog geen vijf minuten geleden aan de telefoon gehad en hij heeft heel duidelijk gesteld dat we de Guard onder deze omstandigheden niet inschakelen.'

'Welke omstandigheid hebt u dan liever?' vroeg Peters. 'Een puinhoop?'

'Gouverneur Coolidge stelde dat talloze onderzoeken hebben vastgesteld dat ongeregeldheden in een geval als dit nooit de eerste avond beginnen. Het kost het gepeupel een hele dag om zich te mobiliseren.'

'Gezien het feit dat maar heel weinig steden ooit een hele politiemacht het werk hebben zien neerleggen,' zei Peters en hij probeerde zijn stem onder controle te houden, 'vraag ik me af hoeveel van die *talloze* onderzoeken betrekking hebben op onze huidige situatie.'

'Burgemeester,' zei Curtis en keek naar zijn lijfwacht alsof hij verwachtte dat die Peters tegen de grond zou werken, 'u dient uw zorgen op te nemen met de gouverneur.'

Andrew Peters stond op en pakte zijn strohoed van de hoek van het bureau. 'Als u ernaast zit, hoofdcommissaris, hoeft u morgen niet meer op uw werk te komen.'

Hij liep de kamer uit en probeerde de trillingen achter in zijn benen te negeren.

'Luther!'

Luther bleef op de hoek van Winter Street en Tremont Street staan en keek om zich heen waar de stem vandaan kwam. Moeilijk te zeggen wie hem had geroepen, want de straten vulden zich nu de zon vlakker op de muren scheen en de grasvelden van de Common steeds donkerder werden. Overal op de Common zaten groepjes mannen openlijk te dobbelen, en de enkele vrouwen die nog op straat waren, liepen snel door en de meeste trokken hun jas dichter om zich heen of hielden hun kraag bij de hals dicht.

Terwijl hij zich omdraaide om Tremont af te lopen naar het huis van de Giddreaux' kwam hij tot de conclusie dat er beslist slechte tijden aanbraken.

'Luther! Luther Laurence!'

Hij bleef opnieuw staan terwijl de kou hem om het hart sloeg bij het horen van zijn achternaam. Er verscheen een bekend zwart gezicht tussen twee blanke gezichten en kwam als een kleine ballon uit de stroom mensen gezwommen. Luther herkende het gezicht maar het kostte hem een paar angstige seconden om het met zekerheid te plaatsen toen de man tussen de twee blanken vandaan kwam en over de stoep met een blij opgeheven hand op hem af kwam. Hij zwaaide hem omlaag in Luthers hand en zijn greep was stevig.

'Luther Laurence, het is niet waar!' Hij trok Luther in een omhelzing.

'Byron,' zei Luther toen ze de omhelzing afbraken.

Old Byron Jackson, zijn oude baas in Hotel Tulsa, hoofd van de Zwarte Piccolo-vakbond. Een eerlijk man waar het de fooienpot betrof. Old Byron, die blanken de breedst denkbare glimlach liet zien en ze in de smerigst denkbare termen vervloekte zodra ze uit zijn buurt waren. Old Byron, die in zijn eentje in een flat boven de ijzerwarenwinkel op Admiral woonde en het nooit over zijn vrouw en dochter op de daguerrotype op zijn lege bureau had. Ja, Old Byron was een van de goeden.

'Een beetje te noordelijk voor jou, toch?' zei Luther.

'Dat is de waarheid,' zei Old Byron. 'Jij ook, Luther. Ik had van mijn leven niet gedacht je hier aan te treffen. Het gerucht ging dat...'

Old Byron keek naar de mensen om hen heen.

'Wat voor gerucht?' vroeg Luther.

Old Byron boog zich naar hem toe, de ogen op de grond gericht. 'Het gerucht ging dat je dood was.'

Luther gebaarde met zijn hoofd naar Tremont Street richting stad en Old Byron liep met hem mee de kant van Scollay Square op en weg van de Giddreaux' en South End. Het ging langzaam, want het werd steeds drukker op straat.

'Helemaal niet dood,' zei Luther. 'Gewoon in Boston.'

Old Byron vroeg: 'Wat doen al die mensen op straat?'

'De politie heeft zojuist het werk neergelegd.'

'Ga weg!'

'Echt waar,' zei Luther.

'Ik heb gelezen dat ze het misschien gingen doen,' zei Old Byron, 'maar dat zou ik nooit hebben geloofd. Gaat het slecht worden voor ons soort mensen, Luther?'

Luther schudde zijn hoofd. 'Ik denk het niet. Er worden hier niet vaak mensen gelyncht. Maar je weet nooit wat er gebeurt als iemand vergeet de hond aan de ketting te leggen.'

'Zelfs de rustigste hond, nietwaar?'

'Die vooral.' Luther lachte. 'Wat heeft jou helemaal hierheen gebracht, Byron?'

'Mijn broer. Hij heeft kanker. Vreet hem levend op.'

Luther keek hem aan, zag de last zijn schouders terneer drukken.

'Hoe zijn zijn kansen?'

Old Byron schudde zijn hoofd. 'Het zit in zijn botten.'

Luther legde een hand op de rug van de oude man. 'Wat verschrikkelijk voor je.'

'Dank je, jong.'

'In het ziekenhuis?'

Old Byron schudde zijn hoofd. 'Thuis.' Hij wees met zijn duim naar links. 'West End.'

'Ben jij zijn enige familielid?'

'Nog een zuster. Woont in Texarkana. Te zwak om te reizen.'

Luther wist niet goed wat hij hierop moest zeggen, dus zei hij nogmaals 'Wat verschrikkelijk voor je', en Old Byron haalde zijn schouders op.

Links van hen schreeuwde iemand en Luther zag een vrouw met een bloedneus, haar gezicht verkrampt alsof ze nog een stomp verwachtte

574

van de man die haar halsketting had afgerukt en ermee naar de Common rende. Iemand lachte. Een jongen slingerde zich in een lantaarnpaal omhoog, trok een hamer uit zijn broekriem en sloeg de lamp kapot.

'Wordt hier één grote ellende,' zei Old Byron.

'Ja, dat is zo.' Luther dacht erover terug te gaan omdat de meeste mensen op weg leken naar Court Square en daarna Collay Square, maar toen hij omkeek, zag hij nergens een gaatje. Het enige wat hij zag, waren schouders en hoofden, een stel dronken zeelieden ertussen met rode ogen en paarse koppen. Een bewegende muur die hen voortduwde. Luther voelde zich schuldig dat hij Old Byron hierheen meenam omdat hij hem, al was het maar voor een tel, ervan had verdacht dat hij helemaal geen oude man was die op het punt stond zijn broer te verliezen. Hij rekte zich uit om te zien of er ergens een uitweg was. Een eindje verderop, op de hoek van City Hall Avenue, smeet een groep mannen stenen door de ruiten van de Big Chief's Cigar Store, wat klonk als het geluid van tien geweerschoten. De ruit brak in stukken en sommige scherven bleven even hangen, knarsten in de vochtige wind en kwamen toen pas naar beneden.

Een glasscherf stuiterde in het oog van een klein manneke en hij kreeg net de tijd om het eruit te trekken voor de menigte over hem heen de sigarenzaak inzwermde. Degenen die er niet meer bij konden, sloegen de etalageruit in van de zaak ernaast, een bakkerij, en de broden en de cakejes zeilden door de lucht en kwamen tussen de mensen terecht.

Old Byron leek bang, hij had zijn ogen wijd open, en Luther sloeg een arm om hem heen en probeerde de angst van de oude man met kletspraatjes te bezweren. 'Hoe heet je broer?'

Old Byron hield zijn hoofd scheef alsof hij de vraag niet begreep.

'Ik vroeg hoe – '

'Carnell,' zei Old Byron. 'Ja.' Hij lachte een beetje beverig en knikte. 'Hij heet Carnell.'

Luther lachte terug. Hij hoopte dat het een geruststellende glimlach was, en hij hield zijn arm om Old Byron heen, ondanks zijn angst voor het mes of het pistool dat de man, zo wist hij nu, ergens bij zich had.

Het was dat 'ja' dat het hem deed. Zoals Old Byron dat zei, leek het erop of hij het voor zichzelf bevestigde, het antwoord op een testvraag waar hij zich te intensief op had voorbereid.

Er knalde weer een ruit, deze keer rechts van hen. En nog een. Een dikke blanke man duwde hen met geweld opzij en zette de aanval in op Peter Rabbit Hoeden. De winkelruiten bleven sneuvelen: Sal Myers Herenkleding, Lewis Schoenen, de Princeton Kledingmaatschappij, Drake's Grutterswaren. Scherpe, droge knallen. Glas glinsterend tegen muren, knarsend onder de schoenen, door de lucht vliegend. Een meter voor hen liet een soldaat een stoelpoot, die al donker van het bloed was, op het hoofd van een zeeman neerkomen.

Carnell. Ja. Hij heet Carnell.

Luther haalde zijn arm van Old Byrons schouder.

'Wat doet Cornell voor werk?' vroeg Luther. Een zeeman wiens armen vol diepe sneden van een ruit zaten, wurmde zich tussen hen door en liet een bloedspoor na overal waar hij iets aanraakte.

'Luther, we moeten hier weg.'

'Wat doet Cornell voor werk?' vroeg Luther.

'Hij werkt in de vleesconserven,' zei Old Byron.

'Zo, dus Cornell werkt in de vleeswaren.'

'Ja,' schreeuwde Old Byron. 'Luther, we moeten hier weg zien te komen.'

'Ik dacht dat je zei dat hij *Carnell* heette,' zei Luther.

Old Byron deed zijn mond open maar zei niets. Hij keek Luther met een hulpeloze, wanhopige blik aan, zijn lippen bewogen flauwtjes toen hij probeerde de woorden te vinden.

Luther schudde langzaam zijn hoofd. 'Old Byron,' zei hij. 'Old Byron toch.'

'Ik kan het uitleggen.' Old Byron slaagde erin een treurig lachje te produceren.

Luther knikte, alsof hij bereid was te luisteren, duwde hem toen de dichtstbijzijnde groep mensen rechts van hem in en draaide snel om zijn as tussen twee mannen door die witter dan wit en angstiger dan angstig leken. Hij glipte tussen nog twee mannen door die met de ruggen naar elkaar toe stonden. Iemand brak weer een ruit en daarna begonnen een paar personen in de lucht te schieten. Een van de kogels viel weer naar beneden en raakte de arm van een man naast Luther zodat het bloed eruit spoot en de man een jankend geluid liet horen. Luther bereikte het trottoir aan de overkant van de straat en gleed uit over wat glassplinters. Hij viel bijna, maar bleef nog net overeind en waagde het een blik achterom te werpen. Hij zag Old Byron met zijn rug tegen een muur gedrukt staan, met heen en weer schietende ogen, terwijl iemand met het karkas van een zeug worstelde dat hij over het kozijn van een slagerswinkel naar buiten werkte, waarbij de buik van de zeug over de glasscherven sleepte. Toen de man het beest eindelijk op het trottoir had liggen, werd hij door drie kerels verscheidene malen op zijn hoofd geslagen tot ze hem ten slotte door het kapotte raam terug hadden gemept. Ze voorzagen zich van zijn bebloede varken en droegen het boven hun hoofd Tremont af.

Carnell, laat me niet lachen.

Luther liep voorzichtig door het glas en probeerde aan de rand van de meute te blijven, maar binnen een paar minuten was hij weer naar het midden gedrongen. Het was niet langer een groep mensen, het was een levende, denkende bijenkorf die de bijen erin commandeerde, die ervoor zorgde dat ze allemaal angstig, van streek en hongerig waren. Luther trok zijn hoed dieper over zijn ogen en hield zijn hoofd omlaag.

Tientallen mensen, allemaal vol sneden van het glas, jammerden en kreunden. Het beeld en het geluid waren genoeg om de bijen in de korf nog meer op te winden. Strohoeden werden mannen van het hoofd gerukt en kerels sloegen elkaar verrot voor een paar schoenen en broden en colbertjes, waarbij meestal van het artikel waar om gevochten werd, niet veel overbleef. De groepen matrozen en soldaten waren rondzwervende vijandige troepen die zich plotseling met geweld losmaakten uit de kudden om hun rivalen in elkaar te slaan. Luther zag hoe een vrouw in een portiek werd geduwd en hoe verscheidene mannen zich rond haar verdrongen. Hij hoorde haar schreeuwen, maar zag geen kans bij haar te komen, want de muren van schouders en hoofden en bovenlichamen die langs hem schoven waren als goederenwagons op een rangeerterrein. Hij hoorde de vrouw weer schreeuwen en de mannen lachen en joelen, en hij keek uit over deze walgelijke zee van blanke gezichten, ontdaan van hun alledaagse masker en wilde ze allemaal in een enorm vuur verbranden.

Toen hij Scollay Square bereikte, moesten het er minstens vierduizend zijn. Tremont verbreedde zich zodat Luther zich uit het midden kon losmaken en naar de stoep kon lopen waar hij iemand hoorde zeggen: 'Die nikker heeft zijn eigen hoed' en hij bleef doorgaan tot hij weer terechtkwam bij een muur van mensen die uit een geplunderde drankwinkel stroomden, de flessen leeggoten en op straat stuksmeten en de volgende fles openden. Een paar smerige, kleine ettertjes trapten de deuren van Waldron's Casino in en Luther hoorde hoe de pikante variétéshow daar binnen tot een schril einde kwam. Een stel kerels kwam meteen weer naar buiten. Ze duwden een piano voor zich uit waarvan de bespeler op zijn buik helemaal boven op het ding lag, terwijl een van de rotzakken op zijn kont zat en hem als een paard bereed.

Hij draaide zich naar rechts en Old Byron stak hem in zijn bovenarm. Luther viel ruggelings tegen de muur van Waldron's Casino. Old Byron zwaaide weer met het mes. Zijn gezicht was een woest, doodsbang ding. Luther schopte naar hem, zette zich af van de muur op het moment dat Old Byron een uitval naar hem deed en miste zodat het mes vonken op de muur maakte. Luther gaf een enorme dreun op zijn oor, zodat de andere kant van Old Byrons hoofd tegen de muur knalde.

'Waarom doe je dat, godverdomme?' vroeg hij.

'Schulden,' zei Old Byron en stormde gebukt op hem af.

Luther bonsde tegen iemands rug toen hij de aanval ontweek. De man tegen wie hij was gebotst, pakte hem bij zijn overhemd en draaide hem rond tot ze gezicht aan gezicht stonden. Luther rukte zich los en gaf tegelijkertijd een trap naar achteren, hoorde dat zijn voet met een deel van Old Byron contact maakte, want de oude man blies een lang 'oefff' uit. De blanke man gaf hem een stomp op zijn wang, maar Luther had dat verwacht en hij draaide met de stomp mee recht de menigte in die nog steeds voor de drankzaak rondhoste. Hij brak er doorheen, sprong op de pianotoetsen, hoorde flarden van gejuich toen hij van de toetsen in één keer over de pianist en diens berijder sprong. Hij kwam aan de andere kant neer, bleef overeind, zag nog net de schrik van een vent die opeens een neger uit de lucht zag vallen en baande zich een weg door de menigte.

Het gepeupel trok verder. Ze stroomden door Faneuil Hall waar enkele koeien uit hun hokken werden bevrijd. Iemand gooide een kar met koopwaren om en stak hem in brand voor de ogen van de eigenaar die op zijn knieën viel en zich de haren uit de bloedende schedel trok. Verderop klonken opeens schoten, pistolen die over de hoofden van de meute heen werden afgevuurd en vervolgens een wanhopige kreet: 'Wij zijn politieagenten in burger! Staakt onmiddellijk uw bezigheden!'

Meer waarschuwingsschoten en toen begon de meute terug te schreeuwen.

'Dood aan de dienders! Dood aan de dienders!'

'Dood aan de onderkruipers!'

'Dood aan de smerissen!'

'Dood aan de onderkruipers!'

'Dood aan de smerissen!'

'Terug, anders vallen er doden! Terug!!'

Ze moesten het hebben gemeend, want Luther voelde de golf van richting veranderen en hij werd waar hij stond om zijn as gedraaid en de meute keerde langs dezelfde weg terug. Meer schoten klonken. Nog een kar werd in brand gestoken en het geel en rood werden weerkaatst door de bronskleurige keien en de rode bakstenen. Luthers blik viel op zijn eigen schaduw die door de kleuren heen schoof, samen met alle andere schaduwen. Gekrijs dat de lucht vervulde. Het breken van een bot, een snerpende kreet, een donderklap van een grote ruit, brandalarmen die zo aanhoudend rinkelden dat Luther ze amper nog hoorde.

En toen was er de regen, een zware bui, klaterend en sissend, dampend vanaf kale koppen. Eerst koesterde Luther de hoop dat de regen de menigte zou uitdunnen, maar eerder gebeurde het tegendeel. Luther werd meegesleurd midden in de korf die onderweg nog tien etalages, drie restaurants vernielde, dwars door een bokswedstrijd in het Mechanic's Building stampte en de boksers wezenloos sloeg. En ook het publiek in elkaar sloeg.

De belangrijkste warenhuizen in Washington Street – Filene's, White's, Chandler's en Jordan Marsh – hadden zich op het ergste voorbereid. De knapen die Jordan Marsh bewaakten, zagen hen al van twee straten ver aankomen en stapten met pistolen en geweren vanaf de stoep de straat op. Ze wachtten zelfs niet tot er gepraat kon worden. Ze stelden zich midden op Washington Street op, minstens vijftien man, en schoten. Het bijenvolk ging op de hurken en deed toen weer een paar stappen voorwaarts. Maar de mannen van Jordan Marsh deden een uitval met donderende en klikkende wapens, en de golf keerde weer om. Luther hoorde angstschreeuwen en de mannen van Jordan Marsh bleven vuren en het bijenvolk rende helemaal terug naar Scollay Square.

Daar was de beer nu echt los. Iedereen dronken en jankend naar de regendruppels. Aangeschoten revuemeisjes waren hun kwastjes kwijt en liepen met blote borsten rond. Langs de stoep omgegooide auto's en vuren. Grafstenen weggehaald van de Old Granary-begraafplaats stonden tegen muren en schuttingen. Een neukend stel op een omgegooide T-Ford. Twee mannen bezig met een vuistgevecht in een kring van mannen die weddenschappen afsloten en onder hun voeten knarste glas gestreept door bloed en regen. Vier soldaten droegen een bewusteloze matroos naar de bumper van een van de omgegooide auto's en pisten op hem onder luid gejuich van de meute. Er verscheen een vrouw in een raam op een hogere etage die om hulp schreeuwde. De mensen juichten ook haar toe tot er een hand over haar gezicht werd gelegd en ze naar binnen werd getrokken. Maar de meute joelde door.

Luther merkte dat er bij zijn bovenarm een donkere bloedvlek op zijn mouw zat en bekeek de wond lang genoeg om te zien dat hij niet diep was. Hij zag een vent die tegen de stoeprand van zijn stokje was gegaan met een fles whiskey tussen zijn benen en Luther bukte zich en pakte de fles. Hij goot wat whiskey over zijn arm, nam een slok en zag hoe er weer een raam knalde en hoorde meer kreten en gejammer die echter allemaal uiteindelijk ten onder gingen in het wellustige gejuich van dit triomfantelijke bijenvolk.

Dit? wilde hij schreeuwen? Is dit waar ik voor heb gekropen? Voor jullie? Jullie die me het gevoel gaven dat ik minder was omdat ik niet was zoals jullie? Heb ik tegen jullie 'Yes, suh' gezegd. 'No, suh' tegen jullie? Tegen godvergeten... beesten dat jullie zijn!

Hij nam nog een slok en toen zijn blik rondzwierf viel hij op Old Byron Jackson die aan de andere kant van de straat voor een witgekalkte winkel stond waar vroeger een boekhandel in had gezeten maar die nu al jaren leegstond. Misschien de laatste etalageruit die er op Scollay Square over was. Old Byron keek naar Tremont Street, de verkeerde kant op. Luther legde zijn hoofd in de nek, leegde de fles, liet hem vallen en liep naar de overkant.

Wezenloze, witte, maskerloze gezichten doemden overal om hem heen op, dronken van de drank, dronken van de macht en de anarchie, maar dronken ook van iets anders, iets wat tot nu toe naamloos was geweest, iets wat ze altijd hadden geweten maar waarvan ze hadden gedaan of ze het niet wisten.

Vergetelheid.

Dat was het, en meer niet. Ze deden dingen in het leven van alledag en gaven het andere namen, mooiere namen: idealisme, burgerplicht, eer, een bepaald doel. Maar de waarheid lag nu pal voor hun voeten. Niemand deed iets om een andere reden dan dat hij het wilde. De mensen wilden tekeergaan en ze wilden verkrachten en ze wilden zoveel mogelijk dingen vernielen, eenvoudigweg omdat die dingen vernield konden worden.

Verrek jullie, dacht Luther. En dit kan ook verrekken. Toen hij bij Old Byron kwam, pakte hij hem met één hand in zijn kruis en met de andere bij zijn haar.

Ik ga naar huis.

Hij tilde Old Byron op terwijl de oude man het uitjammerde, zwaaide hem naar achteren de lucht in en toen hij het hoogste punt van de zwaai had bereikt, zwaaide Luther helemaal terug en smeet Old Byron Jackson door de winkelruit.

'Nikkergevecht,' schreeuwde iemand.

Old Byron belandde op de kale vloer en de glassplinters sprongen overal om en over hem heen en hij probeerde zich met zijn armen te weren, maar het glas raakte hem desondanks: één grote scherf nam een stuk wang mee, een andere kerfde een biefstuk uit de buitenkant van zijn dij.

'Ga je hem vermoorden, jong?'

Luther draaide zich om en keek drie blanke mannen links van hem aan. Ze waren stomdronken.

'Zou kunnen,' zei hij.

Hij klom door het raam de winkel in en over het gebroken glas naar Old Byron Jackson.

'Wat voor schulden?'

Old Byron haalde snuivend adem en daarna siste hij en greep zijn dijbeen met beide handen beet en slaakte een zacht gekreun.

'Ik heb je iets gevraagd.'

Achter hem hoorde hij een van de blanken grinniken. 'Hoor je dat? Hij vraagde hem wat.'

'Wat voor schulden?'

'Wat denk je?' Old Byron begroef zijn achterhoofd in het glas en kromde zijn rug.

'Je gebruikt zeker?'

'Mijn hele leven al. Opium, geen heroïne,' zei Old Byron. 'Van wie denk je dat Jessie Tell al die tijd zijn spul heeft gekregen, idioot.'

Luther ging op Old Byrons enkel staan en de oude man klemde zijn kaken op elkaar.

'Ik wil niet dat je zijn naam noemt,' zei Luther. 'Hij was mijn vriend. Jij niet.'

Een van de blanken riep: 'Hé, ga je hem nog vermoorden, zwartje?'

Luther schudde zijn hoofd en hoorde de mannen grommen en wegscharrelen.

'Niet dat je eraan ontkomt, Old Byron. Je gaat dood, man. Ben je dat hele eind hierheen gekomen om een van je eigen mensen te vermoorden voor die troep die je in jezelf stopt?' Luther spuwde op de glasscherven.

Old Byron spuwde bloed omhoog naar Luther met als enig resultaat dat het op zijn eigen overhemd belandde. 'Ik heb dat smoel van je nooit gemogen, Luther. Jij vindt jezelf bijzonder.'

Luther schokschouderde. 'Ik ben bijzonder. Dat ben ik elke dag boven de grond dat ik niet jij ben, of dat daar.' Hij wees met zijn duim naar achteren. 'Je hebt het godverdomme helemaal bij het rechte eind dat ik bijzonder ben. Ik ben niet bang meer voor ze, niet meer voor jou, niet meer voor dit hier, de kleur van mijn vel. Dat kan allemaal ver-rekken.'

Old Byron rolde met zijn ogen. 'Nou mag ik je nog minder.'

'Prima.' Luther lachte en hurkte naast Old Byron. 'Ik ga ervan uit dat je in leven blijft, ouwe. Je neemt de trein terug naar Tulsa. Hoor je me? En wanneer je bent uitgestapt, ga je als een haas met die rotkop van je naar Smoke en je zegt dat je me hebt gemist. Zeg hem dat het geen donder uitmaakt omdat hij niet meer naar me hoeft te zoeken.' Luther boog zich zo ver voorover dat hij Old Byron een kus kon geven. 'Je zegt tegen Smoke dat ik hém kom opzoeken.' Hij gaf Old Byron een klap op zijn goede wang, een harde. 'Ik kom naar huis, Old Byron. Zeg dat maar tegen Smoke. En als je het niet doet?' Luther haalde zijn schouders op. 'Dan vertel ik het hem zelf.'

Hij stond op, liep over het glas en stapte door het raam naar buiten, zonder achterom te kijken naar Old Byron. Hij baande zich een weg door de koortsachtige blanke massa en de kreten en de regen en de ra-zernij van het bijenvolk en wist dat hij had afgerekend met elke leugen waarin hij zichzelf ooit had laten geloven, elke leugen waarnaar hij had geleefd, elke leugen.

Scollay Square. Court Square. North End. Newspaper Row. Rox-bury Crossing. Pope's Hill. Codman Square en Eggleston Square. De telefoontjes kwamen vanuit de hele stad, maar nergens zo veelvul-dig als in Thomas Coughlins district. South Boston ontplofte.

Het gepeupel had de winkels op Broadway leeggehaald en alles op straat gegooid. Daar snapte Thomas nou echt helemaal niets van: gebruik dan tenminste wat je rooft. Vanaf de binnenhaven tot An-drew Square, van het Fort Point-kanaal tot Farragut Road zat er in één zaak nog een hele ruit. Honderden huizen hadden hetzelfde lot ondergaan. Op East en West Broadway zwol de menigte, die uit het slechtste deel van de bevolking bestond, aan tot tienduizend man en ze bleef groeien. Verkrachtingen – *verkrachtingen*, dacht Thomas met op elkaar geklemde kaken – vonden in het openbaar plaats, drie op West Broadway, een op East Fourth, en nog een op een van de pieren aan Northern Avenue.

En de meldingen bleven binnenstromen:

De bedrijfsleider van Mully's Diner was buiten westen geslagen toen een hele zaal met klanten besloot de rekeningen niet te betalen. De arme kerel was nu in de hulppost op Haymarket met een gebroken neus, een geknapt trommelvlies en een gebit waaraan een aantal tanden ontbrak.

Op Broadway en E reden een paar gasten die uit waren op een pretje met een gestolen autootje de etalage van O'Donnells Bakery binnen. Maar dat was nog niet genoeg feestvreugde: het ding moest ook nog in brand. Daarbij ging ook zeventien jaar van Declan O'Donnells droom in rook op.

Budnick's Creamery: vernield. Connor & O'Keefe's in de as. Overal langs Broadway: herenmodezaken, kleermakers, pandjeszaken, levensmiddelenzaken, zelfs een rijwielhandel: allemaal weg. Ofwel afgebrand of compleet vernield.

Jongens en meisjes, de meesten jonger dan Joe, smeten eieren en stenen van het dak van Mohican Market, en het handjevol politieagenten dat Thomas erheen kon sturen, meldden dat ze onmogelijk op de kinderen konden schieten. Brandweerlieden die eropaf waren gekomen, hadden dezelfde klacht.

En de laatst binnengekomen melding: een tram was tot staan gebracht op het kruispunt van Broadway en Dorchester Street door alle spullen die er lagen opgestapeld. De meute gooide dozen, vaten en matrassen op de stapel en toen kwam er iemand met benzine en een doosje lucifers. De inzittenden van de tram waren samen met de bestuurder gedwongen de wagon te ontvluchten en de meesten werden afgetuigd door de massa die de wagon bestormde, de banken uit de metalen beugels rukte en door de ruiten smeet.

Wat was dat voor verslaving aan gebroken glas? Dat wilde Thomas wel eens weten. Hoe moest je een eind aan die gekte maken? Hij had de beschikking over slechts twintig politiemensen, voornamelijk brigadiers en inspecteurs, de meesten in de veertig, plus een contingent onbruikbare, bange vrijwilligers.

'Hoofdinspecteur Coughlin?'

Hij keek op en zag Mike Eigen, een onlangs gepromoveerde brigadier, in de deuropening staan.

'Jezus, brigadier, wat is er nu weer?'

'Iemand heeft een contingent van de Metro Park Police gestuurd om in Southie te patrouilleren.'

Thomas stond op. 'Daar weet ik niks van.'

'Ik weet ook niet wie dat bevel heeft gegeven, hoofdinspecteur, maar ze zitten ergens vast.'

'Wat?'

Eigen knikte. 'In de St. Augustinuskerk. Er zijn gewonden.'

'Schotwonden?'

Eigen schudde zijn hoofd. 'Stenen, hoofdinspecteur.'

Een kerk. Collega-agenten die met stenen werden bekogeld. Bij een kerk. In zíjn district.

Thomas Coughlin besefte pas dat hij zijn bureau had omgegooid toen hij het krakend op de grond hoorde vallen. Brigadier Eigen deed een stap achteruit.

'Nou is het genoeg geweest!' zei Thomas. 'Zijn ze helemáál!'

Thomas pakte de wapenriem die hij elke morgen aan de kapstok hing. Brigadier Eigen keek hoe hij hem omdeed. 'Mijn idee, sir.'

Thomas trok de onderste la uit zijn omgegooide bureau en zette hem op de bovenste twee. Hij pakte er een doos .32-patronen uit en propte die in zijn zak. Hij vond een doos geweerpatronen en stopte ze in de andere zak. Hij keek op naar brigadier Eigen. 'Wat doe je hier nog?'

'Hoe bedoelt u?'

'Haal alle kerels die nog in dit mausoleum zijn bij elkaar. We moeten naar een vechtpartij.' Thomas trok zijn wenkbrauwen op. 'En op dat punt wordt er niet gelanterfant, brigadier.'

Eigen salueerde en er trok een brede grijns over zijn gezicht.

Thomas merkte dat hij teruglachte; hij pakte een geweer uit het rek boven de archiefkast. 'In de benen, jong.'

Eigen draafde bij de deur weg en Thomas laadde zijn geweer, genoot van het *snick-snick* waarmee de patronen in de kamer schoven. Het geluid herenigde zijn ziel voor het eerst sinds het begin van de staking om kwart voor zes weer met zijn lichaam. Op de grond lag een foto van Danny op de dag van de diploma-uitreiking van de politieacademie. Thomas speldde hem zelf de penning op. Zijn favoriete foto.

Hij stapte erop op weg naar de deur en kon niet ontkennen dat het een bevredigend gevoel gaf het glas te horen breken.

'Wil je onze stad niet beschermen, knul?' zei hij. 'Best, dan doe ik het.'

Toen ze bij de St. Augustinus uit de politieauto's stapten, keerde het tuig zich tegen hen. Thomas zag hoe de Metro Park-dienders probeerden de meute met gummiknuppels en getrokken wapens tegen te houden, maar ze zaten al onder het bloed en de stapels stenen die overal op de witte kalkstenen bordestreden lagen, getuigden van een hevige strijd die deze dienders hadden verloren.

Wat Thomas van een mensenmassa wist, was heel simpel: elke richtingsverandering maakte dat de massa, zij het maar voor enkele seconden, sprakeloos was. Wanneer jij die seconden bezat, bezat je de massa. Bezat de massa ze, dan bezat ze jou.

Hij stapte uit en de dichtstbijzijnde kerel, een Gustie met de bijnaam Jattende John Scanlon, lachte en zei: 'Nou, hoofdinspecteur Cough– '

Thomas ramde zijn gezicht open met de kolf van het geweer. Scanlon stortte neer als een paard na een hoofdschot. Thomas legde de loop van zijn geweer op de schouder van de Gustie achter hem, Big Head Sparks. Thomas richtte de loop hemelwaarts, vuurde en Big Head verloor het gehoor in zijn linkeroor. Hij stond te wankelen op zijn benen en Thomas zei tegen Eigen: 'Aan jou de eer, brigadier.'

Eigen sloeg Big Head in zijn gezicht met zijn dienstrevolver en daarmee was Big Head voor de rest van de avond uitgeteld. Thomas richtte zijn geweer op de grond en vuurde.

De meute deinsde terug.

'Ik ben hoofdinspecteur Thomas Coughlin,' riep hij en liet zijn voet met kracht neerkomen op Scanlons knie. Het leverde niet het geluid op dat hij wilde, dus deed hij het nog eens. Deze keer hoorde hij het heerlijke knappen van brekende botten gevolgd door de voorspelbare jammerkreet. Hij zwaaide met zijn armen en de elf man die hij bij elkaar had weten te krijgen, waaierden uit langs de rand van de massa.

'Ik ben hoofdinspecteur Thomas Coughlin,' riep hij nogmaals, 'en maak je geen illusies: wij zijn van plan bloed te vergieten. Om precies te zijn: jullie bloed.' Hij draaide zich om naar de Metro Park-agenten op de kerktrappen. Ze waren met hun tienen en leken te zijn verschrompeld. 'Richt je wapen of noem jezelf niet langer agent van politie.'

Toen de agenten hun wapen hieven, deed de mensenmassa nog een stap terug.

'Span de haan!' riep Thomas.

Dat deden ze en de meute ging nog een paar passen achteruit.

'Als ik iemand met een steen zie, schieten we om te doden,' riep Thomas. Hij deed vijf stappen voorwaarts en het geweer kwam tot stilstand tegen de borst van een man met een steen in de hand. De man liet de steen vallen en pieste vervolgens in zijn broek. Thomas overwoog even clementie, maar vond het niet passen bij de sfeer. Hij ramde het voorhoofd van de man met de kolf van zijn wapen open en stapte over hem heen.

'Maak dat je weg komt, vuile honden.' Zijn blik schoot over de meute heen en weer. 'Wég jullie!'

Niemand bewoog – men leek té geschrokken – en Thomas draaide zich naar Eigen, naar de mannen aan de rand, naar de Metro Park-dienders.

'Vrij vuren!'

De Metro Park-dienders staarden hem aan.

Thomas rolde met zijn ogen. Hij trok zijn dienstrevolver, hief hem boven zijn hoofd en vuurde zes maal.

De mannen begrepen het. Ze begonnen in de lucht te schieten en de menigte barstte uiteen als druppels uit een kapotgevallen emmer. Ze renden de straat in. Ze renden en renden, schoten steegjes en zijstraten in, vertrapten elkaar, wierpen zich door etalages en belandden op de glasscherven die ze amper een uur geleden zelf hadden gecreëerd.

Thomas liet met een snelle polsbeweging de lege hulzen op straat vallen. Hij legde het geweer op de grond en herlaadde zijn dienstrevolver. De lucht prikkelde door de cordiet en de echo's van de schoten. De mensenmassa ging door met zijn wanhopige vlucht. Thomas stak zijn revolver in de holster en herlaadde zijn geweer. De lange zomer van incompetentie en verwarring zakte weg uit zijn hart. Hij voelde zich weer vijfentwintig.

Achter hem gierden autobanden. Toen Thomas zich omkeerde, zag hij een zwarte Buick en vier surveillanceauto's tot stilstand komen op hetzelfde moment dat er een zacht regentje begon te vallen. Uit de Buick kwam commissaris Michael Crowley. Hij had zijn eigen geweer bij zich en droeg zijn dienstrevolver in een schouderholster. Verder had hij een vers verband om zijn voorhoofd en zat zijn mooie zwarte pak onder het eigeel en stukjes eierschaal.

Thomas lachte naar hem en Crowley reageerde met een vermoeid lachje.

'Tijd voor een beetje wetshandhaving, vind je ook niet, hoofdinspecteur?'

'Zeg dat wel, commissaris.'

Ze gingen midden op straat lopen en de rest van de mannen kwam achter hen aan.

'Net als vroeger, hè Tommy?' zei Crowley toen ze de eerste leden van een nieuwe verzameling mensen in het oog kregen die zich twee straten verderop verzamelden op Andrew Square.

'Dat dacht ik ook net, Michael.'

'En wanneer we ze daar weg hebben?'

Wanneer we ze daar weg hebben. Niet *als*. Thomas genoot ervan.

'Dan pakken we Broadway terug.'

Crowley gaf Thomas een klap op zijn schouder.

'God, wat heb ik dit gemist.'

'Ik ook, Michael. Ik ook.'

Horace Russell, de chauffeur van burgemeester Peters, liet de Rolls Royce Silver Ghost langs de opstootjes glijden, reed niet één keer een straat in waar zoveel puin lag of waar zoveel mensen liepen dat het moeite zou hebben gekost om eruit te komen. En terwijl de bevolking oproer kraaide, observeerde haar burgemeester haar van een afstand, maar nooit van zo'n afstand dat hij de afschuwelijke oorlogskreten, het gegil en het schelle gelach, de schok van plotseling vuurwapengeluid of het onophoudelijk breken van glas niet kon horen. Toen ze eenmaal rond Scollay Square waren gereden, dacht hij het ergste wel te hebben gehad, maar toen zag hij North End en niet lang daarna South Boston. Hij besefte dat nachtmerries die hij nooit had durven dromen nu toch werkelijkheid waren geworden.

De kiezers hadden hem een stad gegeven met een ongeëvenaarde reputatie, het Athene van Amerika, de geboorteplaats van de Amerikaanse Revolutie en van twee presidenten, de zetel van meer hoger onderwijs dan welke andere stad in het land ook, het middelpunt van het Universum.

En tijdens zijn dienst brak het zichzelf steen voor steen af.

Ze reden over de Broadway Bridge, lieten de vlammen en het geschreeuw van de sloppen van South Boston achter zich. Peters gaf Horace opdracht hem naar de dichtstbijzijnde telefoon te rijden. Ze vonden er een in het Castle Square Hotel in South End, tot nu de enige rustige buurt waar ze vanavond doorheen gekomen waren.

Terwijl de piccolo's en de bedrijfsleider onbeschroomd toekeken, belde burgemeester Peters naar het Commonwealth Arsenaal. Hij vertelde de soldaat die de telefoon aannam wie hij was en gaf hem opdracht in looppas majoor Dallup aan de telefoon te halen.

'Met Dallup.'

'Majoor, met burgemeester Peters.'

'Yes, sir?'

'Voert u momenteel het commando over het Eerste Transportkorps en het Eerste Cavaleriepeloton?'

'Jazeker, sir. Onder bevel van generaal Stevens en kolonel Dalton, sir.'

'Waar zijn die momenteel?'

'Ik geloof bij gouverneur Coolidge, in het State House.'

'Dan bent u nu dienstdoend bevelhebber, majoor. Uw mannen dienen in het arsenaal te blijven en inzetbaar te zijn. Ze mogen niet naar huis. Is dat duidelijk?'

'Yes, sir.'

'Ik kom daarheen om ze te inspecteren en u uw instructies te geven.'

'Yes, sir.'

'U gaat vanavond wat opstootjes onderdrukken, majoor.'

'Met plezier, sir.'

Toen Peters een kwartier later bij het arsenaal aankwam, zag hij een cavalerist het gebouw verlaten en via Commonwealth Road naar Brighton lopen.

'Soldaat!' Hij stapte uit en stak een hand op. 'Waar ga je heen?'

De soldaat keek hem aan. 'En wie ben jij dan wel?'

'Ik ben de burgemeester van Boston.'

De soldaat ging meteen in de houding staan en salueerde. 'Neemt u me niet kwalijk, sir.'

Peters salueerde terug. 'Waar ga je heen, jongeman?'

'Naar huis, sir. Ik woon vlakbij.'

'Jullie horen in staat van paraatheid te zijn.'

De soldaat knikte. 'Maar die opdracht is door generaal Stevens herroepen.'

'Ga terug naar binnen,' zei Peters.

Toen de soldaat de poort opende, wilde een hele troep soldaten naar buiten, maar de eerste deserteur duwde hen terug terwijl hij zei: 'De burgemeester, de burgemeester.'

Peters beende naar binnen en zijn oog viel meteen op een man met de rangonderscheidingstekens van majoor die bij de trap naar het compagnieskantoor stond.

'Majoor Dallup!'

'Sir!'

'Wat is hier de bedoeling van?' Peters armzwaai omvatte het hele arsenaal met de mannen met open kragen, zonder wapens die wat stonden te schuifelen.

'Sir, mag ik het uitleggen?'

'Graag!' Peters was verbaasd over zijn stemgeluid: luid, spijkerhard.

Voor majoor Dallup echter kon antwoorden, klonk er een bulderende stem van boven aan de trap.

'Die mannen gaan naar huis!' Gouverneur Coolidge stond op de overloop boven hen. 'Burgemeester, u hebt hier niets te zoeken. Gaat u ook maar naar huis.'

Terwijl Coolidge, geflankeerd door generaal Stevens en kolonel Dalton, de trap afkwam, rende Peters naar boven. De vier mannen ontmoetten elkaar halverwege.

'De stad is in opstand.'

'Dat is beslist niet het geval.'

'Ik ben erheen geweest, gouverneur, en ik zeg u, ik zeg u, ik zeg u – '
Peters vond het afschuwelijk dat hij begon te stamelen als hij zich ergens over opwond, maar hij wilde zich er niet door laten weerhouden.
'Ik zeg u, sir, dat het niet slechts op enkele plekken mis is. Het zijn tienduizenden mensen en ze zijn – '

'Er is geen oproer,' zei Coolidge.

'Dat is er wel! In South Boston, in North End, in Scollay Square! Ga zelf kijken, man, als je me niet gelooft!'

'Ik heb gekeken.'

'Waar dan?'

'Vanaf het State House.'

'Het State House?' Peters schreeuwde nu, zijn stem klonk in zijn eigen oren als die van een kind. Een meisje. 'Het oproer is niet op Beacon Hill, sir. Het speelt zich af in – '

'Genoeg!' Coolidge stak zijn hand op.

'Genoeg?!' zei Peters.

'Ga naar huis, burgemeester. Ga naar huis.'

Het was de toon die Peters stak, de toon die ouders bewaren voor een snotneus met een driftaanval die nergens op slaat.

Burgemeester Peters deed toen iets waarvan hij redelijk zeker wist dat het in politiek Boston nog nooit was gebeurd: hij gaf de gouverneur een stomp in zijn gezicht.

Hij moest daarvoor van de lagere tree omhoogspringen en Coolidge was bovendien aan de lange kant, dus als stomp stelde hij niet veel voor. Maar hij raakte het weefsel rond het linkeroog van de gouverneur.

Coolidge was zo verbijsterd dat hij geen vin verroerde. Peters was zo tevreden dat hij besloot het nog eens te doen.

De generaal en de kolonel grepen naar zijn armen en verscheidene soldaten renden de trap op, maar in die enkele seconden wist Peters hem nog een paar klappen te geven.

De gouverneur deed vreemd genoeg geen stap achteruit, noch hief hij zijn handen om zich te verdedigen.

Een aantal soldaten droeg de burgemeester de trap weer af en zette hem op de grond.

Hij dacht erover weer naar boven te rennen. Maar in plaats daarvan wees hij met een vinger naar gouverneur Coolidge. 'Dit komt voor uw rekening.'

'Maar in uw grootboek, meneer de burgemeester.' Coolidge stond zichzelf een lachje toe. 'Uw grootboek.'

5

Woensdagmorgen om half acht reed Horace Russell burgemeester Peters naar het stadhuis. Zonder branden en geschreeuw en duisternis waren de straten hun gruwelijke sfeer kwijt, maar overal lagen overtuigende bewijzen van het werk van de meute. In Washington Street of Tremont Street of in de zijstraten was geen ruit meer heel. Lege hulzen waar ooit zaken waren. De skeletten van uitgebrande auto's. Er lag zoveel rotzooi en puin op straat dat Peters slechts kon aannemen dat steden er zo uitzagen na langdurige gevechten met af en toe een bombardement.

Langs de Common lagen mannen die waren geveld door de alcohol of ze waren openlijk aan het dobbelen. Her en der in Tremont Street spijkerden enkele zielen spaanplaat tegen hun raamkozijnen. Voor sommige zaken liepen mannen heen en weer met jachtgeweren en karabijnen. Telefoonlijnen hingen losgerukt van de palen. Alle straatnaamborden waren verdwenen en de meeste gaslantaarns waren vernield.

Peters sloeg een hand voor zijn ogen omdat hij een overweldigende behoefte had om te huilen. Er speelde een mantra door zijn hoofd, zo constant dat het een hele tijd duurde voor hij besefte dat die ook als een zacht gefluister uit zijn mond kwam: *Dit had niet hoeven gebeuren, dit had niet hoeven gebeuren, dit had niet hoeven gebeuren...*

De neiging te huilen veranderde in iets killers toen ze bij het stadhuis aankwamen. Hij beende door naar zijn kamer en belde meteen met het hoofdbureau van politie.

Curtis nam zelf op, zijn stem een vermoeide schaduw van zichzelf. 'Hallo.'

'Hoofdcommissaris, met burgemeester Peters.'

'U belt over mijn ontslag, neem ik aan.'

'Ik bel om te beginnen voor een vaststelling van de schade.'

Curtis zuchtte: 'Honderdnegenentwintig arrestaties. Vijf oproer-kraaiers neergeschoten, geen van hen in kritieke toestand. Vijfhonderd-tweeënzestig gewonden behandeld in hulppost Haymarket, van wie een derde wegens verwondingen door glas. Vierennegentig berovingen gemeld. Zevenenzestig geweldplegingen. Zes verkrachtingen.'

'Zes?'

'Gerapporteerd, sir.'

'En uw schatting van het werkelijke aantal?'

Opnieuw een zucht. 'Gebaseerd op onbevestigde berichten uit North End en South Boston houd ik het op tientallen. Laten we het op dertig houden.'

'Dertig.' Peters voelde opnieuw de behoefte om te huilen, maar nu kwam het niet als een overweldigende golf maar slechts als een prik-kend gevoel achter zijn ogen. 'Materiële schade?'

'In de honderdduizenden.'

'Honderdduizenden. Ja, zoiets had ik zelf ook gedacht.'

'Voornamelijk kleinere zaken. De banken en warenhuizen – '

'Hadden privébeveiliging ingehuurd. Ik weet het.'

'De brandweer gaat nu zeker niet meer staken.'

'Wat?'

'De brandweerlieden,' zei Curtis. 'De solidariteitsstaking. Mijn zegs-man daar meldt dat ze zo kwaad zijn over de ontelbare valse meldin-gen waar ze op zijn uitgerukt gisteravond, dat het zich tegen de stakers heeft gekeerd.'

'Wat hebben we op dit moment aan die wetenschap?'

'Dat ik geen ontslag neem,' zei Curtis.

De brutaliteit van die man. De gewiekstheid. Een stad wordt bele-gerd door haar eigen burgers en het enige waar hij aan denkt zijn zijn baan en zijn trots.

'Dat hoeft u ook niet,' zei Peters. 'Ik onthef u uit uw functie.'

'Dat kunt u niet.'

'Nou en of ik dat kan. U houdt toch van verordeningen? Dan vraag ik u Sectie zes, hoofdstuk 323 van de Gemeentelijke Verordeningen van 1885 te raadplegen. En als u dat hebt gedaan, ontruimt u uw bu-reau. Uw vervanger komt om negen uur.'

Peters hing op. Hij had verwacht meer bevrediging te voelen, maar een van de ontmoedigende aspecten van deze hele zaak was dat de enig mogelijke overwinningsroes bereikbaar was geweest door het afwenden van de staking. Toen die eenmaal was begonnen kon geen mens, en zeker hijzelf niet, beweren iets te hebben gepresteerd. Hij riep zijn secretaresse, Martha Pooley, en ze kwam het kantoor binnen met de lijst met namen en telefoonnummers waar hij om had gevraagd. Hij begon met kolonel Sullivan van de State Guard. Toen die opnam, sloeg Peters alle formaliteiten over.

'Kolonel Sullivan, met uw burgemeester. Ik geef u een rechtstreeks bevel waar geen tegenbevel tegen mogelijk is. Begrepen?'

'Ja, burgemeester.'

'Verzamel alle State Guard-troepen in de regio Boston. Ik stel het Tiende Regiment, het Eerste Cavaleriepeloton, het Eerste Transportkorps en het Ambulancekorps onder uw bevel. Is er enige reden waarom u deze taken niet kunt vervullen, kolonel?'

'Absoluut niet, sir.'

'Regel het dan.'

'Ja, burgemeester.'

Peters hing op en draaide meteen het nummer van generaal Charles Cole, voormalig commandant van de 52ste Yankee Divisie en een van de belangrijkste leden van de Storrow-commissie. 'Generaal Cole.'

'Ja, burgemeester?'

'Zou u uw stad willen dienen als waarnemend hoofd van politie, sir?'

'Het zou mij een eer zijn.'

'Ik stuur een auto. Hoe laat zou u gereed kunnen zijn, generaal?'

'Ik ben al aangekleed, burgemeester.'

Om tien uur hield gouverneur Coolidge een persconferentie. Hij kondigde aan dat in aanvulling op de regimenten die burgemeester Peters had opgeroepen, hij brigadegeneraal Neslon Bryant had gevraagd van staatswege het commando op zich te nemen van de aanpak van de crisis. Generaal Bryant had dat aanvaard en zou de regimenten Elf, Twaalf en Vijftien van de State Guard leiden, evenals een machinegeweercompagnie.

Vrijwilligers bleven naar het gebouw van de Kamer van Koophandel stromen voor het in ontvangst nemen van hun penning, uniform en wapen. De meesten, zo constateerde hij, waren voormalige officieren van de Massachusetts Yankee Divisie en hadden zich onderscheiden in de Grote Oorlog. Verder viel het hem op dat honderdvijftig studenten van Harvard, onder wie een compleet footballteam, de eed hadden afgelegd en nu deel uitmaakten van het vrijwillige politiekorps.

'We zijn in goede handen, heren.'

Toen hem werd gevraagd waarom de State Guard niet de vorige avond al was ingezet, antwoordde gouverneur Coolidge: 'Gisteren overtuigde men mij ervan dat ik de openbare veiligheid moest overlaten aan de stedelijke autoriteiten. Ik moet zeggen dat ik die beslissing betreur.'

Toen een verslaggever vroeg hoe de gouverneur aan die blauwe plek onder zijn linkeroog kwam, kondigde hij aan dat de persconferentie beëindigd was en verliet de zaal.

Danny stond met Nora op het dak van hun pension en keek neer op North End. Op het dieptepunt van het oproer hadden wat mannen Salem Street afgesloten met vrachtwagenbanden overgoten met benzine en die in brand gestoken. Danny kon er nog één zien liggen, weggesmolten op straat en nog steeds rokend, en de stank vulde zijn neus. De meute was gedurende de hele avond aangegroeid, rusteloos, opgejaagd. Om een uur of tien waren de mensen gestopt met alleen onrustig heen en weer lopen en begon het stoom afblazen. Danny had vanachter zijn raam toegekeken. Machteloos.

Toen het tegen een uur of twee rustiger werd, lagen de straten er geruïneerd en geschonden bij, net als na de melasse-overstroming. De stemmen van de slachtoffers – van gewelddaden, berovingen, van zinloos geweld, van verkrachtingen – stegen op uit de straten en ramen van woonkazernes en pensions. Kreunen, jammeren, huilen. De kreten van hen die waren uitgekozen voor willekeurig geweld, beroofd en met de wetenschap dat ze in dit leven nooit gerechtigheid zouden kennen.

En het was zijn fout.

Nora zei hem dat het niet zo was, maar hij zag aan haar dat ze het niet voor honderd procent meende. Ze was in de loop van de avond omgegaan: er was twijfel in haar ogen geslopen. Over de keuze die hij had gemaakt, over hemzelf. Toen ze eindelijk in bed lagen, vonden haar lippen zijn wang, en haar lippen waren koel en afstandelijk. Ze ging ook niet zoals altijd slapen met een arm over zijn borst en een been over het zijne, nee, ze had zich op haar linkerzij gedraaid. Haar rug had de zijne nog wel geraakt, dus ze wees hem niet helemaal af, maar zo voelde het wel.

Nu stonden ze met hun koffie op het dak en keken naar de schade die onder hen in het grijze licht van een bewolkte morgen lag uitgestrooid. Ze legde een hand tegen Danny's onderrug. Het was de lichtst denkbare aanraking en even snel weer weg. Toen Danny zich naar haar toe draaide, kauwde ze op de rand van haar duim en waren haar ogen vochtig.

'Je gaat vandaag niet naar je werk,' zei hij.

Ze schudde haar hoofd maar zei niets.

'Nora.'

Ze stopte met kauwen en pakte haar koffiekopje van de dakrand. Ze keek hem aan met grote, lege ogen, onpeilbaar.

'Je gaat niet naar – '

'Ik ga wel,' zei ze.

Hij schudde zijn hoofd. 'Het is te gevaarlijk. Ik wil niet dat je de straat op gaat.'

Haar schouders bewogen bijna onmerkbaar. 'Het is mijn baan. Die wil ik niet kwijt.'

'Je wordt niet ontslagen.'

Weer zo'n licht schouderophalen. 'En als je het fout hebt? Hoe komen we dan aan eten?'

'Deze toestand is snel achter de rug.'

Ze schudde haar hoofd.

'Echt waar. Zodra de gemeente beseft dat we geen keus hadden en dat – '

Ze draaide zich naar hem toe. 'De gemeente haat je, Danny.' Ze omvatte met een armgebaar de straten aan haar voeten. 'Dit vergeven ze je nooit.'

'Dus we hebben het fout gedaan?' Een enorm gevoel van isolement rees in hem op, zo troosteloos en wanhopig als hij nog nooit had ervaren.

'Nee,' zei ze. 'Nee, nee, nee.' Ze kwam naar hem toe en de aanraking van haar handen op zijn wangen voelde als een verlossing. 'Nee, nee, nee.' Ze schudde zijn hoofd tot hij haar aankeek. 'Jullie hebben het niet fout gedaan. Jullie hebben het enige gedaan wat jullie konden. Het is alleen...' Ze keek weer naar beneden.

'Zeg het maar.'

'Ze hebben ervoor gezorgd dat de enige keus die jullie nog hadden jullie ondergang moest worden.' Ze kuste hem; hij proefde het zout van haar tranen. '*Ik* hou van je. *Ik* geloof in wat je hebt gedaan.'

'Maar je denkt dat we verloren zijn.'

Haar handen gleden weg van zijn gezicht en vielen langs haar lichaam. 'Ik denk...'

Haar gezicht verkoelde onder zijn blik, iets wat hij van haar begon te begrijpen, namelijk haar behoefte om een crisis afstandelijk te benaderen. Ze richtte haar blik weer op hem en haar ogen waren niet langer vochtig. 'Ik denk dat je je baan kwijt bent.' En met een triest lachje: 'Dus ik mag de mijne niet kwijtraken, hè?'

Hij liep met haar mee naar haar werk.
Om hen heen grijze as en het eindeloze knarsen van glas. Flarden bebloede kleren, geplette pasteien op de keien te midden van stukken baksteen en zwart verbrand hout. Geblakerde gevels. Muren beklad met de ingrediënten van worsten en van koeienlevers. Omvergegooide karren en omvergegooide auto's, allemaal verbrand. Twee helften van een rok in de goot, nat en bedekt met roet.

Na North End werd het niet erger maar gewoon meer van hetzelfde, en toen ze bij Scollay Square kwamen, groter van schaal en reikwijdte. Hij probeerde Nora tegen zich aan te trekken, maar ze gaf er de voorkeur aan los te lopen. Af en toe liet ze haar hand even langs de zijne gaan en keek ze hem intens verdrietig aan. Eén keer, toen ze in Bowdoin Street omhoogklommen, leunde ze tegen zijn schouder, maar ze zei niets.

Hij ook niet.

Er viel niets te zeggen.

Nadat hij haar bij de fabriek had achtergelaten, liep hij terug naar North End, waar hij zich aansloot bij de stakers voor het bureau van bureau Nul-Een. Vanaf een uur of elf tot in de middag liepen ze heen en weer door Hanover Street. Sommige voorbijgangers riepen hen bemoedigend toe, anderen riepen 'Schaam je!', maar de meeste mensen zeiden niets. Ze liepen met neergeslagen ogen langs de stoeprand of staarden Danny en de anderen aan alsof ze spoken zagen.

De hele dag door kwamen er onderkruipers. Danny had opdracht gegeven hen naar binnen te laten gaan zolang ze maar om de groep stakers heen liepen en niet er doorheen. Afgezien van één gespannen borst-tegen-borst-confrontatie en wat geschreeuw konden de onderkruipers zonder gedoe het bureau in.

Overal in Hanover Street klonk gehamer van mannen die plaatmateriaal in de kozijnen timmerden terwijl anderen het glas opveegden en uit de rommel de goede spullen in veiligheid brachten die de meute over het hoofd had gezien. Giuseppe Balari, een schoenlapper die

Danny kende, stond lange tijd naar de puinhoop van wat eens zijn winkel was te staren. Hij zette multiplexplaten tegen de gevel en legde zijn gereedschap klaar, maar toen hij kon beginnen met het dichttimmeren van zijn zaakje, legde hij de hamer neer en stond daar maar met zijn open handen in vertwijfeling naast zijn lichaam. Zo bleef hij wel tien minuten staan.

Toen hij zich omdraaide, zag Danny geen kans zijn blik op tijd af te wenden en vonden Giuseppes ogen de zijne. Hij keek Danny vanaf de overkant aan en sprak geluidloos één woord: Waarom?

Danny schudde zijn hoofd, een hulpeloos gebaar, en keek weer voor zich terwijl hij opnieuw een rondje voor het bureau liep. Toen hij weer opkeek, had Giuseppe een plaat voor het raam gezet en begon hij te timmeren.

Rond het middaguur hadden gemeentelijke takelwagens de autowrakken met veel geratel en gebonk over de keien weggehaald; de chauffeurs moesten geregeld stoppen om afgevallen onderdelen op te rapen.

Niet lang daarna stopte er een Packard Single Six bij de stakerspost en stak Ralph Raphelson zijn hoofd uit het raampje van het achterportier. 'Hebt u even, agent?'

Danny zette zijn bord ondersteboven tegen een lantaarnpaal. Hij stapte in en ging naast Raphelson zitten, die hem met een gegeneerd lachje aankeek maar niets zei. Danny keek naar buiten, waar de mannen hun rondjes liepen en naar de dichtgetimmerde zaken.

Raphelson zei: 'De stemming over de solidariteitsstaking is uitgesteld.'

Danny's eerste reactie was er een van kille verdoofdheid. 'Uitgesteld?'

Raphelson knikte.

'Hoe lang?'

Raphelson keek naar buiten. 'Moeilijk te zeggen. Het heeft veel moeite gekost om een aantal gedelegeerden te bereiken.'

'Kun je niet stemmen zonder hen?'

Hij schudde zijn hoofd. 'Alle gedelegeerden moeten aanwezig zijn. Dat is heilig.'

'Hoe lang duurt het voor jullie iedereen bij elkaar hebben?'

'Moeilijk te zeggen.'

Danny draaide zich naar hem toe. 'Hoe lang?'

'Kan vandaag zijn. Maar ook morgen.'

Danny's verdoving maakte plaats voor een adrenalinestoot van angst. 'Op zijn laatst.'

Raphelson zei niets.

'Ralph,' zei Danny. 'Ralph.'

Raphelson draaide zich naar Danny toe, keek hem aan.

'Morgen op zijn laatst,' zei Danny. 'Ja?'

'Ik kan niets garanderen.'

Danny zakte terug in de kussens. 'Mijn god,' fluisterde hij. 'Mijn god.'

In Luthers kamer waren Isaiah en hijzelf het wasgoed aan het inpakken dat Mrs Brouse naar boven had gebracht. Isaiah, een doorgewinterde reiziger, liet Luther zien dat hij zijn kleren moest oprollen in plaats van vouwen, en ze legden alles in Luthers koffer.

'Zo heb je veel meer ruimte,' zei Isaiah, 'en heb je veel minder last van kreukels. Maar je moet alles heel strak oprollen.'

Luther keek hoe Isaiah het deed, legde toen de pijpen van een broek op elkaar en begon ze vanaf de omslagen op te rollen.

'Een beetje strakker.'

Luther rolde de pijpen weer uit, maakte de eerste slag twee keer zo strak en hield zijn handen er tijdens het rollen stijf omheen geklemd.

'Nu heb je het te pakken.'

Luther kneep de stof met zijn vingers stevig samen. 'Kan het daar wel tegen?'

'Ja hoor, dat is geen punt.' Isaiah legde een overhemd op het bed, knoopte het dicht, vouwde het, streek de plooien glad en rolde het op. Toen hij daarmee klaar was, draaide hij zich om, legde het in de koffer en streek er nog een laatste keer over. 'Het kan ermee door.'

Ze gingen de trap af, zetten de koffer onderaan neer en troffen Yvette in de salon. Ze keek op uit de middageditie van *The Examiner* en haar ogen straalden.

'Ze sturen de State Guard er misschien op af.'

Luther knikte. Isaiah ging op zijn gewone plek bij de open haard zitten. 'Ik hoop dat het oproer snel is afgelopen.'

'Dat mag ik zeker hopen.' Yvette vouwde de krant op en legde hem op het bijzettafeltje. Ze streek haar rok glad over haar knieën. 'Luther, zou je mij een kopje thee kunnen inschenken?'

Luther liep naar het theeservies op het buffet en deed een suikerklontje en een lepel melk in het kopje alvorens de thee in te schenken. Hij zette het kopje op het schoteltje en bracht het naar Mrs Giddreaux. Ze bedankte hem met een glimlach en een knikje.

'Waar waren jullie?' vroeg ze.

'Boven.'

'Ik bedoel niet nu.' Ze nam een slokje thee. 'Tijdens de prachtige opening. De ceremoniële.'

Luther liep naar het buffet en schonk nog een kop thee in. 'Mr Giddreaux?'

Isaiah stak een hand op. 'Nee, dank je.'

Luther knikte, deed er een klontje suiker bij en ging tegenover Mrs Giddreaux zitten. 'Ik werd opgehouden. Het spijt me.'

Ze zei: 'Die dikke politieagent, o, wat was die kwaad. Het was alsof hij precies wist waar hij moest zoeken. Maar hij vond helemaal niets.'

'Vreemd,' zei Luther.

Mrs Giddreaux nam nog een slokje. 'Dat was een groot geluk voor ons.'

'Ik denk dat je het zo wel mag noemen.'

'En nu vertrek je naar Tulsa.'

'Daar zijn vrouw en mijn zoon, ma'am. U weet dat ik voor een minder belangrijke reden niet zou gaan.'

Ze glimlachte en keek naar haar knieën. 'Misschien wil je ons schrijven.'

Verdomme, dat was bijna te veel voor hem, daar kreeg ze hem bijna mee op de knieën.

'Ma'am, u weet toch dat ik schrijf. Dat moet u toch weten.'

Ze ving zijn ziel in haar prachtige ogen. 'Doe dat, mijn jong. Doe dat.'

Toen ze weer naar haar knieën keek, ontmoette Luthers blik die van Iasiah. Hij knikte naar de geweldige oude man. 'Zou ik misschien nog langer...'

Mrs Giddreaux keek op.

'Ik heb nog wat dingen te regelen met die blanke vrienden die ik hier heb gekregen.'

'Wat voor dingen?'

'Een fatsoenlijk afscheid,' zei Luther. 'Als ik nog één of twee nachten mag blijven, zou dat de zaken een stuk gemakkelijker maken.'

Ze leunde naar voren in haar stoel. 'Maak je misbruik van een oude vrouw, Luther?'

'O nee, ma'am.'

Ze stak een vinger op en zwaaide die voor zijn neus heen en weer. 'Je probeert me in te pakken.'

'Alleen als ik u mag meenemen.'

'Leuk geprobeerd, jongeman.'

Mrs Giddreaux stond op en streek haar rok glad. Ze liep in de richting van de keuken. 'Er moeten aardappels worden geschild en bonen worden gewassen, jongeman. Dus niet getalmd.'

Luther liep achter haar aan de kamer uit. 'Geen haar op mijn hoofd.'

Toen de zon onderging, kwam het gepeupel de straat weer op. In sommige delen – South Boston en Charlestown – was het hetzelfde ongeregelde zootje, maar in andere delen, in het bijzonder Roxbury en South End, had het een politieke kleur gekregen. Toen Andrew Peters dat hoorde, liet hij zich door Horace Russell naar Columbus Avenue rijden. Generaal Cole wilde niet dat hij zonder militair escorte ging, maar Peters overtuigde hem ervan dat hij geen gevaar liep. Hij had het de avond ervoor ook gedaan en met één auto was het een stuk gemakkelijker dan met drie.

Horace Russell bracht de auto op de hoek van Arlington en Columbus tot stilstand. De meute was een straat verder, en Peters stapte uit en liep een stuk die kant op. Hij kwam langs drie vaten met pek en omgekeerde fakkels. Het beeld, het middeleeuwse gevoel dat ze gaven, vergrootte zijn ontzetting.

De plakkaten waren erger. De avond ervoor waren het voornamelijk grove variaties geweest op 'Laat de politie de tering krijgen' of 'Laat de onderkruipers de tering krijgen', de nieuwe waren zorgvuldig voorbereid met een belettering zo rood als vers bloed. Verscheidene waren in het Russisch, maar de rest loog er niet om:

REVOLUTIE NU!

MAAK EEN EIND AAN DE STAATSTIRANNIE!

DOOD AAN HET KAPITALISME! DOOD AAN DE SLAVENDRIJVERS!

WERP DE KAPITALISTISCHE MONARCHIE OMVER!

… en de kreet die burgemeester Andrew J. Peters het meest haatte:

BRAND, BOSTON, BRAND!

Hij haastte zich terug naar de auto en gaf Horace opdracht rechtstreeks naar generaal Cole te rijden.

Generaal Cole ontving het nieuws met een bevestigend knikje. 'Men heeft ons gemeld dat het gepeupel in Scollay Square ook politiek bezig is. In South Boston is de toestand al bijna onhoudbaar. Ik denk niet dat ze het zoals gisteravond daar met veertig agenten in de hand kunnen houden. Ik stuur naar beide wijken vrijwilligers in de hoop dat ze een eind aan de ongeregeldheden kunnen maken. Los daarvan moeten ze verslag uitbrengen over de omvang van de meute en hoever de invloed van de bolsjewieken reikt.'

'Brand, Boston, brand,' mompelde Peters.

'Zover zal het niet komen, burgemeester, dat verzeker ik u. Verdorie, het hele footballteam van Harvard is nu bewapend en wacht op orders. Dat zijn prachtkerels. En ik sta in voortdurend contact met majoor Sullivan en het commando van de State Guard. Dat staat hier net om de hoek, sir, en ze zijn paraat.'

Peters knikte en putte er troost uit, hoe weinig ook. Vier volledige regimenten, een machinegeweereenheid en het transport- en ambulancekorps.

'Ik ga nu langs bij majoor Sullivan,' zei Peters.

'Wees voorzichtig, burgemeester. Het wordt gauw donker.'

Peters verliet de kamer waar nog maar één dag eerder Edwin Curtis had gehuisd. Hij liep de heuvel op naar het State House en zijn hart maakte een vreugdesprong bij het zien van hen: mijn god, een heel leger! Onder de grote gaanderij aan de achterkant paradeerde het Eerste Cavaleriepeloton in een constante stroom te paard heen en weer waarbij het geklepper van de hoeven op de keien als gesmoorde geweerschoten klonk. Op het grasveld aan de voorkant, uitkijkend op Beacon Street, stonden het 12de en 15de Regiment op de plaats rust. Aan de andere kant van de straat, boven aan de Common, stonden het 10de en 11de in de houding. Ook al had Peters nooit gewild dat het zover zou komen, het zij hem vergeven dat er bij het zien van de sterkte van de Commonwealth een golf van trots in hem opwelde. Dit was de tegenhanger van het gepeupel. Dit was berekende kracht, ondergeschikt aan de wet, evenzeer in staat tot beheersing als tot geweld. Dit was de vuist in de fluwelen handschoen van de democratie en het was schitterend.

Waar hij tussen de militairen door en daarna het bordes op liep, werd er voor hem gesalueerd. Toen hij de grote marmeren hal door was en naar majoor Sullivan achter in het gebouw was gebracht, voelde hij zich gewichtloos. Majoor Sullivan had zijn commandopost achterin onder de gaanderij ingericht en de veldtelefoons en radio's op de lange tafel voor hem rinkelden verwoed. Officieren namen op en maakten aantekeningen en gaven die aan majoor Sullivan, die zag dat burgemeester Peters eraan kwam maar doorging met het lezen van de laatste melding.

Hij salueerde voor de burgemeester. 'Burgemeester, ik zou zeggen dat u precies op tijd bent.'

'Waarvoor?'

'De vrijwillige politie die generaal Cole naar Scollay Square heeft gestuurd, is in een hinderlaag gelopen. Er is geschoten en er zijn verscheidene gewonden gevallen.'

'Lieve hemel.'

Majoor Sullivan knikte. 'Ze houden geen stand, sir. Ik durf niet te zeggen of ze het nog vijf minuten volhouden.'

Kijk, daar had je het.

'Zijn uw mannen gereed?'

'U ziet ze hier voor u, sir.'

'De cavalerie?' vroeg Peters.

'Er is geen snellere manier om een menigte te verspreiden en de zaak onder controle te krijgen, burgemeester.'

Peters werd getroffen door de absurditeit van dit alles: een negentiende-eeuwse actie in een twintigste-eeuws Amerika. Absurd, maar op een of andere manier passend.

Peters gaf het bevel: 'Red de vrijwilligers, majoor.'

'Met genoegen, sir.' Majoor Sullivan salueerde en een jonge kapitein bracht hem zijn paard. Hij zette zijn laars in de stijgbeugel zonder er naar te hoeven kijken en zwaaide zich elegant op de rug van zijn rijdier. De kapitein steeg op een paard dat achter dat van de majoor stond en hief een bugel tot schouderhoogte.

'Eerste Cavaleriepeloton, onder mijn bevel rijden we naar Scollay Square, naar het kruispunt Cornhill en Sandbury. We gaan de vrijwillige politiemensen redden en de orde herstellen. U mag niet op de mensenmenigte schieten tenzij u geen – ik herhaal, absoluut géén – keuze hebt. Is dat begrepen?'

Als één man klonk het: 'Yes, sir!'

'Dan, heren, geeft ácht!'

De paarden draaiden in rijen zo strak en scherp als scheermessen.

Peters dacht: wacht even. Rustig aan. Laten we het nog even overwegen.

'Ten aanval!'

De bugel klonk en het paard van majoor Sullivan schoot als een pijl uit de boog door de gaanderij. De rest van de cavaleristen volgde en burgemeester Peters besefte dat hij met hen meeholde. Hij voelde zich een kind tijdens zijn eerste parade, maar dit was beter dan welke parade ook, en hij was niet langer een kind maar een leider, een man die het waard was dat er zonder ironie voor hem werd gesalueerd.

Hij werd bijna gemangeld door een paard toen ze een hoek van het grote hekwerk rond het State House omsloegen, meteen rechtsaf en daarna in volle galop links Beacon Hill op renden. Al die galopperende hoeven maakten een geluid zoals hij nog nooit had gehoord, alsof de hemelen honderden, duizenden keien hadden ontketend, en in de ramen langs de route ontstonden witte scheuren en spleten en Beacon Hill zelf beefde onder de schitterende furie van de dieren en hun ruiters.

Het grootste deel was hem gepasseerd toen ze links afsloegen Cambridge Street in en koers zetten naar Scollay Square, maar Peters bleef rennen waarbij de steile helling van Beacon hem extra snelheid gaf, en toen hij Cambridge op stormde, doemden ze voor hem op, een straat verderop, de sabels in de lucht, die bugel die hun aankomst blies. En pal daarachter het gepeupel. Een uitgestrekte zee die zich in alle richtingen verspreidde.

O, wat wilde Andrew Peters bij het zien van die majestueuze bruine dieren en hun luisterrijke berijders dat hij tweemaal zo snel was, dat hij bij zijn geboorte vleugels had gekregen! Ze spleten die zee op het moment dat Peters kwam aanrennen en de zee gedetailleerder werd, uit hoofden en daarna gezichten bleek te bestaan. Ook de geluiden werden duidelijker. Kreten, geschreeuw, gegil dat niet-menselijk klonk, het klakken en tjingen van metaal, het eerste geweerschot.

Gevolgd door een tweede.

Gevolgd door een derde.

Andrew Peters kwam op tijd op Scollay Square om een paard met ruiter door de gevel van een uitgebrande drogisterij te zien vallen. Een vrouw lag op de grond; er sijpelde bloed uit haar oren en ze had een hoefafdruk op haar voorhoofd. Sabels hakten in op ledematen. Een man met zijn gezicht helemaal onder het bloed duwde de burgemeester opzij. Een vrijwillige politieman lag op het trottoir: hij hield zijn zij vast, huilde en was bijna al zijn tanden kwijt. De paarden draaiden in woedende cirkels, hun grote benen stampten en klepperden, hun berijders zwaaiden met die sabels.

Een paard viel om en het trapte om zich heen en hinnikte. Mensen vielen, mensen werden geschopt, mensen schreeuwden het uit. Het paard bleef trappen. De ruiter pakte de stijgbeugel stevig beet en het grote dier richtte zich op tussen de mensen, zijn witte ogen van angst als eieren zo groot terwijl het op zijn voorbenen overeind kwam en met zijn achterbenen bleef trappen en toen viel het weer terug met een gil van verwarring en in de steek gelaten zijn.

Pal voor de neus van burgemeester Peters schouderde een vrijwillige politieman met een Springfield-geweer en een gezicht vertrokken van angst zijn wapen. In de fractie van een seconde voor het gebeurde zag Peters wat er ging gebeuren, hij zag de andere man met de zwarte bolhoed en een stok, de man keek wazig, alsof hij een klap op zijn hoofd had gehad maar nog steeds met die stok in zijn hand, zwaaiend op zijn benen. En Andrew Peters schreeuwde: 'Nee!'

Maar de kogel verliet het geweer van de vrijwillige politieman en drong binnen in de borst van de man met de stok. Hij verliet het lichaam ook weer, prikte zich een weg naar buiten en begroef zich in de schouder van een andere man die om zijn as tolde en op de grond viel. De politieman en Peters keken beiden hoe de man met de stok vanuit het middel voorovergebogen toch bleef staan. Dat hield hij een paar seconden vol, toen liet hij de stok los en viel voorover op de grond. Zijn been schokte, hij zuchtte een golf zwart bloed uit en lag stil.

Andrew Peters voelde de hele afschuwelijke zomer in dit moment samenkomen. Alle dromen van vrede die ze hadden gehad, van een voor alle partijen gunstige oplossing, al het harde werk en goede wil en vertrouwen, alle hoop...

De burgemeester van de prachtige stad Boston boog het hoofd en huilde.

6

Thomas had gehoopt dat het werk dat Crowley en hij en hun samengeraapte clubje de avond ervoor hadden gedaan het juiste signaal had afgegeven, maar het mocht niet zo zijn. Ze hadden koppen in elkaar geramd, echt waar. Ze waren de strijd aangegaan, vol vuur en onbevreesd, en hadden een treffen met het gepeupel gehad op Andrew Square en later opnieuw op West Broadway, en ze hadden het geklaard. Twee oude ijzervreters en tweeëndertig vechtjassen met wisselende ervaring en verschillende angstniveaus. Vierendertig tegen duizenden! Toen Thomas eindelijk weer thuis was, had hij urenlang niet kunnen slapen.

Maar nu was het gepeupel weer bezig. In verdubbelde omvang. En in tegenstelling tot de vorige avond georganiseerd. Bolsjewieken en anarchisten liepen tussen de mensen, deelden evenzeer wapens als retoriek uit. De Gusties en een grote verscheidenheid aan boeven van binnen zowel als buiten de staat hadden ploegen gevormd en kraakten kluizen overal langs Broadway. Gedonder, ja, maar niet langer hersenloos.

Thomas had een telefoontje van de burgemeester zelf gekregen waarin deze hem had gevraagd van elke actie af te zien tot de State Guard was gearriveerd. Toen Thomas vroeg wanneer meneer verwachtte dat die hulp kwam, had de burgemeester gezegd dat er enige onvoorziene problemen waren op Scollay Square, maar dat de troepen spoedig zouden komen.

Spoedig.

Op West Broadway heerste anarchie. De burgers die Thomas had gezworen te zullen helpen werden op ditzelfde moment tot slachtoffer gemaakt. En de enige mogelijke redders zouden... spoedig komen.

Thomas ging met zijn handen over zijn ogen, pakte daarna de hoorn van de telefoon en vroeg de telefoniste hem door te verbinden met zijn huis. Connor nam op.

'Alles rustig daar?' vroeg Thomas.

'Hier? Ja, hoor. Hoe is het op straat?'

'Slecht,' zei Thomas. 'Blijf binnen.'

'Hebt u nog mensen nodig? Ik kan helpen, pa.'

Thomas sloot even zijn ogen, wilde dat hij meer van zijn zoon hield. 'Eén meer of minder maakt momenteel niet veel uit, Con. Dat stadium hebben we achter ons.'

'Die klootzak van een Danny!'

'Con,' zei Thomas, 'hoe vaak moet ik je nog zeggen dat ik niet van zulke taal houd? Dringt er op dat vlak nog wel eens iets in die dikke kop van je door?'

'Sorry, pa. Sorry.' Connors moeizame ademhaling kwam over de lijn. 'Ik kan gewoon... Danny is de oorzaak. Danny, pa. De hele stad wordt uit elkaar gesch– '

'Het is niet Danny's schuld. Hij is een van de mensen.'

'Ja,' zei Connor. 'En dat is dan je familie.'

Dat viel verkeerd bij Thomas. Vooral het 'dat is dan'. Was dit het resultaat van trots zijn op je kroost? Was dit het eind van de weg die begon wanneer je je eerstgeborene, net uit de schoot van je vrouw, vasthield en je jezelf een toekomstdroom toestond? Was dit de prijs van een blinde en te grote liefde?

'Hij is familie,' zei Thomas. 'Een en hetzelfde bloed, Con.'

'Voor u misschien.'

O, jezus, dit was de prijs. Zonder meer. Van liefde. Van familie.

'Waar is je moeder?' vroeg Thomas.

'Naar bed.'

Niet zo verwonderlijk: een struisvogel zocht altijd de dichtstbijzijnde hoop zand.

'Waar is Joe?'

'Ook naar bed.'

Thomas liet zijn hakken van de rand van zijn bureau vallen. 'Het is pas negen uur.'

'Ja, hij was de hele dag niet lekker.'

'Wat had hij dan?'

'Weet niet. Koutje?'

Thomas schudde zijn hoofd. Joe was net als Aiden: die kreeg je niet plat. Die stak zich nog eerder zijn ogen uit dan dat hij op een avond als deze naar bed ging.

'Ga kijken hoe het met hem is.'

'Wat?'

'Ga bij hem kijken, Con.'

'Goed, ik ga al.'

Connor legde de hoorn neer en Thomas hoorde zijn voetstappen in de gang en daarna het kraken van Joe's slaapkamerdeur. Stilte. Toen weer Connors voetstappen door de gang, sneller nu. Thomas sprak zodra hij hoorde dat de hoorn werd opgepakt.

'Hij is weg, hè?'

'Jezus, pa.'

'Wanneer heb je hem voor het laatst gezien?'

'Ongeveer een uur geleden. Maar, pa, hij kan niet – '

'Ga hem zoeken,' zei Thomas, verbaasd dat het eruit kwam als een koud gesis in plaats van een hete schreeuw. 'Begrepen, Con? Duidelijk?'

'Yes, sir.'

'Ga je broer zoeken. Nu.'

In juni, toen Joe voor het eerst van thuis in K Street was weggeglipt, was hij Teeny Watkins tegen het lijf gelopen, een jongen die in de eerste en de tweede klas bij hem op school had gezeten maar toen van school was gegaan om voor zijn moeder en drie zussen te zorgen. Teeny was een krantenjongen en Joe had er tijdens die drie dagen op straat van gedroomd dat ook te worden. De krantenjongens werkten in strak georganiseerde groepen die elk bij een eigen krant hoorden. Bendeoorlogen waren gewoon. Als je Teeny moest geloven, gold dat ook voor het plegen van inbraken in opdracht van volwassen gangsters als de Gusties, omdat de krantenjongens meestal klein waren en zich door raampjes konden wringen waar een volwassene niet doorheen kon.

Tijdens zijn omgang met de krantenjongens zag Joe een opgewektere wereld, een die lawaaiiger was. Hij maakte kennis met Newspaper Row bij Washington Street en de kroegen en de ruzies. Hij zwierf met zijn nieuwe vrienden langs de rand van Scollay Square en West Broadway en stelde zich de dag voor dat hij die grens zou oversteken en deel van het nachtleven daar zou worden.

Maar op de derde dag gaf Teeny hem een blik benzine, een boekje met lucifers en de opdracht een krantenkiosk van de *Traveler* in Dover Street in brand te steken. Toen Joe dat weigerde, ging Teeny er niet tegenin. Hij pakte gewoon het blik en de lucifers terug. Toen gaf hij Joe,

waar de andere krantenjongens bij stonden, een pak slaag. Hij deed
het zonder woede, zonder emotie. Telkens als Joe hem aankeek wanneer Teeny weer een vuist op Joe's gezicht liet neerkomen, was het duidelijk dat Teeny hem kon doodslaan als hij dat wilde. Dat was, zo besefte Joe, de enige uitslag waar de krantenjongens om wedden. Of
Teeny het al dan niet deed, was een kwestie die Teeny zelf onverschillig
liet.

Het kostte hem een paar maanden om over de kilte heen te komen
waarmee het pak slaag was uitgedeeld. In vergelijking daarmee was de
aframmeling zelf bijna iets om maar liever te vergeten. Maar nu hij
wist dat de stad tot leven kwam – en zelfs op drift raakte – op een manier zoals tijdens zijn leven waarschijnlijk niet nog eens zou gebeuren,
verdwenen de pijn en de lessen van die dag naar de achtergrond om
plaats te maken voor zijn verlangen naar de nachtwereld en zijn mogelijke plaats erin.

Toen Joe de deur achter zich had dichtgetrokken, stak hij twee
blokken door en ging in H Street op het lawaai af. Hij had het
gisteren in zijn slaapkamer allemaal al gehoord: West Broadway maakte nog meer lawaai dan anders. Daar waren de kroegen en rijen en
rijen kosthuizen en goktenten en de jongens die op de straathoeken
balletje-balletje speelden en floten naar de vrouwen achter de ramen
van kamertjes die rood of oranje of donkergeel verlicht waren. East
Broadway liep door City Point, het betere deel van South Boston, het
deel waar Joe woonde. Maar je hoefde East Broadway maar over te
steken en de heuvel af te lopen tot je op het kruispunt kwam waar East
en West Broadway en Dorchester Street bij elkaar kwamen. Daar vond
je de rest van Southie, het allergrootste deel, en daar was het niet rustig
en respectabel en netjes onderhouden. Daar bruiste en knalde het van
de lachsalvo's en de ruzies en het geschreeuw en heel hard vals zingen.
Hij liep helemaal West Broadway af tot aan de brug, en Dorchester
Street af tot aan Andrew Square. In die buurt had niemand een auto,
laat staan een chauffeur, zoals zijn vader. Daar had niemand een eigen
huis, het was daar huurdersland. En het enige wat er nog schaarser
was dan een auto was een tuin. Boston zelf had Scollay Square voor
ontspanning, maar Southie had West Broadway. Niet zo fraai, niet zo
goed verlicht, maar net zo vol met zeelui en dieven en mannen die zich
een stuk in de kraag dronken.

Nu, om negen uur 's avonds was het er net carnaval. Joe liep midden op straat. Daar dronken de mannen openlijk uit flessen en moest je goed uitkijken dat je niet op een deken stapte waarop werd gedobbeld. Een klantenlokker riep 'Mooie dames voor elke smaak!' en bij het zien van Joe 'Alle leeftijden welkom. Zolang je stijf maar niet stram bent, ben je welkom. Knappe dames in de rij voor uw genot!' Een dronken kerel tolde tegen hem aan en Joe viel op de grond en de dronkaard gaf hem een veeg tegen zijn schouder en wankelde verder. Joe klopte zich af. Hij kreeg een rooklucht in zijn neus en een paar mannen renden langs hem heen met een commode met een grote stapel kleren erop. Een op de drie mannen had een geweer. Een paar anderen liepen met een jachtgeweer. Hij wandelde een half blok verder, ging opzij voor twee vechtende vrouwen en bedacht dat het misschien niet de beste avond was om West Broadway te verkennen. Een stuk verderop stond McCoy's Warenhuis in brand en de mensen eromheen juichten om de vlammen en de rook. Joe hoorde een luid kabaal en toen hij omhoogkeek, zag hij een lichaam uit een raam op de eerste verdieping vallen. Hij deed een stap achteruit en het lichaam kwam op straat terecht waar het in scherpe stukken uiteenspatte onder luid gejoel van de mensen. Een etalagepop. Het aardewerken hoofd was gebarsten en een oor was in allemaal kleine stukken gebroken en Joe keek nog net op tijd omhoog om een tweede pop naar beneden te zien zeilen. Deze kwam op zijn voeten terecht en knakte bij het middel in tweeën. Iemand wrong de kop van de eerste pop en smeet hem het publiek in.

Joe besloot dat het duidelijk tijd was om terug te gaan. Hij draaide zich om, maar een mannetje met een bril, natte haren en bruine tanden stond met een ronde rug voor hem en versperde hem de weg. 'Je ziet eruit als iemand die wel eens een gokje waagt, jongeheer John. Gok je wel eens?'

'Ik heet geen John.'

'Wie ken je aan zijn naam, zeg ik altijd maar. Gok je wel eens? Nou, zeg eens.' De man legde een hand op zijn schouder. 'Want weet je, jongeheer John, in dat steegje daar hebben we een paar van de mooiste wedsporten ter wereld.'

Joe schudde de hand van zich af. 'Met honden?'

'Honden, jaha,' zei de man. 'We hebben hondengevechten. En hanengevechten. En we hebben honden die met ratten vechten, wel tien tegelijk!'

Joe schoof naar links en het mannetje schoof mee.

'Hou je niet van ratten?' Het mannetje lachte bulderend. 'Reden te meer om te kijken hoe ze worden gedood.' Hij wees. 'Daar, in dat steegje.'

'Nah.' Joe probeerde het weg te wuiven. 'Ik denk niet – '

'Precies! Waarom zou je denken?' Het mannetje dook naar voren en zijn adem rook naar wijn en eieren. 'Kom op, jongeheer John. Daarginder.'

Het mannetje stak een hand uit naar Joe's pols, maar die zag een gaatje en schoot langs de man heen. Die greep zijn schouder maar Joe rukte zich los en liep snel door. Hij keek achterom en het mannetje kwam achter hem aan.

'Je voelt je zeker een heel heertje, hè, jongeheer John? Dus het is jonkheer John. Neem me in hemelsnaam niet kwalijk! Voldoen we niet aan uw verfijnde smaak, jonkheer John?'

Het mannetje draafde voor hem uit en zijn bovenlichaam zwaaide van links naar rechts alsof hij helemaal vrolijk werd bij het vooruitzicht van een nieuwe weddenschap.

'Toe, jongeheer John, zullen we vriendschap sluiten?'

Het mannetje deed opnieuw een uitval naar hem en Joe ontweek hem naar rechts en stoof voor hem uit. Hij draaide zich even om en stak zijn handen op om te laten zien dat hij geen moeilijkheden wilde. Daarna liep hij in een stevig tempo verder in de hoop dat het mannetje genoeg kreeg van het spelletje en zijn energie op een gemakkelijker slachtoffer zou richten.

'Je hebt mooi haar, jongeheer John. Een kleur die ik wel eens bij katten heb gezien. Zeker waar.'

Joe hoorde dat het mannetje achter hem opeens zijn pas versnelde, een nijdige inhaalpoging, en hij sprong op de stoep, dook in elkaar en rende tussen de rokken van twee lange, sigarenrokende vrouwen door die naar hem mepten en hoog lachten. Hij keek achterom naar hen, maar ze hadden nu alleen nog aandacht voor de klantenlokker met zijn bruine tanden, die nog steeds achter hem aan zat.

'Hé, laat hem met rust, idioot.'

'Bemoei je er niet mee, dames, of ik kom terug met mijn steekwapen.'

De vrouwen lachten. 'Dat steekwapen kennen we, Rory. En dat stelt geen donder voor.'

Joe sprintte weg naar het midden van de straat.

Rory dook naast hem op. 'Moet ik uw schoenen poetsen, jonker? Moet ik uw bed opmaken?'

'Laat hem toch, vuile poot,' riep een van de vrouwen, maar Joe kon aan haar stem horen, dat ze geen interesse meer had. Hij liep met zwaaiende armen en deed net of hij Rory niet zag die naast hem liep en apengeluiden maakte en nu ook met zijn armen zwaaide. Joe bleef strak voor zich uit kijken om de indruk te wekken dat hij een jongen met een duidelijk doel was. Om hem heen werd het gedrang steeds groter.

Rory streek zacht met zijn hand langs Joe's wang en Joe gaf hem een stomp. Zijn vuist raakte de zijkant van Rory's hoofd en de man knipperde met zijn ogen. Verscheidene mannen op het trottoir begonnen te lachen. Joe begon te rennen en het lachen volgde hem.

'Kan ik u van dienst zijn?' riep Rory terwijl hij achter hem aan draafde. 'Kan ik uwes helpen met uw zorgen? Die bennen knap te zwaar voor u.'

Hij liep op hem in en Joe schoot langs een omgegooide bestelwagen en dwars door een groepje mannen. Hij rende langs twee mannen met geweren en een kroeg in. Binnen bleef hij links van de ingang staan en keek naar adem happend naar de deuren. Daarna keek hij om zich heen naar de mannen, velen in werkhemd met bretels eroverheen, de meerderheid met een grote snor en een zwarte bolhoed. Ze keken terug. Ergens achter in de kroeg, achter de mensen en de rook, hoorde hij steunen en kreunen, en hij wist dat hij een soort show daar had verstoord. Hij deed zijn mond open om te vertellen dat hij achtervolgd werd, maar op het moment dat hij dat deed, zag hij de kroegbaas naar hem kijken en zeggen: 'Gooi dat kolerejong de deur uit.'

Twee handen pakten hem bij zijn armen, zijn voeten kwamen los van de grond en hij zeilde door de lucht en door de deuren naar buiten. Hij vloog over de stoep heen en belandde stuiterend op straat. Met een brandend gevoel in zijn knieën en zijn rechterhand probeerde hij tot stilstand te komen. Iemand stapte over hem heen en liep door. Hij lag daar, met een misselijk gevoel, en hoorde de bruingetande Rory zeggen: 'Als u me toestaat, jonkheer.'

Rory greep Joe bij zijn haar. Joe maaide naar zijn armen en Rory pakte hem nog steviger vast. Hij tilde Joe een paar centimeter van de grond. Joe's hoofdhuid schreeuwde het uit en toen Rory lachte, bleken zijn kiezen zwart te zijn. Hij boerde en opnieuw rook Joe wijn en eieren. 'Je nagels zijn geknipt en kijk eens wat een chique kleren, jonkheer John. Wat je noemt een plaatje.'

Joe zei: 'Mijn vader is – '

Rory had zijn hand om Joe's kin gelegd en kneep. 'Je krijgt in mij een nieuwe vader, dus spaar je energie, jonkheer.'

Hij trok zijn hand terug en Joe gaf hem een schop. Hij raakte eerst Rory's knie en de greep op zijn haar werd losser, zodat Joe zijn hele lichaam achter de tweede trap kon zetten die aan de binnenkant van diens dij terechtkwam. Joe had gemikt op zijn kruis, maar dat lukte niet. Maar de trap was venijnig genoeg en Rory siste en trok een lelijk gezicht en liet zijn haar los.

Dat was het moment waarop het scheermes tevoorschijn kwam.

Joe liet zich op handen en knieën vallen en krabbelde tussen Rory's benen door. Toen hij vrij van hem was, bleef hij zo doorgaan, kroop hij op handen en knieën door de dichte menigte, eerst langs een paar donkere broekspijpen, toen langs een paar geelbruine, daarna tweekleurige slobkousen gevolgd door bruine werkschoenen onder een laag opgedroogde modder. Hij keek niet achterom. Hij kroop alleen maar door, voelde zich net een krab, scharrelde naar links, naar rechts, weer naar links terwijl de benen steeds dichter op elkaar stonden, er steeds minder lucht was omdat hij een steeds dichtere menigte in kroop.

Om kwart over negen werd Thomas gebeld door generaal Cole, de waarnemend hoofdcommissaris.

'Hebt u contact met hoofdinspecteur Morton van het Zesde?' vroeg de generaal.

'Voortdurend, generaal.'

'Hoeveel man heeft hij onder zijn commando?'

'Honderd, sir. Voornamelijk vrijwilligers.'

'En u, hoofdinspecteur?'

'Ongeveer hetzelfde, generaal.'

Generaal Cole zei: 'We sturen het 10de Regiment van de State Guard naar de Broadway Bridge. U en hoofdinspecteur Morton moeten de mensenmassa via West Broadway naar de brug drijven. Begrijpt u wat ik bedoel?'

'Jazeker, generaal.'

'Dan zetten we ze daar klem, arresteren de mensen en voeren ze in vrachtwagens af. Het zien ervan moet voor de meesten genoeg zijn om de benen te nemen.'

'Dat ben ik met u eens.'

'Dan treffen we elkaar om 2200 uur bij de brug, hoofdinspecteur. Denkt u dat u daarmee genoeg tijd hebt om ze naar mijn fuik te drijven?'

'Ik zat al op uw orders te wachten, generaal.'

'Nou, dan hebt u ze nu, hoofdinspecteur. Tot spoedig.'

Hij hing op en Thomas belde naar brigadier Eigen. Toen die opnam, zei Thomas: 'Onmiddellijk laten verzamelen', en hing op.

Hij belde hoofdinspecteur Morton. 'Kun je, Vincent?'

'Ik kan en ik wil, Thomas.'

'We sturen ze jouw kant op.'

'Daar verheug ik me nu al op,' zei Morton.

'Zie je bij de brug.'

'Ja, tot bij de brug.'

Thomas verrichtte hetzelfde ritueel als de avond ervoor: riem omdoen, zakken vullen met patronen, zijn Remington laden. Daarna liep hij vanuit zijn kamer naar de appelruimte.

Ze waren er allemaal: zijn eigen mensen, de Metro Park-dienders en zesenzestig vrijwilligers. Deze laatsten brachten hem aan het twijfelen. Hij maakte zich geen zorgen over de oudere oorlogsveteranen, maar over het jonge spul, met name het Harvard-contingent. Hij was niet blij met hun ogen, met de zwemmerige lichtheid van mensen die op een lolletje uit zijn, als was het een studentengrap. Al die tijd dat hij hun zijn orders uitlegde zaten er achterin twee op een tafel te fluisteren en te grinniken.

'... en wanneer we op West Broadway komen, naderen we ze in de flank. We vormen dan een linie van de ene kant van de straat naar de andere en die linie wordt niet verbroken. We duwen ze westwaarts, steeds maar westwaarts naar de brug. Blijf niet achter doordat je probeert iedereen mee te krijgen. Er zullen wat mensen achterblijven. Zolang ze geen directe bedreiging vormen, laat je ze gaan. Blijf gewoon opdrijven.'

Een van de Harvard-footballers stootte de ander aan en ze schaterden het uit.

Thomas stapte van de verhoging af en bleef doorpraten terwijl hij tussen de agenten door naar hen toe liep. 'Als je wordt geraakt door projectielen, reageer je niet. Blijf opdrijven. Als er op ons geschoten wordt, geef ik bevel terug te schieten. Alleen ik geef dat bevel. Er wordt pas teruggeschoten als ik daartoe het bevel geef.'

De Harvard-jongens keken met een brede grijs hoe hij dichterbij kwam.

'Als we bij D Street zijn,' ging Thomas verder, 'krijgen we gezelschap van de mannen van het Zesde District. We maken een tangformatie en trechteren alles wat er nog van de meute over is naar de Broadway Bridge. Op dat punt laten we geen mensen meer achter. Iedereen maakt de rit mee.'

Hij was bij de Harvard-jongens gekomen. Ze keken hem met opgetrokken wenkbrauwen aan. De ene was blond met blauwe ogen, de ander had donker haar en een bril, en een voorhoofd onder de puisten. Hun vrienden zaten naast hen tegen de achtermuur en keken naar wat er ging gebeuren.

Thomas vroeg aan de blonde: 'Hoe heet je, jongen?'

'Chas Hudson, hoofdinspecteur.'

'En je vriend?'

'Benjamin Lorne,' zei de donkerharige. 'En ik zit hier.'

Thomas knikte hem toe en richtte zich weer tot Chas. 'Zeg, knaap, weet je wat er gebeurt wanneer je een gevecht niet serieus neemt?'

Chas rolde met zijn ogen. 'Dat gaat u me nu vast vertellen.'

Thomas sloeg Benjamin Lorne zo hard in zijn gezicht dat hij van de tafel viel en zijn bril bij de achterste rij belandde. Hij bleef daar zitten, op zijn knieën, terwijl het bloed uit zijn mond drupte.

Chas wilde iets gaan zeggen, maar Thomas sneed hem de pas af door hem stevig bij zijn kaak te pakken. 'Wat er dan gebeurt is dat de man naast je meestal gewond raakt.' Thomas keek Chas' Harvard-vrienden aan terwijl Chas zelf gorgelende geluiden maakte. 'Jullie zijn vanavond dienaren van de wet. Begrepen?'

Acht hoofden knikten.

Hij richtte zijn aandacht weer op Chas. 'Het kan me niets schelen van wie je familie bent. Wanneer je vanavond in de fout gaat, schiet ik je door je hart.'

Hij duwde hem tegen de muur en liet hem los.

Thomas wendde zich tot de rest van de mannen. 'Nog vragen?'

Het verliep allemaal voorspoedig tot ze bij F Street kwamen. Ze werden bekogeld met eieren en ze werden bekogeld met stenen, maar verder schoof het gepeupel keurig West Broadway op. Wanneer er een niet meeging, kreeg hij een tik met de gummiknuppel, de boodschap kwam over en het gepeupel liep verder. Er waren er die hun geweer op de stoep lieten vallen en de dienders en de vrijwilligers raapten ze onder het lopen op. Na vijf straten hadden ze allemaal een wapen extra en Thomas liet hen stoppen om de kogels eruit te halen. Ook de meute bleef staan en Thomas zag verscheidene gezichten die plannen met die geweren hadden, dus gaf hij opdracht om de geweren op de keien kapot te slaan. Het zien daarvan bracht de meute weer in beweging, en in een gelijkmatige beweging, zodat Thomas hetzelfde zelfvertrouwen voelde als de avond ervoor toen hij met Crowley Andrew Square had schoongeveegd.

Maar bij F Street troffen ze de geradicaliseerde afdeling: de spandoekendragers, de retoriekspuiers, de bolsjewieken en de anarchisten. Er zaten vechtjassen tussen en op de hoek van F en Broadway ontstonden schermutselingen toen een twaalftal vrijwilligers in de achterhoede door de goddeloze oproerkraaiers werden afgesneden en daarna belegerd. Ze gebruikten voornamelijk loden pijpen, maar toen Thomas een vent met een enorme baard een pistool zag trekken, trok hij zijn eigen revolver, deed een stap naar voren en schoot op de man.

De kogel trof hem hoog in de schouder en de man tolde om zijn as en viel. Thomas richtte zijn wapen op de man die naast hem stond terwijl de rest van de bolsjies stokstijf bleef staan. Thomas keek zijn mannen aan die naast hem uitwaaierden en hij sprak het ene woord:

'Richten!'

De lopen kwamen in één snelle rij omhoog, alsof het was ingestudeerd, en de bolsjies draaiden zich om en renden voor hun leven. Een aantal vrijwilligers had snijwonden en bloedde, maar niet een van hen was er echt slecht aan toe en Thomas gaf ze een minuutje de tijd om bij zichzelf te kijken of ze nog ernstiger schade hadden opgelopen. Brigadier Eigen bekeek de man die door Thomas was neergeschoten.

'Die overleeft het wel, hoofdinspecteur.'

Thomas knikte. 'Laat hem daar dan maar liggen.'

Vanaf dat punt ondervonden ze geen ernstige tegenstand meer toen ze doorliepen en de menigte voor hen uit rende. De opstopping begon toen ze bij D Street kwamen, waar het bureau van het Zesde was. Hoofdinspecteur Morton en zijn mannen hadden de mensen vanaf de zijkant opgeduwd en nu liep de hele massa klem en kolkte ze rond tussen D Street en A Street, niet ver van de Broadway Bridge. Thomas zag Morton aan de noordkant van Broadway, en toen hun blikken elkaar kruisten, wees Thomas naar het zuiden en knikte Morton. Thomas en zijn mannen waaierden uit langs de zuidkant van de straat terwijl Mortons mannen de noordkant namen waarna ze de druk sterk verhoogden. Ze duwden door. Ze bouwden een muur van hun geweren en gebruikten dat staal en hun eigen woede en angst bij het opdrijven van de hele kudde, steeds maar naar voren. Een groot deel van de route was het alsof ze probeerden een troep leeuwen door een muizengaatje te persen. Thomas hield niet meer bij hoe vaak hij was bespuugd of gekrabd en het was uiteindelijk onmogelijk te zeggen wat voor vloeistoffen er op zijn gezicht en zijn nek zaten. Hij vond te midden van dit alles één reden voor een lachje: toen hij zag dat de eerst zo zelfvoldane Chas Hudson rondliep met een gebroken neus en een oog zo donker als dat van een cobra.

Maar de gezichten van het gepeupel riepen in hem niets op dat ook maar enigszins op vreugde leek. Mensen als hijzelf, de gezichten het dichtst bij hem zo Iers als aardappelen en dronken sentiment, alle gezichten verwrongen tot weerzinwekkende, barbaarse maskers van woede en zelfmedelijden. Alsof ze het récht hadden dit te doen. Alsof dit land hun ook maar iets meer verschuldigd was dan wat het Thomas had gegeven toen hij van de boot kwam, dat wil zeggen niets méér dan een nieuwe kans. Hij wilde ze wel linea recta naar Ierland terugsturen, terug in de liefhebbende armen van de Britten, terug naar hun koude akkers en klamme pubs en tandeloze vrouwen. Wat had dat grauwe land hun ooit meer gegeven dan melancholie en alcoholisme en de zwarte humor van de eeuwige verliezer? Dus kwamen ze hierheen, naar een van de weinige steden ter wereld waar hun soort een eerlijke kans kreeg. Maar gedroegen ze zich als Amerikanen? Gedroegen ze zich met respect of dankbaarheid? Nee. Ze gedroegen zich naar wat ze waren: de negers van Europa. De negers van de wereld. Hoe durfden ze? Wanneer dit achter de rug was, zou het Thomas en goede Ieren zoals hij nog een decennium kosten om de schade die dit gepeupel in twee dagen tijd had aangericht ongedaan te maken. Vervloekt zijn jullie, dacht hij, terwijl ze doorgingen met hen op te drijven. Vervloekt zijn jullie voor het opnieuw besmeuren van ons ras.

Even voorbij A Street voelde hij de massa meegeven. Broadway werd hier breder en verwijdde zich tot een kom die uitliep op het Fort Pointkanaal. Net daarachter lag de Broadway Bridge, en Thomas' hart sprong op bij het zien van de soldaten die daar op de brug stonden opgesteld en van de vrachtwagens die vanaf de brug het plein op rolden. Het gaf hem die avond de ruimte voor een tweede glimlach, en op dat moment schoot iemand brigadier Eigen in de maag. Terwijl het geluid van het schot in de lucht hing, kwam er op Eigens gezicht een uitdrukking van verbazing vermengd met een groeiend besef. Toen viel hij op straat neer. Thomas en inspecteur Stone waren als eersten bij hem. Een tweede kogel raakte een regenpijp net links van hen en de mannen beantwoordden het vuur, tien, twaalf geweren die tegelijk afgingen terwijl Thomas en Stone Eigen optilden en naar de stoep droegen.

Dat was het moment waarop hij Joe zag. De jongen rende langs de noordkant van de straat naar de brug en Thomas zag de man die zijn zoon achternazat, een voormalige pooier en klantenlokker genaamd Rory Droon, een smeerlap en een verkrachter, en die zat nu zijn zoon achterna. Toen Thomas Eigen naar de stoep had gebracht en ze hem zo hadden laten zakken dat hij met zijn rug tegen de muur zat, vroeg Eigen: 'Ga ik dood, hoofdinspecteur?'

'Nee, maar je zult een hoop pijn hebben, jong.' Thomas speurde in de menigte naar zijn zoon. Joe zag hij niet, maar wel plotseling Connor die razendsnel over straat naar de brug schoot, mensen voor zover hij kon omzeilde maar anderen ruw opzij duwde, en Thomas voelde een golf van trots voor zijn middelste zoon, een trots die hem verbaasde omdat hij zich niet kon heugen wanneer er voor het laatst zo'n gevoel over hem was gekomen.

'Pak hem,' fluisterde hij.

'Wat zei u, sir?' vroeg Stone.

'Blijf bij de brigadier,' zei Thomas. 'Stelp het bloeden.'

'Doe ik, hoofdinspecteur.'

'Ik kom terug,' zei Thomas en dook de menigte in.

De geweersalvo's hadden de menigte in heftige beroering gebracht. Connor wist niet waar de kogels vandaan kwamen, alleen maar dat ze met een pinggeluid afketsten op palen en steen en straatnaamborden. Hij vroeg zich af of dit het gevoel was dat mannen in de oorlog, tijdens een veldslag, voelden, deze sensatie van complete chaos, van je eigen dood die langs je heen vliegt, op iets hards afketst en voor een tweede keer langskomt. Mensen renden alle kanten op, botsten op elkaar, braken enkels, duwden en krabden en jankten in doodsnood. Voor hem viel een stelletje neer, door een kogel of een steen of gewoon omdat hun benen in de knoop raakten en ze struikelden, en Connor maakte een sprong en vloog keurig over hen heen. Toen hij landde, zag hij Joe bij de brug en dat de smerig uitziende man hem bij zijn haren pakte. Connor deed een stap opzij voor een man die met een pijp zwaaide, maar naar niemand in het bijzonder, omzeilde een op haar knieën liggende vrouw en het smerig uitziende mannetje draaide zich net naar Connor toe toen deze hem vol in het gezicht raakte. Door de kracht die hij erachter had gezet viel hij naar voren, zodat zijn vuistslag ermee eindigde dat hij boven op het mannetje terechtkwam en ze op straat vielen. Hij krabbelde overeind, greep het mannetje bij zijn strot en haalde uit, maar het mannetje was buiten westen, helemaal, en op de plek waar hij met zijn hoofd op de keien was terechtgekomen, vormde zich een plasje bloed. Connor stond op en zocht naar Joe en zag hem, opgerold als een bal, op de grond liggen. Connor had kans gezien hen beiden tegen de grond te werken. Hij ging naar zijn broertje toe en draaide hem om. Joe keek met grote ogen naar hem op.

'Gaat het?'

'Ja, ja.'

'Kom.' Connor bukte zich, Joe sloeg zijn armen om zijn hals en Connor tilde hem op.

'Vrij vuren!'

Connor draaide zich razendsnel om en zag de State Guard de brug af komen, het geweer in de aanslag. Vanuit de menigte wezen geweren terug. Een verzameling vrijwilligers, onder wie één met een gebroken neus en een blauw oog, legde eveneens aan. Iedereen richtte op iedereen, alsof er geen partijen waren, alleen doelwitten.

'Ogen dicht, Joe. Ogen dicht.'

Hij drukte Joe's hoofd tegen zijn schouder en alle geweren leken tegelijk af te gaan. De lucht explodeerde met witte wolkjes bij de geweerlopen. Plotseling een hoog gegil. Een van de State Troopers greep naar zijn nek. Hij stak een bebloede hand in de lucht. Terwijl de knallen van het volgende salvo klonken, rende Connor met Joe in zijn armen naar een omgegooide auto aan de voet van de brug. Kogels vonkten tegen de zijkant van de auto met het geluid van zware munten in een metalen schaal, en Connor drukte Joe's hoofd nog steviger tegen zijn schouder. Een kogel vloog sissend rechts langs hem heen en trof een kerel in zijn knie. De man viel. Connor wendde zijn hoofd af. Hij was bijna bij de voorkant van de auto toen kogels de ramen raakten. Het glas gleed door de avondlucht als ijzel of hagel, doorzichtig, een regen van zilver die zich uit al dat duister stortte.

Connor merkte dat hij op zijn rug lag. Hij herinnerde zich niet dat hij was uitgegleden. Hij hoorde het geping van de kogels minder frequent worden, hij hoorde uitroepen en kreunen en mensen die namen schreeuwden. Hij rook kruitdamp en om een of andere reden de geur van geroosterd vlees. Hij hoorde Joe zijn naam eerst roepen en hem daarna uitkrijsen met een stem die brak van angst en verdriet. Hij stak een hand uit en voelde die van Joe op de zijne, maar nog steeds hield Joe niet op met schreeuwen.

Daarna zijn vaders stem die Joe suste, tegen hem lispelde: 'Joseph, Joseph, ik ben bij je. Ssst.'

'Pa?' zei Connor.

'Connor,' zei zijn vader.

'Wie heeft het licht uitgedaan?'

'Jezus,' fluisterde zijn vader.

'Ik zie niks, pa.'

'Ik weet het, jong.'

'Waarom zie ik niks?'

'We gaan naar een ziekenhuis, jong. Nu meteen. Dat beloof ik je.'

'Pa?'

Hij voelde zijn vaders hand op zijn borst. 'Gewoon stil blijven liggen, jongen. Gewoon stil blijven liggen.'

7

De volgende ochtend posteerde de State Guard een machine-geweer op een driepoot aan het noordelijke einde van West Broadway in South Boston. Een tweede werd geposteerd op het kruispunt van West Broadway en G Street en een derde op de kruising Broadway-Dorchester. Het 10de Regiment patrouilleerde door de straten en het 11de Regiment bezette de daken.

Die procedure werd herhaald op Scollay Square en langs Atlantic Avenue in North End. Generaal Cole sloot de toegangen tot alle straten die naar Scollay Square voerden af en richtte een doorlaatpost in op Broadway Bridge. Iedereen die zonder duidelijke reden op de betreffende straten werd aangetroffen, werd onmiddellijk gearresteerd.

In de stad bleef het de hele dag rustig, de straten waren leeg.

Gouverneur Coolidge hield een persconferentie. Hoewel hij zijn medeleven uitsprak voor de negen officiële doden en de honderden gewonden, stelde hij dat het gepeupel zelf de schuld droeg. Het gepeupel én de politiemensen die hun post hadden verlaten. De gouverneur stelde verder dat de burgemeester weliswaar zijn best had gedaan om de stad in deze verschrikkelijke crisis te helpen, maar dat het duidelijk was dat hij volstrekt niet was voorbereid op zo'n noodsituatie. Daarom werd de leiding vanaf dat moment overgenomen door de Staat en de gouverneur zelf. In die capaciteit was zijn eerste opdracht Edwin Upton Curtis in diens rechtmatige functie van hoofdcommissaris te herstellen.

Curtis verscheen naast hem op het spreekgestoelte en kondigde aan dat de politie van de mooie stad Boston, in harmonieuze samenwerking met de State Guard, verdere rellen niet zou tolereren. 'De wet dient te worden gehoorzaamd, anders zijn de gevolgen afgrijselijk. We zijn hier niet in Rusland. We zullen alle tot onze beschikking staande geweld gebruiken om de democratie voor onze burgers veilig te stellen. Vandaag komt er een eind aan de anarchie.'

Een verslaggever van de *Transcript* stond op en stak zijn hand op. 'Gouverneur Coolidge, heb ik het goed als ik denk dat u vindt dat burgemeester Peters schuldig is aan de chaos van de afgelopen twee avonden?'

Coolidge schudde zijn hoofd. 'Het gepeupel is schuldig. De politie-agenten die op grove wijze hun plicht verzuimden zijn schuldig. Burgemeester Peters is niet schuldig. Hij werd alleen door de gebeurtenissen overvallen en was daardoor in de beginfase van het oproer een beetje machteloos.'

'Maar, gouverneur,' zei de verslaggever, 'we hebben van verschillende kanten vernomen dat burgemeester Peters binnen een uur na het begin van de politiestaking de State Guard wilde inschakelen, maar dat u, sir, en de hoofdcommissaris dat idee afwezen.'

'Uw informatie is niet juist,' zei Coolidge.

'Maar, gouverneur – '

'Uw informatie is onjuist,' herhaalde Coolidge. 'Deze persconferentie is beëindigd.'

Thomas Coughlin hield de hand van zijn zoon vast. Connor huilde, geluidloos, maar de tranen gleden ongehinderd onder het dikke, witte verband uit dat zijn ogen bedekte en rolden van zijn kin en maakten de kraag van zijn ziekenhuishemd nat.

Zijn moeder staarde uit het raam van Mass General; ze beefde en haar ogen waren droog.

Joe zat in een stoel aan de andere kant van het bed. Hij had geen woord meer gesproken sinds ze Connor de avond ervoor in de ambulance hadden getild.

Thomas raakte Connors wang aan. 'Het komt goed,' fluisterde hij.

'Wat nou "komt goed"?' zei Connor. 'Ik ben blind.'

'Dat weet ik, jongen, dat weet ik. Maar we komen er wel doorheen.'

Connor draaide zijn hoofd af en probeerde zijn hand weg te trekken, maar Thomas hield hem vast.

'Con,' zei Thomas en hij hoorde de hulpeloosheid in zijn eigen stem. 'Het is een verschrikkelijke slag, daar kan geen twijfel over bestaan. Maar geef je niet over aan de zonde van de wanhoop, jongen. Dat is de ergste zonde van al. God zal je er doorheen helpen. Hij vraagt alleen kracht van je.'

'Kracht?' zei Connor met een schamper lachje. 'Ik ben blind!'

Bij het raam bekruiste Ellen zich.

'Blind,' fluisterde Connor.

Thomas wist niet wat te zeggen. Misschien was dit van alle dingen de werkelijke prijs van familie: niet in staat zijn iets te doen aan de allerergste pijn van je beminden. Niet in staat zijn die uit het bloed, het hart, het hoofd te zuigen. Je hield ze vast en gaf ze een naam en voedde ze en maakte je plannen voor ze zonder ooit volledig te beseffen dat er een wereld was die wachtte op een kans om zijn tanden in hen te zetten.

Danny kwam de kamer in en bleef stokstijf staan.

Thomas had er niet voldoende over nagedacht, maar realiseerde zich meteen wat Danny in hun ogen zag: ze gaven hem de schuld.

Ja, natuurlijk deden ze dat. Er was toch geen andere schuldige?

Zelfs Joe, die Danny altijd had aanbeden, keek naar hem op met verwarring en haat in zijn ogen.

Thomas hield het eenvoudig: 'Je broer is gisteravond blind geworden.' Hij bracht Connors hand naar zijn lippen en drukte er een kus op. 'Bij de rellen.'

'Dan?' zei Connor, 'ben jij dat?'

'Ja, ik ben het, Con.'

'Ik ben blind, Dan.'

'Ik weet het.'

'Ik verwijt je niks, Dan. Echt niet.'

Danny's hoofd zakte en zijn schouders schokten. Joe keek de andere kant op.

'Echt niet,' zei Connor.

Ellen kwam bij het raam vandaan en liep de kamer door naar Danny. Ze legde een hand op zijn schouder. Danny hief zijn hoofd op. Ellen keek hem in de ogen. Danny liet zijn handen langs zijn zij vallen en draaide de handpalmen omhoog.

Ellen sloeg hem in het gezicht.

Danny's gezicht verschrompelde en Ellen gaf hem nog een klap.

'Verdwijn,' siste ze. 'Verdwijn, jij... jij bolsjewiek.' Ze wees naar Connor. 'Jij hebt dat gedaan. Jij. Verdwijn.'

Danny keek Joe aan maar die keek de andere kant op.

Hij keek Thomas aan. Thomas keek terug, schudde zijn hoofd en wendde zijn gezicht af.

Die avond schoot de State Guard in Jamaica Plain op vier man. Een dode. Het 10de Regiment verwijderde de dobbelaars van de Boston Common, dreef hen met de bajonet in de rug Tremont Street in. Er verzamelde zich een menigte. Er volgden waarschuwingsschoten. Een man werd in de borst geschoten toen hij probeerde een dobbelaar te redden. Later die middag overleed hij aan zijn verwondingen.

In de rest van de stad was het rustig.

Danny was de volgende twee dagen bezig steun bij elkaar te krijgen. Hij kreeg persoonlijk te horen dat de Telegraph & Telephone Union zodra dat werd gevraagd zou gaan staken. De Vakbond van Barkeepers verzekerde hem hetzelfde, evenals de Hebreeuwse vakbonden en de vakbonden van Trampersoneel en Elektriciens. Maar de vakbond van Brandweerlieden weigerde hem te ontvangen of zijn telefoontjes te beantwoorden.

'Ik kom afscheid nemen,' zei Luther.

Nora deed een stap bij de deur vandaan. 'Kom binnen, kom binnen.'

Luther ging naar binnen. 'Is Danny thuis?'

'Nee, hij is naar een vergadering in Roxbury.'

Luther zag dat ze haar jas aan had. 'Ga je erheen?'

'Ja, ik denk dat het niet goed gaat.'

'Mag ik je dan brengen?'

Nora glimlachte. 'Dat zou ik fijn vinden.'

Op weg naar het luchtspoor werd er heel wat naar hen gestaard, een blanke vrouw en een zwarte man die samen door North End liepen. Luther overwoog even een pas achter haar te gaan lopen, zodat het leek alsof hij haar bediende of zo was, maar toen herinnerde hij zich waarom hij in de eerste plaats naar Tulsa terugging, wat hij bij dat gepeupel had gezien, dus liep hij naast haar, met een open blik en opgeheven hoofd.

'Dus je gaat terug,' zei Nora.

'Ja, ik moet. Ik mis mijn vrouw. Ik wil mijn kind zien.'

'Maar het is gevaarlijk.'

'Wat is dat niet tegenwoordig?'

Ze reageerde met een lachje. 'Daar heb je gelijk in.'

In het luchtspoor merkte Luther dat zijn benen zich onwillekeurig spanden toen ze over het hoge gedeelte reden dat door de melassevloedgolf verwoest was geweest. Het was allang gerepareerd en versterkt, maar hij vroeg zich af of hij zich bij het passeren ooit nog veilig zou voelen.

Wat een jaar! Stel dat hij nog twaalf levens zou leven, zouden daar dan nog eens twaalf van zulke maanden bij zijn? Hij was naar Boston gekomen voor zijn veiligheid, maar bij die gedachte moest hij toch lachen: met Eddie McKenna en de melassevloedgolf en de 1-Meirellen en de politie die ging staken was Boston de mínst veilige van alle steden waar hij ooit was geweest. Het Athene van Amerika? Hou op, zeg. Als je zag hoe die gekke Yankees zich hadden gedragen sinds Luther in Boston was gekomen zou hij de naam veranderen in Gekkenhuis van Amerika.

Hij ving een lachje op van Nora die in de afdeling voor blanken zat en hij lichtte even zijn hoed voor haar en zij 'salueerde' terug. Wat een grandioos mens was ze. Als Danny geen kans zag het te verpesten, zou hij met deze vrouw naast zich heel gelukkig oud kunnen worden. Niet dat Danny van plan leek het te verpesten, maar hij was nu eenmaal een man, en niemand wist beter dan Luther dat een vent grandioos op zijn eigen pik kon gaan staan wanneer hij dacht dat wat hij wilde in tegenspraak was met wat hij wist dat hij nodig had.

De luchttrein rolde door een leeg omhulsel van een stad, een spookstad van as en glasscherven. Niemand op straat, behalve de State Guard. Alle woede van de afgelopen twee dagen was als een geest in de fles teruggestopt. Machinegeweren konden dat effect hebben, daar twijfelde Luther niet aan, maar hij vroeg zich af of er misschien meer achter zat dan puur machtsvertoon. Misschien dat uiteindelijk de behoefte om de waarheid – wij zijn het gepeupel – op te schorten sterker was dan de extase om eraan toe te geven. Misschien was iedereen vanochtend beschaamd wakker geworden, vermoeid, niet in staat nog een zinloze avond te doorstaan. Misschien keken ze naar de machinegeweren en slaakten ze een zucht van verlichting. Papa was thuis. Ze hoefden niet langer bang te zijn dat hij hen alleen zou laten, hen voorgoed in de steek zou laten.

Ze stapten uit bij Roxbury Crossing en liepen naar Fay Hall.

Nora vroeg: 'Hoe namen de Giddreaux' je vertrek op?'

Luther haalde zijn schouders op. 'Ze begrijpen het wel. Ik denk dat Yvette me een beetje aardiger is gaan vinden dan ze had verwacht, dus het is niet gemakkelijk, maar ze begrijpen het.'

'Vertrek je vandaag?'

'Morgen,' zei Luther.

'Je schrijft toch wel, hè?'

'Yes, ma'am. En jullie zouden een keer op bezoek moeten komen.'

'Ik zal het hem zelf zeggen. Ik weet niet wat we gaan doen, Luther, echt niet.'

Luther keek haar aan, naar het trillinkje van haar kin. 'Denk je niet dat ze hun baan terugkrijgen?'

'Ik weet het niet. Ik weet het niet.'

In Fay Hall werd gestemd over de vraag of ze bij de American Federation of Labor zouden blijven. De uitslag was 1388 voor, 14 tegen. Ze stemden verder over doorgaan met de staking of niet. Dat was controversiëler. Er werd vanuit de zaal geroepen of Danny wist of de Central Labor Union de belofte van een solidariteitsstaking gestand zou doen. Een andere diender riep dat hij had gehoord dat de brandweerlieden liepen te zeiken. Ze hadden de pest in omdat er tijdens de rellen zo vaak vals alarm was geslagen en de BPD had met veel vertoon een advertentiecampagne op touw gezet waarin ze om vrijwilligers vroegen om hen te vervangen. Het aantal sollicitanten was twee keer zo groot als verwacht.

Danny had twee berichten bij Ralph Raphelson op kantoor achtergelaten met het verzoek om naar Fay Hall te komen, maar hij had nog niets gehoord. Hij ging het podium op. 'De Central Labor Union is nog steeds bezig zijn vertegenwoordigers bij elkaar te krijgen. Zodra dat is gelukt, wordt er gestemd. Ik heb geen enkele aanwijzing gekregen dat ze anders zullen stemmen dan ze verwachten. Ik weet het, in de pers worden we afgemaakt. En dat begrijp ik wel. De rellen doen ons de das om.'

'We worden ook vanaf de kansel afgemaakt,' riep Francis Leonard. 'Je zou eens moeten horen wat ze tijdens de ochtendmis over ons hebben gezegd.'

Danny stak een hand op. 'Dat heb ik gehoord, heus. Maar toch kunnen we de slag nog winnen. We moeten gewoon een eenheid vormen, vasthouden aan ons besluit. De gouverneur en de burgemeester zijn nog altijd bang voor een solidariteitsstaking, en we hebben de macht van de AFL nog altijd achter ons. We kunnen nog steeds winnen.'

Danny wist niet goed hoeveel geloof hij aan zijn eigen woorden kon hechten, maar hij voelde plotseling hoop opgloeien toen hij Nora en Luther achter in de zaal zag. Nora zwaaide en lachte breed naar hem en hij lachte terug. Ze deden een stap naar rechts en op de vrijgekomen plek verscheen Ralph Raphelson. Hij zette zijn hoed af en zijn ogen ontmoetten die van Danny.

Hij schudde zijn hoofd.

Danny voelde het als een klap met een loden pijp op zijn rug en een steek in zijn maag met een ijskoud mes.

Raphelson zette zijn hoed op en draaide zich om om weg te gaan, maar zo gemakkelijk liet Danny hem niet gaan, niet nu, niet deze avond.

'Heren, een hartelijk applaus voor Ralph Raphelson van de Central Labor Union Boston.'

Toen de mannen zich omdraaiden, hem zagen en begonnen te klappen, draaide Raphelson zich met een lelijk gezicht terug.

'Ralph,' riep Danny met een armzwaai, 'kom hier en vertel ons wat de Union van plan is.'

Raphelson kwam door het middenpad met een strak, bleek lachje op zijn gezicht en afgemeten passen. Hij klom het trapje op, schudde Danny de hand en fluisterde: 'Ik krijg je nog wel, Coughlin.'

'O ja?' Danny greep de hand en kneep hard terwijl hij breed glimlachte. 'Ik hoop dat je erin stikt, verdomme.'

Hij liet de hand vallen en trok zich terug achter op het podium terwijl Raphelson het spreekgestoelte besteeg en Mark naast Danny kwam staan.

'Gaat hij ons verlinken?'

'Dat heeft hij al gedaan.'

'Het kan nog erger,' zei Mark.

Danny keek hem aan en zag dat Marks ogen vochtig waren, de wallen onder zijn ogen donker.

'Jezus, hoezo nog erger?'

'Hier heb je het telegram dat Samuel Gompers vanochtend aan gouverneur Coolidge heeft gestuurd. Het gaat om het omcirkelde gedeelte.'

Danny's ogen gingen over de bladzijde tot ze de omcirkelde zin vonden:

Hoewel wij van mening zijn dat de politiemensen van Boston slecht worden behandeld en dat hun arbeidsrechten door zowel uzelf als hoofdcommissaris Curtis zijn genegeerd, heeft de American Federation of Labor altijd het standpunt gehuldigd dat alle overheidsdienaren het staken moet worden ontraden.

De meeste mannen waren opgestaan en jouwden Raphelson nu uit. Er vielen stoelen om.

Danny liet de kopie van het telegram op de grond vallen en zei: 'We zijn er geweest.'

'Er is nog hoop, Dan.'

'Waarop?' Danny keek hem aan. 'De AFL en de CLU hebben ons allebei op een en dezelfde dag verlinkt. Hóóp?'

'Misschien krijgen we onze baan terug.'

Een stel mannen stormde naar voren en Ralph Raphelson deed een aantal stappen achteruit.

'Onze baan teruggeven? Dat doen ze nooit,' zei Danny. 'Nooit.'

De terugreis met het luchtspoor naar North End was een ramp. Luther had Danny nog nooit in zo'n sombere stemming meegemaakt. Die omvatte hem als een jas. Hij zat bij Luther in de afdeling voor zwarten en gaf iedereen die hem bevreemd aankeek een vuile blik terug. Nora zat naast hem en wreef gespannen over zijn hand, als om hem te kalmeren, maar in feite om zichzelf te kalmeren wist Luther.

Luther kende Danny nu lang genoeg om te weten dat je wel gek moest zijn om met hem op de vuist te gaan. Hij was te groot, te onbevreesd, te ongevoelig voor pijn. Hij was dus nooit zo dom geweest om Danny's kracht op de proef te stellen, maar hij was nog niet eerder dichtbij genoeg geweest om het vermogen tot geweld te voelen dat als een tweede, diepere ziel in de man leefde.

De andere mannen in de wagon stopten met hun vreemde blikken, keken helemaal niet meer naar hem. Danny zat daar maar, staarde naar de rest van de wagon, leek niet één keer met zijn ogen te knipperen. Zijn donkere ogen wachtten op een moment waarop ze de rest van hem tot uitbarsting konden laten komen.

Ze stapten uit in North End en liepen via Hanover Street richting Salem Street. Tijdens de rit was de avond gevallen, maar de straten waren bijna leeg door de aanwezigheid van de State Guard. Ongeveer halverwege Hanover, toen ze langs het Pradopark liepen, riep iemand Danny's naam. Het was een hese, zachte stem. Ze draaiden zich om en Nora ontsnapte een zacht angstkreetje toen er een man uit de schaduw van het Prado stapte met een gat in zijn jas waar rook uitkwam.

'Jezus, Steve,' zei Danny en ving de man, toen hij viel, in zijn armen op. 'Nora, schat, kun je een gardesoldaat zoeken en zeggen dat er een diender is neergeschoten?'

'Ik ben geen diender,' zei Steve.

'Jij bent een diender.'

Hij liet Steve op de grond zakken terwijl Nora de straat uit rende. 'Steve, Steve.'

Steve opende zijn ogen terwijl er nog steeds rook uit het gat in zijn borst kwam. 'De hele tijd naar haar gevraagd, en dan loop ik haar tegen het lijf. Liep het steegje tussen Stillman en Cooper in, keek op en daar was ze. Tessa. *Pop*.'

Zijn oogleden trilden. Danny trok zijn overhemd omhoog, scheurde er een reep van af, maakte er een prop van en drukte die in het gat.

Steve opende zijn ogen. 'Ze is vast bezig... met verhuizen, Dan. Op dit moment.'

Er klonk het fluitje van een gardesoldaat en Danny zag Nora door de straat in hun richting terugrennen. Tegen Luther zei hij: 'Hier je hand op leggen en stevig drukken.'

Luther volgde zijn instructie en duwde met zijn vlakke hand op de prop en zag hem rood worden.

Danny stond op.

'Wacht. Wat ga je doen?'

'Degene pakken die dit heeft gedaan. Zeg tegen de soldaat dat een vrouw het heeft gedaan, ene Tessa Ficara. Heb je die naam?'

'Ja, ja, Tessa Ficara.'

Danny rende het Prado door.

Hij trof haar toen ze een brandladder af kwam. Hij stond in een straatje in de achteringang van een herenmodezaak ertegenover en hij zag haar uit een raam op de tweede verdieping stappen en naar het tussenbordes een verdieping lager lopen. Ze tilde de ladder eronder op zodat de haken uit hun behuizing kwamen en weer aan het ijzer klikten terwijl ze hem naar de straat liet zakken. Toen ze zich omdraaide om aan de afdaling te beginnen, trok hij zijn revolver en stak het straatje over. Toen ze de laatste sport had bereikt en een voet op straat zette, drukte hij het pistool tegen haar hals.

'Hou je handen op de ladder en draai je niet om.'

'Agent Danny,' zei ze. Ze begon zich om te draaien en hij gaf haar met zijn vrije hand een klap tegen de zijkant van haar hoofd.

'Wat zei ik nou! Handen op de ladder en je niet omdraaien.'

'Zoals je wilt.'

Hij voelde in haar zakken en daarna in de plooien van haar kleren.

'Vind je dat lekker?' vroeg ze. 'Vind je het lekker om me te betasten?'

'Wil je weer een klap?'

'Moet je echt slaan?' zei ze. 'Sla dan harder.'

Zijn hand stootte op een harde bobbel bij haar lies en hij voelde haar verstijven.

'Ik neem aan dat je geen pik hebt laten groeien, Tessa.'

Hij ging met zijn hand langs haar been omlaag en onder haar rok en haar onderrok omhoog. Hij haalde de Derringer uit het elastiek van haar ondergoed en stak hem in zijn zak.

'Tevreden?' vroeg ze.

'Bij lange na niet.'

'Hoe is het met jouw pik, Danny,' vroeg ze, waarbij het woord eruit kwam als 'piek', alsof ze het voor het eerst uitprobeerde. Maar hij wist uit ervaring dat dat niet zo was.

'Til je been op,' zei hij.

Ze deed wat hij vroeg. 'Is hij stijf?'

Ze droeg zilvergrijze rijglaarsjes met een halfhoge hak en een fluwelen bovenrand. Hij ging er met zijn hand overheen en omheen.

'Nu je andere.'

Ze zette haar rechtervoet neer. Toen ze haar linker optilde, stootte ze met haar achterwerk tegen hem aan. 'O ja, hij is heel stijf.'

Hij vond het mes in haar linker laarsje. Het was klein en dun maar, daar twijfelde hij niet aan, vlijmscherp. Hij haalde het er samen met de ruwe leren schede uit en stopte het weg bij het wapen.

'Wil je dat ik mijn linkervoet weer neerzet, of wil je me zo neuken?'

Hij zag zijn adem in de kou. 'Neuken zit er vanavond niet in, kreng.'

Hij ging weer met zijn handen over haar lichaam en hoorde haar langzame, gelijkmatige ademhaling. Op haar hoofd had ze een matrozenpet van crêpe met een brede rand en een rood lint langs de rand en van voren een strik. Hij zette hem af, deed een stap achteruit en ging met zijn vingers over de sierrand. Hij vond twee scheermesjes verstopt onder de zijde en gooide ze op de grond en het hoedje er achteraan.

'Je hebt mijn hoedje vies gemaakt,' zei ze. 'Arm, arm hoedje.'

Hij legde een hand op haar rug en trok alle speldjes uit haar haar tot het over haar nek en haar rug viel, gooide de speldjes weg en deed weer een pas achteruit.

'Draai je om.'

'Ja, baas.'

Ze draaide zich om, leunde tegen de ladder en hield haar handen gekruist voor haar lichaam. Ze glimlachte en het maakte dat hij haar weer wilde slaan.

'Denk je dat je me nu gaat arresteren?'

Hij haalde een stel handboeien uit zijn zak en liet ze aan zijn vinger bungelen.

Ze knikte en de glimlach bleef. 'Je bent geen politieagent meer, Danny. Ik weet dat soort dingen.'

'Burgeraanhouding.'

'Als jij mij arresteert, hang ik me op.'

Nu was het zijn beurt voor een schouderophalen. 'Best.'

'Dan sterft ook de baby in mijn buik.'

Hij zei: 'Weer met kind, hè?'

'*Sí.*'

Ze keek hem strak aan, haar ogen groot en donker, zoals altijd. Ze ging met een hand over haar buik. 'Er leeft een leven in me.'

'Ha ha,' zei Danny. 'Maak dat een ander wijs.'

'Dat hoeft niet. Breng me naar de gevangenis en de dokter daar zal bevestigen dat ik zwanger ben. En ik verzeker je dat ik me verhang. En dan sterft er een kind in mijn buik.'

Hij sloot de boeien om haar polsen en gaf er daarna zo'n ruk aan, dat hun lichamen tegen elkaar bonsden en hun gezichten elkaar bijna raakten.

'Speel geen spelletjes met me, vuile hoer. Dat is je één keer gelukt, maar dat lukt je geen tweede keer hier op aarde.'

'Dat weet ik,' zei ze en hij proefde haar adem. 'Ik ben een revolutionair, Danny, en ik – '

'Je bent een vuile terrorist, een bommenmaakster.' Hij pakte het kettinkje van de handboeien en trok haar naar zich toe. 'Je hebt zonet een vent doodgeschoten die de afgelopen negen maanden op een baan liep te azen. Hij was iemand "van het volk". Gewoon weer een arbeider die probeerde rond te komen, en jij schiet hem dood, verdomme.'

'Ex-agent, Danny,' zei ze op de toon van een oudere vrouw die het tegen een kind heeft. 'Bij een oorlog vallen nu eenmaal slachtoffers. Vraag dat maar aan mijn dode man.'

Het metaal schoot tussen haar handen vandaan zijn lichaam in. Het beet in zijn vlees en raakte daarna het bot waar het zich doorheen beitelde en zijn heup vloog in brand en de pijnflits schoot omlaag door zijn dij tot bij zijn knie.

Hij duwde haar achteruit en ze struikelde en ze keek naar hem met haar haar voor haar gezicht en haar lippen wit van het speeksel.

Danny keek naar het mes dat uit zijn heup stak en toen begaf zijn been het en viel hij op zijn achterwerk in het straatje en zag hij het bloed uit zijn dijbeen gutsen. Hij hief zijn .45 en richtte op haar.

De pijn kwam in scheuten waardoor zijn hele lichaam schokte. Het was erger dan alles wat hij had gevoeld toen hij in zijn borst was geschoten.

'Ik draag een kind,' zei en deed een stap achterwaarts.

Danny nam een hap lucht en zoog hem door zijn tanden naar binnen.

Tessa hield haar handen voor zich en hij schoot haar een keer in haar kin en een keer tussen haar borsten en ze viel neer en spartelde als een vis. Haar hakken sloegen tegen de keien en ze probeerde te gaan zitten, nam een hap lucht terwijl het bloed over haar jas liep. Danny zag haar ogen naar achteren draaien en toen klapte haar hoofd op de stenen en lag ze stil. Achter de ramen gingen lampen aan.

Hij liet zich achterover zakken en iets prikte in zijn dij. Hij hoorde het pistoolschot een halve seconde voor de volgende kogel hem hoog rechts in zijn borst raakte. Hij probeerde zijn eigen pistool te heffen. Hij tilde zijn hoofd op en zag een man op de brandladder staan. Er was een lichtflits bij zijn pistool en de kogel sloeg te pletter op de keien. Danny bleef proberen zijn wapen op te tillen, maar zijn arm wilde zijn bevelen niet uitvoeren, en het volgende schot trof hem in zijn linkerhand. De hele tijd vroeg hij zich onwillekeurig af: wie ís die verdomde kerel?

Hij leunde op zijn ellebogen en het wapen viel uit zijn rechterhand. Hij wou dat hij op een andere dag had kunnen sterven. Deze dag had te veel nederlagen met zich meegebracht, te veel wanhoop, en hij had de wereld graag willen verlaten met een geloof in iets.

De man op de brandtrap steunde met zijn ellebogen op de reling en legde aan.

Danny sloot zijn ogen.

Hij hoorde een schreeuw, een gebrul eerder, en vroeg zich af of hij het zelf produceerde. Een gekletter van metaal, een hogere schreeuw. Hij deed zijn ogen open en zag de man door de lucht vallen, en zijn hoofd kwam met een harde plof op de keien en zijn lichaam vouwde dubbel.

Luther hoorde het eerste schot toen hij het straatje al voorbij was. Hij bleef staan en hoorde bijna een minuut lang niets. Toen hij op het punt stond door te lopen, hoorde hij het tweede schot: een scherp *pop,* onmiddellijk gevolgd door een derde. Hij draafde terug het straatje in. Er waren wat lichten aangegaan en midden op straat zag hij twee figuren liggen waarvan er een probeerde een wapen van de straat op te tillen. Danny.

Hogerop, op de brandtrap, stond een man met een zwarte bolhoed die een wapen op Danny richtte. Luther zag de baksteen naast een vuilnisbak liggen, dacht eerst nog even dat het een rat was toen hij zijn hand ernaar uitstak, maar de rat bewoog niet en hij sloot zijn hand eromheen en tilde hem op, ja, een baksteen.

Toen Danny op zijn ellebogen leunde, zag Luther dat het een executie werd, hij voelde het in zijn borst en hij liet de luidste kreet los die hij had, een betekenisloos 'Aaaaahhh' dat het bloed uit zijn hart en ziel leek te halen.

De man op de brandtrap keek op en Luther had zijn arm al gebogen. Hij voelde het gras onder zijn voeten, de geur van een sportveld eind augustus, de geur van leer en stof en zweet, zag de loper proberen het thuishonk te halen, het thuishonk te nemen tegen *zijn* arm in, proberen *hem* voor schut te zetten? Luthers voeten maakten zich los van de straat en zijn arm veranderde in een katapult. Hij zag een achtervangerhandschoen wachten en de lucht knetterde toen hij de baksteen losliet. Die baksteen ging ook wel verdomd snel omhoog, alsof hij door zijn maker voor geen ander doel uit het vuur was getrokken. Die baksteen had *ambitie.*

Hij trof die klootzak precies tegen de zijkant van die maffe hoed. Verpletterde de halve hoed en zijn halve hoofd. De vent wankelde, helde naar voren. Hij viel over de rand van de brandtrap, probeerde hem te pakken, trapte ernaar maar dat bood geen enkele hoop. Hij viel gewoon. Hij viel recht omlaag, schreeuwde onderweg als een griet, en landde op zijn hoofd.

Danny glimlachte. Het bloed pompte zich een weg uit zijn lichaam alsof het een brand moest blussen en hij *glimlacht* verdomme.

'Nou heb je mijn leven twee keer gered.'

'Sst.'

Nora kwam het straatje in gerend; haar schoenen klakten op de stenen. Ze viel op haar knieën over haar man heen.

'Een kompres, schat,' zei Danny. 'Je sjaal. Vergeet dat been. De borst, de borst, de borst.'

Ze gebruikte haar sjaal voor het gat in zijn borst en Luther deed zijn jasje uit en verbond er het grotere gat in Danny's been mee. Ze bogen zich over hem heen en drukten met hun hele gewicht op zijn borst.

'Danny, blijf bij ons.'

'Blijf,' zei Danny. 'Sterk. Hou van je.'

Nora's tranen regenden neer op zijn gezicht. 'Ja, ja, je bent sterk.'

'Luther.'

'Ja?'

In de verte jammerde een sirene, gevolgd door een tweede.

'Prachtige worp.'

'Ssst.'

'Je moet...' Danny glimlachte en er borrelde bloed over zijn lippen. '... honkballer worden, of zo.'

DE BABE
GAAT ZUIDWAARTS

1

Luther kwam eind september terug in Tulsa tijdens een hardnekkige hittegolf en een klamme wind die het stof opjoeg en de stad met een dikke vuilgele laag bedekte. Hij had een tijdje bij oom Hollis in East St. Louis doorgebracht, genoeg tijd om een baard te laten staan. Hij verzorgde ook zijn haar niet meer en verruilde zijn bolhoed voor een gescheurde cavaleristenpet met een rafelrand en een bovenkant waar de mot in had gezeten. Hij gaf oom Hollis zelfs de kans hem vet te mesten, zodat hij voor het eerst in zijn leven een buikje had en wat meer vlees onder zijn kin. Toen hij in Tulsa uit de goederentrein stapte, zag hij eruit als een zwerver. Wat ook de bedoeling was. Een zwerver met een plunjezak.

Als hij naar de plunjezak keek, moest hij bijna altijd lachen. Daar kon hij niets aan doen. Onderin zaten bij elkaar gebonden stapeltjes geld, het resultaat van de hebzucht van een ander, het smeergeld van een ander. Een decennium aan corruptie, keurig opgestapeld en gebundeld en nu ruikend naar iemand anders' toekomst.

Hij nam de plunjezak mee naar een braakliggend stuk grond ten noorden van de spoorlijn en begroef hem daar met een spa die hij uit East St. Louis had meegenomen. Daarna stak hij het Sante Fe-spoor over en liep Greenwood in, naar Admiral, waar het ruige volk zijn tijd doorbracht. Het duurde vier uur voor hij Smoke uit een biljartzaal zag komen die er vorig jaar, toen Luther wegging, nog niet was geweest. De tent heette Poulson's en het duurde even voor Luther zich herinnerde dat dat Smokes officiële achternaam was. Als hij dat eerder had geweten, had hij misschien geen vier uur verloren met over Admiral heen en weer te lopen.

Smoke had drie man bij zich en ze bleven hem omringen tot ze bij een kersenrode Maxwell kwamen. Een van hen opende het achterportier, Smoke dook erin en ze reden weg. Luther ging terug naar het braakliggende terrein, groef de zak op, nam eruit wat hij nodig had en begroef hem weer. Hij liep opnieuw Greenwood in tot hij had gevonden wat hij zocht: Deval's Autosloperij, die werd gerund door een oude kerel, Latimer Deval, die wel eens wat klusjes had gedaan voor oom James. Luther had Deval nooit in levenden lijve gezien, maar was toen hij daar woonde vaak genoeg langs zijn terrein gekomen om te weten dat Deval altijd een paar barrels op zijn gazonnetje langs de weg had staan.

Voor driehonderd dollar kocht hij van Deval een Franklin Tourer uit 1910, waarbij nauwelijks woorden werden gewisseld, alleen geld en sleutels. Luther reed terug naar Admiral en parkeerde de auto in een straat die honderd meter van Poulson's verwijderd was.

De rest van de week volgde hij Smoke en zijn mannen. Hij reed nooit naar zijn eigen huis in Elwood, hoewel het meer dan wat ook aan hem vrat dat hij er na zo'n lange tijd zo dichtbij was. Maar hij wist dat hij, als hij Lila of zijn zoontje zag, al zijn kracht zou verliezen en naar hen toe zou moeten rennen om ze vast te houden en te ruiken en met zijn tranen te bevochtigen. En dat zou zijn dood zijn. Dus reed hij met de Franklin elke avond naar een stuk woeste grond en sliep daar in de auto in de bosjes. De volgende morgen was hij dan weer aan het werk: de gangen van Smoke leren kennen.

Smoke lunchte elke dag in dezelfde snackbar maar wisselde voor het avondeten. De ene keer at hij bij Torchy's, dan weer bij Alma's Chop House, of hij ging naar Riley's, een jazzclub die in de plaats van Club Almighty was gekomen. Waarbij Luther zich afvroeg wat Smoke dacht als hij op zijn eten zat te kauwen met zicht op het podium waar hij bijna was doodgebloed. Wat je verder ook van de man kon zeggen, hij had beslist een sterk gestel.

Na een week had Luther het idee dat hij 's mans gangen voldoende kende omdat Smoke zijn vaste gewoonten had. Hij at dan misschien wel elke avond ergens anders, maar hij kwam er altijd precies om zes uur. Dinsdags en donderdags ging hij altijd naar het huis van zijn vriendin ergens in de rimboe, een oud deelpachtershutje. Zijn mannen wachtten dan op het erf terwijl hij binnen zijn gang ging. Na twee uur kwam hij dan weer naar buiten terwijl hij zijn overhemd in zijn broek stopte.

Toen Luther eenmaal de middagindeling doorhad (lunch om half een, geld ophalen en drugsvoorraad aanvullen van half twee tot drie), vond hij dat hij zijn moment om toe te slaan had gevonden. Hij ging naar een ijzerwarenzaak, kocht precies dezelfde deurknop, slot en afdekplaat als op de deur van Smokes appartement zat. Hij was hele middagen in de auto bezig te leren hoe hij met een paperclip in het sleutelgat het slot in tien van de tien gevallen binnen twintig seconden kon openen. Daarna oefende hij het in het donker als hij met de auto naast de donkere struiken stond en er zelfs geen maanlicht was dat hem de weg kon wijzen, net zolang tot hij het slot met zijn ogen dicht open kreeg.

Op een donderdagavond, toen Smoke en zijn mannen naar het hutje van die vrouw waren, stak Luther in de beginnende avondschemering Admiral over en was hij sneller bij Smoke binnen dan hij ooit een honk had gestolen. Hij zag een trap voor zich die rook naar Castile-zeep en toen hij die was opgegaan, vond hij een tweede deur, ook op slot. Deze had een ander slotcilinder, dus kostte het ongeveer twee minuten om hem in de vingers te krijgen. Toen ging de deur open en was hij binnen. Hij draaide zich om en hurkte in de deuropening tot hij één zwarte haar op de drempel zag liggen. Hij pakte hem op, legde hem weer tegen het slot aan en sloot de deur eroverheen.

Hij had 's morgens een bad in de rivier genomen en zijn stinkende lijf klappertandend helemaal met bruine zeep ingezeept. Daarna had hij de schone kleren die hij in St. Louis had gekocht op de voorbank van de auto uit de plunjezak gehaald en aangetrokken. Hij prees zich daar nu voor, want hij had terecht aangenomen dat Smokes appartement net zo netjes zou zijn als zijn pak. Het huis was smetteloos. Kaal ook. Niets aan de muren, alleen een los kleed op de vloer van de huiskamer. Een kale salontafel, een Victrola zonder een stofje of zelfs maar een vinger.

Luther vond de gangkast, zag dat verscheidene jassen die hij Smoke de vorige week had zien dragen, keurig op houten hangertjes hingen. Het lege hangertje wachtte op de blauwe geklede jas met de leren kraag die Smoke vandaag droeg. Luther glipte de kast in tussen de kleren, sloot de deur en wachtte.

Het duurde ongeveer een uur, maar het leken er vijf. Hij hoorde voetstappen op de trap, vier paar, en haalde zijn horloge tevoorschijn, maar daarvoor was het te donker. Dus stopte hij het weer in zijn vest en realiseerde zich dat hij zijn adem inhield. Hij ademde langzaam uit en op dat moment draaide de sleutel om in het slot. De deur ging open en een man zei: 'Alles in orde, Mr Poulson?'

'Ja, Red. Tot morgen.'

'Yes, sir.'

De deur ging dicht en Luther hief zijn pistool. Eén afschuwelijk moment werd hij gegrepen door een overweldigende angst, een verlangen zijn ogen te sluiten en dit moment weg te wensen, om Smoke opzij te duwen als hij de deur opende en er als een haas vandoor te gaan.

Maar het was te laat, omdat Smoke recht naar de kast kwam, de deur opende en Luther geen andere keuze had dan de loop op de punt van Smokes neus te zetten.

'Eén geluid en ik vermoord je ter plekke.'

Smoke stak zijn armen in de lucht, zijn jas nog aan.

'Doe een paar stappen achteruit. Hou die handen in de lucht.' Luther stapte uit de kast de gang op.

Smokes ogen werden spleetjes. 'Boertje?'

Luther knikte.

'Je bent veranderd. Ik zou je op straat nooit hebben herkend met die baard.'

'Dat heb je ook niet.'

Smoke haalde even de wenkbrauwen op.

'Keuken,' zei Luther. 'Jij eerst. Handen op je hoofd met je vingers in elkaar.'

Smoke deed wat hem werd gezegd, liep de gang door en de keuken in. Er stond een tafeltje met een roodwit geblokt kleed en twee keukenstoelen. Luther wees dat Smoke op de ene moest gaan zitten en nam zelf plaats op de andere ertegenover.

'Je mag je handen wel van je hoofd halen. Leg ze maar op tafel.'

Smoke haalde zijn vingers uit elkaar en legde zijn handen plat op tafel.

'Is Old Byron nog bij je langs geweest?'

Smoke knikte. 'Zei dat je hem door een ruit had gegooid.'

'En dat ik je te pakken zou nemen?'

'Heeft hij het over gehad, ja.'

'Zijn daar die drie bodyguards voor?'

'Daarvoor. En een paar concurrerende zakenlieden met heel korte lontjes.'

Luther stak zijn hand in zijn zak en haalde er een bruine papieren zak uit die hij op tafel legde. Hij keek hoe Smoke ernaar staarde en zich afvroeg wat erin zat.

'Wat vind jij van Chicago?' vroeg Luther.

Smoke hield zijn hoofd schuin. 'De rellen?'

Luther knikte.

'Vond het verdomd schandalig dat we maar vijftien witjes hebben gedood.'

'Washington?'

'Waar wil je naartoe?'

'Doe me even een plezier, Mr Poulson.'

Daar trok Smoke weer een wenkbrauw bij op. 'Washington? Idem dito. Wou dat die nikkers hadden teruggevochten. Die in Chicago hadden tenminste pit.'

'Ik ben op mijn reizen door East St. Louis gekomen. Twee keer.'

'O ja? En hoe ziet het eruit?'

'As,' zei Luther.

Smoke trommelde even met zijn vingers op het tafelblad. 'Je bent hier niet om me te vermoorden, hè?'

'Nee.' Luther hield de zak op zijn kop en er viel een pak geld uit met een strak rood elastiek erom. 'Dat is duizend dollar. De helft van wat ik je voor mijn gevoel schuldig ben.'

'Omdat je me toen niet hebt gedood?'

Luther schudde ontkennend. Hij liet het wapen zakken, legde het op tafel en schoof het over het tafelkleed. Hij trok zijn hand terug en ging achteruit zitten. 'Omdat jíj míj niet doodt.'

Smoke pakte het wapen niet meteen op. Hij keek er met een schuin hoofd naar, neeg zijn hoofd de andere kant op en keek Luther aan.

'Ik ben het zat om onze eigen mensen te doden,' zei Luther. 'Dat doen de blanken al genoeg. Ik wil er niks meer mee te maken hebben. Als jij er nog wel aan wilt meedoen, dan kun je me vermoorden en dan zijn die duizend voor jou. Als je het niet doet, krijg je tweeduizend. Wil je me dood hebben? Ik zit hier recht tegenover je en ik zeg tegen je: "Haal dan die trekker maar over."'

Smoke had het wapen in de hand. Luther had hem nog geen spier zien vertrekken, maar wel was het wapen nu recht op Luthers rechteroog gericht. Smoke spande de haan met zijn duim.

'Je denkt misschien dat je iemand met een ziel voor je hebt.'

'Zou kunnen.'

'Je zou kunnen denken dat ik niet het soort man ben die je recht door dat oog van je schiet en dan in de auto stapt en dat vrouwtje van je in haar kont neukt, en haar strot doorsnijdt als ik klaarkom, en dan soep trekt van dat baby'tje van je.'

Luther zei niets.

Smoke ging met de loop langs Luthers wang. Hij draaide het wapen een kwartslag, trok de korrel over Luthers wang naar beneden en haalde zo het vel open.

'Jij,' zei hij, 'zal je niet ophouden met gokkers, drinkers of drugs- verslaafden. Jij houdt je verre van het nachtleven van Greenwood. Heel erg ver. Je komt niet in tenten waar ik je zou kunnen tegenkomen. En als jij die zoon van je ooit nog een keer in de steek laat omdat het gewone leven te gewoon voor je is, dan sloop ik je, stukje bij beetje, in een graansilo, een week lang, voor ik je laat doodgaan. Is er iets in deze deal wat je niet aanstaat, Mr Laurence?'

'Niets,' zei Luther.

'Die andere tweeduizend breng je morgenmiddag in de poolhall. Geef het geld aan een man die Rodney heet. Dat is degene die de bal- len aan de klanten geeft. Uiterlijk twee uur. Begrepen?'

'Het was geen tweeduizend maar duizend.'

Smoke keek hem recht aan, met dichtzakkende oogleden.

Luther zei: 'Tweeduizend dan.'

Smoke liet de hamer zakken en gaf het wapen aan Luther. Die pakte het en stopte het in zijn jaszak.

'En nou opgesodemieterd, Luther.'

Luther stond op.

Toen hij bij de keukendeur was, zei Smoke: 'Je beseft toch wel dat je van je leven nooit meer zoveel geluk krijgt.'

'Ja, dat besef ik.'

Smoke stak een sigaret op. 'Zondig dan niet meer, hufter.'

Luther liep de treetjes van het huis in Elwood op. Hij zag dat de leu- ningen een verfje nodig hadden en besloot dat dat het eerste was dat hij de volgende dag ging doen.

Maar vandaag...

Er was geen woord voor, dacht hij, toen hij de hordeur opende en merkte dat de voordeur niet op slot was. Niet één woord. Tien maan- den sinds die afschuwelijke nacht toen hij was weggegaan. Tien maan- den in goederentreinen en zich verbergen en proberen in een onbeken- de stad in het noorden een andere persoon te zijn. Tien maanden leven zonder het enige in zijn leven dat hij goed had gedaan.

Het huis was leeg. Hij stond in het huiskamertje en keek door de keuken naar de achterdeur. Die stond open en hij hoorde het piepen van een waslijn die werd doorgehaald, besloot dat hij ook daar naar moest kijken, het wieltje een beetje oliën. Hij liep de huiskamer door de keuken in en hier rook hij de baby, de melk, rook hij iets dat zich nog aan het vormen was.

Hij liep het achtertrapje af en zij boog zich over de wasmand, haalde er weer een nat kledingstuk uit, richtte zich half op en keek. Ze droeg een donkerblauwe blouse op de verschoten werkrok die ze zo graag aanhad. Desmond zat aan haar voeten, sabbelde op een lepel en keek naar het gras.

Ze fluisterde zijn naam. 'Luther.'

Alle oude pijn werd zichtbaar in haar ogen, alle verdriet en pijn om wat hij haar had aangedaan, alle angst en zorgen. Kon ze haar hart weer voor hem openen? Kon ze hem haar vertrouwen geven?

Luther wilde dat ze de andere weg nam en stuurde een blik over het gras geladen met al zijn liefde, al zijn vastbeslotenheid en heel zijn hart.

Ze lachte.

Goeie god, het was schitterend.

Ze stak haar hand uit.

Hij liep over het gras, viel op zijn knieën, pakte haar hand en kuste die. Hij sloeg zijn armen om haar middel en zijn tranen vielen op haar rok. Ze liet zich op haar knieën zakken en kuste hem, huilde ook, lachte ook, een prachtig gezicht die twee, ze huilden en giechelden en omarmden elkaar en kusten elkaar, en proefden elkaars tranen.

Desmond begon te huilen. Te krijsen eigenlijk, zo snerpend dat het als een spijker in Luthers oor doordrong.

Lila leunde weg van hem. 'Nou?'

'Wat?'

'Laat hem eens ophouden.'

Luther keek naar dat schepseltje dat in het gras zat te jammeren, met rode oogjes en een snottebel. Hij bukte zich, tilde hem op en legde hem op zijn schouder. Desmond was *warm*. Zo warm als een ketel in een handdoek. Luther had nooit geweten dat een lichaam zoveel warmte kon afgeven.

'Is hij wel oké?' vroeg hij aan Lila. 'Hij voelt zo warm.'

'Prima in orde,' zei Lila. 'Dit is een baby die in de zon heeft gezeten.'

Luther hield hem voor zich. Hij zag iets van Lila in de ogen en iets van zichzelf in de neus. Zag zijn eigen moeder in de kaaklijn, zijn vader in de oren. Hij kuste het hoofdje. Hij kuste het neusje. Het kind bleef jammeren.

'Desmond,' zei hij en kuste zijn zoon op de lippen. 'Desmond, ik ben je papa.'

Desmond wilde er niets van weten. Hij jammerde en krijste en huilde alsof de wereld op zijn eind liep. Luther legde hem weer aan de schouder en drukte hem tegen zich aan. Hij wreef hem over zijn ruggetje, koerde in zijn oor en kuste hem zo vaak dat hij de tel kwijt was.

Lila streelde Luthers hoofd en boog zich naar hem toe voor een kus voor haarzelf.

En eindelijk vond Luther het woord voor deze dag...

Geheeld.

Hij hoefde niet meer te vluchten. Hij hoefde niet meer naar iets anders te zoeken. Was niet langer iets anders dan hij wilde zijn. Dit hier was helemaal waar hij zijn hele leven op had gehoopt.

Desmonds gejammer hield op, als een lucifer die door de wind wordt uitgeblazen. Luther keek naar de mand aan zijn voeten, nog half vol nat wasgoed.

'Zullen we de was verder ophangen?' zei hij.

Lila pakte een blouse van de stapel. 'O, ga je me helpen?'

'Als je me wat knijpers geeft, ja.'

Ze gaf hem er een handvol van en hij hees Desmond op zijn heup en hielp zijn vrouw met was ophangen. De klamme lucht zoemde van de cicaden. De hemel hing laag en vlak en stralend. Luther grinnikte.

'Waar lach je om?' vroeg Lila.

'Alles,' zei hij.

Danny lag tijdens zijn eerste nacht in het ziekenhuis negen uur op de operatietafel. Het mes in zijn been had de dijbeenslagader geraakt. De kogel in zijn borst had een bot geraakt en botsplinters hadden zijn rechterlong doorboord. Bij de linkerhand was de kogel door de handpalm en de vingers gegaan die, voorlopig althans, onbruikbaar waren. Toen ze hem uit de ambulance haalden, had hij minder dan een liter bloed in zijn lichaam.

Op de zesde dag ontwaakte hij uit zijn coma en was hij een halfuur bij kennis, waarbij hij het gevoel had dat de linkerkant van zijn hersens in brand stond. Hij was het zicht in zijn linkeroog kwijt en hij probeerde de dokter te vertellen dat er iets met hem aan de hand was, iets vreemds, bijvoorbeeld dat zijn haar in brand stond, en toen begon zijn lichaam te schudden. Hij had het niet onder controle, dat hevige schudden. Hij gaf over. De verplegers hielden hem vast en schoven iets van leer in zijn mond, en het verband om zijn borst schoot los en aan alle kanten verloor hij weer bloed. Nu had het vuur overal in zijn brein gewoed. Hij gaf weer over, ze haalden het stuk leer uit zijn mond en legden hem op zijn zij voor hij stikte.

Toen hij een paar dagen later weer bijkwam, kon hij niet goed meer praten en was zijn hele linkerkant gevoelloos.

'U hebt een hersenbloeding gehad,' zei de dokter.

'Ik ben zevenentwintig jaar,' zei Danny, maar het kwam eruit als: 'Ibm sebenintig aar.'

De dokter knikte alsof hij verstaanbaar had gesproken. 'De meeste mensen van zevenentwintig worden niet neergestoken en op de koop toe drie keer beschoten. Als u veel ouder was geweest, betwijfel ik of u het had overleefd. Eerlijk gezegd weet ik niet hoe u het hebt gedaan.'

'Nora.'

'Die staat op de gang. Wilt u echt dat ze u in uw huidige toestand ziet?'

'Sjis merou.'

De dokter knikte.

Toen hij de kamer uitging, hoorde Danny de woorden zoals ze zijn mond hadden verlaten. Hij kon ze in zijn hoofd vormen – ze is mijn vrouw – maar wat eruit kwam – sjis merou – was walgelijk, vernederend. Tranen welden in zijn ogen, hete tranen van angst en schaamte, en hij veegde ze weg met zijn rechterhand, zijn goede hand.

Nora kwam de kamer in. Ze was zo bleek, keek zo angstig. Ze ging op de stoel naast zijn bed zitten, nam zijn rechterhand in de hare en bracht hem naar haar gezicht, drukte haar wang in zijn palm.

'Ik hou van je.'

Danny zette zijn kiezen op elkaar, concentreerde zich door een barstende hoofdpijn heen, concentreerde zich, wilde dat de woorden op de juiste manier van zijn tong zouden komen. 'Hou van je.'

Niet slecht. Ou feje, in werkelijkheid. Maar in de buurt.

'De dokter zegt dat je een tijd problemen met praten zal hebben. Problemen met lopen ook, ja. Maar je bent jong en oersterk, en ik ben bij je. Ik ben bij je. Het komt best in orde, Danny.'

Ze doet zo haar best om niet te huilen, dacht hij.

'Ou feje,' zei hij weer.

Ze lachte, een sniffend lachje. Ze veegde haar ogen droog en liet haar hoofd op zijn schouder zakken. Hij voelde haar warmte op zijn gezicht.

Het enige positieve aan Danny's verwondingen was dat hij drie weken geen krant zag. Als dat wel het geval was geweest, had hij geweten dat hoofdcommissaris Curtis op de dag na de schietpartij in het straatje, alle stakende politieagenten officieel had ontslagen. Gouverneur Coolidge steunde hem daarin. President Wilson droeg zijn steentje bij door de acties van de politieagenten die hun post hadden verlaten 'een misdaad tegen de beschaving' te noemen. In advertenties waarin nieuw politiepersoneel werd gevraagd, stonden nieuwe voorwaarden en loonafspraken welke geheel overeenkwamen met de oorspronkelijke eisen van de stakers. Het aanvangssalaris bedroeg nu veertienhonderd dollar per jaar. Uniform, penning en dienstwapen werden gratis geleverd. Binnen twee weken na de rellen kwamen bij de politiebureaus mensen van de stadsreiniging, loodgieters, elektriciens en timmerlieden om ze schoon te maken en te verbouwen zodat ze voldeden aan de door de staat gehanteerde veiligheideisen en hygiënenormen.

Gouverneur Coolidge stelde een telegram op aan Samuel Gompers van de AFL. Voor hij het telegram naar Gompers verstuurde, gaf hij het vrij voor de pers die het de volgende dag op de voorpagina afdrukte. Het telegram werd ook vrijgegeven voor de radiozenders en de twee volgende dagen in zeventig kranten in het hele land geplaatst. Gouverneur Coolidge verkondigde het volgende: 'Niemand, waar dan ook, heeft op welk moment dan ook het recht te staken ten nadele van de openbare veiligheid.'

Nog geen week later hadden deze woorden van gouverneur Coolidge een held gemaakt en waren er mensen die suggereerden dat hij zich het jaar erop kandidaat moest stellen voor de presidentsverkiezing.

Andrew Peters verdween uit het publieke leven. Zijn ineffectiviteit werd zo niet misdadig dan toch op zijn minst ten hemel schreiend genoemd. Zijn fout om niet de eerste avond van de staking al de State Guard erbij te roepen was een onvergeeflijk plichtsverzuim, en in de ogen van het publiek was het slechts aan het snelle denken en de onwrikbare besluitvaardigheid van gouverneur Coolidge en de onterecht belasterde hoofdcommissaris Curtis te danken dat de stad van zichzelf gered was.

Terwijl de rest van de actieve agenten hun baan in gevaar zagen verkeren, kreeg Steve Coyle een officiële politie-uitvaart. Hoofdcommissaris Curtis koos agent Stephen Coyle als voorbeeld van een politieman van 'de oude garde', een man die plicht boven alles stelde. Curtis vergat herhaaldelijk te vermelden dat Coyle bijna een jaar eerder uit de dienst was ontslagen. Verder beloofde hij een comité te vormen dat zou bekijken of het mogelijk was om voor eventueel directe nabestaanden van Coyle een uitkering te regelen.

De eerste dagen na de dood van Tessa Ficara raakten de kranten niet uitgeschreven over de ironie dat het een stakende politieman was die in minder dan een jaar tijd de dood van twee van de landelijk meest gezochte terroristen had bewerkstelligd en ook nog die van een derde, Bartolomeo Stellina, de man die door Luther met een baksteen was geraakt en die bekendstond als een toegewijd Galleanist. Hoewel de stakers nu werden bejegend met de vijandigheid die eerder gereserveerd was voor de Duitsers (met wie ze vaak werden vergeleken), zorgden de verslagen van de heldendaden van agent Coughlin ervoor dat het publiek weer sympathie opvatte voor de stakers. Als ze meteen weer aan het werk zouden gaan, zo was het gevoelen, konden sommigen, in ieder geval mensen met een eminente staat van dienst zoals agent Coughlin, hun oude baan weer terugkrijgen.

Maar de dag erop stond in de *Post* dat agent Coughlin voorheen een bekende van de Ficara's was geweest en de avondeditie van de *Transcript,* waarin anonieme bronnen bij het Bureau of Investigation werden geciteerd, vermeldde dat agent Coughlin en de Ficara's eerder op dezelfde verdieping van hetzelfde gebouw in North End hadden gewoond. De volgende morgen kwam de *Globe* met een verhaal waarin verscheidene bewoners van dat gebouw werden geciteerd die de relatie tussen agent Coughlin en de Ficara's als zeer vriendschappelijk beschreven, zo vriendschappelijk dat zijn relatie met Tessa Ficara waarschijnlijk bepaalde grenzen had overschreden. De vraag rees zelfs of hij haar misschien voor haar gunsten had betaald. Met die kwestie in het achterhoofd zag het doodschieten van haar man er opeens uit als gekleurd door meer dan plichtsbesef. De publieke opinie keerde zich nu geheel tegen agent Coughlin, de smerige smeris, en al die stakende 'kameraden' van hem. Het was ook afgelopen met suggesties dat stakers misschien weer aan het werk zouden kunnen.

In de nationale berichtgeving begonnen de twee dagen van oproer mythische proporties aan te nemen. Verscheidene kranten schreven over machinegeweren die op onschuldige mensenmassa's waren gericht, over honderden doden, over een materiële schade van in de miljoenen. Het feitelijke dodental was negen, en de materiële schade nog net geen miljoen dollar, maar dat ging er bij het grote publiek niet in. De stakers waren bolsjewieken en de staking had in Boston een burgeroorlog ontketend.

Toen Danny half oktober het ziekenhuis verliet, trok hij nog met zijn linkerbeen en kon hij met zijn linkerhand niets tillen dat zwaarder was dan een theekopje. Maar zijn spraakvermogen was geheel hersteld. Hij zou twee weken eerder uit het ziekenhuis zijn gekomen als hij niet door een van zijn wonden bloedvergiftiging had gekregen. Hij was in een toxische shock gekomen en voor de tweede keer die maand had een priester hem bediend.

Nadat hij in de kranten in diskrediet was gebracht, was Nora gedwongen geweest hun huis in Salem Street te verlaten en was ze met hun weinige bezittingen naar een pension in West End verhuisd. Daarheen gingen ze toen Danny uit het ziekenhuis kwam. Ze had voor West End gekozen omdat Danny voor zijn revalidatie in het Mass General Hospital moest zijn, en dat was maar een paar minuten lopen van waar ze nu woonden. Danny en Nora beklommen de trap naar de eerste verdieping en betraden de sjofele kamer met één grijs raam dat uitkeek op een steegje.

'Meer kunnen we niet betalen,' zei Nora.

'Het is prima.'

'Ik heb geprobeerd het raam van buiten te wassen, maar het vuil zit zo aangekoekt dat – '

Hij legde zijn goede arm om haar heen. 'Het is prima, schat. Het is maar voor even.'

Op een avond in november lag hij in bed met zijn vrouw en voor het eerst sinds hij uit het ziekenhuis was, hadden ze kunnen vrijen. 'Het lukt me nooit om hier werk te krijgen.'

'Heus wel.'

Hij keek haar aan.

Ze lachte en rolde met haar ogen, sloeg hem zachtjes op zijn borst. 'Ja, jongen, dat krijg je ervan als je met een terrorist slaapt.'

Hij grinnikte. Het was een goed gevoel grappen te kunnen maken over iets dat zo deprimerend was.

Toen hij nog in coma lag, had zijn familie tweemaal een bezoek aan hem gebracht. Na de hersenbloeding was zijn vader nog een keer geweest om hem te vertellen dat ze altijd van hem zouden blijven houden, natuurlijk, maar dat hij hem nooit meer tot zijn huis zou toelaten. Danny had geknikt en zijn vaders hand geschud en na zijn vertrek vijf minuten gewacht voor hij was gaan huilen.

'Als ik ben uitgerevalideerd is er niets meer dat ons hier houdt,' zei hij.

'Nee.'

'Heb je zin in een avontuur?'

Ze liet haar arm over zijn borst glijden. 'Ik heb overal zin in.'

Tessa had de dag voor haar dood een miskraam gehad. Tenminste, dat zei de lijkschouwer. Danny zou nooit weten of de lijkschouwer had gelogen om hem een schuldgevoel te besparen, maar hij verkoos hem te geloven omdat het alternatief, zo vreesde hij, hem uiteindelijk de das om zou kunnen doen.

Toen hij Tessa had leren kennen, was ze bezig een kind te krijgen. Toen hij haar in mei weer had ontmoet, had ze gedaan of ze zwanger was. En nu, bij haar dood, weer zwanger. Het was of ze de onweerstaanbare behoefte had gehad haar razernij opnieuw tot leven te wekken in vlees en bloed, om er zeker van te zijn dat hij door zou leven en van generatie op generatie zou worden doorgegeven. Deze behoefte (en Tessa als geheel) zou hij nooit begrijpen.

Soms werd hij wakker met in zijn oren nog de koude echo van haar lach in zijn oren.

Er kwam een pakje van Luther. Er zat tweeduizend dollar in – twee jaar salaris – en een portretfoto van Luther, Lila en Desmond voor een open haard. Ze waren naar de laatste mode gekleed; Luther droeg zelfs een pandjesjas en een vadermoordenaar.

'Wat is ze mooi,' zei Nora. 'En dat kind, lieve hemel.'

Luthers briefje was kort:

Lieve Danny en Nora,

Ik ben nu thuis. Ik ben gelukkig. Ik hoop dat dit genoeg is. Als jullie meer nodig hebben, moet je meteen telegraferen, dan stuur ik meer.

Jullie vriend,
Luther

Danny opende het pakje met bankbiljetten en liet het Nora zien.

'Goeie god!' Ze slaakte een kreet, half huilend, half lachend. 'Waar heeft hij dat vandaan?'

'Ik heb een vermoeden,' zei Danny.

'O ja?'

'Dat wil je niet weten,' zei hij. 'Neem dat maar van mij aan.'

Op tien januari – het sneeuwde licht – verliet Thomas Coughlin zijn politiebureau. De nieuwe rekruten deden het goed. De meesten waren intelligent. En ijverig. De State Guard patrouilleerde nog steeds in de stad, maar de onderdelen waren al bezig met demobiliseren. Over een maand zouden ze weg zijn en zou het in ere herstelde politiekorps van Boston in hun plaats herrijzen.

Thomas liep de straat door naar huis. Op de hoek stond zijn zoon tegen een lantaarnpaal geleund.

'Geloof jij het dat de Sox Ruth hebben verkocht?' zei Danny.

Een schouderophalen van Thomas. 'Ik ben nooit een liefhebber van die sport geweest.'

'Naar New York,' zei Danny.

'Je jongste broer is er natuurlijk helemaal kapot van. Ik heb hem niet meer zo buiten zichzelf gezien sinds...'

Zijn vader hoefde de zin niet af te maken. Het deed Danny desondanks genoeg pijn.

'Hoe is het met Con?'

Zijn vader wiebelde met zijn hand. 'Hij heeft zijn goede en zijn slechte dagen. Hij leert met zijn vingers te lezen. Er is een school in Back Bay waar ze dat onderwijzen. Als de verbittering niet de overhand krijgt, zou het goed met hem kunnen gaan.'

'Krijgt die bij jou de overhand?'

'Bij mij krijgt niets de overhand, Aiden.' Zijn vaders adem was wit in de kou. 'Ik ben een man.'

Danny zei niets.

Zijn vader zei: 'Nou, je ziet er weer tiptop uit. Dus ga ik maar weer.'

'We gaan de stad uit, pa.'

'Gaan jullie...?'

Danny knikte. 'Zelfs naar een andere staat, naar het westen.'

Zijn vader leek verbijsterd. 'Hier hoor je thuis.'

Danny schudde zijn hoofd. 'Niet meer.'

Misschien had zijn vader gedacht dat Danny in ballingschap zou gaan, maar dan dichtbij. In dat geval had Thomas Coughlin kunnen leven in de illusie dat zijn familie nog intact was. Maar wanneer Danny weg was, zou er een gat ontstaan waar zelfs Thomas zich niet op had kunnen voorbereiden.

'Dus jullie zijn klaar om te verhuizen, neem ik aan?'

'Ja, we gaan een paar dagen naar New York voordat Volstead van kracht wordt en er niks meer te drinken valt. We hebben nog geen echte wittebroodsweken gehad.'

Zijn vader knikte. Hij hield zijn hoofd gebogen en de sneeuw viel op zijn haar.

'Vaarwel, pa.'

Danny wilde langs hem heen lopen, maar zijn vader pakte hem bij zijn arm. 'Schrijf me.'

'Schrijf je dan terug?'

'Nee. Maar ik wil graag weten – '

'Dan schrijf ik je niet.'

Zijn vaders gezicht verstrakte; hij gaf hem een kort knikje en liet zijn arm los.

Danny liep de straat door, de sneeuwvlokken werden groter, de voetstappen van zijn vader waren al dichtgesneeuwd.

'Aiden!'

Hij draaide zich om, kon de man door al het wit dat tussen hen in kolkte amper nog zien. De vlokken plakten aan zijn wimpers en hij knipperde ze weg.

'Ik schrijf terug,' riep zijn vader.

Een plotseling gebulder van de wind rammelde de auto's in de straat door elkaar.

'Goed dan,' riep Danny.

'Pas goed op jezelf, jongen.'

'Jij ook.'

Zijn vader stak een hand op en Danny hief de zijne ten antwoord en daarna draaiden ze zich om en liepen in de sneeuw ieder een andere kant op.

In de trein naar New York was iedereen dronken. Zelfs de conducteurs. Twaalf uur 's middags en de mensen zopen champagne en ze zopen whiskey en in wagon vier speelde een band en die was ook dronken. Niemand zat op zijn plaats. Iedereen omarmde elkaar en kuste elkaar en danste rond. Overal in het land gold nu het drankverbod. Handhaving zou over vier dagen, op 16 januari, beginnen.

Babe Ruth had een privéwagon en eerst probeerde hij het feestgedoe uit te zitten. Hij las een kopie door van het contract dat hij aan het eind van de dag officieel moest tekenen in het kantoor van de Colonels op de Polo Grounds. Hij was nu een Yankee. De transfer was tien dagen geleden aangekondigd, maar voor Ruth was het een verrassing geweest. Hij was twee dagen dronken geweest om de depressie de baas te worden. Maar Johnny Igoe had hem gevonden en ontnuchterd. Hij had hem uitgelegd dat Babe nu de bestbetaalde honkballer aller tijden was. Hij had hem de ene na de andere New Yorkse krant laten zien die stuk voor stuk uiting gaven aan hun vreugde, hun extatische vreugde over het feit dat ze de meest gevreesde mepper in hun ploeg kregen.

'De stad ligt al aan je voeten, Babe, en je bént er nog niet eens.'

Dat zorgde voor een andere kijk op de dingen. Babe was bang geweest dat New York te groots, te luidruchtig, te omvangrijk zou zijn. Dat hij erdoor zou worden opgeslokt. Nu realiseerde hij zich dat het omgekeerde waar was: hij was te groot voor Boston. Te luidruchtig. Te omvangrijk. Hij paste er niet meer in. Het was te klein, te provinciaals. New York was het enige toneel dat groot genoeg was voor de Babe. New York en alleen New York. Het zou Babe niet opslokken. Hij ging New York opslokken.

Ik ben Babe Ruth. Ik ben grootser en beter en sterker en populairder dan wie ook.

Er viel een dronken vrouw tegen de deur van zijn coupé en hij hoorde haar giechelen en het geluid alleen al bezorgde hem een erectie.

Wat deed hij verdomme hier, in zijn eentje, terwijl hij bij zijn publiek kon zijn om met de mensen te kletsen, handtekeningen uit te delen of ze verhalen te vertellen die zij aan hun kleinkinderen konden vertellen?

Hij ging zijn coupé uit en liep meteen door naar de barwagen, baande zich een weg tussen de dronken dansenden door. Op een van de tafels gooide een griet haar benen op alsof ze in een tingeltangel stond. Hij wrong zich naar de bar, bestelde een dubbele scotch.

'Waarom ga je ons verlaten, Babe?'

Hij draaide zich naar de dronken man naast hem, een klein mannetje met een lange vriendin, allebei straalbezopen.

'Ik heb jullie niet verlaten,' zei Babe. 'Harry Frazee heeft me overgedaan. Had ik niks in te zeggen. Ik ben maar een domme arbeider.'

'Dus dan kom je op een dag weer terug?' vroeg de man. 'Gewoon je contract uitspelen en dan weer terug?'

'Precies,' loog Babe. 'Dat is de opzet, ouwe.'

De man klopte hem op de rug. 'Dank u, Mr Ruth.'

'Dank ú,' zei Ruth met een knipoog naar de vriendin. Hij leegde zijn glas en liet het bijvullen.

Het draaide eropuit dat hij een gesprek had met een forse kerel en zijn Ierse vrouw. Het bleek dat de kerel een van de stakende politie-

agenten was en dat hij naar New York ging voor een paar wittebroods-
dagen en dat ze daarna westwaarts gingen naar een vriend.

'Wat hadden jullie in je hoofd?' vroeg Ruth aan hem.

'We wilden een fatsoenlijke behandeling,' zei de ex-diender.

'Maar zo werkt dat niet,' zei Babe en keek verlekkerd naar die
vrouw van hem, wat je noemt een stuk, en dat accent van haar was
ook nog eens zo sexy als de pest. 'Kijk nou naar mij. Ik ben de beste
honkballer ter wereld maar ik heb niets te zeggen over mijn transfer.
Ik heb geen macht. Zij die de cheques uitschrijven bepalen de regels.'

De ex-diender glimlachte, een treurige, afstandelijke glimlach. 'Elke
klasse heeft zo haar eigen regels, Mr Ruth.'

'O ja. Dat is altijd al zo geweest.'

Ze dronken nog wat en Ruth moest zeggen dat hij nog nooit een stel
had gezien dat zo verliefd was. Ze raakten elkaar nauwelijks aan en
het was ook niet zo dat ze heel klef zaten te doen en op een baby-
toontje tegen elkaar zaten te praten en elkaar 'honnepon' of zo noemden. Maar toch was het of er een touw tussen hen in hing, onzichtbaar
maar geladen, en dat touw verbond hen steviger met elkaar dan wanneer ze een arm of een been hadden gedeeld. Het touw was niet alleen
geladen, het was ook kalm. Het gloeide warm en vredig. Oprecht.

Ruth werd verdrietig. Hij had zo'n soort liefde nog nooit gevoeld,
zelfs niet in de begintijd met Helen. Hij had het bij nog geen enkel
menselijk wezen gevoeld. Nooit.

Vreedzaamheid. Oprechtheid. Thuis.

God, was het überhaupt mogelijk?

Blijkbaar wel, want deze twee hadden het. Op een gegeven moment
tikte de dame met één vinger even op de hand van de ex-diender. Eén
licht tikje maar. En hij keek naar haar en ze lachte, haar boventanden
bloot toen ze zich over haar onderlip legden. God, het brak Babe's
hart, die blik. Had iemand ooit zo naar hem gekeken?

Nee.

Zou iemand dat ooit doen?

Nee.

Hij kikkerde pas weer op toen hij het station uitkwam en het stel
gedag zwaaide toen ze naar de rij wachtenden bij de taxistandplaats
liepen. Het zou lang wachten worden en het was een koude dag. Maar
daar hoefde Babe zich geen zorgen over te maken. De Colonels hadden
een auto gestuurd, een zwarte Stuttgart met een chauffeur die ter herkenning een hand opstak toen Babe naar hem toe liep.

'Daar gaat Babe Ruth!' riep iemand, en verscheidene mensen wezen en riepen zijn naam. Op Fifth Avenue toeterden een aantal auto's.

Hij keek achterom naar het stel bij de taxistandplaats. Het was verdraaid koud. Even dacht hij erover hen te roepen, een lift naar hun hotel aan te bieden. Maar ze keken zelfs niet zijn kant op. Manhattan haalde hem juichend binnen, auto's toeterden, mensen riepen 'hoera', maar dit stel hoorde niets. Ze gingen helemaal in elkaar op, de ex-diender had zijn jas om haar heen geslagen om haar tegen de wind te beschermen. Babe voelde zich opnieuw verloren, verlaten. Hij was bang dat hij het meest elementaire in het leven was misgelopen. Hij was bang dat dit ding dat hij miste nooit, maar dan ook nooit deel van zijn leven zou uitmaken. Hij sloeg zijn ogen neer, keek niet langer naar het stel en besloot dat ze best op een taxi konden wachten. Die redden zich wel.

Hij stapte in, draaide het raampje omlaag en zwaaide naar zijn nieuwe fans terwijl ze wegreden. Het drankverbod ging in, maar daar zou hij weinig last van hebben. Men zei dat de regering bij lange na niet genoeg mensen had om het verbod te handhaven, en Babe en mensen zoals hij zouden bepaalde ontheffingen krijgen. Zoals altijd al. Zo ging dat nu eenmaal.

Babe draaide het raampje dicht toen de auto snelheid maakte.

'Chauffeur, hoe heet je?'

'George, Mr Ruth.'

'Wat toevallig. Zo heet ik ook. Maar noem me maar Babe. Oké, George?'

'Reken maar, Babe. Een eer om u te ontmoeten, sir.'

'Ach kom, ik ben maar een honkballer, George. Ik kan niet eens goed lezen.'

'Maar u kunt slaan, sir. U slaat ze kilometers ver. En ik wil de eerste zijn die zegt: "Welkom in New York, Babe."'

'Nou, dank je wel, George. Ik vind het fijn om hier te zijn. Het wordt vast een goed jaar.'

'Een goeie tien jaar,' zei George.

'Zo mag ik het horen.'

Een goeie tien jaar. En dat zouden het worden. Babe keek naar buiten, naar New York met zijn drukte en glitter, zijn lichten en reclameborden en torens van kalksteen. Wat een dag. Wat een stad. Wat een tijd om mee te maken.